W0328756

Anja Lundholm

# Jene Tage in Rom

ANJA LUNDHOLM

# Jene Tage in Rom

Roman

Langen Müller

Besuchen Sie uns im Internet unter
http://www.langen-mueller-verlag.de

© 2004 by Langen Müller in der
F. A. Herbig Verlagsbuchhandlung GmbH, München
Alle Rechte vorbehalten
Umschlaggestaltung: Wolfgang Heinzel
Umschlagmotiv: akg, Berlin
Herstellung und Satz: VerlagsService Dr. Helmut Neuberger
& Karl Schaumann GmbH, Heimstetten
Gesetzt aus: 10,3/13,6 pt Galliard
Druck: Jos. C. Huber GmbH, Garching
Binden: Buchbinderei Thomas, Augsburg
Printed in Germany
ISBN 3-7844-2947-5

# 11. Oktober 1967

Es ist fast Mitternacht, als mein von Frankfurt kommender Zug in den römischen Hauptbahnhof einfährt. Durch die Fensterscheibe, im weichen Spiegelbild meiner Konturen, sehe ich das Ankunftsschild ›Roma – Stazione Termini‹ an mir vorbeigleiten. Flüchtig wundere ich mich, wie gleichgültig die Worte mich lassen. Vielleicht hatte ich, ohne es mir eingestehen zu wollen, die Wiederbegegnung gefürchtet, und sei es nur mit den Bahnhofslettern. Nicht, daß ich Angst davor hätte, alte, schmerzhafte Erinnerungen könnten mich unvermutet anspringen, das nicht. Fünfundzwanzig Jahre sind eine kleine Endlosigkeit, in der neues Geschehen das alte verdrängt, es vergessen macht, es allmählich zu einem Phantombild verblassen läßt. Erwartet hatte ich eher so etwas wie das Gefühl leisen Unbehagens bei der Rückkehr in diese Stadt. Ich hatte sie nicht freiwillig verlassen. Nun komme ich aus freiem Entschluß in sie zurück, wenn auch nur für ein, zwei Wochen. Aber da ist nichts außer stumpfer Müdigkeit nach zu langer Fahrt, dem Verlangen, möglichst bald in ein Bett zu kommen und mich gründlich auszuschlafen.

Stazione Termini: Endstation. Alle Bahnhöfe Europas gleichen sich. Fremdheit, Verlorenheit inmitten einer sich ständig verbessernden Technik. Unbestimmter Lärm, der sich unter dem Glasdach fängt und als breit gefächertes Echo von ihm zurückgeworfen wird. Nachtgesichter unter blassem Neon, es riecht nach Öl und Metallen. Ich drücke mich mit meinem schweren Koffer gegen eine Bank, um der Säuberungsmaschine auszuweichen, die mir entgegentuckert, umherliegenden Abfall schluckt, das Bahnsteigpflaster besprüht. Ausgangsschilder verwirren, ich muß mich auf die fremde Sprache erst wieder einstellen: Welcher der Ausgänge führt zu den Taxen?

Das nächtliche Bild vor dem Bahnhofsgebäude ist ein völlig anderes als jenes, das meine Erinnerung von diesem Platz bewahrt hat. Ich hatte ihn als ruhig, unbedeutend im Gedächtnis, mit einer Weite aber, die den Blick ungehindert freigab bis zum Halbrund der Piazza Dell'Esedra. Jetzt ist die Sicht mit Bretterzäunen verbaut, der gesamte Platz vor dem Bahnhof gleicht einer einzigen Baustelle. Zwischen Kränen und Baggern hindurch drängen sich in beängstigendem Nebeneinander, Überholversuchen die Autos, hupen sich an, fliegende Händler mit Postkarten, Halsketten, Petersdomen aus bemaltem Gips schreien auf mich ein. Die Männer unter den Bogenlampen stehen in Gruppen beisammen, mustern aufmerksam jeden Neuankömmling, der den Bahnhof verläßt. Ich möchte nicht, daß sie meine momentane Unschlüssigkeit erspüren und sie als Kontaktsuche deuten, nehme meinen Koffer wieder auf und wende mich nach links einem Bretterzaun zu, der mit grellfarbenen Plakaten für Whisky, Senf und Unterwäsche wirbt. An seinem Ende finde ich die Taxenhaltestelle. Ich gebe dem Fahrer Katjas Adresse in der Via Margutta an, lasse mich in das ausgeleierte Polster fallen, nehme nur noch oberflächlich wahr, was da im ständig wechselnden Helldunkel an mir vorbeigleitet. Der angestrahlte Brunnen dort, ist das nicht der Tritone oder der von der Piazza Barberini, wie hieß er doch gleich? Schläfrigkeit läßt keinen klaren Gedanken mehr zu. Ich habe keine Ahnung, wo wir uns befinden, und keine Lust, mich zu orientieren. Morgen werde ich Zeit haben, mich ein wenig in der Gegend umzusehen. Nach dem Frühstück. Oder nach dem Mittagessen. Vielleicht gegen Abend. Etwas in mir ist bemüht, die Absicht zu entkräften, selbst jetzt schon, in diesem vagen Zustand. Da ist wieder dieses leise Unbehagen bei der Vorstellung, ganz so unbefangen neutral wie im Augenblick bliebe die Stadt nicht bei näherer Berührung. Es könnten sich unliebsame Erinnerungen einstellen. Gespensterfurcht. Die Vergangenheit ist tot. Tot und begraben. Alle großen Städte haben seit jener Zeit ihr Gesicht entscheidend verändert. Weshalb sollte Rom eine Ausnahme bilden? Schließlich ist auch hier eine neue Generation herangewachsen; der letzte Krieg ist schon Historie.

Wir halten vor Katjas Haus. Genauer gesagt, vor dem Haus, in dem Katja das Erdgeschoß bewohnt, das Appartement, das sie mir für die Zeit während ihrer Abwesenheit anvertraut hat: Blumen gießen, Hamster betreuen, Post einholen – kleine Gefälligkeitsdienste, die kaum die Spesen meiner Einladung rechtfertigen und noch weniger die Tatsache, daß ich sie spontan annahm. Aber da waren fast gleichzeitig mit ihrem Brief, im Einschreibpäckchen die Schlüssel gekommen, dazu gleich die Fahrkarte; Katja, gewohnt, ihren Kopf durchzusetzen, hatte meine Antwort gar nicht erst abgewartet und mich vor die vollendete Tatsache gestellt. Wenn ich es recht überlege, habe ich mich da auf etwas eingelassen, das meiner ganzen Natur widerstrebt. Es mag Schriftsteller geben, denen während der Arbeit an einem neuen Roman ein Wechsel in der Umgebung nichts ausmacht; ich gehöre nicht zu ihnen. Für mich ist das immer gleiche Blickfeld, während die Gedanken sich zu Sätzen ordnen, so gut wie unerläßlich. Was bedeutet, daß ich mich mit der Konzentration schwer tue.

Es ist schon ein seltsames Gefühl, sich mitten in der Nacht in eine unbekannte leere Wohnung zu begeben. Wo sind die Lichtschalter, und was ist das, wogegen eben mein Fuß stieß?

Ich stehe, das Deckenlicht enthüllt es, in Katjas Atelier. Katja ist Bildhauerin mit einer schon absurd zu nennenden Vorliebe für Wassertierplastiken. Überall hocken fette Unken auf Regalen, die genarbten Bäuche geplattet; Delphine schmunzeln zu den Verrenkungen, die ihnen ihre Schöpferin zumutet. Aale oder Wasserschlangen unbekannter Art ringeln sich im Relief umeinander. Ich kenne sie fast alle, verwahre ihre Fotografien, die Katja jedem ihrer Briefe an mich beifügte, in der Schachtel für Ablagekram. Es könnte ja sein, daß sie später das eine oder andere plötzlich benötigt. Ungemein sinnlich wirken die Biester in ihrer Fülle, den glattgeformten Rundungen; glotzäugige, unverhüllte Sinnlichkeit. Bei der Türe steht ein Eimer mit lehmiger Flüssigkeit. Er war es, gegen den mein Fuß beim Eintritt gestoßen war. Sein Inhalt ist übergeschwappt. Auf den Steinfliesen hat sich eine häßliche gelbe Lache gebildet. Ich greife mir den Scheuerlappen in der Ecke, wische sie auf, bevor sie antrocknen kann. Nur noch ein einziger Gedanke jetzt: Wo ist das Bett? Zu müde, um Licht zu machen, taste ich mich durch ein Nebengemach ins angrenzende Schlafzimmer, finde den Schalter des Nachttischlämpchens. Meine Hoffnung, Katjas Abneigung gegen Alleinschlafen garantiere mir ein bequemes Bett, wird nicht enttäuscht. Die frisch bezogene Liege ist so ausladend, daß auf ihr sechs Leute nebeneinander schlafen könnten, ohne sich zu berühren. Sie füllt fast den gesamten Raum aus, läßt über einen schmalen Streifen Teppichboden hinweg gerade noch Platz für Toilettentisch, Wäschekommode, Kleiderschrank. Das Fenster hinter dem genoppten Übervorhang erweist sich als französische Tür auf einen Vorgarten hinaus; sandsteinfarbenes Mauerwerk schützt ihn vor dem Straßenverkehr. Im Gesträuch, das sich an ihm emporrankt, erkenne ich blasse Blüten. Es könnten Heckenrosen sein, ich werde sie mir morgen bei Licht besehen. Das Bett macht meine Befürchtungen, seine Breite sei ungemütlich, überflüssig: es hat eine Kuhle, in die ich hineinrolle, bevor ich die Decke mit dem mir noch nicht vertrauten Geruch über mich ziehe. Die Glastür lasse ich offenstehen. Roms sanfte Nachtluft begleitet mich in den Schlaf.

## 12. Oktober

Die weitläufige Sonnenterrasse an der Rückseite des Hauses ist eine erfreuliche Entdeckung. Sie schließt sich einer Versetzung des Fußbodens im Wohnzimmer an, einer Art Podest, von dem aus man auf breiter Front ins Freie gelangt. Ein Duschraum auf gleicher Höhe erspart die Mühe, sich nach längerem Sonnen halbblind die Stufen hinunterzutasten, um sich zu erfrischen. Ich habe es mir im Stuhl unter dem ausgebleichten Sonnenschirm bequem gemacht, genieße die entspannende warme Luft, den klaren, frischen Geruch des Laubwerks, das von allen Seiten aus den Gärten zu meinen Füßen überhängt.

Die Luft vibriert von Geräuschen, die von der Straße herüberdringen, eine Kakophonie aus fernem Motorenlärm, Lautsprechern, Stimmen, Hundegebell, von einer weichen Brise, die vom Meer kommt, aufgefangen und in kurzen Stößen herangetragen. Ich blinzle träge in das sanfte Licht, bewundere seine Farbbildungen um die Hausdächer, wage es nun endlich einmal, Arbeitstier, das ich geworden bin, den Tag Tag sein zu lassen und ziellos faul zu sein. Unglaublich, wie gut das tut. Die Gedanken werden beurlaubt, brauchen einmal nicht geordnet anzutreten, um bestimmte Abläufe zu vorgeschriebener Zeit in Gang zu setzen. Sich treiben lassen. Ich denke Farben; Lindgrün, Rosa, Violett. Die Farben haben Muster, die tanzen, die sich dehnen, zusammenziehen, ineinander verschmelzen. Glockentöne vom Tiberufer herüber malen Kupferstreifen hinein. Keine Zeit zu haben, ist eine Ausrede vor uns selber. Weil wir uns einbilden, ohne unser ständiges Dabeisein bliebe die Welt stehen, verplanen wir sie. Entspannt döse ich vor mich hin.

Auf dem Nachbarbalkon beginnt ein Baby zu schreien. Das Gequäke reißt mich aus meiner Beschaulichkeit. Die schrille Stimme einer Frau befiehlt ihm zeternd, still zu sein, was das Geschrei nur schlimmer macht. Sie kreischen um die Wette. Im Fenster zur Rechten dreht jemand sein Transistorradio auf höchste Lautstärke; Beatgeheul kämpft erfolgreich gegen Mutter und Kind an. Die Lärmfreude des Südens, ich muß mich erst wieder an sie gewöhnen. Katja, gebürtige Bielefelderin, liebt Italien, hat es zu ihrer zweiten Heimat gemacht, will nicht mehr zurück. Oder gibt es einen besonderen Grund, weshalb sie lieber die alljährlichen Laufereien um Aufenthaltsgenehmigung zur Questura auf sich nimmt, als nach Deutschland zu kommen, und sei es nur auf Besuch? Einen politischen vielleicht? Was weiß ich überhaupt von Katja? Im Grunde beschämend wenig. Vor vierundzwanzig Jahren, rechne ich nach, waren wir uns zum erstenmal begegnet. Da war Krieg gewesen und die Deutschen in Rom, das große Schweigen war umgegangen, die stumme Angst. Meine alarmierten Gedanken stolpern an der Schwelle der Erinnerung. Dann ist die Sonne fort. – Undurchdringliche Schwärze, Stille, Gestank. Auch das war Rom gewesen, ein fensterloses Mauerloch im Haus der Geheimen Staatspolizei anno neunzehnhundertvierundvierzig. Kein Stuhl darin, kein Möbelstück. Zum Sitzen oder Liegen nichts anderes als faulige Fußbodenbretter. Ein Fäkalienkübel nahe der Eisentür mit dem Doppelriegel ließ sich nur ertasten. Schleichend war die Mauerkälte unter die Zotteln meines Lammfellmantels gekrochen, den sie mir gelassen hatten, als sie mich holten: zwei in der Uniform der deutschen Feldgendarmerie in Begleitung des Gestapobeamten im unerläßlichen Ledermantel. Meine Erinnerung, wach nun, holt ihn herbei. Ein ausgemergeltes Gesicht hat er gehabt und eine Akte in der Hand gehalten. Mein ›Fall‹, wie er sie nannte. So etwas war von Bedeutung: das Niederlegen von Begründungen. Auch wenn sie zum größten Teil erdichtet waren, dem deutschen Bürokratensinn nach Aktenkundigkeit war Genüge getan. Pelzmantel und Handschellen, das muß schon seltsam ausgesehen haben. Aber es sah mich ja keiner, so jedenfalls nicht. Die Ketten hatten sie mir erst angelegt, nachdem sie mich die Kellertreppe hinabgestoßen hatten.

Auf einmal ist das alles ganz nah gerückt, der Modergeruch, die bohrende Furcht, in der Lautlosigkeit totaler Finsternis den Verstand zu verlieren, wenn die Gedanken im Kreis schwammen. Und die Verlassenheit, die Gier nach dem blassen Lichtschein, wenn der Eßnapf durch die Türklappe geschoben wurde, die Schläfenschmerzen, der immer stärker werdende Orientierungsverlust und schließlich die Ohnmachtszustände. Dann stürzte in kreiselnden Schwindelanfällen alles in einen Sog, Hirn und Magen verloren ihre Schwere, drehten sich, bevor es auch innen endgültig Nacht wurde.

Katja. Im Heizungskeller der Via Tasso waren wir uns zum erstenmal begegnet. Nach der Unendlichkeit von fünf schwarzen Tagen und Nächten war es um mich wieder hell geworden. Draußen heulten Sirenen. Fliegeralarm über Rom. Es schien unsere Bewacher zu beunruhigen. Obwohl zur ›offenen Stadt‹ erklärt, war Rom bereits zweimal bombardiert worden. Ohne großen Schaden allerdings und nur aus Versehen, wie es entschuldigend im offiziellen Kommuniqué hieß. Einige der dem Vatikan gehörenden Gärten waren verwüstet und der Friedhof von San Lorenzo umgepflügt worden. Vorsichtshalber also herdeten sie uns, während die ›fliegenden Festungen‹ der Amerikaner den römischen Raum überflogen, in die Heizungskeller am anderen Ende des Ganges, Männer und Frauen voneinander getrennt. Da hing von der Decke herab eine schwache Glühbirne, ihr Licht erreichte kaum die staubigen Flaschenregale an den Wänden. Für uns Tagblinde brannte sie heller als höllisches Blendfeuer. Wir hielten die Köpfe abgewandt, die Augen zogen sich zusammen, stachen, unsere Gesichter waren naß von Tränen, die unkontrolliert unter den entzündeten Lidern hervorquollen.

Die Bilder verdichten sich; ich bin zurück im unübersichtlichen Labyrinth der Vergangenheit, sitze, am Arm vorwärts gerissen, geschleudert, inmitten einer Gruppe blickloser Frauen in Straßenkleidung mit gefesselten Händen. Wir schweigen, weil wir Angst haben, es könnte, wenn wir den Mund aufmachen, aus uns schreien. Zu vieles hat sich während der angehaltenen Zeit im Dunkel des Kerkers gestaut. Und da sind die unerträglichen Schmerzen aus der verkrampften Haltung durch die Handschellen, die von den Gelenken hinaufgewandert sind in Schulter und Rücken. Langes Liegen auf der Hüfte mit zusammengezwungenen Armen hat die Muskulatur versteift. Und draußen heulen noch immer die Sirenen und Luft kollert in den Heizungsrohren. Stumm hocken wir auf den Bänken, wünschen uns zurück in den sanften Zustand des Dunkels ohne Grenzen, der alle Wahrnehmung auslöscht. Helle und die ungewohnte Haltung des Aufrechtsitzens sind zusätzliche Qual. Ich versuche, mein linkes Bein anzuheben; unmöglich. Es ist, als gösse jemand pausenlos von oben Blut in seine Arterien, die stechen und brennen, die Unterschenkel scheinen unförmig anzuschwellen. Winzigste Körpervorgänge erlangen, ist der Kontakt zur Außenwelt erst einmal unterbrochen, überraschend an Bedeutung. Das Bild verblaßt, wird durch ein ähnliches ersetzt. Eine Woche ist vergangen, sieben hektische

Tage mit mehreren Fliegeralarmen am Tag, in denen sie uns zwischen Dunkel und Helle hin und her zerrten. Wir zwölf Frauen haben uns aneinander gewöhnt, erkennen uns wieder im Beieinander unter den Heizungsrohren. Durch das Geblubber und Klacken ihrer Metallwände können wir hören, wie weitere Zellentüren aufgeschlossen werden, hören die barschen Befehle der Wärter, mit denen sie die männlichen Gefangenen in den Gang treiben.

Eine von den Frauen ist Katja. Ich schätze sie um die Zwanzig, ungefähr gleichaltrig mit mir. Sie trägt Stöckelschuhe, hat ein noch ungeprägtes, kindliches Gesicht mit einem ständigen Ausdruck der Verwunderung, daß ihr, ausgerechnet ihr, das gleiche widerfährt wie den Frauen um sie herum. Sie ist eine der ersten, die das Schweigen bricht, nachdem sie mich lange und aufmerksam gemustert hat: »Wie heißt du?«

»Ruth. – Und du?«

»Katja. – Weshalb bist du hier?«

»Warum wohl? Weil sie mich erwischt haben. Darum.«

»Erwischt? Bei was?«

»Du tust gerade, als wüßtest du nicht Bescheid.«

»Weiß ich auch nicht.«

»Warum bist du dann hier?«

»Wenn ich dir sage: ich weiß es nicht. Keine Ahnung.«

Jetzt blicken die anderen Frauen auf. In ihren Mienen stehen Mißtrauen und Ablehnung. »Du hast für die Deutschen gearbeitet?« sagt eine mit zerwuseltem Haar. Der Ton, in dem sie es sagt, zwingt Katja in die Verteidigung.

»Als Dolmetscherin«, sagt sie, »im Ambasciatori. Na und? Ihr seid doch auch Deutsche.«

»Zwischen deutsch und deutsch ist ein Unterschied«, sagt eine, die die älteste von uns zu sein scheint, und die anderen nicken. Einige Minuten lang bleibt es still. Dann hebt das Mädchen Katja den Kopf, lauscht, rutscht nah ans Heizungshauptrohr, preßt das Ohr dagegen. Winkt mich heran. »Hörst du das?«

»Da sprechen welche.«

»Die Stimmen der Männer. Sie führen sie wieder durch den Gang.«

»Na und?«

»Aber hör doch. Da spricht einer englisch. Jetzt wieder: ›Bloody bastard‹!«

Ich habe es gehört. Da ist, zwischen den gewohnten, vom Rohrmetall echoverzerrten gutturalen Stimmlauten dieser fremde gewesen; wattige, konsonantenlose A's. Herbeigeträumte Laute, auf deren Abhören im Radio die Todesstrafe steht. Eine irrsinnige, durch keinerlei Beweise gerechtfertigte Hoffnung packt mich.

»Was kann das bedeuten?«

»Die Amerikaner kommen«, sagt eine Schmale mit blauen Händen, wird sofort von der Älteren, die Katja eben belehrte, in die Schranken verwiesen. »Du spinnst«, sagt sie, und ihr Ton ist feindlich, »jedes Kind weiß doch, daß die Alliierten schon seit dem Sommer versuchen, von Sizilien aus nach Rom durchzukommen, und daß die Deutschen sich in den Albanerbergen verschanzt haben. An denen kommt niemand so bald vorbei, die haben da freie Sicht über das gesamte Gelände. Jetzt haben wir schon Ende März, und die Amerikaner stehen praktisch noch immer an der gleichen Stelle. Mist verdammter«, fügt sie hinzu, als habe sie meine Zweifel gespürt, welcher Front ich sie zurechnen soll.

»Partisanin?« frage ich. Sie nickt.

Partisanen sind gut unterrichtete Leute. Meine Hoffnung erlischt so plötzlich, wie sie aufgesprungen war. »Vermutlich ein Dolmetscher, der Engländer«, sage ich.

»Kann auch ein Fallschirmspringer sein, den sie irgendwo aufgefischt und nach Rom gebracht haben. Das würde bedeuten, sie kommen näher«, sagt ein Mädchen im Regenmantel.

Meine Erinnerung, hellwach nun, möchte noch mehr Einzelheiten herantragen. – Anhaltendes Schellen an der Haustür bringt mich in die Gegenwart zurück. Ein Augenblick der Verwirrung. Es scheint mir, als sei ich stundenlang, im wahren Sinn des Worts, außer mir gewesen, Zuschauerin bei etwas, das mich gar nicht direkt betrifft, und tauchte nun wieder in meine gewohnte Welt ein, eine Welt, mit der ich in Einklang lebe, die ich mag, die mich mag, die auf angenehme Art meinen Wünschen entgegenkommt.

Der Milchmann ist an der Tür. Er fragt nach meinem Namen, ist verwirrt, Katja nicht vorzufinden. Nein, sage ich ihm, Milch bräuchte ich im Augenblick keine, die Wohnungsinhaberin sei auf knapp zwei Wochen in Amsterdam und würde ihm gleich bei der Rückkehr Bescheid geben. So, denke ich, verfüge ich über meine Freunde. Aber Katja weiß ja vermutlich, wo sie ihn finden kann. Ich werde ihr schon jetzt einen Zettel auf den Küchentisch legen. Der Mann hat auch Eier, einzeln in Zeitungspapier eingeschlagen, und Hühner. Ihre blutverklebten Bälger im Plastikbeutel ekeln mich. Das Blut ist zum Teil noch flüssig, sammelt sich in schwärzlichen Blasen unter der Klarsichthülle. »Selbstgeschlachtet«, sagt der Mann und ist stolz darauf. »Eigene Farm. Legeställe, Schlachterei, alles maschinell.« Ich nehme ihm ein Dutzend Eier ab, Frühstücksvorrat, verstaue sie im Kühlschrank der überraschend geräumigen Küche.

Zurück auf die Terrasse. Die Sonne ist ein Stück höher gewandert, hat den Schatten von meinem Stuhl abgezogen; seine Polster glühen. Daran erkenne ich, wie lange ich mich schon unter dem Vorwand, meine Schreibarbeit nicht unterbrechen zu können, in meiner Frankfurter Behausung vergraben habe: ich habe vergessen, welche Kraft die Sonne im römischen Oktobermonat hat. Meine helle Haut, jahrelang die Sommer über nichts Stärkerem ausgesetzt als ein paar spärlichen, betonreflektierten Hessensonne-Strahlen, hat sich heftig gerötet. Ich creme sie ein, so gut es geht mit Fingern, die zur liebevollen Pflege der eigenen Haut aus der Übung gekommen sind.

Das Kind schreit nicht mehr. Die Mutter scheint es vom Balkon ins Innere des Hauses geholt zu haben. Sonnenwarmes Platanenlaub sendet angenehm belebende Pflanzenausdünstung aus den Gärten um mich. Ich brauche keine spezielle Atemübung, um sie in meine Lungen aufzunehmen; zusammen mit der immer anwesenden, leichten Luftbewegung strömt sie wie von selbst in mich ein. Milde Sanftheit, die den ganzen Körper erfüllt, zärtliche Empfindung eines passiven Sich-treiben-Lassens, bis die Entspannung in immer trägere Stadien leitet, die auch die letzten Gedankenspuren fortschwemmen in einem Meer von Körperbehagen. Die Geräusche werden ferner, unbestimmter. Dann bin ich eingeschlafen.

Glockenschläge über zunehmenden Geräuschen von der Straße her reißen mich aus dösigem Halbschlaf. Sie läuten den Mittag ein. Die Sonne ist hochgewandert, steht weiß und gleißend im Blau, hat allen Schatten mitgenommen. Die Hitze des Mittags, man kann sie riechen; intensiver Geruch von abgeblühten Sträuchern, Staub, heißen Steinen. Sie steht, von keinem Luftzug bewegt, lastend über der Stadt.

Hungergefühl treibt mich auf die Straße, nicht zuletzt auch erwachende Neugier: Werde ich mich nach all den Jahren noch auskennen? In eben dieser Straße, ein Stück weiter unten, hatten wir, die Leute vom geheimen Widerstand, unsere Treffs gehabt. Es fällt mir ein, daß ich eigentlich heute morgen zur Bank gemußt hätte, Geld einwechseln. Aber für eine bescheidene Mahlzeit in einer der kleinen Trattorien wird's schon noch reichen. Ich denke da an eine bestimmte in einer Seitengasse der Via del Tritone. Berge von *rigatoni*, den gerippten Röhrennudeln, gab es da einst für wenige Lire, und der Wirt, überzeugter Antifaschist, hatte sich oft nach dem Essen zu uns gesetzt und mit uns politisiert. Tullio hatte er geheißen; ob er noch lebt? Wenn ja, müßte er jetzt, schätze ich, an die Siebzig sein. Ein alter Mann, der sich vermutlich längst zurückgezogen hat und irgendwo in der Campagna lebt. Immerhin, es ist einen Versuch wert.

Ich mache mich auf den Weg in Richtung auf die Piazza di Spagna und die Via Tritone. Doch schon die ersten Schritte verwirren mich. Die Via Margutta, Straße der Künstler mit ihren Gärten und Ateliers, hatte ich anders in Erinnerung, nicht so schmuddelig, verkommen, vor allem aber ruhiger. Damals hatten keine lückenlosen Ketten von Fahrzeugen die Sicht auf die Eingangstore versperrt, waren die Häusermauern nicht mit Zigaretten- und Coca-Cola-Reklamen beklebt, stand nicht an jeder Straßenecke ein Baukran. Je näher ich dem Stadtkern komme, desto stickiger wird die Luft, legt sich giftig-weich auf die Atemorgane, steigt zum Hirn, macht schwindelig. Und dieser Teufelslärm. Um mich rast der Verkehr, Auto an Auto, Moped an Moped, sie hupen wie die Irren, aus den herabgelassenen Fenstern schreien die Autofahrer aufeinander ein, zeigen sich den Vogel, gestikulieren. Auf den engen Bürgersteigen geht es nicht weniger verkehrswidrig zu. Für die Fußgänger scheint es überhaupt keine Regelung zu geben. Richtungslos wälzen sich zwei Menschenströme aufeinander zu, weichen einander nicht aus, lassen es auf den Zusammenprall ankommen. Was wie viele Einzelpassanten aussieht, schließt sich beim Näherkommen sofort zu Gruppen zusammen, die massive Verkehrshindernisse bilden.

Immer mehr verliere ich die Orientierung: Hatte hier nicht eine Abzweigung in die Gärten des Pincio hinaufgeführt? Und war dort drüben nicht die kleine Kirche gewesen, die die Deutschen durchsucht hatten, nachdem ganz in der Nähe ein Attentat auf einen Trupp deutscher Soldaten verübt worden war? Wo ich mich an eine Cafeteria zu erinnern glaube, ragt nun ein glattes Bürohochhaus in den Himmel, kotig ockergelb getüncht und dazu khakifarbene Fensterrahmen. Die oberste Fensterreihe spiegelt nur noch das Wetter. Entweder hat sich hier alles von Grund auf verändert, oder aber meine Erinnerung hat im Laufe der Zeit Gebäude versetzt, Entfernungen, Perspektiven verschoben.

Drüben die Filobushaltestelle mit den zwei Säulen dahinter: Jetzt weiß ich wieder, wo ich bin, auch ohne erst verborgene Schilderhinweise suchen zu müssen. Gleichzeitig wird mir klar, daß ich einen gewaltigen Umweg gemacht habe, um an die Spanische Treppe zu gelangen. Ich biege in die kurze Ladenstraße ein, die direkt auf den Platz zuführt. Was erwarte ich eigentlich? Damals, in den vierziger Jahren, war Krieg gewesen. In jener Zeit der völkischen Isolation hatte es in Rom ausschließlich Italiener und Deutsche gegeben, sie hatten das Stadtbild geprägt, die ›Einheimischen‹ und die Besatzer, von einer sogenannten Freundschaftspolitik zwischen Duce und Führer auf kleinem Raum zusammengezwungen. Da war Rom richtig provinziell gewesen, ein großes Dorf, in dem jeder jeden wenigstens von Ansehen kannte, Schmierenbühne auch, auf der die Römer ihren ungeliebten Besatzern eine gigantische Komödie vorspielten. Pathos und Bauernschläue. Fast wären sie damit durchgekommen. Fast. – Hier an der Ecke war der Blumenstand gewesen, der sonnenwarme Duft der grellfarbigen Pflanzen hatte die ganze Gegend erfüllt. Wo sie auf Stufenaufbauten in Gläsern und Eimern geleuchtet hatten, ist nun eine Pizzeria. Am Toreingang daneben lehnen schwarze Plastiksäcke voller Abfall, umsummt von Fliegen. Etwas weiter zur Piazza hin erkenne ich das engbrüstige rote Haus wieder, in dem der alte Signor Bartellini seine Uhrensammlung hatte. Jetzt sind die Fenster blind, zwei davon roh mit Brettern vernagelt. In der Auslage anstelle der liebevoll auf verschlissenem Samt gebetteten Uhren ein dunkles Durcheinander von

Transistorradios, Küchengeräten, Stereoboxen. Als Hintergrund: Sternenbannerposter. Und gleich daneben Motorräder zum Verkauf, fünf schwere Maschinen mit überbogenen Lenkgriffen nebeneinander. Ich bin nicht länger neugierig; die Amerikaner scheinen ihren Stempel aufgeprägt zu haben, überall sehe ich USA-Werbung für Getränke, Zigaretten, Freizeitkleidung, finanzielle Investments; was den Einfluß Amerikas auf das Stadtbild anbelangt, steht Rom Frankfurt nicht nach. Da, wo sich eben eine Gruppe von scheinbar ziellosen Straßenbummlern teilt, wird vor einer Auslage ein Bildstreifen sichtbar: Nacktheit. Fette Frauen, Busen wie Kürbisse, gewaltige Hinterteile, die Geschlechtsteile schwarz ausgeblendet. Ein Pornoshop. Vor ihm, in Betrachtung versunken, zwei Priester mit breitrandigen Hüten. Im übrigen scheint man sich hier hauptsächlich auf Schuhverkauf zu spezialisieren; wo immer ich im Vorübergehen einen Blick in die Auslagen werfen kann, sehe ich Schuhe, Männer-Frauen-Kinderschuhe jeder Farbe und Größe. Selbstverständlich aus den besten Ledersorten. So selbstverständlich war das nicht immer gewesen. Damals, als die Deutschen italienisches Leder beschlagnahmten, um daraus Soldatenstiefel zu fertigen, hatte man Schuhe aus Pappe, Glas und Kork hergestellt. Hübsch dennoch, italienische Schuster sind erfinderisch.

So also sieht die Piazza di Spagna heute aus: Keine Blumen auf der ausgetretenen Barocktreppe, dafür lungern nun ausgeflippte Hippies mit ihren Mädchen zu beiden Seiten der Mittelstiege, zwischen ihnen fliegende Händler und Trödler. Sie haben Tücher vor sich ausgebreitet, darauf selbstgefertigten Schmuck, Muschelketten, Armreifen und Ringe aus Kupferdraht, das Zeug glüht in der Sonne, würde bestimmt zu formlosen Klumpen schmelzen, nähme jemand es in die Hand. Es sind aber keine Käufer da; Leute, die von der zweitürmigen Trinità dei Monti heruntersteigen, werfen keinen Blick auf die Angebote zur Rechten und Linken. Über ihnen glänzt der spitze Obelisk altägyptischer Herkunft mit seinem christlichen Kreuz in dem jetzt gnadenlosen Licht des hohen Mittags. Am Oval des Brunnens vorbei, der verdreckt ist von schwimmendem Zeitungspapier und Abfällen, finde ich endlich zur Via Tritone und dem schmalen Winkel durch, in dem mir einst die Rigatoni schmeckten. Die Trattoria ist tatsächlich noch vorhanden, so wie ich sie in Erinnerung hatte, nun zwanzig Jahre älter geworden, unansehnlicher, aber noch immer peinlich auf Sauberkeit bedacht; der Boden vor dem Eingang ist gefegt, der Kasten mit dem Aushang des einfachen Menüs blankgewischt.

Ich setze mich an einen der Tische mit weißer Plastikdecke – damals hatten sie Papierdecken gehabt, immer wieder dieses ›damals‹ –, schenke mir von dem billigen weißen Wein ein, der bereitsteht. »Ist Tullio noch da?« sage ich zu der alten Frau, die hinter der Espressomaschine hantiert.

»Tullio?«

»Der Wirt.«

»*Dio mio* – Tullio!«

Die Frau stellt Tassen zur Seite, kommt zu mir an den Tisch, betrachtet mich mit Augen, in denen das Mißtrauen steht, noch immer Mißtrauen nach so vielen Jahren. »Mein Mann ist tot«, sagt sie. »Wer sind Sie?« Ich versuche, mich an Tullios Frau zu erinnern. Unbestimmter Eindruck einer jungen Frau im Hintergrund, schweigsam und ängstlich. So also sieht sie heute aus. Ich nenne meinen Namen, die meiner Kameraden, die hier einst ein- und ausgingen. Sie nickt ohne Lächeln, überlegt ihrerseits, ob ich identisch sein könnte mit dem lebhaften jungen Mädchen, das ihre Erinnerung mit meinem Namen verbindet. »Draußen liegt er«, sagt sie schließlich mit einer unbestimmten Kopfbewegung. »*Le fosse ardeatine* – Sie wissen.«

Ich weiß. Das Massengrab an der Via Ardeatina. Ich war noch im Gestapokeller der Via Tasso gewesen, kurz vor dem

Abtransport in ein deutsches Konzentrationslager, als am vierundzwanzigsten März neunzehnhundertvierundvierzig dreihundertfünfunddreißig als Geiseln verhaftete Männer dafür büßen mußten, daß militante Widerständler auf der Via Rasella eine Handgranate in eine Formation deutscher Soldaten geschleudert hatten. Dreiunddreißig Tote, hatte es im deutschen Wehrmachtsbericht geheißen. Die italienischen Passanten, zehn Erwachsene und sechs Kinder, ebenfalls tödlich getroffen, zählten nicht. Hitler hatte für jeden getöteten Deutschen zehn italienische Opfer verlangt, ob schuldig oder nicht. Und Roms Polizeichef Kappler hatte gehorcht. Das Gerücht über das Massaker hatte bei uns im Heizungskeller die Runde gemacht; beim Tütenkleben in der Wachtstube, zu dem sie mich mit drei anderen Frauen geholt hatten, sahen wir noch, wie sie die letzten der Männer abführten. Als man nach dem Krieg das Grab öffnete, fand man darin dreihundertfünfunddreißig Leichen; zwei mehr als angeordnet. Eine Identifikation war nicht mehr möglich.

»Wie ist er auf die Liste gekommen?«

»*Il commendatore Tellini.* Sie erinnern sich? Der Dicke mit der Halbglatze, er saß immer am gleichen Tisch, dort drüben. Sie auch haben mit ihm gesprochen. Man kann niemandem trauen.«

»Der hat Tullio verraten?«

»Faschist ist er gewesen, ein hohes Tier sogar in der Partei. Spitzel. Collaboratore«, sagt sie. Ihre Miene ist abweisend. Auch ich, sagt sie, hätte mit ihm gesprochen, aber ich kann mich nicht mehr erinnern. Hält sie mich ebenfalls für eine Kollaborateurin? »Ich bin nicht mehr zu euch gekommen«, sage ich, »weil ich zu der Zeit bereits verhaftet war. Anschließend haben sie mich nach Deutschland gebracht.«

Es ist schade um die fettglänzenden Rigatoni, die mir ein schmalbrüstiges Kind bringt, das *nonna,* Oma, zu Tullios Witwe sagt. Sie schmecken mir nicht mehr. Einer der Männer, den sie seinerzeit aus der Via Tasso abgeführt hatten, fast noch ein Junge, steht wieder vor meinen Augen. »Helft doch, so helft mir doch« und »sono innocente – ich bin unschuldig« hatte er in einem fort gerufen und sich dabei fassungslos umgeschaut. Er glaubte noch an Gerechtigkeit, einer von denen, die den deutschen Besatzern wohl rigorose Härte, aber keine Willkür zutrauten.

Ich spüre Verlangen nach einem starken Espresso, mache mich auf den Weg zu den Cafés der Via Veneto, der römischen Hauptstraße, die in großzügigem Bogen an der Piazza Barberini hinauf zur Porta Pinciana führt. Die Straßen haben sich geleert, das abgetretene Pflaster des Bürgersteigs wird sichtbar, übersät mit Papierabfällen, Obstresten, zertretenen Eistüten. Der Barberiniplatz mit Berninis Tritonenbrunnen ist – ich erwarte es schon nicht mehr anders – mit Bauzäunen umstellt. Die schwarz angelaufene Brunnenfigur auf ihrem geschwungenen Barocksockel muß mit den billigen Farben von Werbeplakaten für Babypuder und Herrenparfüm konkurrieren. Es stört mich nicht mehr, im Gegenteil, ich bin den Veränderungen dankbar, sie verhindern, daß mich auf Schritt und Tritt die Erinnerung an Vergangenes einholt.

Immer noch ungewohnt, das Gefühl, uneingeschränkt Zeit zu meiner Verfügung zu haben, sie verschwenden zu können. Ich bummle den Straßenbogen aufwärts, vorbei an der in die Häuserreihe eingefügten Franziskanerkirche, dem ›Majestic‹, den einander gegenüberliegenden Grandhotels ›Eccelsior‹ und ›Ambasciatori‹. Im Licht des frühen Nachmittags erscheinen sie mir stark überaltert. Die Palmen vor der Amerikanischen Botschaft gibt es also noch; eine aufkommende Brise vom nahen Meer schaukelt ihre Blätter. Ich begrüße sie wie alte Bekannte. Auch sie sind älter, gelber geworden, weniger von den Jahren als vom Bleigehalt in der Luft. Der Verkehr auf diesem Abschnitt der Straße ist beängstigend dicht, allerdings besser geregelt als auf den Zufahrtswegen der Innenstadt. Die Platanen am Straßenrand haben rissige Stämme und welkes Laub. Abgase haben sich durch sie hindurchgefressen und ihr Inneres ausgehöhlt. Es stört die nicht, die in ihrem kargen Schatten ihr Eis löffeln; ich stelle fest, daß fast alle Tische der Cafés zu beiden Seiten der Straße besetzt sind; um Siesta zu halten, braucht es nicht unbedingt die häuslichen Wände, es läßt sich auch hier hübsch in der Sonne dösen, vorausgesetzt, man ist nicht lärmempfindlich. Und das scheinen die wenigsten zu sein. Ich finde einen Tisch nahe der Hauswand, die angenehm Schatten spendet. Schwarzer Kaffee, dick gezuckert, belebt meine Nerven. Ich habe mir Katjas Sonnenbrille aufgesetzt. Sie ist breitrandiger und den hiesigen Lichtverhältnissen besser angepaßt als meine eigene. In ihrem Schutz betrachte ich mir die Umsitzenden, wundere mich, daß ihnen die lastende Nachmittagshitze nichts von der Lebhaftigkeit nimmt, mit der sie aufeinander einreden. Mich macht dieses Klima träge. Eine laue Brise, eigentlich nur sanfteste Luftbewegung ohne erfrischenden Effekt, trägt Wortfetzen von den benachbarten Tischen zu mir herüber, Gemisch aus bekannten und fremden Lauten, viel breites Amerikanisch dazwischen. Mit dem Lärm von der Straße her zerfließt alles zu einer gleichmäßigen Geräuschkulisse, die die Sinne einlullt. Der Espresso, den ich zu hastig, zu heiß trank, treibt mir den Schweiß auf die Stirn. Die Männer starren mich an, warten offensichtlich auf das geringste Zeichen der Ermunterung, um ihren Platz mit einem der Stühle an meinem Tisch zu vertauschen. Noch immer also das alte Klischee unter der Tünche modern-freiheitlichen Gehabens: Frau allein, Ausländerin, Freiwild für die Renommierhatz der herumlungernden Papagalli. Um den Augen auszuweichen, bin ich gezwungen, mein Blickfeld geradeaus auf die gegenüberliegende Straßenseite zu beschränken. Das Café drüben hat eine breit rot-weiß gestreifte Markise. Durch kleine Lücken in den Autoketten sehe ich Menschengewoge über den weißen Tischchen aus Gußeisen. Heute ist dort jeder Platz besetzt, geht es mir durch den Kopf; nicht immer war es dort so lebendig. Bevor ich es abwehren kann, entsteht ein Bild vor meinen Augen, eine Szene am gleichen Ort, doch um sechsundzwanzig Jahre zurückversetzt, so deutlich, daß es mir vorkommt, als sei es gestern gewesen.

Ein Aprilmorgen. Der frühe Vormittag, an dem Ruth Hellmann sich an einen der Tische des Café Rosati auf der Via Veneto setzt, ist kühl und ruhig. Vor dem Eingang des Hotels Eccelsior, Sitz der deutschen Stadtkommandantur, seitdem im Juni vorigen Jahres Italien an der Seite Deutschlands in den Krieg eintrat, stehen deutsche Wachen mit geschultertem Gewehr. Fassade nur, versichern die deutschen Herren in Uniform. Fassade nur? fragen sich skeptische Römer. Aber ja doch; man ist verbündet, Führer und Duce haben einen verbrüdernden Freundschaftspakt geschlossen. Ruth Hellmann, von der ihre Freunde in Berlin sagen, ihre Gescheitheit und Labilität zusammen mit einer ihr selbst unerklärlichen Anziehungskraft auf Männer brächten sie zwangsläufig immer von neuem in Kalamitäten, blickt sich nervös um, versucht vergebens, ihre Hände zu kontrollieren, die pausenlos den Aschenbecher zwischen den Fingern drehen, rund und rund; rund und rund. Die übrigen Gäste des Café Rosati, einzelne ältere Herren, die im noch breiten Schatten der Markise beim Fernet Branca ihre Morgenzeitung lesen, nehmen keine Notiz von ihr. Es ist alles so glatt gegangen, denkt sie. Zu glatt. – Noch nicht vier Tage ist es her, da war in Berlin von einem gut informierten Freund die Warnung gekommen: Taucht unter! Ihre Jugendgruppe, bestehend aus Studenten, Künstlern und jungen Gelehrten, war dem Reichssicherheitshauptamt als ›*Gruppe der Umtriebler gegen den Geist des Dritten Reichs*‹ gemeldet worden. Sie mußte fort aus Berlin. Freunde hatten ihr geholfen, ihr erklärt, wie sie bestimmte Gegebenheiten im politischen Reiseverkehr zwischen Deutschland und Italien nutzen konnte, um sich über die Grenze zu schmuggeln und in der Vatikanstadt unterzutauchen, hatten ihr Fluchtgeld und sogar, mitten im Krieg, einen Reisepaß beschafft. Die eingetragenen Personalien stimmten: Ein Meter dreiundsiebzig groß, Alter achtzehn Jahre, Augen blau, Haare kastanienbraun, besondere Kennzeichen: keine. Dabei war gerade das das Besondere. Es stand kein J darin; J wie Jude. Nach dem Gesetz fiel sie zwar nicht unter den Begriff der Volljüdin, ihr Vater war stolz auf sein volles Ariertum, ihre Mutter hatte vor drei Jahren Selbstmord begangen. Doch sogenannten ›Mischlingen ersten Grades‹ war das Reisen durch Einziehen der Pässe längst unmöglich gemacht; es lief auf dasselbe heraus. Die deutschen Kontrolleure am Brenner hatten sich ihr eilig besorgtes Paßbild, das sie mit offenem Haar und gequältem Lächeln zeigte, eingehend besehen, ihrer Begründung zur Notwendigkeit der Reise nach Minuten der Überlegung, die ihr wie eine Ewigkeit vorgekommen waren, Glauben geschenkt und sie gestern nach Italien einreisen lassen. Es war wirklich alles ein bißchen zu glatt gelaufen …

Ruth Hellmann schrickt zusammen, als ein Mann zu den Tischen tritt, einen schnellen Blick in die Runde wirft, sich danach wie von ungefähr zu ihr an den Nebentisch setzt. Er ist hager, leicht vornübergebeugt, seine Wangen sind eingefallen, als habe er vor kurzem eine schwere Krankheit überstanden. Der Haaransatz ist weit in die Stirn verschoben, das angegraute Nackenhaar wächst in den offenen Kragen seines Hemdes. Wache Augen blicken eine Sekunde lang aufmerksam zu ihr hin, bevor er die Zeitung entfaltet. Er liest den Messaggero. Kein Italiener, denkt Ruth, nie im Leben. Das mit der Zeitung ist Tarnung. Sie sind ihr auf den Fersen. Jetzt rotiert der Aschenbecher nicht mehr; ihre Finger halten ihn umklammert, als suchten sie an ihm Halt. Spitzel? Polizei?

Einer von der Gestapo? Es beruhigt sie nicht, daß der Mann salopp gekleidet ist; im Ausland gehen sie vermutlich unauffälliger vor als daheim im ›Reich‹. Ohne in seine Richtung zu blicken, spürt sie, daß er sie anschaut. Aufstehen, weggehen? Wohin? Er wird ihr folgen. Vielleicht wartet er nur darauf, daß sie ihm verrät, wo sie wohnt. Im Hotel hat sie sich unter falschem Namen eingetragen. Der Besitzer und seine Frau sind Schweizer, sie haben Verständnis. Es ist ihre ständig steigende Erregung, die sie, als sie es nicht länger auszuhalten glaubt, den Sprung nach vorn wagen läßt. Ruth reißt den Kopf herum, blickt dem Mann voll ins Gesicht. »Was ist?« – Überraschung. Echt oder gespielt, sie vermag es nicht zu unterscheiden: »Was ist was?«

»Sie starren mich die ganze Zeit an.«

»Verzeihung, wenn ich unhöflich war. Tut mir leid.« Österreichischer Anklang. Ein Großdeutscher. Ruth denkt an ihren Paß. Die Grenzbeamten hatten an ihm nichts Besonderes bemerkt, ihre Aufmerksamkeit hatte sich auf das Genehmigungsschreiben konzentriert. Würde er einer weiteren Prüfung standhalten?

Der Mann wendet sich ihr zu. »Sie sind so nervös. Das fiel mir auf.«

»Wirklich? Zu viel schwarzer Kaffee vermutlich am frühen Morgen. Dumme Angewohnheit von mir, aber ohne ihn –« Und sie murmelt etwas von niedrigem Blutdruck und Nichtaufwachen-Können. Der Paß ist undeutlich abgestempelt; wenn sie die Stempel erst unter die Lupe nehmen, werden sie nicht nur sie verhaften. Sie werden auch nach den Ausstellern des Dokuments forschen. Dann werden auch ihre Freunde dran glauben müssen.

»Sie sind noch nicht lange in Rom?«

»Und Sie?« sagt sie statt einer Antwort.

Flüchtiges Lächeln, das aufspringt und gleich wieder erlischt.

»Wie man's nimmt. Dreizehn Jahre reichen jedenfalls nicht aus, um sich als Römer zwischen Römern zu fühlen.«

Ruth läßt den Aschenbecher los. Wenn er wirklich schon seit Ende der zwanziger Jahre hier wohnt, dann wird er kaum politische Bindungen an seine Heimat haben. Naziösterreicher im Ausland kehrten nach dem Anschluß Österreichs an Deutschland ›heim ins Reich‹. »Künstler?« fragt sie. »Maler?«

»Schlimmer. Ich schreibe. Gedichte, Betrachtungen und ab und zu ein paar schwachsinnige Artikel für Zeitungen, damit die Kasse stimmt.«

»Für Zeitungen in Deutschland?«

»Weniger«, sagt er. »Rom ist eine gute Stadt. Sie ist ein Asyl für meinesgleichen seit Jahrtausenden.«

Was er mit seinesgleichen meine, will sie wissen. Menschen, die an das Recht zur Freiheit glauben, an Toleranz und Menschenwürde, sagt er. Und dann kommen sie ins Gespräch, erkennen sich als Flüchtlinge einer politischen Diktatur, die ihnen beiden keinen Raum zum Leben läßt. Der Mann, der Ruth nun so unerwartet sympathisch geworden ist, heißt Rolf Eckstein und ist gebürtig aus Graz. »Du mußt ruhiger werden«, sagt er zu ihr. »Das ist das Wichtigste: nicht aufzufallen.«

»Kannst du mir helfen, unterzutauchen?«

»Es wird nicht leicht sein. Du giltst als deutsche Staatsangehörige mit allen dazugehörigen Pflichten, nur ohne Rechte. Wenn dein Reisepermit abgelaufen ist, erwartet man dich zurück, vielleicht schon früher, wenn euch da wirklich jemand verpfiffen hat.«

»Und wenn ich nicht zurückgehe?«

»Dann wird man Nachforschungen anstellen. Die römische Polizei kollaboriert eifrig mit ihren deutschen Kollegen.«

»Hilf mir«, sagt Ruth. »Bitte hilf mir, daß sie mich nicht finden.«

Sie hat keine Vorstellung davon, wie sich das praktisch bewerkstelligen ließe, weiß nur, daß da, inmitten des Gefühls der Verlassenheit in einer fremden Stadt, ein Mensch ist, der ihre Lage versteht, der ihre Sprache spricht, mit dessen Ideen sie voll übereinstimmt. Es ist ein ungeheuer gutes Gefühl. Ihre Hände auf dem Tisch sind zur Ruhe gekommen. Der Steiermärker Eckstein hat ihr Vertrauen gewonnen und das ist mehr, als viele aus Ruths Bekanntenkreis in den letzten Jahren von sich behaupten können.

»Wo wohnst du?« sagt er. »Nein«, sagt er, als sie ihm das Hotel nennt, »da kannst du nicht bleiben. Früher oder später werden sie dich zum Registrieren um deine Papiere bitten.«

»Es sind Schweizer, die sind nicht so genau.«

»Ein leichter Druck von oben genügt, Mädchen, und sie werden sehr genau werden. Gib mir Zeit zum Überlegen. Ich werd' mir schon was einfallen lassen. Wir treffen uns übermorgen wieder, gleicher Ort, gleiche Zeit, in Ordnung? Dann werd' ich dich anschließend mit ein paar Freunden von mir bekannt machen.«

Sie nickt, sieht zu, wie er zahlt, sich gemächlich erhebt, davongeht. Die deutschen Wachtposten vor dem Eccelsior mit ihren geschulterten Gewehren starren weiter unbeweglich geradeaus.

Ich schrecke hoch, als der Ober um Abrechnung bittet, er werde gleich abgelöst werden. Nur schrittweise finden meine Gedanken in die Wirklichkeit zurück, der Gegensatz ist kraß. Es kommt mir vor, als sei da eben vor meinem Innern ein Stück Film abgelaufen, zu dem ich, aus meinen Erinnerungen erwacht, nur schwer eine Beziehung herstellen kann. Wie das eben mit alten Filmen ist: Eine späte Wiederholung macht durch den großen zeitlichen Abstand die Sprünge und Risse sichtbar, bewirkt eher Befremden als Wiedererkennen.

Aus meiner heutigen Sicht verstehe ich nicht, wieso diese Ruth Hellmann so schnell Zutrauen zu dem Mann gewann, der von sich behauptete, abseits der politischen Szene zu stehen. Mein mit den Jahren erworbenes Mißtrauen unbekannten Leuten gegenüber macht es mir unmöglich, mich mit dem Mädchen Ruth aus dem Jahre 1941 zu identifizieren. Oder ist das womöglich nur eine Schutzbehauptung? Ist es nicht eher so, daß ich mich, jetzt sogar unter Zuhilfenahme moralischer Kritik, noch immer dagegen wehre, eine Vergangenheit, die ich abgelebt, verarbeitet wissen möchte, wieder lebendige Gegenwart werden zu lassen? Ich erkenne mit Unbehagen, auf wie wackligen Füßen doch meine Selbstsicherheit steht, die ich mir inzwischen durch wachsende berufliche Anerkennung erkämpft zu haben glaubte.

Es ist kühler geworden. Ich mache mich auf den Heimweg. In einem der engen, nach Muskat und Parmesan riechenden Lebensmittelläden kaufe ich mein Frühstück für morgen ein: eine Stange Brot, Tomaten, Mozzarella, den weißen Ballen aus gummiweichem Büffelkäse, einen Zopf Zwiebeln. Kaffee, habe ich festgestellt, ist reichlich vorhanden; anscheinend ernährt sich Katja in der Hauptsache von Zigaretten und schwarzem Kaffee. Die Stadt ist nun ganz von gelbem Licht überzogen, dem flächigen Licht des späten Nachmittags, das sich langsam verschiebt, Häusergruppen mit violetten Schatten abdunkelt, freie Plätze in blasse und rötlich flammende Hälften aufteilt. Am Horizont sammeln sich schon Abendwolken, Schönwetterwolken mit Leuchträndern. Die Luft riecht frischer, herber. Zu Hause angekommen – wie schnell man doch bereit ist, eine eben erst bezogene, vorübergehende Bleibe ein Zuhause zu nennen, um sich in fremder Umgebung einen Ausgangspunkt zu schaffen –, spüre ich, wie Müdigkeit sich in mir breitmacht. Es ist nicht so sehr körperliche Erschöpfung als vielmehr das unbestimmte Empfinden, mir durch Unachtsamkeit eine Verletzung zugezogen zu haben. Alte Narben, heißt es in der Medizin, können, falls nicht restlos verheilt, ein Leben lang unerkannte Ursache für alle möglichen Störungen sein. Im Dämmerlicht der Küche richte ich mir einen Abendimbiß her: Brote mit Sardinen und Käse, einfachen Rotwein dazu, der beschwerenden Erinnerungen den weiteren Weg ins Bewußtsein verwehren soll. Wenigstens für den Rest des Abends. Ich werde noch ein paar Stunden mit Lesen verbringen; Katja hat da, zusammen mit italienischen, eine ziemlich umfangreiche Sammlung deutschsprachiger Romane und Erzählungen.

Nach dem Bad – um wieviel weicher das hiesige Wasser die Haut umschmeichelt als das chlorhaltige in Frankfurt – bürste ich vor dem Spiegel mein feuchtes Haar aus. Es ist das erste Mal seit Monaten, daß ich mich in direkter Konfrontation mit meinem seitenverkehrten Abbild aufmerksam betrachte. Bin ich Ruth Hellmann? Ist sie ich? Nein, stelle ich fest, keine Ähnlichkeit; nicht einmal meine Tochter könnte sie sein, berücksichtigt man den Abstand der Jahre. Mal abgesehen von Äußerlichkeiten wie kurzer, knabenhafter Haarschnitt gegen schulterlange Strähnen, natürliche Alterung der Haut in einem Vierteljahrhundert, mehr Selbstvertrauen in der gesamten Haltung ist da vor allem, jetzt, wo ich mir ihr Gesicht wieder aus der Erinnerung hervorhole, die totale Verschiedenheit des Ausdrucks um Augen und Mund. Ruth Hellmanns Gesicht, jeder einzelne Zug in ihrer Mimik hatte eine durch keine noch so schockierenden Ereignisse gebremste Neugier widergespiegelt, eine Neugier auf das Phänomen Leben, Hunger, es zu erforschen und es täglich neu zu entdecken. Etwas von meiner Skepsis, die, mehr als anderes, mein Gesicht prägt, das der seit drei Jahren geschiedenen Ruth Lindström, hätte ihr notgetan. Ein bißchen davon wenigstens. Ich ertappe mich dabei, daß ich sie schon wieder kritisieren möchte, maße mir ihr gegenüber immer wieder moralische Bevormundung an, das ist doch lächerlich. Bin ich eifersüchtig, weil sie außergewöhnlich attraktiv war, ich dagegen in meinem Spiegelbild keine Ähnlichkeit mit ihr erkennen kann? Schon einmal bei der Seelenanalyse, bohre ich noch ein bißchen nach: Kann ich nicht, oder will ich nicht? Weigert sich der Teil in mir, der immer noch mit der Abwehr von Erinnerungsbildern befaßt ist, die Suche nach Identität mitzumachen, leugnet er jede Art von Übereinstimmung im Bemühen, das Mädchen Ruth wieder verschwinden zu lassen, so rasch und unauffällig wie möglich? Ich weiß es nicht, fühle nur, daß mich, entgegen meiner Hoffnung, die Vergangenheit einzuholen beginnt und daß es sinnlos ist, mich dagegen zu sträuben. Ich werde sie aufarbeiten müssen, Zug um Zug.

Draußen ist es Nacht geworden. Bevor ich zu Bett gehe, trete ich noch einmal auf eine Zigarettenlänge auf die Veranda. Die merklich abgekühlte Luft tut meinem Kopf gut; sie bringt endlich auch meine Gedanken zur Ruhe. Der weite Himmel über der Stadt ist gelb vom Widerschein der Lichter. Herber, kühler Laubgeruch steigt von den Bäumen auf. Ich atme ein paarmal tief durch, bevor ich ins Zimmer zurücktrete.

## 13. Oktober

In noch unvertrauter Umgebung fällt Ausschlafen schwer. Ich bin früh wach; etwas in mir, eine Art Urinstinkt, wehrt sich mit erwachendem Bewußtsein gegen das passive Dämmern allmählichen Zumirkommens, indem es übergangslos Tagesgedanken aktiviert. Es ist die alte Angst aus den Jahren des Kriegs, im Schlaf von irgend etwas Unangenehmen überrascht zu werden. Erster Gedanke: Ich bin mit meiner Arbeit am neuen Buch in Rückstand, heute unbedingt weiterschreiben, wo war ich stehengeblieben? Zweiter: Dies ist nicht Frankfurt, dies ist Rom. Alle Zeit der Welt steht mir zur Verfügung, heute, morgen, weitere zwölf Tage lang. Was macht man mit so viel Zeit?

Im Atelier rotiert Katjas Goldhamster auf seinem Trittrad. Ich sehe ihm eine kleine Weile zu. Welch eine pervertierte Quälerei: Das Tier, ruhelos tätig, versucht die Stufen zu erklimmen, die es aufwärts, in die Freiheit bringen sollen, doch mit jedem neuen Tritt weicht die Sprosse der endlosen Leiter zurück. Statt eines Ziels der geschlossene Kreis: ohne Anfang, ohne Ende. Ich spüre leichte Übelkeit in der Magengegend. Weiß der kleine Kerl, daß er auf einen Trick hereingefallen ist, daß es für ihn kein Vorwärtskommen gibt? Rotiert auch sein Gehirn? Ich schiebe ihm seine Körnerration in den Käfig, lasse die Plastikgießkanne unter dem Küchenkran vollaufen, begebe mich an das Wässern von Katjas Begonien vor den Fenstern. Sie machen einen ziemlich trockenen Eindruck; gestern hatte ich sie über so viel ersten neuen Eindrücken vergessen.

Meine leichte Gereiztheit, unterschwelliges Unbehagen, mit dem Verstand nicht faßbar, schwindet, als ich auf die Terrasse trete. Der Himmel, noch ohne Blendung, die dem Auge nur Teilaspekte gestattet, bereitet sich auf den Tag vor. Die Dächer der Stadt liegen im violetten Morgendunst; zarte rosa Streifen, die allmählich an Helligkeit gewinnen, zeigen an, wo bald die Sonne durchbrechen wird. Kühle ist in der Luft und etwas wie ganz feiner, gefilterter Wasserdampf, der mein Gesicht wie mit einer hauchdünnen Maske überzieht. Vogelstimmen bilden den akustischen Rahmen; sehr laut, sehr nah, von der Art her unbestimmbar, zumindest für mich, die ich gerade noch Amseln von Spatzen zu unterscheiden weiß. Frankfurt ist ein denkbar ungeeigneter Platz, um Naturstudien zu betreiben. Ich atme tief durch, beobachte, wie zunehmende Morgenhelle Einzelheiten aus dem Dunst heraustreten läßt: eine Baumkrone, die Rundkuppel eines Kirchendachs, die Umrisse höher gelegener Häuser.

Nach dem Frühstück setze ich mein gestriges Sonnenbad fort. Entspannt liege ich in den bunten Kissen und beobachte eine zierliche, grüngelbe Eidechse, wie sie zwischen den Steinfliesen der Terrasse umherhuscht; hastiges Schlängeln, dann Starre, Sichern nach allen Seiten im raschen Wechsel. Ich bin zu faul, um mir Gedanken zu machen, wie ich den heutigen Tag verbringen werde, zu faul auch, überhaupt zu denken. Alle meine Sinne sind auf wohlige Entspannung im warmen Sonnenlicht konzentriert; der letzte Rest von Zeitgefühl schwindet. Ein paar Stunden später ist es dann die Sonne selbst, die mich zwingt, ihren nunmehr allzu intensiven Strahlen auszuweichen. Unter der Dusche zeichnen sich an den Stellen, wo der Bikini meinen Körper vor allzu neugierigen Augen von Nachbarterrassen schützt, schon deutlich helle Streifen ab.

Diesmal schaffe ich es noch vor dem Mittagessen, zur Bank zu gehen. Es ist eine italienische Bank nahe der Via Gregoriana, aber die Kundschaft scheint ausschließlich aus Amerikanern zu bestehen; ich höre nur zerkautes Englisch. Die Glocken schlagen eins, als ich wieder auf die Straße trete. Vor dem Werbeplakat eines Kandidaten der Democrazia cristiana stehen zwei Pferdedroschken. Es gibt sie also tatsächlich immer noch, obwohl sie doch schon seinerzeit, in den vierziger Jahren, Museumsstücke waren! Ich kann kaum hinsehen, solch ein Mitleid empfinde ich mit den armen Gäulen. Sie sind bis auf die Knochen abgemagert, müssen sich auf Verlangen irgendwelcher Großtuer aus Westeuropa oder den USA täglich zwischen Autoschlangen durchzwängen, giftiges Blei einatmen, ihre Last stundenlang durch den Staub der Straßen ziehen. Und für den Kutscher der *caro-*

*zella* fällt nicht einmal genug ab, um dem unglücklichen Tier die notwendige Haferration zu garantieren.

Von der Bank mit vielen bunten Scheinen ausgestattet, nehme ich mein Mittagessen diesmal in einem Ristorante ein. Es liegt mitten auf dem geschäftigen Corso Umberto, hat zwei Topfpalmen im Eingang und macht von außen einen appetitlichen Eindruck. Das Innere enttäuscht; der Besitzer, offenbar um internationalen Anstrich bemüht, hat sein Lokal derart mit allem ausgestattet, was ihm als typisch für internationale Güteklasse erscheint, daß aber auch nichts mehr hier drinnen an Italien erinnert. Ein durch und durch neutrales Lokal, neutrale Wände, neutrale Tische, neutrale Ober. Die Gäste sind, soweit ich das erkennen kann, hauptsächlich Ausländer der gehobenen Einkommensklasse. Keine Fliege traut sich hier herein; das weiße Leinengedeck wirkt steril wie Krankenhauswäsche. So sehr mir Kühle um die Mittagszeit willkommen ist: Das zugige Gebläse aus der Klimaanlage über dem Eingang macht meine sonnengewärmte Haut frösteln.

Ein gleichgültiger Kellner bringt die Speisekarte. Das ist einer der Hauptunterschiede zwischen Restaurant und Trattoria: Hier muß ich ein gesamtes Menü wählen, Antipasto, Fleisch mit Gemüse oder Frittiertem, Käse und Nachtisch. Anschließend – Nudelberge und Ölgebratenes machen ihn erforderlich – schwarzer, verdauungsfördernder Kaffee. Ohne besonderen Hunger arbeite ich mich durch die gesamte Menüfolge, ungeduldig, aus der kalten, unpersönlichen Atmosphäre wieder ins warme Sonnenlicht zu treten. An der Wand mir gegenüber lehnt mein Ober mit hinter dem Rücken gekreuzten Armen. Ungeniert verfolgen seine Blicke jeden meiner Bissen auf dem Weg vom Teller zum Mund. Die Rechnung, die er mir anschließend unter diskreter Serviette bringt, ist, so jedenfalls kommt es mir vor, unangemessen hoch. Allein für Gedeck und Servizio muß ich eine

Summe zahlen, die für ein Spaghettimahl mit Wein in einer bescheidenen Osteria ausreichte.

Ich bin froh, als ich wieder auf die sonnendurchflutete Straße trete. Wärme umhüllt mich augenblicklich wie ein entspannendes Bad. Meine Arme prickeln, das von künstlicher Kaltluft gestaute Blut beginnt wieder zu pulsieren. Ich bummle den Corso hinauf, vorbei an den über Mittag herabgelassenen Rolläden der Auslagen, schlafenden Hunden in Torbögen, abgestellten Händlerkarren am Straßenrand. Rom hält Siesta. Kaum Leute auf den Wegen, die Luft ist voll flirrender Hitzepartikel. Da vorne sehe ich, Symbol schlimmer Geschmacksverirrung, den Protzbau des Vittorio-Emanuele-Denkmals. *Monumento di Zucchero,* Zuckerdenkmal, nennen sie es hier, erinnere ich mich. Kalkig weißer Kitsch aus dem Ende des vorigen Jahrhunderts, so war es mir in Erinnerung geblieben. Nun ist es dreckiggrau, von Abgasen und Witterung angefressen. Direkt hinter seinen ausladenden Fronten liegt das Forum Romanum mit seinen altrömischen Säulenresten und, ein Stückchen weiter hinauf, das Kolosseum. Da wird die Sonne jetzt brüten. Sie macht mir allmählich zu schaffen. Das schattenlose Steinpflaster reflektiert die Hitze, als liefe ich auf einer heißen Herdplatte. Ich biege in eine Seitengasse ein, die in eine zweite und dritte mündet. Schweiß dringt mir aus jeder Pore, und unter der Schädeldecke pocht das Blut. Idiotisch von mir, direkt nach einem opulenten Mittagsmahl in der Sonne herumzulaufen, ich hätte es weiß Gott besser wissen müssen und auch, daß mein Körper, der während der Zeit, in der ich nicht mehr hier war, Schlimmes über sich ergehen lassen mußte, nicht mehr die gleiche Widerstandskraft besitzt wie der junge vor über zwanzig Jahren. Ich spüre ein leichtes Schwindelgefühl, weiß nicht mehr, wo ich bin, stehe ratlos vor dem offenen Eingang einer Metzgerei. Scharen von Fliegen umsummen bleiches Fett, klumpen sich zu schwarzen, ekelerregenden

Schwaden auf schwitzendem Gedärm in Schalen. Aus der Enge des Innenraums dringt der Geruch von fauligem Fleisch hinaus auf die Gasse, wo kein Luftzug ihn vertreibt. An der Straßenecke wirbt ein Tageskino mit rifflig an seine Mauern geklebten Bildpostern für einen Film der Sorte Familiendrama. Vor der Hitze und dem Gestank fliehe ich in seine bergende Kühle und Dunkelheit. Hier bin ich fast allein. Das Angenehme an italienischen Kinos: Man braucht keine Anfangszeiten zu beachten; wer mitten in die Handlung hineinkommt, sieht sich, was er versäumte, anschließend an. Auch darf geraucht werden; ein Glück, daß ich meine Zigaretten eingesteckt habe.

Der Film ist nicht besonders originell, dazu eine verschlissene Kopie mit Flimmerstellen. Und der Projektor macht Krach wie ein überdimensionaler Ventilator. Eine Zeitlang versuche ich dem Handlungsablauf zu folgen. Aber ich habe meine italienischen Sprachkenntnisse wohl überschätzt; das pausenlose aufgeregte Aufeinander-Einreden der Darsteller auf der Leinwand macht mich dösig. Ich starre auf die Szene vor mir. Da sitzt die ganze Familie im Wohnzimmer beisammen und diskutiert, ob der einzige Sohn Militärdienst leisten solle oder nicht. Es geht da auch um religiöse Bedenken, um Glaubensfragen. Das ständige Hin und Her, dem ich im einzelnen nicht zu folgen imstande bin, bewirkt, daß sich meinen Ohren die ganze Diskussion zu einer gleichmäßigen Lautkulisse formt, aus der ich plötzlich deutsche Worte zu vernehmen glaube. Auch das Bild hat sich verändert, ich erkenne die wieder, die da um die Kaffeetafel in der Wohnstube sitzen:

»Du bist hier unter Freunden«, sagt Rolf Eckstein, »du mußt dich entscheiden.«

»Vergiß nicht, sie werden dich suchen, sowohl in Berlin als hier«, sagt Lotte, die Frau seines Freundes Wolfgang, und sie wiederholt: »Du mußt dich entscheiden.«

Alle sehen sie zu Ruth hin. Da sitzen die beiden Singers mit den zwei Söhnen David und Sigi. In ihren Gesichtern spiegeln sich Angst und Ratlosigkeit, sie sind stumme Zuhörer des Gesprächs, es geht sie nichts an, wozu Ruth sich entscheiden wird. Sie sind selbst auf der Flucht. Da ist Vera, die Contessa, und Max, der desertierte Polizeiwachtmeister. Lotte reicht die Kaffeekanne herum. Es ist ihr kleines Haus im Trastevereviertel, sie hatte es mit in die Ehe gebracht. Die Atmosphäre ist gespannt.

Ruth hebt den Kopf. »Ich habe mich schon in Berlin entschieden. Das wißt ihr doch.«

»Nicht ganz dasselbe«, sagt Rolf, »es geht nicht nur um simples Für und Wider.«

»Um was dann?«

»Um den Einsatz, den zu wagen du bereit bist. Es ist ein Unterschied, ob man Flugblätter an Studenten verteilt oder aktiv an der Befreiung politisch Gefährdeter teilnimmt.«

»Ihr kommt euch wohl sehr wichtig vor.« Ruth ist verärgert.

»Was immer wir bisher getan haben, taten wir in Berlin, direkt unter den Augen des Reichssicherheitshauptamts, während ihr hier abseits vom Schuß –«

Wolfgang mischt sich ein. Er ist der behäbige Typ, den nichts so leicht aus der Ruhe bringt. »Nicht gleich so hitzig, Mädchen«, sagt er. »Was Rolf meint, ist: Ihr in Berlin wart eine Gruppe. Wir arbeiten in einer Organisation, verstehst du?«

»Wieso?« sagt Ruth. »Wieso nennt ihr euch organisiert? Gut, ihr helft Leuten, über die Grenze ins neutrale Ausland zu kommen, und ihr habt Freunde, die euch dabei unterstützen. Ist aber doch im Grunde alles Privatinitiative; ihr organisiert euch selbst.«

»Damit kämen wir nicht weit«, sagt Rolf. Und Lotte, die mütterliche: »Vergiß nie, Ruth, vergiß es keinen Augenblick: Für uns ist Italien nicht Ausland, Rom nicht Schutz. Wir leben in einem Land mit faschistischer Regierung. Solange es hier den Duce gibt, so lange gelten Hitlers Gesetze auch in Italien.« Sie wendet sich an die Singers zu ihrer Rechten: »Wie war's heute morgen auf dem brasilianischen Konsulat? Habt ihr etwas erreichen können?«

Es ist die Frau, die antwortet. Ihr Tonfall ist larmoyant, ein Anklang von Hysterie in der unsicheren Stimme. »Sie konnten uns wieder keine Auskunft geben«, sagt sie. »Immer dasselbe, schon seit Wochen. Es sind zu viele, die nach Brasilien ausreisen wollen, die Warteliste ist lang. Sie gehen nach dem Alphabet. Bis der Buchstabe S an der Reihe ist –«

»– ist die Einreisequote vielleicht schon überzogen«, ergänzt ihr Mann. Ein schmales Männchen mit sanftem Gesicht, in das der Kummer tiefe Falten gegraben hat. Er raucht pausenlos; es kommt ihm gar nicht zu Bewußtsein, daß seine nervösen Hände gleich wieder zur nächsten Zigarette greifen, nachdem sie die vorige, kaum halb geraucht, im Aschenbecher gelöscht haben.

»Du solltest vielleicht noch mal mit Padre Menotti sprechen«, sagt Rolf zu Wolfgang. »Seine guten Beziehungen zu Don Alfonso –« Ruth, einen Keks in der Hand, den ihr Lotte zugeschoben hat, ist mit den Gedanken noch bei der Frage der Organisation. Es steht also jemand hinter den Freunden hier, jemand, der ihnen, wenn auch begrenzt, Schutz verleiht. Wer ist das? Warum sagt man ihr nicht offen, um wen oder was es sich handelt, wenn es doch darum geht, daß sie sich ihnen anschließen soll? Bei der Erwähnung des Priesters hebt sie den Kopf. Die Möglichkeit einer Querverbindung zu klerikalen Stellen erweckt ihre Neugier.

»Nein, nein«, sagt der Mann Singer abwehrend und fährt sich mit der Hand durch den früh ergrauten Haarschopf, »es ist schon gut so, wie es ist. Padre Menotti hat uns versprochen, sich für die Beschleunigung des Visums einzusetzen. Er wird schon wissen, was er zu tun hat.«

»Du immer mit deinem Vertrauen«, sagt seine Frau. »Hast du noch nicht genug Enttäuschungen erlebt? Kommt ihm einer und sagt ihm: Ich werd' dich mit deiner Familie nach Südamerika bringen, er glaubt's. Sagt ihm ein anderer: Du wirst ab morgen kein Jud mehr sein, er glaubt's. Und wenn ihm einer den Himmel verkaufen möcht, er wird's noch glauben.« Alfred Singer hebt resigniert die Schultern. Er weicht den Blicken seiner Kinder aus, die ihn in der Hoffnung anstarren, er möge seinen Glauben an das Gute im Menschen mit bekräftigenden Argumenten rechtfertigen. »Ich glaube, weil ich glauben will«, sagt er leise. »Was bleibt uns denn sonst noch?«

In die eingetretene Stille hinein sagt Max, der sonst Schweigsame: »Wenn einer Augen hat, zu sehen, und Ohren, zu hören, lernt er bald, wem er glauben kann und wem nicht.« In seiner Stimme schwingt eine vergeblich unterdrückte Erregung mit. Max weiß, wovon er spricht. Zu Beginn des Kriegs, knapp zwanzig, wurde er abkommandiert zu einer Polizeieinheit nach Polen. Und dort die erzwungene Teilnahme an der Exekution von mehr als hundert national denkenden Männern und Frauen, die versucht hatten, mit unzureichenden Mitteln, unvorbereitet, wie sie waren, den deutschen Überfall auf ihr Land aufzuhalten. Es hatte ihm den Magen umgedreht; er war desertiert. Den in früher Jugend bedenkenlos übernommenen Glauben an Führer, Volk und Vaterland hat der gebürtige Bayer gründlich verloren. »Ich bin überzeugt«, sagt die kleinwüchsige, agile Vera, eine Nichte des Dichters Hugo von Hofmannsthal und geschiedene Frau eines italienischen Adeligen, »daß Padre Menotti sein Versprechen aufrichtig gemeint hat. Man muß aber berücksichtigen, daß er überhäuft wird mit Bitten um Fürsprache. Ihr seid nicht die einzigen, die erkannt haben, daß Rio besser ist als Rom. Die Klöster stecken voll mit Flüchtlingen, die auf Weiterbeförderung warten.«

Ruth blickt in die Runde. »Wie kommt denn da die Kirche mit hinein?« will sie wissen. Es erstaunt sie, daß amtliche Kirchenstellen offenbar den Juden und anderen Flüchtlingen Hilfe leisten. Es macht ihr Eindruck, sie findet es angesichts Hitlers sprichwörtlicher Abneigung gegen ›die Pfaffen‹ eine mutige Haltung. Zwar hat Italiens Duce, vorsichtiger als sein Freund und Bundesgenosse, bislang Hitlers Rassengesetze in seinem eigenen Land noch nicht praktiziert. Dennoch besteht auch in Italien so etwas wie eine mit Angst gemischte Vorsicht im Umgang mit jüdischen Mitbürgern; unter den treuen Anhängern der faschistischen Partei gibt es eine Reihe Übereifrige, die heimlich, für den Fall der Fälle, schwarze Listen anfertigen.

Wolfgang und Lotte setzen gleichzeitig zu einer Erwiderung an. Lotte hat das Wort. »In einer Zeit wie dieser«, sagt sie, »kann eben niemand abseits stehen, Mädchen. Das ist wohl so etwas wie eine Frage des persönlichen Gewissens. Auch unter dem Klerus sind Menschen, die sich nicht damit begnügen, zuzusehen und für die Opfer zu beten, die wie wir den persönlichen Einsatz wagen, um zu helfen, wo zu helfen ist. Wundert dich das?«

»Ein bißchen schon«, sagt Ruth. »Ihr habt eine Reihe aktiver Kämpfer unter euch, Sabotagegruppen, die Brücken sprengen und Züge hochgehen lassen, um Abtransporte ins Reich zu verhindern. Sieht die Kirche das nicht als Mord an?« Es sind noch eine ganze Reihe Fragen, die sie stellen möchte, alles ist noch sehr fremd und anders als in Berlin, wo es sich bei allen Initiativen gegen Maßnahmen der NS-Regierung vordergründig um sichtbar gemachten Protest handelte. Das hier ist mehr, fühlt sie, es ist der offizielle Seitenwechsel, das Annehmen einer politischen Verpflichtung, der sie sich noch nicht ganz gewachsen fühlt. Mit achtzehn Jahren möchte man, gerade dem stärksten Zwang entkommen, sein eigenes Leben leben, wenigstens erst einmal tief Atem holen, sich in der neuen Umgebung einleben, sich wieder freuen lernen über so einfache Dinge wie ruhige Nächte ohne Fliegerangriffe, Farben, Sonnenwärme. Und nicht jeden Augenblick gewärtig sein müssen, daß mißtrauische Blicke prüfen: Wie rasserein ist der Gesichtsschnitt?

»Wie ist das nun, Ruth«, sagt Rolf Eckstein, ihre Frage bewußt übergehend, »machst du mit oder nicht?«

»Weiß nicht«, sagt sie. »Ich mag nicht, daß ihr mich so drängt.«

Wolfgang erhebt sich in seiner etwas schwerfälligen Art, kommt zu ihr herüber, legt ihr seine breite Hand auf die Schulter. Sie fühlt ihre Wärme durch die leichte Bluse wie eine Tröstung. »Schau«, sagt er, »wir alle mögen dich. Wir mögen dich sehr. Und wir verstehen dein Zögern. Aber du solltest versuchen, auch uns zu verstehen. Wenn wir uns weiter mit dir treffen wollen, brauchen wir von dir ein klares Ja oder Nein. Damit wir wissen, woran wir mit dir sind, verstehst du?« Sie alle haben nun die Augen auf Ruth gerichtet, selbst die Kinder. Sie möchte die Freunde, die einzigen, die sie bisher in diesem Land hat, nicht verlieren. »Also gut«, sagt sie. »Ich mache mit. Was soll ich tun?« Verblüfft konstatiert sie, wie sehr ihr dahingeworfenes Einverständnis die Gruppe auflockert. Auf einmal ist die Starre aus den Gesichtern wie weggewischt. Es kommt Bewegung in sie, Geschäftigkeit. Selbst die Singers scheinen erleichtert.

»Kannst du maschineschreiben?« sagt Wolfgang.

»Mit zwei Fingern. Für den Hausgebrauch reicht's.«

»Du kannst Lotte und Vera zur Hand gehen. Bisher haben sich die beiden in die Schreiberei geteilt. Da fällt eine Menge Papierkram an, und es wird täglich mehr.«

»Was für Papiere?«

»Unterlagen. Formulare zum Ausfüllen, kleine Schriftsätze, nichts Schwieriges. Reine Routinearbeit.«

»Und woher kriegt ihr die Unterlagen?« sagt Ruth.

»Von der Post«, sagt Rolf knapp und klopft seine Pfeife im Aschenbecher aus. »Je weniger Fragen du stellst, um so besser.«

»Für wen?« sagt sie in einem letzten Aufflackern von Auflehnung.

»Für dich. Für wen sonst? Für dich selbst, Mädchen.«

Und dann spricht Rolf plötzlich italienisch, verwandelt sich vor meinen Augen zurück in den Schwiegervater der jungen Frau am Ende der Kaffeetafel, in der ich Ruth Hellmann zu sehen glaubte. Im Lichtstrahl des geräuschvollen Projektors wirbelt der Staub der leeren Sitzpolster. Musik setzt ein, blechern verzerrt, als käme sie durch einen Trichter. Der junge italienische Schauspieler, dem meine Fantasie das Gesicht des Deserteurs Max verlieh, sieht verstört aus, will offenbar noch zu einer Rede ansetzen, wird übergangslos von der Schrift ›Fine‹ ausgeblendet. Die Musik bricht ab, das trübe Deckenlicht geht an.

Ich bleibe noch einen Augenblick sitzen, schaue geistesabwesend der Platzanweiserin zu, wie sie zwischen den Reihen Abfälle aufsammelt, bin wie benommen. Es fällt mir momentan schwer, meiner eigenen Identität zu trauen, hilflos fühle ich mich in der neuerlichen Konfrontation mit Ruth Hellmann meiner Vergangenheit ausgesetzt. Weshalb spüre ich Schmerz, jetzt, nach über zwanzig Jahren, bei der Vorstellung an etwas, das doch längst abgelebt, fast vergessen ist? Das Licht ist schon wieder ausgegangen, Reklame wirbt mit übersteuertem Ton für unverwüstliche Autoreifen, als ich wieder auf die Straße trete. Sonnenglast auf dem Pflaster, auf den schmutzigen Treppenstufen zwischen den Häusern mit ihren schmalen Ladenfronten, mittlerweile zu Flecken geschrumpft, wird von wachsenden Schatten bedrängt.

Die stehende Hitze des Nachmittags; verbrauchte Stadtluft saugt sich stickig, schweißtreibend an die Haut. Noch immer bin ich im Zweifel, in welchem Stadtteil ich mich befinde, schließe mich der allgemeinen Zugrichtung der Vorübergehenden an, lasse mich von Straßenbummlergruppen, ganzen Ketten von händchenhaltenden Familien vorwärts schieben, bis ich irgendwann, unvermutet, vor der Fontana di Trevi stehe. Ich glaube mich zu erinnern, daß mich seinerzeit das felsige Barockgewirr vor der von glatter Hauswand gestützten Palastkulisse mit ihren blinden Fenstern und Skulpturnischen stark beeindruckt hatte. Jetzt erscheint mir das Ganze, vor allem in seiner Diskrepanz zum ihn umgebenden Raum, ungeheuer künstlich, aufgesetzt wie eine Kulissenfassade für einen Hollywoodfilm, die man, als sie nicht mehr benötigt wurde, einfach hier stehenließ.

So eng rücken die häßlich überalterten, schmucklosen Häuser des Platzes mit ihren dunklen Läden an das Halbrund der Brunneneinfassung heran, daß sie dem schmalen Streifen Gehweg dazwischen nicht einmal einen Bürgersteig gönnen. Das hindert Autos und Motorräder nicht, in vollem Tempo ein paar waghalsige Runden zu drehen. Die Fußgänger, wenn nicht in ständigem Ausweichen dicht an die Hausmauern gedrückt, halten sich an das halbhohe Ringgitter rings um den rieselnden Brunnen, in dessen Doppelschalen, zwischen sich bäumenden Barockrossen und Wassermännern, karpfenartige Fische pausenlos Wasser erbrechen. Entlang der eisernen Leitschiene hangle ich mich bis zur Mitte durch, bleibe eine Weile hier stehen, genieße den feinen Sprühregen auf der Haut, die brennt von Staub und Hitze.

Es ist kaum zu glauben, wie man in dieser Stadt jeden Quadratmeter Boden nutzt, als handle es sich um großzügige Flächen, die auch sperrigsten Fahrzeugen ungehinderte Bewegungsfreiheit gestatten. Ein schwerer Reisebus aus den Niederlanden nimmt die Kurve um den Brunnen. Aus seinen acht Fenstern starren ältliche, bleiche Gesichter auf die barocke Steinpracht, vergleichen nun wohl vermutlich das, was sie seit ihren Schuljahren auf unzähligen Abbildungen gesehen haben, mit der Wirklichkeit. Direkt hinter mir kommt der Bus zum Stehen. Ich wende mich zu ihm um, lasse mir vom Wasser den Nacken besprühen. Wir mustern uns mißtrauisch, die Touristen und ich. Wenn sie in mir die Ausländerin erkennen, was nicht schwer sein dürfte, überlegen sie wohl jetzt, weshalb ich mich hier frei umherbewege und sie nicht. Vielleicht erkennen sie noch durch ihre die Wasserspiele reflektierenden Scheiben hindurch den Abscheu in meinen Augen vor pauschalen Reiseunternehmungen. Gruppenherdung durch Baedekerstädte und -ortschaften, pflichtgemäßes Bestaunen der Sehenswürdigkeiten, abgewertet zu Objekten, im Preis inbegriffen – schauderhaft. Wie sie da jetzt wie auf Kommando mit Augen, müde schon von zu vielem Sehen, auf den steinernen Rossebändiger starren, um sich auch ihn noch einzuprägen, bevor es weitergeht zum nächsten Kreuz auf der Liste, scheinen sie mir wie Marionetten. Natürlich bin ich ungerecht, es sind, nach ihren Gesichtern zu schließen, vermutlich Pensionäre, Rentner, die sich in einem Alter, da die Gesellschaft sie schon zu Randfiguren gemacht hat, durch Reisen ein bißchen Abwechslung vom Trübsinn zu Hause verschaffen wollen. Es ist meine fast krankhafte Auflehnung gegen jede Art von Zwang, von Bevormundung, ich will mich nicht mehr erfassen lassen, nie mehr, weder von Verbänden noch von Zweckgruppen irgendwelcher Art. Mein Freiheitsbedürfnis ist grenzenlos, ich möchte mir selbst gehören, einzig und allein mir selbst, niemand soll mir jemals mehr diktieren dürfen, was ich zu tun oder zu lassen habe. Ich spüre, wie sich bei der Ereiferung meiner Gedanken die Kopfhaut zusammenzieht, eine ungeheure Erregung mich schüttelt. Es muß wohl noch mit der Erinnerung zusammenhängen, die im Kino meine Aufmerksamkeit vom Filmgeschehen abzog.

Genug Fontana di Trevi. Der Bus fährt wieder an, kommt zu schnell in Fahrt, überrollt fast zwei spielende Kinder, die einem Ball nachjagen, verschwindet entlang der Seitenfront des Hauses, das die Palastkulisse des Brunnens stützt, in Richtung auf die Piazza di Spagna.

Ich kaufe mir im Lädchen unter der blauen Markise eine Salami, eine Schachtel Ricottakäse, der am besten schmeckt, wenn man ihn mit Kaffeepulver bestreut, und ein Pfund Tomaten, trete den Rückweg zur Via Margutta an. Den Sonnenuntergang möchte ich mit einem Glas Wein auf Katjas Terrasse erleben, keine Straßen mehr, kein Benzingestank, fort von den Menschen, die mir mit ihrer lauten, gestenreichen Geschäftigkeit die Nerven belasten. Mein Hunger nach ungestörter Ruhe und Einsamkeit ist immens.

Glocken über Rom läuten den Abend ein, als ich zu Hause anlange. Katjas Hamster rattert schon wieder auf nachgiebigen Sprossen vergeblich im Kreis. Wieso um diese Zeit? Laut Prospekt, den Katja mir zur Sicherheit dagelassen hat, werden Hamster erst bei Dunkelheit munter. Aber vielleicht wehrt auch er sich gegen pauschale Beurteilung? Weshalb sollte nicht auch ein Hamster Individualität besitzen? Schade, daß er nicht sprechen kann.

Nach erfrischendem Bad und einem Abendimbiß begebe ich mich mit einer Flasche Rotwein auf die rückwärtige Terrasse. Die Zigaretten lasse ich liegen, ein Entschluß, der mir nicht leichtfällt. Doch um die abendliche Stimmung wirklich voll in mich aufzunehmen, brauche ich auch die vielfältigen herben Gerüche der Pflanzen aus den umliegenden Gärten, wenn zunehmende Kühle der Luft die Säfte in ihren Adern wieder belebt.

Nun erst, bequem in meinen Liegestuhl gebettet, fühle ich, wie sehr das Laufen durch die Stadt mit ihrem heftigen Getriebe meinen ganzen Körper verkrampft hat. Nervöses Klopfen in Armen und Beinen, ein unbestimmtes Stechen zwischen den Rippen machen mir klar, daß ich zu berücksichtigen vergaß, in welch strenger, selbstauferlegter Klausur sich mein Leben in Deutschland seit Jahren vollzieht. Nur natürlich, daß meine Sinne, eingespielt auf Wahrnehmung zartester Reize, bei einem derart plötzlichen Anprall von Farben und Lärm mit Abwehr reagieren. Ich fühle mich, als sei ich soeben einer gefährlichen Bedrohung entronnen, ziehe die frischer werdende Luft tief in meine Lungen ein, um die Bedrückung mit dem langsamen Ausatmen loszuwerden. Allmählich weicht die innere Spannung, die Muskeln lockern sich, die Gedanken kommen zur Ruhe.

Aufmerksam verfolge ich das Schauspiel des heraufziehenden Abends. Die Sonne ist in einer Unbegrenztheit von Gold, Rot und Violett untergegangen, rosa Lichtstreifen sind ihr gefolgt, bedrängt und schließlich geschluckt von der nun schnell heraufziehenden dunklen Wand des Nachthimmels. Er ist nicht schwarz wie in unseren Breiten, dieser Himmel, er ist durchsichtig klar. In den Häusern auf den Hügeln gehen einzelne Lichter an. Ein sehr weißer; umrißscharfer Mond erhellt ein paar leichte Wolken, und von der Stadt her kommt der blasse Widerschein der angehenden Lichter, der unzähligen Neonreklamen und Straßenlampen. Manchmal, für Augenblicke, stoppt das Fließband der fernen Verkehrsgeräusche. Wenn in diese Pausen hinein ein Hund zu bellen beginnt oder ein nahes Fenster zuschlägt, fahre ich zusammen, so sehr habe ich bereits die Ruhe der Natur zu meiner eigenen gemacht.

Es geht mir wie zufällig durch den Kopf, daß ich schon vor zwei Jahren nach Rom hätte kommen können. Ein Stipendium an der Villa Massimo, der Deutschen Kunstakademie, war mir angeboten worden. Ich hatte unter Hinweis auf dringende Aufgaben in Frankfurt für die nächste Zeit abgelehnt. Jetzt weiß ich, was ich mir bisher nicht eingestehen wollte: Ich habe Angst gehabt, Angst vor der Wiederbegegnung mit mir selbst.

# 14. Oktober

Gerade erst den dritten Tag im Land, und schon setze ich als selbstverständlich voraus, beim Erwachen am Morgen das Zimmer voller Sonne zu finden. Verrückt, denke ich, wie doch die alten Klischees der Bilderbücher aus Kindertagen im Gedächtnis haftenbleiben, allen seitherigen Erfahrungen zum Trotz. Als wenn ich nicht Sturmböen im Frühling, völlig verregnete Oktoberwochen und bitterkalte römische Winter miterlebt hätte, Winter auf Steinfußböden, wenn feuchte Kälte ungehindert durch den lockernden Sandstein der Wände in den Innenraum dringt und den Hauch abtötet, den ein viel zu schwacher Heizkörper abzugeben versucht. Diesmal aber scheint der Oktober zu halten, was die Reiseleiter ihren Touristen versprechen; er überbietet sich in klaren Farben, die noch nichts vom nahenden Welken erkennen lassen, das wir in Westeuropa Herbst nennen. Das warme Morgenlicht hilft mir. Ich hatte einen schlimmen Traum, irgend etwas Scheußliches von Leichen, über die ich klettern mußte, um ins Freie zu gelangen. Aber meine Beine verhakten sich in ihre knochigen Gelenke, und dann war da ein Mann in deutscher Offiziersuniform, er hielt einen Revolver in der Hand, legte auf mich an. In Panik aufschauend, erkannte ich meinen Vater.

Durch das Atelier – der Hamster, erschöpft von der Vergeblichkeit seiner Fluchtversuche, schläft jetzt – gehe ich ins Bad, schütte mir das weiche, kühle Wasser übers Gesicht, bis das Echo des Traums weggespült ist und ich für einen neuen Tag in Rom bereit bin.

Nach dem Frühstück bekomme ich Besuch. Eine jüngere Frau in einem dieser knöchellangen Gewänder, wie sie, billige Imitation indischer Saris, als Massenfabrikate aus dem Orient importiert werden. Eine enorme Sonnenbrille verdeckt zwei Drittel ihres Gesichts. Sie möchte zu Katja. Ihre phlegmatische Sprechweise stebt in auffallendem Gegensatz zum Staccatowortschwall der Südländer. Katja, sage ich wieder meinen Spruch her, ist für ein bis zwei Wochen verreist. Abgefahren am zehnten. Täte mir leid. Mein Gegenüber mustert mich neugierig. Nimmt die Brille ab. Hinter der Maske kommt ein freundliches Gesicht zutage, lebendige Augen über hohen Wangenknochen, eine offene Stirn. Sie würde zu mir passen, denke ich, mit ihr könnte ich mich unterhalten, was meine Formel dafür ist, ob mir jemand gefällt oder nicht.

»Sie sind aus Deutschland?« sagt sie. Es erübrigt sich für mich, zu fragen, ob man das höre. Mein Italienisch nach fünfundzwanzig Jahren ohne Übung ist erbärmlich. »Aussehen tun Sie nicht so«, fährt sie gleich fort, während ich noch nach einer passenden Erwiderung suche. »Eher wie eine Nordfranzösin. Es ist das Gutturale in Ihrer Aussprache.«

Sie sei, sagt sie, diesmal in Deutsch, lässig zerdehnte Silben, Worte, die sich Zeit lassen, Ina Brettschneider aus Triest, Tochter österreichischer Eltern, Malerin und seit über zwanzig Jahren in dieser Stadt ansässig. Eine Nachbarin Katjas. »Dort drüben wohn' ich«, sagt sie mit unbestimmter Geste, die den Flur, den Eingang und einige Meter Straße umfaßt. »Nur ein paar Häuser weiter.« Meine Abkapselung in meine Einsamkeit, aus der heraus allein ich glaube, mein heutiges Leben bewältigen zu können, macht mich momentan unsicher. Nun müßte wohl ich etwas sagen, erklären, wer ich sei, was ich hier tue in Katjas Abwesenheit, Freundlichkeit mit Freundlichkeit erwidern. Aber ich bringe es nicht fertig, das Leben hat mich nicht gelehrt, unbefangen mit Fremden umzugehen. Ein Unbekannter, das hieß schon zehn Jahre nach meiner Geburt auf der Hut sein. Der Feind konnte sich mit scheinbar belanglosen Reden tarnen. Und nachher kam dann plötzlich der Blockwart ins Haus oder die von der NSDAP und wollten wissen, wie es mit der Gesinnungstreue der Familie stehe. Das Kind habe da gewisse Äußerungen getan – »Wenn Sie hereinkommen wollen«, sage ich im Bestreben, mein Zögern wieder gutzumachen. »Aber es ist nicht aufgeräumt.«

Hinter ihr gehe ich in das Wohnzimmer, verstecke hastig umhergestreute Wäsche hinter Sofakissen, ärgere mich über den dickbauchigen Wasserkessel auf dem Mosaiktisch, den ich gestern abend hatte stehenlassen, als ich ihn statt der Gießkanne zum Blumengießen benutzte. Mit dem Blumenkännchen werde ich nicht fertig; es faßt zu wenig Wasser, verlangt ein ständiges Hinundherlaufen zwischen Küchenkran und Balkon. Die Malerin nimmt keine Notiz vom Zustand der Wohnung, steuert gleich die Terrasse an. Offenbar kennt sie sich hier gut aus. »Die Vormittagsstunden sind am schönsten«, sagt sie, »meine Terrasse liegt auch nach Süden; man kann sie von hier aus sehen.« Mit der Hand zeigt sie zu der gelbgestrichenen Balustrade hinüber, hinter der vorgestern der brüllende Säugling lag.

»Der da, der gelbe?«

»Nein, der dahinter. Der mit dem hellblauen Sonnendach. Ursprünglich war es Königsblau gewesen, eine richtig satte Farbe. Aber die Sonne hat das Leinen gebleicht, und jetzt sieht's aus wie eine alte, verwaschene Decke.«

Es fällt mir ein, daß ich bei Katja keinen zweiten Liegestuhl gesehen habe. Die Wohnzimmersessel sind zum Sonnen ungeeignet. Und ich kann ihr ja nicht gut einen Küchenstuhl anbieten. Die Frau liest mir die Ratlosigkeit vom Gesicht. »Der Hocker«, sagt sie, »der Hocker beim Fenster.« Sie geht ins Zimmer zurück. Kurz darauf kommt sie wieder, trägt mit durchgedrücktem Kreuz das Möbelstück vor sich her, das ich von Anfang an nicht mochte. Ein Ding, zu hoch als Hocker, zu unbequem als Stuhl. Unter ihren kundigen

Händen entfaltet es sich nach kurzer Manipulation mit einem verborgenen Scharnier zur Stützliege.

Ich denke, daß sie mit Katja gut bekannt sein muß, wenn sie mit der Einrichtung hier derart vertraut umzugehen weiß. Wir machen es uns in unseren Stühlen bequem, rücken sie aus dem noch kühlen Schatten des Sonnenschirms in die Wärme des Lichts. Auf das Tischchen zwischen uns habe ich Orangensaft, einen Siphon und Zigaretten gestellt.

Wir liegen so, daß wir, um uns zu unterhalten, die Köpfe heben müssen, eine Anstrengung, die es uns erspart, die Morgenstunden mit billigem Geschwätz zu zerreden.

Ich fette meine Arme, Gesicht, Hals und Beine sorgfältig ein, habe wohl zu Anfang das Liegen in der ungewohnten Sonne übertrieben; an den Schultern und über dem Schienbein beginnt die Haut sich zu schälen. Ina Brettschneiders Haut ist von einer beneidenswert gleichmäßigen Bräune. Sie kann ohne Lichtschutz auskommen. Wir sonnen uns schweigend, greifen ab und zu nach dem Glas oder zünden uns eine Zigarette an. Kleine Vögel schwirren durchs Geäst, rascheln im Laub. Es ist alles da, um sich zu entspannen, den Tag Tag sein zu lassen, einfach zu genießen, daß es warm ist, daß die Sonne scheint, daß nichts dringend darauf wartet, erledigt zu werden. Nicht heute, nicht morgen. Noch wochenlang nicht. Es irritiert mich, daß sie mir nicht gelingt, die Entspannung. Die sanfte, von der Nachtkühle gereinigte Luft trägt eine weiche Brise vom Meer herüber, die mit unserem Haar spielt, den Tuchrand des Sonnenschirms flappen läßt. Ich weiß selbst nicht, was mit mir ist, aber die konstante Nähe eines anderen Menschen, allein das Wissen um seine Nähe, macht mich unruhig, dieses Gefühl der Verpflichtung zur Höflichkeit, zum Gastgeberspielen.

»Kennen Sie Katja schon lange?« fragt Ina Brettschneider, während sie sich vorbeugt, um ihren Zigarettenrest im Aschenbecher auszudrücken.

»Wir lernten uns im Gefängnis kennen. Ende dreiundvierzig.«

Ihre Hand bleibt in der Luft hängen. »Katja im Gefängnis? Wieso das?« Eben. Wieso das? Das hatte ich mich ja auch schon gefragt. »Ende dreiundvierzig hat mich die Gestapo verhaftet und in die Via Tasso eingeliefert. Ich war schon einmal in Rom. Während des Kriegs«, sage ich.

»Politisch oder Abstammung?« fragt Ina. Sie hat sich aufgerichtet, sitzt gespannt da. Ihre Augen hinter den dunklen Brillenscheiben kann ich nicht erkennen, aber ihr klein gewordener Mund verrät ihre Wachsamkeit.

»Politisch.«

»Antifaschistisch also.« Sie scheint es zufrieden, nickt ihrer Hand zu, die sich eine neue Zigarette aus dem Päckchen schüttelt. »Ich bin Kommunistin«, sagt sie. »Meine Eltern übrigens auch. Sie haben uns nicht erwischt, wir lebten im Untergrund.«

»Dann haben wir einiges gemeinsam«, sage ich.

»Was ich nicht verstehe«, sie zieht ein paarmal am Filter ihrer Zigarette, die nicht richtig brennen will, »wie kommt Katja da hinein?«

»Ich sagte schon: Ich lernte sie in der Gestapohaft kennen.«

»Das ist seltsam.«

Warum lasse ich auch fremde Menschen zu mir in die Wohnung? Ich habe es mir selbst zuzuschreiben, wenn ich nun zunehmend gereizt reagiere. »Das können Sie halten, wie Sie wollen«, sage ich.

»Nein nein, Sie mißverstehen mich, ich glaub' Ihnen natürlich. Was ich meine, ist: Katja hat sich, soviel ich weiß, mit ihren deutschen Landsleuten doch seinerzeit recht gut verstanden.«

»Und trotzdem sind Sie mit ihr befreundet?«

»Was heißt schon befreundet?« sagt sie mit einem Achselzucken. »Wir sind Nachbarn. Darüber hinaus sind wir beide künstlerisch tätig. Vor wenigen Wochen hat eine bekannte römische Galerie mit unseren beiden Werken eine Vernissage veranstaltet. Verschiedene politische Meinungen brauchen ja nicht unbedingt gleich Feindschaft auf der ganzen Linie zu bedeuten.«

»Sie sind tolerant«, sage ich, ohne das Unruhegefühl loszuwerden. Wir lehnen uns wieder in unsere Stühle zurück. Schweigen.

Hoch am Himmel zieht ein Flugzeug Bögen aus weißen Kondensstreifen, die hinter ihm faserig gerinnen. Wenn die Sonne es erfaßt, blitzt es sekundenlang metallisch auf.

»Katja hat noch in den letzten Kriegsjahren, neunzehnhundertvierundvierzig/fünfundvierzig, Kriegsdienst gemacht. Dolmetscherin an der österreichischen Grenze, wo die Transportzüge in die Läger durchkamen. Wußten Sie das nicht?« sagt Ina Brettschneider nach einer Zeit.

»Unmöglich.«

»Sie hat's mir selbst erzählt. Auch, daß sie nicht mehr in ihre Heimatstadt zurück möchte, weil man sie da für eine Nazi hält. Ich glaub' allerdings nicht, daß sie eine war, bloß politisch unheimlich naiv.«

Ich erwidere nichts. Versuche zu überlegen. Es irritiert mich, wie schwer es mir fällt, sachlich zu bleiben. Und wie leicht, wie unverantwortlich leicht mein Mißtrauen wachzurufen ist. Katja im Gestapogefängnis, freigelassen zur gleichen Zeit, als man uns zum Abtransport über den Brenner wieder die Handschellen anlegte? Wieso? Weshalb? Wer in jenen Jahren bei der Gestapo eingeliefert wurde, hatte ein Onewayticket in eines der deutschen Konzentrationslager in der Tasche, falls nicht gleich die Freikarte zur Exekution. Es sei denn … Ja, das gab es natürlich auch, Spitzel für den Polizeichef, die man in die Gefängnisse einschleuste, um jene zum Reden zu bringen, denen selbst die psychologisch ausgeklügelten Foltermethoden ihrer Peiniger nicht die Zunge lösten. Ich versuche mir Katja wieder ins Gedächtnis zu rufen, wie ich sie Anfang neunzehnhundertvierundvierzig da zwischen uns sitzen sah, gepflegt, verärgert, ratlos. Eine eingeschleuste Denunziantin? Es fällt schwer zu glauben. Immerhin: Sollte sie eine Verräterin gewesen sein, ist mein Aufenthalt hier in ihrer Wohnung unverantwortlich. Auch nach vierundzwanzig Jahren. »Das verstehe ich nicht«, sage ich schließlich. »Sie war mit mir zusammen im Gefängnis. Wie paßt das zusammen?«

Auch mein Gast scheint zu überlegen. Ina Brettschneider nimmt sich Zeit zur Antwort. »Ein Versehen vielleicht«, sagt sie nach einer Pause. »So was soll vorgekommen sein.«

Die Sonne liegt warm auf der Haut, aber mich fröstelt. »Mein Gott«, sage ich, »und ich habe für sie gebürgt.«

»Gebürgt? Wo und wann?«

»Vor zweieinhalb Jahren. Vor einem Gericht in Köln. Es ging um einen Anspruch auf Haftentschädigung, so eine Art Wiedergutmachung. Katja hatte mich als Zeugen angegeben, hatte sich über meinen Verlag meine Anschrift besorgt.« Seinerzeit, als ich die Gerichtsvorladung erhalten hatte, war ich darüber sehr ärgerlich gewesen. Die Fahrt nach Köln würde mir meine Arbeitszeit stehlen, sie würde eine Beeinträchtigung meiner Konzentration bedeuten, und das glaubte ich mir nicht leisten zu können. Außerdem wußte ich nichts von Katja; ich hatte seit damals, als ich mit den anderen weggeführt wurde, nie wieder etwas von ihr gehört. Stundenlang hatte ich, in Köln angekommen, auf dem zugigen Flur des Gerichts warten müssen, ehe man mich einvernahm und ich das wenige zu Protokoll gab, was ich mit gutem Gewissen auszusagen vermochte. Es waren mir viele und eindringliche Fragen gestellt worden, Fragen nach Katjas Vorleben, ihren politischen Ansichten, dem möglichen Grund ihrer Verhaftung. War es den Behörden wirklich nur um die Auszahlung zu tun gewesen, um die Sicherstellung des rechtlichen Anspruchs auf eine Entschädigung als, wie es in der Verlesung hieß, »schwer geschädigtes Opfer nationalsozialistischen Terrors«? Viel zu sehr mit Gedanken über den Fortgang meiner Arbeit befaßt, hatte ich mir darüber nicht den Kopf zerbrochen und mich augenblicklich auf den Rückweg gemacht. »Danach hat mir Katja geschrieben«, sage ich laut. »Ich antwortete, und es entstand so etwas wie ein freundschaftlicher Briefwechsel. Nun habe ich ein ungutes Gefühl, wenn ich daran zurückdenke.«

»Hatten Sie einen Verdacht?«

»Nicht den geringsten, sonst säße ich jetzt nicht hier. Das Beste wird sein, ich packe meinen Koffer und fahre heute abend zurück nach Hause.« »Aber wo!« sagt Ina träge aus ihrem Stuhl. »Schütten Sie immer gleich das Kind mit dem Bad aus? Das sind doch alles nur Vermutungen. Ich mag Katja. Und Sie müssen sie doch auch mögen, sonst hätten Sie nicht so konsequent mit ihr korrespondiert, nicht wahr?«

In einem versteckten Winkel meines Gemüts bin ich froh, daß sie mir widerspricht. Ich möchte ja so gern an Menschen glauben. Außerdem, stelle ich verblüfft fest, würde ich mich zu diesem Zeitpunkt nur sehr ungern von Rom trennen. Etwas hält mich hier, etwas, das mich zwingt, hierzubleiben und ihm nachzugehen. Es scheint ungeheuer wichtig. Ich bin mir selber auf der Spur. Mir und damit einem Geschehen, das ich aus der totalen Verdrängung zurück ins Bewußtsein holen muß, um mich von ihm zu befreien.

»Sie haben recht«, sage ich nach einem Schluck Orangensaft – zu warm, zu klebrig, Katjas Kühlschrank hat keine Eiswürfelschale –, »man wird empfindlich, wenn man sich zu erinnern beginnt. Vermutlich auch ungerecht, da fehlt der Abstand, immer noch. Das Gerede von der Zeit, die alle Wunden heilt, ist einfach Blödsinn.« Auf einmal fühle ich mich besser. Sonnenwärme, die bislang nur die oberste Hautschicht berührte, beginnt in mein Blut einzudringen.

Mein von zuviel hektischen Gedanken belastetes Hirn entspannt sich. Auch an die Nähe der Fremden habe ich mich gewöhnt. Sie ist nun keine Fremde mehr, nachdem ich sie habe teilhaben lassen an einem Stück meiner Vergangenheit.

Es ist Mittag geworden. »Wissen Sie«, sagt Ina, erhebt sich nach einem prüfenden Blick auf ihre Armbanduhr mit bewundernswerter Leichtigkeit aus ihrem Stuhl, »ich glaube, Sie sind einfach zuviel allein. Das ist nicht gut. Was halten Sie davon, wenn ich Sie morgen vormittag abhole? Wir könnten mit meinem Wagen ein bißchen hinausfahren. In die Campagna oder ans Meer.«

»Ja«, sage ich sofort und wundere mich über meine uneingeschränkte Bereitschaft, meine mir doch so kostbare Einsamkeit zu unterbrechen, »eine gute Idee. Um wieviel Uhr?«

»Wie wär's um zehn, nach dem Frühstück?«

Ich begleite meine neue Bekannte an die Tür. »Und dann müssen Sie sich auch mal mein Atelier ansehen«, sagt die Malerin. »Verstehen Sie etwas von Bildern?«

»Mein Vater hat gemalt. Und ich zeichne in meiner Freizeit.«

»Na dann. Was werden Sie heute nachmittag unternehmen?«

»Weiß noch nicht. Nichts Besonderes. Vielleicht ein bißchen durch die Gärten streifen, Pincio, Villa Borghese –«

»Bis morgen also, ciaò Ruth.«

»Bis morgen.« Ich fühle mich erleichtert. Solange ich in Gesellschaft bin, wird sich das Gespenst der Erinnerung nicht an mich heranwagen, mich nicht gerade dann überfallen, wenn ich am wenigsten darauf vorbereitet bin. Ich habe mir, so bilde ich mir ein, einen Aufschub eingehandelt.

Von der Piazza del Popolo her steige ich hinauf in die ineinander übergehenden Parks auf dem Pinciohügel. Ein Polizist pfeift auf seiner Trillerpfeife hinter mir her, ich habe aus Ungeduld, das heiße Straßenpflaster mit erdigen Gehwegen zwischen Bäumen zu vertauschen, das grüne ›Avanti‹ der Verkehrsampel nicht beachtet. Ein heranschießender Alfa Romeo läßt die Bremsen so schrill aufkreischen, daß sie meinen Nerven den gleichen Schmerz zufügen, als hätte mich der Kotflügel gestreift. Hier in den Parks ist die Luft reiner; da, wo ich gehe, sind Autos ausgesperrt. Dafür toben ganze Scharen Kinder in den Anlagen, die mir, verglichen mit dem Bild meiner Erinnerung heute, verwahrloster vorkommen als einst. Diese Halbwüchsigen sind eine Pest, auf Rädern und Motorrollern schießen sie plötzlich aus irgendeinem Gesträuch in voller Fahrt auf den überraschten Spaziergänger zu, oder sie schleichen sich von rückwärts an ihn heran, um ihn mit heftigem Geklingel oder Gehupe zu überholen. Schön dagegen und eine wahre Erholung sind die den Fußgängern vorbehaltenen Enklaven. Die Pinien strömen einen harzigen Geruch aus, ihr kugeliges Geäst schließt sich so eng zusammen, daß die Sonnenstrahlen, von ihm eingefangen, bizarre Licht- und Schattenmuster auf den Gehweg und die Rasenflächen malen. Ab und zu ragt aus trockenem Gebüsch ein Steintorso, irgendein Held der Antike ohne Nase oder Arme, erstarrt in künstlicher Pose. Kleine Schonbezirke, von der allgemeinen Zivilisationshektik ausgespart.

Vor einem Spalier von Heckenrosen hat man Bänke aufgestellt. Sie sind dicht besetzt mit Menschen, die offenbar mein Erholungsbedürfnis teilen. Zurückgelehnt sitzen sie da, in Gedanken versunken. Die Kargheit ihrer Bewegungen, für Leute dieses Breitengrads doch untypisch, besagt, man fühle sich auf dem eroberten Platz rundum wohl und habe nicht die Absicht, ihn vor dem Sinken der Sonne wieder zu verlassen. Ich gehe an ihnen vorbei, schaue ihnen einzeln ins Gesicht. Ihre Augen treffe ich nicht, die blicken an mir vorbei ohne Zielrichtung. Sicher sitzen sie hier schon seit Stunden. Da, wo das grüne Inselchen zu Ende ist, führt ein gerader Sandpfad zu den Reitwegen rund um das Hippodrom.

Ich beginne Einzelheiten wiederzuerkennen. Gehe ich ihn entlang, müßte ich bei der Porta Pinciana rauskommen, hinter der der Großstadtverkehr der Via Veneto brandet, er führt zurück in die Stadt.

Ich folge einem sanft ansteigenden Pfad im rechten Winkel zu dem entlang der Reitbahn, locker gepflastert, voller Kiesgeröll. Wuchernde Unkrautbüschel drängen die Steinplatten auseinander; ich muß achtgeben, nicht mit dem Absatz in einer der schiefen Fugen hängenzubleiben. Hier schlägt mir konzentrierter Oleanderduft entgegen; das letzte Stück bis zur Anhöhe ist gesäumt von dichtem Blütengesträuch, so dicht, daß die ledernen Blätter meine Kleider streifen. Um die weißen Blütenkelche schwärmen Insekten, gibt es Bienen im Oktober? Ganz ernsthaft stelle ich Erwägungen an, ob diese Honigsammler, ähnlich den Vogelschwärmen, unsere Breiten verlassen, wenn dort ihre Aufgabe beendet ist, und sich ebenfalls auf die Reise in den Süden begeben. Ist das eine Hummel aus Frankfurt oder Gießen?

Ich bin auf dem höchsten Punkt des Hügels angelangt. Da liegt nun Rom zu meinen Füßen, so wie ich es in Erinnerung hatte, und doch auch wieder anders, obwohl ich nicht gleich erkennen kann, was den Unterschied ausmacht. Viel Rot, viel Gelb und dazwischen grünlich schimmelnde Patina auf vergoldeten Kuppeln. Mehr als das Stadtpanorama ist es die von diesem Punkt aus überwältigende Weite des Himmels, die mich beeindruckt. Ich kann mich nicht satt sehen an der Intensität seiner Farben, er läßt den Streifen Erde, auf dem wir stehen, lächerlich unbedeutend erscheinen und uns Menschen dazu. Nur allmählich, und weil ich durch langes Blicken in die flimmernde Helle etwas wie Schwindel verspüre, wende ich meinen Blick wieder auf die Dächer der Stadt. Und nun erkenne ich, was mir den Anblick trotz mancher Vertrautheit ungewohnt erscheinen läßt: Es sind die Fernsehantennen, Tausende von Stabgerippen, häßliche

Gewächse, die die Harmonie des Panoramas empfindlich stören. Ich schaue hinunter; die Antennen bilden ein ziemliches Gewirr, strecken ihre dürren Seitenarme nach allen Richtungen, behindern sich gegenseitig. Die höher angebrachten kümmern sich nicht darum, ob sie den Bewohnern kleinerer Häuser die Fernsicht mindern. Jeder hat hier anscheinend seine eigene Empfangsrichtung. Es geht mir durch den Sinn, daß die Römer offenbar fernsehen, wie sie Auto fahren; wer sich nicht rigoros durchsetzt, bleibt auf der Strecke. Ein paar Hochhäuser, in dieser Landschaft so fremd, daß sie dem Auge schmerzen, werfen steile Schatten, die wie abgeschnitten zu ihren Füßen enden. Schön und vertraut dagegen die bunten Dachgärten voller Laub und wildem Wein. Die tiefer stehende Sonne erfaßt sie von der Seite, läßt die Blätter aufleuchten. An den Antennen geht sie vorbei. Wie abgebrannte Zündhölzer ragen sie in ödem Schwarz über die Flachdächer hinaus.

Und da sind diese Menschen. Von überall her kommen sie, nehmen neben mir Aufstellung, deuten aufgeregt in Richtung auf die Petersdomkuppel, als sei dies das einzige, um dessentwillen es sich lohnt, hier heraufzukommen. Ich wende mich ab, gehe weiter, ein bißchen traurig, daß ich die Seiten an Rom, um die meine ängstliche Erinnerung keinen Bogen schlägt, so verändert finde. Früher, denke ich, streifte ich am frühen Nachmittag durch diese Gärten, traf oft meilenweit auf keinen Menschen, ausgenommen ein paar Mütter, die im Schatten der Bäume auf Bänken saßen und ihren Jüngsten beim Spiel zusahen. Die vom deutschen Militär liebten die weiten Parks, das war bekannt; die Römer gingen ihnen gern aus dem Wege. Da drüben, in der Casina Valadier, dem Lustschlößchen Napoleons III., hatten sie gesessen, Schorle getrunken und von der Veranda herab die Aussicht betrachtet. Zu der Zeit galt die Achse Rom-Berlin noch als Markenzeichen deutsch-italienischer Bündnistreue.

Ich bin, nun auf der anderen Seite des Hügels, an einen Punkt gelangt, der mir abseits der lebhaft begangenen Wege ungestörtes Ausruhen erlaubt: ein paar leere Bänke, von dichten Buchsbaumhecken umgeben, abgeschirmt vor den Blicken Vorübergehender. Es ist kühl hier, eine Stelle ohne Sonne; Bänke und Sträucher sind in blauen Schatten getaucht. Das hält, denke ich, die Spaziergänger fern. Gut so; ich mag die Kühle. Es duftet herb nach Laub und Erde; wo die Sonne die Pflanzen wärmt, erstickt sie ihre Düfte. In diesen Winkel scheint sie kaum zu gelangen. Ich strecke mich auf einer der einfachen Holzbänke aus, die sich so harmonisch in das Gesträuch einfügen, als seien sie mit ihm verwachsen. Mir gegenüber ist eine Art Torbogen in die Hecke geschnitten, abgestützt mit Spalierhölzern. Durch ihn hindurch blicke ich über den abfallenden Hang auf das Band einer Straße. Sie zieht sich in großzügigem Bogen um einen Block alter verwitterter Häuser. Nicht er ist es, der mich erschreckt. Es ist das plötzliche Gefühl: Hier war ich schon einmal, von eben diesem Punkt aus habe ich durch das Loch in der Buchsbaumhecke hindurch auf die ferne Straße geschaut. Das häßliche, platzbeanspruchende Gebäude da unten: Das sei die Nationalgalerie für moderne Malerei, hatte mir jemand erklärt – wer? –, sie sei leer bis auf einen Raum, in dem drei Belgier wohnten, von denen man annehme, sie kollaborierten mit den Deutschen.

Eine heftige Unruhe hat mich gepackt. Ich versuche zu verdrängen, was da aus meinem Unterbewußtsein zur Oberfläche will. Alles in mir wehrt sich gegen eine Erinnerung an etwas, das mir einst eine Wunde schlug, die offenbar bis zum heutigen Tag noch nicht gänzlich verheilt ist. Lächerlich doch und unverständlich, wo seitdem wesentlich tiefergreifende Ereignisse mein Schicksal bestimmt haben. An sie kann ich zurückdenken, ohne Beklemmung, ohne die Verzweiflung, die ich seinerzeit, als all diese Dinge geschahen, doch empfunden haben muß. Es liegt wohl daran, überlege ich und starre gedankenlos auf einen Zweig, der, von einem auffliegenden Vogel berührt, sacht schaukelt, daß die Ärzte in dem Erholungszentrum nach dem Krieg mich zwangen, das Geschehene zu durchdenken, wieder und wieder, so lange, bis alles zu Text wurde, der meine Emotionen nicht mehr berührte. Sie hatten sich, mit meiner Hilfe, auf das Hauptsächliche konzentriert; Liebesgeschehen, sofern es nicht mit späteren dramatischen Ereignissen in direktem Zusammenhang stand, hatten sie ausgeklammert. Sieht so aus, als bliebe es nun mir überlassen, volle fünfundzwanzig Jahre später aufzuarbeiten, was ich längst vergessen glaubte. Also gut. Ich sträube mich nicht länger, lasse, älter geworden, wohl auch einsichtiger, der Erinnerung freien Lauf.

Wieder ein Tag im April, der Himmel ist bedeckt, blasse Helligkeit paßt die Farben der Gehwege in den Gartenanlagen der Villa Borghese den Stämmen der Pinien an. Ruth Hellmann, nun schon ein Jahr in Rom, macht oft den Umweg durch die Gärten, wenn sie, wie jetzt, von Veras Wohnung am Ende der Via Margutta, häufigem Treffpunkt der Freunde, heimgeht zu ihrer behaglichen Zweizimmerwohnung im Parioliviertel. Rolf Eckstein, immer noch ihr Beschützer und Betreuer, hat sie ihr eingerichtet. Nicht aus eigenen Mitteln, das weiß sie. Das Geld dazu kam aus jener geheimnisvollen Quelle, von der die Freunde die verschiedenen Unterlagen zur Bearbeitung erhalten. Auch die Adresse stammt von dort. Die Via Ruggero Fauro im reichen Neubauviertel Roms in ihrer fantasielosen Übersichtlichkeit ist wohl kaum der Ort, an dem deutsche Polizeispitzel verdächtige Elemente vermuten.

Ruth nimmt sich Zeit für den Heimweg. Sie hat sich in dem einen Jahr, seitdem sie als Flüchtling Berlin mit Rom vertauschte, zu ihrem Vorteil verändert. Sie ist selbstsicherer geworden. Die Schreibarbeit für die Organisation, anfangs noch mit Neugier in Erwartung spannenderer Einsätze ausgeführt, enttäuscht sie. Was ist das schon: jeden zweiten Tag eine Liste mit Namen, die auf entsprechende Formulare zu übertragen sind, Umschläge mit Paßfotos, die nach Fertigstellung neuer Pässe eingeheftet und gestempelt werden müssen.

Zu Beginn ihrer Tätigkeit hatte Ruth jedes einzelne Foto neugierig betrachtet, sich zu dem jeweiligen Gesicht eine Geschichte ausgemalt. Dann war ihr das langweilig geworden; auf keine ihrer Fragen an die Freunde erhielt sie eine befriedigende Antwort. Sie fand es zunehmend schwieriger, sich für etwas zu engagieren, von dem sie sich keine genaue Vorstellung machen konnte. Täglich das gleiche Einerlei; sie hatte sich die Mitarbeit in einer politischen Geheimorganisation aufregender gedacht.

Auf der Anhöhe bei der Buchsbaumenklave angekommen, verlangsamt Ruth den Schritt. Sie will dem Mann, der ihr nun schon seit Wochen durch die Anlagen folgt, Gelegenheit geben, sie einzuholen. Ihr ursprüngliches Mißtrauen, es könnte sich um einen Gestapoagenten handeln, hat sie überwunden. Die Deutschen in Rom benehmen sich friedlich, geben sich als Verbündete, die zwar Distanz zur Bevölkerung wahren, sie jedoch weitgehend unbehelligt lassen. Ihr Hunger nach Abwechslung, nicht zuletzt auch nach Erlebnissen der Art, wie sie die romantische Kulisse zu verheißen scheint, lassen Ruth manchmal die Vorsicht vergessen, die ihr die Freunde immer wieder nahelegen.

Der Schritt hinter ihr hat sich ebenfalls verlangsamt, kommt näher. Ruth hält den gutaussehenden Mann für einen Franzosen, nachdem sie ihn einmal im Vorübergehen mit einem Bekannten französisch sprechen hörte, akzentlos, wie es ihr schien. Dafür hat sie ein Ohr. In ihrer Kindheit und frühen Jugend hatte die Mutter mit ihr oft französisch gesprochen, das idiomfreie Französisch der Schweizer Internate. Außerdem, fand Ruth, sah er wie ein Franzose aus. Daß sie, die sonst so Gescheite, einer solchen Klischeevorstellung anhängt, rührt von ihrer Schulzeit her. In Hitlers Deutschland lernen die Kinder, daß Rasse und nationale Abstammung den Typus des Menschen untrüglich prägen. Es ist eine der wenigen Lehren der nationalsozialistischen Ideologie, die auszuräumen sie sich mangels überzeugender Gegenbeweise noch nicht getraut hat. Nicht zuletzt hat es auch mit den so oft geäußerten Ängsten der Mutter kurz vor deren Selbstmord zu tun: Sah man ihrer einzigen Tochter das ›Nichtarische‹ an? Verlief der Nasenrücken gerade, waren die Augenlider schmal, die Ohrläppchen deutlich abgesetzt?

Kleine Vögel schießen auf die Heckenmauer zu, verschwinden im Gesträuch. Sie haben sich tief dort drinnen, zwischen dichtem Gezweig, ein Nest gebaut. Schrilles Tschirpen verrät, wo genau es sich befindet. Ruth nimmt auf der Bank Platz, die dem Durchblick auf die tiefer gelegene Straße gegenüber liegt, wartet, heuchelt Erstaunen, als sie den Mann vor sich stehen sieht. Sie muß den Hals recken, um in sein Gesicht zu sehen, er ist auffallend hochgewachsen. Sie sieht sich perspektivisch verkürzt in den Gläsern seiner dunklen Sonnenbrille. Ob er sich zu ihr setzen dürfe? Er sagt es auf italienisch, obwohl sie sicher ist, daß er sie längst als Ausländerin erkannt hat. Auf ihr Nicken hin setzt er sich an das andere Ende der Bank, schiebt die langen Beine zu ihr hin, legt den Arm um die Lehne, so daß seine Hand fast ihre Schulter berührt. Es kommt nicht gleich ein Gespräch zustande; sie sind am Ende einer wochenlangen Verfolgungsjagd, die ihnen beiden Spannung gebracht hat. Sie wissen es, es macht sie befangen. Ruth fällt auf, wie still es hier oben ist. Windstöße, die draußen auf dem Hang Zeitungsfetzen umherwirbeln, erreichen nicht das Innere des heckengeschützten Platzes.

»Das ist schon verrückt«, sagt der Mann auf italienisch.

»Was?« Sie antwortet deutsch.

»Daß mir nichts einfällt.« Sein Deutsch, grammatisch einwandfrei, ist schwerfälliger als das ihre. »Dabei hatte ich mir alles so schön zurechtgelegt.«

Ruth sieht ihn an. Was sie sieht, gefällt ihr, er hat ihr schon das erste Mal gefallen, als sie ihn am Tisch der kleinen Cafeteria auf der Piazza del Popolo sitzen sah. Sie mag Menschen, deren Äußeres aus dem Rahmen fällt. Immer nur Italiener und Deutsche; dieser Mann hier sieht anders aus. Es macht sie neugierig, weshalb. Wer er sein mag. Was er hier tut.

»Ich ging einmal an Ihnen auf der Straße vorbei«, sagt sie, »als Sie sich gerade von einem Bekannten verabschiedeten. Da sprachen Sie französisch.«

»Ach ja?«

Sie will fortfahren, ihn fragen, ob er Franzose sei. Stockt, als ihr einfällt, daß solch direkte Frage gar nicht so unverfänglich ist, wie sie ihr bisher schien. Was tut ein Franzose, dessen Land von den Deutschen okkupiert ist, mitten im Krieg in Italien, dem Partnerland des Feindes? Was für eine Rolle spielt er hier? Oder ist er Belgier? Dann wäre der Sachverhalt auch nicht anders, sagt sie sich. Der Krieg hat die Fronten abgesteckt. Daß sie sich das nicht früher überlegt hat. Sie verdrängt den schlimmen Verdacht, es könnte sich bei ihrer neuen Bekanntschaft um einen Kollaborateur der Deutschen handeln. »Es klang richtig echt«, sagt sie.

Er fühlt ihr Mißtrauen. Unter ihren aufmerksamen Blicken zieht er seine Brieftasche heraus – gutes Leder, denkt sie, ebenso wie seine Schuhe, viel Geld scheint er zu haben, woher? –, fischt aus dem Seitenfach seine Karte, reicht sie ihr hinüber. Claude Forestier, Délégué de la Croix Rouge Internationale de Génève, liest sie. Augenblicklich ist sie beruhigt. Ein Schweizer, das erklärt es. Schweizer Rotes Kreuz. Krankenbetreuung. Wohltätigkeit. Vor allem: international neutral. Über all den Schreckensnachrichten, die sie täglich von ihren Freunden hört, hat sie fast vergessen, daß es zwischen den kriegführenden europäischen Nationen auch noch neutrale Staaten gibt. »Daher also«, sagt sie. »Jetzt sind Sie an der Reihe«, sagt er und steckt die Brieftasche wieder ein. »Von welchem Teil der Welt hat es Sie hierher verschlagen?«

Einen Augenblick lang schwankt sie zwischen einem Rest von Vorsicht und dem Wunsch, ihm, dem neutralen Schweizer mit dem anziehenden Wesen, alles zu erzählen, vorbehaltlos, chronologisch. Vielleicht ja kann er als Delegierter des Schweizer Roten Kreuzes auch etwas für die in Berlin zurückgebliebenen Kameraden tun? Herausfinden, ob sie noch in Freiheit sind? Es geht ihr durch den Kopf, was wohl Rolf zu ihrer neuen Bekanntschaft sagen würde. Sie glaubt zu wissen, daß er nicht einverstanden wäre, sie warnen würde vor dem Leichtsinn, sich mit Unbekannten in vertraute Gespräche einzulassen. Sie käme aus Deutschland, sagt sie. Aus Berlin. Kenne er Berlin? Die Stadt sei schon mehrmals bombardiert worden. Deshalb wäre sie nach Rom gekommen. Und auch der Sonne wegen.

»Einfach so?« Er hat die Sonnenbrille abgesetzt. Er kann mit den Augen lachen, denkt Ruth, er hat gute Augen.

»Einfach so«, sagt sie. Und dann lachen sie beide. Sie ist ihm dankbar, daß er nicht weiter fragt, daß er es bei der vagen Erklärung beläßt. Sie fühle sich hier wohl, erzählt sie ihm, der ihr aufmerksam zuhört, sie wolle endlich ihr eigenes Leben entdecken, ob er das Gefühl kenne, immer von anderen beherrscht zu werden, vorgeschrieben zu bekommen, was man zu tun und zu lassen habe. Sie sei nun neunzehn und weiß Gott alt genug, für sich selbst zu entscheiden.

»Ich habe es mal gekannt«, sagt Claude Forestier ernsthaft, »dieses Gefühl, von dem Sie sprechen. Vor fünfzehn Jahren. Da war ich so alt wie Sie jetzt.«

»Und heute?«

Er sieht an ihr vorbei auf den Gehweg. »Ich hatte es leichter als Sie«, sagt er. »In der Schweiz herrscht keine Diktatur.«

Flüchtig wundert sie sich, wieso er ihre Auflehnung politisch verstanden hat. Letzten Endes hatte sie es zwar auch so gemeint. Aber genausogut hätte es sich auf Verhältnisse innerhalb der Familie beziehen können. »Was macht man eigentlich so als Delegierter des Roten Kreuzes von Genf?« will sie wissen. »Arbeiten Sie in einem Büro? Haben Sie Angestellte?«

»Nein«, sagt er, »ich bin allein.« Und er erzählt mit großer Anschaulichkeit von den unglücklichen Zerlumpten in den Kriegsgefangenenlagern der Deutschen, wie sie in der Menge dahinvegetieren, auf eine Nachricht von zu Hause, ein Päckchen ihrer Angehörigen warten. Sie habe er aufzusuchen und zu prüfen, ob sie einigermaßen menschenwürdig untergebracht seien und verpflegt würden. »Sie werden von den Deutschen nicht schlecht behandelt«, sagt Forestier, »aber es sind einfach zu viele. Und es werden immer noch mehr. Wohin mit all den Menschen? Vor kurzem erst hat Jugoslawien kapituliert. Und drei Tage später Griechenland. Es ist ein echtes Problem, das wir in der Schweiz mit Sorge verfolgen.«

Dann sei er wohl die meiste Zeit auf Reisen?

Periodisch. Einige Wochen lang mache er die Runde, verknüpfe die Lagerbesuche miteinander. Danach kehre er nach Rom zurück und verfasse seine Berichte, stelle Listen mit Adressen von Angehörigen zusammen, die über den Verbleib des Vaters oder des Sohnes benachrichtigt werden müßten. Jetzt ist es Ruth, die aufmerksam zuhört. Ihre leicht zu entfachende Begeisterung ist geweckt. Diese Art direkter Menschenbetreuung mit persönlichem Kontakt zu denen, die Hilfe brauchen, erscheint ihr verlockender und erstrebenswerter als der ewig gleiche, anonyme Papierkram unter den wachsamen Augen ihrer Emigrantenfreunde. Sie sehnt sich nach sinnvollem Einsatz, nach Selbstbestätigung. Nur der Gedanke, was die Freunde wohl sagen würden, erführen sie, daß sie ihr Gelöbnis zum Schweigen gebrochen habe, hält sie davon ab, ihm alles anzuvertrauen. Wortbrüchig will sie nicht werden, auch wenn sie sich innerlich gegen den Mangel an Vertrauen auflehnt, den sie darin zu erkennen glaubt, daß die Freunde sie nicht in die Hintergründe ihrer Arbeit einweihen.

»Jetzt wissen Sie mehr von mir als ich von Ihnen«, sagt Claude Forestier.

»Was wollen Sie wissen?«

»Etwas Wichtiges.«

»Also?«

»Haben Sie einen Freund?«

Ruth lacht erleichtert. Sie ist sich nicht sicher, inwieweit es ihr gelungen wäre, einer direkten Frage nach ihren Lebensverhältnissen hier in Rom auszuweichen. »Keinen Freund.«

»Das ist gut. Und eigentlich alles, was ich im Augenblick wissen wollte.« Nein, erwiderte er auf ihre Gegenfrage, auch er sei nicht gebunden. Nicht mehr. Seine Frau habe sich vor zwei Jahren von ihm scheiden lassen. Und Kinder hätten sie keine. Momentane Verlegenheit macht sie schweigen. Zu plötzlich haben sich nach so ausgiebigen Vorhutsgefechten die Fronten geklärt. Das Eingeständnis, nicht gebunden zu sein, bedeutet ja auch: frei zu sein für den anderen. Man sagt das nicht nur so einfach dahin. Das ist ihnen beiden gleichzeitig bewußt.

Regenwolken hängen tief am Himmel. Es beginnt zu nieseln, die festen Blätter der Hecken glänzen und bewegen sich. Ruth fröstelt. Sie hätte ihren Regenmantel mitnehmen sollen; heute morgen, als sie das Haus verließ, hatte es ausgesehen, als wollte die Sonne durchkommen. »Gehen wir«, sagt Claude Forestier und hängt ihr seine Jacke um die Schultern.

»Wohin?«

»Erst mal weg von hier, bevor es losbricht.«

Sie setzen sich in Trab. Das eben noch kaum vernehmbare Rauschen in den Baumkronen nimmt zu. Er hat sie bei der Hand ergriffen. Nebeneinander her laufen sie im Eilschritt durch die Anlagen auf die Pincianamauer zu, die diesen Teil der Gärten begrenzt. Der Sprühregen wird zu Tropfen, die den Sandweg dunkel zu färben beginnen, in wenigen Minuten haben sie die Porta Pinciana erreicht, lehnen, Atem holend, an der Innenmauer des Durchgangs zum oberen Teil der Via Veneto.

»Kommen Sie mit ins Hotel?«

»Wo wohnen Sie?«

»Gleich da drüben, im Flora. Es sind nur ein paar Schritte.«

Das Flora. Vera hat ihr, im Zusammenhang mit Stätten, die sie nach Möglichkeit meiden sollte, auch den Namen dieses Hotels genannt. Es wird hauptsächlich von Angehörigen der deutschen Wehrmacht frequentiert. Was sonst noch da wohnt, Ausländer und Italiener von auswärts, steht laut Vera eindeutig auf seiten der Achse. Wieso wohnt Claude Forestier ausgerechnet in diesem Faschistenhotel? Als neutralem Schweizer in offizieller Mission stünden ihm gewiß andere, weniger kompromittierende Hotels zur Verfügung. Sie wird wieder unsicher. Er hat ihr gesagt, zwischen den Reisen habe er viel Schreibarbeit zu erledigen, warum wohnt er überhaupt im Hotel, nimmt er sich nicht eines der Einzimmerappartements, wie sie seit dem Einzug der Männer in den Krieg überall preiswert angeboten werden? Sie möchte ihn fragen, hat das unbehagliche Gefühl, sich da in etwas einzulassen, das sie nicht verantworten kann, findet nicht den Mut dazu.

Es beginnt stärker zu regnen.

»Wir müssen uns beeilen, sonst kommen wir hier nicht mehr weg«, sagt Claude Forestier.

»Ich gehe dort nicht hinein«, sagt Ruth.

Er folgt ihrer Blickrichtung. Vor dem Eingang des Flora parkt ein Dienstwagen der Wehrmacht mit Standarte. Der Mangel an Autos auf der Fahrbahn, bedingt durch die Benzinknappheit, läßt ihn protzig erscheinen, ungehörig.

»Fürchten Sie sich vor Ihren Landsleuten? Die tun Ihnen doch nichts.«

»Ich habe keinen Schweizer Paß wie Sie«, sagt Ruth.

Bevor sie Gelegenheit findet, ihm, ohne sich zu verraten, ein endgültiges Nein entgegenzusetzen, hat er wieder ihre Hand ergriffen, zieht sie aus dem schützenden Mauerbogen hinaus auf die Straße. »Nun kommen Sie schon. Oder wollen Sie bis morgen früh hier stehenbleiben? *Ich* bin Ihr Schweizer Paß« ...

Im Foyer des Flora herrscht reger Betrieb. In Anwesenheit der deutschen Offiziere, die sich lässig geben, entwickelt das italienische Hotelpersonal einen Eifer, der, findet Ruth, wie eine Parodie auf das wirkt, was sich die Hiesigen unter deutscher Mentalität vorstellen. Sie rennen, rufen, dienern, als gelte es, in der nächsten Viertelstunde das Haus zu evakuieren. Mit unbewegten Gesichtern sieht eine Abordnung Japaner von Sesseln aus dem Treiben zu. Seitdem ihr fernöstliches Land die Achse Rom-Berlin vor anderthalb Jahren zum Dreimächtepakt ergänzt hat, beehren hochgestellte Vertreter Nippons auch die Hauptstadt Italiens mit ihrem Besuch. Immer in Gruppen. Und immer in Zivil.

Claude Forestier läßt sich vom Empfangschef einen Brief aushändigen, den er achtlos in die Seitentasche seiner Leinenjacke stopft. »Gehen wir in die Bar«, sagt er zu Ruth, »dort ist es ruhiger.«

Tatsächlich ist der Raum, der sich wohl nur Bar nennt, weil ein bogenförmiger Durchgang zu einem Zimmer mit Tresen führt, völlig leer bis auf zwei Kellner, die Aschenbecher auf die Tische verteilen. Ein paar Seitenlampen brennen als Zeichen, daß die Bar noch nicht geöffnet ist. »Irgend etwas Trinkbares werde ich uns schon auftreiben«, sagt Forestier, obwohl Ruth keinen Wunsch geäußert hat. Sie setzt sich an den Tisch in der dämmrigsten Ecke aus dem unbestimmten Gefühl heraus, sich vor sich selbst verstecken zu müssen, kämpft gegen ihr schlechtes Gewissen an: dieser Mann, dieser Ort; den Freunden darf sie davon nichts erzählen, die würden sie nicht verstehen, würden vermutlich sofort wieder um ihre Sicherheit fürchten und sie entsprechend ins Gebet nehmen. Mit der gestreckten Hand streicht sie über ihr Haar. Es ist feucht und riecht nach Regen. Claude Forestier kommt mit zwei Gläsern Martini zum Tisch zurück: »Selbstbedienung«, sagt er. »Charly kommt erst um sieben.«

Sie trinkt, mehr aus Höflichkeit als aus Lust auf den Aperitif. Er beobachtet sie. »Sie nippen wie meine Frau«, sagt er.

»Ich denke, Sie sind geschieden?«

»Wir leben in Scheidung.«

»Vorhin hat es anders geklungen.«

»Wie denn?«

»Daß Sie schon geschieden seien. Trennung und Scheidung, das ist nicht dasselbe.«

Es geht Ruth nicht einmal so sehr um seinen privaten Status. Sie möchte, daß er ihr die Wahrheit sagt, die absolute Wahrheit in allem und jedem. Damit sie ihm vertrauen kann. Sie möchte die lästige, warnende Stimme in sich zum Schweigen bringen, die in einem fort wiederholt: Vorsicht. Ein Fremder. Ich weiß nichts von ihm. In Forestiers Miene glaubt sie, nur für den Bruchteil einer Sekunde, einen Anflug von Verstimmung zu sehen, ebenso schnell verschwunden wie gekommen, augenblicklich ersetzt durch das entwaffnende Lächeln, das er immer bereithält. »So gut wie dasselbe. Im Grund nur eine Formalität.«

Ob er lange verheiratet gewesen sei, fragt sie. Wieder dieses kaum wahrnehmbare Zögern. Ein paar Jahre zu lang, meint er. Und: Man sollte es sich wirklich ernsthaft überlegen, ob man einander zumuten dürfe, sich in eine Zukunft zu teilen, die zunehmend von Alltagstrübnis und Sorgen geprägt würde. Unausbleiblich, nicht wahr, insbesondere in Fällen, in denen beide Partner ausgesprochene Eigenpersönlichkeiten mit gegensätzlichen Charakteren seien. Das führe zu Streitigkeiten und letztlich zur Erkenntnis, man passe einfach nicht zueinander oder: man habe sich auseinandergelebt, endgültig. »Viviane lebt in Zürich«, sagt Forestier. »Nicht gerade als trauernde Verlassene, soweit mir bekannt ist.«

»Weshalb läßt sie sich dann nicht scheiden?« sagt Ruth.

»Wir sind katholisch«, sagt er.

Ruth überlegt, ob es in ihrem früheren Bekanntenkreis Leute gegeben hat, die katholisch und deren Eltern geschieden waren. Im Augenblick fällt ihr niemand ein. In religiösen Fragen kennt sie sich nicht aus. Weder die Mutter, jüdisch geboren, christlich getauft, noch ihr heimlich mit den Nazis sympathisierender Vater hatten je mit ihr über diese Dinge gesprochen. Und ihr Religionslehrer, der sie auf die Konfirmation vorzubereiten hatte, war mehr hitler- als gottgläubig gewesen. Die Grundtugend evangelischer Konfession, hatte er die Konfirmanden gelehrt, sei ›gottgefällige‹ Liebe zu Führer, Volk und Vaterland. Und danach folgten ein paar abfällige Bemerkungen über die Katholiken, denen er weltliches Machtstreben unter dem Mantel der Frömmigkeit vorwarf, ja, er verstieg sich dazu, seine Glaubensrivalen einer expansionistischen Politik zu bezichtigen, die sich bewußt in Widerspruch zum Nationalsozialismus und dessen völkerbefreiender Idee stellte. Wie alle Ideologen hatte auch Ruths Religionslehrer sich der vereinfachenden Schwarzweißmalerei bedient, um seine eigenen Auffassungen auf Kosten des Gegners zu rechtfertigen. Der Vierzehnjährigen hatte es Eindruck gemacht, was er von den Katholiken behauptete. Gegnerschaft zum herrschenden System, falls das stimmte, erforderte Haltung und Mut. Ein Jahr später, nach dem deutschen Judenpogrom im Herbst achtunddreißig, hatte sie mehrmals versucht, bei Kameraden ihrer Jugendgruppe, Hitlergegner wie sie, Näheres über die Rolle der katholischen Kirche im politischen Geschehen zu erfahren. Aber niemand konnte ihr Auskunft geben.

Claude Forestier hat ihr noch einen zweiten Martini gemischt. Obwohl sie einen Widerwillen gegen alles hat, was klebrige Vermouthsüße enthält, empfindet sie doch dankbar seine auflockernde Wirkung. Sie wird gesprächiger, überwindet, für den Augenblick wenigstens, ihre Bedenken gegen den Mann, in dessen Nähe sie sich zunehmend wohler fühlt. Sie mag es, wie er sie ansieht, wie er ihr zuhört, wie er ihr, allein durch sein aufmerksames Zuhören, das Gefühl vermittelt, mit all ihren Zweifeln und Überlegungen endlich ernst genommen zu werden. Seit sie denken kann, hat es immer jemanden gegeben, der an ihr herumkritisierte: der Vater, der sein ewiges Gemäkle Erziehung nannte, die Mutter, die, ihm hörig, unbesehen seine Einwände annahm, um sie auf ihre Tochter zu übertragen, die Lehrer, die Mitschüler, die ›arische‹ Verwandtschaft. Sie alle hatten ständig etwas an Ruth auszusetzen. Wenn sie es recht überlegt, muß sie auch von den Freunden, insbesondere von Rolf, ab und zu herbe Kritik einstecken: Sie sei zu neugierig, zu fahrig. Vor allem aber zu leichtsinnig. Bei Claude – sie nennt ihn innerlich bereits Claude – fühlt sie sich weder als menschlicher Versager noch als Unsicherheitsfaktor in einem Geheimsystem, sie fühlt sich ganz einfach als Frau. Es macht sie glücklich.

»Wie lange sind Sie schon in Rom?« will er wissen.

»Ziemlich genau ein Jahr.«

»Erstaunlich, daß wir uns früher nie begegnet sind.«

Ruth denkt an die Rücksichten auf Freunde und Arbeit,

die man ihr auferlegt hat: von der Arbeit gleich nach Hause – so weit wie möglich die Straße meiden – keine Nachtbummeleien, keine Zufallsbekanntschaften, kein Alkohol. Alles andere als erstaunlich. Wenn er wüßte … Sie muß sich zwingen, ihm nicht alles zu verraten; es widerspricht ihrer Natur, immer wieder Ausreden zu erfinden. Sie beschließt, ihm, wenn schon nicht uneingeschränkt, doch so viel ihres Vertrauens zu schenken, daß sie sich von ihrer eigenen Vorsicht nicht zu sehr geknebelt fühlen muß. »Sie wissen noch wenig von mir«, sagt sie.

»Müßte ich mehr wissen?« sagt Forestier.

»Vielleicht.«

»Sie machen mich neugierig.«

»Ich bin nichtarisch«, sagt sie. Damit verrät sie niemanden außer sich selbst. Und nicht einmal das; es entspricht dem schon zu lang gestauten Impuls ihrer Jahre, sich kopfüber ins kalte Wasser zu stürzen, komme, was da wolle. Der Reiz der Gefahr, die Verlockung, die Bombe platzen zu sehen.

Die Bombe geht nicht hoch. »Und?« fragt er, geduldig wartend, daß eine weitere Mitteilung folgt.

»Verstehen Sie nicht?« Es ist eine gänzlich neue Erfahrung für Ruth, mit jemandem zu sprechen, für den das Problem der Abstammung kein Gewicht zu haben scheint. Mit jemandem aus dem eigenen Sprachkreis. Was sie in erster Linie der Neutralität des Landes zuschreiben sollte, dem er angehört, wirkt auf sie wie eine gar nicht hoch genug zu wertende Liberalität seiner Gesinnung. »Es stört Sie nicht?«

»Ja, was sollte mich da stören? Hindern Sie irgendwelche strenge mosaische Riten daran, unkoschere Speisen zu berühren? Ich bin bereit, jede Rücksicht darauf zu nehmen, die Sie von mir verlangen.«

Unfähig, das Problem von der gleichen souveränen Warte aus zu betrachten wie er, es ist ihr schon in Fleisch und Blut übergegangen, fühlt sie sich verpflichtet zu betonen, daß sie nur zur Hälfte jüdisch sei. »Mischling ersten Grades«, sagt sie.

»Ein was?«

»Es gibt Mischlinge ersten und zweiten Grades, je nachdem, ob der Eltern- oder Großelternteil nichtarisch ist.«

»So etwas habe ich schon gehört«, sagt Forestier. »Ein perfider Ausdruck, auf einen Menschen angewandt. Vergessen Sie ihn so schnell wie möglich.«

»Meine Staatsangehörigkeit«, sagt Ruth. »Ich unterstehe den deutschen Rassegesetzen zum Schutze deutschen Blutes, ja wirklich, so heißt der offizielle Ausdruck.« Ob er nicht gehört habe, was alles dieser Begriff bedeute und, vor allem, welche Folgen er zeitige. Wer den vollen Ariernachweis nicht erbringen könne, ereifert sie sich im Bemühen, ihm, dem unbegreiflicherweise von solchen Dingen völlig Unberührten, den Ernst der Lage nahezulegen, sei ausgeschlossen aus dem, was sich jenseits der Brennergrenze Volksgemeinschaft nenne. Er stehe abseits, müsse gewärtig sein, bei geringstem Auffallen das Schicksal der ausgebürgerten und deportierten Juden teilen zu müssen. Sie gerät in einen Zustand der Agitation; ihr Bericht wird zum engagierten Plädoyer. Wie kann er, ein Schweizer, Vertreter einer internationalen Organisation, wie kann sein Land es dulden, daß derartige Dinge geschehen dürfen? Weshalb greift das Rote Kreuz nicht ein? Bedeutet nicht der Vorzug der Neutralität gleichzeitig auch Verpflichtung?

»Ich verstehe Ihre Erregung«, sagt Claude Forestier. »Aber ich bin kein Politiker.«

Es ist zum Teil Ruths jungen Jahren, vor allem aber ihrem ungebrochenen Glauben an die Charakterstärke in Menschen zuzuschreiben, daß sie davon überzeugt ist, jeder könne erreichen, was zu erreichen sich lohne, wenn er nur wirklich wolle. »Sie sollten es Ihrer Regierung vortragen«, sagt sie. »Man kann doch nicht einfach dabeistehen und zusehen. Gibt es nicht so etwas wie internationale Menschenrechte?«

Die gäbe es schon, sagt Forestier ausweichend. Soviel er wisse, sei man bemüht. Das Ganze sei allerdings erheblich schwieriger, als sie sich vorstelle. Und wie es denn mit ihren privaten Beziehungen stehe? Seien ihr da irgendwelche Schranken von deutscher Seite auferlegt? »Dürfen Sie einen arischen Freund haben?«

»Wenn mich jemand anzeigt, komme ich ins KZ.«

»Also nur einen jüdischen?«

»Dann komme ich erst recht ins Konzentrationslager, mit dem Unterschied Auschwitz statt Ravensbrück«, sagt Ruth.

»Wenn Ihr Freund Schweizer wäre«, sagt Claude Forestier, und es ist wie ein Stichwort, ein kleines taktisches Manöver, um ihr Gespräch dahin zu lenken, wohin er es haben will, »fielen doch wohl diese rassischen Einschränkungen weg, nicht wahr?«

Sie sehen sich an. So einfach kann das also sein, denkt Ruth verwundert. So leicht lassen sich Probleme lösen, die unlösbar schienen. Es muß nur der richtige Mann kommen – genauer, der Mann mit dem richtigen Paß. Sie schweigt nachdenklich. Es geht alles so schnell, so glatt. Sie ist darauf nicht vorbereitet. Jemand durchquert eilig den Raum, begibt sich zur Bar. Gleich darauf springen um sie die Lichter an, die hohen Ecklampen, die Wandkerzen, die Tischbeleuchtung. Erste Bargäste, unsicher noch, ob sie schon jemand bedienen wird, kommen herein.

»Jetzt wird es ungemütlich«, sagt Forestier.

Sie wechseln in den kleinen Speisesaal hinüber. Noch ein paar Minuten zu früh, die Kellner stehen herum, überbrücken die Viertelstunde bis zum offiziellen Dienstbeginn mit allerlei privatem Tun, polieren ihre Nägel nach, begutachten sich im Spiegel, richten ihre Kleidung. Es belustigt Ruth, wie ihr Eintritt augenblicklich das Bild verändert, eine

Atmosphäre von geschäftiger Beflissenheit schafft. Die deutschen Gäste scheinen das Personal hier ganz hübsch aufgemöbelt zu haben, denkt sie und dann: Aber nein, sie parodieren ja; sie imitieren gekonnt die Wunschvorstellung der selbsterkorenen Herrenrasse von ›anständiger Bedienung‹. Daß man Claude und sie als Deutschsprachige für Vertreter des Dritten Reichs hält, wundert sie nicht; solch subtile Unterschiede sind den Einheimischen verständlicherweise nicht geläufig.

In Anbetracht des Krieges ist die Speisekarte erstaunlich reichhaltig. Sie enthält eine ganze Reihe von Gerichten, die in Deutschland schon wenige Monate nach Kriegsausbruch endgültig vom Speisezettel verschwanden. Ruth läßt es sich schmecken. Der Wein hier, von Forestier etwas umständlich ausgesucht und abgeschmeckt, ist ein anderer als der einfache Landwein, den zu trinken sie gewohnt ist, seit sie in diesem Land lebt. Sie fühlt sich rundum wohl, möchte es beibehalten, dieses neue, wohlig-angenehme Gefühl, in das sich in zunehmendem Maß vom Alkohol geförderte leichte Erregung mischt, die sie auch in ihm zu spüren glaubt. Solange sie denken kann, hatte man ihr Vernunft abverlangt, Vernunft in allem und jedem; die Zeiten, hatte man ihr gesagt, seien nunmal so, sie erforderten sachliches Denken.

Nun, durch nichts weiter hervorgerufen als durch die Nähe eines Mannes, der sie ansieht, als ob ihre Gegenwart ihn glücklich mache, ist auf einmal alles bisher Gültige außer Kraft gesetzt. Ruth versucht festzustellen, während er ihre Hand nimmt und mit dem Daumen sanft ihren Handrücken streichelt, ob sie verliebt ist, vergleicht das, was sie jetzt empfindet, mit ihren Berliner Flirts.

Sie lächelt, als sie zu erkennen glaubt: Dies ist anders. Ganz anders.

Er nimmt die Augen nicht von ihrem Gesicht. »Wollen wir gehen?«

»Wohin?« sagt sie. Ganz und gar überflüssige Frage.

»Nach oben«, sagt er.

Der Ball trifft mich unvermittelt am Arm. Der kleine Junge streckt die Hand nach ihm aus. Er möchte ihn wiederhaben. Sein kleines Gesicht mit dem bräunlichen Teint ist zu ernst für seine wenigen Jahre. Tief in die Stirn gezogen, seltsamer Kontrast zu den schwarzen Südländeraugen, ist das abscheuliche College-Cap aus grellfarbenen Plastikstreifen, made in USA, einer dieser Fetische der wirtschaftlichen Eroberer aus Übersee, wie sie zu Dutzenden hinter den Perlschnürvorhängen der Stehbars zwischen Wasserpistolen, überzuckerten Kuchen, Haarpomade und Postkarten feilgeboten werden.

»*Permesso?*« sagt der Junge. Um seine Stirn steht auf breitem Mützenband: ›I like America‹.

»*You speak English?*«

»*Non comprendo. Prego, Signora!*«

Von einer Nachbarbank lächelt mich eine fette Frau in der Erwartung an, über ein so interessantes Gesprächsobjekt wie ihren Sohn, denn um ihn handelt es sich wohl bei dem Knaben mit der Mütze, mit mir eine Frau-zu-Frau-Unterhaltung zu beginnen. Ihr Rock ist verrutscht; im Schatten des leichten Tuchs werden flabbrige Oberschenkel sichtbar. Es sei heiß heute, konstatiert sie und im selben Atemzug, ich sei allein. Gewiß Ausländerin, nicht wahr? Sie möge die Ausländer, auch wenn der Tourismus in Rom manchmal Formen annehme, daß man die eigenen Landsleute mit der Lupe suchen müsse. Allerdings, mit der Liebe zu Bambini scheine das im Ausland so eine Sache zu sein; entweder sei man dort zu streng zu ihnen, oder man kümmere sich überhaupt nicht um ihre Erziehung, was sich darin zeige, daß solch unerzogene Bälger in die Brunnen spuckten und ohne Ehrfurcht mit Geschrei durch die heiligen Kirchen tobten, so daß man sich in Gedanken bekreuzigen müsse ob solcher Erziehungssünden von seiten der Eltern. Richtige, kindergerechte Erziehung, sagt sie, kaum Atem holend zwischen den Worten, sei eine Kunst, Strenge müsse sein, nicht wahr; andererseits müsse man sich von allzu konservativem Denken befreien und das Moderne in die pädagogischen Methoden einbeziehen; schließlich seien ja die Kinder von heute die Erwachsenen von morgen.

Ich werfe einen Blick auf das College-Cap ihres Sohnes, das jetzt, wo das Kind mit gesenktem Kopf im Staub bei den Sträuchern spielt, in rot-weißen Abschnitten das Gesicht ersetzt. *I like America* … »Ja«, sage ich, »jaja. Genau so ist es, *a rivederla*.« Und begebe mich auf den Weg zurück durch die Gärten den Hang hinab zur Piazza del Popolo, vorbei am Aesculap-Tempel. Einen Augenblick lang bleibe ich stehen, stütze mich auf das Geländer aus Holzscheiten rings um den Weiher. Das unverhoffte Wiedersehen mit dem nun in tiefen Dämmer getauchten zierlichen Säulenrund weckt verschwommene Erinnerung an hier geführte Unterhaltungen, an Gedanken ganz anderer Art als solche, die mich heute beschäftigen, einst hineinprojiziert in das Spiegelbild des Tempelchens auf der Wasseroberfläche. Wie dumm ich doch gewesen war, zu glauben, daß die Wiederbegegnung mit Plätzen und Bauten von gestern nicht mehr sein würde als die neutrale Betrachtung von totem Stein. Aber die Steine sind nicht tot. Sie sprechen, beschwören Erinnerungen herauf. Oder liegt das an mir, bin ich es, die sich nicht von der Vergangenheit lösen kann?

Fast übergangslos, ich hatte die Sonne nicht untergehen sehen, ist es Abend geworden. Aus halber Höhe des Pinciohügels oberhalb der Piazza del Popolo mit dem Ramsesobelisk und seinem verfremdenden Kreuzschmuck blicke ich auf die Stadt hinunter. Das Rom, das ich in jenen Jahren kannte, ist hinter einer gleißenden Lichterfülle verschwunden. Schreiend bunte Leuchtreklamen, die meisten statisch, andere ständig wechselnd oder als Schriftband abrollend, hoch über die Dachkanten hinausragend, überschreien sich gegenseitig. Die tagsüber eher unauffälligen Fassaden der Geschäftshäuser scheinen nach oben gewachsen zu sein. Es verwirrt mich; vor fünfundzwanzig Jahren erloschen mit dem sinkenden Tag die Lichter von Rom: Das strenge Verdunkelungsverbot galt auch für die ›offene Stadt‹. Einzige Orientierung im Meer aus Licht bleiben die wirkungsvoll angestrahlten Brunnen und historischen Bauten der Stadt.

Langsam steige ich abwärts zur Piazza hinunter, freue mich an den Reflektoren in der Brunnenschale des Obelisken, der Lichtfülle um den Triumphbogen zur Rechten und die beiden Rundkuppelkirchen dort, wo die Via Babuino und die lebhafte Via del Corso in den Platz einmünden. Was mich vor allem freut: Die Autos sehen unbedeutend aus wie ins Lampenlicht geratene Leuchtkäfer; die spektakuläre Illumination der zum Abendleben erwachenden Stadt blendet sie aus. Die Läden sind noch bis acht Uhr geöffnet; jetzt endlich, durch die Beleuchtung der Auslagen, lassen sie sich einzeln betrachten. Es sind vor allem die Geschäfte der Juweliere, Goldschmiede und Uhrmacher, die vom Kunstlicht profitieren. Daneben Lederwaren, Feinwäsche, Boutiquen. Jetzt sind andere Leute unterwegs als am Nachmittag, sie sind nüchterner gekleidet, bewegen sich zielstrebiger, es sind die, die nach Büroschluß einkaufen; sie sind nicht, wie die Angestellten bei uns, von einem Ladenschlußgesetz abhängig, das ihnen um Punkt halb sieben die Türen vor der Nase verriegelt, brauchen nicht zu hetzen, um sich ihr Abendessen zu sichern. Es geht hier alles viel gelassener vor sich. Die Autofahrer scheinen das Recht der arbeitenden Bevölkerung auf ungestörten Schaufensterbummel nach getaner Arbeit zu respektieren; nur selten durchbricht ein Wagen im ersten Gang die Fußgängerketten, die sich mittlerweile über die gesamte Breite der Straße verteilt haben.

Die Kunstlichtflut beeindruckt mich. Sie verwandelt Gegenstände, die am Tage, während die Sonne in den Straßen brütet, im Dunkel der engen Auslagen ein Schattendasein führen, in verlockende Angebote. Porzellan, am Tag nur Zweckgeschirr, spiegelt die Feinheit von Form und Farbe vielfältig wider; Stoffe beweisen den Reiz abgestufter Zwischentöne, Bücher erwachen unter der Lichtrampe zum Leben, werben mit erst jetzt deutlich lesbarem Text auf bunten Umschlägen zum Kauf.

In der geräumigen Eckdrogerie, deren vier Schaufenster weite Lichtbögen auf die Straße werfen und in friedlichem Nebeneinander rezeptpflichtige Arzneimittel, Tierfutter, Parfüm und Verhütungsmittel anbieten, kaufe ich eine Salbe gegen Sonnenbrand. Auf meiner linken Schulter hat sich eine Brandblase gebildet; wenn der Wäscheträger sich verschiebt, schmerzt das verbrannte Fleisch. Auch hier drin Licht; wohin ich blicke, weißes Neon aus langen Röhren an der Decke. Gelblicht von den Strahlern, die von unten her die Glasplatte der Theke erleuchten. Außerdem sind die Werbeschriften an den Wänden und in der Auslage mit Leuchtrahmen versehen, kämpfen mit schreienden Farben, Giftgrün, Orange, Violett, gegen die übrige Lichtfülle an.

Mittel gegen Sonnenbrand scheinen sehr gefragt zu sein. Abgepackt in handliche Portionen liegen Päckchen mit Salbe und Pflaster griffbereit gleich neben der Kasse, finden laufend Absatz. Die Kunden, die danach greifen, sprechen vorwiegend englisch, holländisch oder schwedisch. Ich sehe mich um, was gibt es hier noch? Eine Ecke mit Modeschmuck, in Silberblech gefaßte, polierte Kiesel, zur Kette gereiht; Ohrringe aus gefärbtem Glas. Im Hintergrund des Raums hinter dem Automaten für Präservative zwei Regale mit Flaschen, Alkoholika der gehobenen Sorte: Whisky, ausländische Weine, Liköre, französischer Champagner. Ein Glück, daß ich mir mein Geld sehr genau einteilen muß. Neben dem Eingang steht eine Waage. Sie sieht aus, als sei sie zuverlässig; ein Tick von mir, an keiner Waage vorbeigehen zu können, ohne mein Gewicht zu prüfen. Diese hier zeigt zweieinhalb Pfund Gewichtsverlust an, seit ich mich bei meiner Abfahrt nach Rom auf dem Frankfurter Bahnhof gewogen habe. Es muß wohl an der ungewohnten Bewegung liegen; zu Hause rühre ich mich oft monatelang nicht von der Schreibmaschine weg.

Zwischen den Lichtbändern der Geschäfte wirken die Menschen wie eine dunkle Mauer. Nur wenn der eine oder andere aus dieser Anonymität vor ein Schaufenster tritt, bekommt er für Augenblicke ein Gesicht. Es hat sich abgekühlt, die weiche Luft spielt mit letzten Partikeln der Tageswärme, die noch am Stein der Häuser haften. Die lockere Abendbrise treibt sie aus ihren Verstecken. Eine Theaterkulisse aus der Nähe: die Piazza Colonna, die von Scheinwerfern angestrahlte Marc-Aurel-Säule, ihr Reliefgeschlinge im Kunstlicht plastischer geworden durch die schattigen Vertiefungen, die vom Lichtstrahl nicht erfaßt werden. In Spiralen windet es sich hinauf zur Paulusstatue auf ihrer viereckigen Plattform. So aufgeputzt habe ich den Paulus zwar nie gesehen; dennoch begrüße ich in ihm einen alten Bekannten. Dachte ich zu Hause an Rom, stellte sich meist als erstes das Bild der Piazza Colonna ein in Verbindung mit glasgedeckter Galerie, Messaggero, Journalistencafé Aragno, politische Diskussionen bei Espresso doppio und Cassata. Zwischen Säule und Bogenlampen rings um den Platz stören mich die Reihen der im hellen Schatten geparkten Wagen; sie verfremden mir das Bild von einst mehr als die aufwendige Beleuchtung. Auch der Palazzo Chigi zur Rechten ist angestrahlt, zieht das Licht von den Tischlämpchen ab, die vor dem Restaurant gegenüber den Gästen das Lesen der Speisekarte erleichtern. Hatten da nicht Ruth und Claude ... Ich fliehe den Ort, bevor mich die bildgewordene Vergangenheit heute noch einmal einholen kann.

Auf der Via Margutta kommt mir der Gedanke, ich könnte versuchen, bis zur Nacht an meinem Buch weiterzuschreiben, das ich vorsichtshalber mitgebracht habe. Vielleicht erweist sich dann meine Überzeugung, zum Schreiben unabänderlich auf die gleiche Umgebung angewiesen zu sein, als Selbstbetrug. Ich trage Manuskript und Arbeitsmaterial zum Couchtisch im Wohnzimmer, hole mir Katjas abgeklapperte Schreibmaschine aus ihrem Atelier. Augen schließen, hineindenken in die Mentalität eines schizophrenen Kindes. Von der Terrasse her kommt Magnolienduft, vermischt mit dem Harz der Pinien. Doch kein Selbstbetrug. Unmöglich, mich auf etwas zu konzentrieren, das keinen Bezug zu Rom hat. Zur Nacht nehme ich eine Schlaftablette. Man sagt, Schlaftabletten unterbänden das Träumen …

## 15. Oktober

Falls wir Viertel vor elf ausgemacht hatten, ist Ina Brettschneider pünktlich. Ich glaube mich zu erinnern, wir sagten zehn Uhr. Meine unselige Erziehung zum Preußentum; ich habe Mühe, meine Verstimmung zu bemänteln. Als wüßte ich nicht, daß man es in einer Stadt wie Rom nicht so genau nimmt mit der Zeit. Aber da war der autoritäre, für meine Kinderaugen gigantisch hochgewachsene Vater gewesen, der, den Blick starr auf die Taschenuhr in seiner Hand gerichtet, neben der Abendtafel stand und mit dem Stoppzeiger prüfte, ob die Zeit der Rückkunft nach dem Tennismatch, die er seiner einzigen Tochter anbefohlen hatte, auch rigoros eingehalten wurde. Pünktlich auf die Minute hatte ich vor ihm zu stehen, nicht etwa erst ins Haus zu kommen. Die kleinste Verspätung wurde mit Vor- oder Rückhand-

Ohrfeigen, bretterharten, knappen Schlägen, geahndet. Nichts kann mich ärgerlicher machen als Leute, die mich warten lassen: Warum dürfen die, was ich nie durfte?

»Schon fertig?« sagte Ina erstaunt. Sie hat mich wohl noch im Pyjama vermutet. Weil sie nun da ist, verfliegt meine durch das Warten entstandene Nervosität schnell.

»Wo wollen wir hin?« sage ich.

»Am Wasser wird's angenehm sein, fahren wir nach Ostia.«

»Ist der Strand denn wieder freigegeben?«

Sie schaut mich erstaunt aus ihren runden Augen an. Versteht. »Ach das«, sagt sie. »Doch, schon seit einiger Zeit. Allerdings, besonders sauber ist's noch nicht dort. Wenn Sie den Lido di Roma von früher her kennen, ist es schon ein Unterschied.« Sie kenne aber einen Platz abseits des Badebetriebs, wo es noch genug Sand zwischen den Steinen hätte, sagt sie, dort könne man sonnenbaden, ohne daß die Leute einem auf dem Kopf herumtrampelten.

»Nein«, sage ich, »nicht das Meer. Wenigstens nicht heute. Vielleicht ein andermal.« Es ist mir eingefallen, daß Ruth und Claude in dem Jahr ihrer Freundschaft immer dann nach Ostia ans Meer fuhren, wenn die sommerliche Hitze sie aus Rom vertrieb. An ebensolche abseits gelegene Plätze. Ich möchte ihnen dort nicht wiederbegegnen.

»Also gut. Fahren wir einfach los«, sagt Ina. »Vor die Tore Roms. Haben Sie mal in einer richtigen Landtrattoria gegessen?«

»Wenn ich es getan habe, weiß ich es nicht mehr«, sage ich.

»Wenn Sie's getan hätten, wüßten Sie's noch«, sagt Ina. »Da bin ich sicher.«

Ihr orangeroter Flitzer läßt mir genug Platz, um meine langen Beine auszustrecken, was man, sieht man ihn bescheiden am Straßenrand stehen, nicht ohne weiteres vermuten würde. Praktisch sind sie, diese Kleinwagen, denke ich, während Ina startet. Wäre ich nicht so hausgebunden, würde ich mir wahrscheinlich auch so einen anschaffen.

Unnütze Überlegung: An welchen Ort würde ich schon wollen, den ich nicht per Flugzeug oder Bahn schneller und vor allem müheloser erreichen könnte? Manchmal paart sich Faulheit mit Vernunft in erfreulicher Weise.

Die Piazza Venezia mit dem fürchterlichen Vittorio-Emanuele-II-Monument aus Autofahrerperspektive: Verkehrsdurcheinander, dazwischen ein Uniformierter, der mit Trillerpfeife zu regeln versucht; als Kulisse die starre Säulenfront des Vaterlanddenkmals, gekrönt von zwei Quadrigen zu beiden Seiten; Rosselenkerinnen: geschwärzte Siegesgöttinnen mit grünen Patinaflügeln. Und die Häuserfront zur Rechten: Von einem dieser Balkons hielt Mussolini schwungvolle Reden an sein zu jener Zeit noch gläubig faschistisches Volk – Viva il Duce! Ich hab' das Echo noch im Ohr. Sie riefen es nicht nur in einem an Massenhypnose erinnernden Begeisterungstaumel, sie schrieben es an jede Hauswand, jede Mauer, das Doppel-V und den Ehrentitel ihres Diktators.

»Zweimal stand ich in der Menge, als Mussolini da oben sprach«, sage ich.

»Er hat sich gern produziert. Er war sehr eitel«, sagt Ina. »Und die hier unten waren hingerissen.«

»Sie sind immer hingerissen, wenn sie ein gutes Schauspiel sehen.«

Wir lassen den Platz hinter uns, fahren auf das Kolosseum zu. Ina deutet mit dem Kinn auf die grasüberwachsenen Römerruinen: »Das alles kennen Sie ja vermutlich – Forum Romanum, Palatin. Oder soll ich's noch mal erklären?«

Ich bin nicht sicher, ob ich ihr sagen darf, daß mir die alte Römerkultur nie Eindruck gemacht hat, sie ist mir zu sehr Ausdruck militanter Gesinnung. »Ich erinnere mich noch gut«, lenke ich ab. »Kennen Sie sich aus in römischer Geschichte?«

»Wissen Sie«, sagt Ina, »von der Malerei allein kann ich nicht leben. Das reicht nur gerade fürs Allernotwendigste.«

»Sie haben einen Zweitberuf?«

»Ich mache Fremdenführerin durch Rom. Sie glauben gar nicht, was man sich durch ein wenig Touristenbetreuung so nebenher verdienen kann. Außerdem erweitert es die geschichtlichen Kenntnisse.«

Am Kolosseum vorbei, das sich in endlosem Mauertod immer mehr zur Schutthalde wandelt, biegen wir von der Via Gregorio in die breitere Via delle Terme ein. Vorstadthäuser weichen allmählich freiem Feld. Der Fahrweg wird holpriger. In Abständen dann, unvermittelt und sinnentfremdet, alte Portale, Triumphbögen, reliefüberladene Zeugen lange vergangener Zeit. Sie sind hier draußen die einzigen Schattenspender; die hohe Sonne brennt erbarmungslos auf unser Wagendeck und das ungeschützte Pflaster nieder.

»Hier geht es zur Via Appia Antica, stimmt's?« sage ich. Auf die alte römische Heerstraße bin ich nun wirklich nicht neugierig. Heute nicht mehr.

Ina entgeht der verdrießliche Ton, in dem ich es sage. »Appia Antica, stimmt. Und wissen Sie, was danach kommt?«

»Gar nichts kommt danach«, sage ich. »Soviel ich weiß, führt sie durch halb Italien bis nach Brindisi ans Mittelmeer. Da wollen wir doch wohl nicht hin?« Das ist auch so ein Grund, weshalb ich nicht gern Beifahrer bin; ich fühle mich ausgeliefert.

»Das Ardeatinoviertel«, sagt Ina. »Sagt Ihnen der Name was?«

»Ach, da ist es geschehen? Die Geiselerschießungen im März vierundvierzig. So weit hinaus hat man sie gebracht.«

»Auf Lastwagen. Dreihundertfünfunddreißig Unschuldige, willkürlich ausgesucht und zusammengetrieben. Mein Bruder war darunter. Jetzt haben sie an der Stelle ein Ehrenmal errichtet.« Sie sagt es in so unpersönlichem Ton, als belehre sie sensationslüsterne Touristen über die Grausamkeiten irgendeines Imperators der römischen Antike. Mir fällt die Frau von Tullio ein, dem Wirt der Trattoria. »Draußen liegt er«, hatte sie gesagt. »Die *fosse ardeatine*, Sie wissen.«

Wir erreichen die kleine Kirche – Domine quo vadis hieße sie, erklärt Ina, die es nicht lassen kann, die Fremdenführerin herauszukehren –, an der die eigentliche Via Appia Antica beginnt. Vor dem Eingang zu den Katakomben rechts stehen zwei Reisebusse. Der Postkartenstand ist von Touristen umlagert.

Ich möchte keine Gräber sehen, weder aus den Zeiten vor Christus noch nach Mussolini. »Ich weiß nicht, ob das eine gelungene Alternative ist«, sage ich.

»Alternative zu was?«

»Der Gräberbesuch zur Fahrt ans Meer. Ich hatte mir vorgestellt, wir würden uns einen hübschen Tag machen, irgendwo nett essen oder so.«

Wenn Ina lacht, fällt der mich manchmal befremdende Ernst von ihr ab. Was ich mir dächte, so habe sie es doch nicht gemeint. Die *fosse ardeatine* habe sie lediglich erwähnt, weil es für mich, die ich seit Ende des Krieges nicht mehr in Rom war, doch gewiß wichtig sei zu wissen, wohin Kappler, der damalige Chef der deutschen Polizei, seine Opfer geschleppt habe. »Wir fahren auf geradem Weg zu jener Osteria in der Campagna, von der ich Ihnen erzählt habe.«

»Dies hier ist doch schon die Campagna«, sage ich mit einer Bewegung meines Zeigefingers nach rechts und links.

»Sie erstreckt sich von hier aus bis weit zum Süden hinunter.«

»Und wo ist Ihr Beisel?«

»Hungrig?«

Ich antworte nicht. Die Luft im kleinen Wagen siedet, da helfen auch die herabgekurbelten Fenster kaum. Ich revidiere meine Meinung von vorhin, solch ein Kleinwagen sei eine praktische Einrichtung. Motor, Vergaser, Getriebe – alles zu eng beieinander und das Schiebedach kaum mehr als eine Luke, über die der Fahrtwind hinwegstreicht, ohne das Innere des Wagens zu berühren. Und dazu Überzüge aus Plastik. Dagegen, könnte ich mir vorstellen, wäre es direkt eine Erleichterung, den Weg zu Fuß zurückzulegen. Sogar in der Hitze des hohen Mittags. Die Beine könnten sich aus ihrer Starre lösen, der sanfte Wind vom Meer würde den Benzindunst aus den Atemorganen vertreiben und den Kopf klären. Ich habe mir nie viel aus Autofahren gemacht.

Die Straße in ihrem ewigen Geradeaus scheint endlos. Staubige Pinien zu beiden Seiten und zwischen ihren kahlen Stämmen, unkrautumwuchert, das Gemäuer altrömischer Grabmäler, verdreckt, vergammelt, interessant wohl nur für den Geschichtsforscher oder, als Kameraobjekt, für Reisegesellschaften. Es gelingt Ina angesichts der Ruinen nicht, ihre Schulung zur Fremdenführerin ganz zu verleugnen. Ab und zu setzt sie zu Erklärungen an, weshalb Altroms Prominente hier draußen lägen und nicht innerhalb der Stadtmauern. Oder wer die Horatier waren oder die Dame Caecilia Metellus mit ihrem seltsamen gaswerkähnlichen Mausoleum.

»Ja ja«, sage ich, »doch ja. Ich erinnere mich gut.«

»Sie flunkern, Ruth. Ich glaube, Sie machen sich nichts aus römischer Geschichte«, sagt Ina ohne Vorwurf.

»Um ehrlich zu sein: nichts aus so weit zurückliegender. Im Augenblick bin ich noch voll damit beschäftigt, die jüngste zu verkraften«, sage ich. »Ich hatte es mir einfacher vorgestellt. Oder vielleicht hatte ich es mir auch gar nicht vorgestellt.«

Dazu schweigt Ina; das Kopfsteinpflaster, anscheinend seit Christus nicht mehr ausgebessert, zwingt sie, sich ganz auf das Fahren zu konzentrieren.

Der Himmel ist wolkenlos weiß; eine tote, helle Fläche. Zwischen Mauerresten und Geröll zupfen Schafe staubige Gräser aus dem Sandboden. Ein Bus voller Priester überholt uns. Er kommt aus Pisa. Wir schließen uns ihm an; Ina wartet auf einen günstigen Moment, um ihrerseits nun wieder das Fahrzeug zu überholen, das so überlegen seine größeren Möglichkeiten demonstrierte. Es sieht komisch aus, wie die Köpfe im Bus mit ihren großrandigen Hüten sich auf ein unhörbares Kommando hin geschlossen nach rechts oder links wenden, je nachdem, was ihnen ihr Reisebegleiter gerade als sehenswürdig anpreist. Ich denke, wie wenig man doch, lebt man in Rom, auf den Gedanken kommt, daß auch Priester von außerhalb sein können; Soutane und Rom, das ist für mich immer eins gewesen.

Das Pflaster gibt Ina keine Möglichkeit, am Bus vorbeizukommen. Er schaukelt heftig, schwankt, zittert in den Flanken; es ist ein sehr alter Bus. »Du meine Güte«, sagt sie am Ende ihrer Geduld, »muß uns der Heilige Vater gerade jetzt seine Söhne vor die Nase setzen?«

»Ist es noch weit?«

»Aber nein. Wir sind fast da. Wenn ich nur vorbei könnt.«

»Die Hitze, wissen Sie. Seit ein paar Jahren kann ich Kälte besser ertragen als Wärme.«

»Ungewöhnlich«, sagt Ina, »wirklich ungewöhnlich, diese Hitze noch im Oktober. Dabei war's Anfang des Monats schon recht kühl.«

Der Bus mit den Priestern fährt seitlich an den Grasrand heran, kommt zum Stehen, gibt uns endlich den Weg frei. Jetzt sehe ich nur noch Feld, begrenzt in dunstiger Ferne von den Albanerbergen. Eine Viertelstunde später hält Ina bei einem einzelnen, ärmlich erscheinenden Gehöft. Das Haus, von dem der Putz blättert, ist ein terrakottafarbener Würfel mit zwei engen Balkonfenstern zwischen viel Mauer zur Straße hinaus, verblaßten Holzläden und einer schmalen, offenstehenden Tür über ein paar ausgetretenen Stufen. Ein Hund schlägt an. Ein Mann in Hemdsärmeln erscheint.

»Das ist es?« sage ich ungläubig. Für solche Kate die lange Fahrt.

»Das ist es«, bestätigt die Malerin fröhlich, läßt sich von dem Alten begrüßen wie eine, die zur Familie gehört. Der Kläffer kommt herausgeschossen, umwedelt sie ebenfalls. Ich bin ausgestiegen, folge, erleichtert, meine Beine wieder nach eigenem Willen bewegen zu können, der Malerin und dem Wirt quer durch einen Hof mit pickenden, gut gemästeten Hühnern um einen Ziehbrunnen. Und dann ist da plötzlich, unerwartet, wieder Weite, anders aber als die schnurgerade aufgeteilten Feldstreifen symmetriebesessener Strategen des antiken Roms zu Seiten der Königin der Straßen, wie sie die alte Via Appia nennen; großzügiger, unberührter. Grüngelb, mit hie und da eingestreuten rötlichen Tupfern zieht sich die Campagna weit hinaus bis hin zu den sanften Hügeln der Albanerberge. Anderthalb Autostunden lang hatte ich die Berührung des weichen Oktoberwinds mit meinem Gesicht herbeigesehnt; jetzt genieße ich die Lebendigkeit der Luft wie eine verdiente Belohnung. Sie duftet nach sonnenwarmem Gras.

»Was ist das dahinten?« sage ich und deute auf einen schmalen Streifen Helle am Horizont.

»*Il mare tirreno*«, sagt der Bauer, meiner Blickrichtung folgend, »das Tyrrhenische Meer. Und das Hügelland davor – alles Weinbaugebiet.«

Er führt uns zu einer Art Laube mit Blick über das weite Land. Ein Holztisch steht darin, zwei einfache Gartenstühle. Das Wetter hat die Tischplatte gekerbt. Ein braunes Huhn spaziert darauf herum und versucht mit seinem Schnabel die Rillen zu erweitern in der Hoffnung, darin Speisereste zu finden. Sein Besitzer scheucht es fort.

»Wie immer?« fragt er Ina, während er eine rot-weiß gewürfelte Decke überwirft. Sie wendet sich an mich:

»Nun, habe ich zuviel versprochen?« Und dann gleich: »*Fettucine* und *saltimbocca*, das ist Giovannis Spezialität. Sie werden's nicht bereuen.«

Doch ja, sage ich, ich überließe es ihr, sie kenne sich ja hier offenbar aus. Und der Platz sei wirklich wundervoll, das hätte ich nicht erwartet. »Diese Ruhe«, sage ich.

Wir lächeln uns an und schweigen. Ich fühle kein Bedürfnis nach Unterhaltung. Außerdem aber verdeutlicht die Stille um uns nun, wo wir von den anderen Menschen durch Kilometer getrennt sind, daß wir uns im Grunde völlig fremd sind und keinen anderen Berührungspunkt als den einer gemeinsamen Bekannten haben, über die wir beide offenbar wenig wissen. Ina hat eine Katze vom Boden aufgenommen, setzt sie auf ihren Schoß, krault ihr das Kinn. Die Katze schließt nicht die Augen bei der Liebkosung, wie das gewöhnliche Hauskatzen tun; sie hält sie weit aufgerissen, die Ohren bleiben aufgestellt. Es ist eines jener scheuen Geschöpfe, wie sie, wild aufwachsend, zu Tausenden um Roms Mauern streunen, immer auf der Hut vor dem Menschen, der sie jagt, schlägt, quält. Erstaunlich, denke ich, daß diese hier sich überhaupt anfassen läßt; sie muß Ina wiedererkennen. Schön ist sie nicht: weiß, hochbeinig und mager, mit einer Wunde hinter dem Schulterblatt und einem schmutzig wirkenden Klecks von tiefschwarzem Fell um die Nase. »Ich hab' sie Fellina getauft«, sagt Ina und versucht ihr über den struppigen Pelz zu streichen, ohne die Wunde zu berühren. »Sie kennt mich.«

Vom Haus her kommt der Bauer mit einem Tablett, verteilt Servietten, angewärmte Teller, Gläser auf dem Tisch. Neben die übliche Karaffe mit offenem Landwein kommt eine mächtige Schüssel mit *pastasciutta*. Beim Anblick der fettglänzenden Bandnudeln fühle ich, daß ich hungrig bin.

»Nehmen Sie von der Fleischsoße dazu.«

»Nein danke. Nur Butter.«

»Die Nudeln sind hausgemacht. In der Sonne getrocknet. Sie werden den Unterschied im Geschmack merken.«

»Sie sehen köstlich aus.«

Unsere Konversation, nie besonders rege, bewegt sich nun ganz an der Oberfläche, weil uns beiden bewußt ist, wie wenig wir uns doch zutrauen können, eine spontane Unterhaltung zu führen. Wenn sie nur schweigen wollte, überhaupt nichts sagen, denke ich, das wäre mir schon recht. Ich möchte die Stille hören, meinen lärmverstörten Ohren beibringen, das feine vibrierende Schwingen ganz ferner Geräusche aufzunehmen. Ich möchte die Natur einatmen, spüren, daß es noch so etwas wie unverpestete Luft und ländliche Stille gibt. Die Malerin jedoch, die es sich schmecken läßt, möchte reden. Als nächstes möchte sie wissen, wie ich Rom heute fände, verglichen mit dem Rom von einst, das sie allerdings nicht gekannt habe, da sie erst nach dem Krieg in die Hauptstadt gekommen sei.

»Anders«, sage ich.

»Anders inwiefern?«

»Eben anders.« Das sei doch auch ganz natürlich, ergänze ich nach einer Pause, Rom wäre wohl kaum die ›Ewige Stadt‹, würde sie sich nicht ständig erneuern. Das ist Ina zu allgemein: »Was haben Sie denn bisher von Rom gesehen?« will sie wissen. Die Straßen hätten sich verändert, sage ich, das Leben in Rom, die Menschen. Darauf achtete ich in erster Linie, eben auf das Veränderliche. Es interessiere mich mehr als erstarrte Historie, sie möge mir verzeihen. »Zum Beispiel Roms weltberühmte Hundert-Meter-Straße, die Via Veneto. Sie hat mich enttäuscht.«

»Wegen des Mordsbetriebs, meinen Sie? Ich kann mir natürlich denken, daß es da während des Kriegs erheblich ruhiger zugegangen ist.«

Der Wirt räumt die Nudelplatte ab, bringt das Saltimbocca alla Romana, dünne, mit Schinken garnierte Scheiben Kalbfleisch, in Marsalawein gedünstet. Sie sehen so appetitanregend aus, daß ich vergesse, wie satt mich schon die Fettucine gemacht haben. Ina teilt aus.

»Nein«, sage ich. »Umgekehrt. In den vierziger Jahren war mehr los, viel mehr.« Auf ihr zweifelndes Gesicht hin erkläre ich näher, was ich damit sagen will. Autos seien da zwar so gut wie gar keine gefahren, auch hätten sich keine Touristenströme über das Pflaster ergossen. Doch im klandestinen Leben der Regimegegner hätten die Cafés der Via Veneto eine wichtige Rolle gespielt. Das hatte mir Rolf erzählt, den ich ja im Rosati kennengelernt hatte. Man hatte sich abwechselnd im Doney neben dem Hotel Eccelsior und dem Rosati auf der gegenüberliegenden Straßenseite getroffen, saß dort im dämmrigen Innern, während die gleichgültigen Römer, die sich im Schatten der Vatikankuppel wie die Vorzugsbevölkerung eines neutralen Staates fühlten und gebärdeten, vor dem Haus in der Sonne faulenzten und unwissentlich die ideale Abschirmung für die *clandestinità* bildeten. »Eigentlich verblüffend«, sage ich – die *saltimbocca* sind wirklich hervorragend –, »daß die Deutschen nie auf die Idee gekommen sind, mal die Cafés auf ihren Razzias näher zu untersuchen. Ihr Abscheu gegen Müßiggänger, besonders die der jüngeren Jahrgänge, war so groß, daß sie um solche Lokalitäten einen großen Bogen machten.«

»Hätte ich auch«, sagt Ina, »sie sind doch widerlich, dieses *gagàs,* die sich noch, wenn die Welt um sie brennt, für nichts anderes interessieren, als für sich selbst.«

Schade, denke ich, daß wir uns schon bei solch kleinen Dingen mißverstehen. Von den Typen wollte ich doch gar nicht berichten, sondern das Thema ansteuern, das zur Debatte steht: In welcher Weise hat sich Rom nach dem Krieg verändert? Ich beschließe, mich auf kurze, nichtssagende Antworten zu beschränken. Besser, die Politik auszuklammern. Meine Schuld, daß der Sog der Vergangenheit für mich noch immer so mächtig ist. »Sie hat mich enttäuscht, die Via Veneto heute«, wiederhole ich. »Mit all ihren Reklameplakaten, dem Reisebürobetrieb, dem Gedränge. Sie sieht abgewirtschaftet aus. Nur noch Durchgangsverkehr. Sie hat, finde ich, ihren Charakter verloren.«

Die Katze wird unruhig. Ina läßt sie zu Boden, wo sie mit einem mächtigen Satz zwischen den Weinranken der Laubenwand verschwindet. »Kein Aushängeschild für die Stadt, meinen Sie. Schauen Sie sich mal in den übrigen Straßen um, da werden Sie den Unterschied noch deutlicher spüren. Glauben Sie mir, wäre ich nicht Malerin und aus beruflichen Gründen auf Rom angewiesen, ich säße nicht hier. Mir ist diese Stadt zuwider.«

Ich kann mich nicht dazu bringen, ›Ja, wirklich?‹ oder ›Ach ja?‹ zu sagen, andererseits läßt es die Flüchtigkeit unserer Bekanntschaft nicht zu, mich danach zu erkundigen, ob ihre so heftige Abneigung gegen Rom etwa private Gründe habe. Wenn ich Pech habe, geht sie darauf ein. Und eine ausführliche, unglückliche Liebesgeschichte ist im Augenblick das letzte, was ich mir zumuten möchte. Aus naheliegenden Gründen. So nicke ich nur.

»Provinziell war sie schon immer, die Stadt«, fährt Ina fort, anscheinend durch den Wein in Schwung geraten. »Gleich nach dem Vatikan kommt Cinecittà, die Filmindustrie, darauf sind sie stolz, die Römer, und wie. Das ist auch der einzige Sektor, auf dem sie was leisten. Wissen Sie, wie viele Einwohner Rom hat?«

»Nicht genau. Ich schätze, um die zwei Millionen.«

»Es sind schon über zweieinhalb. Weil immer mehr aus Süd- und Mittelitalien zuziehen in der Hoffnung, hier leichter Arbeit zu finden als daheim. Und wissen Sie auch, wie viele Arbeitende auf diese zweieinhalb Millionen Einwohner kommen? Siebenhundertachtzigtausend. Und von denen sind wieder fast sechzigtausend im Handel oder im öffentlichen Dienst; Verwaltungsposten und so.«

Ich komme mir vor wie ein Tourist aus der Provinz, dem die Reiseleiterin an Zahlen die Korruptheit einer Weltstadt zu erläutern versucht. »Das hat wohl damit zu tun, daß Rom im Unterschied zum Norden Italiens keine Industrie hat, mal abgesehen von der Filmbranche«, sage ich. »Aber müssen wir unbedingt von der Stadt sprechen, ausgerechnet hier und jetzt? Es ist Sonntag, schönes Wetter, eine paradiesische Ruhe hier oben – hol der Teufel die gesamte Zivilisation.« Reichhaltiges Essen, Wein und Landluft haben mich dösig gemacht.

Ina stutzt einen Augenblick, dann lacht sie. »Sie haben recht. Das ist auch so etwas, das man sich in Rom leicht angewöhnt: das Lästern über die Stadt, auf die man doch angewiesen ist, und sei es nur wegen der besseren Verdienstchancen. Natürlich dumm, es führt zu nichts.« Und dann, unvermittelt, wohl in der guten Absicht, ein erfreulicheres Thema anzuschneiden: »Haben Sie einen Freund, Ruth? Leben Sie mit ihm zusammen?«

Warum kann sie denn nicht schweigen und sich der gesegneten Stille hier draußen hingeben, anstatt pausenlos zu schwatzen? Mein Bedürfnis nach Ruhe ist grenzenlos. »Ich habe nach dem Krieg geheiratet«, sage ich, versuche es so zu sagen, daß es abweisend klingt.

»Ich wußte nicht, daß Sie verheiratet sind«, sagt Ina neugierig.

»Bin es auch nicht mehr.«

»Geschieden?«

»Seit zehn Jahren.«

»Dann liegt das doch schon zurück, und Sie könnten jetzt mit einem Freund zusammenleben, nicht wahr?« insistiert sie.

»Ich habe es mir abgewöhnt«, sage ich, »an eine Freundschaft zwischen Mann und Frau zu glauben, vor allem an die Notwendigkeit eines Zusammenlebens.« Einen Kompromiß nach dem anderen zu schließen und sich dabei einzureden, daß das so sein müsse, daß man selbst es so wolle, weil es so richtig sei, sei im Grunde nur Selbstbetrug aus der Angst heraus, allein mit sich fertig werden zu müssen.

»Das ist doch verständlich«, sagt Ina. »Wer bleibt schon gern allein?«

»Ich finde Einsamkeit lebensnotwendig«, sage ich. »Natürlich hat das auch mit meiner Arbeit zu tun.« Wozu ihr sagen, daß die Erfahrung von Todeszelle und Vernichtungslager die Überlebenden für immer prägt? Daß das Wissen darum, wie schnell sich der Nächste in einen erbitterten Feind verwandeln kann, wenn es um die Wahrung seiner persönlichen Interessen geht, mich zutiefst mißtrauisch gemacht hat? Wie könnte ich ihr klar machen, daß mir das Wort Menschlichkeit noch heute Angst einjagt. Angst und Grauen. Sie würde es nicht verstehen. Unsere Welten sind verschieden.

Ihr Kopfschütteln besagt, wie fremd ihr meine Lebensweise ist. »Da bin ich ganz anders«, sagt sie. »Ich brauch' die Nähe eines Mannes, die sinnliche, wissen Sie, die körperhafte Nähe, ich möcht' sie spüren in jedem Nerv, auch wenn wir grad einmal nicht beisammen sind.«

»Und ich mag es, wenn man mich in Ruhe läßt«, sag ich und ärgere mich, daß ich dabei etwas wie einen feinen Schmerz spüre. Die Sehnsucht läßt sich nie ganz ausklammern. Aber wer kann schon über seinen eigenen Schatten springen?

Der Wirt kommt den Tisch abräumen. Ich bin ihm dankbar für die Unterbrechung. Er habe, sagt er, dort drüben Stühle aufgestellt, falls die ›Signore‹ nach dem Essen etwas ruhen wollten. Wir folgen ihm einen schmalen Graspfad entlang zu einer Stelle oberhalb eines Hangs, wo zwei nebeneinandergerückte Liegestühle vom Gezweig einer Gruppe Olivenbäume gerade genug Schatten bekommen, um das Blenden der Sonne abzufangen. »Bene cosi?« fragt der Mann. »Sehr schön«, sagt Ina. »Ideal«, sage ich glücklich. Die Ruhe um uns ist tief und gut. Sehr fernes Glockenläuten weht in eintönig zarten Klagelauten über die Felder, verklingt wieder. Sonntagsstille liegt über dem Land. Frieden. Ina hat ihren Stuhl so gerückt, daß auch ihr Gesicht in der Sonne liegt. Es kommt mir gelegen; der Abstandswinkel, in dem sich der Sonnenwind fängt, macht weitere Unterhaltung unmöglich. Ich strecke mich in meiner Tuchliege, blinzle durch die flimmernde Luft in Richtung auf den fernen Streifen Meer, der sich aufgelöst zu haben scheint, so sehr ist er im Licht des Mittags mit dem Horizont verschmolzen. Eingebettet in die Weite der Landschaft fühle ich mich geborgen, zufrieden. Meine Schläfrigkeit nimmt in dem Maß zu, in dem sich mein Körper entspannt.

Eine Zeitlang beschäftige ich mich mit dem Farbspiel unter den geschlossenen Lidern. Das zunächst einheitliche Rot löst sich in farbige Splitter auf, die sich zu immer neuen Mustern zusammenfügen. Ich erinnere mich an einen schwarzen, zylinderförmigen Apparat in meiner Jugend, durch den man hindurchschaute. Auf seinem Grund, hinter Glas, lagen viele buntfarbene Kristalle in lockerer Anordnung. Schüttelte man das Kästchen, purzelten sie durcheinander und formten sich zu ständig wechselnden Mosaiken. Als nächstes versuche ich, mich ganz auf die Gerüche einzustellen, die mich umgeben. Mal sehen, ob ich sie auseinanderhalten kann: Da ist zunächst einmal die Erde, staubig von Trockenheit, aufgelockert aber durch eine spät blühende Jasminhecke und das dichte Weinlaub am Spalier. Dann Hühnerstall und schließlich vom Haus her, schwach nur, aber wahrnehmbar, in Olivenöl Gebratenes, ich schätze Fisch. Ich gähne vor Behagen. Eine Frau ruft irgend etwas, der Wind verweht es, ihre Stimme klingt ganz klein und stumpf. Eingehüllt in Sonnenwärme sinne ich dösend, während mein sonst so waches Hirn bereits in Dämmerschlaf gesunken ist, wie bezeichnend es für uns Großstadtmenschen doch ist, daß wir eine Fliege erst wahrnehmen, wenn sie uns um die Nase summt. Hier draußen ist ihr Anflug schon von weitem zu hören, ein feines Singen, dann, im Näherkommen, das aggressive Surren, Signal zur Landung …

»Die Campagna könnte so hübsch sein, wenn diese verdammten Fliegen nicht wären«, sagt Claude Forestier und scheucht eines dieser lästigen Insekten vom Glas seiner Sonnenbrille.

»Du hast aber auch an allem etwas auszusetzen«, sagt Viviane. »Es liegt am Ziegenkäse, der zieht die Fliegen an. Sag dem Ober, er soll abräumen.«

Ruth Hellmann macht dem Sohn des Bauern, der beim Auftragen der Speisen mithilft, ein Zeichen. Sie sitzen nahe der Via Appia in einem improvisierten Gartenlokal. Es hat nur drei Tische oberhalb einer antiken Mauer, die zur Straße hin abfällt, eine schattige, mit Heckenrosen umrankte Pergola und ein paar Ställe mit Hühnern und Schweinen. Sie hatte sich Claudes Frau anders vorgestellt, sich gefürchtet vor der Begegnung, hatte nur zögernd eingewilligt, als Claude ihr vorgeschlagen hatte, mit ihm zusammen zum Treff mit Viviane zu gehen, die ihn sehen wolle, um noch gewisse Einzelheiten der Scheidung mit ihm zu besprechen. Nein, sie störe nicht, im Gegenteil. Sie, Ruth, gehöre doch zu ihm und er glaubte zu wissen, daß Viviane daran keinen Anstoß nehmen würde. Ruth bezweifelte das, indem sie sich selbst in die Lage einer Ehefrau versetzte, die sich, noch ehe die Scheidung ausgesprochen ist, schon ihrer Nachfolgerin gegenübersieht. Denn Claude wollte Ruth anschließend heiraten, so sagte er jedenfalls in diesem Frühjahr des Jahres dreiundvierzig. Und hätte sie noch so viel Grund gehabt, ihm nicht zu glauben oder wenigstens einmal zu überlegen, worauf sie sich da einließ, es hätte sie nicht gekümmert: Sie war, nach einem Jahr der Freundschaft mit Claude, innerlich derart an ihn gebunden, daß sie von sich aus gar nicht mehr zurückkonnte. Für sie, unerfahren, wie sie in Liebesdingen war, schien es ganz selbstverständlich, daß man, wenn man sich erst einmal zusammengefunden und sich eine gute Zeitlang in Zweisamkeit geübt hat, auch in Zukunft zusammenbleibt. Für immer und ewig und drüber hinaus.

Sie blickt Viviane an, die ihr über ihrem Teller freundlich zulächelt. Seltsam, denkt sie, da ist so gar nichts spürbar zwischen ihm und ihr. Keine Zuneigung, keine Verlegenheit, keine versteckten Vorwürfe – gar nichts. Als wenn sie nicht zusammengehörten, nie zusammengehört hätten. Sie hat sich Claudes Frau anders vorgestellt; eine Frau, die im Begriff steht, ihre Ehe aufzugeben, um ein neues Leben zu beginnen, müßte nervös sein, irritiert durch die Anwesenheit eines Dritten, Ruth hätte es ihr nicht verübelt, hätte sie ihnen eine Szene gemacht. Viviane war am verabredeten Treffpunkt erschienen mit der Gelassenheit einer wohlmeinenden Schwester, hatte Claude und Ruth kumpelhaft begrüßt und sich von ihnen in Claudes CD-Wagen zum Mittagessen in die Campagna hinausfahren lassen. Ruths spontaner Eindruck: der sportliche Typ, praktisch, selbstbewußt. Nicht unbedingt hübsch, aber sympathisch mit leicht männlichem Einschlag.

»Ist ja bezaubernd, die Kleine«, hatte sie schon auf der Fahrt gesagt und Ruth das Du angeboten. Claude hatte dazu nur gelächelt und es offenbar ganz natürlich gefunden. Es hat Ruth verunsichert; mit einigem hat sie gerechnet, doch nicht mit solcher Zwanglosigkeit, die nichts von einer Entfremdung der Ehepartner erkennen läßt.

»Nun haben sich die Anwälte ja endlich geeinigt«, sagt Claude.

»Wurde aber auch Zeit. Deiner war ganz schön bockig«, sagt Viviane.

»Und deiner erst, als es um die Aufstellung ging.« Sie lachen. Klingt, als sprächen sie von Ringgegnern in einem Kampf, den sie sich gemeinsam anschauen, denkt Ruth. Als ob nicht sie es wären, die den Anwälten die entsprechenden Anweisungen gegeben hätten. Dann erzählt Viviane ihr von Genf und Zürich, schildert ihr das Leben in einem neutralen Land, in dem es keine Angst, keine Fliegerangriffe und keine Geheime Staatspolizei gibt. Für Ruth klingt das alles ein bißchen wie ein Märchen. Wenn Claude sie erst geheiratet hat, wird sie Schweizerin sein und dem Land zugehören, das offiziell keine Rassendiskriminierung kennt. Unter der Hand allerdings, sagt Viviane, wären da schon Vorurteile spürbar; das sei nicht zu vermeiden, nachdem so viele jüdische Flüchtlinge illegal ins Land gekommen seien. Sie sagt es mit dem spitzen Sp der Norddeutschen. Das wundert Ruth; Claude hatte ihr erzählt, seine Frau sei gebürtige Bernerin. Auch das mit den Flüchtlingen wundert sie; von den Freunden weiß sie, daß nur eine sehr begrenzte Auswahl jüdischer Emigranten in der Schweiz Aufnahme findet. Voraussetzung ist in jedem Fall verfügbares Privatvermögen, und welcher von Hitler verfolgte ›Nichtarier‹ kann schon eine solche Voraussetzung erfüllen?

»Claude hat mir viel von dir geschrieben. Auch von deiner politischen Einstellung«, sagt Viviane mit ihrem Kumpellächeln, das schon anzuerkennen bereit ist, was erst ausgesprochen werden muß.

»Was für eine politische Einstellung?«

»Deine antifaschistische natürlich. Ich finde das bewundernswert. Aber ist es nicht schwer für dich, dich hier in Italien allein durchzukämpfen, in einem fremden Land?«

»Ich habe mich eingelebt«, sagt Ruth.

»Angenommen, die deutsche Polizei würde sich dafür interessieren, wovon du lebst, was würdest du sagen?«

»Daß ich arbeite.«

»Und wenn sie Beweise verlangen?«

»Zeige ich die Belege der A.C.E. vor«, sagt Ruth und sieht Claude an. Soll er das Weitere erklären, falls nötig. Die A.C.E. ist eine französische Filmgesellschaft, die im Auftrag ihres Landes einen aufwendigen Kostümfilm auf dem Gelände von Cinecittà abdreht. Eine Menge Komparserie wird benötigt; ein weiterer Monsterfilm ist geplant. Es war Rolfs Einfall gewesen, Ruth da hineinzubringen. Selbstverständlich hatte auch er an die Möglichkeit einer eventuellen Polizeibefragung gedacht und entsprechend vorgesorgt. Filmarbeit war in Rom die beste Tarnung für alle, die sich Mühe geben mußten, den deutschen Behörden nicht aufzufallen. Es war nicht anzunehmen, daß ein Angehöriger der deutschen Polizei sich die Mühe machen würde, alle Filmstudios und -gelände während der Dreharbeiten nach einer einzelnen Statistin zu durchkämmen. Sie hatten Wichtigeres zu tun. Noch gibt es keine Gestapo in Rom. Diese Sicherung sowie die Tatsache, daß die Freunde sie mittlerweile, was die Arbeit anbelangt, mehr ins Vertrauen ziehen, sie an Zusammenkünften mit denen teilhaben lassen, die Schutz und Obdach suchen, läßt Ruth Claude gegenüber schweigen, obwohl sie ihm sonst alle Einzelheiten ihres Lebens ohne Beschönigung anvertraut hat.

»Mit den A.C.E.-Ausweisen ist Ruth abgesicherte, sagt Claude zu seiner Frau, »da braucht sie sich keine Sorgen zu machen.« Der Arm, den er um Ruths Schulter schlingt, soll bestätigen, daß ihr in Rom nichts geschehen kann, er würde schon auf sie aufpassen. Viviane interessiert es, ob Ruth in Rom Landsleute träfe, sich auch mal mit Angehörigen der Wehrmacht unterhalte?

»Meine Mutter war ...« Das wisse sie, sagt Viviane, Claude habe es ihr geschrieben. Kein Hinderungsgrund aber doch, nicht wahr, nicht hier in Rom, wo niemand nach der Abstammung frage. Und auch in Deutschland selbst lasse man, soweit sie wisse, Halbarier weitgehend in Frieden, außer ihnen vielleicht gewisse Einschränkungen im Berufsleben aufzuerlegen. Sie, Viviane, könne sich vorstellen, daß Ruth sich auch gern mal mit Leuten aus der Heimat unterhalte. »Kein Bedürfnis!« sagt Ruth.

Claude lacht. »Und das meint sie ernst. Um Lokale wie das Löwenbräu macht sie einen großen Bogen, und wenn sie noch so gern einmal wieder was aus deutscher Küche essen würde.«

»Aus deutscher Vorkriegsküche, wenn schon«, sagt Ruth. Ihr Gesicht bleibt unbewegt; Lotte, Wolfgangs Frau, versteht sich auf die Zubereitung von Gerichten aus ihrer westfälischen Heimat, an Abwechslung des Küchenzettels ist kein Mangel. »Apropos Spezialitäten«, sagt Viviane, lehnt sich, satt vom reichhaltigen Essen, im Stuhl zurück, streckt ihre Glieder wie eine Katze in der Sonne, »was haltet ihr von einer *Strega* zum Kaffee?«

»Mir zu süß«, sagt Claude und steckt sich eine Zigarette an, »aber Ruth wird nicht nein sagen, wie ich sie kenne.«

Es stimmt. Ruth mag den schweren, gelbgrünen Likör. Sie hat eine Schwäche für alles Süße. Claude bestellt. »Dann werden wir die Fliegen gar nicht mehr los«, sagt er mit gespieltem Vorwurf. Nach einer kurzen Weile der Unterhaltung über Vorurteile in der Schweiz, besonders der deutschen Schweiz, gegenüber einer geschiedenen Frau, die mit einem Freund zusammenlebt, kommt Viviane, aufgelockerter durch den Likör – soweit dieser Typ Frau aufgelockert sein kann, denkt Ruth, sie wirkt, als weiß sie jederzeit genau, was sie will –, auf das Thema der deutschen Küche und die damit offenbar verbundenen Entbehrungen zurück, die Ruth erleiden muß. »Dieses Löwenbräu in Rom«, sagt sie. »Warum magst du da nicht hin? Ist das Essen dort so miserabel?«

»Weiß nicht«, sagt Ruth. »Ja, aber dann –«

»Es ist das Lokal der deutschen Wehrmacht«, sagt sie. Die ölige Süße der *Strega* – nicht umsonst heißt der Likör Hexe – macht sie leicht und schwer zugleich. Sinnlich und faul. So entgeht ihr, daß Viviane und Claude einen schnellen Blick tauschen. Sie müssen ihn getauscht haben, denn in der Unterhaltung, die nun folgt, ist auffallend viel Übereinstimmung zwischen ihnen, so als hätten sie sich abgesprochen. Nein, das verstehe sie nun aber nicht, sagt Viviane, daß Ruth vor harmlosen deutschen Soldaten solche Angst habe, die könnten ihr doch nun wirklich nichts tun. Und Claude ergänzt, das habe er ihr auch schon einige Male gesagt und ihr vorgeschlagen, zur Abwechslung mal Schweinerippe mit Rotkraut zu probieren, wenn er auf Reisen sei, aber dazu sei sie nicht zu bewegen, um keinen Preis der Welt.

Ruth sieht ihn an. So kennt sie ihn nicht. Es kommt ihr vor, als verrate er sie, als bestünde da zwischen den beiden, die doch gerade ihre Scheidung vorbereiten, ein geheimes Einverständnis, das sie, Ruth, ausschließt.

»Das stimmt doch nicht«, protestiert sie, »ich wollte einmal mit dir hin, aber du weigertest dich. Es sei dir dort zu voll, sagtest du.«

»Ich dachte, du hättest das verstanden«, sagt er mit erstaunt angehobenen Brauen. »Ich als Schweizer Diplomat in einem Wehrmachtslokal, das könnte doch Verdacht erregen, nicht wahr? Auf jeden Fall Aufsehen.«

»Wieso? Es kennt dich doch keiner?« sagt Ruth erstaunt und versteht nicht, weshalb weder er noch sie bejaht. Sie spürt unklar, daß das Gespräch aus der Zone unverbindlicher Plauderei in ein Fahrwasser geraten ist, das Gefahr bedeutet, aber für wen? Daß Claude Forestier, als Delegierter des Internationalen Roten Kreuzes, in Rom akkreditiert, seinen neutralen Status dazu benutzt, sich mehr als üblich für seine von ihm zu betreuenden Schützlinge einzusetzen, daß er dabei einiges zu riskieren bereit ist, weiß sie schon seit einiger Zeit. Zweimal hatte sie ihm in seinem Hotelzimmer geholfen, Lagerpläne durchzupausen. Gelbe, rote, blaue Linien. Gestrichelte Flächen bedeuteten Gefangenenlager, die ins Reich verlegt werden sollten, rot umrandete die Möglichkeit der Errichtung neuer Läger. Ruth hatte sich nicht gesträubt, als Claude sie in seiner herzlichen Art gebeten hatte, ihm beim Zeichnen behilflich zu sein, im Gegenteil, es entlastete ihr Gewissen ihm gegenüber, dem sie nichts von ihrer Arbeit bei den Freunden sagen durfte. Claude und sie hatten das gleiche Ziel im Auge, nur das war wichtig, an strikte Geheimhaltung, die auch er ihr anempfahl, war sie seit langem gewöhnt. Schließlich, sagte sie sich, kam es darauf an, zu helfen, wo man helfen konnte, den Druck, den der Krieg auf seine politischen Opfer ausübte, wenn schon nicht zu beheben, dann doch wenigstens zu mindern.

»Nicht mit ihm, mit Claude«, sagt Viviane. »Aber allein könntest du doch hingehen. Oder liegt es außerhalb der Stadt?«

»In der Via della Croce, gleich bei der Piazza di Spagna«, antwortet Claude an ihrer Statt.

»Was soll das?« sagt sie verärgert, verärgert vor allem darüber, daß sich das Ehepaar vor ihrer Nase die Bälle zuwirft, während sie sich als die Dumme vorkommt, die man in die Spielregeln einzuweihen vergessen hat.

»Sag es ihr«, wendet sich Viviane an Claude.

Er beugt sich vor, legt ihr die Hand auf den sonnenheißen Arm. Augenblicklich weicht ihr Ärger; schon seine leisesten Berührungen lösen bei ihr eine Art Kaninchenstarre aus, ein Gefühl unentrinnbarer Hingabe an seinen Körper; sie ist ihm körperlich hörig, weiß es und ist auf eine Weise, die sie als angenehm empfindet, machtlos dagegen.

»Du könntest mir sehr helfen«, sagt er.

»Womit?«

»Indem du dich mit den Soldaten unterhältst und herauszufinden suchst, was sich so an der Front abspielt. Wir hier bekommen doch nur die offiziellen Nachrichten, verstehst du?«

»Nein«, sagt Ruth. »Du bist Schweizer, du erfährst doch auch aus anderen Quellen die Lage. Die wirkliche Lage, meine ich.«

»Eben nicht«, sagt Claude. Die Gegenpresse sei nicht minder von Ressentiments gefärbt, und außerdem habe auch sie nur beschränkten Zugang zum Augenblicksgeschehen an der Front. Es handle sich oft nur um als Nachricht aufgemachte Gerüchte. »Nur die Soldaten selbst können uns die Wahrheit sagen«, schließt er, hält dabei immer noch Ruths Arm mit der Hand umspannt.

Es sind keine Fliegen, es ist eine pelzige Hummel, die jetzt den Rand von Ruths Glas nach Resten der klebrigen Alkoholsüße abtastet. Ruth heftet die Augen auf sie, verfolgt aufmerksam die allmählich unsicherer werdenden Bewegungen des Insekts. Innerlich hat sie sich bereits entschlossen. Bei aller Liebe zu Claude, sie wird nicht ins Löwenbräu gehen. Erstens hat sie dazu nicht die geringste Lust, und zweitens sieht sie nicht ein, weshalb sie das offensichtlich gute Einvernehmen der beiden dadurch noch fördern soll, daß sie ihnen einen gemeinsamen Wunsch erfüllt. Soll er doch seine Viviane in die deutsche Kneipe schicken. Ihre Gedanken müssen ihr wohl im Gesicht stehen. »Ich verstehe, was Claude sagen will«, sagt Viviane mit unschweizerischem St, »obwohl ich mich da natürlich nicht einmischen will.«

»Warum tust du es dann?« sagt Ruth.

»Weil ich es gut mit ihm meine und du doch auch, nicht wahr? Sicher möchtest du doch, daß er noch in Rom bleibt.«

Ruth schaut zu Claude hin. Weshalb, wenn es etwas gibt, das sie noch nicht weiß, aber wissen müßte, läßt er Viviane erklären, anstatt es ihr selbst zu sagen? »Wollen sie dich abberufen aus Rom?« fragt sie ihn.

»Sieht so aus.«

»Aber aus welchem Grund?« Die Hummel, vollgesogen mit Likörrückständen, ist ins Glas gefallen, dreht sich verzweifelt auf dem Rücken, wirbelt betrunken ihre Beine umeinander.

»Sprechen wir von etwas anderem«, sagt Claude. »Es ist so herrliches Wetter, da sollten wir die Politik aus dem Spiel lassen.«

Ruth versucht zu überlegen. Der Likör hat sie leicht benommen gemacht. Und auch das so seltsame Verhalten von Claude und seiner Frau, die sich, obwohl gerade in der Trennung begriffen, offenbar noch bestens verstehen. Was ist mit Claude geschehen, mit diesem Mann neben ihr, der sich jetzt bemüht, Worte zu bagatellisieren, die sie stutzig machen? Seit einem Jahr ist sie eng mit ihm befreundet, sie glaubt ihn zu kennen, er gibt ihr das Gefühl, mit ihm in einer glücklichen Ausschließlichkeitsbeziehung zu leben. Nun plötzlich erscheint er ihr fremd. Warum, wenn solch eine entscheidende Wendung wie seine Abberufung aus Rom vorliegt, hat er ihr bislang nie eine Andeutung davon gemacht? Weshalb wählt er ausgerechnet diesen Zeitpunkt und die Gegenwart einer dritten Person, um es sie wissen zu lassen? Schließlich ist das eine Sache, die doch wohl in erster Linie sie beide ganz privat angeht.

»Weshalb sollst du fort aus Rom?«

»Lassen wir das«, sagt er.

Viviane lacht ihr Kumpellachen, das Ruth jetzt gar nicht mehr gefällt. »Ich bin auch dafür«, sagt sie und ihre Stimme nimmt einen frischen Anlauf, »weiß der Himmel, wie wir ins Politisieren geraten sind. Sprechen wir von Erfreulicherem.«

Ruth ignoriert sie. »Ist es schon amtlich?« fragt sie Claude.

»Was?«

»Deine Versetzung.«

Er blickt nicht zu ihr, er blickt zu Viviane hin. »Entschieden ist noch gar nichts«, sagt er.

»Warum wollen sie dich wegschicken?«

Ruth entgeht nicht, wie unbehaglich Claude das Thema ist. Viviane spricht für ihn. »Das ist bei Diplomaten nun mal so. Sie werden öfter versetzt, damit muß man rechnen. Vergiß nicht: Sein Arbeitsgebiet ist nicht unbedingt an Rom gebunden. Und die Front verschiebt sich. Kriegsgefangene lassen sich auch von anderen Orten aus betreuen, verstehst du?«

Wenn Ruth etwas haßt, dann ist es dieser Ton der Belehrung, dazu von einer Frau, die pausenlos demonstriert, um wieviel besser sie Claude kennt als sie, seine kleine Freundin.

»Danke für die Aufklärung«, sagt sie böse und, zu Claude gewandt: »Seit wann hast du es gewußt?«

»Ich sage dir doch, es ist noch nichts entschieden«, sagt Claude mit einem raschen Anflug von Nervosität.

»Und du?« sagt Ruth zu Viviane, auf einmal ganz nüchtern geworden, »seit wann weißt du es?«

Die Hummel im Glas hat aufgehört zu strampeln; die Beine an den Leib gezogen, schläft sie ihren Rausch aus.

Eine Vermutung nur, sagt Viviane, nichts weiter als eine Vermutung: »Wir halten nur lose Kontakt, seit wir in Scheidung leben.«

»Seltsam«, sagt Ruth. »Wie paßt denn das zusammen?« Ihre anfängliche Sympathie für Claudes Frau, geboren aus der Überraschung, sie so ganz anders zu finden, als sie befürchtet hatte, beginnt sich in Abneigung zu verwandeln.

»Was meinst du?«

»Das mit dem Löwenbräu. Mich willst du veranlassen, mit der Wehrmacht Kontakt aufzunehmen, angeblich, um Claude Informationen zu verschaffen. Und dabei hältst du es für möglich, daß er gar nicht in Rom bleibt.« Es klingt zornig. In ihrer wachsenden Eifersucht vermutet sie hinter dem Verhalten der Rivalin einen Plan. Viviane will sie deutschen Kontrollen in die Hände spielen und sie nach Deutschland abschieben lassen, sicherheitshalber, falls Claude doch noch in Rom bleiben sollte. Vielleicht – weshalb nicht? – ist sie selbst es, die seine Versetzung beantragt hat? Ruth traut es ihr zu.

Claude will sich einmischen, aber Viviane winkt ab. Sollte ihr freundlicher Gleichmut gespielt sein, so hat sie sich bewundernswert in der Gewalt. »Aber weshalb erregst du dich so, Mädchen? Von Veranlassen kann doch gar keine Rede sein. Es war mir nur so eingefallen, weißt du. Wie man eben manchmal auf solche Ideen kommt.« Weil doch in letzter Zeit so einiges geschehen sei. Sicher habe Ruth von dem mißglückten Attentat auf Hitler gehört, von dem Flug in die Sowjetunion, bei dem eine als Kognakflasche getarnte Bombe unter das Gepäck geschmuggelt worden sei, die wegen der Höhenkälte nicht gezündet hätte. Die deutsche Wehrmacht, Offiziere der Heeresgruppe Mitte, seien angeblich daran beteiligt gewesen, hätten die Schweizer Zeitungen berichtet. »Daran hatte ich gedacht und auch, daß genauere Informationen über die Dinge, die sich hinter der Front abspielen, Claude helfen könnten, in Rom zu bleiben, ver-s-t-ehst du?«

An diesem Nachmittag sprechen sie noch über manche Dinge. Claude und Viviane bemühen sich, die ursprüngliche Unbefangenheit wiederherzustellen. Aber Ruth macht nicht mit, sie fühlt sich von den beiden abgedrängt in die Rolle der Außenseiterin.

Um achtzehn Uhr bringen Claude und Ruth Viviane zum Flugplatz. Die Verabschiedung ist Ruth peinlich, sowohl die vorgebliche Herzlichkeit Vivianes ihr gegenüber als auch die unbeteiligte Art, mit der sie und Claude sich die Hand geben. Wieder kommt sie sich als Zuschauerin einer Szene vor, deren tieferer Sinn ihr entgeht. Ruth fühlt sich verunsichert. Es wäre ihr lieber, hätte sie Claude bei einer handfesten Lüge ertappt wie zum Beispiel der, daß er in Wahrheit noch an Viviane hängt, während er doch immer wieder betont, die Scheidung sei nur mehr eine leere Formalität. Über so etwas läßt sich reden, streiten, Bedingungen stellen: entweder, oder. Aber geht es überhaupt um Scheidung? Auf der ganzen Rückfahrt von Ciampino nach Rom überlegt sie, weshalb zwischen den beiden, sieht man von ein paar Randbemerkungen ab, kein Wort von Scheidung gefallen ist. Dabei war Viviane doch, so hatte es ihr Claude erzählt, extra von Genf nach Rom geflogen, um mit ihm alle Einzelheiten der Trennung zu bereden.

Ich zwinge die Augen auf, nachklingendes Unbehagen bei der Erinnerung nimmt mir die Ruhe, ausgerechnet hier, an diesem Ort tiefsten Friedens. Das Licht hat gewechselt, ist sanfter geworden. Die hügeligen Felder, der grellen Sonne entzogen, haben Konturen gewonnen, grenzen sich gegeneinander ab. In das Gelb und Braun der Erde mischt sich ein Hauch von Blau da, wo zwischen Pinien- und Olivenhainen die Schatten wachsen. Die Luft, stärker als um die Mittagsstunde, ist ganz vom Jasminduft erfüllt. Vom Haus her klingt Kindergelächter. Ich richte mich in meinem Stuhl auf, betrachte zwei weiße Campagnaochsen, die einen Weinkarren ziehen. Dort unten muß ein Weg am Hang vorbeiführen. Von hier aus, wo ich sitze, wirken die Tiere so spielzeugklein, daß sie nicht von der Stelle zu kommen scheinen. Kaum vorstellbar, daß dieser Friede, diese ungestörte Ländlichkeit zur unmittelbaren Umgebung einer lärmenden Weltmetropole gehört.

Ina reckt sich in ihrem Stuhl: »Herrlich hier, nicht?«

»Daß es so etwas noch gibt«, sage ich.

»Auch nicht mehr lang«, sagt sie und deutet mit dem Arm zur alten Römerstraße hin. Dort drüben, auf den Grundstücken, die an die Via Appia Antica grenzten, hätten sich Neureiche und Filmtypen Luxusvillen gebaut, die die Schönheit der Landschaft ernstlich gefährdeten. »Und immer mehr siedeln sich da an«, sagt sie.

»Ob uns der Bauer wohl noch einen Kaffee machen kann, bevor wir zurückfahren?« Kaffee ist, was ich jetzt brauche. Starker, schwarzer Kaffee. Ich sehe Ina nach, die zum Haus geht, um Bescheid zu sagen. Ihre Vorliebe für knöchellange Saris steht in seltsamem Kontrast zu ihrem derbknochigen Körperbau und ihrem weitausholenden Gang im sportlichen Schuhwerk. Wie alt mag sie sein? Ich schätze sie auf Ende Dreißig. Mit dem Fuß scheucht sie ein Huhn beiseite, das ihr im Weg steht. Ich könnte mir vorstellen, daß sie mit ähnlicher Ungeduld Schwierigkeiten beiseite schiebt, wenn sie ihr Ziel behindern. Ina Brettschneider, denke ich ohne Neid, ist eine selbstbewußte Frau.

Ich verstelle meinen Stuhl von der Liege- in die Sitzlage, reibe die Gläser meiner Sonnenbrille klar, an die sich Stäubchen geheftet haben. Die Weinfuhre mit dem Ochsengespann ist näher gekommen. Ich erkenne die gewaltigen, geschwungenen Hörner der Tiere, die braune Kniezeichnung im ansonsten makellos weißen Fell. So müssen sie schon zu biblischen Zeiten ausgesehen haben. Sie erinnern mich an Tiergötter auf altägyptischen Wandmalereien. Diese hier sind gut genährt. Allzuviel zu tun haben sie wohl nicht mehr; zum Pflügen verwenden auch die Bauern der Campagna Traktoren.

Kaffee wieder in der Laube. Er ist fast schwarz, glatt und bittersüß. Mit jedem Schluck weicht etwas von der Benommenheit aus meinem Hirn, dem das Erinnerte noch nachhaftet. Fliegen umsummen unsere Tassen. »Sehen Sie«, sagt

Ina, »wenn ich Sie nicht herausgeholt hätt, säßen Sie doch heut nur wieder irgendwo in der Stadt herum und wüßten nichts mit sich anzufangen.«

»Ich bin Ihnen wirklich dankbar«, sage ich.

Als wir uns auf den Rückweg machen, steht die Sonne schon tief. Gleichförmig gelb zieht sich das lange Band des Appiawegs vor uns dahin, gesäumt von den Resten der Mausoleen, die, halbverschattet, im beginnenden Dämmer eine geheimnisvolle Wirkung ausstrahlen. Das rötliche Abendlicht gibt ihnen einen Anstrich von Lebendigkeit, Reliefs treten hervor, die in der flachen Sonne in ihren Hintergrund eingebacken wirken. Köpfe, von der Zeit verwittert, scheinen zu uns hinüberzuschauen. Die ernsten Pinien zwischen dem alten Stein haben einen tiefen Blaustich, Zypressen werfen Schatten wie Speere über den Weg.

Die Vorstadt Roms, die wir durchfahren, richtet sich für den sonntäglichen Abend. Vor den Weinlokalen sitzen die Männer in ihren Sonntagsanzügen beisammen, reden über ihren Gläsern mit so viel Gestik aufeinander ein, daß ich sicher bin, sie würden einander genauso gut verstehen, blieben sie dabei stumm. Ein Gartenlokal, das auf einem handgemalten Schild Tanz ankündigt, ist mit Hunderten von farbigen Glühbirnen geschmückt. Noch sind die Tische leer. Auf einem Holzpodest neben der Tanzfläche haben sie einen Holzkohlegrill aufgebaut. Nicht weit davon hängt zwischen Reblaub ein gehäutetes Ferkel am Haken, seine Oberseite schwarz von krabbelnden Fliegen. Wir sehen es beide gleichzeitig.

»Widerlich«, sage ich.

»Vermutlich eine Familienfeier«, sagt Ina ungerührt. »Das Ferkel werden sie am Spieß rösten.«

»In der Tanzpause«, sage ich, »und es sich gut schmecken lassen.« Der Gedanke kommt mir, daß mich früher solche Dinge wenig berührt hätten. Wieso bin ich in punkto Ästhetik empfindlicher geworden? Es ist schon widersinnig, daß Empfindsamkeit und Ansprüche mit den Jahren wachsen, ihren Höhepunkt gerade dann erreichen, wenn die Gesellschaft erwartet, daß man sich zu bescheiden beginnt.

Über die Piazza San Giovanni in Laterano, vorbei an dem mächtigen, schon matt angestrahlten Bau der Bischofskirche San Giovanni fahren wir über die antike Kaiserstraße des Forum Romanum in Rom ein. Gelbes Kunstlicht aus unzähligen Bogenlampen kämpft gegen Reste des Tageslichts an. Zwischen Häusern und Himmel werben Coca-Cola, Philips, Fiorelli mit Riesenreklamen in bläßlichem Rot, Blau, wäßrigem Weiß um Aufmerksamkeit. Nach so viel Weite der Felder und Wiesen vor der Stadt erscheint mir das Gedränge in den Straßen unerträglich. Die Nase wird mir trocken vom Bleigemisch der Abgase. Und dann auch wieder der Lärm, von dem ich überzeugt bin, daß er wenigstens zur Hälfte bewußt produziert wird – akustischer Exhibitionismus: Ich bin hier – nimm mich zur Kenntnis! Ausgerechnet da, wo die Straßen eng zusammenlaufen, quälen sich zwei Reisebusse durch, unförmige Vehikel im Verhältnis zu den kleinen Gesichtern, die an den Fenstern kleben. ›Roma di notte‹ – Rom bei Nacht erleben verspricht die Busaufschrift den Fahrgästen, die sich Cooks oder American Express anvertrauen in der Hoffnung, langgehegte Klischeevorstellungen endlich verwirklichen zu können. Direkt vor uns kommen die Busse zum Stehen, laden weitere Gäste auf, Gäste in Abendkleidung. Sie werden alles ›cute‹ und ›romantic‹ finden, denke ich, und blind sein gegen Nepp, billige Fassade, gegen die triste, hart kalkulierende Wirklichkeit hinter dem scheinbar sorglosen Leben in den Nachtlokalen. Weil sie blind sein wollen. Von ihren Illusionen leben die Großstädte überall in der Welt. Ich fühle den Druck einer Depression, die mich begleitet, seit wir wieder von Häusern umschlossen sind. Und er nimmt ständig zu.

Über die Via Babuino zur Via Margutta. Ein Augenblick der Verlegenheit vor Katjas Tür. Sie würde mich ja gern noch zu sich bitten, sagt Ina, doch habe sie eine Verabredung für den Abend und müsse sich noch herrichten. Falls ich Lust und Zeit hätte, könnten wir den heutigen Ausflug in einigen Tagen wiederholen. Oder auch woandershin fahren. Sie sei gern bereit, meinem Gedächtnis für Ortschaften in Roms Umgebung, dem im beträchtlichen Zeitintervall von fünfundzwanzig Jahren gewiß einiges entfallen sei, nachzuhelfen. Und selbst wenn ich mich noch erinnerte – auch hier habe sich inzwischen manches verändert, einiges sogar entscheidend. Sie kramt in ihrer orientalischen Umhängetasche, Stickereibeutel mit Lederfransen, reicht mir ihre Karte mit der Telefonnummer.

»Rufen Sie mich an, wenn Sie Gesellschaft haben wollen«, sagt sie. Schade, denke ich, so förmlich sind wir nun wieder, und dabei liegen unsere Wohnungen keine zwei Häuserblocks voneinander entfernt. Ich nehme es ihr nicht krumm; sie hat wohl mein Bedürfnis nach Alleinsein erkannt.

»Dann sehe ich mir Ihre Bilder an, sage ich, ohne es zu meinen. Es gibt zu vieles, mit dem ich mich noch auseinandersetzen muß, bevor ich zurückfahre. Allein.

Mit ein paar späten Gläsern Wein auf meiner Terrasse versuche ich, meine Gedanken zu ordnen. Es verwirrt und ärgert mich, daß Ruth Hellmann mich durch ihre wachsende Nähe zwingt, ihre Empfindungen mitzuerleben. Unser Abstand hat sich verringert. Zwar bin ich weiterhin außerstande, mich in sie und ihre mir kindlich-unausgegoren erscheinende Psyche hineinzuversetzen. Doch da ist Verwandtes, das mich berührt. Zum erstenmal wird mir die Leere bewußt, in der mein jetziges, scheinbar so zufriedenstellend geregeltes Leben verläuft. Ruth Hellmann lebte in Unsicherheit, lebte im Bewußtsein täglicher Gefährdung, lebte in der Bereitschaft, alle Aufregungen und Reize auszukosten, sich ihnen voll auszusetzen: Sie lebte in der Fülle. Und ich? Nicht einmal im Nachvollzug ihres inneren Erlebens wage ich mich an solche Totalität heran. Ich habe Angst. Die Nacht zieht herauf, der weiße Mond, fast rund, hat einen milchigen Hof. Bedeutet das Wetterumschwung? Es sind auch ein paar schmutzig schwarze Wolkenfetzen da, die in schneller Fahrt an den hellen um den Mond vorbeitreiben, sich zerfasern, vom Dunkel aufgesogen werden. Diese innere Abhängigkeit von einem Mann, wie kann eine intelligente junge Frau wie Ruth Hellmann sich nur so bedingungslos an einen Mann binden – seine Fehler erkennen, ohne sie ihm zu verübeln, seinen Worten glauben gegen besseres Wissen, Vertrauen auch da noch aufbringen, wo ihr die Vernunft zur Vorsicht raten müßte? Ich kann sie nicht verstehen. Ich will sie nicht verstehen. Das ist es: Ich will nicht. Weil ich unbestimmt fühle, daß ich, versuchte ich es, die schmerzliche Erfahrung machen würde, sehr wohl zum Nachvollzug imstande zu sein. Feigheit? Sieht fast so aus. Bequemlichkeit auch. Und letztlich die Überzeugung, nun, in der Mitte des Lebens, nach einer bewegten Jugend keiner weiteren Gefühlsbelastung mehr gewachsen zu sein. Weinphilosophie: Vielleicht reden wir uns nur ein, erwachsen zu sein, um unsere innere Leere, unsere Weigerung, weiterhin spontan das Leben in seiner Fülle zu kosten, vor uns zu rechtfertigen? Erwachsene Ruth Lindström, nimm dich vor der jungen Hellmann in acht.

Schon zu spät, sage ich laut zu mir selbst. Sie hat den Schlüssel zu meiner Wohnung gefunden.

## 16. Oktober

Meine gestrigen Beobachtungen des Nachthimmels haben nicht getäuscht. Heute morgen verdeckt eine weißlich-trübe Wolkenschicht die Sonne. Katjas zartfarbene Rosen im Vorgarten – die von Virgil gerühmten zweimal tragenden Rosen – wirken blaß wie Tuschzeichnungen auf mattiertem Papier. Ich kämpfe gegen den Impuls an, einfach im Bett liegenzubleiben, bis die Sonne zurückkehrt, heute, morgen oder bis wann immer. Seitdem ich in Rom bin, scheine ich alle Energie eingebüßt zu haben; der fremde Tagesrhythmus, dessen Einteilung mir ohne Einschränkung überlassen bleibt, lähmt meine Willenskräfte.

Ich zwinge mich zum Bad, zum Frühstück. Auf der Terrasse ist es heute ungemütlich; drückende Schwüle lastet über der Stadt; Moskitos, vollgesogen mit Gift aus dem verdreckten Tiber, wirbeln in sirrenden Trauben um die Geranienkästen. Ich könnte ein paar Ansichtskarten schreiben, vielleicht den einen oder anderen Brief; Freunde aus Frankfurt erwarten Nachricht von mir. Ich hole Schreibzeug. Karten habe ich schon vor Tagen gekauft, es sind die von der überbunten Sorte, grellfarbene Stadtbilder, Hochglanzpanoramen. Die Empfänger, setze ich voraus, werden verstehen, wie sie gemeint sind. Sie kennen mich und meine Vorliebe für alles Sanfte, Subtile. Dann fällt mir ein, daß ich vergessen habe, mein Adreßbuch mitzunehmen. Grund genug, die Schreibidee aufzugeben. Möglich, daß es am Wetterumschlag liegt, die Unruhe von gestern erfaßt mich wieder. Nichts Konkretes, nur das Gefühl, unaufhaltsam auf etwas zuzutreiben, dem ich unbedingt ausweichen möchte. Der

Zwang, mich gegen meinen Willen immer wieder mit dem Teil meiner Vergangenheit zu befassen, der sich einst hier, auf diesem Boden, abspielte. Seltsam, wo doch eigentlich nichts in dieser hektischen, modernen Großstadt an das Rom von damals erinnert. Gedankenimpulse, halberinnerte Bilder tauchen auf, lassen sich nur schwer zurückdrängen.

Ich versuche mich abzulenken. Vergeblich. Blumengießen, aufräumen, Mittagessen vorbereiten erweisen sich letztlich als unzulängliche Ausflucht. Gesichter drängen sich in die Gegenwart, Gesichter von einst, wollen, daß ich mich mit ihnen befasse, daß ich ihre Nähe suche so wie sie die meine.

Jemand ist an der Haustür. Ein Schlüssel dreht sich im Schloß, und dann steht eine ältere Frau vor mir, mustert mich kritisch. Es ist die Signora Conigli, Katjas Zugehfrau. Einmal die Woche, hatte Katja mich brieflich wissen lassen, käme sie zur gründlichen Reinigung der Räume. Es ist mir nicht angenehm, daß Signora Conigli einen Schlüssel hat. Der Gedanke, sie könnte praktisch zu jeder Tages- und Nachtzeit in die Wohnung, verunsichert mich. In Frankfurt habe ich meine Zimmer hermetisch gegen alle ungebetenen Gäste abgeriegelt. Niemand, der nicht telefonisch angemeldet ist, darf herein. Die mit Sicherheitskette ausgestattete Tür öffnet sich nur dem, der mit bekannter Stimme spricht. Mein speziell eingebautes Türschloß ist laut Prospekt so einbruchssicher, daß der Einbrecher schon die ganze Tür zersplittern müßte, um ins Innere der Wohnung zu gelangen. Dabei habe ich eigentlich nichts, was ihn reizen könnte; meine einzigen Schätze sind Bücher, Wände voller Bücher vom Boden bis zur Decke. Es geht mir nur darum, absolut ungestört zu bleiben. Solange ich mich zwischen meinen eigenen Wänden aufhalte, fühle ich mich sicher. Vermutlich eine Illusion. Eine Illusion aber, ohne die ich nicht auszukommen glaube.

»Werden Sie ausgehen?« sagt Katjas *cameriera.*

»Weiß nicht. Weshalb?«

Sie hängt ihre Bluse über einen Stuhl, bindet sich eine Schürze über den hellblauen BH. »Weil Sie mir im Weg sein werden«, sagt sie.

»Jaja, ich geh' schon«, sage ich. Allein der Lärm, den sie mit dem Kücheneimer vollführt, treibt mich aus der Wohnung.

Vor dem Haus halte ich für einen plötzlichen Einfall, was wohl schon die ganze Zeit in meinem Unterbewußtsein gearbeitet hat: Ginge ich die Via Margutta einmal nach der anderen Seite hinauf, käme ich an das Haus, in dem Vera, die Contessa, gewohnt, in dem vor fünfundzwanzig Jahren der Freundeskreis um Rolf Eckstein seine geheimen Treffs veranstaltet hatte. Ich fühle Neugier und Beklemmung zugleich; Neugier, ob sich das Wiedersehen mit einst vertrauten Hausmauern belebend oder ernüchternd auf die Erinnerung auswirkt; Bedrückung in Gedanken daran, was wohl aus den Menschen geworden sein mag, die zu Ruth Hellmanns nächsten Freunden gezählt hatten. Ihre Spuren sind verwischt. Kurz nach Ende des Krieges hatte ich versucht, mit ihnen wieder in Kontakt zu kommen. Ohne Erfolg.

Dort hinten, beim Vicolo del Borghetto, war es gewesen, in einer jener unauffälligen Atelierwohnungen im Hinterhof, den Vera hartnäckig Garten nannte, weil ein Streifen Gras, weiß von Gipsstaub, die Künstlerwerkstätten von den Häusern nach der Straße zu trennte. Hier, in diesem kleinen Stück Hinterhofweg, hatten eng beieinander Roms Maler und Bildhauer gehaust. Ich erinnere mich an Berge von Gipsmüll vor den Ateliereingängen, Köpfe, Torsen römischer und griechischer Antike, die der Duce seinen freischaffenden Volksgenossen als neoklassizistische Kunst zur Nachahmung empfahl. Im Winter hatten Veras Gäste um das

Kohleöfchen mit dem rußverkrusteten Rohr gehockt, wenn die feuchte Kälte durch die schlecht gedichteten Fugen des Atelierfensters ins Innere des Raums drängte und sich mit dem Eishauch verband, der durch die dünnen Matten vom Stein des Fußbodens aufstieg. Immer häufiger stocherte der eine oder andere dann in der Glut, um sie wieder anzufachen. Kohle war schon knapp geworden. Handschuhe hatten sie angehabt und handgestrickte Wollschals um den Hals. Und da war die falbfarbene Katze gewesen, die sich zutraulich zwischen ihnen bewegte. Auf ihren Instinkt konnten sie sich verlassen: sprang sie plötzlich auf den Tisch am Fenster und zog sich in Abwehrhaltung zusammen, verstummte das Gespräch augenblicklich. Das Verhalten des Tiers signalisierte, daß ein Unbekannter sich dem Haus näherte. Erst wenn sich der Katzenkörper entspannte, nahmen die Gespräche ihren Fortgang. Ihr plötzliches Verschwinden eines Tages war von den Freunden betrauert worden, zumal ihr Verbleib kaum Zweifel ließ: Immer häufiger stand Kaninchen auf der römischen Speisekarte, und immer seltener streunten Katzen durch die Straßen Roms, obwohl sie doch zu ihnen gehörten wie das S.P.Q.R. auf den Kanalisationsdeckeln im Pflaster.

Ich bin bei dem Haus angekommen, hinter dem sich Veras Atelier befand; an der Anordnung der Balkone erkenne ich es wieder und an dem Mauerstein im Durchgang zum Hof. Augenblicke später stehe ich vor dem, was einst Mittelpunkt so vieler geheimer Treffen war, und weiß nicht, ob ich enttäuscht oder erleichtert sein soll. Ich finde nicht die mindeste Übereinstimmung zwischen meiner Erinnerung und dem, was ich sehe. Ist es überhaupt das richtige Haus? Ich würde es kaum glauben, wäre da nicht der schmale Streifen blindes Glas im Atelierfenster. Sollten Ruth Hellmann und ich identisch sein, dann habe ich selbst den unteren Fensterrand schwarz ausgepinselt, weil das Verdunklungsrollo um eine Handbreit zu kurz gewesen war. Romantisch war er wohl nie gewesen, der reparaturbedürftige alte Stall. Jetzt aber hat man ihn, all seiner Persönlichkeit beraubt, zum Zweckbau degradiert. Eine Firma hat sich in ihm niedergelassen; das häßliche Emailschild neben dem Eingang besagt, der jetzige Hauseigentümer sei eine Kommandit-Gesellschaft aus dem Baugewerbe, ich übersetze die Bezeichnung mit Makler.

Bestimmt schon geraume Zeit her, daß die Hausbesitzer sich um die Außenseite des Häuschens gekümmert haben. Seine einst eierschalenhellen Mauern sind khakifarben überstrichen. Es sieht aus, als habe der Wind vom Meer, noch ehe die Farbe getrocknet war, grauen Staub auf das schmuddelige Grün geblasen; der Regen wusch streifige Rinnen in die billige Tünche. Die frühere, mit Ornamenten bemalte und mit Messingklopfer versehene Ateliertüre ist herausgebrochen und durch einen jener anonymen Milchglaseingänge ersetzt, wie man sie an jedem Bürohaus zu Dutzenden findet. Wenn ich bis an die rückwärtige Mauer des Vorderhauses herantrete, kann ich durch das Atelierfenster über den blinden Streifen hinweg mit Neonsoffitten gerahmte Reißbretter sehen. Nichts könnte mir besser verdeutlichen, *wie* vergangen doch jene Vergangenheit ist, die sich mir von Tag zu Tag mehr als Gegenwart aufdrängen will. Und doch – gerade die Verfremdung dieses kleinen Hauses läßt mich erkennen, in welchem Maß sich meine Außenwahrnehmung bereits zu reduzieren beginnt, so sehr, daß ich die Selbstverständlichkeit zeitbedingter Veränderungen, wenn ich wie jetzt direkt mit ihnen konfrontiert werde, als einen Schock empfinde. Töricht von mir, vollkommen irrational: Ein Vierteljahrhundert liegt zwischen dem Einst und dem Jetzt, ein hektisches Vierteljahrhundert voll von neuen Entwicklungen, wachsender Industrialisierung, Aufwärtsbestrebungen.

Nachdenklich mache ich kehrt. Die trübe Luft ist klebrig von Verdunstungspartikeln, die eine dichte Wolkendecke am Abzug hindert. Wenn sie denn so ungefährlich ist, die direkte Konfrontation mit Objekten verdrängter Erinnerung, überlege ich, könnte ich mir wohl auch noch, quasi in einem Aufwasch, das Haus ansehen, in dem Ruth Hellmann jahrelang wohnte und eine Monatsrente bezog, die ihr Rolf Eckstein pünktlich zum Ultimo aushändigte, ohne ihr je auch nur anzudeuten, von wem das Geld stammte; sie wußte nur, aus seiner eigenen Tasche oder der der übrigen Freunde stammte es nicht.

Das Haus liegt im Nobelviertel Parioli, so jedenfalls nennt man es heute, erfuhr ich von Ina, die dort Bekannte hat. Wie komme ich dorthin? Ich versuche mich zu orientieren. Quer durch die Gärten, an der Villa Borghese und dem Zoologischen Garten vorbei müßte ich auf die Viale Parioli kommen und auf die Piazza Ungheria stoßen. Ich mache mich auf den Weg. Wie farblos die doch so üppige Vegetation der Anlagen wirkt, wenn die Sonne fehlt. Ohne die scharfe Abgrenzung der Schatten vom Licht ist alles in stummes Graugrün getaucht; Erde und Blätter warten auf den Regen. Wie habe ich das Quartiere Parioli in Erinnerung? Bestimmt nicht als das Viertel der Reichen. Parioli war erst im Entstehen. Baustellen gab es dort mehr als an jeder anderen Stelle in Rom; Architekten mit Ideen, die unter Mussolini als gewagt galten, experimentierten auf dem weiten, freien Gelände; einer der Gründe, warum Rolf Eckstein für Ruth gerade eine Parioliwohnung für günstig hielt. Hier war alles noch im Werden begriffen; Razzias nach versteckten Personen wurden hauptsächlich in der römischen Altstadt durchgeführt. Da man ›*communisti*‹ in allem vermutete, was auf schwarzen Listen stand, folgerte die Staatspolizei, die Gesuchten hielten sich vorwiegend in den Elendsquartieren versteckt. Sie hatten zu verhaften, nicht nachzudenken. Man hatte schon genug Schwierigkeiten mit den *ebrei*, den Juden, gehabt, als ihr Duce nach langem Sträuben endlich seinem Freund und Verbündeten Hitler nachgab und die Verhaftung jüdischer Mitbürger anordnete. Es war eine halbherzige Aktion geworden, zumindest in Rom. Die faschistische Fremdenpolizei, nicht wie ihre deutschen Kollegen jahrelang durch Hetzblattlektüre in öffentlichen Schaukästen auf den Staatsfeind Nummer eins dressiert, wußte mit dem Begriff Jude wenig anzufangen. Die meisten italienischen Juden, vor allem die in Rom lebenden, waren zum katholischen Glauben konvertiert. Also waren sie Katholiken. Es konnte doch ein Mensch nicht gleichzeitig Katholik und Jude sein? Für die Italiener, selbst für überzeugte Faschisten, war und blieb die Rassenfrage eine innerdeutsche Angelegenheit.

Ein Name geht mir durch den Kopf, ohne daß ich im Augenblick weiß, wohin mit ihm: Mello Settelenghi. Er gehört zu irgend etwas, worüber ich nicht nachdenken will. Nicht jetzt. Wo bin ich? Ich stehe am Bordstein einer dicht befahrenen Verkehrsader, die meinen Weg kreuzt. Das Schild am Eck weist sie als Viale Parioli aus. Doch nur noch den Namen hat sie mit der friedlichen Zufahrtsallee von einst gemeinsam. Häuser, Farben, Laute – alles fremd. Ich weiß nicht einmal, ob ich mich von hier aus, wo ich stehe und mir seltsam verloren vorkomme, nach rechts oder nach links wenden muß, um zu dem gesuchten Haus zu gelangen. Eine Ampel verbietet mir, die Straße zu überqueren.

»*Signora, per favore:* Piazza Ungheria?« sage ich zu der Frau, die neben mir Aufstellung nimmt.

»*Nix capito.*« Auch eine Fremde und, so schätze ich, keine, die meine Sprache spricht.

»Piazza Ungheria?« Ich frage es in die Runde der Gruppe, die sich um mich angesammelt hat und auf das grüne ›Avanti‹ wartet.

Hilfreiches Kopfnicken, Finger deuten nach entgegengesetzten Seiten. Zwei nach rechts, die übrigen nach links. Sie sind in der Mehrzahl. Ich wende mich, nach Überqueren der Fahrbahn, in die von ihnen angegebene Richtung, mehr und mehr davon überzeugt, noch nie in meinem Leben hiergewesen zu sein. Hat man das ganze Viertel versetzt und nur die Straßenbezeichnungen stehenlassen? Durch ein Gewirr von drängelnden Passanten, bis an die Bordkante vorgeschobenen Kaffeetischchen, auf dem Bürgersteig parkender Wagen hindurch gelange ich schließlich zum gesuchten Platz, ohne wenigstens hier, an Ruths einstiger Bushaltestelle, etwas wiederzuerkennen. Ich hatte das alles ganz anders in Erinnerung. Ein Stück weiter die Straße hinunter müßte ich auf die Piazza Argentina kommen. Von dort aus geht der kurze Seitenweg ab, der direkt auf Ruth Hellmanns einstige Wohnung zuführt. Hier, denke ich, ist ein ganz neues Viertel unter der alten Bezeichnung entstanden; hinter den Häusern, die die Verkehrsstraße säumen, zeichnen sich zwischen eindrucksvoll gruppierten Pinien und Zypressen Privatvillen ab. Ihre Gärten und weiten Veranden, obwohl eng beieinander, sind so verschachtelt gebaut, daß keiner dem Nachbarn in sein Grundstück schauen kann. Wenige Minuten später stehe ich zu meiner Überraschung auf der Piazza Argentina, die ich ein ganzes Stück weiter unten in Richtung Tiber vermutet hatte. Umberto Boccioni. Er, der dem kurzen Verbindungsweg zwischen dem Argentinischen Platz und Ruth Hellmanns einstiger Wohnung seinen Namen lieh, hat ein neues, imposantes Straßenschild bekommen. Da steht nun, unter seinem Namen: Pittore, Maler, sein Geburts- und Sterbedatum. Ich lese, daß Signore Boccioni von 1882–1912 gelebt hat. Ein kurzes Leben, das aber offensichtlich ausreichte, um ihm in memoriam seiner Werke eine Straße zu widmen, eine Straße, die schon nach einigen Dutzend Häusern von der des Ruggero

Fauro geschnitten wird, der sich mit einem Namensschild ohne nähere Hinweise auf sein Leben begnügen muß.

Ich sehe das Haus sofort. Von außen scheint es mir unverändert, sieht man vom älter und brüchiger gewordenen Mauerwerk ab. Verwundert frage ich mich, weshalb es dennoch so fremd wirkt. Auch kleiner kommt es mir vor. Enger. Es ist wohl so, daß Mauern, *in* denen, Gegenstände, *mit* denen wir leben, ihre Bedeutung für uns durch das erhalten, was unsere Empfindung in sie hineinprojiziert. Die magische Kraft der Dinge. Unsere Vorstellung haucht ihnen Atem ein.

Ich schaue hinauf zu den Fenstern, von denen Ruth Hellmann über noch unbebautes Land an klaren Tagen bis zum Fluß blicken konnte. Nun ist die Lücke durch ein aus Fertigplatten errichtetes Mietshaus zugebaut. Die grünen Fensterläden sind geschlossen. Etwas drängt mich, das Haus zu betreten. Im klapprig gewordenen Aufzug fahre ich hinauf zum vierten Stock; es ist wie ein Zwang, ich gebe mir kaum Rechenschaft über das, was ich tue. Neben der Tür – ich erkenne den Umriß meines alten Namensschilds wieder, es gibt mir einen leisen Stich – hängt ein Schild: ›Zu vermieten‹. Sie steht also leer, die Wohnung. Ich muß hinein, ich muß unbedingt hinein, selten habe ich dringlicher das Verlangen gespürt, hinter eine verschlossene Tür zu schauen. Als ob sich dahinter etwas verberge, das ich um jeden Preis wiederfinden möchte. – Hinunter zur Pförtnerloge. Die Frau, die mir öffnet, ist mir unbekannt. Ich frage nach den ehemaligen Hausmeistern, dem Ehepaar Sartini. Hat sie die beiden gekannt? Leben sie noch? Wo sind sie hin? »Ich habe einst hier gewohnt«, sage ich. »Im Vierten.«

»*Ah si?*« sagt die Frau. »Wann soll das gewesen sein?«

Im Krieg, sage ich. Sie schüttelt den Kopf, verwundert, daß sich jemand nach Leuten erkundigt, deren Spuren sich längst verloren haben. Wir verwalten das Haus seit vierundfünfzig, mein Mann und ich«, sagt sie. Die Betonung verrät, daß sie schon diesen Zeitraum beeindruckend lang findet. »Von Sartinis wissen wir nichts. Unsere Vorgänger waren die Francone. Die *Signora* starb, *poveretta*, da hat er allein nicht weitermachen wollen und ist weggezogen.«

»Haben Sie den Schlüssel zur Wohnung?«

»Zu der oberen? Wollen Sie sie mieten?«

»Bitte zeigen Sie sie mir«, sage ich.

Die Pförtnerin ist eine umständliche Frau. Sie sucht den Schlüssel, kramt in ihren Schürzentaschen, in Kleidungsstücken am Haken neben der Tür, beginnt ein zänkisches Gespräch mit einer Männerstimme, die aus dem Hintergrund antwortet. Sie habe wie immer den Schlüssel an das Brett gehängt, genau hierher und nirgendwohin sonst. »*Ecco!*« Er aber habe wohl wieder die Zeit, als sie einkaufen war, dazu benutzt, Leute heranzulocken, ihnen die Wohnung zu zeigen und Trinkgelder einzukassieren. »Kenn' ich nicht deine Tricks, *mascalzone*? Wieviel haben sie dir zugesteckt, nun sag schon?« Die lautstark protestierende Stimme verstummt, als die Frau zu ihr ins Zimmer tritt. Als sie wieder vor mir erscheint, hält sie den Schlüssel in der Hand. »*Scusa, Signora*«, sagt sie ein bißchen atemlos, »so sind sie, die Männer. Gehen wir hinauf.«

Meine Sinne sind gespannt. Ich erkenne das Geräusch wieder, das der Schlüssel macht, bevor die Tür aufspringt, ein metallisches, doppeltes Knacken. Die Gestapo hat also das Schloß nicht aufbrechen und auswechseln lassen, nachdem sie Ruth Hellmann in ihrer Wohnung verhaftete. Das bedeutet, denke ich, daß der Hausmeister, Zeuge der Verhaftung, anschließend mit dem Nachschlüssel in die Räume konnte. Es wäre ja möglich, es wäre immerhin denkbar, daß er die belastenden Tagebuchaufzeichnungen an sich genommen hat. Sie waren allerdings im obersten Wäschefach versteckt. Weshalb soll er nicht gesucht haben? Der Mann war kein Faschist gewesen, er hatte begriffen, worum es ging. Der Vorgang war schon Routine: Stunden nach jeder Verhaftung kamen Mussolinis Gendarmen in Begleitung zweier geheimer Staatspolizisten in Zivil und nahmen die Wohnung auseinander, nichts, aber auch gar nichts blieb unberührt. Wo sind Ruth Hellmanns Sachen geblieben, ihre Kleider, ihr persönlicher Besitz, ihre Bücher und Schriften?

Der Korridor riecht fremd. Eine Leerwohnung, geht es mir durch den Kopf, ist eigentlich keine Wohnung, sie ist ein Zwischenzustand. Eine Erwartung. Dieser Raum hier zur Linken war Ruths Schlafzimmer gewesen. Die Fantasie braucht Zeit, um ihn mit den dazugehörigen Möbeln auszustatten; sie wird sie einzeln zusammensuchen müssen. Wie waren die Wände seinerzeit tapeziert? Auch an den Fußboden kann ich mich nicht mehr erinnern, er war gelb gewesen oder rostfarben. Merkwürdig, um wieviel stärker doch abstrakte Dinge wie Gespräche, Gedanken, Träumereien, einst in diese Wände hineinprojiziert, im Gedächtnis haftenbleiben als Konkretes, wie zum Beispiel die Form eines Sessels, die Farbe der Gardine oder der Bettdecke. Die französische Tür zum Balkon kommt mir schmaler vor, doch die Proportion zum Vorbau stimmt noch.

»Platz genug für ein Doppelbett«, sagt die Hausbeschließerin, »falls die Signora verheiratet ist?« Sie erhält keine Antwort.

Im langgestreckten Küchenraum, kaum zu glauben, steht noch der gleiche Kühlschrank. Ich hatte ihn neunzehnhundertdreiundvierzig angeschafft, da war er das neueste Modell gewesen. Ob er nach all den Jahren noch gebrauchsfähig ist?

Das Bad, eng und in Gelbtönen gehalten, ist kaum verändert, nur älter ist es geworden, die Kacheln sind fleckig und an den Ecken abgestoßen, die Handtuchstange ist erneuert. Aber die Wasserkräne sind noch die gleichen, an sie erinnere ich mich, weil sich ihre unhandlichen Griffe nur schwer mit nassen Händen drehen ließen. An der Besenkammer vorbei kommen wir zum Wohnzimmer.

Dies sei der Tagesraum, sagt die Frau, ein Prachtzimmer, nicht wahr? Was man da alles daraus machen könne. Ich lasse sie reden, schweige zu ihren Fragen, die sie sich im nächsten Moment in südländischer Manier selbst beantwortet, gehe auf die der Tür gegenüberliegende Wand zu, lehne mich mit dem Rücken dagegen und lasse mich langsam sinken, bis ich auf dem Boden hocke. Dann blicke ich zu ihr auf. Nein, sage ich, ich wolle die Wohnung nicht mieten, nicht mehr. Als ich sie das letzte Mal gemietet hätte, vor fast fünfundzwanzig Jahren, sei Krieg gewesen. Die Wohnung habe mir kein Glück gebracht, ich wollte sie nur einmal wiedersehen, um mich rückzuerinnern. »Es fällt schwer, zurückzudenken«, sage ich. »Aber man muß es versuchen.«

»*Comprendo*«, sagt die Frau, »dann können wir ja jetzt wieder gehen.« Möglicherweise hält sie mich für übergeschnappt.

»Gehen Sie nur«, sage ich, »und lassen Sie mich noch ein paar Minuten allein.«

Die Frau weiß nicht recht, zögert. Endlich begreift sie. »Ich bringe Ihnen einen Stuhl«, sagt sie. Nicht nötig, sage ich, es sei gut so, wie es sei. Ich käme bald nach. Den Schlüssel gäbe ich dann bei ihr ab.

Als sie fort ist, schlinge ich die Arme um die Knie und lehne den Kopf gegen die Wand. Wenn ich allerdings geglaubt hatte, nun würden sich, am Ort einstigen Geschehens, auch prompt die dazugehörigen Erinnerungen einstellen, habe ich mich geirrt. Vergeblich versuche ich, nervös dazu, weil ich schließlich hier nicht stundenlang hocken bleiben kann, mir ins Gedächtnis zu rufen, zu welcher Art der Erinnerung die Dinge zählen, die Ruth Hellmann in ihrer Wohnung erlebte. Das ist doch wie verhext: An den unmöglichsten Orten zwingt sie mich, an sie zu denken.

Und jetzt, wo ich ihr entgegenkommen will, entzieht sie sich mir.

Ich schließe die Augen, schaue nach innen, wie ich es vor Jahren im Yogakurs lernte, befreie mich so weit als möglich von Gedanken und Unruhe. Allmählich, mit einkehrender Stille, wird alles äußerlich Wahrnehmbare zur Randerscheinung, werde ich Zeuge einer weiteren Szene aus der Tiefe meines verdrängten Unterbewußtseins.

Sie sitzen auf Couch, Sesseln und Hockern – wie es sich gerade ergibt – in Ruths Wohnzimmer auf der Via Ruggero Fauro. Es ist der neunte Juli neunzehnhundertdreiundvierzig. Sie sind erregt; die Radionachricht vom Morgen, daß die Alliierten auf Sizilien gelandet seien, hat sie zusammengebracht.

»Ihr werdet sehen, das ist die Wende!« sagt Lotte.

»Die Wende nicht, die war schon im Februar bei Stalingrad«, sagt Rolf.

»Ich meine für uns. Und für Italien.«

»Das vielleicht. Die Landung könnte die Dinge beschleunigen.«

Max rechnet nach. »Wenn alles gutgeht«, sagt er, »könnten sie in einem Monat Rom erreichen.«

»Weshalb erst in einem Monat?« sagt Ruth in euphorischer Stimmung. »Vielleicht setzen sie Fallschirmjäger über dem Vatikan ab, warum nicht? Rom ist sowieso Offene Stadt. Dann nähmen sie von Sizilien und von Rom aus die ganze tyrrhenische Küste in die Zange.«

»Schick Eisenhower ein Telegramm, schlag's ihm vor«, spottet Lotte. »Ich vermute aber stark, daß er seine eigenen Pläne hat. Sizilien ist noch nicht Italien.«

»So gut wie«, sagt Ruth, ärgerlich über den Widerspruch.

»So einfach, wie du denkst, ist das nicht«, sagt Wolfgang. »Noch sind wir mitten im Krieg. Vielleicht beginnt er jetzt erst wirklich für uns. Deutsche und Italiener werden nun auf schnellstem Wege alle verfügbaren Einheiten in den Süden schaffen, um den Vormarsch der Alliierten aufzuhalten. Das kann noch harte Kämpfe geben.«

Ruth wendet sich an Rolf: »Glaubst du auch, daß es noch lange dauern kann, bis sie hier sind?« Von ihnen allen hat er die beste Übersicht über die Lage. Sie hält viel von seiner Meinung.

Er antwortet ihr nicht. Es kränkt sie, instinktiv spürt sie, daß er schweigt, weil sie es ist, die eine Frage an ihn gerichtet hat, die er, da ist sie sicher, den anderen ohne Umschweife beantwortet hätte. Um die Antwort ist er bestimmt nicht verlegen. Doch sein Verhalten ihr gegenüber hat sich in der letzten Woche verändert. Er gibt sich verschlossen, wortkarg, ohne daß sie sich sein Verhalten zu erklären vermag.

An seiner Stelle antwortet Vera. »Das hängt davon ab, nach welchem Plan sie vorgehen, die Alliierten«, sagt sie, und Ruth wundert sich, weshalb Vera an einem Freudentag wie dem heutigen so ernst bleibt. »Kann ja sein, daß sie es gar nicht so eilig haben, nach Rom zu kommen, daß sie erst ihren gerade erworbenen Stützpunkt ausbauen wollen, um zu überlegen, wie sie von dort aus weiter operieren. Die haben mehr Zeit als wir. Aber selbst wenn ...«

»Wenn was?«

»Wenn es schneller gehen sollte, bedeutet das nur, daß wir nun doppelt achtgeben müssen. Überleg doch: Der gesamte südliche Landesteil kann Frontgebiet werden. Und was dann? Wie bringen wir die Leute hier heraus, wenn wir den Hafen von Neapel nicht mehr erreichen können?« Sie geht zu Ruths auf dem Trödelmarkt erworbenen Sekretär. Eine Landkarte von Italien haben sie daraufgebreitet. Rolf ist hinter sie getreten, blickt ihr über die Schulter. »Hier«, sagt sie. »Und hier«, malt mit dem Finger ein unsichtbares Gespinst von Linien das Tyrrhenische Meer auf- und abwärts.

»Sie werden gewiß bald in Neapel sein«, sagt Mello Settelenghi, der Neuankömmling in ihrem Kreis, »dann werden wir ihnen entgegenfahren mit jeweils einer Gruppe und sie dem Schutz der Amerikaner übergeben.«

»Leicht gesagt, entgegenfahren«, wirft Lotte ein, »mitten durch die Kampfzone.«

»Wir sollten diese Überlegungen noch ein paar Tage verschieben, bis wir Genaueres über die Lage wissen«, sagt Mello, der Anwalt. »Im Augenblick können wir nur vermuten.«

Ruth mag Mello. Er ist sanft und ruhig, ein liebenswerter Antiheld, menschgewordene Absage an Selbstgerechtigkeit und autoritäres Protzentum. Seit dem Tag, an dem die von Mussolini anbefohlene Judenaktion in Rom mißglückte, da sich statt der erwarteten Hundertschaft nur eine Handvoll orthodoxer Hebräer auftreiben ließ, von denen die Hälfte wiederum nicht die italienische Staatsbürgerschaft besaß, war Mello Mitglied ihrer Gruppe. Ihm war es zu verdanken, daß sein Freund, der Polizeipräfekt von Rom, rechtzeitig die Liste mit den Stadtbürgern jüdischer Abstammung verbrannt hatte. Der Polizeipräfekt, wußten die Freunde, war ein Mann mit einem ausgeprägten Sinn für Gerechtigkeit, er hatte aus den Warnungen seines Freundes Mello ungeachtet möglicher Folgen für ihn die richtige Konsequenz gezogen. Mello, selbst Jude aus einer der angesehensten und wohlhabendsten Kaufmannsfamilien Norditaliens, hatte, Tage bevor die Razzia in Rom begann, den Leiter der kleinen jüdischen Gemeinde von der geplanten Aktion in Kenntnis gesetzt. Hätte dieser die Warnung nicht angezweifelt und weiterhin auf die Neutralität der Italiener in bezug auf Rassenfragen vertraut, wäre zu jenem Zeitpunkt kein einziger Jude in Rom ergriffen worden. So aber war die Mitgliederliste der jüdischen Gemeinde den ›Sonderbeauftragten‹ Mussolinis in die Hände geraten. »Frömmigkeit und Zivilcourage, das sind zwei Paar Schuhe«, hatte Rolf bitter gesagt und sich als Jude mitverantwortlich gefühlt.

Nach der Razzia hatten die Freunde Mello in Sicherheit bringen wollen, da nicht auszuschließen war, daß der mißglückten faschistischen Aktion weitere folgen würden und daß entdeckt werden könnte, wer den Erfolg der ersten verhindert hatte. Mello hatte in seiner bescheidenen Art abgelehnt. Er wollte sich ihnen anschließen. »Ich glaube, es ist sinnvoller, ich stelle mich mit meinen Beziehungen in den Dienst der Sache. Sie könnten sich gerade zu diesem Zeitpunkt als nützlich erweisen.«

Ruth hat die hölzernen Rolläden vor dem Fenster herabgelassen, um die Julihitze auszusperren. Nur durch die schmalen Fugen dringt noch Licht von außen, genug aber, um gedämpfte Tageshelle im Raum zu erzeugen. Sie trinken Orangensaft direkt aus eisgekühlten Flaschen, brechen kleine Stücke aus der mit Pervitin durchsetzten Schokolade aus Wehrmachtsbeständen, um die Mattigkeit aus den Gliedern zu vertreiben. Max hatte die belebenden Rundtafeln auf dem Schwarzmarkt aufgetrieben, wo sie bereits, in Vorwegnahme des Kommenden, zu Dollarpreisen gehandelt wurden. »Es bleibt immerhin noch der Luftweg«, sagt er, mit den Gedanken noch bei Lottes Bedenken.

»Aber geh, hör schon auf!« Das ist Vera. »Nachdem sie Cornelio verhaftet haben …«

»Es gibt noch andere Piloten.«

»Darum geht's doch nicht.«

»Worum dann?«

»Sie sind aufmerksam geworden, darum geht's«, sagt Vera. »Zwei Klipper sind schon verfolgt und abgeschossen worden, bevor sie die portugiesische Küste erreichten. Wir müssen damit rechnen, daß sie über unsere Aktionen Bescheid wissen.«

»Unsinn, woher sollten sie?«

»Und wenn sie Cornelio in die Zange genommen haben? Dir brauch' ich doch wohl nicht zu sagen, was ein Gestapoverhör ist?«

»Nun streitet euch nicht schon wieder«, sagt Lotte. Ihr Gesicht glänzt von Schweiß. »Sicher ist, daß wir in den nächsten Wochen besonders vorsichtig operieren müssen.«

»Noch vorsichtiger«, ergänzt Ruth und versucht dem Blick Rolfs auszuweichen. Es ist ein starrer Blick, sie glaubt Vorwurf in ihm zu lesen, Mißtrauen.

»Ich möchte mich mit dir unterhalten«, sagt er über seine Pfeife hinweg.

»Dann tu das.«

»Allein.«

Die Unterhaltung verstummt. Alle blicken auf Ruth. »Mach es nicht so spannend«, sagt sie. Das Lachen dazu will ihr nicht gelingen, sie ist unsicher geworden.

Rolf hat sich erhoben. »Komm mit ins Nebenzimmer«, sagt er knapp.

Im Schlafzimmer setzt er sich auf den Bettrand, fordert sie auf, ihm gegenüber auf dem geblümten Seidensessel Platz zu nehmen. Ich hätte vorher aufräumen sollen, geht es ihr durch den Sinn, er sieht, daß ich hier nicht allein geschlafen habe. Nun ja, wenn schon. »Also, was ist?« sagt sie.

Jetzt, wo er allein mit ihr ist, sucht er nach den richtigen Worten. Betrachtet seine Pfeife. Reibt seine Nase. Glättet mit seiner Sandale den Bettvorleger. Alles Verlegenheitsgesten, denkt sie, es muß ihm ernsthaft etwas zu schaffen machen. »Warum hast du uns nie von deinem Freund erzählt?« fragt Rolf.

»Was ist da zu erzählen? Ich dachte, du hättest gewußt, daß ich mit jemandem befreundet bin.« Es ist ihr gar nicht recht, daß er sie in die Lage bringt, Claude verteidigen zu müssen. Sie hält ihre Beziehung zu ihm für ihre Privatangelegenheit.

»Ach ja?«

»Du hast mich nie nach ihm gefragt, obwohl du mich zweimal mit ihm gesehen hast. Einmal bei der Post und das andere Mal gegenüber dem Fagiano, als ich gerade aus dem Wagen stieg. Deinem Scharfblick ist ja wohl das ›CD‹ nicht entgangen, oder?«

»Ebensowenig wie die Autonummer«, sagt er. »Ich habe sie notiert. Inhaber des Wagens mit dem Corps-Diplomatique-Zeichen ist eine Autovermietung in Bologna, die den Wagen zur Zeit an einen gewissen Claude Forestier verliehen hat.«

Das ist neu für sie, doch nicht weiter von Bedeutung. »Bravo«, sagt sie ärgerlich, »deine Zukunft ist gesichert. Solltest du als Schriftsteller auf der Strecke bleiben, kannst du immer noch deine Brötchen als Privatdetektiv verdienen.«

Der höhnische Ton, in dem sie es hinwirft, verfängt nicht.

»Manchmal«, sagt er, »frage ich mich ernstlich, ob du dir überhaupt darüber im klaren bist, was du tust. Ob du in deiner Verliebtheit begreifst, wirklich begreifst, welche Verantwortung du allen Mitgliedern unseres Kreises gegenüber trägst, solange du mit uns zusammenarbeitest.«

»Was willst du? Claude ist Schweizer«, sagt sie.

»Ach ja?«

»Ach ja. Und zwar Delegierter des Internationalen Roten Kreuzes in Genf. Kannst du mir bitte sagen, was das mit meinem Verantwortungsgefühl euch gegenüber zu tun haben soll?« Jetzt ist auch sie nervös; er hat sie angesteckt.

»Was hast du ihm von uns, von unserer Tätigkeit erzählt?«

»Nichts. Ich habe euch mit keiner Silbe erwähnt«, sagt sie gereizt.

»Und wie hast du dir das Weitere gedacht?« sagt Rolf mit unbewegtem Gesicht.

»Sobald Claude geschieden ist, werden wir heiraten, und das kann schon in ein paar Wochen sein. Dann bin ich Schweizerin und raus aus dem ganzen Schlamassel.«

Er betrachtet sie prüfend. Die Starre in seinen Augen weicht einem Ausdruck, den sie sich nicht erklären kann. Er erhebt sich, beginnt zwischen Balkontür und Kleiderschrank hin- und herzutigern. »Du liebst ihn also«, sagt er.

»Allerdings. Was dagegen?«

Er bleibt mit einem Ruck stehen. »Wie kann ein gescheites Mädchen wie du noch solche Illusionen haben? Das ist mir unverständlich.«

»Rolf«, sagt sie, »was willst du eigentlich von mir? Ich bin eine deutsche Halbjüdin und möchte einen Schweizer heiraten. Nennst du das eine Illusion?«

»Ja«, sagte er, »das ist eine Illusion.«

Weshalb, will sie wissen. Sie habe erst kürzlich auch seine Frau kennengelernt. Die Scheidung sei nur noch eine Frage des endgültigen Termins. Dann sei er frei.

»Er ist auch jetzt frei«, sagt Rolf. »Er ist nämlich gar nicht verheiratet.«

»Das glaube ich dir nicht.«

»Ebensowenig verheiratet wie Schweizer oder Angehöriger des Roten Kreuzes. Wir haben beim Croix Rouge International in Genf angefragt. Dort ist ein Herr Claude Forestier gänzlich unbekannt.«

Es verschlägt Ruth die Sprache. Mehrere Gedanken auf einmal schießen ihr durch den Kopf: Claude hat gelogen, er hat mir etwas vorgespielt. Rolf ist eifersüchtig, er erfindet diese Abscheulichkeit, um mich und Claude zu entzweien. Diesen Gedanken möchte sie festhalten, ihm den Vorrang gehen. Dann ist ihre Welt wieder in Ordnung und alles wie vorher am gebührenden Platz. Aber nun, da Rolfs Worte Zweifel gesät haben, muß sie entdecken, daß sie auf fruchtbaren Boden fallen. Unter all der Zuversicht und dem Vertrauen, das sie Claude entgegenbringt, gibt es eine Reihe offener Fragen, Ungereimtheiten, über die sie bisher hinwegsah, weil sie sie nicht wahrhaben wollte. Auf einmal fröstelt sie trotz der Julihitze. Von den Füßen kriecht Kälte die Beine herauf, strömt durch die nackten Arme in die Hände, macht die Fingerspitzen gefühllos. »Wenn er nicht vom Roten Kreuz ist, was ist er dann?«

»Ein politischer Agent«, sagt Rolf. »Sein richtiger Name ist Jean Claudel, geboren in Marokko.«

»Marokkaner? Nicht Schweizer?«

»Franzose.«

Ruth denkt an die Lagerpläne, die sie für Claude durchgepaust und zum Teil mit ihrer eigenen Handschrift versehen hat. Das darf Rolf auf keinen Fall erfahren. Die Gedanken arbeiten fieberhaft. Sie beruhigt sich schließlich mit der Überlegung, daß sie alle politisch auf der gleichen Seite stehen, auch wenn sie verschiedene Methoden anwenden. Über den privaten Aspekt wagt sie im Augenblick nicht nachzudenken, um nicht die Kontrolle über sich zu verlieren. »Und du bist sicher?« sagt sie.

»Ganz sicher.«

»Irrtum ausgeschlossen?«

Rolf schweigt bejahend. Die Kälte, die von innen kommt, nimmt zu. »Was ich nicht verstehe«, beginnt sie, »was ich nicht begreife …« und bricht ab, als sie erkennt, daß es zu viele Dinge auf einmal sind, die sich ihrem Verständnis entziehen. Zum Beispiel Forestiers Freundschaft zu ihr, seine immer wieder geäußerte Zuneigung, an der sie bis heute nicht zweifelte – alles nur gespielt? Warum? Was könnte er sich denn politisch von ihr versprechen? Und wer ist Viviane mit dem norddeutschen St in der Sprache, wenn er, wie Rolf behauptet, gar nicht verheiratet ist? Was soll das alles?

Wahrscheinlich sieht sie in diesem Augenblick sehr hilflos aus. Rolf hockt sich vor sie hin, verschränkt die Arme in ihrem Schoß, blickt zu ihr auf. »Arme kleine Ruth«, sagt er, »ich hätte es dir gern erspart. Aber wie die Dinge liegen

… Verstehst du nun, warum ich dir gegenüber zurückhaltend war mit Informationen über das, was wir hier tun? Ich durfte dich nicht mehr wissen lassen als unbedingt nötig.«

»Wie hast du das herausgefunden, das mit Claude und mir?«

»Du bist weiß Gott kein Buch mit sieben Siegeln«, sagt er und versucht ein Lächeln, das ihn noch melancholischer aussehen läßt. »Es war nur allzu offensichtlich, daß du verliebt warst. Wir mußten uns absichern, verzeih. Wir haben dich beschatten lassen. Du hättest in Teufels Küche kommen können, ist dir das jetzt klar?«

»Das war ich ja wohl auch, wenn es stimmt, was du sagst. Ich begreife das alles nicht: Wenn du wußtest, wer Claude Forestier in Wahrheit ist, warum hast du mich da nicht gewarnt?« Ruth geht ihrerseits zum Angriff über.

»Das tue ich jetzt.«

»Reichlich spät«, sagt sie. Sie weiß: Wenn die Kälte in ihr nachläßt, wird der Schmerz kommen. Und er wird unerträglich sein.

»Weil ich erst jetzt Genaueres erfahren habe«, sagt Rolf. »Claudel soll eine wichtige Rolle bei der Liquidierung der letzten deutsch-italienischen Streitkräfte in Nordafrika gespielt haben.«

»Und die Frau?« sagt Ruth. »Wer war die Frau?«

»Von wem sprichst du?«

»Sie ist angeblich aus Bern, redet hochdeutsch und heißt Viviane. Claude stellte sie mir als seine Frau vor.«

Der permanent schläfrige Ausdruck auf Rolfs Zügen weicht wachem Interesse. »Erzähl mir mehr von ihr.«

So ungern sie auch jetzt noch, nachdem Rolf sie aufgeklärt hat, über Einzelheiten ihrer privaten Beziehungen zu Claude spricht, so bereitwillig erzählt sie ihm von Viviane und deren Vorschlag, daß Ruth als Deutsche im römischen

Löwenbräu die allgemeine Frontstimmung auskundschaften sollte. Sie habe diesen Vorschlag blödsinnig gefunden und ihn natürlich abgelehnt.

»Hab's mir fast gedacht«, sagt Rolf und setzt das Streichholz an die erkaltete Pfeife.

»Was?«

»Du solltest den Deutschen auffallen, damit sie dich unter Spionageverdacht festnehmen und nach Deutschland abschieben.«

»Ja, ich glaube, sie war sehr eifersüchtig«, sagt Ruth, die auf gar keinen Fall eine Beteiligung Forestiers an dem Plan wahrhaben möchte.

»Deine Verliebtheit hat dich mit Blindheit geschlagen.«

»Was willst du damit sagen?«

»Denk doch mal nach. Die Frau war eine deutsche Agentin. Im Augenblick können sie schwer an dich heran. Du hast ordnungsgemäße Papiere, offiziell arbeitest du bei der römischen Filmindustrie, im Arbeitsverhältnis, und du hältst dich nicht im feindlichen Ausland auf, sondern bei Hitlers Verbündeten. In Deutschland dagegen stehst du schon auf der Liste.« Ruth hat ein Gefühl im Magen. Sie sieht an Rolf vorbei. »Wenn du alles so genau weißt«, sagt sie erregt, »dann erklär mir bitte, warum ein Agent, der für die Alliierten arbeitet, eine Gestapospionin als seine Frau ausgibt? Bespitzeln sie sich gegenseitig? Das ist doch lächerlich!«

»Alles andere.«

»Claude hätte gewußt, in welche Gefahr er mich damit bringt, er hätte niemals zugelassen, daß sie mir den Vorschlag mit dem Löwenbräu machte, wenn damit meine Sicherheit in Frage gestellt gewesen, die ihm immer wichtig war«, sagt sie heftiger als beabsichtigt. Rolf blickt ihr gerade in die Augen. »Dein Claude Forestier alias Jean Claudel – es ist durchaus möglich, daß er noch andere Namen hat – ist ein Doppelagent.«

»Du lügst«, sagt Ruth böse. »Du erfindest das alles, damit ich Claude verlasse. Weil du eifersüchtig bist, deshalb!«

Rolf nimmt die Pfeife aus dem Mund, erhebt sich abrupt. »Ich geh' zu den anderen«, sagt er. »Wenn du deine fünf Sinne wieder beisammen hast, komm nach.«

Ruth bleibt wie angewurzelt sitzen, unfähig sich zu rühren. Hatte sie eben noch geglaubt, die Argumente, mit denen Rolf Claude beschuldigt, erfolgreich widerlegen zu können, beginnt sie nun zu begreifen, daß er sie vor Tatsachen gestellt hat, mit denen sie sich wohl oder übel auseinandersetzen und abfinden muß. Claude, der Mann, dem sie entgegen ihrer sonstigen Art bedingungslos vertraute, hat sie belogen, und das nicht nur einmal, sondern über ein Jahr lang – ein Jahr, das sie für das bisher schönste ihres Lebens hielt. Ruth wagt nicht nachzudenken. Sie kennt Rolf gut genug, um zu wissen, daß er nichts unüberlegt dahersagt. Schon gar nicht aus Gründen wie denen, die sie ihm in ihrer Betroffenheit zu unterstellen versucht.

Der Schmerz kommt in kurzen Schüben, gleichsam versuchsweise, als wollte er zunächst ihre Belastbarkeit erproben, bevor er sich voll auf sie wirft. Noch weigert sich ihr Verstand, das volle Ausmaß von Rolfs Worten zu erfassen, sie muß erst die einzelnen Sätze in sich einsinken lassen, bevor sie den zur Übersicht notwendigen Abstand gewinnen kann. Schuldgefühle, Scham und Reue gewinnen in ihr abwechselnd die Oberhand.

Was nun? Claude Forestier hat sie getäuscht; die Freunde trauen ihr nicht mehr, und andere Bekannte hat sie nicht. Gerade jetzt, wo sie es dringend bräuchte, ist niemand da, der ihr helfend zur Seite steht. Sie fühlt sich verzweifelt allein, ein hoher, ein fast zu hoher Preis für ein paar törichte Illusionen. Der Krieg hat für Träume keinen Platz, sie hätte es wissen und sich danach richten sollen.

Eine steckengebliebene Autohupe, langgestrecktes Gejaule auf einem Ton holt mich in die Gegenwart zurück. Mein Gehirn ist noch wie betäubt vom Ansturm all der widersprüchlichen Empfindungen, denen Ruth in ihrer ersten großen Enttäuschung hilflos ausgesetzt war. Wie ich das mitempfinde. So nah ist sie mir bisher nie gewesen, so von innen heraus vertraut. Ich leide mit ihr, ihre bitteren Selbstzweifel teilen sich mir mit, das vergebliche Rennen der Gedanken im Kreis. Wir waren uns als flüchtige Bekannte begegnet, vier Tage ist es her. Nun sind wir Schwestern.

Langsam, noch befangen, erhebe ich mich vom Boden, besinne mich, wo ich bin. Ich habe tatsächlich eine geschlagene Stunde hier verbracht, stelle ich mit einem Blick auf meine Uhr fest; erstaunlich, daß die Hausbeschließerin nicht nachschauen kam. Ein Blick aus dem nackten Fenster zeigt mir, daß das Wetter noch immer diesig ist. Mit der Sonne scheint es heute nichts zu werden.

Ich schelle an der Pförtnerwohnung, um meinen Schlüssel abzugeben. Wieder öffnet die Frau. Ich sage ihr meinen Dank und drücke ihr ein paar Scheine in die Hand, die sie, ansonsten so umständlich, mit verblüffender Schnelligkeit in ihrer Kittelschürze verschwinden läßt. Sie will, verspätet neugierig nun – vermutlich hatte sie mich in der Wohnung da oben vergessen – von mir wissen, ob ich gefunden habe, wonach ich suchte. »Hat Sie der Lärm geschreckt?« fragt sie. »Es ist schon *un guaio*, ein Elend mit dieser vermaledeiten Hupe!« Die Hupe gehöre zu einem Fiat und der Fiat zu Vittorio, der der Neffe der Signora Cesarina sei, der Hutmacherin, die mit ihm nicht fertig würde, mit Vittorio, meine sie, nicht mit dem Fiat, das heißt, mit dem auch nicht, denn sie sei ja schon dreiundachtzig; hundertmal habe ihm die *Signora*, seine Tante, gesagt, er solle diese mißtönende Tröte endlich reparieren lassen, sie bringe noch die ganze Stadt in Aufruhr. Viermal sei sie schon steckengeblieben, und was mache Vittorio? Der gehe einfach davon und kümmere sich nicht darum. »Mein Mann, *mio marito*, sagt: Das nächstemal mache ich Kleinholz aus der Kiste, so wahr ich Enrico Brazzono heiße, dann werden wir endlich Ruhe haben, und *auguri*, alles Gute, *Signora*, für Ihre weiteren Tage in Rom!«

Die Schwüle hat noch zugenommen, lastet in den heute fast windstillen Straßen. Milchig diffuses Licht vom gleichmäßigen Wolkenschleier, hinter dem sich die Sonne verbirgt, verwäscht die Farben der Häusermauern, bleicht das Straßenpflaster aus. Was werde ich mit diesem Tag anfangen? Romtouristen, denke ich, haben es da leichter. Für sie gibt es die vielen Galerien, Kirchen und Museen. Ich kenne all diese Dinge nur zu gut; es war Forestier, der nicht müde geworden war, Ruth in der Ewigen Stadt all das zu zeigen und zu erklären, was seiner Meinung nach jeder gebildete Mensch kennen und wissen sollte. Darin war er ein Spießer, fand Ruth, hatte es sich jedoch gefallen lassen, da sie es für eine Schweizer Eigenart hielt, und sich sogar entschlossen, diese Eigenart liebenswert zu finden. In dem Jahr ihrer Freundschaft mit Claude Forestier hatte sie geradezu eine Virtuosität entwickelt, seine gelegentlich zutage tretenden Fehler augenblicklich zu entschärfen, indem sie sie als Schwäche einstufte. Schwächen ließen sich begreifen, sogar mitlieben. Nicht einen Augenblick war ihr der Gedanke gekommen, die betreuerisch-gutmütige Art, die er ihr gegenüber an den Tag legte, könnte eine Tarnung sein, um sie so in ihrer falschen Vorstellung von ihm zu bestärken.

Unschlüssig, was ich weiter mit diesem Tag anfangen werde. Der seltsam unentschlossene Himmel lädt nicht dazu ein, größere Spaziergänge zu machen. Sciroccowetter, das gefürchtete Klima der feucht-heißen Winde vom Mittelmeer. Schon vor fünfundzwanzig Jahren hatte ich mich darüber gewundert, weshalb man, wenn diese fast unerträgliche Schwüle einsetzte, die im Kopf schmerzt und die Glieder lähmt, von einem Wind spricht. Das Gegenteil trifft zu. Wenn sonst Tag für Tag die Luft in Rom von einer sanften Brise vom Meer her bewegt wird, bleibt sie an Sciroccotagen unbeweglich stehen, bis man glaubt, an ihr zu ersticken. Über einer Rosenhecke tanzen Mücken in Trauben; wäre auch nur eine Spur von Wind in der Luft, würden sie sich verteilen. Und weiter erinnere ich mich, daß Römer an Sciroccotagen sich in ihre Häuser zurückziehen und die Fenster dicht machen. Ist das der Grund, warum die vor ein paar Stunden so belebte Gegend nun wie ausgestorben wirkt?

Ich beschließe, es den Römern gleichzutun: Ich werde nach Hause gehen, mir ein verspätetes kleines Mittagessen bereiten und abwarten, zu was der Himmel sich entscheiden wird. Falls es bis zur Nacht nicht regnet, kann ich am Abend noch ein wenig umherbummeln. Dann wird die Tagesschwüle abgeklungen sein. In einer Nebenstraße der Via Salaria kaufe ich bei einem Händler, der vor seinem Stand sitzt und Mundharmonika spielt, ein Pfund Tomaten, ein Paket Spaghetti und Olivenöl. Er hat auch Hamsterfutter, das ich mir dazupacken lasse; wahrscheinlich bilde ich es mir nur ein, aber ich finde, daß der Hamster in Katjas Atelier in den fünf Tagen, in denen ich ihn betreue, dicker geworden ist. Sein Fell schlägt weniger Falten, und er sieht zufriedener aus. Vielleicht macht sich Katja nichts aus Hamstern, hat den unglücklichen Nager zum Geschenk bekommen und niemanden gefunden, der ihn ihr wieder abnimmt.

Zu Hause angekommen, streife ich erst einmal die schweißnassen Kleider vom Leib und stelle mich unter die Dusche. Wenn man, wie ich in Frankfurt, mit jeder Minute geizen muß, um den zur Arbeit erforderlichen Rhythmus einzuhalten, vergißt man leicht, wie unendlich wohltuend solch einfache Dinge sein können wie ein Duschbad nach einem Sommerspaziergang. Dieser Luxus, sich dabei Zeit zu gönnen, um voll auszukosten, wie die Körpertemperatur allmählich auf ihren Normalwert zurücksinkt, bis die eben noch erhitzte Haut empfindlich auf die Kühle des Wassers zu reagieren beginnt. Jetzt geht es mir schon viel besser.

Die Signora Conigli hat ganze Arbeit geleistet. Mit einem Aufwand an Kraft, den ich ihr nicht zugetraut hätte, hat sie sämtliche Möbel verschoben – selbst die Schränke sind abgerückt worden, was ich an den Dellen im Linoleum erkenne –, sie hat Vasen und Lampen verstellt und die Steinplatten in Küche und Bad so gründlich gescheuert, daß die Fugen voller Seifenbläschen sind, die schillernd zerlaufen. Die Wohnung riecht wie eine desinfizierte Krankenstation. Kein Ding ist mehr an seinem Platz. Ich bekomme die Auswirkung ihres Wütens zu spüren, als ich am Küchenherd in der schon siedenden Pfanne mein Spezialrisotto würzen will. In Gedanken daran, daß ich hungrig sein werde, wenn ich zurückkomme, hatte ich alles Notwendige auf dem Tisch bereitgestellt. Nun ist er leer, ekelhaft blankgescheuert und kahl, und ich muß mir die Streudosen wieder einzeln aus den Schränken zusammensuchen, während das halbgare Risotto glasig auskühlt. Jetzt weiß ich auch, weshalb mich Witze über Gelehrte und ihre aufräumwütigen Faktoten nie zum Lachen bringen: In unserer Unordnung liegt System. Aufräumerinnen, die das nicht begreifen, sollten die Finger davon lassen.

Nach dem nicht sonderlich gelungenen Essen strecke ich mich auf der Wohnzimmercouch aus, genieße das kurzfristige Vergnügen kühler Kissen in meinem Rücken, zünde mir eine Zigarette an und bereite mich darauf vor, die nächsten Stunden mit nichts anderem als trägem Dahindösen zu verbringen. Alle Voraussetzungen zur Siesta sind gegeben: die gleichmäßige Zimmerwärme, noch um ein paar Grad erträglicher als die jetzige Außentemperatur; eine ungewöhnliche Stille, da die Nachbarhäuser des Sciroccos wegen die Fenster geschlossen halten, und schließlich meine Abgespanntheit nach dem Besuch heute vormittag auf der Via Ruggero Fauro. Aber die Gedanken lassen sich nicht verdrängen. Gegen meinen Willen bringen sie mich der jungen Ruth von einst schrittweise näher bis an die Grenze der Identifikation, der ich um jeden Preis ausweichen möchte. Noch vor wenigen Tagen hätte mich der Name Claude Forestier nicht sonderlich beunruhigt. Da er jedoch stellvertretend ist für das, was Ruth einst verletzte, weil er für zerstörtes Vertrauen, für Täuschung und Erniedrigung steht, bereitet mir nun der Gedanke an ihn bohrendes Unbehagen. Was war damals noch geschehen?

In der Nacht nach dem Gespräch mit Rolf hatte Ruth lange wach gelegen und sich den Kopf zermartert, auf welche Art sie Claude zu verstehen geben sollte, daß sie sich nicht mehr sehen durften. Es würde außerordentlich schwer sein. Claude würde Fragen stellen, vielleicht mißtrauisch werden, Verdacht schöpfen, daß sie mehr wußte, als er sie wissen lassen wollte. War es dann erst einmal so weit, fände er wohl auch heraus, daß man sie gewarnt hatte. Und dann würde er, wenn es wirklich stimmte und er auf zwei Hochzeiten tanzte, die Freunde den Deutschen ausliefern, und sie mit dazu, die in ihrem Vertrauen so töricht gewesen war, die Lagerpläne für ihn zu kopieren. Damit hatte er sie in der Hand. Außerdem war sie noch keineswegs sicher, ob sie sich überhaupt von ihm trennen wollte. Und wenn Rolf sich irrte, wenn seine Informationen falsch wären? Sie sollte erst einmal handfeste Beweise für seine Behauptungen verlangen. Als sie endlich gegen Morgen einschlief, hatte sie sich schon halbwegs überzeugt, daß alles auf einem peinlichen Irrtum beruhte. Claude, ihr zärtlicher Liebhaber, war kein Lügner. Und ein Doppelagent schon gar nicht. Rolf, vermutete sie, war eifersüchtig. Mein Unbehagen steigert sich noch, als ich an das denke, was eine Woche später geschah. Ich zünde mir eine weitere Zigarette an.

An Ruth, die am Nachmittag aus Lottes Haus gekommen war, wo die Frauen mit Lupen, Kopierstift und Stempeln Fluchtpapiere vorbereiteten, sprang ein Zwergpudel hoch, als sie an einem Zeitungsstand stehenblieb. Die Frau, zu der er gehörte, befahl ihm auf deutsch zu kuschen. Es war ein zähes Deutsch mit der Betonung auf den falschen Silben. Ruth, die aufgedonnerte Erscheinungen nicht mochte, hielt sie für eine der zahlreichen Nutten, die auf der Suche nach einem, der ihnen ein Abendessen zahlte, die Cafés der belebteren Straßen bevölkerten. »Entschuldigen Sie bitte«, sagte die Frau.

»Ist schon gut«, sagte Ruth ebenfalls auf deutsch und wollte weiter. Aber die Frau hielt sie zurück.

»Warten Sie«, sagte sie, »das ist so selten, nicht wahr, daß man Frauen aus der Heimat trifft, gezahlt habe ich schon. Wenn Sie nichts dagegen haben, begleite ich Sie ein Stück.« Gemeinsam waren sie mit dem tänzelnden Hund vorneweg die Via Salaria hinaufgegangen. Nach zehn Minuten Weg hatte Ruth ihren ersten Eindruck revidiert: Nein, eine Nutte war die Frau nicht, wahrscheinlich sogar durchaus honett und jedenfalls sympathischer, als sie es auf Anhieb vermutet hatte. Christine hieß sie, stammte aus Ungarn und war im ›großdeutschen‹ Österreich zu Hause, das ihr, anders als Rolf, dem Klagenfurter, noch Heimat bedeutete, wie Ruth bald erfahren sollte. Christine war von überschäumender Lebhaftigkeit, wofür Ruth dankbar war, weil es ihr ihren Anteil am Gespräch ersparte. Sie hätte nicht recht gewußt, wovon zu reden, die Ohren klangen ihr noch von Rolfs Warnungen zur Vorsicht im Umgang mit Fremden. Zudem fand sie es ausgesprochen amüsant, der Ungarin zuzuhören, die es fertigbrachte, kleine, banale Alltagsbegebenheiten so zu schildern, daß sie zu pointierten Anekdoten wurden.

Sie langten vor Ruths Wohnung an. Die Höflichkeit gebot es, Christine nach dem langen Weg einen Tee anzubieten.

Die großdeutsche Ungarin sagte nicht nein. Ruths Wohnung gefiel ihr ausnehmend, was sie mit vielen Adjektiven aus der Wiener Volkssprache belegte. Nach dem Tee meinte sie, ein bisserl kämmen wolle sie sich. Ruth verwies sie an den Frisiertisch im Schlafzimmer, Christine machte sich wohlgemut auf den Weg. Als sie zurückkam, war es aus mit ›herzig‹, ›fesch‹ und ›reizend‹ mit langgezogenem e. Ihr frisch geschminkter Mund war schmal geworden. In der Hand hielt sie Forestiers schmeichelhaft retuschiertes Porträt im weißen Lederrahmen. »Was ist das?«

»Ein Bild von meinem Freund. Warum?«

»*Ihr* Freund? Dieser Mann?«

»Wenn Sie nichts dagegen haben.«

»Jaja, jaja, allerdings habe ich etwas dagegen, sehr viel sogar. Weil dieser Mann hier«, sie schlug mit den Fingerkuppen so heftig gegen das Foto, das penetrant zum Streit der Frauen grinste, daß das Glas im Rahmen kräckelte, »nämlich mein Freund ist. Verstehen Sie, *meiner*!«

»Unmöglich.«

Sie starrten sich an, zwei Frauen, die eine Zufallsentdeckung zu Feinden gemacht hatte. Es ist absurd, dachte Ruth, unvorstellbar, völlig ausgeschlosen. Die Frau irrt sich. Dann aber: Weshalb sollte sie etwas Derartiges behaupten, wenn es nicht stimmt? Mein Gott, wie widerlich, die ganze Angelegenheit, nicht einmal in dem Punkt ist er aufrichtig gewesen. »Ich verstehe nicht«, sagte sie zögernd, »Sonntag, Montag, Dienstag, Mittwoch – wir waren doch ständig zusammen!«

»Wirklich? Und die vorige Woche?«

»– war er in Mailand und Bologna.«

»Sie Unschuldslamm.«

»Er hat mich jeden Abend angerufen.«

»Allerdings. Von meinem Haus in San Marino aus. Mir sagte er, Sie seien seine kleine Schwester.«

Ihr Abschied war kurz und frostig gewesen. Selbst der Pudel, glaubte Ruth zu bemerken, hatte etwas Feindliches im Blick, als er sich draußen noch einmal umschaute. Von allen Kränkungen, die Claude ihr zugefügt hatte, war diese die unerträglichste.

Es donnert in der Ferne; ein langgestrecktes Rumpeln, das Mühe hat, zu verklingen. Es wäre wohltuend, wenn es endlich richtig gewitterte; die Hitze ist kaum auszuhalten. Widerstrebend stehe ich auf, trete auf die Terrasse. Der Himmel zeigt ein ebenmäßiges Gelbgrau; in den Büschen und Baumkronen des Gartens regt sich kein Blatt. Eine einzelne Mauerschwalbe schießt im Tiefflug auf das Haus zu, bleibt wie von unsichtbarer Faust gegen die Wand geschleudert an einem Mauervorsprung haften, unbeweglich. Über Häusern und Pflanzen liegt eine besondere Art der Stille; Laute, die von der Straße heraufdringen, sind versetzt, unwirklich fern; die Atmosphäre ist aufgeladen mit Elektrizität. Ich spüre sie körperlich, ein zartes Kribbeln auf der Haut, als seien meine Arme und Beine von einem feinmaschigen Netz überzogen, das knisternd in die Poren eindringt. Am Horizont läuft in Abständen breitflächiger Schein von einer Seite zur anderen. Wetterleuchten vermutlich, oder vielleicht gewittert es schon über den Außenbezirken der Stadt. Wenn das, was sich da oben zusammenzieht, sich nicht bald entlädt, wird es mit dem Stadtbummel heute abend nichts werden. Es ist ja auch nicht wichtig; flüchtig hatte ich erwogen, in einem der vielen Restaurants mit Vorgarten zu essen, weil ich es hübsch finde, vor einem der magisch angestrahlten Brunnen oder Säulen im Licht dekorativer Tischlampen römische Spezialitäten serviert zu bekommen.

Scharen von winzigen Insekten wirbeln durch die Luft, prallen gegen meine Stirn, heften sich an meine Brillengläser. Die Verandatüre ist bedeckt mit ihnen. Es sind seltsame

Kreaturen, die ich nicht einzuordnen vermag. Sie haben das Aussehen und die Größe von Moskitos, aber nicht deren Blutsaugerrüssel. Dafür ragen zwei lange weißliche Fäden aus ihrem Hinterleib, die offenbar dafür verantwortlich sind, daß diese Insekten von ihren Flügeln wenig Gebrauch machen können. Wo immer sie sich niederlassen, bleiben sie mit ihren Fäden hoffnungslos kleben, bis sie verenden, hängen zu Dutzenden verkrümmt am Fensterglas, an den Außenmauern, den Innenwänden. Die Zimmerdecke ist gesprenkelt mit ihnen, die Gardine schwarz von ihren Leibern. Einfälle hat die Natur, denke ich, da heißt es immer, sie statte ihre Geschöpfe mit optimalen Überlebenschancen aus. Manchmal aber übernimmt sie sich wohl mit ihren Entwürfen. Die Dinger hier sind zum Sterben geboren, seltsam.

Plötzlich, übergangslos dreht sich alles vor meinen Augen. Mein Kopf schmerzt. Der Schmerz sitzt irgendwo an der linken Seite zwischen Schläfe und Nasenwurzel, strahlt von dort in flauen Druckwellen zum Hinterkopf aus. Übelkeit im Magen, Haltverlust, als fiele ich durch einen Brunnenschacht, fiele, fiele, ohne den Boden zu erreichen. Dazu diese ungerichtete, sich aller Logik widersetzende Angst vor Auflösung, die Angst, sich nicht mehr in den Griff zu bekommen. Ein Migräneanfall, Erbteil meiner Mutter. Einige Male schon hatte es mich in Frankfurt gepackt, wenn ich bei nächtlicher Schreibarbeit und künstlichem Seitenlicht meine Augen überanstrengte. Aber nie mit solcher Heftigkeit. Ich kämpfe gegen Brechreiz an, taumle zurück ins Zimmer, schließe in der Hoffnung, die Hitze hinter mir auszusperren, die Verandatür und werfe mich wieder auf die Couch. Aber der Temperaturunterschied zwischen draußen und drinnen ist minimal. Ich sollte wissen, daß der Scirocco, Wind, der kein Wind ist, durch alle Fugen und Ritzen ins Innere der Häuser dringt und sie in Backöfen verwandelt. Wenn Katja wenigstens irgendwo einen Ventilator hätte. Die Kissen werfe ich eines nach dem andern zu Boden; bei dieser Temperatur sind sie nur noch zusätzliche Wärmespeicher. Der Druck auf meiner Schläfe steigert sich. Dieser Tag, denke ich noch, ist wie ein böser Traum. Und dann lange nichts mehr.

Nachdem der Anfall vorüber ist, versuche ich mich wieder zurechtzufinden. Wo waren meine Gedanken stehengeblieben? Die Sache mit der Besucherin, dieser Christine. Ich erinnere mich widerwillig, daß Ruth, kurz nachdem ihre Besucherin gegangen war, ebenfalls die Wohnung verließ und sich auf den Weg zum Hotel Flora machte, um Claude Forestier zur Rede zu stellen, umgehend. Dabei überlege ich: Was ging auf dem Weg zum Hotel in ihr vor? Ich weiß, sie war ungeheuer aufgebracht, aber ich bin nicht sicher, ob der Hauptanlaß ihrer Erregung Zorn über den Mißbrauch des Vertrauens war, Angst und Abwehr gegen die Undurchsichtigkeit seiner politischen Rolle oder schlicht gekränkte Eitelkeit. Nein, die allein kann es nicht gewesen sein. Dazu hatte es sie zu tief getroffen. Andererseits war sie auch nicht so blind in ihn verliebt, daß dies allein ihre Empörung erklären könnte. Ich glaube eher, es war die Bilanz eines schlechten Gewissens den Freunden gegenüber, Schuldgefühle, die sich Ruth nicht eingestehen wollte, um sich nicht in einer von Verantwortung bestimmten Umwelt als Versager fühlen zu müssen. Schon in ihren Berliner Kreisen hatte man sie gelegentlich mit ihrer preußischen Denkart aufgezogen. Dieses Preußentum war ihr nicht etwa vom streng deutschgläubigen Vater, sondern von der jüdischen Familie ihrer Mutter vererbt worden. Darin gleichen sich jüdische und deutsche Mentalität: im Extremismus. Ruths mütterliche Familie war preußischer als die Preußen, der evangelisch getaufte Großvater stolz auf seine Corpszugehörigkeit, seine studentischen Schmisse und sein Verdienstkreuz im Krieg Nummer eins. Welch ein Glück, denke ich, daß er nicht mehr erleben mußte, wie sein geliebtes Vaterland im Weltkrieg zwei mit seinen Töchtern verfuhr, er wäre vermutlich an Gott und der Welt verzweifelt. Wie komme ich gerade jetzt auf ihn? Richtig: getäuschtes Vertrauen. Ruth Hellmann und Claude Forestier.

In der Halle des Flora geht es an jenem Nachmittag lebhaft zu. Überall stehen Militärs in Gruppen zusammen, diskutieren. An ihnen vorbei tragen Hotelpagen Gepäckstücke zum Eingang, bleiben wartend daneben stehen. Auch Ruth spürt gleich bei ihrem Eintritt die Anzeichen einer Veränderung; Spannung liegt in der Luft. In den Mienen der sonst so selbstsicheren deutschen Offiziere sieht sie nervöse Unruhe, während das italienische Personal gelassener scheint als sonst. Seitdem die Alliierten auf Sizilien gelandet sind, wollen die Gerüchte nicht verstummen, daß sich Eisenhowers Truppen auf den Marsch nach Rom vorbereiten. Vielleicht sind sie sogar schon vor den Toren, kann man es wissen? Die offizielle Nachrichtensperre ist so gut wie total. Um so wilder kursieren die Vermutungen. Mussolinis Schwiegersohn Graf Ciano soll zu den Alliierten übergelaufen sein, der Duce, heißt es, sei zu Hitler gefahren, um ihn zu bewegen, Rom zur Festung ausbauen zu lassen, und er sei entschlossen, in der Ewigen Stadt, sollten die Alliierten näher rücken, Widerstand bis auf den letzten Mann zu leisten, Vatikan oder nicht Vatikan.

Immer neue Gepäckstücke werden die Treppe heruntergebracht und in die Wehrmachtswagen verladen, die vor dem Eingang vorgefahren sind. Verdrossen sitzen die aufgeputzten Nutten der Via Veneto auf ihren Stammplätzen in der Halle. Sie finden wenig Beachtung; niemand hat heute Zeit für sie.

Ruth läßt sich vom Pförtner mit Zimmer zweihundertsieben verbinden, nimmt, als sich Claude meldet, in der Sprechzelle den Hörer ab. »Ich bin's«, sagt sie mit einer Stimme, die ihr selbst fremd ist. »Kann ich dich sprechen?«

»Gedankenübertragung«, sagt er herzlich. »Gerade wollte ich dich anrufen.«

»Ich bin nicht zu Hause«, sagt sie.

»Nein? Wo steckst du denn?«

»Im Flora. In der Halle.«

»Aha.« Es kommt ihr vor, als mische sich in seine Überraschung ein Unterton von Abwehr. »Gib mir fünf Minuten Zeit«, sagt er, »um etwas Ordnung zu schaffen, ich stecke mitten in der Arbeit, weißt du. Und dann komm herauf.«

»Ich komme nicht hinauf, Claude. Ich möchte, daß du herunterkommst.«

»Aber hier oben sind wir doch viel ungestörter, warum willst du nicht?«

Der Ton ihrer Stimme hat ihn stutzig gemacht.

»Ich erwarte dich in der Bar.« Sie legt den Hörer auf, wundert sich flüchtig, wie kalt sie heute seine Stimme läßt, die bisher ihre Wirkung auf sie nie verfehlte, schiebt es auf ihre Nervosität, die sie steif vor Abwehr macht.

Eine Bar am Nachmittag, wenn draußen die Sonne scheint, ist ein seltsam zweckentfremdeter Platz. Dämmriges Tageslicht zeigt die Mängel auf, die eine intime Abendbeleuchtung verdeckt: die Flecken auf den Tapeten, zerkratzte Tischplatten, eine von Zigarettenrauch graugelb verfärbte Decke. Der Raum ist vollständig leer. Gut so, findet Ruth, denn sie hat sich auf dem Weg hierher alles genau zurechtgelegt: wie gefaßt sie sein, was sie sagen und *wie* sie es sagen wird, hat in Gedanken das Zwiegespräch vorweggenommen, zumindest ihren Part, weil sie ihn, den sie nie für sonderlich erfinderisch gehalten hat, gut genug zu kennen glaubt, um zu wissen, wie er reagieren wird. Wenn er ein Agent ist, denkt sie, dann ist er ein verdammt mieser Agent mit einem derartigen Mangel an Fantasie. Dabei denkt sie an Christine. Und dann wieder an das, was Rolf ihr gesagt hat. Er hat ja recht damit, daß er sagt, ich sollte endlich erwachsen und mir darüber klarwerden, in welcher Zeit wir leben. Sie findet sich sehr vernünftig, versucht zu ignorieren, daß ihre verletzten Gefühle eine ganz andere Sprache sprechen.

Am Eingang zum Innenraum blickt sich Claude Forestier sichtlich nervös um, entdeckt sie im hintersten Winkel, kommt mit raschen Schritten an ihren Tisch. Sein Begrüßungslächeln deutet er nur an, als beanspruche das Heben der Mundwinkel Zeit, die er ihnen nicht zugestehen darf. Er setzt sich zu ihr, ergreift ihre Hand, die sie ihm entzieht: »Also, Kleines, was gibt's so Wichtiges? Am Telefon eben klangst du irgendwie verärgert.«

»Verärgert«, sagt sie bedächtig, weil sie sich vorgenommen hat, jedes Wort zu überlegen, bevor sie es ausspricht, »ist nicht der richtige Ausdruck. Sagen wir, überrascht.«

Abwartend blickt er sie an.

»Kennst du eine Christine Vardesc oder Vardesch?« sagt sie.

»Wer soll das sein?« sagt er abwartend.

»Eine aus Ungarn gebürtige Wienerin. Herzig blond. Ein Traum von Weib. Zirka dreißig.«

»Nicht daß ich wüßte.«

»Seltsam«, sagt Ruth. »Sie kennt dich. Was vermutlich nichts heißen will bei dem Typ Frau. Die kennt vermutlich die meisten Männer Roms. Nur –«

»Nur?« Sein Gesicht hat seinen routinemäßig aufgesetzten Charme verloren. Es ist das wachsame Gesicht eines Menschen, der dabei ist, aus Selbstschutz etwas abzuleugnen, doch Näheres wissen muß, um zu erkennen, wo er ansetzen kann.

»Nur konnte sie mich überzeugen«, sagt Ruth in gleichmütigem Ton, »daß sie auch einen festen Freund hat. Dich nämlich.«

Eine Pause entsteht. Ruth fühlt sich, als stünde sie vor einem Baum, den soeben ein Blitz in zwei Hälften gespalten hat, und warte, daß er sie umstürzend erschlägt. Aber noch stürzt er nicht. »Woher kennst du sie, Christine meine ich?« sagt Claude Forestier im gleichen Plauderton, den sie ihm vorexerziert. Gekonnter nur. Ihm ist diese Sprechart geläufiger.

»Hab' sie heute kennengelernt. Durch Zufall«, sagt Ruth. Er reicht ihr ein Zigarettenpäckchen herüber. »Willst du?«

»Nein. Also?«

»Also was?«

»Ich warte darauf, daß du mir das erklärst.«

»Wo ich sie kennenlernte?«

»Wieso sie das Recht hat, dich als ihren Freund zu bezeichnen.« Und dann folgt, was sie fast wörtlich vorausgeahnt hat. Forestier versucht zu verharmlosen, eine Bagatelle sei das Ganze, nicht der Rede wert. Zufallsbekanntschaft, mein Gott, wie das eben so kommt. Irgendeine langweilige gesellschaftliche Veranstaltung, und da ergebe sich schon mal so etwas. Ohne Absicht. Die Öde der Gespräche ringsum, und Alkohol spiele da natürlich auch eine gewisse Rolle.

»Ah ja. Dann ergibt sich schon mal so was«, spricht sie ihm nach.

»Kannst du das nicht verstehen?«

»Ein jahrelanges Verhältnis. Das ergibt sich dann schon mal. Willst du das sagen?«

»Jahrelang?«

»Es stimmt also. Sie ist deine Freundin.«

Aufmerksam beobachtet er ihr Gesicht, läßt sich von ihrer scheinbaren Ruhe täuschen. »Und wenn es so wäre?« sagt er. »Das kann doch unser Verhältnis zueinander nicht berühren.«

Ruth nickt. »Erstaunlich«, sagt sie, »wie du es fertiggebracht hast, mich so lange hinters Licht zu führen. Hätte ich diese Frau vorhin nicht zufällig kennengelernt, ich hätte nichts gewußt.«

Immer noch hält er ihre Ruhe für echt. Greift wieder nach ihrer Hand: »Danke, Ruth, daß du es so vernünftig nimmst«, sagt er. »So können wir doch darüber reden.«

Vernunft, denkt sie. Als handle es sich um eine geschäftliche Abmachung. Um eine Klausel im Vertrag. Daß er sie so schlecht kennt, beweist ihr, wie wenig er sich im Grund mit ihr befaßt hat. Und das tut ganz elend weh. »Meinst du?« sagt sie.

Jetzt endlich stutzt er, blickt ihr in die Augen, findet sie ohne Ausdruck, sucht vergeblich nach einem Anhaltspunkt, was wirklich in ihr vorgeht. Es ist nur eine kurzfristige Befriedigung, mit der sie feststellt, daß ihm endlich aufzugehen scheint, wie sehr er sie bisher unterschätzt hat. »Ich wollte mit ihr Schluß machen«, sagt er. »Wirklich. Ich hab' es viele Male versucht, aber irgendwie gelang mir der Absprung nicht.«

Claude Forestier, der sonst so schwer Beeinflußbare als Schwächling, der sich trotz heftiger Gegenwehr nicht aus den Fängen einer Frau zu befreien vermag, das ist dann doch eine etwas zu starke Zumutung. In ihrem Ärger darüber, daß sie aus ihren Illusionen erwacht ist und ihn nun als Lügner und Opportunisten durchschaut, wird sie unvorsichtig: »Weiß sie denn etwas von dir, womit sie Druck auf dich ausüben könnte?«

Sein Lächeln wird starr. Sie spürt, daß sie einen Fehler gemacht hat. »Was soll sie denn von mir wissen?« Gespieltes Erstaunen. Das Thema zurückbringen auf die Ausgangsebene: »Beispielsweise, daß du sie betrügst. Mit mir, mit anderen«, sagt sie aufs Geratewohl.

Sie sieht, diesmal ist sein Erstaunen echt. »Also das weißt du auch?«

Sie nickt. Er wird ihr schon erklären, was sie noch zusätzlich wissen müßte. Als quälend und überflüssig empfindet sie, daß er wieder nach ihrer Hand gegriffen hat und sie zu streicheln beginnt. Gegen seine Berührungen ist sie noch nicht immun.

»Es waren wirklich ganz unbedeutende Affären. Gar nicht der Rede wert. Christine war unerträglich eifersüchtig, bauschte jede Bagatelle auf.«

Ich habe ins Schwarze getroffen, denkt Ruth. Nicht zu fassen, das darf doch nicht wahr sein. Er hat nicht nur die eine, er hat dutzendweise Freundinnen neben mir gehabt, und ich bin treu und brav auf seine Masche mit der Einmaligkeit seiner Liebe zu mir hereingefallen. Mit freundlicher Stimme hört sie sich fragen, wie wiele es denn im letzten Jahr gewesen seien und wo er sie alle aufgespürt habe?

So ganz traut er dem Frieden denn doch nicht: »Komm«, sagt er, »was soll das? Ein Verhör?«

Es könne ihn doch nicht erstaunen, sagt sie mit einem Lächeln, das sie nicht spürt, das da ist, um die Gesichtsmuskeln unter Kontrolle zu halten, daß sie nach der überraschenden Begegnung mit der Frau aus Wien nun auch alles andere wissen wolle. Entweder eine gründliche Aussprache, wenn schon. Oder gar keine.

»Man müßte etwas zu trinken haben. Ich geh' einen Kellner suchen«, sagt Claude und macht Anstalten, sich zu erheben.

»Nein. Ich will nichts, bleib sitzen.« Das war schon ein anderer Ton, scharf, entschlossen.

Forestier läßt sich in den Sessel zurückfallen. »Hör zu, Kleines«, versucht er wieder, »ich sagte dir schon: Diese anderen Zufallsbegegnungen sind ohne jede Bedeutung.«

»Nicht für mich«, sagt Ruth. »Wer waren sie?«

»Du willst wirklich Namen wissen?«

Ja, das wolle sie. Und so beginnt er aufzuzählen. An Ruth marschieren im Verlauf seiner unmutigen Berichterstattung sechs der Schilderung nach farblose junge Frauen vorbei, jede auf ihre Weise Objekt für die rasch aufgesprungene und ebenso rasch wieder abgeklungene Liebesleidenschaft Forestiers. Gemeinsam scheint ihnen nur eines, fällt Ruth auf: Sie alle sind Deutsche. Dazu diese Christine, denkt sie, seine Frau mit dem norddeutschen St, und nicht zuletzt ich selbst – sein Umgang scheint sich ausschließlich auf Angehörige des Hitlerstaates zu beschränken. Sie würde den seltsamen Gedanken gern weiter ausspinnen, um zu erforschen, wozu ihm seine Beziehungen zu deutschen Frauen nutzen konnten, aber dazu ist jetzt nicht der Augenblick. Sie ist von seiner detaillierten Eröffnung über sein reges Liebesleben wie betäubt. »Und mit all denen bist du auch ins Bett gekrochen in der Zeit, in der wir …?«

Jetzt ergreift er auch noch ihre andere Hand, hält sie am Handgelenk so fest im Griff, daß sie sie ihm nicht entziehen kann. Natürlich, sagt er eindringlich, bestehe da ein wesentlicher Unterschied zu all diesen Vorfällen einschließlich Christine, ein ganz entscheidender, der nämlich, daß sie, Ruth, die einzige Frau für ihn sei, daß er sie aufrichtig liebe und heiraten wolle, sobald seine Scheidung über die Bühne gegangen sei, das wisse sie doch hoffentlich. »Mit uns, das ist doch ganz etwas anderes«, sagt er mit einer Überzeugung, als handle es sich nicht um eine der abgedroschensten Phrasen der Welt, sondern um eine brandneue Erkenntnis.

Ruth wundert sich, daß sie das alles äußerlich so gelassen hinnehmen kann. Während eine Seite ihres Wesens sich tief verletzt in irgendeinen Winkel verkriecht, stellt die andere, scheinbar ungerührt, Überlegungen an. Was hat Forestier einst dazu gebracht, ihre Freundschaft zu suchen? Er mußte gewußt haben, daß sie Deutsche war, bevor er sie ansprach. Hat er einen Auftraggeber? Leicht möglich, so viel Eigeninitiative traut sie ihm nicht zu. Was hatte er von ihr gewollt? Was will er von ihr noch heute? Hat er in Erfahrung gebracht, in welchen Kreisen sie verkehrt, weiß er etwas über ihre Tätigkeit in der Widerstandsgruppe? Unmöglich ist das nicht, falls er wirklich mit deutschen Stellen zusammenarbeiten sollte. Erst vor kurzem waren die Deutschen wieder auf die Organisation aufmerksam geworden, nachdem sie unter größten Schwierigkeiten eine Gruppe deutscher Regimeflüchtlinge über die Alpenpässe in die Schweiz gebracht hatte. Mit vielem hatte man im Kreis der Freunde gerechnet, nicht aber mit dem sturen Bürokratismus der Eidgenossen, die die Flüchtlinge mangels offizieller Einreisegenehmigungen ohne Umschweife ›heim ins Reich‹ sandten. Seitdem waren sie verschollen. Forestier, überlegt sie, könnte den Auftrag haben, den Sitz der Flüchtlingsorganisation in Italien aufzuspüren. Hat er sie darum mit dieser schweizerischen Deutschen zusammengebracht, von der sie vermutet, daß sie direkt auf sie, Ruth angesetzt war? Viviane paßt genau in das Bild, wie Ruth sich eine Agentin des Dritten Reichs vorstellt. Fingerspitzengefühl haben sie nie bewiesen, die Nazis, das hat sie schon früh erfahren müssen. Deutsche Agenten im Ausland, in Kleidung und Bewegung bis zur Karikatur der klischierten Vorstellung von hohen Vertretern des ›Herrenvolks‹ entsprechend, waren auch ohne besondere Schulung leicht zu durchschauen. Bis dahin, denkt Ruth, paßt alles zusammen, nur … Wieso hatte Claude in diesem Jahr enger Freundschaft so wenig Interesse an ihrer politischen Meinung bekundet, hatte im Gegenteil immer dann, wenn die Rede auf solche Dinge kam, den neutralen Schweizer herausgekehrt, den das politische Weltgeschehen kühl ließ, solange die Schweiz nicht mit hineingezogen wurde? Und dabei ist er Franzose. Gebürtiger Marokkaner. Das konnte natürlich Taktik sein im Vertrauen darauf, daß sie sich mit ihrem spontanen Temperament eines Tages selbst verraten würde. Bei diesem Gedanken angelangt, ist es plötzlich mit ihrer Haltung zu Ende. Sie erhebt sich so abrupt, daß sie gegen die Sessellehne stößt und stolpert. »Ich geh' jetzt. Leb wohl.« Auf einmal ist wieder Empfinden in ihrer Stimme, die vor verhaltener Erregung zittert.

Auch er ist aufgestanden, ergreift ihren Arm. »Warte. Wo willst du hin?«

»Nach Hause.«

»Ich begleite dich.«

»Laß mich los, ich geh' allein.«

»Sei doch vernünftig, Ruth.«

Schon wieder das Argument Vernunft. Sie reißt ihren Arm los: »Ich will dich nicht mehr sehen, nie mehr, hörst du.« Und, als sie den verstörten Ausdruck in seinem Gesicht wahrnimmt, der wenig zur beruflichen Gelassenheit eines politischen Spitzels passen will: »Du hast ja genügend Ersatz für mich, was erwartest du eigentlich von mir?«

Sie muß mitten im Satz schlucken, um etwas hinunterzuwürgen, das nach aufsteigenden Tränen schmeckt. Dann spürt sie seine Hände auf ihren Schultern. Er dreht sie zu sich um. »Gott noch mal, Ruth, was ist plötzlich in dich gefahren?« Er ist erregt. »Du benimmst dich wie ein unmündiges Kind. Weil du eine ehrliche Aussprache verlangt hast, habe ich dir ehrlich Rede und Antwort gestanden. Und nun verwendest du es gegen mich. Findest du das fair?«

»Du sprichst von fair? Weißt du überhaupt, was das ist?«

»Ich habe dir nicht weh tun wollen. Aber da du mich fragtest …«

» … hast du mir in rührender Ehrlichkeit gestanden, was mir vermutlich bereits deine Christine mitgeteilt hatte. Das befürchtest du, deshalb hast du ausgepackt.« Jetzt erst wird ihr klar, wieviel Bitterkeit in ihr steckt. Zur Enttäuschung gesellt sich Verachtung. Es wäre leichter zu ertragen, würde Claude Forestier nun wenigstens Haltung zeigen und nicht um ihre Zuneigung betteln, eine Zuneigung, die sich über gekränkten Stolz und vertieftes Mißtrauen in Abneigung zu verwandeln beginnt. Sie wünscht sich nach Hause, in die

Anonymität ihrer vier Wände, um erst einmal Abstand zu gewinnen von allem, was da in den letzten Stunden auf sie zugekommen war.

»Wollen wir uns nicht wieder vertragen?« sagt er.

»Wir haben keinen Streit. Das ist kein Streit, begreifst du das nicht?« Nein, er begreift nicht, will wissen, ob es helfen würde, wenn er von diesem Augenblick an keine seiner Bettgespielinnen wiedersehen würde und ihr darauf sein Wort gäbe, das sie hoffentlich nicht bezweifle. Auch mit Christine mache er nun endgültig Schluß, sie könne sich davon überzeugen, er werde in ihrer Gegenwart gleich die Vardesc anrufen. Er erspart ihr nichts, bietet ihr das wenig attraktive Bild eines geschlagenen Mannes. Ob gespielt oder echt – in jedem Fall ist es die ungeschickteste Taktik einem jungen Mädchen gegenüber, das in ihn eine Art Idealfigur hineingeträumt hatte.

Ruth befreit ihre Schultern aus seinem Griff. »Hör auf«, sagt sie, »hör um Himmels willen auf. Mach in Zukunft, was du willst, aber ohne mich!«

Noch auf dem Weg zur Halle, vorbei am Zeitungsstand mit Corriere della Sera, Völkischem Beobachter und der auf enger werdendem Raum schrumpfenden, mit Fähnchen markierten Karte des Kriegsschauplatzes Europa hat sie seine Stimme im Ohr, die ganze Fassungslosigkeit, mit der er sagt: »Aber verstehst du denn nicht? ...«

Zu Hause, allein mit sich und ihrem Kummer, hatte es noch eine ganze Weile gedauert, bis sie Tränen fand. Blicklos war sie im Zimmer umhergelaufen, hatte kleine, sinnlose Dinge getan, einen losen Wollfaden aus der Übergardine gezupft, was eine symmetrische Reihe häßlicher kleiner Löcher hinterließ, die Schuhe, die sie aus Bequemlichkeit unter das Bett gestellt hatte, um sie bei Bedarf schnell zur Hand zu haben, schnurgerade ausgerichtet, bis ihre verschieden geformten Spitzen eine wie mit dem Lineal gezogene Parallele zur Bettkante bildeten, hatte die Kleider im Schrank umgehängt, das Vorderste nach hinten und das Hinterste nach vorn, um danach alles wieder rückgängig zu machen.

Später dann, als gewaltsam, in Schüben, das große Weinen über sie gekommen war, hatte sie sich mit dem Gesicht nach unten quer über ihr Bett geworfen, hatte, während sich alles in ihr verkrampfte, geheult, bis sie vor Erschöpfung eingeschlafen war. Tage und Nächte hatte sie auf dem Bett liegend verbracht, zur Decke aufstarrend, gleichgültig gegen ihre Umgebung, während es an der Haustür schellte und das Telefon sie mit pausenlosem Klingeln zum Abnehmen des Hörers zwingen wollte. Sie wußte, daß es Claude war, der versuchte, sie umzustimmen, aber sie verspürte keine Lust mehr, ihn anzuhören. Für Ruth war es aus, endgültig.

Als sie nach zwei Tagen die Wohnungstür aufschloß, um die Milch hereinzuholen, fand sie auf der Matte seine Blumen – natürlich Rosen und rote dazu, für sie ein neuer Beweis seiner Undifferenziertheit Frauen gegenüber – und dazu einen umfangreichen Brief, in dem er sie beschwor, sich das Ganze doch noch einmal zu überlegen, keine voreiligen Schlüsse zu ziehen. So sollten sie nicht auseinandergehen nach allem, nicht so. Er weigerte sich anzuerkennen, daß es ihr ernst gewesen war, als sie ihm sagte, sie wolle ihn nicht mehr sehen. Bei dieser Weigerung mag seine männliche Eitelkeit mitgespielt haben. Er war sich seiner Wirkung auf mich bewußt und hat sich auf sie verlassen, dachte Ruth resigniert und schon mit Abstand. Es hat seine Selbstachtung verletzt, daß nicht er mir, sondern ich ihm den Abschied gab. Das ist er wohl von den anderen Mädchen um ihn nicht gewohnt. Sie wußte, sie hatte richtig gehandelt; die Verbindung war zu einem Risikofaktor geworden, dem sie sich selbst und die Freunde nicht länger aussetzen durfte. Aber die Trennung hinterließ eine Leere, die sie nur schwer ertrug. Eine Woche später war sie dann wieder bei den Freunden aufgetaucht, die sich bereits Sorge um sie gemacht hatten und über ihr verändertes Aussehen erschrocken waren. Ihr Gesicht war schmal geworden, die Augen, gewöhnlich voller Leben, blickten groß und teilnahmslos an den Menschen vorbei. Nur Rolf wußte den wahren Grund. Ruth hatte die Konsequenzen aus ihrem Gespräch gezogen. Er hatte es nicht anders erwartet. In der Folgezeit ging er, von dem sie zu spät erkannte, ein wie guter Freund er ihr war, außergewöhnlich behutsam mit ihr um, half ihr in vertraulichen Gesprächen, über das Schlimmste hinwegzukommen, vermittelte ihr dadurch, daß er ihr, wenngleich mit gebotener Vorsicht, mehr Einsicht in den Sinn ihrer gemeinsamen Arbeit gewährte, ein neues Gefühl von Zusammengehörigkeit, das sie nötig brauchte.

Das von mir sehnlich herbeigewünschte Gewitter ist nicht losgebrochen, wohl auch, weil es schon etwas spät im Jahr ist. Der Monat der großen Gewitter in diesem Land, wenn kühlere Luftschichten vom Norden auf die mit Elektrizität gespeicherten Heißluftströmungen stoßen, ist der September. Dafür hat es leise, fast unauffällig zu regnen begonnen, feine Tropfen, so dünn, daß man sie nur gegen den Hintergrund einer Lichtquelle erkennen kann. Ein Schleier aus Nieselregen, der den Dämmer frühzeitig in den Abend überleitet. Gegen die Terrassenzäunung gelehnt, halte ich mein Gesicht und meine Arme in die Nässe. Sie kühlt die Stirn, prickelt auf der durstigen Haut. Mit dem Regen kommt der Wind, treibt Wolkenschichten vor sich her, reißt sie an Stellen auf, wo überraschend für Minuten noch blaue Helle sichtbar wird, schiebt sie gegeneinander. Es regnet stärker; das Laub der Gärten beginnt zu rauschen. Herber Geruch von Erde und trockenen Pflanzen steigt aus den Gärten auf. Meine Kopfschmerzen verflüchtigen sich. Ich atme tief durch, endlich, zusammen mit dem Schädeldruck, befreit von einer Erinnerung, die, auf einmal wird es mir klar, all die Zeit in meinem Unterbewußtsein verhakt gewesen war. Und weil ich nun wieder denken kann, glaube ich auch die Ursache zu erkennen, weshalb diese Episode im Leben der Ruth Hellmann, im Grunde doch bedeutungslos, sich derart in mein Gedächtnis eingrub, daß ich jahrelang Angst hatte, daran zu rühren. Und nun fürchte ich mich auch nicht mehr davor, ›ich‹ zu sagen. *Ich* war Ruth Hellmann, *ich* war in Claude Forestier verliebt gewesen, *ich* schäme mich meiner Empfindungen von einst – nein, heute nicht mehr. Seltsam, zu welcher Verzerrung etwas anwachsen kann, das wir, weil wir es nicht verkraften zu können glauben, ins Unterbewußtsein verdrängen. Damals, nach der Trennung von Forestier, hatte ich mich geschämt, bis zur Unerträglichkeit geschämt, vor den Freunden, vor mir selbst, hatte einen handfesten Schuldkomplex entwickelt und mir eingeredet, alle Welt verachte mich nun, ich sei ein Versager. Das ist es wohl, was man mir als ›Preußentum‹ anlastet: Schon damals stellte ich zu hohe Anforderungen an mich selbst. Wieso eigentlich? Die Antwort darauf stellt sich so prompt ein, als käme sie nicht aus mir, sondern aus der nassen Luft. »Aus der dummen Gans wird nie etwas werden. Die hat doch nichts als Jungs im Kopf.« Oder: »Sieh dir das junge Frauenzimmer an. Herumpoussieren, das kann sie. Statt in der Schule aufzupassen und anständige Noten nach Hause zu bringen.« Der das sagte, war mein Vater, und zu der er es sagte, meine Mutter. Als Kind hatte ich ihn geliebt, solange ich es vermochte trotz der reichlich bemessenen Ohrfeigen bei kleinsten Anlässen. Das müsse so sein, es gehöre zur Erziehung zu einem ordentlichen Menschen, hatte meine autoritätsgläubige Mutter gemeint. Bis meine Liebe in zornigen Haß auf diesen selbstgerechten Despoten umgeschlagen war. Er hätte Mutters Selbstmord verhindern können, er, der ›Arier‹. Er tat es nicht und hatte seine Gründe dafür. Bevor mich wieder Unbehagen überkommt, lenke ich meine Gedanken zurück auf das Rom der vierziger Jahre. In Katjas fußlangem Bademantel, Kapuze über das feucht werdende Haar gestreift, kauere ich mich in die Verandaecke, die ein vorspringendes Stück Mauerkante vor dem jetzt frei strömenden Regen schützt. Beruhigend, das gleichmäßig rauschende Grau ringsum. Die Lichter der Straßenlampen zwischen den Bäumen haben einen Hof, sind verwaschene, blasse Flecke im nun abendlichen Dunkel.

Meine jugendliche Variante, die ich noch immer trotz großer, innerer Nähe Ruth Hellmann nennen möchte, um die Deutlichkeit der erinnerten Bilder zu gewährleisten, hatte sich nach der Trennung von Forestier mit neuem Ernst auf die Zusammenarbeit mit den Freunden konzentriert, nahm wieder Anteil an der sich zuspitzenden politischen Lage. Sie ließ sich durch die Ruhe in Rom nicht länger täuschen, einer Stadt, an der der Weltkrieg vorüberzugehen schien. Rolf hatte ihr von seinen Reisen zu Kontaktgruppen jenseits der Grenzen schlimme Nachricht gebracht. In Berlin waren ihre einstigen Freunde, darunter Günther Weisenborn, der ihr seinerzeit zur Flucht verholfen hatte, als Mitglieder der weitverzweigten Widerstandsgruppe um Schulze, Boysen und Harnack der Gestapo in die Hände gefallen. Von den insgesamt einhundertdreißig Verhafteten waren neunundvierzig hingerichtet worden. Die übrigen warteten in Zuchthäusern auf ihr weiteres Schicksal, das kaum Hoffnung zuließ. »Hast du feststellen können, wen sie hingerichtet haben?« Rolf hatte eine Liste mitgebracht. Drei ihrer früheren Freundinnen waren dabei und sogar das Kind der einen – ›Sippenhäftlinge‹.

»Alle erschossen?«

»Nicht alle.«

»Sondern?«

»Geköpft.«

Es gab viele, die, vom anscheinend friedlichen Leben in Rom getäuscht, vergaßen, was außerhalb der Mauern geschah. Ruth gehörte nicht zu ihnen, von nun an nicht mehr.

## 17. Oktober

Die positive Gestimmtheit beim Erwachen an einem Morgen wie diesem: nach dem nächtlichen Regen der Himmel von ungewöhnlicher Tiefe und Leuchtkraft. Die Sonne spiegelt sich in den Resten von Nässe auf den terrakottafarbenen Schindeln der Flachdächer, im Glas der nun wieder weit geöffneten Fenster. Wohltuend, die gereinigte Luft um einige Grad kühler zu finden als in den vergangenen Tagen. Der Blick über Baumwipfel zur Straße hin zeigt: Auch die Farben haben sich über Nacht verjüngt, die spezifisch römische Palette der Bauten zwischen Ochsenblutrot und Sandsteingelb weist eine Fülle von Schattierungen auf.

Der abziehende Scirocco hat auch die Insektenschwärme mit sich genommen. An ihre gestrige Invasion erinnern nur noch die im Vorhangnetz zu Stäbchen verdorrenden Leiber dieser Unglückstiere, wohl eine Mutation von Mücken durch Umweltgifte, jedenfalls sah ich sie gestern zum erstenmal in meinem Leben. Eine Reihe von ihnen sind von der Gardine abgefallen, liegen dort, wo sie am Boden einige Zentimeter Raum läßt, dicht aufeinandergeschichtet. Mit Bürste und Schaufelblech gehe ich daran, die pauspapierleichten Schichten zusammenzukehren, empfinde dabei als besonders eklig ihre völlige Gewichtslosigkeit und daß sie mit ihren langen Klebefäden an allem haften bleiben, womit sie in Berührung geraten. Unmöglich, sie abzuschütteln.

Über der Toilettenschüssel muß ich sie regelrecht einzeln abstreifen, um sie loszuwerden.

Ich habe Sehnsucht nach starkem Kaffee. Mit Hilfe von Katjas Kaffeekocher braue ich mir zwei Tassen Espresso, süße sie reichlich nach Landessitte. Zum erstenmal, seit ich wieder in Rom bin, genieße ich bewußt mein italienisches Frühstück. Meine Geschmacksnerven, bisher rebellisch gegen so Ungewohntes wie Ziegenmilchkäse und rohen Schinken mit Melone passen sich nun als letzte Sinnesorgane den übrigen an, den Augen, denen die neuen Lichtverhältnisse gefallen, der Nase, die sich in den römischen Parks vom Frankfurter Mief erholt, den Händen, die Freude am sonnendurchwärmten Stein haben, schließlich den Ohren, die auf Katjas Terrasse wohltuende Stille genießen. Ich beginne mich zu akklimatisieren, erinnere mich, daß Ruth Hellmann sich nach knapp drei Jahren Rom so perfekt den Naturgegebenheiten Italiens angepaßt hatte, daß sie sich fast als Italienerin unter Italienern fühlte. Das hing nicht allein mit ihrer Sprachbegabung zusammen – ihr musikalisches Gehör kam ihr da zugute und befähigte sie, von der jeweiligen Sprache das lokale Idiom gleich mit zu übernehmen –, es hatte vor allem auch damit zu tun, was Ruth Hellmann selbst, ein bißchen geniert, als ihre Filmerei bezeichnete. Bei den Dreharbeiten zu fünf aufwendigen Filmen in Cinecittà, der 1936 von Mussolini gegründeten Traumfabrik vor den Toren Roms, kam sie ausschließlich mit Italienern zusammen, später dann noch mit Franzosen, als Frankreichs junger Regisseur Christian Jacques sein Carmen-Epos auf dem italienischen Gelände abdrehte, wozu er für die Arenaszenen auf die örtlich verfügbare Statisterie zurückgriff. Ob Ruth nun Renaissance-Kokotte, junge Faschistin, Volk in Aufruhr oder blechbehängte Zigeunerin mimte, immer war sie von einem Heer staatlich organisierter Statisten umgeben, die in jedem der Berufsgilde nicht seit Jahren zugehörigen Ausländer unlautere Konkurrenz witterten und entsprechend feindlich reagierten. Ruth hatte soweit wie möglich alle näheren Kontakte vermieden und sich als Auslandsitalienerin bezeichnet, Tochter eines in Deutschland akkreditierten Diplomaten. Es glückte; niemand hatte Verdacht geschöpft, niemand ahnte, daß es sich bei dem wenig gesprächigen Mädchen um eine antifaschistische Deutsche handelte, der es nur um den Arbeitsnachweis für den Fall zu tun war, daß eine deutsche Kontrolle auf die Idee kam, ihren Aufenthalt in Rom näher unter die Lupe zu nehmen.

Eine Erinnerung, die ausnahmsweise nicht belastet, farbenfrohe Bilder, die so gar nicht zu jener Epoche einer fortgeschrittenen Weltverwüstung passen wollen in ihrer irrealen, zeitfremden Unbeschwertheit. Aber das eben war in jenen Tagen das spezifisch römische Charakteristikum: der krasse Gegensatz zwischen drinnen und draußen, zu nicht geringem Teil geprägt von jener für Rom typischen Mentalität der Gleichgültigkeit allem gegenüber, was seine Bürger nicht unmittelbar betraf, eine gewollte Ignoranz: Wenn ich die Augen fest verschließe, geht das Unheil vielleicht an mir vorüber. Sie taten, denke ich, als sei der Krieg nicht längst eine globale apokalyptische Drohung, sondern spiele sich wie in den Feldzügen von einst auf einer Ebene ab, in der sich ein paar ideologisch verrannte Gegner gegenseitig die Köpfe einschlugen, während jene, die sich im politischen Abseits hielten, vom nahen Hügel aus kopfschüttelnd durch Feldstecher zusahen, um sich schließlich gelangweilt abzuwenden und ihren eigenen Interessen nachzugehen.

Jetzt weiß ich, was ich heute vormittag tun werde: nach Cinecittà hinausfahren, zur großen Fabrik der Illusionen und Träume, es paßt gut zu meiner heute so unerwartet beschwingten Stimmung. Dann fällt mir ein: Möglicherweise wird mich der Pförtner gar nicht auf das Gelände lassen. Seinerzeit nahmen sie es mit den Kontrollen sehr genau, und weshalb sollte es heute anders sein? Cinecittà, las ich irgendwo, gilt als die größte Filmmetropole Europas. Immerhin könnte ich versuchen, mir mit meinem deutschen Journalistenausweis Zutritt zu verschaffen. Irgend etwas wird mir schon einfallen. Auf einmal spüre ich unbändige Lust, den Ort wiederzusehen, wo Ruth den unbeschwertesten Teil ihrer Romjahre verbrachte.

Meine Ungeduld, mein Vorhaben in die Tat umzusetzen, zwingt mich, vor der Tür noch einmal umzukehren, denn es ist kühler in den Straßen als gestern. Ich hole mir meine weiße Wolljacke, hänge sie mir um die Schultern. Es muß bis in den frühen Morgen hinein geregnet haben; an Stellen, wo ein schmaler Streifen Erde den Bürgersteig abschließt, ist der Boden noch feucht. Am meisten scheinen die Balkonblumen vom nächtlichen Regen profitiert zu haben; Blüten, die noch gestern halbwelk im matten Blätterwerk hingen, bilden nun, erfrischt, über den Simsen pralle, lückenlose Ketten, rote, weiße, violette Geranke. Auf der Piazza di Spagna stehen heute unterhalb der Treppe wieder Blumenverkäufer, wie ich es von einst her kannte. Blumen, nicht ganz so üppig zwar im Angebot wie damals, doch immerhin dekorativ genug, um den jahrhundertealten, geschwungenen Rampen und Stufen darüber ihr ursprüngliches Aussehen wiederzugeben. Nelken aller Schattierungen in Gurkengläsern, Gladiolen in Wassereimern; der konzentrierte Duft überdeckt den Mischgeruch nach Benzinabgasen, Pferdeäpfeln vom nahen Droschkenstand und fauligem Wasser im kleinen Barkenbrunnen, dessen Frischwasserzufuhr, seit ich hier bin, blockiert ist.

Ich zögere, ob ich für die halbstündige Fahrt hinaus den Bus nehmen soll oder ein Taxi, entscheide mich für letzteres. Die heutigen Busverbindungen kenne ich nicht, und mühseliges Durchfragen möchte ich mir ersparen. »Cinecittà«, sage ich zum Taxifahrer. Er sieht mich an, als verstünde er nicht gleich. »Cinecittà?«

»*Si, Cinecittà.*«

»*Come vuole, Signora,* wie Sie wünschen«, sagt der Mann, schaltet die Uhr ein und startet den Motor.

Ich befinde mich in einem Zustand freudiger Erwartung. Während wir aus der Stadt herausfahren, stelle ich mir vor, wie ich das Studio drei wiedersehen werde, in dem Ruth viele Wochen lang im Kostüm einer mittelalterlichen Jungverführerin gegen Rampenhitze und Müdigkeit ankämpfte, da es gerade die Massenszenen waren, die oft wochenlang wiederholt werden mußten, bis alles klappte. Unvermittelt fällt mir etwas ein, das mit dem Wort Massenszene in Verbindung steht, jedoch nicht die Erinnerung an Ruth betrifft, etwas Schockierendes; Heli, meine einstige Kameradin im Konzentrationslager, hatte es mir erzählt, dazu in trägem Wienerisch, was das Makabre der Szene noch unterstrich.

›Also auf der Reise nach Polen‹, hatte sie berichtet, ›da bin ich denn auch mit dem Wagen nach Auschwitz hinüber, weil ich mir das ansehn wollt, wie sich das jetzt, zehn Jahr später, ausnimmt, wo sie uns so getriezt haben. Fahr ich also mit mein' Simca ganz langsam unter dem ›Arbeit macht frei‹-Tor durch gleich bis zu meiner Baracke hin, laß den Wagen auf der Lagerstraße, hock mich bei der offnen Tür auf meine einstige Schlafstelle, oberhalb der ersten rechts, weißt, und hol mir das alte Lagergefühl zurück, bis ich's in jedem Zeh spür. Und grad, wie ich mir einbild', ich sei zurück, da stürmt auf einmal ein ganzer Trupp SS um die Ecken an der Tür vorbei!‹ ›Das hast du geträumt‹, hatte ich gesagt, ›du hast übertrieben mit dem Hineindenken in die Vergangenheit.‹ ›Aber nein, wenn ich dir doch sag': Richtige SS-Wachen, die in Grau, net die schwarzen, und gerannt sind's, daß ich bald ein' Herzschlag bekommen hab'!‹ ›Heli, du spinnst. Woher sollen denn neunzehnhundertfünfundfünfzig SS-Wachen nach Auschwitz gekommen sein?‹ ›Ein Film haben die dort gedreht, Statisten sind das gewesen, harmlose Leut'. Aber ich hab's halt nicht gewußt und hab danach ein halbes Jahr in Behandlung gehn müssen mit Herzrhythmusstörungen ...‹

Auch Heli, denke ich, hatte ihre Vergangenheit im Radikalversuch aufarbeiten wollen, im Vertrauen darauf, daß der Spuk ausgestanden war und nie mehr wiederkehren würde. Und dann hatte diese Vergangenheit sie im letzten Augenblick auf perfide Weise noch eingeholt. Der Weg zum Gelände hinaus ist doch länger, als ich dachte. Oder der Fahrer, der natürlich meinen ausländischen Akzent herausgehört hat, stuft mich nicht ganz zu Unrecht als Ortsunkundige ein und fährt Umwege. Ich erinnere mich zwar nicht mehr genau, doch das Straßenbild auf dem Weg zu den Studios, das sich Ruth jeden Morgen vom Bus aus bot, war mit Sicherheit ein anderes gewesen, peripherieähnlicher, ländlicher. Wir fahren nun schon fast eine halbe Stunde, und die Stadt will kein Ende nehmen. Ein Hochhaus neben dem andern, Wohnsilos, Mietskasernen, wie ich sie von Frankfurt her kenne, wo Bauspekulanten sie sich unter den Nagel reißen. Ich erinnere mich an lange Strecken von Feld und blühenden Gärten, das Filmgelände gehört zur römischen Campagna. Sollte das alles inzwischen zugebaut worden sein? »Sind Sie sicher, das ist der direkte Weg nach Cinecittà?« frage ich den Fahrer.

»*Eh si*, Signora. In zehn Minuten sind wir da.«

Eine knappe Viertelstunde später hält er vor einem schweren Portal mit zwei Toren unter der schon abblätternden Aufschrift ›Cinecittà‹. »Hier?« sage ich ungläubig. Den Eingang hatte ich anders in Erinnerung, als Zentrum konzentrierter Geschäftigkeit. Das da vor mir sieht aus wie ein zu wuchtig geratener Nebeneingang. Niemand geht ein oder aus, es ist völlig still, obwohl um diese Uhrzeit doch reger Betrieb herrschen müßte.

»Sie sagten Cinecittà.«

»Haupteingang.«

»*Ecco* – Haupteingang.«

Ich zahle und gehe zum uniformierten Pförtner, der Kreuzworträtsel löst. Ob ich das Gelände besichtigen dürfe, frage ich höflich. *»Mi' spiace,* tut mir leid«, sagt er, ohne auch nur hochzuschauen. Nicht ausdrücklich befugte Besucher hätten keinen Zutritt. Aber ich müsse hinein, sage ich und halte ihm meinen Presseausweis unter die Nase. Da ich ihm mit der Karte seine Buchstaben verdecke, ist er gezwungen, aufzuschauen. Es ist ein älterer Mann mit der uninteressierten Miene eines Beamten, den das Gestern so mitgenommen hat, daß ihn das Heute nichts mehr angeht. Ein alter Faschist, denke ich, oder einer, den zu hoch gestellte Erwartungen an das Leben frustriert haben. Ich schätze ihn auf Anfang Sechzig. Er nimmt meinen Ausweis entgegen. In seinem Gesicht steht die mangelnde Bereitschaft, sich mit Einzelfällen zu befassen, die dem allgemeinen Reglement, was Besucherpermits anbelangt, zuwiderlaufen. Er läßt sich Zeit mit dem Studium. »*Tedescha?*« fragt er, »Deutsche?«

»Schwedin.«

»Aber der Ausweis ist in deutscher Sprache.«

»Ich lebe und arbeite in Deutschland.«

Vielleicht habe ich mich geirrt, aber es schien mir, als wäre da beim Wort Deutsche so etwas wie Interesse in seine Augen gekommen, das wieder erlosch, als ich seine Frage verneinte. Aber ich kann ja nicht gut »*Fascista?*« gegenfragen. Immerhin eine Möglichkeit, hier anzuknüpfen. »Machen Sie das schon lange, diese Arbeit?« frage ich.

Armgeste von unten nach oben, was besagen soll: Das kann man wohl sagen. »Seit neunzehnhundertachtunddreißig«, sagt er mit dem Stolz des Veteranen.

»Da müßten wir uns eigentlich kennen«, sage ich und beginne zu erzählen. Wann und bei welcher Gesellschaft ich angefangen hätte. Wo und unter welchen Bedingungen wir die Außenaufnahmen gedreht hätten. Die Teilnahmslosigkeit auf seinem Gesicht weicht zunehmend neugierigem Interesse, während ich die Namen von Schauspielern und Regisseuren aufzähle, die mir noch mehr oder minder vage in Erinnerung sind. Sein Nicken bestätigt mir die Zuverlässigkeit meines Gedächtnisses. »Ah, Signora, das waren noch Zeiten, *vero?*« sagt der Mann, und seine Augen glänzen. »Was für Männer, was für Filme! *Quante belle comedie!* Diese leichten, unterhaltenden Komödien, das war noch Kunst, etwas anderes als dieser sozialkritische Alltagskram heutzutage. Um mir so etwas anzusehen, brauche ich nicht ins Kino zu gehen, Probleme habe ich zu Haus genügend, was soll's? Aber die Zeiten der *comedia* sind wohl endgültig vorbei, wie so manches andere. Leider.«

Ich würde ihm gern entgegenhalten, daß die Filmchen leichter Machart im Grunde nur ein Nebenprodukt der italienischen Filmindustrie in jenen Jahren gewesen waren. Im Vordergrund, und auch hier scheinbar ebenso gründlich vergessen wie die künstlerischen Erzeugnisse der Nazizeit in Deutschland, standen doch die gewaltigen Nationalepen, die pathetisch faschistisches Denken propagierten und den Krieg verherrlichten. Zur gleichen Zeit, in der Ruth Hellmann in einem der kleineren Studios zur Entstehung eines Lustfilms beitrug, hielt Mussolinis Propagandaregisseur Roberto Rossellini zur Herstellung des faschistischen Monsterfilms ›La Nave Bianca‹ gleich mehrere Ateliers auf einmal besetzt einschließlich des großen Schwimmbeckens für Unterwasseraufnahmen. Ich versage mir, die Rede darauf zu bringen, um den Mann bei Laune zu halten.

»Sechzehn Studios, Signora, erinnern Sie sich? *Che bei tempi*, welch schöne Zeiten.«

»Und wie viele sind es jetzt?« frage ich.

»Es hat sich vieles verändert. Zu vieles«, erwidert er.

Ich bin nicht sicher, wie er es meint, »Gewiß«, sage ich, »das amerikanische Monopol, Hollywoodproduktionen großen Stils. Sie haben, irgendwo habe ich es mal gelesen, aus Cinecittà eine Art Hollywoodkolonie gemacht. Kann aber doch nur zum Vorteil sein. Dollars, nicht wahr?«

»*Niente dollari*«, sagt er. »Keine Dollars.«

»Nun gut, dann eben Schweizer Franken oder was immer die günstigste Valuta ist.«

»*Niente franchi svizzeri*«, sagt er.

»Ich verstehe nicht.«

Der Pförtner zögert, überlegt, kommt zu einem Entschluß. »*Signora*«, sagt er, »ich darf niemanden auf das Gelände lassen. Das ist Vorschrift. Aber bei Ihnen will ich da mal eine Ausnahme machen, wo Sie doch sozusagen zu uns gehört haben als *una stella di ieri,* ein Filmstern von gestern. Ich muß Sie aber begleiten. Allein ...«

Das wäre mir nur lieb, versichere ich ihm, gewiß hätte sich das alles hier während der langen Zeit wesentlich verändert, ohne ihn würde ich mich vermutlich kaum zurechtfinden. Die resignierte Geste, mit der er achselzuckend die Handflächen nach außen dreht, erkläre ich mir mit seiner Abneigung gegen alle Veränderung, ein Stehengebliebener, der zurückholen möchte, was längst vergangen ist. Aber will ich das nicht auch? Entscheidender Unterschied jedoch: Ich möchte nicht, ich muß. »Giovanni?« ruft der Mann, »Giovanni!« Ein zweiter Uniformierter erscheint, dickbäuchig, mit kurzem Atem. Er hat eine seltsame Art, seine Mütze aufzusetzen: Erst fängt er mit dem Schweißband seinen massigen Hinterkopf ein, dann reißt er mit einem Ruck die Mütze am Schirm über die kurze Stirn nach vorn bis zu den Augenbrauen. Sein Kollege informiert ihn, daß er ihn für kurze Zeit zu vertreten habe, weil ich nämlich eine *protagonista cinematografica,* eine Hauptdarstellerin, von einst sei und den Wunsch geäußert habe, die Stätte meines früheren Wirkens zu besichtigen. Ja, reg dich nicht auf, ich weiß, das Reglement. Natürlich weiß ich das. Aber in solchem Falle müsse man eben einmal ein Auge zudrücken, wo die Signora extra zu diesem Zweck von *la Germania* angereist sei. Der Dicke, zunächst unentschlossen, läßt sich mit einem diskret in seine Jackentasche geschobenen Schein von der Dringlichkeit meines Anliegens überzeugen. – Er läßt mich durch die Sperre.

Auf dem Gelände bleibe ich schon nach wenigen Metern verwirrt stehen. Etwas Grundsätzliches fehlt, aber noch weiß ich nicht, was. Dann wird mir bewußt: Der Platz wirkt wie ausgestorben. Im langgestreckten Gebäude zur Linken erkenne ich das Istituto Luce wieder, das einstige Propagandainstitut, in dem die Wochenschauen hergestellt wurden. Sonst ist mir alles fremd. Dort drüben war die Schneiderei gewesen, auf der anderen Seite die Schnellimbißkantine für die Komparsen, die sich kein Luxusmahl in einem der drei hochkarätigen Restaurants leisten konnten. »Im Januar vierundvierzig bombardiert«, sagt der Mann, »es war schlimm. Wochenlang hat's hier gebrannt. Das meiste wurde zerstört.«

»Nachher aber wieder aufgebaut?«

Nicht sofort, erklärt er. Mehrere Jahre lang sei das Gelände Sammellager für Flüchtlinge aus dem In- und Ausland gewesen. Da habe es hier fürchterlich ausgesehen. »Matratzen, Notzelte, Behelfsunterkünfte zwischen dem Rest der Studios, Santa Maria, das Herz hätte einem brechen mögen bei dem Anblick, Signora.«

Womit er nicht etwa das Flüchtlingselend meint, sondern die Verwüstung seiner Arbeitsstätte. Daß sie bombardiert wurde, empfindet er noch heute als persönliche Kränkung. Mir fällt Rossellinis Nachkriegsfilm ›Roma Città Aperta‹ ein, den das Deutsche Fernsehen erst vor kurzem wiederholte. »Es hat doch aber gleich nach dem Krieg eine ganze Reihe italienischer Filme gegeben«, sage ich. »Wenn dies hier jahrelang Flüchtlingsauffanglager gewesen ist, wo wurden denn die gedreht?«

»Ah bah«, sagt er mit verächtlichem Heben der Achseln, *»roba di neo-realismo* – wo sollten sie das Zeug schon drehen? Da, wo es hingehört: in den Straßen, den Ruinen, den Hinterhöfen, keine Fantasie mehr, keine schönen Kulissen, alles nur miefige Wirklichkeit, als ob man nicht schon gerade genug davon um sich gehabt hätte.« Seine Miene spiegelt Abscheu.

Über einen weiten, von Pinien gesäumten Sandweg gehen wir auf die Studios zu. Beklemmung überkommt mich, über dem Gelände liegt unnatürliche Stille, die nicht zu meiner Erinnerung an die Filmmetropole passen will und schon gar nicht zur amerikanischen Betriebsamkeit, die ich hier erwartete. Die Wiesen zu beiden Seiten sind verwahrlost, Unkraut wuchert um allerlei wahllos verstreutes Gerümpel, vermodernde Requisiten aus Ausstattungsfilmen, Möbelskelette, verblassende Kulissen aus Pappmaché, Büsten, Figurentorsen. Sie müssen schon lange hier lagern; aus der Hohltaille eines nackten männlichen Unterleibs aus verflecktem Gips quellen junge Buchenäste. Leitern liegen umher, verdreckte Kabelrollen. »Ziemlich verwahrlost«, sage ich. »Stört denn das hier niemanden?«

»Wen sollte das schon stören?«

»Die Amerikaner beispielsweise, die prominenten Regisseure.«

»Es gibt hier keine Amerikaner mehr.«

Ich bleibe stehen. »Das verstehe ich nicht.«

Er winkt mir, mich neben ihn auf eine Bank seitlich des Hauptwegs zu setzen. »Sehen Sie, Signora«, sagt er, als ich neben ihm Platz nehme, »darum habe ich Sie selber herumführen wollen. Weil nämlich die, die herkommen, um sich das *Centro dei Spettacoli* anzusehen, das Zentrum der Filmindustrie, meist falsche Vorstellungen haben. Sie glauben, weil sie die amerikanischen Monumentalfilme gesehen haben, die hier gedreht wurden, die von Übersee hätten ihr Hollywood für die Zukunft nach Cinecittà verlegt.«

Ich gestehe, daß auch ich das gedacht hatte. »Die gesamte Hollywood-Elite hat hier gefilmt«, sage ich, »zusammen mit den italienischen Stars. Noch vor wenigen Jahren. Was ist geschehen? Wieso wirkt jetzt das Gelände so öde?«

»Sie sind weg«, sagt er und versucht, ein rheumatisches Bein von sich zu strecken. »Als sie neunzehnhundertfünfzig hier erschienen – die von Übersee, *dio mio,* der Rummel –, da brachten sie die *dollari* mit, wir sanierten uns, und nicht zu knapp. Es war eine gute Zeit für uns alle, nicht wie die neununddreißig/vierzig natürlich, keine *cultura*, nicht wahr, aber dafür eben das Geld, wir hatten wieder Weltgeltung, alle Studios waren durchgehend ausgebucht. Noch bis vor wenigen Jahren.«

»Was geschah da?«

»Da zogen sie plötzlich ab, die Amerikaner«, sagt er. »Hatten einfach von Cinecittà die Nase voll. Oder andere Projekte, was weiß ich? Und die *dollari* nahmen sie mit. Seither, Sie sehen es selbst, stirbt Cinecittà jeden Tag ein bißchen mehr.«

Er sagt es mit der Resignation eines Menschen, der den Kampf gegen das Schicksal aufgegeben hat, weil er weiß, daß der Verlauf unabänderlich ist. Ich blicke ihn von der Seite an. Er ist ein alter Mann, älter womöglich als seine Jahre, und nun sitzt er hier und schaut zu, wie seine Welt unter seinen Augen zerbröckelt, sich auflöst und mit ihr die Erinnerung an eine Zeit, die vermutlich die beste seines Lebens war. Ich verstehe ihn und seinen Kummer; es ist schon etwas Gespenstisches um eine sterbende Filmstadt. Drüben, vor einer efeubewachsenen Mauer, die im Nichts verläuft, steht eine Sitzbadewanne aus frühnapoleonischer Zeit. Vielleicht haben sie mit ihr Marats Tod gefilmt, ich erinnere mich dunkel an eine französisch-italienische Gemeinschaftsproduktion dieser Art. Der nächtliche Regen hat sie gefüllt; Schmutz schwimmt auf der Oberfläche, bildet eine schimmlige Schicht, in der wie eine surrealistische Komposition ein einzelner Gummihandschuh schwimmt. Ich wehre mich gegen das Gefühl des Unwirklichen. Habe ich vielleicht Ruth Hellmann inmitten einer sorglosen Cinecittàgesellschaft nur geträumt, Wunschvorstellung, um sie wenigstens für Augenblicke vom Druck beschwerlicher Erinnerungen zu entlasten? Aber da ist der Mann neben mir, er hat nicht geträumt, er hat ihre Zeit miterlebt, kann sie als einstige Wirklichkeit bestätigen. »Wird hier nun gar nicht mehr gedreht?« sage ich.

»Zwei Studios sind noch besetzt«, sagt er. »Kennen Sie Sergio Leone? Er hat bei den Amerikanern assistiert. Er macht Western, *roba di Cowboy* – Cowboyzeug. In eigener Regie.« »Italo-Western?«

»Warum nicht? Was die drüben können, können wir hier auch, vielleicht besser. Und es verkauft sich. So was wollen die Leute sehen.«

»Ich würde gern nachschauen, ob ich mein Studio noch wiedererkenne«, sage ich, »oder meine ehemalige Garderobe.«

»Ist doch alles umgebaut«, sagt er. »Was nicht von Bomben getroffen war, wurde später abgerissen wegen des Ungeziefers.«

Wieder ein Stück durch das weitläufige, verlassen wirkende Gelände, vorbei an stummen Zeugen lebendigerer Vergangenheit: Gipsstandbilder in Lebensgröße, nackte Nachbildungen der Antike, Männer in Gehröcken oder Uniformen, manche von ihnen in der seltsam gespreizten Beinhaltung von Reitern, die noch auf dem Pferd zu sitzen glauben. Nackte Unterkörper wie Vasen: Eisenstangen ragen gleich Skelettknochen aus den Stümpfen der Oberschenkel und Bruchstellen oberhalb der Hüften; wahrscheinlich wurden die ursprünglich dazugehörigen Teile mittels des Gerüsts zusammengesetzt; ist jetzt, als letztes Menetekel vor dem Untergang, die Prüderie in Cinecittà eingezogen, hat man zunächst alle üppig geformten Busen und Hinterteile verbannt, bevor man den Rest folgen läßt? Nur ein flüchtiger Gedanke, weil der Mann neben mir berichtet, neben der *roba di Cowboy* wären es Priesterfilme, die noch gefragt seien. »Wer weiß, wie lang noch?« ergänzt er skeptisch. Rein beruflich gesehen mache ihm das ja nicht viel aus, da sei er abgesichert, Verwaltungsjobs in Italien seien krisenfest. Nur, was sein Kulturempfinden anbelange, da leide er zutiefst unter einer Entwicklung, die immer deutlicher zum Negativen tendiere.

Zwischen den Pinien – einige Bäume müssen gestützt werden, ihre geborstenen Stämme sind mit Zement ausgefüllt – noch einmal Gips, ein Guillotine-Friedhof. Köpfe, Köpfe, Köpfe; alte, junge. Unter der Schmutzschicht Leeraugen, verständnislose Gesichter, die Hälse sauber durchtrennt. Eine Campagnakatze, mager, hochbeinig, menschenscheu, streicht um die von Witterung angefressenen Überreste eines Menschenbilds. Trotz des heiteren Wetters empfinde ich tiefes Unbehagen; über allem liegt ein Hauch von Verwesung, von Untergang.

Wir kommen bei den Studios an, mir fremden, weitläufigen Ateliers, die ich nie gesehen zu haben glaube. »Die meisten stehen leer«, sagt der Mann an meiner Seite, »kommen Sie, wir können durchgehen.«

Im Dämmerlicht der Hallen fühle ich mich wohler. Hier wenigstens wirkt alles nüchtern, handfest, technisch modern, wenn auch, so scheint es, schon einige Zeit unbenutzt. Alle Kabel sind säuberlich aufgerollt, die Requisiten mit Hauben abgedeckt. Es riecht nach angebranntem Gummi und Staub. Im Tonstudio nebenan hängt über der Schalttafel ein Schild an schiefem Haken: ›Chiuso‹. Geschlossen. Daneben ein kleiner Wandkalender mit englischen Daten und Sprüchen. Am achtzehnten Juli fünfundsechzig hat jemand das letzte Kalenderblatt entfernt. Auch hier die gleiche, unnatürliche Stille, unsere Schritte klingen unverhältnismäßig laut, es ist, als brächen wir in etwas ein, das nicht mehr zur Welt der Lebenden gehört. Durch verschiedene stillgelegte Ateliers hindurch gelangen wir schließlich wieder ins Freie. Und da sehe ich einige Meter weiter zwei Männer in Overalls, die eine Glasscheibe tragen. »Dort geht jemand«, sage ich, nein, ich rufe es aus, ich finde es ungeheuer erleichternd, inmitten all dieser beklemmenden Gesternatmosphäre etwas Lebendiges zu sehen, Menschen, die sich bewegen.

»Da wird gedreht«, sagt der Mann, »wieder dieser Cowboykram. Die Außenaufnahmen machen sie auf dem Wiesengelände, das Sie da drüben sehen, wenn Sie ganz geradeaus schauen. Heute nicht. Heute ist die Barszene dran.« Er scheint bestens unterrichtet.

Ob denn nur eine einzige Gesellschaft hier arbeite, will ich wissen. Nein, nein, es seien schon einige, der Atelierkomplex hinter der Hauskulisse mit den blinden Fenstern sei voll besetzt. »Einheimische Produktionen«, erklärt er. »Sie bescheiden sich mit weniger Raum. Seit die Amerikaner raus sind, gehts abwärts mit dem Film, immer weiter abwärts. Hochverschuldet, Signora, die beiden staatlichen wie auch die privaten Gesellschaften, und wo soll das Geld auch herkommen, wenn die Leute kaum mehr ins Kino gehen. Die sitzen doch lieber vor der Mattscheibe, *vero*? Da kriegen sie sowieso zu sehen, was ein paar Monate zuvor die *teatri cinematografici* brachten.«

Wind zerrt mir das kurze Haar von den Ohren. »Ich würde gern bei den Dreharbeiten zuschauen«, sage ich. Aber da wird er amtlich: »*Mi dispiace,* streng verboten«, sagt er abweisend.

»Wo ich nun schon einmal hier bin –«

»Signora«, sagt er und ich höre aus seinem Tonfall den Vorwurf, daß ich ihm sein Entgegenkommen schlecht danke, »ich bin kein Produzent, ich bin Verwaltungsbeamter. Damit, daß ich Sie hier herumführe, habe ich schon einiges auf meine Kappe genommen. Weiter kann ich meine Befugnisse nicht überschreiten, bitte haben Sie dafür Verständnis.« Er ist nicht der Typ Mann, den ich mit ein paar Scheinen bewegen kann, seine Meinung zu ändern, das ist offensichtlich, er ist Verwaltungsbeamter, Bürokrat reinen Wassers. Und er ist stolz darauf.

»Gut, gehen wir zurück«, sage ich, »ich habe genug gesehen.« Hier finde ich dich nicht, Ruth Hellmann, hier nicht. Und gerade hier hätte ich dich gern wiedergetroffen.

In der Pförtnerloge am Eingang gebe ich ihm ein reichlich bemessenes Trinkgeld für seine Freundlichkeit, nehme einen der blaßgrünen Busse nach Rom zurück.

Auch die Fahrt über die gleiche Strecke, die Ruth Hellmann regelmäßig nahm, wenn der Bus sie nach Cinecittà hinaus und wieder zurück brachte, kann den Widerstand der Zeit nicht brechen: Alles hier ist fremd, das moderne Rom tastet sich mit seinen Ausläufern wie eine Molluske in die Peripherie vor, mauert sie aus mit ödem Beton, zwischen dem nichts Grünes mehr wächst. Endlose, gleichförmige Ketten von Mietskasernen bieten einen trostlosen Anblick. Horden von umhertobenden Kindern haben die Grasstreifen um die Häuser längst eingestampft, zu kahlen Sandflächen zertreten. Dazwischen immer wieder Müllablagerungen, schwarze Plastiksäcke, wie ich sie schon in der römischen Innenstadt sah, improvisierte Werkstätten, Autofriedhöfe, Abfall, Gerümpel. Ich starre durch mein Spiegelbild auf all den Beton, projiziere Bilder auf ihn, bunte Erinnerungsbilder an die lebensfrohe Filmmetropole von einst, als Ruth, stark geschminkt, im Zigeunerkostüm während der Drehpausen beim französischen Aufnahmestab saß und mit den ›Intellektuellen‹ des Films, Bühnenbildner, Escoffier, Robert Gys, dem Architekten, und Regisseur Christian Jaques über den Ungeist der Zeit philosophierte. Die Franzosen hatten mehr Realitätssinn als ihre italienischen Kollegen, die den Krieg nur am Rande wahrnahmen. Sie waren auch diskussionsfreudiger. Und ich sehe die junge Ruth auf ihren Spaziergängen über die damals noch weitgestreckten Geländewiesen, begleitet vom jugendlichen Hauptdarsteller des Films im Torero-Kostüm und seinem struppigen Hund, den er irgendwo von der Straße aufgelesen hatte und nun überallhin mitnahm. Sie hatten sich während der Aufnahmen angefreundet, verstanden sich ohne viel Worte, es beeinträchtigte nicht Ruths Freundschaft zu Forestier, denn der Schauspieler war fest liiert mit einem Mann in Paris, der als einer der bedeutendsten Dichter Frankreichs galt. An einem der künstlichen Seen hatten sie einen Platz gefunden, hockten, Stierkämpfer und Zigeunerin, mit angezogenen Beinen am künstlichen Ufer, er erzählte ihr mit seiner leisen, ein wenig zu hohen Stimme, die in seinen Filmen nachsynchronisiert wurde, von der Einmaligkeit des Mannes, mit dem zusammen er lebte, und sie berichtete ihm von Deutschland und seinen schlimmen Veränderungen. Sie waren beide in ihre Kostüme eingeschnürt, die braune Schminkpaste schmolz in der Sonne und tropfte von der Haut. Es hatte sie nicht gestört, um nichts in der Welt hätten sie ihren täglichen kurzen Erholungsausflug aufgegeben. Gute, besänftigende Erinnerungen, wenigstens einige harmonische als Gegengewicht zur bedrückenden Gegenwart.

Ich bin erleichtert, als wir in die Stadt einfahren und das Bild draußen sich wieder belebt. Am Terminal steige ich aus, bummle auf dem Weg zu einer kleinen Trattoria die Via Nazionale entlang. Das Lokal hatte ich vorgestern gesehen, als ich vorbeikam, die Speisekarte erschien mir besonders verlockend, die Preise in Grenzen. Irgendwo in einer Seitenstraße war es gewesen, ihren Namen weiß ich nicht, aber die Richtung, in der es lag. Obwohl die Straßen hier breiter sind als die der Innenstadt, ist das Gedränge beträchtlich. Vielleicht ist in mir noch ein Überrest irrealer Eindrücke von heute morgen, denn im Flirren der Mittagssonne sehe ich alles wie durch ein Teleskop, das die Entfernungen herbeiholt, die Perspektiven verkürzt. Von den Passanten lasse ich mich vorwärts schieben, lauter Müßiggänger, keiner scheint es hier eilig zu haben. In Intervallen gelingt es mir, durch konsequentes Querlenken meiner Schritte aus dem Strom auszubrechen, um mir die eine oder andere Auslage zu betrachten, während in meinem Rücken das Gedränge seinen Fortgang nimmt, bunt, lärmend, rücksichtslos. Dazu das Nonstop der Wagenketten auf der Fahrbahn, im Spiegel der Ladenscheiben nur als verwischtes Fließband zu erkennen. Die meisten Autos in Rom sind ständig auf der Suche nach einem Parkplatz, den es nicht gibt. So rotieren sie ohne Unterlaß um immer den gleichen Häuserblock, tauchen in gleichmäßigen Zeitabständen stets an den gleichen Stellen wieder auf, finden keine Lücke, drehen eine weitere Runde.

Vor der Auslage einer Modeboutique mit florentinischer Wollware fällt mir ein, daß Tochter Barbro in fünf Tagen ihren zwanzigsten Geburtstag feiern wird. Solch eine Kombination wie die im Fenster, Pullover und Weste aus zarter Lammwolle, würde ihr bestimmt Freude machen, Ich stelle sie mir darin vor, es paßt zu ihrem sportlichen Typ. Fast zwei Jahre ist es her, daß sie, gleich nach dem Abitur, nach Zürich zog, um sich und anderen ihre Selbständigkeit zu beweisen. Seitdem haben wir uns nicht mehr gesehen. Der rege Briefwechsel entschädigt nur teilweise. – Es gibt die Kombination in mehreren Pastelltönen. Ich wähle die in sanftestem Türkis, Barbro hat die durchsichtig helle Haut ihres schwedischen Vaters, harte Farben machen sie blaß. Ein handbedrucktes Viereckttuch aus Seide, in das sie ihr Haar einbinden kann, wenn sie mit ihren Freunden segeln geht, lege ich mit dazu, lasse mir die Sachen von der gefälligen Verkäuferin als Geschenkpäckchen fantasievoll einpacken.

Mittagessen in besagter Trattoria, die ich nach einigem Suchen wiederfinde. Das Lokal hat zwischen Restaurant und Hinterhaus einen Laubengang. Dichtes Gerank von wildem Wein spendet Tischen und Sitzbänken ziselierten Schatten. Geruch von Ölgebratenem zieht von der Küche her durch den kleinen Garten. Und genau darauf habe ich jetzt Appetit. Alle Tische sind besetzt. Warten Sie, Signora, sagt der Wirt, dort drüben wird gleich frei. Er fixiert eine Weile scharf die dort über leeren Espressotassen sitzende Familie, die sich dadurch nicht aus der Ruhe bringen läßt, worauf er den Kellner zum Abkassieren hinüberschickt, vermutlich mit der international gebräuchlichen Formel vom ›Gleich-abgelöst-Werden‹. Erzwungenermaßen erfolgt der Aufbruch des Vaters mit seinen drei Kindern wenige Minuten darauf. Ich werde an ihren Tisch hofiert, vom rot-weiß karierten Tischtuch werden eilfertig die Krumen gefegt, der Wirt selbst bringt mir die Speisekarte. Touristen sind in Lokalen, die nicht im Reiseführer stehen, immer willkommen. Die Speisefolge: meine Wahl ist nicht schwer. Es mag ein Überrest meiner konservativen Erziehung sein oder einfach Phlegma: Wenn mir erst einmal etwas schmeckt, bleibe ich gern dabei, solange wenigstens, bis es mich nicht mehr reizt, Pedanterie der Gewohnheit. In Rom waren es – und sind es noch – die *rigatoni al burro* zur Vorspeise. Danach das, was mich gerade in diese Trattoria lockte, das *fritto misto*, gemischtes Gebratenes, paniert, Kalbshirn, Artischocken, Broccoliköpfe, Kartoffelbällchen. Frascatiwein dazu im Wasserglas mit Reklameaufdruck, Trauben als Dessert. Und ein Kaffee wie schwarzer Honig, der den letzten Rest Bedrückung vom Vormittag beseitigt.

Nach dem Essen nun zur Hauptpost auf der Piazza San Silvestro, um das Päckchen an Barbro in Zürich auf den Weg zu bringen. Das sieht ja nicht gerade ermutigend aus: Drei Schalter melden ›Chiuso‹ – geschlossen ohne weiteren Kommentar. Vor den verbleibenden drängen sich die Kunden. Ich schließe mich einer Schlange an, wundere mich, wieso hier ein solcher Ansturm herrscht, bis ich sehe, so viele Menschen sind das gar nicht, denn es kommen keine neuen nach, es sind immer die gleichen, sie stehen hier anscheinend schon seit Stunden, es geht nicht weiter. Und da am Schalter ist irgend etwas im Gange. Von meinem Platz aus kann ich nicht genau erkennen, was da vorn geschieht, höre nur Lärm; es scheint sich eine heftige Debatte entsponnen zu haben. Die direkt hinter dem streitbaren Kunden am Schalter Stehenden nehmen temperamentvoll daran teil. Die übrigen zeigen sich ebenso geduldig wie uninteressiert. Ich könnte morgen wiederkommen, zu einem günstigeren Zeitpunkt, nein, nun bin ich schon einmal hier, jetzt warte ich's ab. Das Päckchen muß heute aufgegeben werden, soll es an Barbros Geburtstag in Zürich sein; meine Erfahrungen mit der Promptheit römischer Dienstleistungen sind nicht die besten. Also richte ich mich auf längeres Warten ein, freue mich über meinen schon nach einer knappen Woche erworbenen ›römischen‹ Gleichmut Dingen gegenüber, die mich in Frankfurt gründlich aus der Fassung gebracht hätten. Noch ein Zeichen beginnender Akklimatisierung, denke ich zufrieden, meine Unrast ist weg. Durch die Fensterscheibe zu meiner Rechten schaue ich auf die Piazza San Silvestro hinaus, für die meisten Buslinien Endstation. Und da drüben ist ja auch tatsächlich noch die kleine Eck-Stehbar hinter dem Schnürenvorhang. Täglich, wenn sie von Parioli zur Innenstadt fuhr, hatte ihr Ruth Hellmann einen kurzen Besuch abgestattet, um sich eine Scheibe Eiskuchen zu holen. Sie liebte diese mit Vanilleeis gefüllten Biskuitrollen.

»Warte«, sagt Ruth Hellmann zu Vera, als sie am Morgen des fünfundzwanzigsten Juli dreiundvierzig aus dem grünen Bus klettern, »ich will nur schnell zur Ecke.«

»Laß das, wir haben Wichtigeres zu tun«, sagt Vera, »schau mal da drüben. Da geht's los!«

An diesem Morgen war Ruth von einem Geräusch erwacht, das zunächst wie fernes Meeresrauschen klang, sich allmählich steigerte und von allen Seiten her zu kommen schien. Hastig, von innerer Unruhe erfaßt, war sie in ihre Kleider geschlüpft und hatte Vera angerufen, die ihr bestätigte, daß etwas geschehen sein mußte, man sollte gleich zur Stadt fahren, um Genaueres zu erkunden, sie würde Ruth in zehn Minuten abholen kommen. Ihr Bus war fast leer gewesen, der Fahrer ebenso verwirrt wie sie. Niemand wußte Genaues. Jemand berichtete, er habe heute morgen das Radio eingeschaltet, im deutschen Kanal herrsche totale Funkstille. RAI, das italienische Radio, dagegen wäre völlig übergeschnappt, zwischen Musikfetzen immer wieder bruchstückhafte Meldungen, denen nichts Konkretes zu entnehmen gewesen sei, da eine die andere jagte, oft mit entgegengesetztem Inhalt. Nach seinem persönlichen Eindruck befragt, sagte der Mann fast verschämt, ihm hätte es geklungen, als sei der Krieg zu Ende, die Kommentatoren hätten gejubelt und geschrien, aber es könne sich ja wohl nur um Falschmeldungen handeln, Itlerio dächte gar nicht daran, Frieden zu schließen, und *il Duce* wiederum ließe seinen mächtigen Waffenbruder gewiß nicht im Stich, das könnte er sich gar nicht leisten. Die Mädchen auf der Piazza San Silvestro finden sich unversehens eingekeilt in eine erregte Menschenmenge, die zur Piazza Colonna drängt. Auf ihre Erkundigungen, was denn geschehen sei, erhalten sie keine Antwort, werden vom ständig anschwellenden Menschenstrom mitgerissen, bis sie auf einen Gegenstrom stoßen, der sich vom Corso her nähert. Die Erregung, hauptsächlich von unbestätigten Gerüchten genährt, schlägt hohe Wellen. Dann erkennt Ruth, die Vera fünf Zentimeter überragt: Kurz vor der Ecke Via Tritone/Piazza Colonna geschieht etwas. Dort ballt sich die Menge vor den Fenstern eines Barockpalastes, der seit vielen Jahren der Partita Nationale Fascita als Verwaltungssitz dient. Rufe, die keine Rufe mehr sind, es sind gellende Schreie: *»Duce! Duce!«* Aus den weit geöffneten Fenstern kommen Dinge geflogen, jeder Aufprall auf dem Straßenpflaster wird von Jubel begleitet. »Was werfen die?« will Vera von Ruth wissen, aber Ruth kann es, fest eingekeilt in der Menschenmenge, von ihrem Platz aus nicht erkennen. Auch die um sie herum wissen nicht, worum es eigentlich geht, es ist ihnen wohl auch nicht so wichtig, solange es ein Grund zum Feiern ist, und das scheint es zu sein; die allgemeine Stimmung ist euphorisch. Um so wilder schwirren die Gerüchte. Der König sei erschossen worden von Mussolini, *poveretto*, der kleine, so *simpatico*; aber nein, umgekehrt: *il re* hat den Duce erschossen; ihr habt keine Ahnung: die Amerikaner sind in Rom und haben alle beide erschossen; wer spricht von erschießen – erhängt! Was, erhängt? Wer wen? Soviel ich weiß: einer von beiden sich selbst ... Wer auch immer, denkt Ruth, für die Römer Grund zum Feiern, da sind sie nicht kleinlich, das haben sie in ihrer zweitausendjährigen Geschichte oft genug bewiesen.

»Hörst du, wie sie da vorne jubeln?« sagt sie zu Vera.

»Ja. Duce, Duce. Kein gutes Zeichen für uns«, sagt Vera pessimistisch. Der Druck der Menschenmassen in ihrem Rücken trägt sie näher an den Palast heran, und nun erkennen sie: Was da in gefährlicher Nähe herunterkommt und mit häßlichem Hohllaut auf dem Pflaster zerplatzt, sind Gipsbüsten, Mussolinikonterfeis, unterkieferstarke Köpfe, vom Sockel geschlagen, bevor sie den Flug aus dem Fenster antreten, gefolgt von einem Regen gerahmter Duceporträts. Erste Klageschreie aus der Menge: Glassplitter haben die allzu nahe Stehenden getroffen. Die oben im Palazzo, die sich auf solche rabiate Art ihres bislang allmächtigen Parteiführers unter Lachen und Jubeln entledigen, sind hohe Parteifunktionäre, die nun tun, als seien sie allesamt Widerständler gegen das faschistische Regime und nicht seine treuen Diener gewesen.

Einer von ihnen – er hat seine Uniform mit einem weißen Sporthemd vertauscht – ruft aus einem Fenster im dritten Stock mehrmals, man möge zurücktreten, bevor er einen schweren Gegenstand vom Fenstersims stößt, der mit dumpfem Aufschlag auf dem Pflaster landet. Es klingt, als sei ein Blindgänger niedergegangen. *»Santa Madonna,* das war Marmor«, sagt eine schwitzende Frau neben Ruth und bekreuzigt sich. Das Beispiel scheint Schule zu machen. Rundherum öffnen sich Fenster, vergewissern sich Leute, daß mit rechten Dingen zugeht, was sich da im Parteizentrum abspielt. Dann beteiligen sie sich am Klamauk, denn was die Partei vormacht, darf man ungestraft nachmachen; ist sie weiterhin am Ruder, gut, dann ist es Linientreue, wenn nicht, um so besser. Aus dem ersten Stock einer Weinhandlung kracht ein Bronzemussolini auf den geräumten Bürgersteig, ihm folgen eine Anzahl kleinerer Mussolinis aus Metall, Holz oder Alabaster, das beim Aufprall in tausend Stücke zerbirst. Die Menge tobt vor Begeisterung, feuert mit Rufen die Hausinsassen an, weitere *roba fascista* auf die Straße zu schleudern.

»Ohne daß sie wissen, was überhaupt passiert ist«, sagt Ruth zu Vera, »und wenn sich nun herausstellen sollte, daß sie einer Ente aufgesessen sind?«

Vera zuckt die Achseln. »Du kennst doch unsere Römer«, sagt sie. »Sie waren noch nie um eine Antwort verlegen. Dann werden sie sagen, Partisanen hätten mit entsicherten Revolvern hinter ihnen gestanden und sie zu diesem Akt gezwungen.«

Die Luft trübt sich, von der Straße her steigt Rauch auf. Parteibonzen, trunken vor Randalierfreude, haben aus einem der oberen Fenster des alten Palazzo eine Fackel auf die geborstenen Embleme vierundzwanzigjähriger Faschistenherrschaft geworfen. Das Feuer, das an Gips und Metall zunächst wenig Nahrung findet, breitet sich schnell aus, als es das Holz und die Aktenstöße erreicht. Es wird sehr heiß zwischen Julisonne, Feuer und Tausenden von Menschen, denn so viele sind mittlerweile aus allen Richtungen herbeigeströmt. Sie berichten von ähnlichen Aktionen in anderen Vierteln.

Endlich kommt ein fahrender Lautsprecher, der letzte Meldungen wiederholt, sie zum erstenmal als bestätigt bezeichnet. Es wird sehr still um den Nachrichtenwagen. So hat Ruth einmal die Römer erlebt, als vor einer unübersehbaren Masse ein winzig kleines, weißes Figürchen auf einer Balustrade erschien, Papst Pius XII., und das mit zartem, etwas heiserem Stimmchen zu sprechen anhub, bevor das Mikrophon gerichtet war. Und doch hatte man es gehört, so total war die Stille auf dem weiten Platz gewesen. Der Sprecher des Nachrichtenwagens, von vielen Störgeräuschen unterbrochen, spricht hastig, als unterbräche er nur ungern das konzentrierte Warten auf weitere Meldungen. Heute morgen nach der Regierungssitzung, sagt er in knappen Worten, habe König Vittorio Emanuele den Duce verhaften und an einen geheimen Ort bringen lassen. In einer ersten Stellungnahme habe der König erklärt, Italien wolle den Frieden, sein Land erstrebe umgehend Waffenstillstand mit den Alliierten, entsprechende Verhandlungen seien bereits im Gange. Weitere Einzelheiten im Lauf des Tages.

Nicht enden wollender Jubel bricht los. So hat Ruth die Römer noch nicht gesehen. Sie weinen, schluchzen, fallen sich um den Hals, küssen sich unter Gestammel: »*Finita la guerra* – der Krieg ist aus! Schluß mit den *fascisti,* der Spuk ist vorbei!« Ein Polizist neben Ruth reißt sie in seine Arme, merkt an ihrer mangelnden Begeisterung, daß er eine Ausländerin vor sich hat, vermutlich eine Deutsche, sagt: »Mussolini kaputt, Krieg aus, *italiani* und *tedeschi,* Deutsche, jetzt wirklich Freunde.« Ruth bezweifelt das, ist sich aber im klaren darüber, daß skeptische Äußerungen in diesem Augenblick die Lunte im Pulverfaß bedeuten, sie müssen mitmachen, alle beide, sie sowohl wie Vera, auch wenn ihnen bei der Sache keineswegs wohl zumute ist. Hitler wird sich einen solchen Staatsstreich auf keinen Fall gefallen lassen. Es wird zu Repressalien kommen, denkt denn hier niemand daran? Nein, sie denken nur an die anrückenden Alliierten, denen man nun, in letzter Minute quasi rehabilitiert, doch anders entgegentreten kann, als wenn man vor einrollenden Tanks demütig die weiße Fahne hissen müßte. Ihr König hat eine Heldentat vollbracht, er hat *il Duce* mit seiner verhängnisvollen Treue zu Hitler abgesetzt, ist das kein Grund zum Feiern? Ein Mann mit Bauch und mächtigem Schnauzbart erklimmt den Sockel der Marc-Aurel-Säule, breitet die Arme aus: »Ihr kennt mich, ich bin Alfredo.« Wer heute in sein *ristorante* kommen wolle, sei herzlich eingeladen. Alles frei, inklusive Wein. Jubel unter denen, die nah genug sind, ihn zu verstehen. Andere Wirte bauen sich neben ihm auf, bieten ebenfalls freie Bewirtung an. Ein Volksfeiertag beginnt sich abzuzeichnen.

Ruth und Vera haben sich mit Mühe bis zum Café Aragno zwischen Piazza Colonna und Corso Umberto durchgeschlagen. Weiter kommen sie nicht, die Straßen sind vollgestopft mit Menschen. Das Aragno ist das Café der Journalisten und Intellektuellen, das Büro des Messaggero ist nur wenige Meter weiter bei den Kolonnaden. Ruth war schon einige Male mit Rolf hiergewesen, hatte, was die Atmosphäre anbelangt, eine gewisse Ähnlichkeit zum Romanischen

Café in Berlin entdeckt. Ähnliche Leute verkehrten hier wie dort, Schriftsteller, Presseleute, Künstler, Emigranten.

Diesmal sind die Räume leer, beim Gummibaum am Fenster sitzt nur der weiße Spitzbart, ein Maler aus Umbrien. Vom Nebenzimmer aus rufen sie Rolf an.

*»Signora – che desidera?«* Der Mann hinter dem Schalter wiederholt seine Frage.

Ich fahre zusammen, meine Gedanken sind noch auf dem Platz dort unten bei der Menge, die *»Guerra finita!«* jubelt, Transparente mit *»Siamo in guerra«* – ›Wir sind im Krieg‹ herunterholt und mit wie durch Zauber aufgetauchter Tünche in klumpig weißen Lettern *»Siamo in pace«* – ›Wir haben Frieden‹ auf die Häuserwände malt. Das aber geschah vor vierundzwanzig Jahren. Ich muß mich zurückfinden in die Gegenwart. Weil mir nichts peinlicher ist, als im Mittelpunkt der Aufmerksamkeit zu stehen, reiche ich dem Beamten hastig mein Päckchen hin, so hastig, daß mir dabei meine Tasche zu Boden fällt. Die Umstehenden bücken sich mit mir, um sie aufzuheben.

»Ist ja auch zum Einschlafen hier!« sagt neben mir eine füllige Frau mit Schnurrbart und einer Warze am Kinn, stemmt die Hände auf den Schaltertisch, beugt den Kopf zur Sprechöffnung herab: »Eh – Mario, *che cosa fai?* Hast du dich wieder mit den Weibern verquatscht, wir kennen dich doch« – mokierend ahmt sie ihn nach:

»Aber gewiß, *bella Signora,* eine Briefmarke, ein Märkchen, suchen Sie sich nur in Ruhe das schönste aus, immer zu Diensten, wir haben ja Zeit – und die Leute dahinter stehen sich die Beine in den Bauch. Hab' ich recht?« fragt sie herausfordernd in die Runde, wippt, ihre herausgesprudelten Worte unterstreichend, mit der Hand aus angewinkeltem Arm. Die Angeredeten lachen und nicken bestätigend, man scheint sich zu kennen.

Den Beamten stört das nicht weiter. Während ich das erforderliche Geld zusammensuche, läßt er sich Zeit mit dem Abwiegen, macht aus einem einfachen Vorgang eine umständliche Zeremonie: rauf auf die Waage, Gewichte auswechseln, was das Herbeiholen eines weiteren, hier nicht vorhandenen erfordert, runter von der Waage, prüfendes Nachwiegen sowohl auf der rechten als auf der linken Hand, Stutzen, Kramen nach einem Gebührenheft, das dem Mann die Richtigkeit seiner Kostenvermutung bestätigen soll, gemächliches Nachlesen, dann wieder rauf auf die Waage, ein Gewicht mehr dazu, ein anderes fort, bis ich die Geduld verliere: »Bitte, ich habe es eilig«, sage ich.

»Immer haben es alle eilig«, sagt er vorwurfsvoll. Wo es doch gerade bei Sendungen ins Ausland wahrhaftig auf größte Genauigkeit ankäme. Erst vorige Woche habe er ein Einschreibpäckchen nach Luzern gehabt. Was habe er draufgeklebt? Nun, natürlich das im Heft angegebene Porto, auf Centesimi genau. Und was sei ein paar Tage später gekommen? Eine Aufforderung aus der Schweiz sei gekommen, Nachgebühr eintausend Lire, wo er es doch abgewogen hätte, die schienen auch noch das Gewicht der Briefmarken zu berechnen da drüben, so genau sind die.

Die Scheine, mit denen ich meine Sendung bezahle, fühlen sich so lappig an, daß ich mich frage, ob die italienischen Banken ein Sondergesetz haben, das ihnen erlaubt, die im Umlauf befindlichen, schadhaften Noten zirkulieren zu lassen, bis sie von selbst auseinanderfallen, anstatt sie einzuziehen und durch frische zu ersetzen.

Auf dem Platz vor der Post läßt die rauchige Oktobersonne, nun in meinem Rücken, Einzelheiten hervortreten, mit denen meine Erinnerung frohes Wiedersehen feiert. Ruth Hellmanns Parioli-Filobus, den sie täglich nahm, um nach Rom hineinzufahren, hatte hier seine Endstation gehabt. Die vier verwaschen grünen Fensterläden über der *pasticceria* hängen noch immer schief in den Angeln, die steinernen Schnörkel um die Simse am Nebenhaus erkenne ich am Muster wieder, obwohl ich mich nicht erinnern kann, sie mir jemals eingeprägt zu haben, so etwas geschieht vermutlich unterbewußt, und da ist auch noch die abgeschlagene Ecke der gelben Hausmauer, gegen die seinerzeit ein Bus gefahren war, als er zurücksetzte, um einem anderen Platz zu machen, der gerade in die Piazza einfuhr. Niemand hat in der Zwischenzeit die Scharte ausgebessert, nun sind die Bruchstellen grau und verdreckt, ein gezackter Sprung zieht sich von ihnen durch den Putz des Mauerwerks bis fast unter das Dach. Kurz dahinter waren vor vierundzwanzig Jahren aus zertrümmertem Mobiliar die Flammen hochgeschlagen, hatte die Straße gebrannt, waren tobende Menschen zum Parteihaus der Schwarzhemden gestürmt, um zuzuschauen, wie Mussolinis Getreue ihre Gesinnung mit den Abbildern ihres Führers zum Fenster hinauswarfen, ihre Parteiabzeichen hinterher. Im Café Aragno hatte Vera Rolf telefonisch mitgeteilt, daß sie sich mit Ruth an der Piazza Colonna befände, sie kämen von hier nicht fort, alles sei in Aufruhr, an ein Durchkommen sei vorläufig nicht zu denken. Und Rolf hatte geantwortet, sie sollten bleiben, er käme mit Mello zu ihnen, am besten in die Galeria Colonna, sie sollten inzwischen versuchen, sich einen Tisch vor dem Café in der Galerie zu erobern. Ruth hatte wissen wollen, ob denn Lotte, Wolfgang und Max nicht mitkämen. Das sei nicht klug, war Rolfs Antwort gewesen, man sollte erst einmal abwarten, wie sich alles weiter entwickelte; im Zuge der allgemeinen antifaschistischen Tendenz könnte sich eine antideutsche Stimmung breitmachen. Vorsicht und Zurückhaltung seien geboten. Es war gut, Rolf zu haben; er dachte an alles.

Ich bin an der Ecke Corso Umberto/Piazza Colonna angelangt. Da ragt die mächtige, mit Reliefszenen spiralenförmig umwickelte Marc-Aurel-Säule mit der grünverwitterten Bronzestatue des Apostels Paulus in den gelblichen Nachmittagshimmel. Ihr gegenüber, mit drei Säulenportalen, der Eingang zur Galerie, auch sie meinen Augen unverändert, steinernes Gemisch aus Jahrhundertwende und Moderne. Graue, zweistöckige Mauerwände wie eine Kulisse unter hohem Glasdach, das die beiden Durchgänge in ständigem Dämmer hält. Läden, Cafeterien, Espressobars, ein Kino mit *oggi*-heute- und *domani*-morgen-Plakaten füllen die unteren Mauernischen. Über ihnen zwei gleichmäßige Reihen enger Fenster mit Stucksäulen dazwischen, auf mich wirkte es schon damals wie eine altmodische Bahnhofsvorhalle.

Hier gehen all jene durch, die ihren Weg über die Via Santa Maria in gerader Richtung oder über die Via dei Sabini zur Rechten abkürzen wollen. Ich erinnere mich, daß die Galerie meistens halbleer war, möglich, daß sich nun hier zur Nachtzeit einiges abspielt, im Krieg hatte es in Rom kein Nachtleben gegeben, da hatte das abendliche *coprifuoco*, das deutsche Sperrstundengesetz, die Bewohner frühzeitig in ihre Häuser verbannt.

In Gedanken um vierundzwanzig Jahre zurück, suche und finde ich den gleichen Tisch wieder, an dem Ruth seinerzeit auf Rolf und Mello wartete, nachdem Vera sich noch in letzter Minute entschieden hatte, im Aragno zu bleiben, bis der Tumult abflaute, um dann zu Lotte zu fahren und sich mit ihr zu besprechen. Genau wie Ruth damals bestelle ich eine Pistazien-Cassata …

»Da bist du ja«, sagt Rolf, beim Tisch in der Galerie angekommen. Es kann auch etwas anderes heißen, sie sieht ihn nur die Lippen bewegen, der Lärm um sie herum ist ohrenbetäubend. Hinter seiner Schulter schaut Mello hervor. Ruth forscht in Rolfs Gesicht nach seiner Reaktion auf das Geschehen. Sie ist erstaunt zu sehen, daß er lächelt. Dann erkennt sie, nein, er lächelt nicht, er tut, als ob er lächle, weil hier alles lacht und Freude bezeugt. Sie versteht: Betroffenheit im Blick könnte bei den euphorisch Gestimmten Verdacht erregen: Trauert hier etwa jemand dem verhaßten Diktator nach? Mißgönnt jemand vielleicht den Römern, dem italienischen Volk seinen ›Sieg‹, das sich, wie es vorhin aus dem Lautsprecher klang, ›endlich aus der demütigenden Sklaverei einer entwürdigenden Diktatur befreite, indem es seine Ketten abwarf‹? Wer sind die Mißgünstigen? Deutsche natürlich, Hitlerianer, raus mit ihnen aus Italien, jagt sie fort zu ihrem *pazzo*, dem Verrückten in Berlin, wo sie hingehören ... Um den Tisch rückt man zusammen, macht den Neuankömmlingen Platz. Zum Wortaustausch zwischen ihnen kommt es nicht, kann es nicht kommen des Lärms und Geschreis wegen; Männer, Frauen, Kinder, jeder redet auf jeden ein, aus Lautsprechern ringsum schmettert Blasmusik, in Abständen vom Nachrichtensprecher unterbrochen, der, heiser vor Erregung, die Verhaftung des Duce auf den Treppen des Regierungspalastes wiederholt. Neues fügt er nicht hinzu, es scheint auch nicht notwendig; die gleiche Nachricht wird jedesmal mit gleichem Jubel aufgenommen: *Finito Mussolini, pace, pace!* Von irgendwo nahe dem Seitenausgang der Galerie wird eine Parole ausgegeben. Was bisher ein Durcheinander von Köpfen war, formiert sich, beginnt geschlossen zum Hauptportal zu strömen. Die Leute um Ruth und ihre zwei Begleiter lassen ihre Gläser auf dem Tisch, schließen sich an. »*Venite, avanti!* Zum Festmahl, alles frei, schnell, sonst gibt's keinen Platz mehr.« Ein schwitzender Dicker, das Hemd über grauhaariger Brust bis zur Gürtelschnalle geöffnet, zieht Ruth am Arm hoch, Rolf und Mello werden gezwungen aufzustehen, finden sich wieder im ständig anwachsenden Menschenstrom, der sich nun in die Straßen ergießt. Rolf versucht sich so nah wie möglich bei Ruth zu halten, Mello wird ein Stück abgetrieben, doch sie können seinen rötlichen Haarschopf in Abständen ein paar Meter weiter vorne auftauchen sehen.

Ruth hat Rolfs Hand gepackt. Zum erstenmal in ihrem Leben ist sie der Gewalt der Masse ausgeliefert, empfindet Angst, weil sie das Irreale, Oberflächliche der Stimmung spürt und weiß, wie wenig hier rationales Denken auszurichten vermag. Dieselben Menschen, denkt sie; gestern waren sie doch noch überzeugte Faschisten, brüsteten sie sich mit dem Bekenntnis ihres Duce, bis zum letzten Mann Hitler zur Seite zu stehen, schmierten sie auf alle Mauern ›Viva Mussolini‹, bewunderten sie ihn auf dem Balkon des Palazzo Venezia, von wo aus er seine pathetischen Reden hielt, jubelten sie ihm mit der gleichen Begeisterung zu, mit der sie nun seinen Sturz feiern. Was sind das für Menschen, Ungeheuer? Sie hat noch wenig Erfahrung mit der Ambivalenz menschlicher Natur, ihren wechselnden Launen, ihrer Lenkbarkeit.

In der Enge der Straßen und Gassen beginnt der Strom sich auf die verschiedenen Gaststätten zu verteilen. Um die Schildernamen der Lokale sind in Eile Blumenkränze angebracht worden, einer hat eine Mussolinifotografie mit dem Kopf nach unten über die offene Tür genagelt. »Gleich hier um die Ecke ist Alfredo«, schreit Ruth Rolf ins Ohr.

»Nicht für uns, du weißt, weshalb«, brüllt Rolf zurück. »Deutsches Militär.«

»Nicht heute, glaub' ich nicht. Siehst du irgendwo einen Deutschen?« Jetzt, wo sie es sagt, fällt es ihr selbst auf: Nirgendwo auf ihrem Weg hierher sind sie auch nur einer einzigen deutschen Uniform begegnet, obwohl die sonst aus dem römischen Straßenbild nicht wegzudenken sind. Sie fehlten schon heute morgen, als Vera und sie zur Piazza San Silvestro fuhren, um sich zu informieren.

Mello hat sich wieder zu ihnen gesellt, Nachdrängende

schieben sie durch die weit geöffnete Tür von Alfredos berühmtem Fettucinerestaurant ins Innere. Dort sind alle Tische zusammengeschoben zu einer Tafel, die den weiten Raum von einem Ende zum andern ausfüllt. Der Wirt selbst, schnauzbärtig, imposant, steht am Ende der Tafel, mischt mit goldenem Besteck, das er stolz als Geschenk des spanischen Königs Alfonso ausweist, auf immenser Platte Nudeln, Butterstücke und Parmesan zu mattglänzender Einheit. Wie vermutet, sind alle Plätze besetzt, die Leute drängen sich Schulter an Schulter, schauen mit offenem Mund den Manipulationen des Wirts zu. Es sind andere Gäste als die, die Ruth bei Alfredo kennt: Männer in Arbeiterkitteln, in verschwitzten Overalls, Frauen mit umgebundenen Schürzen, das Haar in Tücher geknotet, Kinder mit großen Augen und schmutzigen Händen. Und nirgendwo ein Deutscher.

»Warst du denn schon hier?« sagt Rolf mißtrauisch, immer in Sorge, daß Ruth sich unnötig exponiert.

»Zweimal bisher.«

»Mit wem?«

»Mit wem schon? Sei nicht albern, mit Claude natürlich. Sieht so aus, als gibt's keinen Platz für uns.«

Die Leute hinter ihnen haben bereits kehrtgemacht. Noch stehen sie unschlüssig im Raum, da werden sie von Alfredo gerufen, der Ruth wiedererkennt: »Willkommen, *bella Signorina,* Mussolini kaputt, Hitler kaputt, Krieg aus, macht Platz, Silvio, Marcella, Piero, *via, via* – ihr habt euch genug die Bäuche vollgeschlagen; *venite, Signorina, Signori; ecco quì!*« Mit einer Handbewegung scheucht er drei Halbwüchsige fort, die sich mit zerknüllten Papierservietten bewerfen, kommandiert Ruth und ihre Begleiter zu den leergewordenen Stühlen. Die Umsitzenden nicken ihnen freundlich zu, es scheint sie nicht zu stören, daß die drei Neuen deutsch miteinander reden. *»Pazienza,* Geduld!« sagt der Mann neben Rolf tröstend zu ihnen, »jetzt wird's nicht mehr lange dauern, und Sie werden von Ihrem Hitler auch befreit sein.«

Ruth, Rolf und nicht zuletzt Mello lassen es sich schmecken. Alfredo sorgt dafür, daß heute die Weingläser nicht leer werden, es gibt bereits erste Betrunkene am Ende der Tafel. »Das Ganze ist mir unheimlich«, sagt Ruth leise zu Mello.

»Wir sind in Rom«, sagt Mello im gleichen Tonfall, »Römer sind unpolitische Leute. Möchte aber nicht wissen, was sich jetzt in Mailand und Turin tut. Da werden sich vermutlich Kommunisten und Faschisten eine Schlacht liefern. Zumindest wird es zu Ausschreitungen kommen.«

»Auch gegen Deutsche?« sagt Ruth.

»Alle gegen alle«, sagt Rolf zu ihrer Linken freundlich. »Das ist nun mal so bei politischen Umstürzen in südlichen Ländern, da schlagen die Wellen hoch.«

Niemand beachtet ihren kurzen Wortwechsel. Rund um die Tafel herrscht ausgelassene Fröhlichkeit, Alfredos Gäste sind voller Übermut, trinken auf den so unvermuteten ›Sieg der Nation‹. In schöner Einigkeit fallen sie über den Mann her, der Italiens Geschick jahrzehntelang bestimmt hatte. Jetzt, da er gestürzt ist, nennen sie ihn Ausbeuter, Wichtigtuer, Großmaul. Wer war er denn schon gewesen, dieser Mussolini, eh? Ein lächerlicher kleiner Zeitungsschreiber mit Größenwahn, genau wie sein Busenfreund Itlerio, der geglaubt hatte, das ganze riesige Rußland in zwei Wochen erobern zu können, da sieht man mal wieder, wohin Verblendung führt, *vero*? Und nicht nur politisch – *ma che* … Seine Tochter Edda, von der sagt man – *mama mia,* ein *scandalo* nach dem andern, vermutlich die triebhafte Anlage geerbt von Papa Duce mit all seinen Weibergeschichten, von einer soll er sich ja sogar etwas geholt haben, und man weiß doch, daß so etwas zur Gehirnerweichung führen kann, das würde das unselige Bündnis mit ›*questa maledetta Germania*‹, dem verdammten Deutschland, erklären, Gott sei Dank hatte nun der König endlich eingegriffen und dem langjährigen Spuk ein Ende bereitet.

*»Si si, Signorina«,* sagt die Frau mit den verhärmten Zügen Ruth gegenüber, »unser König ist ein Held, so ein kleiner Mann und so mutig, Gott möge ihn schützen. Nun wird *Italia* wieder Königreich werden.«

Damit ist ihr Nachbar gar nicht einverstanden. »*Stupida,* was redest du da? Wir werden die Regierung übernehmen, wir vom Volk, wer denn sonst? Die von Savoyen haben ausgespielt, vor langen Jahren schon, sieh sie dir doch an, so degeneriert sind sie, daß sie nicht einmal mehr wie normale Menschen wachsen, Überlängen oder Zwerge, ist das etwa eine Familie, die in dieser Zeit Italien vor der Welt repräsentieren soll? Das ist ja zum Lachen.«

»Wenn du meinst«, sagt die Frau, und damit hat sich das Thema für sie. Ruth sieht erleichtert, daß die Aufmerksamkeit des Mannes jetzt auf eine Schale mit frischem Obst gelenkt wird, die die Runde macht, sie hatte schon befürchtet, seine Ansichten würden eine politische Diskussion rund um den Tisch auslösen und Rolf, Mello und sie möglicherweise einer peinlichen Situation aussetzen. »Wie sieht's jetzt auf der Straße aus?« fragt sie Rolf.

Rolf lehnt sich im Stuhl zurück, wendet den Blick zum Fenster in seinem Rücken. »Fast leer«, sagt er, »der Strom hat sich verlaufen. Ich glaube, wir können den Rückzug wagen.«

In diesem Moment verkündet der Radioapparat auf der Anrichte, König Vittorio Emanuele II. sei mit seiner Familie und dem Rest der Regierung nach Brindisi geflohen.

Betretenes Schweigen. Dann einzelne Stimmen: »Geflohen? Wieso geflohen? Vor wem? Jetzt, wo er Mussolini beseitigt hat –«

»Vor den Deutschen, du Hammel. Die werden ihn zur Verantwortung ziehen wollen. Glaubst du, ihr Führer läßt sich das bieten?«

»In Brindisi stehen die Amerikaner.«

»Eben drum. Die werden ihn schützen.«

Ein Betrunkener erhebt sich schwankend, stemmt sich mit den Fäusten auf die Tischplatte: »Die werden ihn schützen!« äfft er nach. »Und was ist mit uns, eh? Uns läßt er hier ganz allein mit den verdammten Krautfressern, die ihre Wut an uns auslassen werden, sollen wir sehen, wie wir durchkommen. Schöne Aussichten, das!«

Die Stimmung droht umzuschlagen. »Kommt, wir gehen«, sagt Rolf. Die drei nutzen das entstehende Durcheinander, um sich unauffällig zu verdrücken.

»Wißt ihr«, sagt Ruth draußen, »ich glaube, mit dem, was er zuletzt sagte, hatte der Mann gar nicht so unrecht.«

Mello schlägt vor, zu Lotte und Wolfgang zu fahren, dort träfe man ja auch Vera. Rolf nickt Zustimmung: »Und außerdem Christopher Howard«, sagt er.

»Ist er denn schon hier?« sagt Mello.

»Heute morgen angekommen, er rief mich um kurz vor neun an«, sagt Rolf.

»Wer ist Christopher Howard?« will Ruth wissen.

»Ein wichtiger Mann«, sagt Rolf kurz angebunden. »Du wirst ihn kennenlernen.«

»Amerikaner?«

»Deutsch-Engländer, Vater Brite, Mutter Deutsche. Er erscheint immer da, wo die politische Lage kritisch zu werden droht.«

»Hast du denn gewußt, daß so etwas wie das, was heute geschah, bevorstand?« sagt Ruth verblüfft. Er habe es geahnt, erwidert Rolf, und auch Christopher habe ähnliches vermutet, es habe Anzeichen für einen Staatsstreich gegeben, darum sei Howard heute morgen von Lissabon eingeflogen. Nun müsse man gemeinsam über die weitere Entwicklung beraten.

Sie brauchen eine gute Dreiviertelstunde, um zu Lottes Haus im Trastevereviertel beim Fluß zu gelangen. Der Busverkehr ist eingestellt; auch Busfahrer wollen feiern. Verlassen, dicht beieinander stehen die grünen Filobusse im Depot. Rolf und Ruth macht der Weg wenig aus, sie sind gut zu Fuß auf ihren flachen Sandalen. Mello dagegen meutert leise vor sich hin, die Sonne ist zu heiß, das Pflaster der Gassen zu uneben und außerdem sei es ungesund, direkt nach dem Essen durch die Mittagshitze zu traben, anstatt ein Stündchen zu ruhen. Mello neigt zur Bequemlichkeit. Die Straßen sind wie leergefegt; aus dem Innern der Häuser dröhnt die schmetternde Musik von Radio Roma, mit der der Sender die Pausen zwischen den Nachrichten füllt.

Bei Lotte versucht man, über Radio London Weiteres zu erfahren. Zur Enttäuschung aller bagatellisieren die Alliierten die überraschende Beseitigung Mussolinis. Der Zeitpunkt, um eine solche Aktion ernst zu nehmen, sei überschritten, sagt der englische Nachrichtensprecher. Wenn Italien sich in letzter Minute einen guten Abgang schaffen wolle, weil die Eisenhowerarmee bereits im Lande stünde, interessiere solch ein Schritt wohl nur interne italienische Kreise; auf die Weltpolitik habe das keinen Einfluß.

»Warum sitzt ihr denn noch mit dem Ohr am Apparat?« wundert sich Ruth, »jetzt könnt ihr doch laut stellen. Wer kann nun noch das Abhören ausländischer Sender verbieten, wo die Schwarzhemden ausgespielt haben?«

Lotte schaltet das Radio aus. »Und die Deutschen?« sagt sie.

»Glaubst du, die haben sich ebenfalls in Luft aufgelöst? Besonders wachsam werden sie sein jetzt, wo wir ohne Regierung sind. Schenk dir Kaffee ein, die Kanne ist noch heiß.«

Zwanglos gruppiert sitzen sie im Wohnraum mit der niedrigen Zimmerdecke, Lotte und Wolfgang in ihren Korbsesseln, die sie als Ersatz für die alten Plüschsessel mit ihren ausgeleierten Federn günstig auf dem Markt erstanden hatten, Vera mit angezogenen Beinen im Lehnstuhl am Fenster, Max auf dem afrikanischen Lederhocker, Mitbringsel von einer Marokkoreise vor Jahren. Und dann sind da noch zwei Männer, Ruth kennt sie nicht; die Gegensätzlichkeit der beiden fällt ihr gleich auf, obwohl sie nicht sagen könnte, woran. Sie sitzen auf dem Sofa. Der, den sie für den Jüngeren hält, ist salopp gekleidet, rotkariertes Sporthemd, Cordhose, Sandalen. Wieder einmal ertappt sie sich bei einer gedankenlosen Vermutung: Weil er Pfeife raucht, wird er der Engländer sein. Sein Gesicht ist ebenso sympathisch wie nichtssagend, ein Mangel an Ausdruck der graublauen Augen macht es austauschbar, kein Gesicht, das sich leicht einprägt. Sein Nachbar ist korrekter gekleidet, die Krawatte zum grauen Sommeranzug paßt in ihrer Unauffälligkeit zur Physiognomie ihres Trägers. Ruth schätzt ihn auf Ende Vierzig. Nicht im Äußeren also liegt die Gegensätzlichkeit der beiden Männer, stellt sie fest, vielmehr in einer Reihe von Nebensächlichkeiten, die ihrer neugierigen Beobachtung nicht entgehen: die Art, wie sie sich bewegen, wie sie ihre Gesprächspartner anschauen, wie sie auf das Gesagte reagieren. Lotte hat ihr den Älteren als Herr Schneider vorgestellt, ein Deutscher also auch er. Das ›Herr‹ wundert sie; es ist in diesem Kreis unüblich, man nennt sich beim Vornamen. Herr Schneider spricht das behäbige Deutsch der Badenser.

Die drei setzen sich um den Tisch, berichten von ihren Erlebnissen am Vormittag in der Stadt. »Keine einzige deutsche Uniform zu sehen, es war auffällig«, sagt Mello. »Das kann doch nur bedeuten, daß sie besser informiert waren als wir.«

»Du meinst, jemand hat sie von dem bevorstehenden Coup unterrichtet? Wer könnte das gewesen sein?«

»Die Clique um Galeazzo Ciano«, sagt Howard. »Ciano wird gehofft haben, daß das Wehrmachtskommando in Italien daraus die Konsequenzen zieht. Wie es aussieht, hat er sein Ziel erreicht.«

»Es ist zwar ein offenes Geheimnis, daß Mussolinis Außenminister Ciano seinen Schwiegervater gehaßt hat«, sagt Vera, »aber daß er der Initiator des Plots gewesen sein soll, scheint mir doch fraglich. Damit würde er sich als führender Faschist selbst in höchste Gefahr bringen.«

»Falls er nicht zusammen mit der Königsfamilie zu den Alliierten geflohen ist«, sagt Wolfgang.

»Das wird er sich überlegen«, sagt Rolf. »Dem König werden die Alliierten nichts tun, er war machtlos, von Mussolini ebenso regiert wie sein Volk. Er und seine Familie genießen internationalen Schutz. Mit Ciano als direkt Mitverantwortlichem des faschistischen Regimes werden sie anders umspringen. Dumm ist Ciano nicht, aber feige.«

»Was, glaubst du, werden die Deutschen jetzt tun?« fragt Ruth. Rolf schweigt, denkt nach. »Schwer zu sagen«, antwortet er schließlich. »Ich kann mir nicht denken, daß sie sich einfach stillschweigend zurückziehen. Vielleicht warten sie erst einmal die nächsten Tage ab. Bisher gibt es noch keine Bestätigung, daß der König und sein Gefolge zu den Amerikanern durchgekommen sind.«

»Was meinst du?« sagt Ruth.

»Er meint, daß Neapel schwer bombardiert worden ist«, sagt Herr Schneider, »es muß schlimm dort aussehen, die Verluste in der Bevölkerung sind enorm. Im Süden Italiens herrscht Not und Verwirrung.« Er spricht mit Anteilnahme.

»Gerade darum«, sagt Ruth, »verstehe ich nicht, weshalb die Römer so tun, als sei der Krieg ein Spiel und die Absetzung Mussolinis gleichbedeutend mit Endsieg.«

Christopher Howard richtet seinen schläfrigen Blick auf sie. »Was glauben Sie wohl, warum Mussolini die Plakate in den Nationalfarben mit der Riesenaufschrift ›Siamo in guerra‹ in allen Straßen an jede Hausmauer kleben ließ? Damit hat er versucht, die Römer daran zu erinnern, daß sie sich noch im Krieg befinden, weil es hier schon niemand mehr weiß.«

»Das ist Zynismus, Christopher«, sagt Herr Schneider.

»Wenn das geschieht, was ich vermute«, sagt Rolf, »wird es in den kommenden Monaten nicht mehr nötig sein, die Römer mit Aufschriften daran zu erinnern, daß sie sich im Krieg befinden.«

»Weil mittlerweile die Amerikaner hier sein werden, meinst du?«

»Nein, das meine ich nicht«, sagt er verschlossen. »Obwohl ich mir nichts sehnlicher wünsche.«

Einen Augenblick lang herrscht betretenes Schweigen. Ruth zeichnet mit der Sandale die Ornamente des Teppichs nach. »Was meint ihr, wo sie ihn hingebracht haben?« fragt sie in die Stille hinein.

»Wen?«

»Den Duce. Es kann nicht leicht sein, ihn zu verstecken, ohne daß einer seiner Getreuen ihn entdeckt. Oder meint ihr, sie haben ihn umgebracht?«

Max schüttelt den Kopf. »Dann hätten sie es sicher gleich getan, ich meine, bei der Verhaftung. Und, was die Getreuen anbelangt: Hat er denn überhaupt noch welche? Nach dem, was du von dem Volk in der Stadt erzählst, scheinen alle von ihm abgefallen zu sein.«

»Da täuscht ihr euch, weil ihr Italien nicht kennt wie ich«, sagt Mello. »Rom ist kein Maßstab. Der Norden mit seiner Industrie hat zwar relativ viele Kommunisten, dafür gibt es im Süden ganze Faschistenprovinzen, feste politische Gemeinschaften, da sieht es anders aus, glaubt mir.«

»Nach dem, was ich gehört habe«, sagt Christopher Howard, »soll Mussolini vor der Gefahr einer Verhaftung gewarnt worden sein. Es heißt, er habe die Warnung lachend in den Wind geschlagen, niemand würde es wagen, an ihn, den Duce, Hand zu legen. Seine Eitelkeit, sie war sprichwörtlich.«

Ruth wundert sich, daß Howard so gut unterrichtet ist, es ist doch erst heute morgen geschehen, offenbar aber, das wird ihr jetzt klar, von langer Hand vorbereitet. Das ist das erste Mal, daß sie Rolf und die Freunde von einer Entwicklung überrascht findet, die sie eigentlich hätten wissen müssen. Es beunruhigt sie, weil es sie unsicher macht.

»Man denke nur an den Juni dieses Jahres«, fährt Howard fort.

»El Alamein?« fragt Wolfgang.

»Genau. Diese dicke, hohle Aufgeblasenheit des Duce, als die deutschen und italienischen Truppen unter Rommel bis El Alamein gekommen waren und es aussah, als ob sie jeden Augenblick in Alexandria und Kairo einziehen könnten. Wie er in aller Eile in der Festuniform eines ›Ersten Marschalls des Imperiums‹ an die ägyptische Front geflogen kam. Sogar einen Gouverneur von Ägypten hatte er in seinem Gefolge schon bei sich, den er feierlich in Kairo einsetzen wollte, erinnert ihr euch?«

»Jetzt sind wieder Nachrichten«, sagt Lotte und schaltet das Radio ein. Der Empfang ist schlecht, es rauscht und kräckelt im Apparat. Der Londoner Sprecher berichtet nichts Neues von Italien, widmet einen Hauptteil der Nachrichten den Greueln in deutschen Konzentrationslagern und Massenhinrichtungen in den östlichen Teilen Europas. Eine knappe Meldung aus Italien besagt lediglich, daß die Ruinenwände der schwer bombardierten Häuser in Neapel nun die Aufschrift zeigten: *»Viva il Re«* – Es lebe der König – und *»Viva Napoli fedele, viva Napoli monarchica!«* – Es lebe das treue Neapel, es lebe das royalistische Neapel. Und daß der Adel, die Mächtigen und die wohlhabenden Bürger aus der schlimm zugerichteten Stadt geflohen seien. Wohin, sagt er nicht.

»Schalt ab«, sagt Wolfgang, »der Krach ist nicht auszuhalten.«

»Und was nun?« sagt Max. »Was werden wir nun tun?«

Alle schauen Rolf an, der einen schnellen Blick mit Herrn Schneider wechselt. »Im Augenblick«, sagt er bedächtig, können wir sehr wenig tun. Bevor wir nicht wissen, welche Schritte Deutschland plant, um der Situation, so wie sie jetzt ist, zu begegnen, sind uns die Hände gebunden. Was mich selber anbelangt, so werde ich morgen früh nach Budapest fliegen, um alles Weitere mit den Kontaktleuten unserer Organisation zu besprechen.«

»Das sollten Sie nicht tun«, sagt Herr Schneider, und sein rundliches Gesicht ist sehr ernst, »es ist zu gefährlich. Ich sagte Ihnen schon: Wenn Obersturmbannführer Kappler erst einmal aufmerksam geworden ist, läßt er so schnell nicht wieder ab.«

Ruth weiß: Dieser Kappler ist als Polizeichef Roms der gefürchtetste Mann am Ort. Es gibt eine Menge Gerüchte über ihn, das Erschreckende an ihm sei, so heißt es, sein Mangel an Gefühl, ein Roboter, eine gut funktionierende Maschine im deutschen Vollzugssystem; eine Bitte an Kappler sei das gleiche, als bitte man einen Fels um Gehör.

»Ist Kappler denn auf Rolf aufmerksam geworden?« fragt sie den Badenser.

»Ich fürchte, ja. Die gesamte Widerstandsorganisation steht unter ständiger Beobachtung, seitdem der deutsche Teil, die Schulze-Boysen-Gruppe in Berlin, aufflog«, sagt Herr Schneider. »Man soll sich da nicht täuschen. Die Gestapo läßt sich Zeit, bevor sie zuschlägt. An Einzelverhaftungen ist sie nicht interessiert, nicht zu diesem Zeitpunkt. Vieles jedoch deutet darauf hin, daß sie gut informiert ist.«

»Trotzdem muß ich fliegen«, sagt Rolf, und Ruth weiß, wenn sich der Steirer etwas in den Kopf gesetzt hat, bringt ihn niemand, bringen ihn auch seine nächsten Freunde nicht davon ab. »Vielleicht gerade deshalb, das ist noch ein Grund mehr für mich. Euch bitte ich« – er blickt der Reihe nach Ruth, Lotte, Vera, Mello und Max an – »nichts zu unternehmen, bis ich zurück bin. Vernichtet die Unterlagen, die Ausweispapiere, ihr wißt schon.«

»Vernichten?« sagt Lotte. »Das ist doch nicht dein Ernst, die Stempel, die alten Pässe?«

»Weg damit. Und zwar so, daß nichts übrigbleibt. Stempel und Handdruckmaschine in den Tiber, Papiere ins Klo. Aber zerreißt sie vorher in möglichst kleine Stücke.«

»Dann gibt es für uns jetzt nichts mehr zu tun?« sagt Ruth.

»Es mag noch eine Menge zu tun geben«, sagt Rolf. »Was meinst du, Christopher?«

»Anzunehmen«, sagt der Engländer. »Sonst hätten sie mich nicht für die nächsten Monate nach Rom beordert.« Er sagt es in gleichmütigem Ton, aber in seinen Worten liegt Spannung, das spüren alle Anwesenden.

Bedrücktes Schweigen. »Wann wirst du zurück sein?« fragt Vera Rolf. Sie würde alles für ihn tun, und wenn er die größten Opfer von ihr verlangte.

»Am zweiten August. Bis dahin werden wir mehr wissen. Wenn alles gutgeht, bringe ich Nachricht von den Inhaftierten in Deutschland mit.« Er erhebt sich, die anderen folgen seinem Beispiel nach der ausgegebenen Parole, eine Zusammenkunft nie über das Notwendigste hinaus auszudehnen. Still gehen sie auseinander.

Über meinen Gedanken ist es Abend geworden. In den Schaufenstern der Galerieläden gehen die Lichter an. Hier, unter dem häßlichen, eisenverstrebten Glasdach, bekommt nun alles einen Anstrich von Künstlichkeit, es erinnert mich an unsere mit Läden vollgestopften U-Bahn-Schächte in Deutschland, die den Eindruck erwecken, als gehörten sie zu einer Kunstwelt weitab von der draußen, in der jemand eines Tages auf den falschen Knopf drücken könnte, vielleicht schon morgen. Ich zahle und mache mich über den belebten Corso auf den Heimweg.

Kein reines Vergnügen; Lärm, Gedränge, quietschende Autoreifen, Gehupe, aber die Luft ist von wunderbarer Sanftheit und Milde. Eine Erfahrung, die ich schon vergessen hatte und nun wieder neu mache: Es ist nicht ratsam, Entgegenkommenden offen ins Gesicht zu blicken. Die meisten Frauen reagieren empfindlich, weil sie es für Kritik halten, die Männer nehmen es als Aufforderung, augenblicklich kehrtzumachen und sich einer, die, in der Sprache der Kirche, die Augen zu ihnen erhebt, an die Fersen zu heften. Darum halte ich den Kopf abgewandt, schaue von einem Schaufenster ins nächste. Wieder fällt mir auf, was für eine Menge Schuhgeschäfte es in Rom gibt. – Ein Fotograf, der sein Geschäft, wie die meisten hier, als Meisteratelier bezeichnet, hat seine Werke in Schaukästen ausgehängt. Ich betrachte sie mir. Es sind Bilder von rührender Provinzialität, chamois und geripptes Seidenpapier: Hochzeitspaare, verschämt lächelnd, als seien sie für die der Aufnahme folgende Nacht als Amateurprotagonisten für einen Pornofilm engagiert, Kommunionskinder mit Kerze und vorwurfsvollem Augenaufschlag, der Andacht vortäuschen soll und von der Mühe zeugt, mit der der Meister sie vor dem Objektiv immer wieder zurechtgerückt hat, Männer- und Frauenporträts, so sorgfältig retuschiert, daß auch nicht das kleinste Fältchen mehr erkennen läßt, wie lebendig das Gesicht vor der Aufnahme gewesen sein mag. Seltsam, denke ich, was den internationalen Film angeht, da gelten die Italiener als unbestrittene Meisterfotografen, und daheim in ihren Privatateliers produzieren sie solch süßlichen Kitsch.

Gut, daß ich die Terrassentür weit offen gelassen habe, die frischere Luft heute hat die Stickigkeit aus den Räumen verdrängt. Ich fühle mich erschöpft, als käme ich von einer strapaziösen Bergbesteigung zurück, von einem Berg erinnerter Vergangenheit. Und das schwerste Stück liegt noch vor mir.

## 18. Oktober

Des anhaltend klaren Wetters wegen heute mal ein Bummel ›*lungotevere*‹, den Fluß entlang, nicht ohne Neugier, ob ich Lottes Häuschen wiederfinde, das mir gestern so plastisch in Erinnerung gekommen war, ein wenig Scheu auch dabei, Wolfgang und Lotte könnten, allem Geschehen zum Trotz, noch immer da wohnen, könnten, um fünfundzwanzig inhaltsreiche Jahre älter geworden, müde, verkalkt vielleicht, mir plötzlich gegenüberstehen, Gespenster aus der Vergangenheit. Wie alt müßte Lotte jetzt sein? Hoch in den Siebzigern, und Wolfgang über achtzig. Beklemmende Vorstellung. Aber wer zwingt mich zu schellen? Ich möchte mich ja nur überzeugen, ob ich mich auf meine Erinnerung noch verlassen kann, damit ich weiß, daß wirklich gewesen ist, was sich mir, seit ich wieder in Rom bin, als Teil meiner Vergangenheit aufdrängt.

Um zum Tiberufer zu gelangen, muß ich durch eine Reihe Gassen, die ich bisher noch nie begangen habe, erschrecke über die hier zusammengedrängte Armut im Schatten des protzigen Großstadtgetriebes. Sie sind so eng, die vielen winkligen Seitenpfade, daß die Hausmauern keinen Sonnenstrahl durchlassen. Räudige, hochbeinige Katzen, von Bißwunden entstellt, streifen über das holprige Pflaster, verschwinden lautlos in der Düsternis der türlosen Mauerlöcher, die hier und da ganzen Familien als Wohnraum dienen. Im Vorbeigehen erkenne ich die Kargheit der Einrichtung: ein Rechtecktisch, ein paar schlichte Holzstühle, an der kahlen, getünchten Wand ein einfach gerahmtes Familienporträt oder ein Heiligenbild. Und in der Ecke der Fernseher, der fehlt seltsamerweise in keinem dieser Löcher. Vor dem offenen Eingang ein paar in die Außenmauer geschlagene Haken, daran ein Kranz Zwiebeln, ins Hanfseil geknüpft, oder ab und zu ein gehäutetes Kaninchen. Einige dieser Nischen dienen als Werkstatt, sind vollgestopft mit Geräten, Handpumpen, Kanistern. Einzelheiten lassen sich nur erkennen, wenn man nah herantritt, so dämmrig ist es zwischen den dunkelstaubigen Mauern, die den Eindruck geben, als neigten sie sich, das Licht aussperrend, nach vorn. Fast wäre ich über ein Kind gestolpert; es hockt, ganz damit beschäftigt, einer schreienden Katze die Krallen aus der blutenden Hinterpfote zu reißen, im tiefen Schatten auf dem Pflaster. Scharfer Uringeruch liegt über den Gassen, vermischt mit Kochlauge und Pecorinokäse, dem billigen Ersatz für Parmesan aus Ziegenmilch.

Aus der Dunkelheit der Gassen in die befreiende Helle des Lungotevere Marzio, des Tiberufers. Erleichterung, untermischt mit einem leichten Gefühl der Befremdung: Etwas ist anders, als ich es in Erinnerung hatte, aber was? Es ist doch noch alles da: die hohen sandsteinfarbenen Ufermauern, die Brücke über den Fluß zum Justizpalast, dieser mit Stuck und Zierat überladenen wichtigtuerischen Scheußlichkeit, peinlicher Stilkontrast zum schmucklosen Rundbau der Engelsburg nur wenige hundert Meter weiter; die Platanen, die ihre dünnen Äste über das Wasser neigen, das Häuserpanorama um die Flußbiegung in den für dieses Viertel typischen Farben Gelb, Ocker, Sepia, Rot und schließlich die Kuppel des Petersdoms im Hintergrund. Alles Gegenständliche stimmt noch mit meiner Erinnerung überein. Aber mir scheint, es ist gar nicht so sehr das Gegenständliche eines Ortes, den unsere Erinnerung bewahrt, als vielmehr das, was er seinerzeit vermittelte. In den Jahren des Kriegs war das Tiberufer der ruhende Pol im Getriebe der Ewigen Stadt gewesen. Hier, im Schatten der Platanen, lehnte ab und zu ein die Stille suchender Römer, in den Anblick des langsamen Wassers versunken; an der Kaimauer promenierten Priester mit breitrandigen Hüten. Deutsche Uniformen verirrten sich selten her; ihnen war der Anblick der frommen Männer verhaßt. Sie fuhren in ihren Wehrmachtswagen direkt zum Petersplatz zur Visite der Vatikanmuseen und nach dem Besuch gleich wieder zurück zur Innenstadt. Ruth Hellmann war gern am Tiberufer entlanggegangen; in seinem friedlichen Schatten ließ es sich gut nachdenken. Und es beschäftigte sie manches, was sie erst einmal gedanklich verarbeiten mußte, bevor sie es in die Tat umsetzte. Hier war sie gewesen, als sie zum erstenmal erwog, sich von Forestier zu trennen, und dann wieder, nachdem die Trennung vollzogen war. Viele Probleme hatten sich ihr beim Meditieren über dem gelben Brackwasser geklärt.

Nun herrscht auf der langen Uferstraße reger Betrieb, Händler mit Bauchläden bieten Krimskrams an, Postkarten, Andenken, lassen Bären und wippende Emus mit Aufziehschlüssel im Rücken über das Pflaster tanzen. Bettler mit Pappschildern um den Hals sitzen, den Rücken gegen die Mauer, die Beine gerade vor sich ausgestreckt, den Passanten im Weg, die über sie hinwegsteigen müssen. Eisverkäufer, Fotografen, Straßenmaler mit ihren bunten Kreiden – sie alle versuchen den Insassen der pausenlos heranrollenden Touristenbusse ihre Lire aus der Tasche zu ziehen. Gerade als ich einen Platz an der Mauer gefunden habe, meine Arme auf den sonnenwarmen Stein lege, hinunterschaue in das Wasser im sandigen Flußbett, auf das Buschwerk der Ufereinfassung, drängt sich eine Gruppe amerikanischer Touristen um mich, bestaunt zunächst mit begeisterter Naivität den Justizpalast als Wunder der Antike und die um so viel schlichtere Engelsburg dahinter als modernes Gefängnis, bevor ihr Reiseleiter hinzutritt und sie auf ihren Irrtum aufmerksam macht. Enttäuschung; eine Frau mit Sonnenbrille und langem Ohrgehänge meint, das Gerichtsgebäude gebe aber doch so viel mehr her als das schmucklose Backsteinrundell, ist erst zufrieden, als ihr erklärt wird, das Castel Sant' Angelo sei im Mittelalter eine Festung gewesen; was das ›Hergeben‹ anbelange, so würde die Berninibrücke, die zum Castel führe, bestimmt ihren Vorstellungen von repräsentativen Bauten entsprechen, »Bitte weiter, meine Herrschaften! Wir haben noch ein großes Programm!«

Die ersten Priester, die ich hier sehe, ein älterer dicker und ein junger, der seinen Hut festhält, knattern auf einem Moped mit fliegenden Soutanen an mir vorbei. Ich folge dem Flußufer, gehe mit schnellen Schritten, um dem belästigenden Angesprochenwerden all jener Straßenhändler zu entgehen, die in mir eine zahlungskräftige Touristin zu erkennen glauben. Noch ein ganzes Stück bis hinab ins Trastevereviertel. Da, wo keine Platanen stehen, blendet das Gegenlicht der Sonne. Hier wird es ruhiger, der Fluß buchtet sich in der Kurve, teilt sich um die Tiberinsel aus der Antike in zwei Arme, die sich in ihrem Rücken wieder zusammenschließen. Beim *ospedale,* dem Krankenhaus auf der Insel, in dem einst Mellos einziger Sohn am Blinddarm operiert wurde und danach an einer Lungenentzündung starb, ist das Flußbett noch stärker verschmutzt als im Marzioabschnitt. Abfälle aller Art treiben auf der Wasseroberfläche, werden von ihr auf den Kieselstreifen vor den Steinstufen gespült: alte Zeitungen, Colaflaschen, Plastiktüten, auch Krankenhausabfälle, wie angeschwemmte Streifbandaufschriften auf Verbandsresten beweisen. Es riecht faulig, der Uferstein ist voller Schlick. Ich komme mir schon vor wie eine der ewig Gestrigen bei dem wiederholten Gedanken, daß es damals – natürlich nur hinsichtlich der Reinlichkeit –

besser gewesen sei als heute, daß mir Rom überhaupt seinerzeit besser gefiel als nun, wo es doch wieder frei und kosmopolitisch ist, gleichzeitig schäme ich mich, weil ich nach meinen Erfahrungen mit der damaligen Politik doch eigentlich alles aus jener Zeit verabscheuen müßte, einschließlich der gepflegteren Umwelt, weil es Faschisten und Nazis waren, die sie in Ordnung hielten. Bei weiterer Überlegung allerdings: Die Veränderung zum Negativen hin hat vielleicht gar nichts oder nur sehr wenig mit politischen Richtungen zu tun, ist vermutlich vordergründig das Resultat allgemeiner Bevölkerungsexpansion in den letzten Jahrzehnten und nicht zuletzt einer Überflußindustrie, die die Welt mit Wegwerfprodukten überschwemmt. Da erübrigen sich Vergleiche zwischen einst und jetzt.

Nun bin ich schon anderthalb Stunden unterwegs, die weiße Mittagssonne brennt mir auf Schultern und bloße Arme. Meine Füße, die langes Laufen seit Jahren nicht mehr gewohnt sind, tun mir weh. In Gedanken daran, mit welch unbekümmerter Leichtigkeit Ruth Hellmann solche Entfernungen auf ihren flachen Sandalen bewältigte, fühle ich mich auf beschämende Weise alt geworden. Der Anblick einer Reihe häßlicher moderner Wohnblocks entlang dem Ufer macht es nicht besser. Zu ihnen paßt es, daß die Brücke, die zur anderen Flußseite führt, Ponte della Industria heißt. Dort drüben müßte Trastevere sein, ich habe es eng, verschachtelt, romantisch in Erinnerung, mit verwaschenen, verblichenen Häusern, hölzernen Fensterläden, getopften Blumen und Ziersträuchern auf den flachen Wohndächern.

Zunächst einmal irre ich eine Zeitlang ziellos in gesichtslosen Straßen umher, versuche mich an Dingen zu orientieren, die mir von damals noch in Erinnerung sind: eine einzelne, etwas erhöht stehende Pinie, der Zeitungsstand beim Kolonnadengang, die Zapfsäule des Hydranten vor der Polizeiwache. Schon will ich aufgeben, als ich eine Gartenmauer wiedererkenne, das Eisengitter im Steinsockel. Von hier aus war es nur ein Katzensprung bis zu Lottes Häuschen gewesen, rechts hinüber und dann geradeaus.

Da ist es, eingesponnen in wild wucherndes Blattwerk, das nicht gleich erkennen läßt, wie unansehnlich der kleine Bau geworden ist. An vielen Stellen ist unter abgebröckeltem Putz das rohe Mauerwerk zu sehen, das Dach ist beschädigt, die Fenster vernagelt; die Tür, voller Risse, sieht aus, als sei sie seit Jahren nicht mehr geöffnet worden. Lottes einst zarte Stecklinge haben sich zu mächtigen Bäumen entwickelt, die das Haus gnädig verschatten. Hier wohnt niemand mehr, kein Zweifel.

Lange stehe ich davor, empfinde Bedrückung. Die Verlassenheit des Orts macht ganz den Eindruck, als sei hier vor Zeiten Schlimmes geschehen, als hätten die Bewohner des verfallenen Häuschens es nicht freiwillig verlassen. Ich höre wieder Lottes Stimme: »Glaubst du, die Deutschen hätten sich in Luft aufgelöst?«

Auf der Suche nach jemandem, der mir über das Schicksal des Hauses und seiner einstigen Bewohner Auskunft geben kann, betrete ich den Obst- und Gemüseladen ein paar Straßenecken weiter, an den ich mich noch vage zu erinnern glaube. Carminati oder so ähnlich hießen die Eigentümer. Ja, sagt die üppige junge Frau neben den Zitronenkisten auf den schrägen Wandregalen, das sei der gleiche Laden wie einst, sie habe ihn von ihrem Vater übernommen, der nach dem Krieg in die Staaten ausgewandert sei. Ich kaufe ihr einen Kopf Salat für Katjas Hamster ab, verstaue ihn samt Einwickelpapier in meiner geräumigen Umhängetasche, erkundige mich, ob sie etwas von Lottes Haus weiß und den Vorgängen in ihm.

»Sie meinen, die verlassene *casetta* am Ende der Straße? Die alte Laube mit den vernagelten Fenstern?« sagt sie erstaunt.

»Sie war einmal ein schmuckes kleines Wohnhaus gewesen«, sage ich.

»Vor Ewigkeiten.«

»Vor Ewigkeiten, ja, da mögen Sie recht haben. Ich würde gern wissen, was aus den damaligen Besitzern geworden ist.«

Sie hebt die Schultern: »Keine Ahnung. Seit Jahren schon gehört der Grund und Boden einer Baugesellschaft. Soviel ich weiß, soll das vergammelte Ding abgerissen werden und ebenso ein paar der überalterten Kästen drumherum. Ist bisher aber noch nicht geschehen, da hat das *governo* seine Finger mit drin, irgendwas mit der Lizenz für den Abbruch, die auf sich warten läßt.«

»Und was soll werden?«

»Wissen Sie«, sagt sie, »wenn es nach den Baufirmen ginge, wäre das gesamte Viertel längst modernisiert. Uns wär's nur recht, schon wegen der Ratten vom Tiber her, eine echte Plage, das. Na, und dann überhaupt. Feuchte Wände, Schimmelpilz im Fußboden und der ewige Ärger mit den Installationen. Aber leider hat da das Governo noch mitzureden, und das hat Bedenken, weil doch auch in diesem Viertel vieles unter Denkmalschutz steht bei all der *roba historica* rundum.«

Bevor sie sich noch weiter auslassen kann über die Segnungen moderner Zivilisation, wiederhole ich meine Frage nach den ehemaligen Besitzern der *casetta*.

»Keine Ahnung«, sagt sie, dann, gegen einen Vorhang im Hintergrund des Ladens gewendet: »*Mamma, vieni qui*, komm her!« Kurze Zeit danach wird der Vorhang zur Seite geschoben. Es erscheint eine ältere Frau, trotz des warmen Wetters in brauner Strickjacke. Zerzaustes Grauhaar. Unter dem Arm hält sie eine verschlafene Katze. »*Che c'è* – was gibt's?« sagt sie ungehalten. »Klemmt die Kasse schon wieder?«

Ihre Tochter informiert sie, daß ich mich nach den einstigen Besitzern der verfallenen *casetta* am Ende der Straße erkundige. Wüßte sie da Näheres? Die Mutter, plötzlich hellwach, mustert mich neugierig. Ich lächle sie an, erwarte nicht, daß sie mich nach all den Jahren wiedererkennt. Ich dagegen erinnere mich jetzt, wo ich sie vor mir sehe, ganz deutlich an sie. »Damals im Krieg«, sage ich in meinem fehlerhaften Italienisch zu ihr, »da fragten Sie mich einmal, ob ich Ihnen Schweizer Trockenmilch beschaffen könnte, die Babynahrung, wissen Sie noch? Sie erwarteten seinerzeit ein Kind, trugen immer eine rote, weite Jacke über der Schürze.«

»*Santo Benedetto – la giovane signorina tedescha,* die junge Deutsche«, murmelt die Frau, steht regungslos auf der Schwelle, als sei ich ein Geist aus einer anderen Welt.

»Das Baby, das sie erwartete, war ich«, sagt ihre Tochter. »Haben Sie Mama das Pulver besorgen können?«

Ich bestätige es ihr, etwas ungeduldig nun, das zu erfahren, um dessentwillen ich hergekommen bin. Max hatte seinerzeit über seine Beziehungen zu kirchlichen Stellen die Milch beschafft. »Fünf Pakete zu zehn Dosen«, sagt die Frau gerührt, »fünf Pakete, denk nur, Antonia, und das mitten im Krieg. Gott segne Sie, *Signora!*«

Dann endlich kommt sie zur Sache. »Aber ja, gewiß erinnere ich mich an das Ehepaar Bauer« – Baauer sagt sie mit langgestrecktem a und nur kurz anklingendem u –, »die *Signora* ist ja Stammkundin bei meinem Mann gewesen.« Bis die *mesi terribili,* die Schreckensmonate Ende dreiundvierzig über Rom hereingebrochen seien, da sei sie fortgeblieben aus Angst vor den Deutschen. Wie so viele, die sich in dieser Zeit nicht mehr auf die Straße gewagt hätten.

»Bauer, das klingt deutsch«, sagt die Tochter, während sie einer Kundin ein Pfund Pilze auswiegt.

»Deutsche waren sie und ihr Mann«, sagt ihre Mutter. »Gute Deutsche aber, keine *nazisti*«, fügt sie hinzu. »Man sagt, sie hätten damals vielen Menschen in Not geholfen.«

»Und was geschah dann?« will ich wissen.

Sie versucht, die Pfote der Katze von ihrer Strickjacke zu lösen, eine Kralle hat sich in einer Masche verhakt. »Ich habe es nicht gesehen, ich war nicht dabei«, sagt sie. »Eines Tages sind sie auch zu ihr gekommen, die von der Gestapo, und haben sie beide abgeholt in dem großen Auto, mit dem sie Leute einsammelten, die nach Deutschland zurücktransportiert werden sollten. Ich hab' sie nie wiedergesehen.«

»Wissen Sie noch, wann das war?« sage ich.

Sie überlegt, rechnet nach. »Es muß Anfang April gewesen sein, ja, jetzt erinnere ich mich, es war im April, Andrea war schon geboren und wenig später sind die Amerikaner gekommen und haben uns befreit.«

Ich möchte etwas dazu sagen, bringe keinen Ton heraus. Also auch Lotte und Wolfgang, kurz nachdem Kapplers Schergen mich aus meiner Wohnung geholt hatten. Sie haben uns alle erwischt, haben gründliche Arbeit geleistet, etwas zu gründlich fast, es schmeckt nach Verrat. Der Name Claude Forestier drängt sich auf. Wieviel hat er von uns gewußt und was davon durch mich?

Ich bedanke mich bei den Frauen, trete wieder auf die Straße, gehe gedankenverloren durch Gassen und Nebenwege kreuz und quer, ohne auf die Richtung zu achten. Irgendwann überquere ich wieder den Fluß, vorbei am Mischmasch der Architektur, Betonhochburgen und marmornen Brückenengeln, steige hinter der Brücke die Stufen hinunter zum Tiber, gehe langsam auf dem schmalen Streifen neben dem Wasser entlang, hocke mich auf eine Ausbuchtung im Mauergestein, um meine Gedanken zu ordnen.

Es ist still hier unten, der Straßenlärm klingt fern, dafür wird das leise Plätschern des Flusses hörbar, wenn ein Fisch, nach Luft schnappend, aus dem umweltverseuchten Wasser mit dem Kopf die Oberfläche durchstößt. Stille, die beruhigt, über mir die zum Fluß geneigten Platanenzweige, breite braune Blätter, die gegen die weiße Ufermauer kratzen, wenn der Wind sie bewegt, durch ihre Trockenheit den Herbst verraten, den das Auge noch nicht erkennt.

*I mesi terribili a Roma* – die Schreckensmonate in Rom. Davon hatte die alte Krämerin gesprochen. Damals aber, an jenem fünfundzwanzigsten Juli neunzehnhundertdreiundvierzig, hatte noch keiner der Freunde geahnt, daß der Stadt Rom, die der Krieg bisher so großmütig verschont hatte, nur noch eine Gnadenfrist von vierzehn Tagen gewährt war, und die Römer selbst waren nicht mehr davon abzubringen, daß mit dem Fall des Duce der Krieg für sie ausgestanden und erledigt sei. Schon in den darauffolgenden Tagen bot die Stadt den Anblick tiefsten Friedens; überraschend und offenbar über Nacht hatten sich die Deutschen aus Rom zurückgezogen. Nicht eine einzige deutsche Uniform war mehr zu sehen, was die Bewohner der italienischen Hauptstadt für den totalen Sieg über den verhaßten Bundesgenossen hielten. Er war abgezogen, im wahrsten Sinn des Wortes sang- und klanglos, niemand hatte den Rückzug beobachtet, nun würden die Amerikaner kommen; man war, in letzter Minute fast selbst so etwas wie ein Alliierter, bereit, sie als neue Bundesgenossen gegen den *maledetto fascismo* zu empfangen. Inzwischen feierte man die Feste, wie sie fielen, und sie fielen häufig. Alle Güter, die der Krieg vom Markt hatte verschwinden lassen, tauchten wie durch Zauber wieder auf, die schwarze Börse verlor an Zugkraft, man schöpfte wieder aus dem vollen, wo immer es herkommen mochte. Kein einziger Römer schien sich darüber den Kopf zu zerbrechen, ob die *tedeschi,* die man doch zumindest aus Kinowochenschauen als entschlossene Gefolgsleute ihres fanatisierten Führers kannte, den Abfall ihrer bisherigen Verbündeten tatenlos hinnehmen würden. Gab es nicht auch unter den *nazisti* genug Unzufriedene? Nun, sie würden vermutlich dem Beispiel Italiens folgen, jetzt, wo die Alliierten bereits vor ihrer

Tür standen, den Führer beseitigen und damit den Grund, von den anrückenden Armeen der Befreier wegen »Gesinnungstreue« zur Verantwortung gezogen zu werden.

Ruth Hellmann hatte, ebenso wie ihre Freunde, den stillschweigenden Abzug des deutschen Militärs aus Rom als unheilvoll empfunden. Er beunruhigte sie um so mehr, als sie ihre Landsleute kannte und wußte, daß Hitler damit etwas Bestimmtes bezweckte. Aber was? Auch Radio London verhielt sich abwartend, konzentrierte sich ausschließlich auf die Kriegsfronten, klammerte Rom aus, als sei es in seinem Sonderstatus als Offene Stadt eine Sache für sich, die keine Beachtung in einer Welt verdiene, die sich immer erbittertere Kämpfe lieferte. So war im siegesgewissen, extrem friedlichen Rom der achte August dreiundvierzig angebrochen, heiß, erbarmungslos sonnig. Viele Römer waren vor der Hitze der Stadt ans Meer geflohen, die übrigen dösten im Schatten ihrer Häuser hinter herabgelassenen Jalousien unter pausenlosem Rotieren der Ventilatoren.

Es ist das Nachmittagslicht, das schnelle plötzliche Aufblitzen von Sonnenreflexen im trägen gelbgrünen Wasser, das meine Augen an seine Oberfläche gebannt hält, bis Bilder seine Stelle einnehmen, mich zurückverwandeln in Ruth Hellmann vor vierundzwanzig Jahren, wie sie am Morgen des achten August dreiundvierzig Vera anruft:

»Dieses Donnergrollen schon seit mehreren Tagen. Dabei bleibt der Himmel klar.«

»Die Kesselringkanonen, du weißt doch. Die Schlacht in den Albanerbergen ist in vollem Gang, sonst wären die Amerikaner längst hier.«

»Weiß nicht. Glaubst du wirklich, man kann das bis hierher so deutlich hören? Was sagt Lotte dazu?«

»Was soll sie schon sagen? Seitdem Rolf unterwegs ist, sind wir auf Vermutungen angewiesen. Ich würde mich an deiner Stelle nicht unnötig beunruhigen.«

»Mag ja sein, daß ich zu schwarz sehe, aber mir kommt das irgendwie nicht geheuer vor. Kommst du mit in die Stadt?«

»Was willst du denn da?«

»Herumhorchen. Vielleicht ja hast du recht und ich übertreibe, um so besser, dann lade ich dich zur Entschädigung zum Mittagessen bei Ranieri ein, abgemacht?«

»Es ist glutheiß in der Stadt.«

»Das sagst du nur, weil du zu faul bist mitzukommen.«

»Weißt du«, sagt Vera, »eigentlich hab' ich ganz andere Sorgen.«

»Rolf?«

»Ja, Rolf. Hast du irgend etwas von ihm gehört?«

»Nein, und du?«

»Siehst du. Das macht mir im Augenblick mehr Kummer als das bißchen Kanonengerumpel in der Ferne. Er hätte spätestens gestern zurück sein sollen.«

Ruth, selber über Rolfs Verspätung besorgt, fällt darauf nichts anderes ein als: »Er wird aufgehalten worden sein.«

»Eben. Das befürchte ich. Du kennst ihn, weißt, wie zuverlässig er ist. Wenn es bei ihm heißt, bis zum siebenten sei er zurück, dann ist er es auch. Oder er schickt uns Nachricht.«

»Er muß nun mal vorsichtig sein«, versucht Ruth zu trösten – jeder in der Gruppe weiß, wie sehr Vera an Rolf hängt –, »vielleicht vermutet er, beobachtet zu werden, und will uns nicht unnötig in Gefahr bringen.«

Vera lacht, es kling unfroh. »Lieb von dir, ich weiß, du meinst es gut. Aber ich kann mir nicht helfen, mir ist, als sei ihm was geschehen. Nenn mich ruhig überspannt, ich glaub', ich besitz' so etwas wie einen sechsten Sinn.«

»Spätestens morgen wird er zurück sein, du wirst sehen«, sagt Ruth. »Und nun laß uns erst einmal herausfinden, was es an neuen Gerüchten in der Stadt gibt. Im Rosati auf der Via Veneto werden wir es bestimmt erfahren.«

»Dann schon besser im Doney«, sagt Vera, »Mario ist immer gut unterrichtet.«

»Das Doney liegt auf der linken Straßenseite, wo die Sonne die Tische einschmilzt. Da ist um diese Zeit kein Mensch, viel zu heiß. Rosati ist besser.« Ruth kann starrköpfig sein, wenn es gilt, etwas durchzusetzen, das sie sich vorgenommen hat.

»Bist schon ein Quälgeist«, sagt Vera. »Also in einer halben Stunde. Ich hol' dich ab.«

Wieder wie schon vierzehn Tage zuvor machen sich die beiden Freundinnen im Bus auf den Weg zur Stadt. Die Piazza San Silvestro ist menschenleer. Die Sonne brütet auf dem Pflaster, über vielen Auslagen sind die Rolläden herabgelassen. Auch Ladeninhaber machen Ferien im heißen August.

Im Schatten einer Toreinfahrt döst ein alter Mann mit einer Zeitung auf dem Kopf. Katzen überqueren ohne Eile die Fahrbahn; seitdem die Deutschen mit ihren Wehrmachtswagen und Motorkrads aus Rom fort sind, ist für sie die Gefahr, überfahren zu werden, gering. Das Leben in der Stadt stagniert. Roms Stadtstreicher, bisher von deutschen Streifen bedroht, die Ausweise verlangten und sie, falls sie sie nicht gleich mitnahmen, in deutscher Ordnungsliebe an die Arbeitsämter verwiesen, sind an ihre angestammten Plätze zurückgekehrt, lungern um die Brunnen und auf Kirchentreppen, warten auf das Öffnen der kirchlichen Speisekantinen, die ihnen Brot und eine tägliche Minestrone sichern, heben nicht den Blick, wenn jemand an ihnen vorüber geht.

»Wie im tiefsten Frieden«, sagt Vera.

»Aber wie lange noch?«

»Sie schießen schon wieder, hörst du's? Die Amerikaner können nicht mehr weit sein.«

»Ich wünschte, sie wären schon hier«, sagt Ruth.

»Und ich wünscht' vor allem, Rolf wäre hier«, sagt Vera. »Dann wüßten wir mehr, aber so –«

»Wolfgang ist doch da«, sagt Ruth.

»Schon, schon. Nur: Er ist auch nicht viel mehr im Bilde als wir.«

»Und wer weiß nun wirklich, was los ist?«

Vera zögert. »Christopher Howard!« sagt sie. »Aber aus dem ist nichts herauszukriegen, der ist verschlossen.«

»Wie kommst du darauf, daß er besser informiert ist?«

»Rolf sagte es mir. Howard soll ein wichtiger Mann sein, Partisan, Kommunist, eng liiert mit leitenden Funktionären der italienischen KP.«

Ruth ist verblüft: »Seit wann machen wir gemeinsame Sache mit der italienischen KP.«

»Seit wir gegen Nazis und Faschisten sind, also von Beginn an. Hast du was gegen Kommunisten?«

»Nein, aber ich dachte, du mit deinem hochadeligen Namen –«

»Also, wenn's nicht so heiß wäre, würd' ich mich ärgern«, sagt Vera kopfschüttelnd. »Ein Name. Was ist schon ein Name?«

Sie sind beim Rosati angekommen. Im verschatteten Innern des Cafés sitzen, sorgfältig gepflegt und zurechtgemacht, diejenigen Stammgäste, die ihren Lebenszweck darin sehen, alles zu vermeiden, was in geregelte Tätigkeit ausarten könnte, in der nimmermüden Hoffnung, das große Glück, was immer sie sich darunter vorstellen mögen, erreiche sie bei geduldigem Warten am Marmortischchen ihres Stammcafés. Es sind die *gagàs* der Via Veneto, Snobs, Söhne vermögender Eltern, die sich hier täglich zusammenfinden, um zu tratschen; sie scheinen über alles, was sich in der Stadt tut, bestens informiert. Von den anderen Stammgästen, den aufsässigen Literaten, ist heute keiner zu sehen. Man diskutiert zwar den Sonderstatus Rom, doch ohne wirkliche

Anteilnahme. Ruth ist enttäuscht; vage Gerüchte, zu dramatischen Vermutungen aufgebauscht, reichen nicht aus, Schlüsse auf das wahre Geschehen zuzulassen.

»Laß uns gehen«, sagt Vera nach einer Stunde, »hier erfahren wir doch nichts. Vielleicht ist Rolf mittlerweile zurück.«

Es geschieht, als sie zahlen wollen. Von der Straße her dringt Rufen herein, mehrere dünne Kinderstimmen, bald verstärkt vom schrillen Diskant erregter Frauen: »Die Amerikaner – die Amerikaner kommen!«

Aufregung im Caféraum; alles drängt zur Tür: »Kommen sie wirklich? Wo?« Menschen tauchen von überall her auf, deuten mit dem Finger in Richtung Piazza del Popolo: »Dort, dort! Die alte Heerstraße herauf über die Via Flaminia!«

Zum zweitenmal innerhalb von vierzehn Tagen erleben die Mädchen, wie sich Leute auf der Straße um den Hals fallen, einander umarmen und küssen, vor Freude weinen: »Die Amerikaner. Wir sind gerettet.«

Der Himmel hat sich bezogen, hat die Sonne weggenommen. Fahles, gelbes Licht bei drückender Schwüle deutet an, daß sich ein Gewitter vorbereitet, kein nahes aber, das spontan losbricht, ein solcher Himmel im August kann tagelang Elektrizität sammeln, bevor die Wolken dicht genug sind, sich zu entladen. Das Grollen der Kanonen um Rom ist verstummt. Als der erste Jubel der Menschen in den Straßen sich gelegt hat, ist es sehr still um die Stadt. Zu still.

Meine Gedanken werden durch eine Eidechse unterbrochen, die aus dem Unkraut zwischen den viereckigen Ufersteinen wieselt, vor meiner Sandale haltmacht, zögernd, welchen Weg sie von hier aus einschlagen soll. Ich bewege meinen Fuß. Im Nu ist sie fort, verschwunden unter abgefallenen Platanenblättern. Ein weiteres Bild stellt sich ein, nachdem meine Augen auf der immer gleichen Oberfläche des trägen Wassers wieder zur Ruhe gekommen sind:

Die Via Flaminia, antike Heerstraße der Römer, die, aus dem Süden des Landes kommend, durch die Porta del Popolo in Rom einmarschierten. Jetzt ist sie zu beiden Seiten dicht gesäumt von einer erwartungsvollen Menschenmenge, bereit, die Sieger dieses fürchterlichen Krieges, sofern es in diesem weltweiten, blutigen Massaker überhaupt Sieger im landläufigen Sinn geben kann, als späte Verbündete zu begrüßen. Kinder, zum Bordstein vorgeschoben, tragen Polohemden mit Union-Jack-Aufdruck, Kappen mit ›I-like-America‹-Spruchband, halten Sternenbannerfähnchen in den kleinen Fäusten, bereit, sie beim ersten Anzeichen des nahenden Militärzugs zu schwenken.

Ruth und Vera finden sich eingekeilt in einer Menschenmauer, die nach keiner Seite hin auch nur um einen Zoll nachgibt. Stechender Geruch nach Schweiß, unsauberer Kleidung, süßlicher Seife und Zwiebeln. Aller Augen sind nach Süden gerichtet, dorthin, wo die einstige Aufmarschstraße den Tiber überquert. Und es ist heiß, es ist unerträglich heiß unter dem fahlgelben Himmel. Die breite Straße, staubig, ohne Schatten, ist vollkommen leer, nichts rührt sich. Im Rücken der Mädchen unterhalten sich drei italienische Soldaten über den Segen, bei einer derartigen Schwüle der Luft und überhaupt, die *maledetta* Uniform nicht anziehen zu brauchen. Zum Empfang der *americani* scheint sie wenig geeignet; ihr Anblick könnte die neuen Verbündeten unliebsam daran erinnern, daß das Bündnis zwischen Italien und den Alliierten noch sehr jung und wenig gefestigt ist. Der schwitzende Mann neben Vera, beleibt, laut atmend, trägt seinen kleinen Sohn huckepack; der Junge, gelangweilt, kleckert Schokoladeneis in das Haar seines Vaters. Seine Mutter, dicht an ihren Mann gedrängt, zupft in kurzen Abständen an ihrer malvenfarbenen Bluse unter den Armen, wo sich dunkle Halbbögen abzeichnen.

»Daß Rolf gerade jetzt hinüber mußte«, sagt Vera.

»Er wäre bestimmt nicht gefahren, wenn es nicht wichtig gewesen wäre«, sagt Ruth. Das erhitzte Blut klopft in ihren Schläfen.

»Wichtig«, sagt Vera. »Für uns ist alles wichtig, das ist es ja. Und dann irgendwann erwischt es uns.«

»Du siehst zu schwarz.«

»Ach«, sagt die Contessa resigniert, »machen wir uns doch nichts vor. Einen schlechteren Moment für den Grenzübergang hätte er sich nicht aussuchen können. Einer, der aus Rom kommt, ohne Uniform; ohne eine kriegswichtige Tätigkeit im Dienst des großdeutschen Reichs nachzuweisen, der ist doch gleich verdächtig, zu den Verschwörern gegen Mussolini zu gehören.«

»Rolf ist bisher nie besonders überprüft worden. Er hat den Weg schon viele Male gemacht. Für eine normale Kontrolle reichen seine Papiere aus.«

Vera gibt keine Antwort. Unter dem Druck der lastenden Schwüle und Enge verstummen allmählich auch die anfangs so erregten Gespräche um sie herum. Die nahe Kirche Santa Maria del Popolo neben dem Triumphbogen, der in alter Zeit Stadttor war, läutet den frühen Nachmittag ein. Und immer noch liegt die Straße wie tot unter bedecktem Himmel, stehen die Menschen dicht gedrängt am Bordstein, kaum einer, der seinen so geduldig gehaltenen Platz verläßt. Unsicherheit breitet sich aus, wo bleiben die Befreier? Man schießt doch nicht mehr im Süden, also haben sie sich in Marsch gesetzt, oder?

Falschmeldung?

*No, no,* sagen später Hinzugekommene und verweisen auf die Tatsache, daß die Straße offensichtlich geräumt ist, im Radio hätten sie auf den erwarteten Einmarsch hingewiesen und durchgegeben, daß die Via Flaminia für den Verkehr gesperrt worden sei, man habe Umleitungen vorgeschlagen für alle Fahrräder, Händler mit ihren Karren und Krankenwagen. Also weiter warten. Sie werden schon kommen, man wird sich befreien lassen, ein oder zwei Stunden später, was spielt das schon für eine Rolle, Hauptsache, der verdammte Krieg ist endgültig zu Ende, *fascisti* und *nazisti* sind abgehalftert, und das *vita romana,* das Leben in Rom, kann ungestört seinen Fortgang nehmen. Sie harren aus, die Menschen, sie schwitzen. Kinder plärren; wollen nach Hause. Aber damit sie sich Jahre später brüsten können, beim glorreichen Einzug der alliierten Befreier mit dabeigewesen zu sein, tun die stolzen Eltern ihr Bestes, um sie bei Laune zu halten.

Und dann endlich ist es soweit: Ganz weit in der Ferne, mit bloßem Auge kaum erkennbar, scheint sich etwas zu bewegen. Noch ist es von den Schwaden hitzeflirrender Luft kaum zu unterscheiden, aber schon pflanzt sich murmelndes: »*Vengono!* Sie kommen!« durch die Reihen fort. Es wirkt wie Regen nach langer Dürre. Bewegung kommt in die Menschen, sie heben die Köpfe, spähen zu dem winzigen Punkt hin, der in der Luft zu schweben scheint, sich ganz langsam nähert, rufen einander, aus ihrer Lethargie erwacht, aufmunternde Worte zu, rücken die Fähnchen in den Fäusten ihrer Kinder zurecht, damit möglichst viele auf und ab wedelnde Stars and Stripes von der Freude der Römer zeugen, die langerwarteten *americani* in ihrer Stadt begrüßen zu können.

Die allgemeine Erwartungsfreude steckt an. »Sie kommen«, sagt auch Ruth zu Vera, »bist du nicht froh?«

»Heut abend werd ich mich freun, wenn ich weiß, daß Rolf wieder zu Haus ist«, sagt Vera. »Jetzt spür' ich gar nichts, bin wie tot.«

Ruth ist aufgeregt. Schließlich bedeutet der Einmarsch der Alliierten gleichzeitig auch das Ende einer Periode von über zehn Jahren, die sie im eigenen Land rassisch brandmarkte, sie seit ihrer Kindheit abseits gestellt hatte. Alles, was sich bisher in ihrem Leben abgespielt hat, war von ihrem Sonderstatus als Mischling ersten Grades geprägt worden. Acht Jahre war sie alt gewesen, da hatte die Rechenlehrerin in der Grundschule Ruth, die im Rechnen nie gut war, die fehlerhafte Hausaufgabe mit den Worten hingeworfen: »Mit Elementen wie dir wird man von nun an anders umgehen.« Zu Hause hatte Ruth sich erkundigt, was ein Element sei, und keine Antwort darauf bekommen, der Vater schwieg, und der Mutter kamen die Tränen; sie – das hatte Ruth immer als das schlimmste empfunden – fühlte sich schuldig. Schuldig, Ruth das Leben geschenkt zu haben; darum hatte sie dem ihren schließlich mit Veronal ein Ende gesetzt, erst zweiunddreißig Jahre alt. Unfaßbar, daß der ganze Rassenspuk nun vorbei sein sollte, diese Wahnsinnsideologie eines einzelnen Fanatikers und seiner Clique. Von nun an würde sie wie alle anderen sein, niemand würde sie mehr nach ihrer Abstammung beurteilen. Und kein Jude oder Mischling, sofern er bisher überlebt hatte, müßte wie bisher seine Zugehörigkeit zum mosaischen Volk wie ein gelbes Kainsmal an der Kleidung vor sich her tragen. Schwer vorstellbar. Wenn überhaupt.

Ich ertappe mich dabei, während ich am Ufer des Tibers sitze, daß Überlegungen, wie das wohl gewesen sein mag, als ich plötzlich mit der Möglichkeit konfrontiert wurde, ein Mensch wie andere zu sein, das Bild der Via Flaminia in den Hintergrund zu drängen beginnen. Die Gedanken wollen Aufschub haben, blockieren mit allerlei abstrakter Akrobatik die Unmittelbarkeit der Vorstellung. Zurück also zur Heerstraße im fahlen Licht des Nachmittags, zu den Menschen, die sie säumen:

Jubel bricht los, als sich in der näher rückenden Staubwolke Marschierende abzuzeichnen beginnen, flache Schatten in ihrem Rücken, Heereswagen, Tanks, ein unübersehbar langer Zug von Mann und Material. Das Seltsame daran ist, alles geht lautlos vor sich, der Gleichschritt der Marschierer und das Kettengrollen der Panzerwagen werden von der drückenden Schwüle aufgesogen, die keinen Windhauch zuläßt. Wäre nicht das Vivageschrei der Umstehenden, denkt Ruth mit leisem Unbehagen, es wäre totenstill. Augenblicke später dann tritt ein, wovor sie sich fürchtet: Der Jubel verstummt, er klingt stufenweise ab, beginnend am südlichen Ende der Menschenschlange, wo es auffallend ruhig wird. Dann erfaßt auch den mittleren Teil unnatürliche Stille. Da rückt es heran vom Süden her im Gleichmarsch schwerer Stiefel – tragen Amerikaner Stiefel? Nein, die doch nicht. Dann sind es womöglich die Russen? *Dio mio,* sie schicken uns die Russen herauf, es wird schwer werden, sie davon zu überzeugen, daß wir im Herzen von jeher ihre Verbündeten waren, seid doch mal still, hört hin, so marschieren doch keine Russen, ich hab' ein Ohr dafür, Gott helfe uns, es sind die Deutschen, sie kommen zurück – *i tedeschi ritornano* ... Es ist kein Ruf, es klingt wie eine unter dem Atem hervorgestoßene Verwünschung, von irgendwoher aus der Menge an die Nachbarn weitergegeben, verbreitet sich, ein Stimmenlauffeuer, mit Blitzgeschwindigkeit von Süden nach Norden. War sie dort, wo der lange Heereszug der Kesselringarmee seinen Anfang nahm, durch Überraschungseffekt noch hinterhergehinkt, so eilt sie ihm nun voraus. Mützen und Fähnchen mit den falschen Emblemen verschwinden in Eile, Kinder mit Sternenbannerhemden werden nach rückwärts durch die sich kurz öffnende Menschenmauer gezerrt, die sich in ihrem Rücken sofort wieder schließt. Zurück! Näher an die Häuser, räumt den Bordstein, nun macht schon! Siehst du, Giuliana, wie gut es war, die schwarze Uniform aufzubewahren, und du wolltest sie verbrennen, vielleicht haben sie den Duce freigelassen und er schickt uns die *nazisti,* um sich für den Staatsstreich zu rächen. Aber so sind die da oben: Der König verhaftet unseren Führer, flieht zu den Amerikanern und überläßt uns der Rache des Schicksals, *innocenti*, die wir sind! – Du übertreibst, Nino, so schlimm waren die Deutschen gar nicht, ganz umgänglich waren sie, wenn man ihnen freundlich begegnete, ein paar Wochen mehr oder weniger mit den Tedeschi in der Stadt – was macht es schon? Die Amerikaner werden bald nachkommen, sie sind doch schon in Albano.

Da kommen sie heran, die Straße verschwindet unter den bis zu den Augen behelmten Marschformationen, ihre Stiefel knallen im Gleichschritt gegen das Pflaster. Die Ketten der mächtigen Panzer im Gefolge rattern auf dem holprigen Asphalt.

Ruth, noch unter Schock, erkennt: Das sind nicht die Deutschen, wie Rom sie bislang erlebte, nicht die sich neutral gebenden Offiziere und Mannschaften, die sich betont abseits hielten, mit hohen Funktionären der Mussoliniära Golf spielten oder sich im Wehrmachtslokal auf der Via della Croce mit Bier betranken, das dünn und lauwarm aus dem Schankkran tropfte. Dies hier ist der Feind. Er kommt zum Stadttor mit dem ganzen Rüstzeug einer Macht, die sich auf Konzilianz nicht mehr einlassen will, und sie fragt sich, ob die Menschen um sie herum wohl begreifen, was die beiden weißen, eng beieinanderstehenden Blitze auf den Tanks und Transportwagen bedeuten, bisher hatte die SS in Rom keine offizielle Vertretung gehabt.

Die Spitze des Zuges hat das alte Stadttor vor der Piazza del Popolo erreicht, hält an. Vor Ruth und Vera steht eine Formation schwerer Panzer, die heißgelaufenen Ketten strömen einen durchdringenden Geruch von erhitztem Eisen aus, die Männer in den geöffneten Luken haben starre Gesichter. Es ist nicht schwer, von ihnen abzulesen, daß diese Soldaten nicht in friedlicher Absicht in die Ewige Stadt einfahren. Aus betretenem Schweigen lösen sich einzelne Stimmen: Was, denkst du, haben sie vor, Giovanni? – Immer die Ruhe, Claretta, was können sie schon vorhaben mit den Amerikanern ihnen auf den Fersen? Auf der Flucht sind sie vom Süden in den Norden. – Weiß nicht, nach Flucht sieht mir das nicht aus, die sind doch, als hätte man sie gerade erst zusammengestellt. – Wenn ich dazu etwas sagen darf, Signora: Rom ist für sie nur Durchzugsgebiet, anders ist es nicht denkbar. Der *Papa*, der Papst, nicht wahr, würde es niemals zulassen, daß Rom zum Kriegsschauplatz wird, *confienza*, Signora; haben Sie Vertrauen. – Ja, die Kirche. Die Kirche wird uns schützen. Ach wirklich? Und wenn sie es nicht tut? Wenn der Papst sich nach Gandolfo zurückzieht? – Erregter Widerspruch von mehreren Seiten: Niemals! Der Heilige Vater wird uns nicht im Stich lassen! – Krieg so gut wie vorbei – Rom offene Stadt – *coraggio*, Mut! –

»Erschreckend«, sagt Vera zu Ruth, »sie haben nie damit gerechnet, daß Hitler die Konsequenzen aus dem Mussolinisturz ziehen würde.«

»Vogel-Strauß-Methode«, sagt Ruth. »Sie haben nicht damit gerechnet, weil sie nicht damit rechnen wollten.«

»Überall die SS-Rune, wo kommen diese Verbände her? Sieht aus, als hätten sie noch keinen Einsatz hinter sich.«

»Einheiten vermutlich, die im Süden zur besonderen Verfügung bereitstanden. Hitler hat Mussolini doch nie über den Weg getraut. Wenn die sich von nun an in Rom festsetzen, wird der Boden verdammt heiß werden.« Ruth weiß, wovon sie spricht; zur exekutiven Gruppe der SS gehört die Gestapo; sie hat ihr Zusammenwirken in Berlin erfahren. Jetzt begreift sie nicht mehr, wie sie auch nur einen Augenblick lang hatte annehmen können, ein elfjähriger Alptraum habe für sie und ihre römischen Freunde ein Ende gefunden. Hitlers hysterische Reaktionen auf jede Art von Provokation sind bekannt, sie hätte es besser wissen müssen. Von nun an wird sie versteckt leben müssen; hat die Gestapo erst einmal entdeckt, daß sich eine Reichsbürgerin mit gefälschten Papieren, dazu noch Nichtarierin, seit Jahren in Rom aufhält, wird man nicht zögern, sie zu verhaften und sie nach Deutschland zurückzutransportieren, wo das Zuchthaus auf sie wartet. Oder Schlimmeres.

»Gehen wir«, sagt sie zu Vera.

»Solang der Zug steht, kommen wir hier nicht heraus.«

»Dann werde ich Lotte Bescheid sagen. Hinter uns die Drogerie wird Telefon haben.«

Vera erwacht aus ihrer Teilnahmslosigkeit, hebt den Kopf: »Du willst anrufen? Dann frag doch bitte, ob –«

»Aber ja doch. Und wenn er da ist, hol' ich dich zum Apparat.«

Ruth ist darauf gefaßt, sich gegen starke Widerstände bis zur Häuserfront durchkämpfen zu müssen, doch die Menge macht ihr bereitwillig Platz, als habe sie Verständnis dafür, daß sie sich das Schauspiel nicht länger ansehen will. Auf der Stufe zur Drogerie stehen der Besitzer und zwei Frauen mit verschlossenen Gesichtern. Ruth bittet, telefonieren zu dürfen, fürchtet dabei, einer der drei könnte ihren deutschen Akzent erkennen, aber der Mann nickt nur, weist ihr den Weg zum Apparat.

»Wo bist du?« sagt Lotte.

»Mit Vera an der Via Flaminia. Habt ihr das Radio angestellt? Was sagt ›RAI‹?«

»Gar nichts. Oder so gut wie nichts. Die Meldung vom Einzug der Amerikaner haben sie dementiert. Seitdem das übliche Programm. Gibt es irgend etwas Neues?«

»Ja«, sagt Ruth. »Schlimmes für uns: Die Deutschen ziehen wieder ein, offiziell diesmal, SS-Einheiten und schwere Geschütze, das sieht nach Krieg in letzter Minute aus.«

»Also doch«, sagt Lotte. »Als hätte ich's nicht geahnt; es lag die ganze Zeit in der Luft. Jetzt haben wir die Scheiße.«

»Ist Rolf zurück?«

Ein paar Sekunden lang ist es still in der Leitung. Ruth hört Lotte atmen. Dann kommen die Worte, als müsse sie sie einzeln zusammensetzen. »Nein«, sagt sie, »Rolf ist nicht zurück. Kein Lebenszeichen. Und unter diesen Umständen ist auch keines mehr zu erwarten.«

»Du meinst, sie haben ihn erwischt?«

»Ich fürchte, ja. Der Wiedereinmarsch der Deutschen ist doch keine spontane Aktion, es gab genug Anzeichen, daß er in Vorbereitung war. Das bedeutet, daß die Gestapo alle Grenzübergänge kontrollierte.«

»Und Rolf ist ihnen in die Arme gelaufen?«

»Wir alle haben so etwas vermutet und ihn gewarnt, das weißt du selbst«, sagt Lotte in nachträglichem Zorn, »aber er wollte nicht hören, sich lieber auf sein bisheriges Glück in diesen Dingen verlassen. Einmal mußte das ja schiefgehen.«

Ruths depressive Stimmung verwandelt sich in Panik. Es ist die Ahnung eines Verlustes, von dem sie erst später begreifen wird, wie unersetzlich er ist. »Was machen wir nun ohne Rolf?« sagt sie ratlos.

Die Antwort kommt schnell, hart: »Weitermachen, das versteht sich von selbst. Jetzt erst recht. Was hast du gedacht?«

»Wie können wir jetzt noch Menschen aus Rom herausschleusen? Sie werden von nun an alle Ausgänge genauestens überwachen.«

Wieder ist es einige Augenblicke still auf der anderen Seite. Dann sagt Lotte langsam: »Als Rolf dich zu uns brachte, hast du dich mit uns zum Einsatz gegen die Diktatur entschlossen. Du hast gewußt, daß du damit Risiken auf dich nimmst.«

»Natürlich«, sagt Ruth ungeduldig, »davon ist doch nicht die Rede. Nicht vom Ob, nur vom Wie.«

»Kursänderung«, sagt Lotte.

»Was verstehst du darunter?«

»Nicht am Telefon. Wir treffen uns heute abend hier bei uns. Wolfgang sagt den anderen Bescheid.«

»Und wer wird nun die Führung übernehmen?«

»Darüber wird abgestimmt werden, sobald wir Genaues über Rolf und seinen Verbleib wissen. Seht zu, daß ihr bald von der Straße wegkommt. Um acht bei mir. Und versuch, Ruth, es Vera schonend beizubringen, du weißt, was ich meine.«

»Soll ich überhaupt? Solange wir noch nichts Endgültiges wissen ...«

»Keine Zeit mehr für Illusionen«, sagt Lotte energisch. »Jetzt müssen wir handeln.«

Glockenschläge, hart, metallisch, zerreißen die Stille, in die ich versunken war. Ich vergaß, wie nahe ich dem Petersdom bin. Das Bild der endlosen Militärschlange vor der Porta del Popolo verwandelt sich zurück in den friedlichen Fluß mit seinen vielen Brücken, die in perspektivischer Verjüngung der Uferränder das schmale Wasserband wie Klammern überspannen, bevor es in der Biegung verschwindet. Ein paar Meter weiter drüben liegt ein Hausboot, ein hölzerner Pavillon auf Brettern. Breite Planken stellen die Verbindung zum Ufer her. Zwei Männer hantieren vor dem offenen Eingang, schütten Abfälle in den Fluß, schrubben ihr Deck. Wäsche ist zum Trocknen über ein Gestell gespannt, ein Eimer steht daneben. Ich sehe ihnen zu, noch befangen von der Intensität meiner Vorstellungen, die das nahe Läuten so abrupt unterbrach. Haben die beiden dort ihre Stadt in den vierziger Jahren miterlebt? Denken sie noch manchmal daran zurück, wie es war, als die große Illusion vom römischen Ungeschorendavongekommensein fünf Minuten vor zwölf platzte und die darauffolgenden Ereignisse sie, die politisch indifferenten Römer, aus ihrem Traum riß, wie Phönix unbeschadet aus der Asche dem Gemetzel ringsum zu entsteigen?

Diese Männer dort drüben wohl nicht, sie werden damals noch Kinder gewesen sein, ich schätze sie auf Ende Zwanzig, Anfang Dreißig. Aber auch, wenn sie älter wären: Die Menschen heute haben andere Sorgen. So geht das: Was einst als unmittelbar lebensbedrohend empfunden wurde, gerinnt im Lauf der Jahre, ist es erst überstanden, zu einem Stück Erinnerung, dem man in der Nacherzählung noch Adjektive zufügt, um künstlich zu vertiefen, was schon keine Tiefe mehr hat. Gefühle haben kein Gedächtnis. Es ist leicht zu vergessen, wenn man vergessen will, viel schwerer, sich rückzuerinnern. Zur Aufarbeitung des Gestern gehört Mut. Schrittweise nur finde ich wieder zur Gegenwart. Es tut gut, hier unten zu sitzen, allein mit Steinen und Wasser, während oberhalb der Mauer der häßliche Verkehrslärm tobt, dieses pausenlose Gehupe, Räderquietschen, Motorengeheul. Die Sonnenwärme ist tief in meine Haut eingedrungen, ich fühle sie auf Armen und Beinen wie eine Liebkosung. Sie macht träge, ich müßte mich erheben und gehen, ehe die ersten langen Schatten meinen Platz erreichen. Mein Hirn sagt es mir, aber der Körper macht nicht mit, er fühlt sich hier rundum wohl, will sich nicht rühren. Wann war es das letzte Mal, daß er sich so bis zum Rand vollsog mit Sonne? Jahre sind es her. Jahrzehnte. Wasserflöhe hüpfen über die Flußoberfläche. Da, wo sie aufprallen, entstehen kleine Löcher, ziehen Kreise, die das stille Spiegelbild des Ufers momentan zum Erzittern bringen. Ab und zu weht ein Platanenblatt von der Mauer ins Wasser hinab. Dann dreht es sich erst ein paarmal, unentschieden noch, wo es hin möchte, bevor es den Fluß abwärts treibt. Die nächste Stunde verbringe ich ausschließlich mit erholsamen Naturbetrachtungen, bis ich endlich die Kraft aufbringe, meinen Stein zu verlassen, der, seit einer Weile im Schatten, auszukühlen beginnt.

In Richtung Stadtzentrum wandere ich den schmalen Streifen neben dem Tiber entlang, über mir das Rascheln der

Platanen. Je mehr ich mich der Stadt nähere, desto schmutziger wird der Uferweg. Er ist mit Unrat übersät, Zigarettenkippen, Plastiktüten, alten Konservendosen. Kondome hängen an Disteln, vom Wind spielerisch zu lächerlichen Gebilden aufgeblasen, Flaschenscherben bedrohen die nackten Zehen in den Sandalen. Außerdem stinkt es hier wie in einer der öffentlichen Bedürfnisanstalten in den Seitenstraßen, dazwischen der fette Geruch von Maschinenöl, der von der Baracke gleich neben dem Brückenpfeiler kommt. Ich klettere die nächsten, steilen Stufen zur Uferstraße hoch, werde sofort wieder vom Getöse empfangen, dem ich für eine kleine Weile entronnen war. Die Stadt hat mich wieder.

Abendessen im Casina Valadier. Seltsames Verwirrspiel der Sprache: Was im Deutschen ›Kasino‹ heißt, heißt im Italienischen *casina,* das a ist wichtig, denn *casino* bedeutet Bordell. Im Krieg, erinnere ich mich, hat das öfters zu peinlichen Verwechslungen geführt. Also wieder zum Pincio. Warum mich gerade dieser Teil Roms so anzieht, obwohl die Stadt doch über so viele herrliche Gärten und Aussichtspunkte verfügt, kann ich nicht sagen. Vielleicht, weil er in meiner Vorstellung von Rom vor fünfundzwanzig Jahren noch am deutlichsten gegenwärtig ist, oder aber auch nur aus Bequemlichkeit, weil er der Innenstadt am nächsten ist; ich weiß es nicht.

Da es, als ich ankomme, zum Abendessen noch etwas zu früh ist, das Lokal fast leer, wähle ich einen guten Tisch an der Balustrade der Terrasse mit weitem Blick über die Dächer Roms, genieße die Aussicht und die kurze Brise, die hier dem Sonnenuntergang zu folgen pflegt, bevor sich der Abend über den gelblich verblassenden Himmel heranschiebt. Schade nur, daß sie hier jetzt einen aufwendigen Hotelbetrieb aufgezogen haben. Das einstige Schlößchen Napoleons III., während des Kriegs bescheidene Cafeteria mit viel deutschem Militär, das zwei schlampige Kellner lustlos bedienten, ist zum anspruchsvollen Dinnerlokal geworden. Getütete Leinenservietten, spiegelnde Gläser, Blumen auf jedem sterilweiß gedeckten Tisch: fremd und ungemütlich. Aber der Blick von der Terrasse entschädigt für zeremonielles Brimborium. Man braucht ja nicht ins Lokal hineinzuschauen, das sich nun zu füllen beginnt. Anscheinend nehmen die Amerikaner das Valadier ähnlich in Beschlag wie eine Generation zuvor die deutschen Besatzer; sie kommen zahlreich. Ihre Stimmen, lauter noch als die der Italiener, ergießen sich in der ganzen Breite verschiedener Akzente wie zäher Kartoffelbrei über alle anderen Laute ringsum und ersticken sie. Der Ober, nicht unfreundlich, vielleicht hat er mich in meiner einfachen Kleidung als Nichttourist erkannt, bringt mir Risotto auf Klosterart, das er mir empfahl, und Wein aus den Castelli Romani, aus römischen Schloßkellereien. Mit jedem Schluck des sauberen Weins weicht ein bißchen von meiner inneren Verkrampfung. Daß Erinnerungen eine solche Kraft haben können! Jetzt haben sie mich voll eingeholt, stellen sich jederzeit ungefragt ein, lenken meine Aufmerksamkeit mehr und mehr von der Gegenwart zurück auf das Vergangene. Noch wehre ich mich, noch ist Ruth Hellmann Ruth Hellmann, noch bin ich ich. Aber wie lange noch?

Das Farbenspiel des Himmels nimmt meine Aufmerksamkeit gefangen. Eine Woche bin ich nun schon in Rom, sieben Abende habe ich von verschiedenen Plätzen aus zugeschaut, wie die Sonne sank und der Abend aufzog. Und nie war ein Abend wie der andere, Farbgebung, Wolkenformation, immer neu, immer anders. Dieser römische Himmel: Das ist schon ein Erlebnis, wenn die Erdkugel sich anschickt, in die Nacht einzutauchen. Mit den Armen auf die Balustrade gestützt, beobachte ich geduldig, wie die heraufziehende Nachtwand graue Schatten vorschickt, die verblassenden Häuserdächer und Parks zu schlucken, bis sie gegen den noch verbliebenen hellen Rest des Himmels zu Silhouetten werden, die Lorbeerhecken im dünnen Mondlicht zu glänzen beginnen. So kannte ich es von früher, schaute oft zu, bis die Nacht auch die letzten Umrisse zudeckte. Das ist jetzt anders; bevor es dazu kommt, springen von da unten her zu Tausenden die Lichter an, Richtstrahler, Leuchtreklamen, Bogenlampen, Straßenlaternen, sie flammen fast alle zur gleichen Zeit auf, stehlen dem Himmel die Schau, bis er im milchigen Widerschein ausgebleicht über der Stadt hängt; ein zurückgedrängter, ein übertrumpfter Himmel. Aufregender Anblick von hier oben aus: Rom bei Nacht, herrlich unwirklich, was kann man da nicht alles hineinträumen. Geräuschlos gleiten da unten die Autoschlangen um die Lichtflecken der historischen Plätze, durch das verschachtelte Straßennetz, es sieht alles spielerisch leicht aus; kein Lärm, kein Gestank und Schmutz, keine Elenden im Dunkel ihrer Wohnhöhlen. *What a beautiful city*, sagt die Amerikanerin im Abendkleid hinter mir zu ihrem Begleiter. Diese Amerikaner, denke ich beim dritten Glas Wein. Sie lieben das frisierte Haupt der Stadt. Roms Herz, die Viertel um Trastevere, interessiert sie wenig, da gehen sie auf Distanz. »Ja«, sage ich laut, »really a beautiful city!«

Das gute Essen, der Wein haben mich entspannt, mir das Gefühl für den großen zeitlichen Abstand zurückgegeben, der das Gestern vom Heute trennt. Ich werde dösig, heute Nacht werde ich kein Schlafmittel benötigen, um einzuschlafen. Die laue Abendluft tut das ihre dazu. – Es ist nicht weit von hier bis zur Via Margutta. Unten löst sich, was von oben so bestrickend aussah, in lärmendes Getöse, Benzinabgase, übermäßige Beleuchtung der großen Plätze und viele schmutzig schwarze Seitenstraßen auf. Eine hungrige Katze folgt mir auf dem Fuß bis zur Wohnungstür. Von oben sieht man keine hungrigen Katzen. Auch keine hungrigen Menschen.

## 19. Oktober

Eine Briefkarte von Katja aus Amsterdam, am dreiundzwanzigsten abends käme sie zurück. Und sie käme nicht allein, ihr Verlobter – »Habe ich dir schon gesagt, daß ich verlobt bin? Jurastudent, sehr jung, bißchen pingelig, nimmt es mit allem sehr genau« – käme mit. Sie hoffte, schreibt sie, daß es mir nichts ausmachen würde, dann auf der Couch im Wohnzimmer zu übernachten. Falls ich am Montag noch da sei. Das ist deutlich. Kurzer Ärger: Wie kommt sie dazu, in einer solchen Art über mich zu verfügen? Aber wenn ich es mir überlege: Es paßt zu ihr; alle Briefe, die sie mir in den Jahren schrieb, sagen im Grund das gleiche: Menschen sind für Katja nur so lange interessant, als sie ihr nützlich sind. Nützlichkeitsdenken, Opportunismus, mit Naivität kombiniert – das könnte ihre doch offensichtlich unerfreuliche Rolle erklären, die sie im Krieg spielte, an der Seite der Nazis. Ich betrachte mir ihre Schrift, versuche von meinem einstigen Graphologiestudium her oder von dem, was davon noch übrig ist, das Schriftbild zu deuten: die starke Ichbetonung in den weit ausholenden Anfangsbuchstaben und in der unverhältnismäßig großen Unterschrift, Planmäßigkeit des Vorgehens in verschlossenen, eingerollten a's und o's, Naivität in der Rundung der Lettern, die von leichter Verführbarkeit zeugen. Was hatte Ina gesagt? Katja habe vierundvierzig/fünfundvierzig noch für die Deutschen als Dolmetscherin gearbeitet, obwohl sie doch in Gestapohaft gewesen war. Nein, ich werde abreisen, bevor sie kommt. Der Entschluß erleichtert mich, als hätte ich schon in Gedanken mit ihm gespielt, aber bislang keine überzeugende

Begründung dafür gefunden. Am Montagvormittag werde ich nach Hause zurückfahren. Es wird, rede ich mir ein, höchste Zeit, mich wieder um meine Arbeit zu kümmern, Vergangenheit Vergangenheit sein zu lassen. Und ausgerechnet bei diesem Gedanken empfinde ich nun so etwas wie schmerzliches Bedauern; die Trennung von Ruth Hellmann, die ich in Rom zurücklassen werde, fällt mir schwerer, als ich ahnte. Wir sind uns sehr nah gekommen; was ihr geschah, bindet mich an diese Stadt, an ihre Plätze und Mauern.

Je mehr ich darüber nachdenke, desto stärker wird das irreale Gefühl von Frustration, so als zwänge man mich zum zweiten Mal, Rom gegen meinen Willen zu verlassen. Dabei handele ich diesmal doch aus eigenem, freiem Entschluß. Uneinig mit mir selbst gehe ich auf die Straße hinunter, kaufe beim Zeitungsstand, an dem colatrinkende Jugendliche herumlungern, einige Postkarten, um meinen Freunden daheim mitzuteilen, ich käme Montagabend zurück. Zwölf Tage Rom, werde ich schreiben, das reicht. Ich will zurück an meine Schreibmaschine, auch wenn draußen vor den Fenstern nur mattes Licht von einem Himmel kommt, der nie weit, der immer verborgen ist hinter einer Dunstschicht von Autoabgasen und Chemierauch. Ich will zurück an die Arbeit. Da bleibt keine Zeit für unnütze Träume, Gedanken, Erinnerungen, die das Hirn belasten und zu nichts führen. Ich habe genug von Rom. Das jedenfalls werde ich auf neun Postkarten behaupten und wissen, daß es eine Lüge ist, daß etwas in mir sich fest an Rom gebunden fühlt und um keinen Preis von hier wieder fort will.

Es kommt wieder Schwüle auf; der Himmel ist weißlich. Und schon sind meine Gedanken zurück im Rom der vierziger Jahre, als die Deutschen zum zweiten Mal in Rom einmarschierten, diesmal als Feinde ihrer unzuverlässigen Verbündeten. Nachdenklich überquere ich den belebten Corso, laufe in ein Fahrrad, das um die Ecke geschossen kommt. Wir stürzen beide, der Junge auf seinem Rad und ich. Augenblicklich sind wir von erregten Passanten umringt. Unterschied zu daheim: Diese hier, die Südländer, sind nicht nur neugierig, sie sind besorgt. »Signora, haben Sie sich weh getan? Können Sie die Füße bewegen? Die Arme? Kommen Sie!« Über mir ein Gewirr von Stimmen, mitleidigen Gesichtern, entgegengestreckten Händen. Im nächsten Augenblick stehe ich auf den Beinen, eine Frau klopft den Staub von meinen Hosen, ein älterer Mann sammelt den Inhalt meiner Tasche zusammen, die beim unvermuteten Anprall aufgegangen war, zwei weitere Frauen mit Einkaufsnetzen führen mich behutsam zur anderen Straßenseite, lehnen mich gegen die Hausmauer. »*Si sente meglio?* Fühlen Sie sich besser?« Ich schäme mich, so viel Aufsehen verursacht zu haben, schaue zunächst nach dem jugendlichen Radfahrer, der auch schon wieder auf den Beinen steht, prüfend die Lenkstange seines Rads hin und her bewegt, um festzustellen, ob etwas beschädigt ist. Anscheinend ist alles gut abgelaufen, ich versichere meinen Helfern, die nicht von meiner Seite weichen wollen, ein übers andere Mal, daß mir wirklich nichts fehlt, daß die paar Hautabschürfungen nicht der Rede wert seien, *assolutamente niente*. Nur zögernd gehen sie wieder ihres Weges, voller Sorge, ich könnte umkippen, sobald sie mir den Rücken drehten. Ihre Fürsorge rührt mich, sammle ich Pluspunkte für Rom, jetzt, wo ich wieder ans Abschiednehmen denken muß?

Aus dem Trubel der Stadt heraus kehre ich zurück zu den Gärten, diesmal zum rückwärtigen Teil der Villa Borghese. Vielleicht hat die magische Anziehungskraft, die die Gärten auf mich ausüben, damit zu tun, daß Rom heute im Mahlstrom des gedrängten Verkehrs kaum mehr Grünflächen hat, da wirken die Anlagen des Pincio und der Villa Borghese wie Inseln, auf die man sich flüchten kann, wenn Lärm und Luftverpestung überhandnehmen. Damals war es anders, da ging es hier wesentlich ruhiger zu – damals – damals … Die Gedanken drängen immer wieder zurück zu Ruth Hellmann. Ich habe keine Kontrolle mehr über sie.

Irgendwo zwischen dem Borghese-Museum und dem Zoologischen Garten suche ich mir eine Bank. Ein Eichhörnchen huscht den Stamm einer Pinie hinauf. Hier klingt der Straßenlärm, ein gutes Stück entfernt, nur noch wie eine sanfte Geräuschkulisse. Die Sonne will nicht durchkommen, es bleibt beim diesigen, unentschiedenen Himmel. Ich liebe die milden Farben, die Bäume und Parkwege in blaue Schleier einweben, Übergänge zaubern, wo scharfes Licht zu trennen pflegt.

Sie sitzen in Veras Atelier, Ruth, Mello, Lotte, Wolfgang, Max, Christopher und zwei Italiener, die Howard mitgebracht hat. Vera serviert geeisten Tee. Die Situation in Rom hat sich drastisch verändert seit dem achten August des Jahres. Ein Teil der die Stadt in Richtung Norden durchziehenden deutschen Truppen hat sich in Rom abgesetzt. Seitdem erfahren die Römer wieder einmal in ihrer an Kriegen reichen Geschichte, was es heißt, besetzt zu sein. Aus der *città aperta* ist eine *città occupata*, aus der offenen eine besetzte Stadt geworden. Sperrstunde, das verhaßte *coprifuoco*, zwingt die Bürger zu früher Abendstunde in ihre Häuser. Wer sich ohne Sondererlaubnis später noch auf der Straße zeigt und auf Anruf nicht augenblicklich mit erhobenen Händen stehenbleibt, wird erschossen. Bis in die winzigsten Gassen hinein sind die Mauern mit Aufrufen der deutschen Stadtkommandantur beklebt, unterzeichnet Melzer, dem im Eccelsior residierenden Marionettengeneral Hitlers. Wer dies nicht tut – wer das nicht tut –, wird erschossen. Du kommst zwei Minuten nach sieben vom Spaziergang zurück? Erschossen. Du bist mit einem politisch verdächtigen Subjekt gesehen worden? Erschossen. Du widersprichst einer deutschen Streife? Erschossen. Wir sind die Herren, wir befehlen, richte dich danach. Vor den Maueranschlägen rotten sich die Römer zusammen, murmeln den Text beim Lesen mit. Nun endlich begreifen auch sie, daß der Krieg noch nicht aus ist. Und sie beginnen, sich zu wehren. Was wie ein einmaliger Überfall aussah, eine auf eine Formation deutscher Soldaten geschleuderte Bombe aus den Reihen der am Straßenrand versammelten Zuschauer, erweist sich in der Folge als Auftakt immer häufigerer Attentate auf die verhaßten späten Besetzer.

»Gestern«, sagt Ruth, »war ich übrigens ganz in der Nähe, als das Ding mit dem Soldatenkino an der Piazza Barberini passierte.«

»Es muß ziemlich viele erwischt haben, Melzer droht mit massiven Repressalien«, sagt Vera vom Bücherregal her. »Das Kinodach ist völlig zertrümmert.«

»Es gab einen unheimlichen Knall«, sagt Ruth, »und danach kam die Druckwelle.« Sie berichtet, wie, gerade als sie in die Piazza eingebogen sei, sie und andere Passanten von irgendwelchen Leuten am Arm in den nächsten Torbogen gezogen worden seien, und wie kurz danach die Detonation erfolgte. Die Luft habe so vibriert, daß sich einige Augenblicke lang alles vor ihren Augen gedreht habe, und es habe durchdringend nach Rauch und geborstenem, heißem Eisen gerochen. Von dort aber, wo sie stand, habe sie das Kino nicht sehen können, es seien denn auch gleich Carabinieri zur Stelle gewesen, die den Platz abriegelten und sie erst wieder auf die Straße ließen, nachdem der Ort des Attentats von deutschen Panzern umringt war, die Neugierige auf Distanz hielten. Ruth verschwieg, daß sie in einem Hauseingang gegenüber Christopher hatte stehen sehen, Pfeife rauchend, mit unbeteiligtem Gesicht. Jetzt verstand sie, was Lotte mit ›Kurswechsel‹ gemeint hatte.

»Kann mir nicht helfen, aber mir gefällt das nicht«, sagt Wolfgang.

»Was gefällt dir nicht?«

»Auch wenn ihr mich für altersschwach haltet: Die Männer in dem Augenblick in die Luft zu jagen, in dem sie sich nichtsahnend einen Film ansahen, das geht mir irgendwie gegen den Strich.

»Quatsch, du wirst senil«, sagt Lotte böse. »Sentimentalitäten können wir uns jetzt nicht leisten. Vergiß nicht: Rolf haben sie am Brenner niedergeknallt wie einen tollwütigen Hund, nur weil er angeblich jemandem ähnlich sah, der auf ihrer Liste stand.«

»Behaupten die«, sagt Ruth. »Was nicht beweist, daß sie ihn nicht schon verdächtigten.«

Zum erstenmal mischt sich einer der Italiener ins Gespräch, ein Medizinstudent namens Rosario Bentivegna. »Hätten sie ihn verdächtigt, wäre er nicht erschossen worden«, sagt er. »Die deutsche Polizei scheut keine Mühe, nach den Urhebern der Attentate und den Leitern der Geheimbewegungen zu fahnden.« Die Nachricht seines Todes, offiziell gestempelt, war an Rolfs Frau gegangen, von der er seit vielen Jahren getrennt lebte. Anna gehörte einer Widerstandsgruppe in Österreich an und hatte die Freunde in Rom benachrichtigen lassen.

»Man kann von Kappler sagen, was man will, aber dumm ist er nicht«, sagt Max bedächtig. »Läßt die Kleinen laufen, um die Großen zu fangen, der Herr SS-Obersturmbannführer, Chef der Sicherheitspolizei und was er sonst noch für Titel haben mag. Fuchs.«

»Wißt ihr, was mir Sorge macht?« sagt Vera. »Daß sich vom Ausland her die Stimmen mehren, der Papst solle sprechen, Stellung beziehen zu den deutschen Übergriffen.«

»Soll er doch«, sagt Christopher.

Lotte fährt auf: »Bist du verrückt? Und die Tausende von Flüchtlingen, die in Klöstern Zuflucht gefunden haben, soll er deren Leben gefährden? Darüber bist du dir doch wohl klar: Die Deutschen warten nur auf eine Provokation von seiten der Kirche, um gegen sie loszuschlagen.«

»Das werden sie nicht wagen«, sagt Wolfgang, stellt seine Tasse mit solcher Heftigkeit auf die Untertasse zurück, daß im zarten Porzellan ein feiner Riß sichtbar wird, »niemand wird es wagen, sich gegen den Vatikan zu stellen. Auch die Deutschen nicht. Das halte ich für ganz und gar undenkbar!«

»Vera«, sagt Lotte, »hast du noch das Kommuniqué von der O. P. W. mit der Lagebesprechung aus Hitlers Hauptquartier, du weißt schon, der, die sich auf die Kirche bezieht?«

»Doch, ja, aber den Dechiffrierungs-Code muß ich erst suchen«, sagt Vera und geht ins Nebenzimmer hinüber. Fast zehn Minuten dauert es, bis sie zurückkommt. »Rolf hatte mir geraten«, sagt sie, »den Code zu vernichten. Hab' das auch schon die ganze Zeit tun wollen. Bin aber bisher nicht dazu gekommen.«

»Unverantwortlich«, sagt der zweite Italiener, ebenfalls Student, ärgerlich. »Weg mit dem Papier. Soll es einer deutschen Streife in die Hände fallen?«

»Gleich«, sagt Vera schuldbewußt. »Ich will euch nur erst noch vorlesen, was Hitler damals zum Thema Kirche gesagt hat.«

»Woher hat denn die Organisation diese Unterlagen?« will Ruth wissen.

»Denk an Rolf und was er dir gesagt hat«, sagt Lotte, aber sie lächelt dabei, »du sollst nicht so viele Fragen stellen, hat er gesagt, und daß du, je weniger du weißt, um so besser dran bist.«

»Schon gut. Also was ist mit der Hitlerbemerkung?« Ruth ärgert sich, sie hat es nicht gern, vor anderen gemaßregelt zu werden.

Vera geht zum Tisch hinüber; breitet die Papiere darauf aus, nimmt ein Lineal zu Hilfe, um Zeilengleichheit zu sichern. In dieser Tätigkeit ist sie geübt, zwei Jahre lang hat sie für Rolf dechiffriert. »Das ist aus einer Besprechung im Führerhauptquartier vom fünfundzwanzigsten Juli, dem Tag, an dem sie Mussolini absetzten«, sagt sie. Und dann liest sie gleichmäßig, wie man ein Telegramm abliest, bei dessen fehlenden Satzzeichen man nicht gleich erkennen kann, wo die Betonung zu liegen hat:

»Hitler Doppelpunkt ich gehe in den Vatikan sofort hinein Punkt glauben Sie daß mich der Vatikan geniert Komma der wird sofort gepackt Punkt da ist vor allem das ganze diplomatische Corps drin Komma das ist mir wurscht Punkt das Pack ist da Komma das ganze Schweinepack holen wir heraus drei Punkte was ist schon – Da fehlt etwas, es ist unleserlich, weiter geht der Text mit: Dann entschuldigen wir uns hinterher Komma das kann uns egal sein Komma wir führen dort einen Krieg drei Punkte Ende.«

»Mein Gott«, sagt Wolfgang. Er ist blaß geworden.

»Kapierst du jetzt?« sagt Lotte. »Herr Schneider hat seinen ganzen Einfluß im Vatikan aufbieten müssen, um Pius XII. von einer Rede abzuhalten, die umfassende Razzien auslösen könnte. Dieser Papst war immer deutschfreundlich, es soll ihn sehr erregt haben zu erfahren, wie rücksichtslos die Deutschen, die er bewunderte, ihre Macht ausspielen, wenn es ihnen in den Kram paßt.«

»Zum Teufel mit den Feiglingen in den Klöstern«, sagt der zweite Italiener, dessen Namen Ruth bisher nicht weiß. »Wenn sie Gegner der Deutschen sind, warum verstecken sie sich? Warum kämpfen sie nicht mit uns für die Befreiung von den Faschisten?«

Lotte steht auf, legt ihm die Hand auf die magere Schulter. »Ruhig, Junge, ruhig. Nicht jeder ist eine Kämpfernatur wie du. Die Menschen sind verschieden. Und auch die Chancen, durchzukommen, vergiß das nicht.«

»Die Chancen sind für jeden gleich.«

»Durchaus nicht. Unter denen, die in Klöstern und im

Vatikan leben, sind viele Juden. Sie sind allesamt auf den deutschen Fahndungslisten, seitdem die Mitgliedslisten der jüdischen Gemeinden Roms der Gestapo in die Hände fielen. Auch viele Frauen sind darunter.«

»In unserer KP kämpfen auch die Frauen«, sagt der Mann verbissen.

»Es wird dunkel«, sagt Howard und geht zum Lichtschalter. Vera springt auf. »Nein, warte«, sagt sie und zündet zwei Honigkerzen auf dem Seitenregal an, »die Verdunkelung ist zu kurz. Ich entdeckte es gestern, als ich vors Haus ging, um sie zu prüfen, nur einige Schritte natürlich. An der Unterseite läßt sie einen Streifen Licht durch.«

»Da ist ein kleiner Riß«, sagt Max.

»Sieh zu, daß das schleunigst in Ordnung kommt«, sagt Lotte, »bevor die Streife aufmerksam wird.«

Ruth geht zu Mello hinüber. Sie hat ihn schon eine ganze Weile beobachtet, weiß, daß er zu jenen gehört, die zur Schweigsamkeit neigen. Aber so ruhig wie heute hat sie ihn selten erlebt.

»Rück mal ein bißchen«, sagt sie, und dann: »Was ist mit dir los? Was hast du?«

»Kümmere dich nicht«, sagt Mello.

»Ich möchte aber. Du hast mir oft geholfen, wenn ich nicht weiter wußte, vielleicht kann jetzt ich dir zur Abwechslung einen Rat geben.«

»Nein«, sagt er langsam, »das kannst du nicht. Niemand kann das, ich meine, niemand kann da helfen, wo nicht zu helfen ist.«

Ruth kennt Mello gut genug, um zu wissen, daß er das nicht auf sich selbst bezogen meint. »Was ist geschehen?« fragt sie.

»Theresienstadt«, sagt er.

»Deine Eltern sind dort. Und deine junge Schwester, ich weiß«, sagt Ruth.

»Man hat sie vor ein paar Tagen nach Auschwitz gebracht, alle drei zusammen. Du weißt, was das bedeutet.« Er sagt es sanft, er, der Jude, möchte ihnen keine aufsässigen Gedanken auf die Reise in den Tod mitgeben. Es ist etwas, das Ruth bisher nie verstanden hat: diese Resignation angesichts der Scheußlichkeiten, die an ihnen, an allen Juden verübt werden; warum lehnen sie sich nicht auf, entfachen eine Revolte, kämpfen, anstatt stumm und hilflos vor sich hin zu leiden? Sie begreift nicht, wie tief die ethischen Begriffe einer jahrtausendealten Religion in jedem Juden verwurzelt sind, ob er sich taufen läßt oder nicht. Und wie nah verwandt die mosaische Ethik der urchristlichen ist. Ruth ist ohne Religion aufgewachsen, ihre Mutter, bei Geburt christlich-lutherisch getauft, schämte sich ihrer jüdischen Abstammung, der Vater hatte keinerlei religiöse Bindung, weder zur einen noch zur anderen Richtung. Der Religionsunterricht in der Schule war tendenziös, verfremdet und unvollständig. Aus ihm lernte sie, daß nur alte Weiber oder kleine Kinder zu Gott beteten, der selbständige Mensch jedoch auf den Führer vertraute und der Himmel in Wahrheit der Staat war, der die Schicksale der Menschen lenkte. Aus dem Alten Testament war den Kindern von einem eifernden Religionslehrer pornographisch Anmutendes mit warnend erhobenem Zeigefinger vorgelesen worden: So verderbt waren die Juden schon immer. Der Mann war sogar so weit gegangen, einmal eine ›Stürmer‹-Nummer mit in den Unterricht zu bringen und das geile Hetzblatt gegen die Juden als Beweis zu bezeichnen, wie wenig sich diese schamlosen Inzüchtler, wie er sie nannte, seit Adams Zeiten verändert hatten.

Sie zögert, was sie sagen soll. Auschwitz, das weiß jeder, ist Endstation. »Weißt du es denn bestimmt?«

»Gollartz, ich erzählte dir von ihm, hat ein Kassiber aus Theresienstadt herausgeschmuggelt, seine Wirtin hat mich benachrichtigt«, sagt Mello. Sein Gesicht ist starr. Sie hört seinem Tonfall an, daß er das Thema gern abbrechen möchte. Trotzdem nimmt sie noch einen Anlauf: »Und auf dem Kassiber stand Settelenghi?«

Mello schüttelt den Kopf.

»Nun also. Dann ist doch gar nicht gesagt, daß –«

Er unterbricht sie. »Alle Familien aus Theresienstadt sind nach Auschwitz transportiert worden, am achtzehnten, vor vier Tagen.«

Darauf weiß sie nichts zu erwidern.

An ihr vorbei schießt die falbenfarbene Katze von ihrem Platz neben dem gußeisernen Öfchen mit drei weichen Sprüngen auf den Tisch unter dem Fenster, sitzt dort mit hochgerecktem Hals, das graugelbe Fell gesträubt, und späht durch den Spalt, den das knappe Verdunklungsrollo frei läßt.

»Licht aus. Ruhe!« befiehlt der Student, den sie Rosario rufen. Die Kerzen verlöschen. Sie sitzen im Dunkel, halten den Atem an. Draußen vor der Tür werden Schritte laut, hart, schwer, zwei Paar Stiefel im Gleichschritt, sie hören das Leder knarren. Dann plötzlich ist es still. Die Streife hat angehalten, sie muß direkt vor dem Atelier stehen. Ein knapper Wortaustausch da draußen, dann tastet sich der Lichtstrahl einer Taschenlampe am Außenfenster entlang, fällt als greller Streifen durch den Spalt in den Raum ein, bewegt sich von rechts nach links und wieder zurück, erfaßt die Katze, die gereizt miaut, als das Licht sie blendet. Die Soldaten lachen, die Lampe erlöscht. Die Stiefel setzen sich wieder in Marsch, entfernen sich.

Sie warten noch eine Weile, bevor sie die Kerzen anzünden. »Dreh mal das Ding an«, sagt Wolfgang mit einer Kopfbewegung zum Radio hin, »vielleicht gibt's was Neues.« Am Nachmittag waren Gerüchte umgegangen, die Deutschen hätten Mussolinis Versteck gefunden, in das die Königstreuen ihn gebracht hatten, und ihn befreit. Lotte schaltet mit äußerster Behutsamkeit Radio London ein. Die römischen Wände haben Ohren, seitdem die faschistische Polizei, nach dem Einmarsch der Deutschen zu neuen Ehren gekommen, eifrig mit der Gestapo kollaboriert. Es kracht und pfeift im Apparat, Störsender sind zwischengeschaltet, aber die Freunde wagen nicht, stärker aufzudrehen. Nur Wortfetzen erreichen sie: etwas von einem deutschen Hauptmann, ein fast unverständlicher Name, der polnisch klingt, ein paarmal der Name Gran Sasso, wo man den Duce aufgestöbert habe. Der Rest geht im Jaulen des Störsenders unter.

»Gran Sasso – ein Gebirgsmassiv im Monte Corno«, sagt der ältere der beiden Italiener. Er hat ein finsteres, verschlossenes Gesicht, als ob er das Lachen nie gelernt habe.

»Apennin«, sagt Rosario. »Da haben ihn die *tedeschi* tatsächlich rausgeholt. Was versprechen die sich davon?«

»Könnte mir vorstellen, daß sie versuchen, ihn wieder einzusetzen«, sagt Wolfgang. »Wenn nötig, mit Gewalt.«

»Und du glaubst, das wird ihnen gelingen?« sagt Lotte.

»Nie im Leben!« sagt Max, der einstige Landser, »dazu ist es längst zu spät. Die Umgebung ist gespickt mit Partisanen, und von den Faschisten ist, verglichen mit der Zeit vor dem achten August, nur noch ein Bruchteil übrig. Die andern warten auf die Amerikaner.«

»Hoffentlich kommen die nun endlich«, sagt Vera. Wie immer, wenn sie nervös ist, zucken ihre Augenlider.

»Ob die überhaupt ahnen, wie sehnlich sie hier erwartet werden?« sagt Ruth.

Das bringt den Finsteren in Rage. »Hört, verdammt noch mal, endlich auf mit den Amerikanern, als brächten sie das Heil der Welt, ausgerechnet die Kapitalisten mit ihren ausbeuterischen imperialistischen Methoden, glaubt ihr im Ernst, daß es besser für uns wird, wenn uns die Yankees regieren? Was ist das kapitalistische System denn anderes als eine Fortsetzung des Faschismus mit anderen Mitteln?«

»Du hättest wohl lieber, die Russen würden hier einmarschieren?« sagt Max.

»Allerdings. Ich bin ein einfacher Mann aus dem Volk. Ich liebe mein Volk. Ich möchte, daß es ihm endlich bessergeht. Daß Besitz unter den Menschen gleichmäßig und gerecht verteilt wird.«

»Und das, meinst du, wird unter russischer Besetzung der Fall sein?«

»Ich bin davon überzeugt. Du weißt, Max: Unsere KP ist mächtig, Italien ist im Herzen kommunistisch.«

»Es ist wahr«, sagt Rosario. »Ihr Ausländer seht wenig von der inneren Struktur des Landes. Der Schein trügt. Die Menschen vor allem im Süden des Landes sind arm. Bitterarm. Solche Armut kennt ihr in euren Ländern nicht, könnt ihr euch vielleicht nicht einmal vorstellen. Du solltest dich mal mit Carlo unterhalten, Max. Ein verdammt gescheiter Kopf, hat Philosophie studiert.«

»Carlo Salinari, meinst du?«

»Er ist unser Chef.«

Ruth hört den Namen Salinari zum ersten Mal. Er also ist der Partisanenchef, der für die verschiedenen Aktionen gegen die Deutschen verantwortlich zeichnet. Sie bewundert seinen Mut, obwohl ihr Gewalttätigkeit nicht liegt. Die hat sie zur Genüge bei ihren eigenen Landsleuten kennengelernt. Noch steht ihr die Nacht im November neunzehnhundertachtunddreißig vor Augen, die das Volk Reichskristallnacht taufte. In jener Nacht zerbrach mehr als nur Kristall. Für all diejenigen, die bis dahin noch ein Fünkchen Hoffnung gehegt hatten, daß es mit den Nazis vielleicht doch nicht ganz so schlimm würde, wie das Ausland es befürchtete, zerbrach der letzte Rest von Illusion, als von Goebbels, dem deutschen Propagandaminister, beauftragte Parteigetreue über ganz Deutschland zur gleichen Nachtzeit in jüdische Häuser eindrangen, das Mobiliar zum Fenster hinauswarfen, die

Bewohner niederknüppelten, sie auf die Straße zerrten, ihre Läden zertrümmerten, ihre Tempel in Brand steckten. In Berlin auf der Fasanenstraße nahe dem Kurfürstendamm hatte Ruth in der schweigenden Menge gestanden und in die Flammen gestarrt, die aus der angezündeten Synagoge schlugen. Dreizehn Jahre alt war sie gewesen, als sie aus eigener Anschauung erfuhr, was Menschen Menschen antun können, wenn der Haß sie antreibt. »Ist Gewaltanwendung, ich meine, das Töten unschuldiger Menschen wirklich unumgänglich?« sagt sie aus ihren Gedanken heraus. »Genügt es nicht, sich zu wehren, wenn man angegriffen wird?«

Zu ihrer Überraschung ist es Max, der ihr antwortet. »Der Angriff war und ist bis heute immer noch die beste Verteidigung, Ruth. Wenn du dein Leben darauf einstellst, abzuwarten, bis man dich angreift, bevor du dich zur Wehr setzt, wirst du es nicht weit bringen. Solche Überfälle aus dem Hinterhalt sind das beste Mittel, die Deutschen mit ihren eigenen Waffen zu treffen.«

»Und sie zum Abzug zu zwingen«, ergänzt Rosario.

Der Finstere scheint nicht einverstanden. Hände tief in die Jackentaschen vergraben, geht er unruhig zwischen den Stühlen auf und ab. »Dekadentes Moralisieren«, sagt er. »Ihr kotzt mich an. Attentate sind ein legales und erfolgreiches Kampfmittel; schließlich kämpfen wir um unsere Freiheit, wir haben die Deutschen nicht in unser Land gebeten.«

»Mussolini hat!« wagt Ruth zu sagen.

Er bleibt vor ihr stehen, schaut zornig auf sie herunter. »Jawohl, *esattamente,* es war Mussolini, darum haben wir ihn gestürzt, wir, die Arbeiter, die kleinen Leute, das Volk. Wir werden uns diesen Mussolini von den Deutschen zurückholen, da könnt ihr sicher sein. Und dann werden wir ihn hängen, ihn und seine ganze Sippschaft, auf mein Wort!«

Die Atmosphäre im Atelier ist gespannt. Bevor es unter ihnen zum offenen Streit kommt, erhebt sich Lotte mit der ganzen Autorität ihrer Persönlichkeit. Schon einige Male hat Ruth sie um ihr Gespür beneidet, mit dem sie vermittelnd eingriff, wenn die Freunde im Lauf erhitzter Diskussionen aneinandergerieten. »Es ist spät geworden«, sagt sie jetzt, »wir wollen schlafen gehen. Verteilung wie üblich: Christopher mit Max; Rosario, Paolo nach drüben; Wolfgang, du bleibst mit Mello hier und ich nehme Vera und Ruth mit ins Schlafzimmer.«

Wie selbstverständlich verfügt sie über das Atelier. Als die Älteste im Kreis fühlt sie sich der Gruppe gegenüber verantwortlich.

In gewissem Sinn gehört diese Bleibe ihnen allen, sie haben sie mitfinanziert und sie unter Veras Namen eintragen lassen, dem die italienischen Behörden einen gewissen Respekt entgegenbringen. Auch den Deutschen, die den römischen Adel faschistenfreundlich sehen, ist er unverdächtig. Rolf, der Weitblickende, hatte nach Einführung der frühen Sperrstunde Vera das Nebenatelier mitmieten lassen, nachdem dessen bisheriger Besitzer, ein zu Geld gekommener Pianist, Rom bereits in den ersten Augusttagen verlassen hatte. Diese Nebenräume sind, da beide Ateliers einst zusammengehörten, durch eine verborgene Tapetentür mit dem Schlupfwinkel der Freunde verbunden, ein Umstand, der es ihnen möglich macht, auch schon einmal den einen oder anderen Flüchtling hier zu verstecken.

Sie erheben sich alle. »Ich gehe nach Hause«, sagt Mello ruhig.

»Aber wozu? Hier ist doch Platz genug.«

»Es könnte noch Post gekommen sein, ich möchte lieber zurück.«

Mello hat vom Generalinspektor der italienischen Polizei, Lospinoso, Sondergenehmigung zum Betreten der Straße nach sieben Uhr abends. Sie ist gegengezeichnet vom deutschen Stadtkommandanten Melzer. Mello verfügt über ausgezeichnete Beziehungen; in deutsch-faschistischen Kreisen hält man ihn für einen Freund Hitlers und seiner Politik, in römisch-katholischen für den Freund der Kirche und Gegner des Faschismus, in welcher Form auch immer, und nur sein engster Freundeskreis kennt ihn als den liberalen Juden, der unter vielfacher Maske zu helfen sucht, wo er helfen kann.

Die Frauen begleiten ihn zur Tür. »Trotzdem«, sagt Lotte, »sei vorsichtig; du weißt, wie schießwütig die nach der Sache mit dem Soldatenkino sind.«

Mello legt Ruth die Hand auf die Schulter, führt sie abseits. »Wie ist's, brauchst du wieder etwas?« Mit dem Rücken zu den anderen zieht er seine Brieftasche heraus, schnell, unauffällig, entnimmt ihr ein Bündel Scheine, läßt sie wieder in seiner Jacke verschwinden. »Nun nimm schon.«

»Weiß nicht. Du hast mir schon so oft ausgeholfen.«

Er drückt ihr das Geld in die Hand. »Wir sind im Krieg«, sagt er, »und Rolf ist nicht mehr da, um euch finanziell zu unterstützen.«

»Also danke«, sagt Ruth. »Ich kann's brauchen.«

Womit sie die Wahrheit sagt, sie ist permanent knapp bei Kasse. Eigentlich sollte das Monatsgeld, das Rolf ihr bisher zukommen ließ, all ihre Ausgaben decken, die Wohnungsmiete mit den Umlagen, ihre Verpflegung und was sonst so an Nebenkosten anfällt. Da aber ist ihr Leichtsinn, die Verlockung, Dinge zu kaufen, die ihr gefallen, ohne lang zu überlegen, ob sie bis zum Monatsende mit dem Geld hinkommt. Solange ihr die Arbeit in Cinecittà zusätzliches Geld einbrachte, bot das kein Problem. Doch der letzte Drehtag von ›Carmen‹ ist lang vorbei, ein neuer Film im Augenblick nicht in Sicht. Die Unsicherheit der politischen Situation geht auch an der römischen Filmstadt nicht spurlos vorüber; die Produzenten verhalten sich abwartend. Kleine, alberne

Komödien, Filmchen ohne Bedarf an Statisterie oder sonstigem Aufwand überbrücken die Zeit bis zum immer ungeduldiger erwarteten Einmarsch der Amerikaner; die übrige Herstellung ist stillgelegt.

Ruth und Vera teilen sich das Bett, Lotte zieht es vor, auf der schmalen, festen Couch unter der abgeschrägten Wand zu schlafen, sie sei so angenehm kühl, sagt sie, es täte ihrem hohen Blutdruck gut, sie habe von jeher Sofas Betten vorgezogen; Betten machten sie nervös, die Wärme, die Nachgiebigkeit der Matratzen. Ruth weiß, was sie meint, es geht ihr darum, bei Gefahr rasch auf den Beinen zu sein. Neunzehnhundertsechsunddreißig war Lotte als eine, die gern eine Lippe riskierte, von Magdeburg nach Dachau gebracht worden. Dreiviertel Jahr KZ mit frühmorgendlichen Appellen haben ihr einen Rhythmus aufgezwungen, den sie wohl bis an ihr Lebensende nicht mehr loswerden wird. Vera löscht das Licht.

»Was werden wir von nun an tun?« fragt Ruth ins Dunkel hinein.

»Vor allem nicht auffallen«, sagt Lotte.

Ulkig, denkt Ruth, sieht man sie sprechen, hat es den Eindruck, ihre Stimme sei tief und voll, im Dunkel dagegen klingt sie wie die eines jungen Mädchens. »Und sonst?«

»Abwarten.«

»Das ist doch nicht genug.«

»Wenn es dir nicht genug ist, kannst du ja mit Rosario zu den Partisanen in die Berge gehn«, sagt die so junge Stimme spöttisch. »Allerdings mußt du vorher einen Schießkursus absolvieren. Weiß nicht, ob dir daran viel gelegen ist.«

»Mal im Ernst, Lotte: Wir können doch hier nicht einfach herumsitzen und gar nichts tun, während die Deutschen die Stadt unsicher machen und laufend Leute verhaften. Wir gehören zu einer Organisation mit einem Ziel, nicht wahr? Weshalb überläßt man jetzt alles den Männern?«

»Eine Frage der allgemeinen Lage«, sagt Lotte. »Es gibt Situationen, in denen man handeln kann, und andere, in denen man es besser denen überläßt, die die größere Übersicht haben.« »Gerade das meine ich.«

»Im Augenblick gilt es, sich mucksmäuschenstill zu verhalten. Weil uns die Hände gebunden sind.« So kennt Ruth sie gar nicht, so passiv. Was hat Lotte so mutlos gemacht? »Wir brauchen jemanden, der bestimmt, der einteilt. Bei so viel gegensätzlichen Auffassungen muß jemand da sein, der Ordnung schafft. Sonst fällt das Ganze auseinander, das hast du vorhin gesehen.« Nach einer kleinen Pause sagt Lotte schläfrig: »Nimm das nicht so ernst, das Geplänkel von vorhin. Paolo und Rosario sind nun mal wie die meisten Partisanen überzeugte Kommunisten.«

»Aber wir sind keine.«

»Wer sagt dir das?«

»Bist du Kommunistin, Lotte?«

»Was dagegen?«

»Natürlich nicht. Ich dachte nur an Wolfgang.«

»Der nicht. Ein bürgerlicher Liberaler, wie er im Buche steht. Aber hör und staune: Unsere Ehe ist ausgesprochen glücklich, was dir beweisen sollte, daß man nicht unbedingt auf allen Gebieten gleicher Meinung zu sein braucht, um sich gut zu vertragen.«

»Weil ihr tolerant seid«, sagt Ruth. »Aber die heute, zumindest dieser Paolo, sind doch Fanatiker. Die lassen außer ihrer eigenen keine andere Meinung gelten.«

»Darüber mach dir keine Sorgen. Solange wir ein gemeinsames Ziel verfolgen, halten wir alle zusammen. Und nun schlaf endlich.«

»Nur noch eines, Lotte«, sagt Ruth. »Von wo oder wem stammt das Geld, mit dem Rolf mich unterstützt hat?«

»Warum fragst du?«

»Er wollte es mir nicht sagen. Sag du es mir.«

Da kommt Veras Stimme aus dem Dunkel: »Jetzt gib endlich Ruh. Wenn Rolf es dir nicht gesagt hat, wird er seine Gründe dafür gehabt haben, gute Nacht.«

Ruth fühlt sich alleingelassen. Es dauert lange, bis sie in dieser Nacht Schlaf findet.

Vom nahe gelegenen Zoo her trompetet ein Elefant. Ich schrecke hoch, will, als Ruth Hellmann, den Tierschrei als Alarm deuten, bevor mir bewußt wird, wo ich bin. Wie lange habe ich hier gesessen? Ein älterer Mann sitzt am anderen Ende der Bank. Zeitungspapier auf den Knien, verzehrt er voller Genuß einen Hering. Beißt den Kopf ab, kaut. Pflückt Knochenreste von der herausgestreckten Zunge. Zieht mit saugendem Geräusch die glibbrige Fischhaut durch die Zähne, bevor er sie vor sich auf den Boden wirft. Spuckt die Gräten aus, die mangels genügender Speichelbildung auf der Hose landen.

Um mich herum hat sich die Gegend belebt. Offenbar ein beliebter Platz, um Hunde Gassi zu führen; überall stehen ältere Menschen herum, warten geduldig lächelnd darauf, daß ihre gekrümmt im Gras hockenden Lieblinge die zu üppige Kost wieder loswerden, mit der ihre Besitzer sie in vermeintlicher Tierliebe überfüttern. Horden von Kindern – wo kommen die auf einmal her? – rasen auf Rollschuhen zwischen ihnen durch, kreischen *romanaccio*, harten römischen Dialekt, rennen Fußgänger um. Weg hier! Ich fliehe die Gartenwege entlang, noch bin ich zu tief im gedanklichen Erleben des Gestern, das immer weniger wie ein Gestern scheint. Ruth Hellmann ist nun kein Gegenüber mehr; die von mir über eine Woche lang mühsam errichtete Distanz zwischen uns ist zusammengebrochen; ich habe mich mit ihr identifiziert, bin nun gleichermaßen verletzbar wie sie, auf die gleiche Weise hilflos Ereignissen gegenüber, die sich in diesem Stadium abzeichnen, doch noch nicht Wirklichkeit geworden sind. Nun erst begreife ich, daß man ein Gespenst, das man jahrzehntelang mit sich herumgeschleppt hat, nicht los wird, indem man es ausschließlich gedanklich angeht; echte Vergangenheitsbewältigung verlangt auch den gefühlsmäßigen Nachvollzug, das unmittelbare emotionelle Zurückversetzen in die Empfindungen von einst, sie sind das Herz des Gespenstes.

Über eine Seitenallee bin ich wieder zwischen Häuser gelangt, kleine, schäbige Häuser mit stinkenden, verwinkelten Gassen voller Schatten und Abfälle. Aber gerade diese Sträßchen sind es, die mich anziehen. An ihnen geht die Zeit vorbei, da lohnt sich kein Hausbau, keine Modernisierung. So sah es hier von jeher aus, so lange diese Mauern stehen. Das Leben in diesen engen Schläuchen aus Pflastersteinen und rohen Ziegelwänden hat seinen eigenen, immer gleichen Rhythmus. Nur alte Leute trifft man hier, ihre Kinder zieht es schon als Halbwüchsige in den Trubel der Stadt. Ich mag auch die durchdringenden Mischgerüche von Zwiebeln, Käse, nasser Wäsche und Bratöl, die schiefen, vergammelten Lädchen, in denen kaum mehr als vier bis fünf Menschen Platz finden. Darum wird meist vor der Tür verhandelt, gefeilscht. Kinderreiche Familien wohnen im Souterrain, in jenen dumpfen, primitiv eingerichteten Wohnlöchern, die so wenig Licht und Wärme einlassen, daß die Wände, kaltfeucht das ganze Jahr hindurch, schimmeln. Um so verblüffender, wie wenig sich ihre Bewohner aus solch bedrückenden Wohnverhältnissen zu machen scheinen. Man hat, erklärt mir der Wirt der winzigen Pizzeria an der Ecke, in der ich meinen Hunger stille, ihnen schon mehrfach bessere Bleiben zum gleichen Preis angeboten. Wer? Nun, das *governo*. Wohnungen in helleren Vierteln. Im Trastevera beispielsweise. Aber sie wollen nicht. Nicht zu fassen, sie wollen aus ihren Löchern nicht heraus.

»Und der Grund?«

»Ja, sehen Sie, Signora, da hat sich mit der Zeit in der Gasse so eine Art Gemeinschaft gebildet. Die meisten Familien wohnen hier schon seit über hundert Jahren. Als sie seinerzeit aus der Campagna in die Stadt kamen, da wollten sie beieinanderbleiben, sie hatten wenig Geld. Kleine Händler waren sie, Kupferschmiede, Obst- und Gemüseverkäufer, Metzger und Trödler. Und dann ist die Stadt um sie herum gewachsen, ist immer größer und mächtiger geworden, aber hier in der Gasse sind die Leute geblieben, was sie waren. Der eine oder andere ist später noch dazugekommen: der alte Carelli mit seinem Altwarengeschäft, der Musikladen Marchetto dort drüben und ich mit der Pizzeria. Also, offen gestanden: Würde mir das Governo heute einen Ladenraum in einer helleren Gegend anbieten, ich würde keinen Augenblick zögern, zuzugreifen.«

Ich blicke durch die Scheibe in die Gasse hinaus.

»Sehen Sie die schwarzen Balken, die da herumliegen?« sagt der Pizzamann. »Das war Emilios Barbierladen. Eines Tages – paff – fliegt er in die Luft, der Laden. Und Emilio mit ihm. Ist mit der Ätherflasche für die Haarwäsche zu nah an die Gasflamme gekommen, die für die Brennschere, Sie verstehen, wir hatten ihn schon ein paarmal gewarnt, Emilio, haben wir gesagt, nimm deine vermaledeite Alkoholpulle da weg, sonst fliegst du noch eines schönen Tages mit deinem ganzen Zubehör in die Luft. Aber er wollte nicht hören. Ein Trottel ist er gewesen, ein *scemo*, ein *idiota* – aber ein guter Barbier, so wahr ich hier stehe.«

»War er gleich tot?« sage ich.

Fröhliche Miene. »Nur das Waschbecken haben wir gefunden und den Drehfuß vom Stuhl. Ein schöner Tod, Signora. Paff!« wiederholt er mit eindrucksvollem Drehen der Handflächen nach außen.

Über der Sardellenpizza denke ich nach über das eigenartige Verhältnis der Südländer zum Tod. Ich denke an die zahlreichen Abbildungen des symbolträchtigen Skeletts in Kirchen, Museen, Friedhöfen, manchmal schwingt es die Sense, oder es hält ein Stundenglas zwischen den Fingerknochen. Und manchmal hat es auch Flügel. Ob im Mantel oder in sehnige Hautlappen gehüllt, immer grinst es triumphierend: Du entgehst mir nicht, keiner entgeht mir. Die achtzehnjährige Ruth hatte das bedrückt; sie wollte nicht auf Schritt und Tritt an Tod und Vergänglichkeit erinnert werden. Sie haßte das Grinsen.

Einmal bei diesem morbiden Thema, fällt mir die Sache mit der Concezione-Kirche ein, harmlos doch eigentlich. Aber das tiefe Erschrecken, das den Gedanken an diese Kirche auf dem unteren Teil der Via Veneto begleitet, zeigt mir, wie stark ich diese Erinnerung ins Unterbewußtsein verdrängt habe, es hat wohl mit etwas aus meiner Kindheit zu tun, mit Schreckbilder von Eieruhr und Sensenmann; mein Kindermädchen war eine fromme Katholikin. Ich beschließe, mich auf die Probe zu stellen, die Kirche zum zweiten Mal aufzusuchen, um herauszufinden, ob immer noch etwas von dem Schrecken in mir ist, den ich seinerzeit beim ersten Eindruck empfand. Seitdem bin ich im Krieg dem Tod in vielfacher Gestalt begegnet; ich halte mich da jetzt für ziemlich unempfindlich. Außerdem fehlt ja nun das Überraschungsmoment, das es seinerzeit so beklemmend für mich machte.

Ich zahle und mache mich auf den Weg zu der kleinen Kirche mit dem Treppenpodest vor dem Portal. Ruth Hellmann faszinierte es, sich Kirchen von innen anzusehen; vor allem in die Seitenwände eingelassene Grabplatten interessierten sie. Jetzt, wo ich daran zurückdenke, kommt mir der Verdacht, sie habe unwillentlich nach dem gesucht, wovor sie sich fürchtete: dem Antlitz des Todes. Es scheint widersprüchlich. Aber ich halte es für möglich. In der Innenstadt ist es um diese Zeit ruhiger; von zwei bis drei Uhr dreißig sind die Läden geschlossen, die Rolläden vor den Auslagen herabgelassen. Hunde, den vorgestreckten Kopf auf den Vorderpfoten, dösen unter abgestellten Gemüsekarren; es sind ärmliche Kreaturen mit räudigem Fell und spitzen Köpfen, keinerlei Verwandtschaft mit den auffrisierten Zwergpudeln und Yorkshirehündchen an silbernen und goldenen Leinen auf der Via Veneto. Wie viele Alberghi es hier in den Seitenstraßen gibt. Ein Hotel am anderen. Stundenhotels. Enge Eingänge zwischen reklamebeklebten Mauern, Treppen, die sich aufwärts im Dunkel der Flure verlieren, Fenster, so schmal, daß sich dort nur einer herauslehnen kann, wenn er die Arme eng an den Leib zieht.

Gerade nehme ich mir vor, den nächsten Passanten zu fragen, wo ich hier eigentlich bin, da wird es weit und hell um mich. Ich stehe auf der Piazza Navona. So gewaltig hatte ich diesen Platz gar nicht mehr in Erinnerung; eindrucksvoll schon, Theaterkulisse für ein Freilichtspiel aus dem siebzehnten Jahrhundert mit all den stilechten Häusern rundum, dem Berninibrunnen mit dem aufragenden Obelisk im Zentrum und den zwei flacheren Seitenbecken. Einst war mir die Steinpracht gewaltig erschienen. Erinnerung verändert die Perspektiven, verkürzt sie gern auf das Wesentliche. Mag auch sein, daß die Menge der Autos, die das langgestreckte Oval nach beiden Seiten hin umkreisen, die Weite der Fläche noch betonen. Als ich die Piazza Navona zum letztenmal sah, fuhren hier keine Autos, und auch an die symmetrisch aufgestellten Straßenlampen kann ich mich nicht erinnern, ebensowenig wie an die Bänke zwischen ihnen. In Erinnerung geblieben ist mir eigentlich nur das steinerne Gedränge um den Mittelbrunnen: diese Berninischen Muskelmenschen und Fische, die Wasser speien. Bei der Vielzahl seiner Schöpfungen, hatte ich mir seinerzeit überlegt, muß Bernini Millionär geworden sein. Fast jede bessere Gruppe ist von ihm.

Nun weiß ich also wieder, wo ich mich befinde. Noch ein ziemlicher Weg bis zur Via Veneto bei der Piazza Barberini mit ihren Bauzäunen. Aber ich habe ja Zeit, niemand zwingt mich zur Eile. Und etwas kühler als die Tage vorher ist es obendrein. Die Sonne bleibt in der Dunstschicht, die sich über der Stadt gebildet hat. Wenn weniger Autos auf den Straßen sind, hört man deutlich das Glockenläuten, das ständig den Tag in Rom begleitet. Von überall her scheinen sie zu kommen, die metallenen Klänge: von nah her in nervösem Gebimmel oder als eintöniger Doppelschlag, aus der Ferne, voll, sonor, historische Glocken, historische Laute, die noch eine Zeitlang in der Luft hängen, bevor sie verhallen. Wenn erst der Verkehr nach der Mittagspause voll einsetzt, wird der Lärm die Stimmen der Glocken übertönen; die Gegenwart verlangt ihr Recht. Und sie verlangt es mit Getöse in Rom.

Ich bin bei der mit Brettern umstellten Piazza Barberini angekommen, biege da, wo die Platanen über dem Asphalt ein schattiges Dach bilden, in den unteren Teil der Via Veneto ein. Zur Rechten die Kirche Santa Maria della Concezione. Hier stimmt meine Erinnerung in allen Punkten noch mit den Gegebenheiten überein. Gemessen am prunkvollen Barock der meisten Kirchen Roms, wirkt sie unbedeutend, dazu wegen ihrer Lage auf Roms mondäner Hauptstraße kurios wie ein bescheidener Mönch, der sich ins Dolce vita verirrt hat. Ja richtig, eine Kapuzinerkirche ist es, erinnere ich mich nun wieder beim Durchlesen der gerahmten Druckschrift am Portal, die Touristen mehrsprachig über Alter und Geschichte des Bauwerks informiert.

Im Innern der Kirche tasten sich meine Augen durch das Halbdunkel zum Altar vor. Er empfängt nur wenig Licht aus den schmalen Seitenfenstern. Intensiver Geruch nach Weihrauch erfüllt den Raum, obwohl kein Priester zu sehen ist. Ich lehne mich gegen eine der Säulen, die die hoch gewölbte Decke tragen, versuche, Herr meiner inneren Unruhe zu werden, die sich verstärkt, als ich erkenne, daß ich seit damals oft von dieser Kirche geträumt habe. Es waren keine schönen Träume gewesen, meist war ich aus ihnen schreiend erwacht. – Offenbar bin ich allein. Ich überwinde meine Scheu, gehe vor zum Hauptaltar, wende mich nach rechts. Da, zwischen Marmorwänden liegt er noch in seinem Glassarg, der alte Mönch. Quittengelb ist sein Gesicht mit den eingesunkenen Augen, strohig der Bart, der bis an die über der Kutte gefalteten Skeletthände reicht. Es ist nicht mehr der Tote, der mich schreckt, mich schrecken die Lebenden, die ihn auf diese Weise zur Schau stellen, die sich fromm nennen und ihrem Bruder das Recht versagen, begraben zu werden wie jeder andere Mensch. Irgendwann einmal war diese scheußliche Hülle lebendig gewesen, ein Wesen, das dachte, sprach, Freude und Leid zu empfinden imstande war. Nun muß es sich für alle Zukunft im Turnus von Touristengruppen begaffen lassen, ohne sich wehren zu können. Hier hat der Tod etwas obszön Exhibitionistisches.

Ich wende mich ab, durchquere das Kirchenschiff. Dort drüben, zur Linken des Seitenaltars, finde ich die Treppe zur Krypta wieder, die Ruth Hellmann vor fünfundzwanzig Jahren voller Neugier hinabkletterte, weil sie glaubte, dort unten ein paar interessante Sarkophage mit den Namensschildern prominenter Fürsten zu entdecken. Statt dessen hatte sie ein Gruselkabinett vorgefunden, Keller nach Keller voll von unbegrabenen Toten, vermoderten Leichenteilen, ein völlig unerwarteter Anblick, der ihr einen Schock versetzte.

Diesmal ist es anders. Noch bevor ich die unterste Stufe erreicht habe, fällt mir die Veränderung auf. Ich gelange in einen Vorraum. Damals hatte es keinen Vorraum gegeben, nichts, was Ruth Hellmann die Möglichkeit geboten hätte, sich auf den Schock vorzubereiten. Jetzt hockt hier ein Mönch hinter einem Tisch, kahlköpfig, bärtig, verhältnismäßig jung, ich schätze ihn auf Mitte Dreißig. Sehr lebendig blickt er mir entgegen. Seine Augen sind flink, taxieren mich:

Wer kann ich sein, wo komme ich her, gehöre ich zur willkommenen Sorte zahlungskräftiger Touristen mit Dollars in der Tasche oder zu jenen unrentablen Besuchern, die sich ab und zu hier hinunterverirren auf der Suche nach ein bißchen Schatten, um sich zwischen vergammelnden Knochen für kurze Zeit vom Lärm und Licht der Straße zu erholen? Dem Ausdruck seines Gesichts nach scheint er mich für eine der letzteren zu halten. Das spekulative Erwartungslächeln hat seine Überzeugungskraft verloren. Er wendet sich – Mönch im Haupt-, Krämer im Nebenberuf – wieder dem Krimskrams zu, den er vor sich auf dem Tisch ausgebreitet hat, Andenken aller Art an den denkwürdigen Besuch einer römischen Kapuzinergruft. Ein Postkartenständer enthält farbenprächtige Glanzfotos von menschlichen Überresten, Knochenteile posieren auf rotem Samtkissen wie Kleinkinder auf dem obligaten Eisbärfell; kauft man sie im Dutzend, gibt es Rabatt.

Der Papst ist in allen Größen und Arten vertreten, vom garantiert echten, handsignierten Miniaturgemälde von Giacomo Terlani, wer immer das sein mag, über bemalte und unbemalte Gipsbüsten jedes Formats bis hin zum bis zur Unkenntlichkeit verkitschten Postkartenkonterfei mit segnend erhobenen Händen. Ferner gibt es Schlüsselringe mit Schädelchen aus Elfenbein, kostbar gebettet auf nachtblauen Samt, Keramiktotenköpfe mit zu regelmäßigem Gebiß und einem fünfmarkstückgroßen Loch im Schädel, das als Kerzenhalter gedacht ist, und Glanzbroschüren, in denen alle zu besichtigenden Skelette sorgfältig katalogisiert sind, Name, Stand und Lebensdaten. Hier läßt sich der Tod gewinnträchtig vermarkten.

Ich blättere einen der reich bebilderten Kataloge durch, bevor ich ihn wieder auf seinen Platz zurücklege.

*»Desidera una guida, Signora?«* Schon ist er wieder ganz Aufmerksamkeit, mein Händlermönch.

Nein, sage ich, ich bräuchte keinen Katalog, fände mich auch so zurecht. Das sei nicht gestattet, sagt er, es gäbe Führungen, denen man sich anschließen könne. Zur Zeit sei gerade keine, aber Bruder Benedetto sei gegen ein bescheidenes Entgelt gern bereit, mich herumzuführen. Wie auf ein Stichwort taucht ein zweiter Kuttenmann auf, winkt mich beflissen in den schmalen Gang. Hier hat sich nichts verändert. Eine Nische an der andern im Halbdunkel, darin stehen und da liegen sie, grinsen den Besucher an, neigen sich, mit Stricken an der Wand befestigt, in ihren schlotternden Kutten ihm entgegen; tote Mönche, vermodert zu Monstern. Getrocknete Hautreste verdecken hier ein Auge, dort ein Teil der bleckenden Zähne. Faserige Sehnenstränge verklumpen, was einst Hände waren, zu ledrigen Vogelklauen. Und ringsum dieses Grinsen, schief, gelb, mit lückenhaften Zähnen. Sechs Krypten zähle ich, alle mit kunstvollen Ornamenten geschmückt, Ornamente aus Menschenknochen: Sterne, Kränze, Girlanden. Da ist die einfallsreiche Nachbildung einer Sonnenuhr. Ein Lüster aus Beckenschalen, an genagelten Schienbeinen befestigt, mündet an der Decke in eine Strahlenkrone aus Unterarmknochen. Pyramiden aus Schädeln trennen die einzelnen Nischen mit ihren unheimlichen Insassen voneinander. Sie ragen bis hoch hinauf; Hunderte von skelettierten Köpfen, gelb bis erdbraun, hat man hier aufeinandergeschichtet. Einige liegen mit den Unterkiefern gegeneinandergepreßt, andere verbergen, was einst ihr Gesicht war, schamvoll im Knochenhaufen. Gerade über meinem Kopf hängt noch im dreifachen Kranz von Daumen- und Zehenknöcheln das Skelett mit der Sichel aus Schulterblättern und der Rippenwaage von der Decke. Es ist dick verstaubt.

Damals, erinnere ich mich, hatte Ruth Hellmann vor allem die Frage bewegt, woher die Vielfalt der Kinderknochen stammte, aus denen die Rosetten an der Wand bestehen. Ich denke an eine gewisse Ilse Koch, Kommandeuse im Konzentrationslager Buchenwald. Als der Nürnberger Prozeß gegen Kriegsverbrecher im Dezember neunzehnhundertsechsundvierzig enthüllte, daß sie Häftlinge enthaupten ließ, um ihre Köpfe zu präparieren und sie ihrer Schrumpfkopfsammlung einzuverleiben; und daß sie aus der Haut tätowierter Gefangener Lampenschirme fertigte, da ging ein Aufschrei des Entsetzens rund um die Welt: eine pervertierte Bestie in Menschengestalt!

Diese hier, die Ordensbrüder, haben für ihre Kopfsammlung keinen Lebenden enthauptet. Erst den Toten trennten sie den Kopf vom Rumpf, um ihn zu verwenden, wie man Stuck verwendet: als Wand- und Deckenzierat. Sie haben auch nicht die Haut der Toten getrocknet, um Lampenschirme daraus zu fertigen. Mönche tragen keine Tätowierungen. Statt dessen nahmen sie deren Becken und Schienbeine und machten Hängelampen daraus. Das ist gut, das ist schön, das findet unsere Welt in Ordnung, sakrosanktes Werk der heiligen Kirche – wie schizophren sind wir denn schon?

Der Mann in der Kutte neben mir redet auf mich ein, etwas von drei Neffen eines Barberinipapstes: »Hier vorne, *Signora, guarda*, sind sie nicht prächtig erhalten?« – und daß hier ungefähr viertausend Kapuziner ruhten.

»In Einzelteilen«, sage ich und deute zur Decke.

»Auch ganze«, sagt er ernsthaft, »einige ruhen noch unter der Erde.«

Es kommt ein amerikanisches Ehepaar, sie haben bereits ihren Beitrag zum Betreten der Knochenshow geleistet: Er trägt im durchsichtigen Plastikbeutel einen dieser gräßlichen Kerzenhalter, sie blättert im Kryptenführer. Mein Begleiter wittert ein günstiges Geschäft.

»*Permesso, Signora*«, sagt er, läßt mich stehen und wendet sich den Amerikanern zu, die schweigsam, nicht gerade erschrocken, doch zwischen Neugier und Abscheu schwankend, vor den toten Kapuzinern haltgemacht haben. Auf Geheiß des Mönches blicken sie zur Decke. Wie viele kleine Knochen wohl dazu nötig gewesen sein mögen, um diesen Stern da oben zusammenzusetzen, denkt der Mann laut nach einer Weile.

»Der da?« sagt der Mann in der Kutte. »Dreiundvierzigtausend, davon allein über dreißigtausend kleine Finger; wenn Sie erlauben – es steht im Katalog.« Damit greift er nach der Broschüre. Blättert. Und ich denke: Soundso viele Goldplomben. Soundso viele Prothesen. Soundso viel Menschenhaar zur Abdichtung von U-Booten. Alles säuberlich katalogisiert. Auch die Knochen, aus denen Seife gewonnen wurde. Die das verbrachen, gingen unrühmlich in die jüngste Geschichte als Buchmacher des Todes ein. Aber das hier, die katalogisierten Knöchel und Brustbeine, das ist das Werk der Frommen, der Gottwohlgefälligen, es ist gut, es ist lobenswert. Verstehe das, wer will.

Vor der letzten Krypta, endlich allein, fällt mir der Schädel mit der Aufschrift ein: *Abasso i Fascisti!* Aber welcher war es? Das Auge ermüdet angesichts solcher Anhäufungen von Totenköpfen, obwohl, betrachtet man sie sich erst genauer, keiner dem anderen gleicht. Die Feinheiten verschwinden unter der dicken Staubschicht. Der könnte es gewesen sein. Oder der. Ich nehme mein Taschentuch, wische vorsichtig über die Stirnflächen. Vermutlich haben sie die Schrift längst abgewaschen oder den Schädel fortgeworfen. Aber nein, da ist er, der mit den Seitenzähnen, mein knöcherner Antifaschist. Die Worte, mit Tintenschrift aufgetragen, sind verblaßt, aber immer noch gut lesbar, der zu lang geratene Aufstrich des F reicht bis zum inneren Augenrand, daß es wie eine Zornesfalte aussieht. Da gibt es auch noch einen anderen, der trägt ein Herz auf der Stirn mit ›Mario e Claretta‹.

»Ein Mahnmal für die Flüchtigkeit des Lebens«, erklärt mein Führer gerade seinen Kunden aus Übersee. Ich gehe zu ihm, stopfe ein paar Scheine in seine vorschnellende Hand. Mit seinen Segenswünschen und der Aufforderung, bald einmal wiederzukommen, damit er seine heutigen Erläuterungen vertiefen könne, bin ich entlassen: »Die Unterbrechung, *scusa tanto*, Signora, bitte um Verzeihung, aber die Touristen, Sie verstehen, sie finden sich hier nicht zurecht, manchmal verwechseln sie unseren guten Frater Angelo mit dem Fürsten Barberini, wo doch dieser, mal ganz abgesehen vom Standesunterschied, um soviel besser erhalten ist, oder sie schreiben solch gräßliche Worte wie Cincinnati oder Oklahoma auf die Schädel. Also bis zum nächsten Mal, Signora, und nichts für ungut!«

Am Souvenirstand vorbei erreiche ich die Treppe, verlasse die unheimliche Kirche, ziehe mit ein paar kräftigen Atemzügen die sanfte Luft des Nachmittags in meine Lungen, um den Geruch und Geschmack nach staubigem Moder loszuwerden, der mir die Nasenwände trocknet.

Abendessen diesmal in Katjas Wohnung, nur ein kalter Imbiß, sehr römisch mit Salami, Melone und kaffeebestreuter Ricotta. Dazu wie gewöhnlich weißen Landwein. Ich bin nervös. Menschen als Dekoration, Leichenverwertung, es hat meine Gedanken in Bahnen gelenkt, die mir mehr Belastung auferlegen, als ich im Augenblick zu ertragen gewillt bin. Ich versuche, sie umzulenken. Im Nachbargarten unter der Terrasse blühen zum zweitenmal Rosen, rosa und lila Tupfer im Braungrün der Blätter. Gibt es in unseren Breiten auch lila Rosen und solche, die im Oktober nachblühen? Meine Mutter hatte in unserem kleinen Garten Rosen gepflanzt und ich, sechsjährig, hatte ihr dabei geholfen. Später hatten sie unseren Hund dort begraben, als er überfahren worden war, gleich neben dem Beet. Arbeiter, die im Gärtchen die Erde aushoben, um das Fundament für einen

Anbau zu legen, hatten ihn gefunden … Knochen. Weiterer Versuch: Meinen Freundinnen in Frankfurt müßte ich etwas von hier mitbringen, nicht gleich so Üppiges wie Pullover oder Schuhe, etwas Eßbares vielleicht. Diese weichen Mozzarellabälle beispielsweise, der milde Milchkäse, das wäre schon eine Idee. Aber werden sie die Reise überstehen? Das Verpacken wird schwierig sein, werden sie auch nur leicht gedrückt, wird die Milch herauslaufen, und ankommen werden sie knochenhart. Die Gedanken, vom Hauptthema verdrängt, produzieren Assoziationen. Gerade, als ich überlege, ob ich wieder versuchen soll, mich zu betrinken, schellt das Telefon. Es ist Ina. Ich hatte sie ganz vergessen.

»Wollte mal schaun, ob es Sie noch gibt«, sagt sie.

»Ich hätte mich schon gemeldet«, sage ich, »aber die Stunden sind mir unter den Händen weggeglitten, weiß selbst nicht, wie.«

»Das geht einem wohl immer so, wenn man nur zu kurzem Besuch in einer Stadt ist«, sagt sie verständnisvoll. »Haben Sie schon etwas von Katja gehört?«

»Eine Karte aus Amsterdam. Montag abend kommt sie zurück«, sage ich.

»Dann kommt ihr einmal zusammen zu mir herüber.«

»Ich reise am Montag morgen nach Frankfurt ab.«

»Ohne Katja zu begrüßen?«

»Sie schrieb mir, sie kommt mit ihrem Verlobten. Ich wußte nicht, daß sie verlobt ist.«

»Kein Grund zur Flucht«, sagt Ina. »Das ist nur die italienische Umschreibung von Gspusi; unsere römische Kirche, wissen Sie. Katja verlobt sich mindestens alle sechs Monate neu, da hat's auch schon zwei Verlobte zur gleichen Zeit gegeben.«

»Trotzdem«, sage ich.

»Sehen wir uns noch?« sagt Ina.

Ich weiß nicht, ob sie mein Zögern wahrnimmt. Ich möchte sie nicht kränken. »Eigentlich habe ich in den nächsten Tagen noch so einiges vor«, sage ich ausweichend.

»Neue Leute kennengelernt?«

»Nicht einmal. Aber die Konfrontation mit der Vergangenheit – ich war wohl nicht in dem Maß darauf gefaßt. Und dann das jetzige Rom.«

»Ich glaub', ich weiß, was Sie meinen, Ruth. Das moderne Rom. Diese Gleichgültigkeit, dieses Darüberhinweggehen, als wäre all das andere nie geschehen, als hätten andere nicht ihr Leben dafür eingesetzt, damit es eines Tages, wenn der faschistische Spuk vorüber ist, eine bessere, eine gerechtere Welt gibt, in der freie Menschen in Freiheit leben können. Aber sie alle sind noch da, die Bonzen und die, die da unten in ihren Wohnhöhlen hausen und resigniert abschalten, wenn sie die Regierungsdebatten im Radio vorgesetzt kriegen. Manchmal, wenn ich diesen hektischen Tanz ums goldene Kalb verfolge, möchte ich heulen vor Wut. Könnte mein Bruder sehen, was aus der Welt heute geworden ist, würd' er sich noch einmal erschießen lassen.«

Plötzlich habe ich das dringende Bedürfnis, die Malerin zu sehen, ich möchte, ich muß sie sehen, es könnte mir helfen. »Was machen Sie jetzt?« sage ich.

»Jetzt?«

»Ja. Heute abend.«

Sie versteht. »Na, wunderbar«, sagt sie. »Kommen Sie herüber. Ich mach' uns ein *fegato alla veneziana.*«

»Nicht nötig. Gegessen habe ich schon.«

»Also dann auf einen Kaffee und einen guten Roten. Das zweite Eckhaus von links auf der gegenüberliegenden Seite. Ein bisserl klettern müssen Sie halt, die Wohnung ist unter dem Dach; die Vorhangtür, es gibt nur die eine.«

Ich mache mich gleich auf den Weg. Das Haus ist nicht schwer zu finden, zumal Ina mir ja von meiner Terrasse aus ihren Balkon gezeigt hatte. Ein alter Kasten, ziemlich baufällig; die Holztreppe knarrt bei jedem Schritt, die Wände sind fleckig und zerkratzt. Das Dachgeschoß aber, das Ina sich als Wohn- und Arbeitsstätte eingerichtet hat, besitzt ansprechenden Eigencharakter. Ein Teil des Bodens mit Balkendecke ist Atelier: Staffelei, Farbtöpfe, ein Zeichentisch, Wischlappen; es riecht durchdringend nach Terpentin. Der Rest ist mit Zwischenwänden in Wohnwaben aufgeteilt, Sitzecke mit Wand-Klapptisch, Schlafkoje, in die am Tag das schräge Dachfensterchen diagonale Streifen Licht einläßt. Dazu Bad, Kochnische, alles verbunden durch einen schmalen Korridor.

Ich stehe vor einer Reihe von sechs Bildern, nehme verblüfft meinen Verdacht zurück, Ina könnte eine Blümchen- und Stillebenmalerin sein. Da wächst aus einer Mantelwand in drohendem Violett ein Frauenkopf, ausgemergelt, anklagend; dort, wo die Mantelfläche sich seitlich wölbt, wächst ein zweites Gesicht hervor, ein verschwommenes inmitten ungestalteter Helle. Ein Embryonenantlitz, geschlossene, geäderte Lider unter zerfließender Stirn; die untere Gesichtspartie sieht aus, als müsse sie sich noch überlegen, ob es sich überhaupt lohne, sich zu fester Form zu binden. Der Hintergrund brennt in grellem Orange, durchsetzt mit Flecken von Grau: Feuer, die Welt brennt.

Im Bild daneben glaube ich auf den ersten Blick Fische zu erkennen, die in symmetrischer Anordnung übereinander im Blaubraun eines riesigen Aquariums schwimmen. Der zweite Blick verwandelt die Fische in Männer, die mit fest an die Seiten gepreßten Armen auf dem Bauch liegen. Ihre Köpfe sind angehoben, die Münder und Augen weit aufgerissen. Stumme Schreie … Das nächste Bild spricht meine Psyche zunächst sehr an. Hier ist Helles im Vordergrund, eine stilisierte Wiese, Bäume, auf denen seltsame, surrealistische Vögel hocken, ein Clown mit Mühlsteinkragen jongliert mit farbigen Bällen. Sehr viel Sonne liegt über allem. Erst bei längerem Betrachten sehe ich, daß diese Sonne lastet. Da, wo sie voll die Wiese trifft, weicht das Grün zurück, als suche es Schutz vor ihr. Und nun sehe ich auch, daß die Vögel Gesichter tragen, Gesichter von sehr alten Menschen, gezeichnet vom Entsetzen allzuvielen Wissens. Der tanzende. Bajazzo aber hat gar kein Gesicht, nur ungestaltete Fläche unter dem Spitzhut.

Nummer vier ist das Porträt einer Familie. Beklemmender Eindruck: Vater und Mutter schauen leer, ratlos vor sich hin, das Kind, ebenso ratlos, hält zwei Masken an Stangen hoch: Konterfeis der Eltern, wie es sich das Kind wohl erhofft: froh, lächelnd, einander zugeneigt. Rosagelb sind diese Masken, aber die wahren Gesichter darüber haben eine graue Färbung, als sänken sie bereits zurück in den erdfarbenen Hintergrund des Gemäldes. Das fünfte Bild stellt Revolte dar: Eine Masse Menschen, aus der sich nur andeutungsweise Formen herauskristallisieren, quillt aus etwas, das wie ein Erdkrater aussieht, zum Vordergrund der Leinwand, Arme erhoben. Die ersten, als einzige ausgestaltet, haben magere, nackte Oberkörper und Gesichter, aus denen Hunger und ohnmächtiger Zorn sprechen. Ina hat ihnen rote Augen gegeben und blaue Haut, erfrorene Haut. Eine Frau trägt ein totes Kind im Arm, es ist widerlich aufgequollen, das kleine Gesicht eng von feisten Backen und der Wölbung eines Wasserkopfes zusammengepreßt. Vermutlich ist es ertrunken. Oder sind die Schwellungen am Körper Hungerödeme?

Den Schluß der Galerie bildet, in heftigen Farbstrichen, gelb, grau, schwarz-violett: eine Erschießung. Ich erkenne sie nicht gleich, halte das Bild für eine abstrakte, perspektivische Komposition. Doch die Emotion, die es vermittelt, überträgt sich auf mich, ich fühle einen Druck in der Kehle. Dieses Bild schreit. Es schreit nicht mit Farben, nicht mit dem, was es darstellt; es schreit aus der Leidenschaft heraus, mit der es gestaltet wurde. Dann sehe ich Einzelheiten: das Erschießungskommando, diese gleichförmige, gleichgültige Grüngrau-Linie, daraus die Nadelspitzen der angelegten Gewehre. Ihm gegenüber, getrennt durch einen sandigen Flecken Ocker eine zweite Linie, unregelmäßig, aber lebendig, die weißen Tupfen der Hemden, die hellen Flecken der Gesichter und Hände. Die ihnen gegenüberstehen, haben keine Gesichter, statt dessen braune Gewehrkolben. Hinter denen, die im nächsten Augenblick ihre Opfer sein werden, deutet Schwärze ausgehobene Gräben an. Der Himmel mit seiner zornigen Schmiere schnellziehender Wolken sieht aus, als reflektiere die Finsternis unter ihm das Geschehen in die Atmosphäre hinein.

*»Fosse ardeatine«*, sagt Ina neben mir ruhig. »Gefallen Ihnen meine Bilder? Die hier sind mir die liebsten.«

»Sehr«, sage ich beeindruckt. Seltsam, obwohl ich doch hergekommen bin in der Absicht, meine Depression mit neuen Eindrücken und Gesprächen zu vertreiben, hat sie sich beim Studium von Inas kleiner Galerie nicht vertieft. Im Gegenteil, ich habe das Gefühl, als würde mit diesen Bildern etwas angesprochen, für das ich bisher vergeblich einen Ausdruck suchte. »Ich hätte nicht geglaubt, daß so viel Auflehnung in Ihnen steckt«, sage ich.

»Genug für drei«, sagt Ina. »Albern vielleicht, nun bin ich schon achtunddreißig, und immer noch möchte ich die Welt verändern. Sie bewohnbarer machen, erträglicher. Vielleicht, weil ich damals, im Krieg, noch zu klein war. Nachholbedürfnis.«

»Halten Sie es für möglich, daß man als einzelner imstande ist, die Welt zu verändern?«

»Die Welt schon«, sagt sie. »Siehe Hitler. Aber die Menschen nicht, das ist mir mittlerweile klargeworden.«

»Resignation also?«

»Ganz und gar nicht. Auch mit der Kunst kann man Aussagen machen, sie ist ein legales Mittel, um die Dinge, die unsere Umwelt gern beiseite schiebt, wieder ins Blickfeld zu rücken. Das wissen Sie als Schriftstellerin ja ebensogut wie ich.«

Es klingt aggressiv, und ich beeile mich, ihr zu versichern, daß ich in diesem Punkt mit ihr absolut konform gehe. Eben das sei auch mein Ziel: Denkanstöße zu vermitteln. Sie nickt: »Schön, daß Sie das auch so sehen. In einer Zeit wie der heutigen kann man sich Kunst um der Kunst willen eigentlich gar nicht mehr leisten.«

Wir gehen zur Wohnecke mit ihrer gemütlich ausgesessenen Polstergarnitur. Ina holt aus der Küche den bereits fertigen Kaffee. Schenkt uns ein.

»Es ist wenig Hoffnung in Ihren Bildern«, sage ich. »Wie reagiert das Publikum darauf?«

»Nun ja«, sagt sie, »leben könnte ich davon nicht. Darum mach ich ja die Touristenführungen. Damit ich nicht verhungere.« Sie lacht, aber es ist kein frohes Lachen.

»Und Sie malen ausschließlich solche Themen wie diese da draußen?«

»Ich könnte anders. Natürlich könnte ich anders. Freundliche Umwelt malen, heitere Menschen, aber das wär' doch durch und durch verlogen, nicht wahr? Wenn man die letzten Bäume rodet, um noch größere Flugplätze zu bauen, mit Chemikalien das Plankton in den Gewässern erstickt, daß es keinen Sauerstoff mehr bilden kann; wenn Autofluten die Städte überschwemmen und die Menschen zwischen Sein und Haben nicht mehr unterscheiden können, dann wär's doch schizophren, wenn ich fröhliche Familien beim Sonntagsspaziergang malen tät.« Solche Leidenschaft hätte ich ihr gar nicht zugetraut; ich hatte sie für eher träge gehalten.

»So ähnlich habe ich auch einmal einem Verleger gegenüber argumentiert«, sage ich, »der mich für eine heile Welt gewinnen wollte. Meine Bedenken, mit dem Schreiben an der Wirklichkeit vorbei meine Leser für das Zeitgeschehen blind und dadurch dem Einfluß irgendeiner neuen Machtpolitik zugänglich zu machen, versuchte er mit dem Hinweis darauf zu zerstreuen, daß soziales Gewissen zur Politik gehöre und Politik ›Männersache‹ sei. Ich aber sei doch eine Frau und müsse wissen, daß der Leser in erster Linie unterhalten werden wolle. Die sozialpolitische Verantwortung solle die Frau nur den Männern überlassen; müsse sie unbedingt sozialpolitische Bedürfnisse abreagieren, nun, dafür habe sie ja ihre Kinder, da habe sie ihre Aufgabe.«

»Und ich dachte, bei euch sei die Emanzipation schon weiter«, sagt Ina. »Hier in Italien hat sie es unglaublich schwer durch die jahrhundertealte patriarchalische Rolle der Kirche. Einem italienischen Mann begreiflich zu machen, daß eine Frau als sein Mitmensch die gleichen Rechte hat wie er, ist fast eine Unmöglichkeit. Die Männer hierzulande sind so fest überzeugt von ihrer Vormachtstellung in der Gesellschaft, daß sie davon keinen Zoll breit an die Frau abzutreten gewillt sind.«

Der Kaffee ist gut und stark. Ina stellt einen Teller mit Gebäck vor mich hin. »Vanillekipferl«, sagt sie. »Die back' ich selbst, weil ich sie so mag. Aber sprechen wir von Ihnen. War es schwer, sich in Rom wieder zurechtzufinden?«

»Es war schwer, mich wieder mit der Gestalt zu befreunden, die ich seinerzeit hier zurückließ«, sage ich.

»War sie sehr anders?«

»Sehr, es hat Zeit und Überwindung gekostet, bis wir uns von neuem nah gekommen sind.«

»Aber nun haben Sie sich mit ihr versöhnt?« fragt Ina.

»Weiß nicht, ob das der richtige Ausdruck ist. So verschieden sind wir wohl nie gewesen, daß es zur Unversöhnlichkeit zwischen uns geführt hätte. Am ersten Tag in Rom vor über einer Woche, als sie sich mir aufzwang, da wehrte ich mich gegen sie, ich wollte mich nicht erinnern, weil sie mir bewußtmachte, daß ich ihr als Konsequenz ihres damaligen Denkens und Handelns gegenüberstehe.«

»Und nun?«

»Ich begann, meinen Widerstand gegen die junge Ruth aufzugeben. Jeden Tag ein bißchen mehr, verstehen Sie? Jetzt sind wir schon wie siamesische Zwillinge, an lebensnotwendigen Organen zusammengewachsen, aber mit zwei Köpfen. Einem alten und einem jungen.«

»Und wer wird die beiden trennen? Oder bleiben sie von nun an für immer auf diese Weise beieinander?«

»Nein«, sage ich, »bestimmt nicht. Den Schnitt werde ich selbst machen, wenn die Zeit gekommen ist. Noch ist es nicht soweit. Es muß ein Schnitt sein, der beiden das Weiterleben ermöglicht, ohne daß sie sich wie bisher gegenseitig im Weg stehen.«

»Damit Sie von nun an mit Ihrer Erinnerung in Frieden leben können.«

»Noch ist es nicht möglich«, sage ich. »Nicht hier in Rom. Da nützt es mir nichts, keine Ahnung zu haben, die einstige Ruth erinnert sich um so besser.«

Nachdenklich nippt Ina an ihrem Kaffee, stellt die Tasse bedächtig auf den Untersatz zurück. »Ich überleg' gerade, ob es mir ähnlich gehen würde, wenn ich heute nach Triest zurückkäme. Ist aber wohl kein Vergleich, ich war ja damals noch ein Kind.«

»Ich dagegen schon achtzehn.«

»Ist es nicht merkwürdig, was die paar Jahre für einen Unterschied machen können?«

Da ist sie wieder, die Kluft zwischen uns. Der Abstand. Ina ist frei von der Hypothek einer Vergangenheit; ihre Welt, ungeteilt, ist das Hier und Heute. Ich beneide sie um ihre Fähigkeit, sich so rückhaltslos für die Belange ihrer Zeit zu engagieren. Wenn sie das Vergangene mit einbezieht, so nur als ursächliches Fehlkonzept für die jetzige politische Misere. Während mich meine wieder lebendig gewordene Erinnerung zwingt, das Gestern auch noch einmal mit zu durchleben.

»Ja«, sage ich hilflos, »so ist das wohl …« Und danach fliegt der sprichwörtliche Engel durchs Zimmer. Beide suchen wir nach einem neuen Ansatz. Ich werde mich bald verabschieden, denke ich. Gerade noch eine Viertelstunde bleiben, damit es nicht zu unhöflich wirkt. Ich werde einen passenden Satz dazu finden, daß ich mich schlecht fühle und schlafen gehen muß. Vielleicht wird sie es mit Erleichterung aufnehmen. Es ist schon fatal: Wir können reden, über was wir wollen, immer wieder geraten wir über kurz oder lang an den toten Punkt. So wird, was ungezwungene Unterhaltung sein sollte, mehr und mehr zum Eiertanz. Woran liegt das nur? Vielleicht, kennten wir uns besser, könnten wir über Persönlicheres sprechen. Ich müßte ihr einmal eine direkte Frage stellen, eine über ihr privates Leben, aber ich scheue davor zurück. Es mag aufdringlich wirken. Und außerdem interessiert es mich nicht genug, im Augenblick habe ich zu viel mit mir selbst zu tun.

»Gehen wir noch etwas auf die Terrasse hinaus«, sagt Ina im Bemühen, ihre leichte Verlegenheit zu bemänteln. »Ich hol' uns dazu den Roten.«

Von ihrer Terrasse aus, die höher liegt als die Katjas, sieht man auf das ganze Viertel hinunter, dort unten rechts, sanft angestrahlt, die großen Gärten der Villa Borghese, im Talkessel, das nächtliche Getriebe um den Corso Vittorio Emanuele und dahinter, weiter links, unvermutet nah, das lichtgesäumte Band des Tibers.

»Schön ist sie von hier aus, die Stadt«, sage ich.

Ina füllt Chianti in die Gläser, deutet mit dem Kinn auf die geblümte Hollywoodschaukel. »Setzen wir uns da hinein«, sagt sie, »da macht der Blick noch mehr Spaß.« Sie hat recht; die leichte Auf- und Abbewegung verändert das Panorama, läßt die Erde mit all ihren Lichtern steigen oder den Himmel sich dehnen ins Unendliche, bis es scheint, als ob die Bewegung draußen stattfände, eine Schaukelwelt.

Schaukeln und Chianti tragen dazu bei, daß ich mich entspannter zu fühlen beginne. Ich wage die persönliche Frage: »Warum haben Sie eigentlich nicht geheiratet, Ina?«

»Weil ich«, sagt Ina, »mit Männern gelebt hab'. Lang genug, um zu wissen, daß das für mich kein Dauerzustand werden darf.«

»Waren Sie es, die fortging?«

»Meistens. Meine Freunde wollten, daß ich zu ihnen zog. Und ich wollte nicht meine Wohnung aufgeben. Das Gefühl der Selbständigkeit, des Eigenen, wissen Sie. Also zogen sie zu mir.«

»Die Freunde?«

»Soweit sie nicht verheiratet waren. Aber das war auch keine Lösung. Jedenfalls keine auf Dauer.«

Ich schweige. Lasse sie erzählen. Wenn sie jetzt aus sich herausgeht, denke ich, ihren Erinnerungen folgt, dann finden wir vielleicht endlich eine Möglichkeit des Gedankenaustauschs, ohne daß das Gespräch nach ein paar Ansätzen wieder versandet. Aber Ina ist keine Schriftstellerin, sie ist dem Bild mehr verhaftet als dem Wort. »Wenn man erst einen Mann in der Wohnung hat«, sagt sie, »nimmt er von ihr Besitz, und eh man es sich versieht, ist kein Stück mehr von einem selbst zwischen den Wänden. Das geht unauffällig vor sich, du merkst es erst, wenn eine fremde Ordnung Platz ergriffen hat von dem, was bislang dein ureigener Bezirk war. Ich kann mich neben einem Mann nicht behaupten oder, sagen wir, selbstverwirklichen.«

Auf und ab, auf und ab. Himmel, weißer Mond; Rom, Meer aus Kunstlicht. »Theoretisch«, sage ich.

»Nein, nein, faktisch. Mit dem geistigen Kontakt geht's nicht anders: Sie sagen, sie wollen, daß wir selbständig denken, eigene Gedanken haben, aber in Wahrheit mögen sie doch nur, wenn wir ihre Gedanken denken. Das Dumme ist halt, daß man ohne sie sehr allein wär.«

»Finde ich nicht«, sage ich. »Alleinsein ist nötig zum Arbeiten.«

»Bisserl traurig aber«, sagt sie.

»Man kann es nicht früh genug lernen. Das Nebeneinanderhertraben von Partnern, die sich nichts mehr zu sagen haben, ist trauriger.« Bin ich aufrichtig? Oder ist es mein Hochmut, auf meiner eigenen Einsamkeit zu bestehen, der sich gegen jeden Verdacht einer anderen Möglichkeit zur Wehr setzt? Wenn es so ist, habe ich nicht das Recht, andere von der Richtigkeit meiner Lebensweise zu überzeugen. Fraglos ist Ina schlechter dran als ich. Einerseits hat sie erkannt, daß ihr längeres Zusammenleben mit einem Mann unmöglich ist, auf der anderen Seite besitzt sie ein starkes Anlehnungsbedürfnis. Ich muß an das Bild mit der zärtlich gemalten Wiesenlandschaft denken, das auf den ersten Blick Wärme und Heiterkeit vermittelt. Doch vor der Beständigkeit der Sonne, unter dem Einfluß eben dieser Wärme, weicht das Gras zurück, und die Vögel in den Ästen der Bäume bekommen böse Gesichter. Ist sie ein Opfer beginnender Frauenemanzipation, hin- und hergerissen zwischen Ideen-Engagement, Selbstbehauptung und falscher, auf den Mann gerichteter Erziehung? Aber vielleicht hat das mehr mit Sex zu tun? Der Kopf und die Ideen, die er produziert, sind frei, unabhängig, der Körper dagegen will sich in seinem Verlangen nach Lust nicht mitemanzipieren? Denkbar. Die Ruth von früher könnte das bestimmt besser mitempfinden. Mir hat das Konzentrationslager im Krieg die Neugier auf nackte Körper gründlich ausgetrieben. Ich komme mir schmerzlich alt vor. Gestorben, irgendwann vor einem knappen Vierteljahrhundert.

»Könnten Sie wohl etwas weniger schaukeln, Ruth? Mein Wein schwappt über.«

Ich stemme den rechten Fuß gegen den Boden, die Wippe kommt zur Ruhe. »Ich wollte sehen, woher der rote Schein dort drüben stammt«, rede ich mich heraus. Ich hatte ihn vor einigen Minuten entdeckt, da unten links über einem Teil der Flachdächer, leuchtend nah der verdeckten Lichtquelle, die ein Brand sein könnte, verblassend gegen den Corso zu, wo die Lichtrampen um Brunnen und Monumente die schwachen Rotränder schlucken.

»Ach das«, sagt Ina. »Das ist der Widerschein von den roten Leuchtbuchstaben oben auf dem neuen Hotelhochhaus. Ein scheußliches Ding, einer dieser modernen Klötze, wie die Amerikaner sie jetzt rund um die Welt bauen.«

»Amerikanisches Hotel?«

Ina nickt zornig.

»Ich bin zwar nicht unbedingt für ewige Heilighaltung vergammelter Ruinen«, sage ich, »aber diese Dinger passen wirklich nicht ins Stadtbild Roms.«

»Als wenn einer darauf Rücksicht nähme«, sagt Ina, und nun ist sie es, die so heftig schaukelt, daß ich mein Glas auf dem Abstelltischchen in Sicherheit bringen muß. »Die Amerikaner haben uns hier mit ihrem Dollardenken total versaut.«

»Geld ist Macht.«

»Wem sagen Sie das? Eigentlich beneide ich Sie, Sie haben es seinerzeit leichter gehabt. Ihr hattet eine Zielscheibe für eure Gegenwehr, eine einzelne Figur und seine Anhänger, das gab euch ein klares Bild für eure Aktivitäten. Wenn Sie heute politisch etwas ändern wollen, wissen Sie zwar, was geändert werden müßte, doch nie, wer eigentlich dafür zuständig ist. Die Stadt hier wimmelt von Kommunalpolitikern, wichtigen und unwichtigen, die alle mitzureden haben. Da wird die Verantwortlichkeit in hundert kleine Dezernate aufgeteilt.«

»Darum kämpfen Sie mit der Sprache Ihrer Bilder.«

»Ich glaube, es ist die eindringlichste Art, Leute darauf aufmerksam zu machen, daß es unter der Oberfläche auch Leben gibt, echtes, heftiges, hart um seine Existenz ringendes Leben, das Anspruch auf Gleichberechtigung hat. Wie ist das bei euch in der Literatur? Macht ihr es da nicht ähnlich?«

Ich denke nach. »Ähnlich schon«, sage ich. »Der Unterschied zwischen Wort und Bild liegt wohl hauptsächlich darin, daß das Wort nicht die gleiche, unmittelbare Wirkung auf den Leser hat wie ein Bild auf seine Betrachter, es muß gestaltet werden. Bilder sind Schöpfungen, die in ihrer Ganzheit ohne Zeitverlust überschaubar sind, man steht davor und läßt sie auf sich wirken. Beim Buch ist das nicht möglich, da ist der Prozeß des Lesens erforderlich, also die aktive Mitarbeit des Publikums. Das meine ich damit, wenn ich sage, daß seine Aussage weniger unmittelbar ist als die der bildlichen Gestaltung des gleichen Themas.«

»Sie schreiben also keine politischen Bücher?«

»Nein«, sage ich, »keine politischen. Engagierte aber, weil mich das Schicksal anderer Menschen nicht weniger angeht als mein eigenes. Auch wenn ich keine Kommunistin bin.«

Ich wundere mich, daß Ina darauf verletzt reagiert: »Haben Sie etwas gegen Kommunisten?«

Wo habe ich das schon einmal gehört? ›Hast du was gegen Kommunisten?‹ Das war Vera gewesen, auf der Piazza San Silvestro am fünfundzwanzigsten Juli dreiundvierzig, am Tag, als Mussolini stürzte. Und Ruth Hellmann hatte geantwortet: »Nein, aber ich dachte, du mit deinem Namen …«

»So dürfen Sie mich nicht fragen«, sage ich. »Ich bin apolitisch, oder sagen wir: von der Politik weg. Mir genügt es, daß ich mir einmal gehörig die Finger verbrannt habe. Außerdem –«

»Außerdem?«

»Außerdem wird man älter«, sage ich. »Sie haben sich Ihre Einsatzfreudigkeit bewahrt, und ich beneide Sie darum. Bei mir haben die Jahre den Gesichtspunkt verschoben. Mich interessiert heute weit weniger die Tatsache, daß etwas geschieht, als die sich daraus ergebende Frage, warum es geschieht. Und das sowohl in der Politik als auch im täglichen Leben. Es heißt, daß sehr viel Leiden einen Menschen von den anderen isoliert. Ich kann das nicht finden. Eigenes Leid macht mitfühlender für das Leid anderer, meinen Sie nicht?«

Die Mondsichel ist hinter einer heraufziehenden Wolkenwand verschwunden. Es sind auch keine Sterne mehr zu sehen. »Weiß nicht«, sagt Ina. »So weit bin ich wohl noch nicht. Hängt das nicht auch von der Art des Leidens ab?«

»Vermutlich«, sage ich und weiß, in diesem Augenblick sprechen wir verschiedene Sprachen. Man muß wohl erst durch große Tiefen gegangen sein, um zu erkennen, daß der Nächste auf die gleiche Weise verletzbar ist. Eine Weile lang schweigen wir.

»Im März nächsten Jahres machen Katja und ich wieder eine gemeinsame Vernissage«, sagt Ina in die Stille hinein.

»Haben Sie neue Projekte?«

»Mein Thema diesmal wird die Zerstörung der Stadt durch hirnlose Verwaltungsbeamte sein«, sagt sie. »Eine Serie in zwölf Bildern.

»Das stelle ich mir stark vor«, sage ich. »Bei Ihrer Ausdrucksfähigkeit. Haben Sie schon angefangen?«

»Eben erst. Zum Vorzeigen ist es noch nicht. Und Sie? Schreiben Sie an einem neuen Buch?«

»Seit Sommer.« Ich will hinzufügen, worum es mir dabei geht, welches Thema ich mir gewählt habe, zögere, weil ich merke, daß wir beide im Grunde nur Höflichkeitskonversation betreiben. Nicht, daß wir an der Arbeit des anderen uninteressiert wären, doch es fehlt die Grundlage, die persönliche Beziehung zum Urheber des Werks. Dazu kommt noch die räumliche Distanz über Länder hinweg: Wenn Ina ihre Vernissage hat, werde ich sie nicht besuchen, weil sie in Rom ist und ich in Frankfurt, so wie sie mein Buch aus den gleichen Gründen nicht lesen wird, falls ich es ihr nicht schicke. Viel Interesse daran kann ich bei ihr kaum voraussetzen.

»Haben Sie nicht Lust, einmal nach Frankfurt zu kommen?« sage ich. »Dann sind Sie mein Gast und ich zeige Ihnen die Stadt.«

»Ist Frankfurt eine sehenswerte Stadt?«

»Sie war es«, sage ich.

»Dann ist's schon besser, Sie kommen einmal wieder her.«

»Ja, wahrscheinlich.« Aber ich werde nicht wiederkommen, das weiß ich nun. Wenn ich Montag früh zurückfahre, werde ich den Schlußstrich unter das Kapitel Rom gezogen haben. Auf einmal bin ich sehr müde. »Es ist spät geworden, Ina«, sage ich und erhebe mich, »wir sollten schlafen gehen.«

»Nicht noch einen Schluck Wein?«

»Danke nein. Ich habe morgen noch einiges vor.«

»Ich fürchte, morgen wird's regnen. Haben Sie die Wolken gesehen?«

»Die zwei letzten Tage möchte ich gern noch ausnutzen«, sage ich. »Wenn das Wetter umschlägt, hab' ich Pech gehabt.«

»Ja natürlich, ich versteh'. Aber wollen Sie denn wirklich weg, bevor Katja zurückkommt?«

»Ich weiß nicht, wie ich das ausdrücken soll«, sage ich. »Aber was bisher in diesen Tagen an Erinnerungen auf mich eingestürmt ist, muß ich erst einmal verarbeiten. Allein. Zur Zeit, glaube ich, bin ich der denkbar unfähigste Partner zu lockerer Konversation. Ich glaub', Sie haben es heute abend gemerkt.«

»Katja wird betrübt sein«, sagt sie.

»Katja wird sich trösten. Ihre Wohnung ist tadellos in Schuß, die Blumen gewässert, der Hamster hat einen Bauch bekommen, daß er kaum noch in sein Häuschen hineinpaßt. Ich werde ihr von Frankfurt aus schreiben.«

»Schade«, sagt Ina und begleitet mich hinaus zum Eingang mit der Portiere.

»Schade?«

»Wir haben uns zum falschen Zeitpunkt kennengelernt, Ruth«, sagt sie. »Im Augenblick sind wir beide zu belastet, Sie mit Ihrer Vergangenheit und ich – sprechen wir nicht davon.« »Liebesgeschichte?«

»Na, was schon sonst?« sagt sie und lächelt knapp. »Da kann man noch so alt oder angeblich gereift werden, noch so klug sein und um die Fehler wissen, die man vermeiden sollte. Und wenn's darauf ankommt, macht man sie doch immer wieder.«

»Wollen Sie darüber sprechen?« sage ich, schon halb entschlossen, ins Zimmer zurückzukehren. Ina schüttelt den Kopf: »Zu früh noch«, sagt sie, »da geht's mir ähnlich wie Ihnen: Ich muß das alles erst einmal im Kopf sortieren. Mit mir selbst klarkommen. Verstehen Sie das?«

»Niemand könnte das besser verstehen. Sie sollten doch einmal nach Frankfurt kommen.«

»Und Sie zurück nach Rom«, sagt sie. »Wenn die Vorzeichen für uns günstiger sind.«

»Ihre Bilder sind ganz großartig«, sage ich ihr zum Abschied. Der Gedanke, wie isoliert wir doch im Grunde alle sind, begleitet mich auf dem Weg zurück und bis hinein in meine Träume.

## 20. Oktober

Gegen drei Uhr morgens aus unruhigem Schlaf erwacht, Traumfetzen noch vor Augen: riesige Delphine, wie sie über die aufgewühlte See springen, und der Himmel über ihnen ist tief und schwarz. Über dem Versuch, dem Bild nachzuhängen, schlafe ich wieder ein. Diesmal hat sich das Meer beruhigt, es schlägt überhaupt keine Wellen, sieht aus wie eine immense Glasscheibe, in der sich das seltsame Schiff spiegelt, auf dem ich mich befinde. Es ist kreisrund, aus hellem Holz, sehr weitläufig. Zwei übereinandergeschobene Decks sind durch eine Treppe miteinander verbunden. Es wird hart gearbeitet auf diesem Schiff. Männer und Frauen schrubben Böden, rennen hin und her, erhalten aus unsichtbarer Quelle Befehle, die sie sofort mit Mienen der Unterwürfigkeit ausführen. Sie tragen Einheitsanzüge, weiße Overalls, in deren Weiß sich die Sonne fängt. Ich stehe abseits, nicht Mann, nicht Frau, in der gleichen Kleidung wie die anderen. »Wo bin ich?« frage ich. Eine Stimme antwortet: »Du bist dienstverpflichtet.« Ich kann mich nicht dagegen auflehnen, es liegt nicht mehr in meiner Macht. Männer, von einem Offizier beaufsichtigt, der viel Uniform, aber kein Gesicht hat, schleppen Fische herbei, Haie, doch platt wie Flundern. Sie sind halbiert, säuberlich in zwei Teile geschnitten. Und ich denke: Sie sehen aus wie überfahren. Aber kann man Fische überfahren? Sie können doch höchstens in Schiffsschrauben geraten und zerrissen werden. Flach werden sie davon nicht. Ich spüre, wie mein Inneres von einer großen Traurigkeit ergriffen wird. Jetzt weiß ich: Es wird eine sehr lange Reise werden, und diese Fische werden unsere einzige Nahrung sein. All dies ist unabwendbar; Eindruck von Endgültigkeit. Zwei Frauen, die mit Schrubbern den Holzboden bearbeiten, erkenne ich wieder als zwei Häftlinge aus dem Konzentrationslager. »Ich wollte nur für zwei Wochen herkommen«, sage ich und weiß gleichzeitig, daß es viel, viel länger dauern wird. »Ich bin schon seit Ewigkeiten hier«, sagt die Robustere der beiden und rülpst laut. Der Fisch, denke ich entsetzt, seit Ewigkeiten auf dem Schiff und immer nur Hai. Wenn ich nur wüßte, wo ich hier eigentlich bin. Der Offizier wird es mir nicht sagen, er hat keine Ohren, mich zu hören, keinen Mund, um zu antworten. Seine Befehle kommen aus einer automatischen Sprechanlage unter der Mütze. Aber vielleicht kann ich seine Gedanken erforschen? Ich gehe in seine Kabine, öffne seinen Spind. Da liegen seine Gedanken, ein wirres Durcheinander von billigen Postkarten, Spielzeugautos, Pornoheften, und obendrauf ein sehr grünes Plastikkrokodil. Was ich wissen will, ist nicht dabei. Weitersuchen, die Treppe hinauf zum Oberdeck. Da sitzen, getrennt von den Geschäftigen dort unten, drei weitere Männer in weißen Overalls. Mir fällt sofort der Mittlere auf. Er unterscheidet sich von den anderen, und ich fühle mich ihm verwandt, eine Stimme neben mir sagt: »Der ist ein Europäer, er hat ein Gesicht.« Ich habe auch ein Gesicht. Die Männer neben dem Europäer mit dem Kopf eines Wissenschaftlers haben wie ihre Kollegen eine Etage tiefer Flächen statt der Gesichter, in die wie mit stumpfem Obstmesser Augen, Nase und Mund eingestochen sind. Ich möchte auf den Mann in der Mitte zugehen, ihn mit Fragen bestürmen, wer mich dienstverpflichtet habe und für wie lange, wo wir hier eigentlich seien und wohin wir führen. Aber da ruft jemand: »Die Seuche geht um!« Dann bin ich plötzlich in einem Strudel durcheinanderlaufender Männer. Zwei Flachgesichtige in weißen Overalls fallen tot um, werden auf Bahren weggeschafft. Ich blicke ihnen nach und weiß, daß auch ich vor Ansteckung nicht geschützt bin, hier gibt es weder Arzt noch Isolierstation. Alle um mich herum sind bereits infiziert, man wird sie sammeln und ins Meer werfen. Resignation lastet auf mir wie ein Alp, ich schaue zu dem Europäer hinüber, dessen Brille zu beschlagen beginnt, und weiß: Auch ihn hat's erwischt. Und da kommen auch schon welche mit der Bahre, um ihn abzuholen und hinunterzutransportieren. Vielleicht ist die Stimme, die ich sagen höre: »Auch die Intelligenz überlebt nicht«, meine eigene. Wäre der runde Schiffsboden nicht so weitflächig, ich würde mich von hier, wo ich stehe, einfach ins Meer stürzen. Immer noch besser, als von der Seuche erfaßt zu werden. Aber um mich und unter mir gibt es nur Bretter, ich würde zerschmettert liegenbleiben, vielleicht nicht einmal ganz tot, um so mehr in der Gewalt der Gesichtslosen ... Ein letztes Aufbäumen gegen mein scheinbar unabänderliches Geschick läßt mich aus meinem Traum erwachen. Ich höre mich laut sagen: »Amerikaner sind es, alles Amerikaner!« Dann bin ich endgültig wach.

Ina hat mit ihrer Prophezeiung eines Wetterumschlags recht behalten: Es regnet, regnet auf italienische Art, weich, fedrig, stäubend. Alles da draußen ist in Grau gehüllt. Nasse rote und gelbe Dächer sehen besonders traurig aus; ihre Farben sind für die Sonne gemacht, der Regen dunkelt sie zu schwermütiger Herbstlichkeit. Ich spüre wieder diese Unruhe in mir, die mich Tag für Tag gleich nach dem Frühstück aus dem Haus treibt, stärker noch als zuvor. Es ist die Unruhe halbgedachter Gedanken, die, verankert mit dem Geschehen von einst, zum Tageslicht des Bewußtseins drängen, sie wollen erkannt und aufgefangen werden. Immer geringer wird meine Kraft, mich gegen sie zu stemmen, ihnen erst dann den Zutritt zu erlauben, wenn ich für sie bereit bin.

Nach dem Frühstück mache ich mich auf den Weg ohne Ziel, nur mit dem Verlangen, kühlende Nässe auf meiner Stirn zu spüren. Vielleicht wird sie meine Nerven zur Ruhe bringen. Irrtum: Ich hatte vergessen, daß nicht jeder Regen Erfrischung bringt; der im Süden Europas ist oft lau und von der Art der Nässe, die nicht in ehrlichen, festen Tropfen herunterkommt, sondern vom Pflaster aufzustäuben scheint. In der Luft liegt der Gestank von nassem Unrat, kurze Windstöße tragen ihn heran. Wirklich kein Wetter, um spazierenzugehen. Ich schlage die Kapuze meines Regencapes hoch; Schirme hasse ich, ich mag meinen Arm nicht angewinkelt vor mir her tragen.

Schon nach wenigen Metern gerate ich wieder in den Verkehr der Stadt. Es muß, nachdem ich Inas Haus heute nacht verließ, schon bald zu regnen angefangen haben. Alles ist überzogen von Nässe, die Plätze spiegeln, die sonst so bunten Häuserfassaden und Auslagen haben ihre Farben eingebüßt; Rom ist nicht mehr Rom, ist eine x-beliebige Großstadt im Regen, unfreundlich, grau, ohne persönliches Gepräge. Auch die Menschen in den Straßen, bilde ich mir ein, sind heute andere als an den Tagen zuvor: Selten läßt der schlendernde Trott des römischen Fußgängers das Ziel seiner Schritte erkennen, und vielleicht hat er auch gar keines, überläßt es dem Zufall, wohin ihn sein Schlendrian führt. Ausländische Rombesucher passen sich notgedrungen dem Rhythmus der Straße an, die Gelassenheit der Passanten, mit der sie sich, ineinander verknäuelt, zwischen den Häusern hindurchwälzen, macht ein Vordrängen unmöglich. Jetzt dagegen, wo Regen die Straßen dunkelt, die Ladenfenster beschlägt, den Hundekot auf dem Pflaster aufweicht, scheinen sie, von Unruhe erfaßt, gänzlich die Richtung zu verlieren, stoßen gegeneinander, beschimpfen sich, versuchen unter Verwünschungen, die Schirme auseinanderzuzerren, deren Spannstäbe sich im Kampf um Entfaltungsraum ineinander verhakt haben. Menschen im Regen sind häßlich. Sie haben unmutige, abweisende Gesichter, sehen aus, als machten sie sich am liebsten unsichtbar. Kein Wetter für Eitelkeiten. Ich lasse mich von der Menge schieben, von Entgegenkommenden anrempeln, ich habe ja kein Ziel. Schirmlose, die gegen mich prallen, riechen nach nassem Hund. Auf den Fahrbahnen scheint der Verkehr, schon an Sonnentagen ein Problem, nun endgültig zusammengebrochen zu sein. Alle Seitenstraßen sind von Autos verstopft; den Corso entlang stehen sie in Doppelreihen mit laufenden Motoren, Stoßstange an Stoßstange. Wie total ist der weltweite Aberglaube an die Omnipotenz des Autos? wundere ich mich und betrachte mir die Verzweiflungsgesten hinter den Windschutzscheiben; hundertfach lehrt simple Erfahrung die römischen Autobesitzer, daß sie in der Innenstadt zu Fuß schneller vorankommen als mit dem Wagen, zumal an Regentagen. Sie wissen es genau. Dennoch riskieren sie es immer von neuem, für Stunden in der Schlange festzusitzen. Begreife einer die Autofahrer!

Ich spüre ein Kratzen im Hals, die hohe Luftfeuchtigkeit legt sich mir auf die Atemorgane. Es ist heute wirklich zu ungemütlich in den Straßen. Das Verlangen nach einem heißen Espresso, glatt und stark gesüßt, läßt mich nach einer Cafébar Ausschau halten. Der Nieselregen drückt sich wie ein feuchtwarmer Schwamm gegen mein Gesicht; er hindert mich am Denken. Ich bin jetzt beim Büro des Messaggero angelangt. Wenn ich ein Stück zurückgehe, erreiche ich die Via Condotti. Ob es das Café Greco noch gibt, dieses namhafte Fossil aus dem achtzehnten Jahrhundert? Weshalb eigentlich nicht, wenn es noch Mussolini überlebt hat, wird es vermutlich auch noch die sechziger Jahre überdauern. Der Gedanke an seine Plüschatmosphäre, die Marmortischchen, die Bilderwände stimuliert meine Lebensgeister. Daß mir das nicht früher eingefallen ist. Es sind von ihm aus nur wenige Minuten bis zur Via Margutta, und man sagt, daß im vorigen Jahrhundert das Griechische Café der bevorzugte Treffpunkt aller Maler der Via Margutta gewesen ist. Und nicht nur der Maler. Goethe habe dort an seiner ›Iphigenie‹ gearbeitet, Puccini an seinen Opern, die gesamte Künstlerelite ihrer Epoche hätte sich im Café Greco, dem klassischen Vorbild zum Wiener Caféhaus, versammelt. Es war Rolf gewesen, der Ruth Hellmann die Bedeutung der Stuben erklärt hatte; sie hatte sich wenig interessiert gezeigt, und er hatte es mit einem Anflug von Resignation auf den Altersunterschied zwischen ihnen geschoben. Heute, denke ich, würde ich mit mehr Interesse auf solche Dinge reagieren, damals hatte ich anderes im Kopf. Vermutlich werden die Kinder der römischen Jugend von heute später ebenso uninteressiert mit dem Kopf nicken, wenn man ihnen erzählt, daß vor fünfzig oder mehr Jahren deutsche Offiziere in den Cafés auf der Via Veneto gesessen und sich überlegt haben, wie sie am effektivsten Hitlers Befehl zur Zerstörung der Stadt Rom in die Tat umsetzen konnten.

Freudiges Wiedersehen: Das Café Greco gibt es noch, es hat sich kaum verändert; jetzt, wo ich es wieder vor Augen habe, fällt mir ein, daß ich hier ziemlich häufiger Gast gewesen bin. Im Innern scheint auch alles gleich geblieben zu sein, sieht man von den vielen Kaffeegästen gab; ich tauche ein in ein buntes Stimmengewirr. Heute geht es hier lebhaft zu. Damals, im Krieg, hatte das Café Greco nur wenige Gäste, ältere zumeist, Eingesessene, die sich vor lärmend marschierenden Hitlerkolonnen und den schwarzen Polizeispitzeln der faschistischen Miliz in die staubigen Reliquien einer Welt von gestern flüchteten. Ich habe sie gesehen, wie sie da vor ihren Marmortischchen hockten, die Gesichter versteint, isoliert, um Unauffälligkeit bemüht, zu den Zeitläuften so wenig passend wie das Mobiliar des antiken Lokals.

Tabakdunst schlägt mir entgegen, vermischt mit dem Aroma stark gerösteten heißen Espressos. Er füllt die Räume aus, mildert den weichen Schimmelgeruch der Wände, an den ich mich von früher her erinnere, bindet die Ausdünstung nasser Mäntel, die, dreifach übereinandergehängt, sich an den Garderobenhaken buckeln. Gerade erhebt sich ein Mann von seinem Platz an der Tapetenwand, holt seinen Mantel, wendet sich dem Ausgang zu. Ich winde mich durch die Tische, beschlagnahme eilig die freigewordene Stelle. Das rote Plüschsofa ist noch warmgesessen, die Marmorplatte voller Croissantkrümel. Einer Bedienung, die augenblicklich zur Stelle ist – welch krasser Unterschied zum chronischen Personalmangel des Cafés im Krieg – gebe ich, während sie die Überreste des Frühstücks und die erkaltende Zigarettenasche wegräumt, meine Bestellung auf: einen Cappuccino anstelle des Espresso und einen Korb mit Brioches und Croissants. Cappuccino, finde ich, der die Nerven nicht gewaltsam aufputscht wie das fast schwarze Gebräu, das die Italiener vermutlich erfunden haben, um die gewaltigen Mengen von *pastasciutta*, die ihnen zu Mittag als Vorspeise dienen, verdauen zu können, paßt hier besser her. Das nasse Regencape falte ich zusammen und lege es auf die liegengelassene Zeitung neben mir. Dann schaue ich mich im Raum um. Ja, da sind sie noch alle, die Wandbilder, die vielen grauen und gelblich vergilbten Fotos, gerahmt, signiert von den Prominenten ihrer Epoche. Da sind die Porträts der weiblichen Stars von einst mit den kleinen überschminkten Mündern, den kohleumrandeten Riesenaugen, lächelnd oder in gestellter Verträumtheit, ihre männlichen Gegenparts schön frisiert und durchdrungen von der eigenen Wichtigkeit, Sänger, Schauspieler, Komponisten, Dichter, Boxer – die Stammgäste des Café Greco. Gruppenbilder auch, komisch in ihrer künstlichen Pose. Und alle, denke ich, sind nun schon tot. Dabei hat wohl keiner von ihnen zum Zeitpunkt, als er porträtiert wurde, daran gedacht, wie vergänglich doch alles ist. Sie ist nur auf den ersten Blick amüsant, die private Bildergalerie des Cafés. Auf den zweiten stimmt sie nachdenklich.

Mir wird ein bißchen schwindelig, als mir einfällt, daß ich den gleichen Gedanken schon seinerzeit beim Betrachten der Bilder gehabt hatte, als ich das letztemal hier gewesen war, im Jahr dreiundvierzig, es muß Anfang November gewesen sein. Und als habe sie nur auf ihr Stichwort gewartet, fällt die Erinnerung über mich her, macht das Gestern wieder zum Heute.

Die Kälte war in jenem Jahr früh gekommen. Schon Ende Oktober hatten die römischen Platanen das meiste Laub eingebüßt. Die Mittagstemperaturen lagen zwar immer noch bei achtzehn Grad, doch Rom ist, wie die meisten Städte des Südens, für die Sonne eingerichtet. Heizöl war knapp und teuer, die viel zu kleinen Körper der Zentralheizungen in den modernen Appartementwohnungen, sowieso im Krieg schwach beheizt, gaben nur einen mildwarmen Hauch von Wärme ab. Man mußte schon einige Minuten lang die flache Hand gegen die Rohre halten, wollte man feststellen, ob sich überhaupt etwas in ihnen tat. Und von Türen und Fenstern her zog es wie gewöhnlich durch alle Räume. Die Steinböden in den Häusern strahlten zusätzlich Kühle aus. Die Römer fröstelten. Ruth kam aus den Erkältungen nicht heraus, zu fiebrigen Erkrankungen hatte sie schon als Kind geneigt. Außerdem hatte sie Sorgen, Schulden drückten sie. Solange es Rolf gegeben hatte, der ihr bereitwillig beistand, wenn sie wieder einmal der Verlockung nicht widerstehen konnte, etwas zu kaufen, wofür sie eigentlich kein Geld hatte, war alles gutgegangen. Rolf hatte gewußt, wie schwer es Ruth fiel, sparsam mit Geld umzugehen. Als Kind hatte man es ihr nicht beigebracht, und nun war es zu spät; ihre Unbekümmertheit in allem, was mit Geld zusammenhing, hatte ihr schon ernste Vorwürfe von Lotte und Vera eingetragen, die beide sparsam veranlagt waren. Aber Rolf hatte sie bei solchen Gelegenheiten stets in Schutz genommen und zu bedenken gegeben, daß Ruth in einem Haus aufgewachsen war, das keine Geldsorgen kannte, in dem materielle Wünsche fast schon automatisch ihre Erfüllung fanden. Eine Art der Abreaktion – schlechtes Gewissen – der Eltern dem einzigen Kind gegenüber, das sie beide, wenn auch aus sehr unterschiedlichen Gründen, geistig und seelisch vernachlässigten. Nun war Rolf tot, die Filmstudios in Cinecittà mußte sie meiden, da die Deutschen dort auf der Suche nach Juden und Deserteuren die Besetzungslisten durchkämmten, und die Summe, die ihr Lotte und Wolfgang mit der tatkräftigen Unterstützung des evangelischen Pfarrers Schwarzmann monatlich aushändigten, war knapp bemessen. Ruth begann anschreiben zu lassen. Es ging reibungsloser, als sie dachte. Sie hatte es für natürliche Liebenswürdigkeit der Ladenbesitzer gehalten und sich weiter keine Gedanken darüber gemacht. Heute weiß ich: Es war der deutsche Anklang in ihrer Aussprache, der die Verkäufer ermutigte, ihr bereitwillig Kredit einzuräumen. Zum ersten Mal seit Kriegsbeginn fürchtete man die Deutschen. Zwar hatte der in Süditalien sitzende Marschall Badoglio, dem der den Alliierten entgegengeeilte König die Regierungsgeschäfte übertragen hatte, schon Ende August den Deutschen den Krieg erklärt. Aber erst nachdem eine deutsche Fallschirmeinheit in einem Handstreich Mussolini aus seinem Exil im Gran Sasso befreit und ihn als Chef einer neuen faschistischen Bewegung in Oberitalien eingesetzt hatte, und nachdem vor dem Vatikan auf dem Petersplatz patrouillierende deutsche Soldaten den Papst gezwungen hatten, sich auf seinen Sommersitz Castel Gandolfo zurückzuziehen, begriffen auch die Römer, daß Hitler es mit seiner Drohung, den Krieg bis zum totalen Ende mit radikalsten Mitteln fortzusetzen, ernst meinte. Bis zu diesem Zeitpunkt hatten sie die Kriegserklärung ihres Landes gegen Deutschland für eine Geste des ›Gesichtwahrens‹ gehalten, um den Alliierten gegenüber keine *brutta figura* zu machen. Kämen sie nur endlich, diese Amerikaner! Aber die ließen sich Zeit.

Mein zweites Frühstück schmeckt köstlich. Kaffee, der das Blut stimulierend durch die Adern treibt. Und das Gebäck ist ofenfrisch. Was geschah weiter? Rom, enttäuscht und erbittert über die feindliche Haltung der einstigen Verbündeten zu einem Zeitpunkt, da der Krieg längst entschieden war und sein Ende greifbar nah, begann sich zu wehren. Immer häufiger rebellierten die Einwohner gegen die ihnen von den Deutschen auferzwungenen Verordnungen und die angedrohten Strafen bei Nichtbeachtung; die in den Bergen vor Rom kämpfenden Partisanen bekamen Zuwachs in der Gestalt sogenannter Stadtpartisanen, Männer, Frauen und Kinder, die aus Fenstern Handgranaten auf vorbeimarschierende deutsche Militäreinheiten warfen und sie aus dem Hinterhalt beschossen. Ein Guerillakrieg entwickelte sich zwischen Roms Bürgern und der deutschen Besatzung. Ich erinnere mich, wie Mello, der sonst so Stille, aufgeregt in den Raum im Souterrain kam, eine ehemalige Turnhalle, die die Freunde für ihre geheimen Treffen mit einem ständig wachsenden Kreis Gleichgesinnter gemietet hatten. »Eichmann hat einen Vergeltungsschlag gegen den römischen Widerstand in der Bevölkerung vor«, sagte er. »Eben habe ich von der Aktion erfahren. Sie ist auf die Nacht vom sechzehnten zum siebzehnten Oktober angesetzt. In zehn Tagen also. Wir dürfen keine Zeit verlieren.«

»Sie werden uns nicht erwischen. Keinen einzigen von uns«, sagte Paolo, wie Bentivegna mittlerweile ein festes Mitglied des Kreises. »Bisher haben sie nicht einmal unsere Spur.«

»Sie tappen im dunkeln«, sagte Rosario.

Wolfgang in seiner schwerfälligen Art hatte zu bedenken gegeben, daß Eichmann zu allem fähig sei: »Er wird an Geiselnahme denken.«

»Das wird er nicht wagen«, sagte Lotte. »Das wird er garantiert nicht wagen ohne Hitlers ausdrücklichen Befehl.«

»Es geht um die achttausend Juden in der Stadt«, hatte Mello gesagt. »Sie sollen in gezieltem Einsatz während der Nacht von deutscher Polizei unter Mitwirkung der Miliz verhaftet und im Sinn des Eichmann-Endlösungsprogramms umgesiedelt werden.«

Und ich hatte gesagt: »Das klingt wie eine neue Reichskristallnacht.« So habe es einst in Deutschland begonnen, hatte Mello erwidert und hinzugefügt: »Dies jetzt könnte ein Schlußstrich werden, wenn wir nicht schnell handeln.«

Sie hatten schnell gehandelt. Die Gefährdeten wurden benachrichtigt, gewarnt und versteckt. Es boten sich überraschend viele Unterkunftsmöglichkeiten. Die römische Bevölkerung, von gezielt ausgestreuten Gerüchten des Vatikans über die wahren Hintergründe von Eichmanns Umsiedlungsplan unterrichtet, reagierte mit Empörung. Viele, die sich bisher keine Gedanken über das Schicksal ihrer andersgläubigen Mitbürger gemacht hatten, boten daraufhin spontan ihre Hilfe an. Kloster öffneten ihre sonst so hermetisch verschlossenen Pforten, um Verfolgte aufzunehmen. Über all den neuen Aktivitäten auch innerhalb der Gruppe, den vermittelnden Verhandlungen, den Quartiereinweisungen vergaß Ruth vorübergehend ihre Geldsorgen.

Ich stutze: Weshalb denke ich nun wieder ›Ruth‹, obwohl ich mich eben noch mit ihr identifizierte? Philisterhaftes Unterbewußtsein, das nur Angleichung an eine sympathische Ruth zuläßt. Ruth, die leidenschaftlich für Gerechtigkeit Eintretende, ist sympathisch, in ihr erkenne ich mich wieder. Aber mit ihren Schulden will ich nichts zu tun haben.

Wie war es weitergegangen? Die für den Vergeltungsschlag angesetzte Nacht war herangekommen und hatte sich für Eichmann als Fiasko erwiesen. Von den achttausend römischen Juden spürten die Häscher eintausendzweihundertneunundfünfzig auf. Alle übrigen konnten gerettet werden. Auch Roms deutscher Polizeichef, SS-Obersturmbannführer Kappler, so hatten wir erfahren, war gegen diese Aktion gewesen. Sie würde den passiven Widerstand der Bevölkerung, den er nun täglich zu spüren bekam, nur noch verstärken, was es ihm weiter erschwerte, die Saboteure ausfindig zu machen, die das Leben der in Rom stationierten deutschen Einheiten mit selbstgebastelten Sprengkörpern bedrohten. Das aber mußte ihm gelingen, um als junger, ehrgeiziger Leiter der vom Reichssicherheitshauptamt in Berlin abhängigen deutschen Polizei in Rom seine Berufung zu rechtfertigen. Wir wußten, er mußte Schuldige vorweisen, Partisanen, Widerständler, nach Möglichkeit ihre Anführer, damit man die Verantwortlichen im Namen der NS-Gerechtigkeit aburteilen und als abschreckendes Beispiel öffentlich hinrichten konnte.

»Kappler steht unter Beweiszwang«, versucht Wolfgang die Willkür zu erklären, mit der wahllos Leute von der Straße weg verhaftet und in die berüchtigten Keller der Via Tasso gebracht wurden.

»Das rechtfertigt nichts. Schon gar nicht Folterungen.«

»Es beweist, daß die Deutschen in Panik geraten.«

»Glaubst du!«

»Hitler«, insistiert Wolfgang, »gerät in Panik. Seine Reaktionen sind nicht mehr normal.«

»Sind sie das je gewesen? Und Kappler? Ist der kein Hysteriker?«

»Der nicht, nicht der!« sagt ein Schmächtiger mit kurzem Kinn und einem ausgeprägten Adamsapfel, der beim Reden nervös auf und ab hüpft. »Mich hat er auch vernommen, danach wieder freigelassen. Ein eiskalter Bürokrat.«

»Brutal vermutlich wie all diese Oberbonzen«, sagt Lotte.

»Schlimmer. Der Mann ist eine Maschine, ein Befehlsautomat, der sich an seine Vorschriften hält, und wenn darüber die Welt untergeht. Die meisten von uns mußte er mangels Beweisen wieder auf freien Fuß setzen. Das hat er nicht gern.«

»Was ist mit denen, die er dabehält?«

»Die sind ihm verdächtig. Sogenannte Schutzhaft, bis er genügend Material gegen sie beisammen hat.«

»Geständnisse unter Folterung?«

»Wir wissen, daß sie zwei Spezialtypen für ›Geständnisse‹

vom RSHA in Berlin eingeflogen haben«, sagt der Schmächtige. »Die haben ihre Methoden ...«

Je geschlossener die römische Bevölkerung auf die Verhaftungswelle reagierte, um so mehr verstärkte Kappler den Druck, was wiederum zur Folge hatte, daß die Attentate zunahmen. Häuser wurden gesprengt, Züge, die aus der Ostmark kamen, um Gefangene abzuholen und sie über den Apennin nach Deutschland in die Läger zu bringen, flogen in die Luft. Die Zufahrtswege nach Rom waren blockiert, die Geleise zerstört; der Widerstand machte Nägel mit Köpfen. Kappler ließ an allen Mauern Roms Bekanntmachungen anheften, in denen die Einwohnerschaft aufgefordert wurde, die Attentäter zu veranlassen, sich zu stellen. Es würde sonst zu weiteren Repressalien kommen. Die Antwort der Bevölkerung klebte wenige Tage später, auf großem Handzettel an Kapplers Dienststelle in der Via Tasso: *»Anche si arrestateci tutti – noi ci ribelliamo contro di Voi, noi, la populazione di Roma. Viva la libertà!«:* ›Auch wenn ihr uns allesamt verhaftet, wir wehren uns gegen euch, wir, die römische Bevölkerung. Es lebe die Freiheit!‹ Wer das Plakat dort angebracht hatte, wußten wir nicht. Von uns war es keiner gewesen. Aber wir freuten uns darüber wie über einen kleinen Sieg; es zeigte, daß der Widerstand weiter wuchs, und zwar nicht nur der Widerstand gegen die deutschen Besatzer, auch gegen ihre Helfershelfer, die Faschisten im Lande. Angst breitete sich unter jenen aus, die direkt oder indirekt mitgewirkt hatten an einer Verhaftung, die mitschuldig waren durch Verrat und Korruption. Auch solche Parteigenossen, die unter Mussolini hohe Funktionen ausgeübt hatten, daher als Faschisten zu bekannt waren, um sich fünf Minuten vor zwölf noch schnell in glaubwürdige Demokraten zu verwandeln, hatten Angst. Und sie versuchten ihre Angst vor dem Kommenden abzureagieren, indem sie serienweise Terrorakte an denen verübten, die allein durch ihre Existenz ihre künftige Sicherheit bedrohten. In Rom, der *offenen Stadt,* sowie in den umliegenden Provinzen tobte der Guerillakrieg.

»Die drehen durch, die Schwarzhemden«, sagt Max.

»Haben auch allen Grund dazu, nachdem ihre einstigen Verbündeten sie nicht mehr schützen. Die haben genug mit sich selbst zu tun.«

»Carlo gab heute morgen durch, der Gefangenentransport zum Brenner sei in der Nacht überfallen worden. Alle Gefangenen gerettet und in Sicherheit gebracht, Gott sei Dank. Ernesto und Marcella waren unter ihnen«, sagt Rosario.

»Und die Bewacher? Wie ist man an den Zug herangekommen?«

»Die Lok angehalten, die Viehwaggons aufgebrochen und die Leute herausgeholt. War ja nicht das erste Mal.«

»Aber die Soldaten, haben die nicht geschossen?«

»Unsere waren schneller.«

»Ist anscheinend allgemein eine heiße Nacht gewesen«, sagt Lotte. »Habt ihr das gelesen, was sich in Ferrara abgespielt hat?«

Wir verneinen.

»Gegen Mitternacht«, berichtet sie, »hat da ein *capitano* von der Miliz, vermutlich angetrunken, mit seinen Schwarzhemdkumpanen angesehene Bürger mitsamt ihrem Bürgermeister aus den Betten geholt, sie vor eine Mauer geführt und mit Maschinengewehren niederknallen lassen. Wie du schon sagtest: Die drehen durch.«

»Da wird sich die deutsche Polizei freuen«, sagt Vera.

»Ganz im Gegenteil. Für sie bedeutet das nur noch mehr Chaos. Dabei müssen sie zunehmend an ihre eigene Sicherheit denken. Die Eisenhower-Armee ist im Anmarsch.«

»Hör mir auf mit den Amerikanern. Die sind schon seit Sommer auf dem Vormarsch. Seit sie in Sizilien landeten.« Das ist Paolo, der von Salinari den Auftrag hat, die Kader der kommunistischen Partei zu organisieren.

»Daß die in Ferrara sich noch so offen als Faschisten ausgeben«, wundert sich Max.

»Warum nicht?«

»Weil die meisten von ihnen doch nichts mehr fürchten, als zu diesem Zeitpunkt Faschisten genannt zu werden.«

»Als wenn sie nicht alle Faschisten gewesen wären. Alle miteinander«, sagt Rosario. »Wer Antifaschist war, hatte unter Mussolini in diesem Land doch gar keine Chance. Entweder war er in der Verbannung oder im Gefängnis.«

»Und die, die bisher in der schwarzen Uniform steckten, haben jetzt auch keine mehr, keine Chance zum Überleben, meine ich. Die erkennt doch jeder wieder. Also spielen sie noch einmal den wilden Mann, bevor man sie hängt. Bestimmt nicht aus Übermut.«

»Aus Angst?«

»Was sonst? Denen steht das Wasser bis zum Hals. So dumm sind sie nicht, daß sie glauben, die abziehenden Deutschen würden sie mitnehmen.« –

Wenn ich mich recht erinnere, sagte auch ich etwas dazu, etwas von den Angehörigen des italienischen Militärs und daß es mit denen doch ähnlich sei, weil sich in den römischen Straßen immer wieder Gruppen von italienischen Soldaten und deutscher Wehrmacht Gefechte lieferten. Alle übrigen hatten sich ihrer Uniform entledigt, sich Zivilkleidung beschafft, versuchten, sich zu ihrem Heimatort durchzuschlagen, oder liefen ziellos umher, weil sie aus der Armee noch nicht entlassen waren, keiner aber war da, ihnen Befehle zu erteilen. Noch war Krieg, doch die Konfusion wuchs mit jedem Tag. Mello hatte mir geantwortet, daß es für die Soldaten des Landes besonders schlimm sei. Sie wären nicht gewohnt, selbständig zu denken. Ein Oberst der Armee hatte sich bis in den Süden durchgeschlagen, wo sich die italienische Regierung aufhielt, der König, die Königin und die Generäle mit Badoglio an der Spitze, um neue Order für seine

Truppen zu erhalten. Der alte Marschall hatte ihn barsch abgefertigt: »Seht zu, wie ihr durchkommt. *La guerra continua. Aggiustatevi.* Der Krieg geht weiter. Arrangiert euch!«

So verstrickt bin ich in meine Gedanken an die Kriegsgeschehnisse, daß ich zusammenfahre, als ein Mann mich höflich fragt, ob er an meinem Tisch Platz nehmen dürfe. Ohne nachzudenken, weise ich ihn ab. Ich erwartete noch jemanden. Erst danach wird mir klar, daß ich ihn, noch ganz in die Vergangenheit eingesponnen, mit dem Mißtrauen jener Tage für den Bruchteil einer Sekunde für jemanden hielt, der, im Dienst der deutschen Polizei, mich ausfragen wollte. Ich zwinge meine Gedanken in die Gegenwart zurück.

Über all der Grübelei ist es Mittag geworden; viele der Gäste zahlen, brechen auf. Ich tue es ihnen gleich, wundere mich, wie prompt die Bedienung meiner Bitte Folge leistet, mir die bereits ausgestellte Rechnung überreicht. Vielleicht schließt das Café in den Mittagsstunden? Früher, meine ich, habe es durchgehend geöffnet gehabt.

Draußen nieselt es immer noch. Der dichte Wasserdunst reizt die Nasenschleimhaut, hängt sich in winzigen Glitzertropfen in die trockene Baumwolle meines Umhangs. Von hier aus ist es nicht weit bis zu Tullios Trattoria, dem Beisel, wie Vera es nannte. Etwas zwingt mich, seiner starren Witwe noch einmal einen Besuch abzustatten. Ich fühle, daß für mich ein zweites Treffen wichtig, ja notwendig ist; ich möchte mit ihr ins reine kommen. Gleichzeitig fürchte ich mich davor, ihre Augen zu sehen, den stummen Vorwurf darin, die Anklage, eine Anklage, die nicht mir persönlich gilt, sondern der Zeit, die ich für sie verkörpere und die ihr den Mann nahm. Dazu kommt, daß ich Deutsche bin. Sie ist eine einfache Frau, sie macht keinen Unterschied zwischen solchen und solchen. Die Deutschen, die Italiener, notfalls noch die Widerständler – alles gute, runde Begriffe, unter denen sie sich etwas vorstellen kann. Begriffe auch, die in ihrer Vereinfachung Träger aller nur erdenklichen Vorurteile sind, seien sie negativ oder positiv. Zu Anfang unserer Zusammenarbeit hatte sich unser Kreis oft bei Tullio getroffen. Seine Frau hatte es mit Mißtrauen wahrgenommen; *tedeschi* waren wir alle für sie, waren es allein durch unsere Sprache: Rolf und Vera und Lotte und Max, Wolfgang und ich. Ab und zu hatte Tullio angesetzt, ihr begreiflich zu machen, daß wir, seine deutschsprachigen Stammgäste, keine Leute Hitlers waren, im Gegenteil. Der Argwohn in ihren Augen war geblieben, wir haben sie nie lächeln sehen. Und ausgerechnet Tullio war es dann nach ihrer Aussage gewesen, den sie nach dem Überfall auf die deutsche Gebirgsjägertruppe mit zu den Geiseln gesteckt und vor den Toren Roms umgelegt hatten als einen von dreihundertfünfunddreißig unschuldigen Opfern, weil sie die Täter nicht fanden, Hitler jedoch Rache ohne Aufschub verlangte. Zehn Italiener für jeden getöteten Deutschen.

Ich gehe nun ganz langsam. Was jetzt vor meinen Augen Gestalt gewinnt, ist etwas, das durchzudenken ich mich dreiundzwanzig Jahre lang gescheut habe. Schuldgefühle melden sich, obwohl ich selbst mir gar keiner Schuld bewußt bin. Im Grunde war der Anschlag auf das deutsche Polizeibataillon ›Bozen‹ am dreiundzwanzigsten März vierundvierzig ein Sabotageakt gewesen wie schon eine ganze Reihe vor ihm: Auf einem mit einer Zündschnur versehenen Gemüsekarren drückt mittags kurz nach drei ein junger Mann in dem Augenblick, als die Gebirgsjägereinheit vorbeimarschiert, seine Zigarette auf der Schnur aus. Augenblicke später fliegt die versteckte Bombe hoch und tötet dreiunddreißig deutsche Soldaten sowie sieben Passanten, darunter Kinder. Der Guerillakrieg zwischen deutschen Besatzern und der italienischen Bevölkerung war auf seinem Höhepunkt angelangt. Nur kurze Zeit danach sollten die Deutschen die Stadt kampflos räumen und sie den einziehenden Alliierten überlassen. Aber noch war es nicht soweit. Das allerdings wußte Ruth Hellmann nicht und ebensowenig die Freunde. Sie alle sahen einen Kampf um Rom voraus, der grauenhaft sein und die totale Zerstörung der antiken Stadt zur Folge haben würde. Keiner von ihnen empfand die Attentate des radikalen Flügels ihrer Organisation als Hinterhältigkeit oder gar Mord: Es war Krieg, die Endphase war angebrochen, Gewalttätigkeiten waren an der Tagesordnung. Es war Rosario Bentivegna, der Medizinstudent, gewesen, der die Bombe in der Via Rasella ausgelöst hatte, Paolo hatte es Wolfgang anvertraut, bevor er, Rosario und eine kleine Gruppe Stadtpartisanen zu ihren Leuten in die Berge flohen.

Hitler in seinem Führerbunker tobte und verlangte Repressalien: für jeden getöteten deutschen Soldaten fünfzig Italiener …

»Sie werden es tun, ihr werdet sehen, sie werden es tun!« sagt Wolfgang. »Sie werden eintausendsechshundertfünfzig Gefangene machen und sie erschießen!« Die letzten Monate haben aus dem ruhigen Denker einen alten Mann gemacht; der Blick ist unstet und seine Hände zittern.

»Leg dich ein bißchen hin, du bist ja ganz fertig«, sagt Lotte und schüttelt die Kissen der Schlafcouch auf. Es ist der Abend des dreiundzwanzigsten März vierundvierzig. Sie sind wieder im Häuschen in Trastevere, das Ehepaar, Ruth und Vera. Max ist unterwegs, die Lage zu erkunden, Mello wieder einmal in Nizza, wo er sich um französische Juden kümmert, die seit dem Sturz Mussolinis ihres italienischen Schutzes beraubt sind.

»Ich glaube nicht, daß Kappler mit dem Befehl einverstanden sein wird«, sagt Vera und hilft Lotte, Wolfgang auf die Liege zu betten. »Er ist noch immer hinter denen her, die er für die Hauptakteure der Partisanen hält. Und unschuldige Geiseln abknallen lassen – zwei vielleicht oder auch sogar zwölf. Aber doch keine zweitausend, ich bitt' dich!«

»Das halte ich auch für undenkbar«, sagt meine Zwillingsschwester Ruth. »Irgendwann muß doch auch für den gehorsamsten Befehlsempfänger der Punkt kommen, an dem er stutzig wird und nachzudenken beginnt, ob Hitler noch bei Sinnen ist.«

Wolfgang lächelt müde aus den Kissen, die Lotte hinter seinem Kopf aufgeschichtet hat: »Ihr zwei seid um eine Generation jünger als wir beide. Ihr wißt nicht, wie es vor Hitler in Deutschland aussah.«

»Die goldenen Zwanziger? Die müssen doch außerordentlich lebendig gewesen sein«, sagt Ruth.

»Oijehh«, sagt Lotte. »Lebendig? Inmitten von Inflation und Arbeitslosigkeit, von Korruption und –«

»Ausbeutung, wird sie jetzt sagen. Lottes Lieblingsthema«, sagt Wolfgang.

»War es vielleicht nicht so?«

»Das sind doch abgenutzte Schlagwörter; um die Jahre vor Hitler zu beschreiben, die zwanziger Jahre, müßte man sie im Zusammenhang mit den vorausgegangenen sehen.«

Lotte ist nicht gekränkt, sie ist es von Wolfgang gewohnt, gelegentlich zurechtgewiesen zu werden. Ihm als einzigem gesteht sie das Recht zu, sie zu kritisieren, weil sie seine Meinung respektiert. »Der Vierzehn-achtzehner-Krieg ist vorausgegangen«, sagt sie.

»Eben. Ich frage mich, ob es in anderen Ländern des Westens auch jemals einen solch absoluten Glauben gegeben hat wie den unserer Landsleute an ihren Kaiser.«

Lotte nickt. »Ich weiß, was du sagen willst. Die zwanziger Jahre waren nur ein Zwischenspiel. Du hältst die Hitlergläubigkeit für eine Fortsetzung schlecht belohnter Kaisertreue.«

Vera ist das Thema langweilig; um Kaiser und Könige hat es in Österreich von jeher vo viel Palaver gegeben, daß es die Fünfundzwanzigjährige kalt läßt. Sie möchte wissen, wie die nächste Zukunft aussehen wird. »Wir sprachen von dem Hitlerbefehl und Kappler«, sagt sie.

»Wolfgang meint«, sagt Lotte, »daß ein deutscher Befehlsempfänger grundsätzlich nicht nachdenkt, gar nicht nachdenken kann, weil er damit alles in Frage stellt, was ihm seine Lebensberechtigung verschafft.«

»Ich kann's mir nicht vorstellen«, sagt Vera, »das geht einfach nicht in meinen Kopf hinein, daß einer, nur um eines Befehls willen, dazu von einem Psychopathen, einen Massenmord an unschuldigen Menschen begeht.«

»Da war vor kurzem«, sagt Ruth, »in einem italienischen Magazin eine Karikatur von den Deutschen. An einem Ufer steht ein Kommandant, zeigt mit dem Finger geradeaus und befiehlt: ›Vorwärts, marsch!‹ Die ersten Soldaten mitsamt ihren schweren Tornistern sind bereits im Meer untergegangen, von den nächsten sieht man nur noch den Kopf aus dem Wasser ragen, die weiteren folgen in tadelloser Ordnung nach mit völlig leeren Gesichtern. Ich finde, das trifft die Sache ziemlich genau.«

Ratlosigkeit macht die vier stumm. Die Gefahr, die all ihr Tun bisher unsichtbar begleitete, beginnt konkrete Formen anzunehmen.

Ich werde immer nachdenklicher. Es war Krieg gewesen, Krieg in seiner Endphase. Krieg bedeutet kämpfen. Der Anschlag auf das Gebirgsjägerkommando war ein Kriegsakt gewesen, strategisch zu rechtfertigen, auch Mutprobe einzelner gegen eine bedrohliche Übermacht. Ich erinnere mich nicht, daß es mir damals als Tötung oder gar Mord erschienen wäre. Krieg, das heißt nun einmal Mord und Totschlag, entweder die anderen oder man selbst, der Sieg wird über die Moral entscheiden.

Aber nun liegt das alles schon über zwanzig Jahre zurück und das zivile Leben rückt manche Dinge aus der Vergangenheit in ein anderes Licht. Ich bin auf dem Weg zu Tullios Witwe, deren Mann erschossen wurde, weil Angehörige des Widerstandskreises, zu dem auch ich gehörte, das Attentat auf der Via Rasella am dreiundzwanzigsten März vierundvierzig verübt hatten. Bin ich daher nicht mitschuldig an seinem Tod, wie ich mitschuldig bin am Tod der übrigen dreihundertvierunddreißig ermordeten Geiseln? Das war es wohl, was all diese Zeit über als tief innere Unruhe mein Gewissen belastete. Jetzt, wo ich es zum ersten Mal offen durchdenke, beginne ich meine Scheu vor einer Wiederbegegnung mit dieser Stadt zu begreifen. Und nun glaube ich auch zu verstehen, was man drüben in Deutschland unter dem Wort Kollektivschuld versteht. Ich hatte es immer für übertrieben gehalten, für eine masochistische Spielart des nationalen Gewissens. Was seinerzeit ›Der Feind ist getroffen‹ hieß, heißt nun, in Zeiten des Friedens ›Dreiunddreißig Menschen wurden in die Luft gesprengt‹. Menschen, Söhne von Müttern und Vätern, lebendige Wesen. Mit den veränderten Vorzeichen verschieben sich die Aspekte. Tullios Witwe hatte recht gehabt, unserem Kreis zu mißtrauen. Wir haben ihren Mann auf dem Gewissen. Die bescheidene Trattoria hat nur wenig Gäste, einfache Leute zumeist, Arbeiter, kleine Angestellte der Büros von der Via Tritone nahbei. Ich sehe sie sofort, die Witwe Tullios, wie sie geschäftig, immer noch ganz in Schwarz mit vorgebundener weißer Schürze, im Hintergrund des ›Beisels‹ volle Teller aus der Durchreiche zur Küche entgegennimmt, sie gegen abgeräumte austauscht, setze mich ganz nah der Tür aus dem gleichen Grund, aus dem manche Leute den Eckplatz einer Sitzreihe im Kino beanspruchen: um aufstehen und weggehen zu können, wenn sie nicht länger bleiben mögen – den Fluchtweg offenhalten.

Tullios Enkelin, das schmalbrüstige Kind mit dem Gesicht, das keine Freude zu kennen scheint, bringt mir die Speisekarte.

»Huhn mit Reis«, sage ich.

»*Non ce più*, gibt's nicht mehr«, sagt das Kind.

»*Melanzane?*«

»*Nemeno*, auch nicht.« Unbewegliches Gesicht.

Ich werde unsicher. Will man mich hier nicht bedienen? Sicher hat mich ihre Großmutter hinter der Theke sofort erkannt, als ich eintrat. Ich habe einen ganz schön massiven Schuldkomplex. »Dann bleibt nur noch das Stammgericht, das Kaninchen«, sage ich. »Das und nachher Obst.«

Das Kind nickt ohne Lächeln, nimmt einen Stift aus der Schürzentasche, streicht das Huhn und die Melanzane aus. Also doch keine Willkür.

»Und sag deiner *nonna*, der Oma, ich würde sie nach dem Essen gern einen Augenblick sprechen.«

Ich entdecke, daß ich vor Nervosität ganz verkrampft bin. Das ist doch lächerlich: So schuldig bin ich nun auch wieder nicht, daß ich mich heute noch dafür zu rechtfertigen hätte. Wirklich nicht? Die vielen Nazimitläufer in Deutschland fallen mir ein und wie sie, nachdem der Spuk vorbei war, alle eifrig betonten, daß sie unschuldig, ganz und gar unschuldig waren, ja, daß sie von allem, was da so am Rande noch in ihrem Namen als Deutsche geschehen war, keine Ahnung gehabt hätten. Das Schicksal, so hatte es einer formuliert, der als Zeuge in einem NS-Prozeß vor dem Richtertisch stand, habe sie als Instrumente mißbraucht. Der, den er mit ›Schicksal‹ bezeichnete, saß vor ihm auf der Anklagebank. Er war ein Deutscher. Ich bin auch eine Deutsche. Der Krieg entschied: Er stand auf der Verlierer-, ich auf der Gewinnerseite. Genügt das aber als moralische Rechtfertigung? Mein verdammtes ›preußisches Gewissen‹. Es lehnt a priori jede Aufrechnung geretteter Menschen gegen getötete ab.

Gut, daß der Tischwein sauer ist, er behindert nicht das Denken wie die gezuckerten Weine, die hier gern als naturrein verkauft werden. Und jetzt, in diesen Stunden, brauche ich einen klaren Kopf. Das helle Fleisch des Kaninchens ist strohig, das Gemüse zerkocht, Tullios Küche, erinnere ich mich, ließ schon immer zu wünschen übrig bis auf die Rigatoni, die gehörten zu den besten in der Stadt. Das Obst entschädigt: Birnen, Trauben, Pfirsiche, Tiroler Äpfel, alle vollreif zur Auswahl in der Glasschale. Ich schiebe den leeren Bratenteller zur Seite, pflücke die Haut von einem Pfirsich, warte darauf, daß Tullios Witwe zu mir an den Tisch kommt, jetzt, wo sie sieht, daß ich beim Obst bin; ihre Enkelin wird ihr meinen Wunsch ausgerichtet haben. Vorsichtig blicke ich zu ihr hin, doch sie tut, als sähe sie mich nicht. Es bleibt mir wohl nichts anderes übrig, als sie selbst zu bitten, für ein paar Minuten zu mir an den Tisch zu kommen. Wenn sie mich jetzt beobachtet, denke ich, wird sie schon an der Art, wie ich aufstehe, meine Unsicherheit erkennen, keine gute Basis für ein klärendes Gespräch. Ich winde mich durch die Tische mit den weißen Plastikdecken nach rückwärts zu ihr durch. Sie ist dabei, ein Glas auf seine Sauberkeit hin zu prüfen, hält es mit verengten Augen gegen das Licht. *»Signora?«* fragt sie dabei beiläufig.

»Könnte ich einen *espresso doppio* bekommen?«

Sie blickt zu dem Kind hinüber: »Angela, *espresso doppio per la Signora!«*

»Und ich hätte mich gern ein paar Minuten mit Ihnen unterhalten, wenn möglich«, sage ich und ärgere mich, daß es schüchtern klingt.

Jetzt nimmt sie die Augen vom Glas, stellt es vor sich hin, schaut mich an. Lange. Nickt: » *Va bene.* Wenn ich hier fertig bin, komme ich zu Ihnen.« Ihr verschlossenes Gesicht läßt nichts erkennen, kein Erstaunen, daß ich sie sprechen will, keine Abwehr, aber auch kein Entgegenkommen. Einfach nichts.

Ich gehe, ärgerlich über mich selbst, an meinen Platz zurück. Es war wohl falsch, noch einmal hierhergekommen zu sein. Was erwarte ich? Daß sie uns, meinen einstigen Freunden und mir, nach einem Vierteljahrhundert die Absolution erteilt? Tullio hatte doch auch zu uns gehört, seine besten Freunde aus einer Carabinierieinheit kämpften als Partisanen in den Albanerbergen. Und ich glaube sagen zu können, er hätte nicht einen Augenblick gezögert, sich ihnen anzuschließen, wäre er hier in Rom abkömmlich gewesen. Dann hätte auch er auf Menschen geschossen und damit möglicherweise Vergeltungsmaßnahmen ausgelöst; man muß es auch einmal von der Seite aus betrachten. Hätte ich damals, als das alles geschah, gründlicher darüber nachgedacht, wäre dieser Schuldkomplex bei mir vermutlich gar nicht erst entstanden. Ich werde meinen Kaffee austrinken und gehen. Wie hatte mich seinerzeit mein Freund in Berlin genannt, wenn er mich ärgern wollte? Labilchen. Ich gehe nicht. Wie angewurzelt bleibe ich an meinem Tisch sitzen, um auf Tullios Witwe zu warten. Als sie endlich kommt, wischt sie sich die Hände an der Schürze ab, bevor sie mir gegenüber Platz nimmt. »Um die Zeit«, sagt sie, »gibt es hier viel zu tun. Die Leute haben oft nur eine halbe Stunde Mittagspause. Die von den Büros. Höchstens sechzig Minuten.«

»Ah ja«, sage ich. Jetzt, wo sie mir gegenübersitzt, weiß ich nicht, wie ich beginnen soll. Ich reiche ihr mein Zigarettenpäckchen über den Tisch. »Mögen Sie eine?« Ja, sie raucht. Das hatte sie schon damals getan, erinnere ich mich. Servieren, und zwischendurch immer mal wieder ein paar nervöse Züge an Tullios Zigarette, die sie ihm aus den Fingern nahm, weil ihr zur eigenen nicht genügend Zeit blieb. »Rom hat sich verändert«, sage ich.

»Eh, was wollen Sie? Alles verändert sich, *per forza.*«

»Denken Sie noch manchmal zurück an damals, als wir fast täglich zu Ihnen kamen? An die Abende drüben im Eck?«

Sie blickt an mir vorbei. Wartet ab. »War eine schlimme Zeit«, sagt sie über den Rauch ihrer Zigarette. Ich versuche einen lockeren Erzählton, um meine Befangenheit zu bemänteln. »Wissen Sie«, sage ich, »es ist seltsam. Ich bin zehn Tage hergekommen, um für eine Freundin, die verreist ist, die Wohnung zu hüten. Und überall begegnet mir die Vergangenheit, in allen Ecken und Winkeln. Dabei ist das Rom heute doch ganz verschieden von dem seinerzeit, nicht wahr?«

»Es gibt Dinge, die man nicht vergißt«, sagt Tullios Frau, und ihre Stimme ist ohne Kraft. Jetzt muß ich es sagen:

»Das mit Tullio?«

»*Eh si*, das mit Tullio«, sagt sie.

Aus meiner unruhigen Hand fällt Asche von der Zigarette auf das weiße Plastiktuch. Ich versuche sie wegzuwischen. Es gibt einen unschönen grauen Fleck. »Es war nicht unsere Schuld«, sage ich. »Wir konnten nichts dafür. Es war der Krieg.«

Nun endlich blickt sie mich an. Aufmerksam. »Ihr?« sagt sie langsam. »Ihr wart *tedeschi*. Gute *tedeschi*. Ihr habt mit uns gekämpft gegen die Besatzung. Dafür segne euch die Madonna.«

Das kommt so überraschend, daß ich ein paar Takte lang keine Worte finde. »Sie halten uns nicht für schuldig?«

Sie versteht nicht. »Schuldig an was? Ihr wart Tullios Freunde, seine Sache war die eure, nicht wahr?«

»Ich meine die Sache mit der Via Rasella und daß wir es waren, die die Bombe gezündet haben.«

»Und?« sagt sie.

»Verstehen Sie nicht? Ich fühle mich mitverantwortlich. Sie hatte den Geiselmord zur Folge, und daß man Tullio abgeholt hat.«

»Noch einen Kaffee, *Signora*? – Angela«, ruft sie nach rückwärts, »bring zwei *espressi* her.« Dann wendet sie sich mir wieder zu. Zum erstenmal sehe ich sie lächeln. Es ist ein unendlich trauriges Lächeln, das mich mehr schmerzt, als wenn sie weinte. »Tullio«, sagt sie, »saß schon seit Ende Mai dreiundvierzig im Gefängnis Regina Coeli. Wußten Sie das nicht?«

Nein, das hatte ich nicht gewußt. Unser Kreis traf sich zu jenem Zeitpunkt nicht mehr in der Öffentlichkeit, es war zu gefährlich geworden. »Weshalb?« frage ich.

»Sie nannten es: Verdacht auf Konspiration mit den Partisanen.«

»Und wie sind sie darauf gekommen?«

»Dieser Kommendatore Tellini, das Schwein. Er hat uns beobachten lassen, wie wir Lebensmittel hinaufbrachten in die Berge. Den Freund hat er gespielt, den großherzigen Helfer. Und dann hat er uns angezeigt.«

»Sie auch?«

»Mir haben sie nichts nachweisen können. Da haben sie mich wieder laufenlassen. Ich bin eine einfache Frau vom Lande. Von Politik verstehe ich nichts. Das habe ich ihnen gesagt.«

Angela bringt den Kaffee und erntet dafür die Andeutung eines Lächelns von ihrer Großmutter. Diese zweite Tasse genieße ich wie selten etwas zuvor. Ich bin so unglaublich erleichtert, ich könnte heulen. Die Fakten sprechen mich frei von Mitschuld am Tod Tullios. Ich hatte den fröhlichen Wirt sehr gemocht.

»Was geschah weiter mit Tullio?« frage ich.

»Was sie mit allen machten, die sie Verräter nannten: Sie verurteilten ihn zum Tode.«

»Aber dann saß er doch fast ein Jahr im Regina Coeli?«

*»Si, Signora,* die ganze Zeit über haben wir gehofft, die Amerikaner würden kommen und alle befreien. Statt dessen –« Sie bricht ab, die Erinnerung an die qualvolle Wartezeit macht sie stumm. Das Lokal hat sich geleert, die Gäste, Angestellte der umliegenden Bürohäuser, sind an ihren Arbeitsplatz zurückgekehrt. »Statt dessen?«

Sie raucht schon die dritte Zigarette. »Dieser Polizeipräfekt Caruso seinerzeit. Hat es sich bequem gemacht, der *traditore,* Verräter, der er war. Kam ihm gerade gelegen, die Zusammenstellung der Geiselopfer für das Attentat auf der Rasella, also läßt er fünfzig Gefangene vom Regina Coeli an die Deutschen überstellen, wählt sie nicht einmal aus. Läßt abzählen.«

»Und Tullio war darunter?«

»Ich habe es gespürt, daß sie ihn fortbringen werden, schon am Tag zuvor«, sagt sie. »Solch ein Zittern in den Knien, und die Kehle ganz trocken.« Bestätigend nickt sie vor sich hin.

Der letzte Mittagsgast, ein junger Mann mit Brille, verläßt das Lokal. *»Che tempaccio,* welch ein Sauwetter!« sagt er an der Tür und schlägt den Jackenkragen hoch.

Ich sage, daß ich manchmal daran denke, was aus den anderen Leuten unseres Kreises geworden ist. »Als ich herkam, habe ich gleich das große Adreßbuch durchforstet. Aber ich habe keinen der Namen wiedergefunden.«

»Der Krieg hat sie weggespült«, sagt die Witwe. »Die wenigsten hat er verschont.«

»Und von unseren Freunden haben sie keinen mehr wiedergesehen?«

Sie denkt eine Zeitlang nach. »Renato Francolini kommt ab und zu noch her«, sagt sie. »Saß der nicht auch mit Ihnen am Tisch?«

Ich erinnere mich nur vage an ein schmächtiges Bürschchen mit karottenrotem Haar, das von großen Einsätzen im Partisanenkampf träumte, meist aber nur zu kleineren Botengängen benutzt wurde, was ihm Kummer bereitete. »Weiß der nichts über das Schicksal der anderen?« frage ich.

»Hab' ihn nicht gefragt.«

»Und von sich aus hat er nichts erzählt?«

»Nein. Oder doch, warten Sie. Da war der Mann gewesen, der nur ab und zu mit Ihnen herkam. *Distinto, elegante,* ein richtiger Herr, und immer ruhig und freundlich –«

»Mello!« sage ich sofort.

»Tullio sagte mir mal, er sei *un ebreo,* ein Jude, er dürfe sich nicht zu oft in der Öffentlichkeit zeigen.«

»Das war Mello. Was weiß Renato von ihm?« Ich bin nun so erregt, daß ich stottere. Gibt es eine Möglichkeit, ihn wiederzusehen? Schon die nächste Minute macht diese Hoffnung zunichte.

»Tot«, sagt die Witwe lakonisch.

»Wie?«

»Selbstmord. Renato sagte, die Deutschen hätten ihn verhaften wollen.«

Ich frage nicht weiter, will keine Einzelheiten wissen. Mellos Tod schmerzt, als sei er gerade erst gestorben, jetzt, in diesem Augenblick. »Ja«, sage ich, »nun muß ich gehen. In zwei Tagen fahre ich nach Deutschland zurück.«

»Sie sind nach Deutschland zurückgekehrt?« Das versteht sie nicht. »Sie haben gegen die Deutschen gekämpft«, sagt sie.

»Gegen die deutschen Faschisten, nicht gegen die Deutschen. Das ist ein Unterschied. Ihr habt doch auch Mussolini bekämpft, nicht zuletzt, um in Italien bleiben zu können«, sage ich.

»Das ist etwas anderes. Ich könnte nirgendwo anders leben als in Italien«, sagt sie. »Meine Großeltern, Eltern, Geschwister – alle *paesani,* Bauern. Die Erde, die Äcker haben keine Schuld am Faschismus.«

»Das ist, was ich meine.«

»Aber mit Ihnen ist das anders. *Una signora come Lei* – eine Frau wie Sie. Sie sind gebildet. Sie sprechen Sprachen. Sie hätten überall Möglichkeiten.«

»Vielleicht«, sage ich, »aber darauf kommt's nicht an. Ich bin ebenso an meine Muttersprache gebunden wie Sie an die Ihre.«

Sie versteht nicht.

»Mein Beruf«, sage ich. »Ich bin Schriftstellerin, ich schreibe Bücher. Eine deutsche Schreibmaschine hat auch keine Schuld am Nationalsozialismus, oder?«

»Aber die, die das Ding herstellen!« Ein Rest von Unversöhnlichkeit wird wohl für immer in ihr bleiben. Sie hatten uns doch akzeptiert, sie, die Italiener uns Deutsche, hatten uns in ihren Kreis der Gleichgesinnten mit einbezogen. Was konnte jemanden wie mich nach alldem noch nach Deutschland zurückziehen? Um ihr neu erwachendes Mißtrauen zu entkräften, versuche ich ihr zu erklären, daß das Material eines Schriftstellers die Sprache sei, ein lebendiges Ding, das sich immerfort verändere. Man müsse es beobachten, es möglichst nie aus dem Auge oder dem Ohr verlieren, sonst käme am Ende des Schreibens etwas Totes heraus oder im Bestfall ein Requiem auf eine Zeit, in der man mit dem zu gestaltenden Wort noch auf du und du lebte. Natürlich versteht sie kaum die Hälfte von dem, was ich sage.

»Sie werden Ihre Gründe haben, Signora«, sagt sie. Damit erhebt sie sich mit den Bewegungen einer Rheumatikerin, steif im Kreuz, eine Hand flach auf die Tischplatte gestützt. Sie ist wirklich erstaunlich gealtert seit damals, denke ich, um mindestens vierzig Jahre. Sie gehört zu dem Typ der Italienerin, der sich rasch verbraucht. Es sind die Schlanken, Zarten. Sonne und Schweiß trocknen ihre Haut frühzeitig aus, dann werden sie dürr und bekommen schon mit Ende Dreißig einen faltigen Hals.

Ich öffne meine Tasche, um meine Geldbörse zu ziehen. Die Witwe legt ihre magere Hand über die meine: *»No no, Vi prego, Signora,* ich bitte Sie«, sagt sie, »Sie sind mein Gast, das versteht sich. Tullio hätte sich bestimmt gefreut, Sie wiederzusehen!« Sie kann also doch lächeln. Das verjüngt sie um ein Jahrzehnt.

»Es war gut, mit Ihnen gesprochen zu haben«, sage ich. »Es hat mir geholfen. Haben Sie vielen Dank.«

*»Auguri, Signora.* Und *buona fortuna!«*

Den Rest des Tages verbringe ich in meinem provisorischen Zuhause, denn heute ist wohl keine Wetterbesserung mehr zu erwarten. Über häuslichen Aktivitäten in Küche und Wohnzimmer denke ich darüber nach, was Mello zum Freitod getrieben haben mag. Wäre Mello nicht Mello gewesen, gäbe es da schon eine Reihe plausibler Gründe. So aber bleibt mir sein Ende rätselhaft. Ich hatte ihn zum letzten Mal wann? richtig, im Januar vierundvierzig getroffen, weil ich seinen Rat brauchte. Wie immer hatte mich auch dieses Mal wieder seine Gelassenheit den Geschehnissen gegenüber tief beeindruckt. Ich wußte, daß er, abgesehen von seinen vielfachen Kontakten in Italien und Frankreich, einflußreiche Verwandte in Amerika besaß. Manchmal, wenn wir im Freundeskreis die Zukunft diskutierten, hatte Mello seine Verwandten in den Staaten erwähnt und gemeint, über sie für diejenigen von uns, die nicht mehr in ihre Heimatländer zurückkehren wollten, ein Affidavit erstellen zu können. Auch er hatte für die Zeit nach dem bevorstehenden Waffenstillstand Pläne gehabt, hatte sich sein zukünftiges Leben schon in Einzelheiten zurechtgelegt. Weshalb also sollte dieser umsichtige Mann nun zwei Minuten vor zwölf Selbstmord begangen haben? Das paßt nicht, paßt nicht zu einem Menschen wie Mello, denke ich. Falls Karottenkopf sich nicht geirrt oder einen anderen gemeint hat, muß etwas Scheußliches, etwas ganz und gar Unvorhergesehenes passiert sein, aber was? Mello war nicht der Mann, der sich umbringt, wenn er erfährt, daß die Deutschen ihn verhaften wollen. Er wäre unverzüglich geflohen, er war im Besitz mehrerer Pässe, unter anderem eines südamerikanischen, die

Flucht wäre ihm bestimmt gelungen. Und selbst wenn nicht, wenn ihm dazu keine Zeit geblieben wäre: Seine ausgezeichneten Beziehungen, die von der Polizei über Stadthonoratioren beider Fronten bis hinauf zu hohen Vertretern des Vatikans reichten, hätten ihm ein sicheres Versteck garantiert. Ich hätte Tullios Witwe fragen sollen, ob sie die Adresse des Mannes weiß, den wir einst Karottenkopf nannten. Fraglich jedoch, sie erwähnte ihn beiläufig, wie man von jemandem spricht, den man nicht näher kennt.

Die Gedanken spinnen im Kreis. Bevor mein Stimmungstief den Nullpunkt erreicht, zwinge ich sie, von einem Thema abzulassen, das nirgendwohin führt, weil mir die nötige Information dazu fehlt. So intensiv drängt sich die Vergangenheit in mein Bewußtsein, daß ich bereits Gefahr laufe, das Gestern vom Heute nicht mehr unterscheiden zu können, schizophrene Abspaltung des einen vom andern. Es ist Nacht geworden. Schlafen will ich, schlafen. Nicht mehr denken, weder an das Gestern noch an ein Morgen. Mich fallen lassen – weit und tief in das Gefühl der Entspannung hinein.

## 21. Oktober

In Rom muß man früh aufstehen, will man es in seinen schönsten Stunden sehen. Ich stehe im leichten Morgenmantel auf der Terrasse und beobachte, wie der rosig durchsichtige Streifen am Horizont sich verbreitert, ganz sacht die Nachtwolken von sich wegschiebt. Noch läßt das zarte Pastell nicht erkennen, ob es, Vorbote der aufgehenden Sonne, ihr Platz bahnen oder aber ob es mit dem heranrückenden Tag von Regenwolken geschluckt werden wird. Die Dächer der Stadt, noch feucht vom Regen, glänzen in verschatteten Rottönen, viel dunkles Grün dazwischen, die Äste der Baumwipfel heben sich silhouettenhaft vom Ocker des Hintergrunds ab. Um diese frühe Morgenzeit schweigt der Summton noch, Mischung aus allen möglichen Verkehrsgeräuschen, der den römischen Tag bis tief in den Abend hinein begleitet. Dafür sind es nun die Vögel, die mit schrillen Lauten die Stille durchbrechen. Ein intensiver Duft nach Thymian und Lorbeer verbreitet sich in der noch kühlen, weichen Luft. Jetzt, wo das sanfte Rosa sich erweitert, bekommt es von einer heranziehenden Wolkenbank grauviolette Querstreifen. Wie Rauch zerfasern sie, hindern die ersten Strahlen der aufgehenden Sonne daran, durchzubrechen. Ich habe verlernt, vom Morgenhimmel das Wetter für den Tag abzulesen; früher konnte ich es und irrte mich selten. Dies ist ein unbestimmter Himmel, der sich offenbar nicht entscheiden will. Aber die Luft nach dem Regen ist wundervoll, so lebendig und voller Blütenduft. Ich atme sie tief in die Lungen ein, fühle mich ganz leicht, mein Kopf wird klar. Von der Küche hole ich mir mein Frühstück her, mache es mir unter dem Sonnenschirm bequem, der viel Wasser gesogen hat; das bunte Segeltuch zwischen den Spannstäben hängt schwer da, wo sich auf ihm kleine Wasserlachen angesammelt haben. Mit der flachen Hand schlage ich von unten herauf dagegen; das Regenwasser klatscht im Schwung auf den Stein der Balustrade.

Fast eine Stunde lang kämpft die Sonne mit schnell aufziehenden Wolkenstreifen. Es wird abwechselnd hell und dunkel über der Stadt; das Licht wechselt in Minutenschnelle. Wenn ein Sonnenstrahl durchbricht, blitzt da eine Gruppe Flachdächer, dort eine Kuppel auf; wie ein Richtstrahl erfaßt er einen Teilaspekt, hebt ihn aus dem Morgenschatten heraus, läßt ihn, von einer Wolke besiegt, wieder verschwinden. Die nächste halbe Stunde bringt die Entscheidung: Der

Himmel bleibt bezogen. Aber regnen, glaube ich erkennen zu können, wird es heute vermutlich nicht.

Nach dem Mittagessen verlasse ich die Wohnung, wende mich dem Flußufer zu. Es könnte ja sein, daß des bedeckten Himmels wegen die Reisebusse ihre Fahrgäste auf der Strecke zum Petersdom gar nicht erst aussteigen lassen, sondern durchfahren. Dann würde ich die Uferstraße so vorfinden, wie ich sie von früher her kenne: still, zeitfern, sieht man von den paar klobigen Betonkästen ab, die sie inzwischen unweit des Tibers errichtet haben und die die Silhouette verschandeln. Der Weg durch die exklusive Via Condotti mit ihren Luxuswaren und über die breitere Tomacelli führt mich geradewegs zur Ponte Cavour, die das Ufer der Innenstadt mit der römischen Altstadt und dem vatikanischen Gelände verbindet. Die Brücke unweit des Justizpalasts, unter der ... Ja, da hatten sie gehangen mit seitlich geneigten Köpfen, dort drüben, unter dem Brückenbogen: junge Männer in deutscher Soldatenuniform, den Kragen geöffnet, und um den geknickten Halswirbel die Kordel eines Pappschilds: ›Ich war ein Deserteur‹. Auch drei in Zivil waren darunter gewesen. Ihr Brustschild hieß: ›Ich wollte fliehen‹. Ruth Hellmann hatte in Begleitung von Max davorgestanden. »Deutsche henken Deutsche. Ich versteh' das nicht, du? Was für Deutsche sind das, die so etwas tun?«

»Wer schon? Die, die sich zum Abzug bereitmachen.«

»Wehrmacht?«

»Vermutlich.«

»Kesselring als ihr oberster Befehlshaber würde doch nie solche Morde gutheißen. Du weißt, er hat zu Widerstandskreisen Kontakt.«

»Keine Ahnung. Vielleicht hat er direkten Befehl von Hitler aus der Wolfsschanze bekommen und konnte sich nicht rauswinden.«

»Dem Führerbunker? Hitler dürfte jetzt dringendere Sorgen haben. Nein, ich glaube, der SD ist dafür verantwortlich. Seitdem die Lage hier täglich bedrohlicher wird, hat der Sicherheitsdienst doch überall seine Finger mit drin. Der hat die Männer hier aufgeknüpft.« Ob sie nun recht hatte oder nicht: Die Gehenkten hatten keine Auskunft mehr geben können. Sie starrten mit gebrochenem Zungenbein vor sich hin, und wenn der Wind sie erfaßte, schaukelten sie leise oder drehten sich halb um die eigene Achse.

Wie ich vermutete: Die vollbesetzten Reisebusse halten nur kurz an, lassen die Insassen zwei Minuten lang durch die Fenster auf das grüngraue Wasser und den Justizpalast gegenüber starren. Dann fahren sie weiter in Richtung Dom und Vatikanmuseen. Im dunkleren Schatten des Dachs aus Platanenlaub lehnen zwei Jungen an der steinernen Brüstung und schleudern Steine in das Wasser unter ihnen, das träge dahinflutet und das angeschwemmte Gestrüpp am Uferrand und um die Brückenpfeiler zusammendrängt. Der Regen hat den Wasserspiegel angehoben. Der Wind ist feucht; öffnet man den Mund, hinterläßt er auf der Zunge einen Geschmack nach Salz.

Meine zwei letzten Tage in Rom – ein Gedanke, der unerwartet schmerzt, als stünde die Trennung von einem geliebten Menschen bevor. Wir haben uns also wieder aneinander gewöhnt, die Ewige Stadt und ich. Ohne es zu merken, bin ich von neuem ihrem Rhythmus erlegen, diesem sanften, so zwanglos erscheinenden Rhythmus, der dem hiesigen Klima angepaßt ist und, wie dieses, viele Varianten zuläßt, sich nie, wie bei uns in den nördlicheren Breiten, festfährt in starrer Routine. Daß man sich so oft Dinge in dem Augenblick wünscht, in dem es unwiederbringlich zu spät ist! Das Bewußtsein, daß meine Zeit in Rom fast abgelaufen ist, erzeugt in mir das auf einmal heftige Verlangen, diese so zwiespältige, widersprüchliche Stadt zum erstenmal wirklich kennenzulernen. Von ihren Menschen her, von denen, die heute Roms modernes Gesicht prägen. Damals im Krieg hatte ich keine Gelegenheit zum Kontakt mit ihr gefunden. Da marschierten deutsche Militärpatrouillen durch die traditionsreichen Winkel und Gassen, und die Einwohner außerhalb der City, gewohnt, am Abend bis oft in die Nacht hinein vor ihren Häusern zu sitzen, solange die Temperatur es erlaubt, versteckten sich in ihren Wänden.

Um wieviel reizvoller der Blick von hier aus den Fluß entlang ist, wenn der Himmel bedeckt ist, als wenn eine grelle Sonne die Farben tötet, nur noch ein Helldunkel, den Kontrast von Licht und Schatten übrigläßt. Wo die kurzen Wellen des heute dunklen Wassers gegen die Steinquadern der Brückenpfeiler spülen, werden sie durchsichtig, spiegeln im Hochschwappen für den Bruchteil einer Sekunde einen Baumast oder den Himmel, bevor sie ins Dunkel zurücksinken. Unter der verschatteten Wasseroberfläche zeichnen sich die Sandbänke des Tiber rötlich ab. Die Brückenbögen in der Ferne sehen aus, als seien sie mit zarten Strichen einem Himmel aufgemalt, dem der Künstler sehr behutsam eine Andeutung von Gelb zusetzte; es ist nur dieser pastellfarbene Schleier, der die Sonne fernhält. Als einziger Farbklecks, rötlichgelb, harmonisch aber ins Bild eingefügt, ragt die Engelsburg vom jenseitigen Ufer. Langsam gehe ich auf die Brücke zu, die zu ihr führt. Ein alter Mann mit der braunen, ledrigen Haut der Feldarbeiter hockt am Weg. Aus verdrecktem Zeitungspapier verfüttert er Fischreste an Katzen, die von allen Seiten herbeigelaufen kommen. Es sind die seit Jahrhunderten fest zum Bild der Stadt gehörenden Katzen Roms, verwilderte Streuner, struppig, räudig, hochbeinig, mit entstellenden Fleckzeichnungen im Fell, die von allzuviel Rassenmischung zeugen. Sie verlocken nicht zum Streicheln. Als ich näher komme, schaut der Mann auf: »Das mache ich jeden Tag, *lo faccio ogni giorno*«, sagt er, »*povere creature*, niemand mag sie und sie wollen doch auch leben, nicht wahr?«

Im Weitergehen erinnere ich mich daran, was Mello einst von den römischen Katzen sagte. An dem Tag, hatte er gesagt, an dem die Katzen aus dem Straßenbild Roms verschwinden, geht Rom unter wie das sprichwörtliche Schiff, das die Ratten verlassen. Demnach dürfte die Stadt noch weit von ihrem Untergang entfernt sein. Die scheuen Tiere sind überall, sie huschen über den Weg, spähen, eng an die Mauer gedrängt, aus Torwegen oder laufen in weichem Galopp über Mauerbrüstungen und Dächer. Nirgendwo trifft man sie schlafend an. Menschen gegenüber hegen sie ein tiefes Mißtrauen. Nicht zu Unrecht übrigens. Des einfachen Italieners Sonntagsbraten ist *coniglio*, Kaninchen.

Das weiße Fleisch schmeckt ähnlich wie gekochtes Huhn. Im Krieg, erinnere ich mich, als das Fleisch streng rationiert war und der tägliche Speisezettel immer eintöniger wurde, boten die vielen Trattorien, besonders die der Außenbezirke Roms, so oft und reichlich *»coniglio alla cacciatore«*, Kaninchen auf Jägerart an, daß es schon ganzjähriger Treibjagden größten Umfangs bedurft hätte, um derart reiche Beute zu machen. Und die Katzen verschwanden von den Straßen.

Da ist sie, die Engelsburg. Nun habe ich ihn direkt vor mir, den backsteinroten Rundbau. Die Nähe macht ihn riesig. Vor mir zur Linken die berühmte Engelsbrücke. Über ihr Kopfsteinpflaster hinweg strömen Scharen von Touristen dem Eingang zu, richten ihre Kameras auf die gigantischen Berniniengel, die das Geländer auf meterhohen Sockeln säumen, geflügelte Frauengestalten in bewegten Posen. Abends, denke ich, wenn die zwischen ihnen postierten Laternen sie anstrahlen, wirken sie gegen den Nachthimmel vermutlich noch gigantischer. Ich lehne mich gegen die Ufermauer, verschränke die Arme über der rauhen Steinfläche, die sie in halber Höhe abschließt, betrachte mir das Touristengetriebe. Wie kann ein Mensch auf solche Weise überhaupt einen Eindruck von dem gewinnen, was er sieht? Ein Anschlag am nahen Brückenpfeiler besagt, daß die Burg heute Museum ist. Von allem, was sie einst war, Kaisermausoleum, Fluchtstätte für Päpste und den Adel, Kerker und Kaserne, scheint mir der Kerker am glaubwürdigsten. Ihre Schmucklosigkeit, die sonderbar absticht von der barocken Pracht der Engelmonumente zu ihren Füßen, hat aus der Nähe betrachtet etwas Bedrohliches. Ich kann mir, ohne erst meine Fantasie zu bemühen, leicht vorstellen, wie sie, die hier Gefangenen, hinter diesen meterdicken Mauern darauf warteten, zur Richtstätte geführt zu werden, ich weiß aus Erfahrung, wie einem Gefangenen zumute ist, wenn sich der Schlüssel von außen im Schloß dreht. Dieser Schrecken des Ausgeliefertseins … Hier hatte auch einst die zum Tod verurteilte Beatrice Cenci gesessen, angeklagt des Mordes an ihrem grausamen Vater. Gedanken, Erinnerungen: Im November neunzehnhundertdreiundvierzig war es gewesen, als Ruth Hellmann von Rom aus ihren Vater in Köln anrief. Sie hatte es Max zu verdanken, daß diese Verbindung zustande kam. Alle von Rom ausgehenden Leitungen waren vom deutschen Militär beschlagnahmt. Über drei Reserveleitungen, die für besondere Durchsagen zur Verfügung standen, wachten in der Zentrale des Eccelsiore Wehrmachtshelferinnen im nächtlichen Telefondienst. Eine von ihnen hatte sich in Max verliebt … Um drei Uhr morgens hatte Ruth Köln am Apparat. Die Stimme ihres Vaters klang verschlafen: »Was ist?«

»Erkennst du meine Stimme nicht mehr?«

Er schien nicht besonders erfreut. »Ach, du bist's. Von wo rufst du an?«

»Aus Rom. Hör zu, Vater –«

»Hättest du nicht einige Stunden früher anrufen können? Weißt du, wie spät es ist?«

»Bitte, hör jetzt zu. Ich brauche dringend eine größere Geldüberweisung.«

Stille.

»Vater, hast du mich verstanden?« Ruth sprach erregt. Sie hatte Max versprochen, sich kurz zu fassen, wußte, daß sie mit jeder Verzögerung die Telefonistin in Gefahr brachte. Umständliches Räuspern. »Geld? Wie stellst du dir das vor?«

»Bitte, Vater!«

»Woher soll ich das denn nehmen?«

Es verschlug Ruth momentan die Sprache. Sowohl ihre Mutter, die im Jahr achtunddreißig Selbstmord beging, wie auch deren Schwester, die drei Jahre später den Freitod wählte, hatten Ruth jeweils zur Alleinerbin ihrer beträchtlichen Vermögen eingesetzt. Da sie zum Zeitpunkt des Erbantritts noch minderjährig war, bestimmte das Nachlaßgericht ihren Vater zum Vermögensverwalter. »Aus der Erbmasse selbstverständlich!« sagte sie.

Quälende Stille. Schließlich: »Da müßtest du ja erst einmal herkommen und Unterschriften leisten.«

Jetzt schrie sie beinahe: »Dann leg es doch um Himmels willen aus und schick mir die Papiere zum Gegenzeichnen, ich brauche Geld, dringend – verstehst du nicht?«

»Wofür«, erkundigte er sich mißtrauisch, »brauchst du denn das Geld?«

In ihrer Angst, das Gespräch weiter hinauszuzögern, antwortete sie, sie habe Schulden und sei in Gefahr, dadurch aufzufallen und von der deutschen Polizei entdeckt zu werden.

»Was machst du auch für Sachen!«

Die verzweifelte Situation ließ Ruth nun ganz beherrscht und ruhig sprechen. »Es ist jetzt nicht der Moment«, sagte sie, »um darüber zu diskutieren, was ich für Sachen mache, wie du es nennst. Bitte notiere dir die Adresse, die ich dir durchgebe, und sende den Betrag umgehend dorthin. Ich denke, tausend Reichsmark werden vorläufig genügen.«

»Tausend Reichsmark!« Aufschrei, als habe sie von ihm die sofortige Aushändigung ihres gesamten Erbes verlangt.

»Würde ich verdienen, bräuchte ich es nicht«, sagte Ruth.

»Und warum verdienst du nichts?«

»Die Deutschen sind noch in der Stadt. Ich muß mich verstecken.«

»Das wundert mich nicht. Warum treibst du dich noch immer in Italien umher? Ein mit uns verbündetes Land, nicht wahr? Und du mit deiner Abstammung. Du hättest machen sollen, daß du fortkommst, so weit wie möglich«, sagte er. »Verrückt, dich noch da drüben herumzudrücken. Zumal jetzt, wo diese Umstürzler – na ja, man hört ja so allerlei. Nichts Gutes! Nein, weiß Gott nichts Gutes!«

Die Wehrmachtstelefonistin, flüsternd vor Angst und Nervosität, schaltete sich ein: »Bitte, geben Sie die Leitung frei, oder ich muß trennen!«

»Hast du dir meine Adresse aufgeschrieben?« schrie Ruth ins Telefon. »Dahin schicke bitte umgehend das Geld. Ich verlaß mich auf dich!« Damit hängte sie ein. ›Ich verlaß mich auf dich‹ hatte sie gerufen. Und zum ersten Mal fehlte ihren Worten die sonstige Überzeugungskraft. Das Vertrauen zu ihrem Vater, das sie bis dahin gegen mancherlei Bedenken aufrechterhalten hatte, um nicht auch die letzte Bindung an die Familie zu verlieren, war ins Wanken geraten.

Ein Stück Erinnerung, das in besonderer Weise quält. Ich halte meine Augen auf das rote Gemäuer gerichtet, auf die ringförmige Brüstung mit ihren hohlen Fensteraugen, durch die matt der Himmel scheint, während mir das Herz im Hals schlägt und der Mund trocken wird. Ich hatte an ihn geglaubt, weil sie mich als Kind gelehrt hatten, daß Eltern Menschen sind, die ein Leben lang verehrt, ja heilig gehalten werden müssen, denn: »Freunde magst du viele haben, aber du hast nur eine Mutter, nur einen Vater!« Darin, und wie sie es sagten, lag schon eine versteckte Drohung von möglichem unwiederbringlichen Verlust, verhielt ich mich nicht achtungsvoll, wie man es von mir verlangte. Du sollst deine Eltern nicht in Frage stellen. Also tat ich es nicht und lebte mein Kinderleben mit Begriffen anstatt mit Menschen. Die Bilderbücher meiner Kindheit sprachen nur von guten Eltern und schilderten, was die guten Eltern alles taten für ihr Kind, das sich oft leider all dieser Güte kaum bewußt war und sie mit Unarten lohnte.

Unnütz zu sagen: Das Geld kam nie, und der Bilderbuchvater stürzte vom Sockel und zerbrach in viele kleine Stücke, die sich nicht mehr zusammensetzen ließen.

Es kommt mir vor, als sei es dunkler geworden, als senke sich die Wolkenschicht auf das Wasser herab. Als verschwinde der Erzengel Michael, der die Festung krönt, im Dunst. Meine Gedanken arbeiten, wollen mir Erinnerungsinhalte ungeordnet aufzwingen. Ich versuche mich dagegen zu wehren, vor allem gegen ihre Unmittelbarkeit, die keine Zwischenschaltung einer Ruth Hellmann mehr zuläßt, sondern mir das Geschehen anlasten will. Meine Angst, Gefühlsinhalte von einst in der Reflexion wiederzuerleben, verschafft mir schließlich den Abstand, den ich brauche. Bei aller Ähnlichkeit, ich bin nicht Ruth Hellmann, ein Vierteljahrhundert an Jahren liegt zwischen uns, das, so bilde ich mir ein, eine vollständige Persönlichkeitsveränderung bewirkt hat. Völlige Identifikation der einen mit der anderen ist ein Ding der Unmöglichkeit geworden.

Ich weiß nicht, ob Ruth Hellmann sich wirklich der Gefahr bewußt war, der sie sich durch ihre Schuldenmacherei aussetzte. Sicher ist, daß sie mehrmals ernsthafte Versuche unternahm, sich das Geld zu beschaffen, das ihr der Vater vorenthielt. Doch keiner von denen, die sie fragte, konnte ihr helfen. Sie alle lebten, ähnlich wie Ruth, zu diesem Zeitpunkt *in nascosto*, versteckt, ohne Arbeit, ohne Verdienst. Es reichte gerade zum Notwendigsten. Sie lavierten sich durch, mehr schlecht als recht, während sie auf den ersehnten Einzug der Alliierten in Rom warteten. Wie war es weitergegangen?

Ich blicke hinunter auf das Wasser zu meinen Füßen. Das diffuse Licht heute läßt es tiefer erscheinen, als es tatsächlich ist. Nach den Ufern zu wirkt es fast schwarz. Nur in seiner Mitte zittert ein schmales Lichtband, das den Himmel reflektiert. Zurück zum Jahresbeginn vierundvierzig:

Da war dieser Brief gekommen. Neutraler Umschlag, Poststempel Rom. Ruth Hellmann hatte ihn zunächst übersehen und ihn mit der übrigen Morgenpost auf die Kommode im Flur gelegt. Es war ein kalter Januartag und sie wollte sich zunächst einmal mit kräftigem Frühstückskaffee aufwärmen, bevor sie daranging, die Post zu lesen, die immer ausschließlicher aus Mahnungen von Gläubigern und Pfändungsandrohungen bestand. Daher öffnete sie den besagten Brief ohne Neugier in der Absicht, seinen Inhalt kurz zu überfliegen und ihn dann mit den übrigen in einen Ordner mit der Aufschrift ›Unerledigtes‹ abzulegen. Sein Inhalt war knapp und unpersönlich. Ein vorgedrucktes Formular der Deutschen Botschaft auf der Via Tasso, mit violetter Tinte ergänzt:

›Sie werden gebeten, sich am Montag, dem 3. Januar 1944, vormittags 9 Uhr 30 unter Mitbringung Ihres Reisepasses bei unserer Dienststelle Via Tasso, zweiter Stock, Zimmer 53, einzufinden. Heil Hitler!‹ Ausrufungszeichen. Die spitzen Schriftzeichen über dem maschinegeschriebenen ›SS-Obersturmbannführer‹ lasen sich: H. Kappler. Der Schock kam langsam, als wolle er erst ihre Belastbarkeit prüfen, als kalter, dumpfer Druck in der Herzgegend. Die Atmung schien stillzustehen und mit ihr sämtliche lebenswichtigen Organe. Dann kroch er als Kälte durch die Arme und Beine, verhinderte die Zirkulation des Bluts, machte sie starr. Die Blutleere im Kopf bewirkte, daß Ruth während dieser Schrecksekunden keines klaren Gedankens fähig war. Ihre

Erfassung durch die deutsche Sicherheitspolizei, ein Umstand, mit dem sie hätte rechnen müssen, merkwürdigerweise aber nie ernsthaft gerechnet hatte, traf sie unvorbereitet. Die nächste Reaktion war Panik, Vorstellungen von sich verstecken, fliehen, sich unsichtbar machen jetzt, wo es zu spät war; anrufen – wen? Freunde um Rat fragen – wie? Unterkriechen – wo?

Als sich die Hektik der halbgedachten Gedanken schließlich erschöpfte, kam die Ruhe, eine kalte Ruhe, die an Gleichgültigkeit grenzte. Nun also war es geschehen, man hatte sie erwischt, noch während die Amerikaner auf Rom vorrückten und die Deutschen sich nach Norden absetzten. Ironie des Schicksals, an dessen Wendung zum Schlimmen sie keine Schuld zu haben glaubte. Vielmehr sprang in ihr der Verdacht an Verrat auf. Aber wer sollte dem SD einen Hinweis gegeben, wer sollte ein Interesse daran gehabt haben, sie der Gestapo auszuliefern? Mit den abgezirkelten Bewegungen einer Schlafwandelnden nahm sie den Zettel noch einmal auf. Wann sollte sie dort sein? War das mit harter Feder eingesetzte Datum eine Drei oder eine Acht? Wenn man genau hinschaute, war es wohl doch eine Drei. Morgen also, Montag. Zum Arbeitsbeginn des neuen Jahres. Bevor sie sich erhob, um aus der Küche die noch immer ungeöffnete Flasche Cognac zu holen, einst ein Geschenk von Rolf, dachte sie flüchtig daran, wie ungewöhnlich es von der deutschen Polizeibehörde war, eine Aufforderung zum Besuch zu schicken, anstatt sie mit einem Haftbefehl abholen und vorführen zu lassen. Im Grund jedoch war der Unterschied nur ein hypothetischer: Sie waren auf sie aufmerksam geworden, wußten um ihren Aufenthalt, ihre Anschrift. Und möglicherweise um die Herkunft des Reisepasses. Wohin hätte sie jetzt noch fliehen können? Das Spiel war aus.

Nach dem zweiten Glas Cognac, dessen Wirkung, wenn überhaupt eine Wirkung eintrat, ihr Hirn nicht registrierte, dachte Ruth an ihre Mutter. Sie hatte sich mit Schlaftabletten dem Zugriff der Gestapo entzogen. Ruhig, überlegt, systematisch. Hatte die Tabletten in zwei Portionen aufgeteilt, um zu verhindern, daß ihr noch junger Körper die Überdosis erbrach, hatte gebadet und sich hübsch hergerichtet, bevor sie die erste Hälfte des Gifts trank und sich mit Block und Feder auf ihr Bett legte, um schriftlich mit der Akribie, die ihrem wachen Verstand zu eigen war, den Vorgang des Sterbens aufzuzeichnen. ›Ich fühle nun‹, hatte sie nach einer Seite voll häuslicher Ratschläge geschrieben, ›eine leichte Benommenheit. Sie verstärkt sich –‹ Hier wurde ihre Schrift verzerrt, kurz darauf unlesbar. Ruth dachte an das zweite Blatt Papier, das man auf dem Boden neben dem Bett gefunden hatte. ›Bin wieder erwacht, hieß es da. Zeit für die zweite Tablettenhälfte.‹ Und dann: ›Habe sie heruntergespült, ekelhaft bitter. Bin ganz gelassen, fühle mich wohl wie nie. Wenn das das Sterben ist, so ist es wohl die schönste, die friedlichste Art des Todes. Verzeiht mir, ich durfte nicht warten, bis uns der Staat auseinanderreißt. Schon morgen könnte es geschehen, daß –‹ Dann war die Schrift keine Schrift mehr, nur noch übereinandergemalte Arabesken einer Füllfeder, die sich selbständig gemacht hatte. Die, die ihn gehalten hatte, war hinübergeglitten in einen mitleidigen Tod. Nur drei Jahre später war ihr die jüngere Schwester gefolgt nach gleichem Rezept. Das war vor zweieinhalb Jahren gewesen; Ruth hatte sowohl ihre Todesanzeige wie auch, vom Anwalt ihres Vaters, die Vollmacht, die ihn zum Verwalter auch ihrer zweiten Erbschaft machte, zum Unterzeichnen erhalten, da sie nun großjährig war.

Schlaftabletten hatte sie, es müßten mindestens noch zwei Röhrchen da sein, sie würden ausreichen. Sie schüttete den gesamten Inhalt des einen in ein Glas Wasser, sah gedankenlos zu, wie das gepreßte Pulver langsam zerfiel. Um zu prüfen, ob es sich gänzlich aufgelöst hatte, rührte sie mit einem

Löffel die Flüssigkeit um, die flockig weiß geworden war. Im Kühlschrank befand sich noch ein Rest Orangensaft. Sie würde ihn zum Nachtrinken brauchen, falls der bittere Geschmack ihr Brechreiz verursachen sollte. Als nächstes dachte sie daran, alle Unterlagen zu beseitigen, die, wenn man sie fände, die Aufmerksamkeit der Gestapo auf ihre römischen Aktivitäten und die Freunde lenken könnten, Briefe, Zettel, leere Formulare. Sie zerriß alles in kleinste Fetzen und warf sie in die Toilette. Schließlich setzte sie sich auf das Bett und griff zum Glas. Und in diesem Augenblick verließ sie der Mut; sie war nicht ihre Mutter, es fehlte ihr die aus Resignation geborene langjährige Vorbereitung auf einen solchen Schritt. Die Lähmung ihrer Gedanken hatte auch auf ihren Körper übergegriffen; sie brachte keine Bewegung zustande, saß nur da und starrte auf das milchige Zeug im Glas, das sich abzusetzen begann. Und irgendwann danach, es mag Stunden später gewesen sein, war ihr der Kopf zurückgesunken und sie war eingeschlafen, müde von soviel Leere im Gehirn, das sich noch immer weigerte, ihr zu Hilfe zu kommen.

Dröhnendes Metallgongen der Glocken von San Pietro zeigt die Mittagsstunde an. An meinen verspannten Kniekehlen merke ich, daß ich hier schon mehr als eine Stunde gestanden und ins Wasser gestarrt habe. Unschlüssig noch, wohin von hier aus, mache ich ein paar Schritte, bis ich die Brücke, die zur Burg führt, direkt vor mir habe. Sie ist fast leer. Vermutlich drehen die Reisebusse nun ihre Runden in der Innenstadt. Das war schon früher so, als die Touristen ausschließlich aus Deutschen und Japanern bestanden: Jeder Reiseführer hatte, in stillschweigendem Übereinkommen mit dem gastronomischen Gewerbe, seinen speziellen *amico* unter den Restaurantbesitzern, dem er seine Gruppe als Kundschaft zuführte, ein willkommener Nebenverdienst für jeden Fremdenführer. Es ist still geworden um die rote Festung; die Vögel werden wieder hörbar, wenn sie, von irgend etwas erschreckt, aus dem trockenen Platanenlaub aufflattern. Verwirrende Symmetrie der Geländequadern und ihres kurzen Zinnenmuster-Schattens auf dem Gehweg zur Rechten, unterbrochen nur von einem Obsthändler, der, an einen Pfeiler gelehnt, vor sich hin döst. Seinen Karren hat er längs zur Fahrbahn abgestellt. Ein paar Pfirsiche sind vom Tragbrett gerollt, haben sich, gelbe Kugeln, in die Dellen zwischen den Pflastersteinen verteilt. Das Licht des Mittags aus weißlichem Himmel, Widerschein einer noch immer verborgenen Sonne, überzieht die zehn Barockengel auf ihren meterhohen Sockeln, macht sie aussehen wie mit Kalk übergossen. Sie werfen keinen Schatten. Jetzt, wo hier kein Gedränge mehr herrscht, habe ich Muße, sie mir in Ruhe zu betrachten. Zehn geflügelte Riesenfrauen als Gefängniswächter: Kurvenreiches Barock bewacht antikes römisches Mausoleum; schwer, da einen Bezug herzustellen. Der ergibt sich erst bei näherem Hinschauen, vorausgesetzt, Roms Baumeistergenie Bernini wollte mit seinen Kolossalgestalten auf das Grauen anspielen, das zu seiner Zeit in den Kellern des Burgverlieses geherrscht haben muß. Darauf können die Marterinstrumente hinweisen, die die Engel in Händen halten. Die zehn Folterwerkzeuge des Leidenswegs Christi; sie scheinen mir harmlos im Vergleich; denn was ist schon eine Geißel im Verhältnis zur Daumenschraube, eine Dornenkrone zu den Spießen der Eisernen Jungfrau. Und selbst das Kreuz, ein Sterben in tiefer Bewußtlosigkeit mag einen gnädigeren Tod herbeigeführt haben als die mittelalterliche Variante des Flechtens aufs Rad oder die Vierteilung des Körpers durch auseinandergetriebene Pferde. Ich blicke hoch zu den Gesichtern der Flügelgestalten: ausdrucksloser Gleichmut in allen Mienen. Also wohl doch kein zeitkritisches Engagement ihres Schöpfers: Er hatte einen päpstlichen Auftrag erhalten, er schuf eine fromme Allegorie. Mehr bedeutet es vermutlich nicht.

In etwa zwei Stunden, wenn die Touristen sich den Bauch mit Nudeln und Wein vollgeschlagen haben, werden sie hierher zurückkehren und mit schauderndem Behagen zuhören, wie ihnen ihr Reiseleiter von den Folterqualen berichtet, die die Gefangenen in der Burg erleiden mußten. Und, heuchlerisch, wie Menschen nun einmal sind, werden sie denken, was für eine inhumane Zeitepoche das Mittelalter doch gewesen sein muß. Und welch glücklichem Zufall sie es zu danken haben, daß sie im zwanzigsten Jahrhundert geboren wurden mit allen Segnungen der modernen Zivilisation. Ich könnte ihnen dann von einem Haus am Außenrand Roms auf der Via Tasso erzählen. Kein Schauobjekt. Kein bombastisches Mauerwerk mit eisenvergitterten Fensterlöchern. Auch keine Kaserne oder gar Fluchtherberge gestürzter Potentaten. Nichts besonders Auffälliges an ihm. Ein Gestapogefängnis. Und ich könnte ihnen davon erzählen, wie dort in den unterirdischen Kellern Gefangene wie im finsteren Mittelalter gefoltert wurden, um sie zum Sprechen zu bringen. Nur die Methoden, die hatten sich inzwischen verändert, sagen wir, verfeinert. Die großen Seelenforscher um die letzte Jahrhundertwende hatten ihrem Zeitalter die tiefgreifende Erkenntnis beschert, daß der Mensch nicht nur über einen Körper, sondern auch über eine Psyche verfügt, ein Ding, das sich zwar nicht sehen und greifen, jedoch gleich dem Körper verletzen, quälen, verbiegen und in die Irre treiben läßt. Die Herren des Gebäudes auf der Via Tasso machten von solchen Erkenntnissen reichlichen Gebrauch. Kreiselverhöre. Gezielte Schockwirkungen. Den traditionellen körperlichen Folterungen gegenüber hatte die Methode seelischer Marter noch den Vorteil, daß sie billiger war. Keine komplizierten Instrumente waren notwendig, um die Gefangenen zu Geständnissen zu zwingen, bevor man sie in die

Konzentrationsläger oder gleich zur Exekution abtransportierte. Ja, das könnte ich ihnen erzählen, diesen Schaulustigen mit ihrem Hunger nach Sensationen. Aber würde sie das interessieren? Wohl kaum; wo nichts zu sehen ist, erlahmt das Interesse rasch. Morgen, nehme ich mir vor, werde ich hinausfahren zur Via Tasso, weil ich mir einbilde, daß die Ballung dramatischen Geschehens zwischen vierundvierzig und fünfundvierzig am Gebäude seine Spuren hinterlassen haben muß. Sie werden zwar nicht gerade ein Mahnmal mit Marmorengeln davor errichtet haben. Aber eine Plakette mochten sie angebracht haben zum Gedenken an all jene, die von dort aus in den Tod geschickt wurden.

Eine Sitzbank nahe am Ufer ist mir willkommener Anlaß, meine Beine auszuruhen und die Gedanken weiter auszuspinnen, die Vergangenes immer zwingender gegenwärtig machen. Jetzt begleiten sie Ruth Hellmann, als sie, Monate noch vor dem römischen Geiseldrama, in dem der deutsche Polizeichef Kappler eine solch zwiespältige Rolle spielen sollte, zur Deutschen Botschaft auf der Via Tasso aufbrach. Es war der dritte Januar neunzehnhundertvierundvierzig, ein kalter, klarer Morgen. Zwischen den kahlen Baumkronen deuteten transparent werdende Leuchtstreifen am Himmel das nahe Aufgehen der Sonne an. Die Luft war wie aus Glas, zeichnete die Umrisse der Häuser mit spitzem Bleistift auf pastellfarbenen Hintergrund. Es kam selten vor, daß Ruth Hellmann um diese Stunde schon unterwegs war, sie ließ sich gern Zeit beim Frühstück. Doch in Anbetracht des weiten Wegs vom Parioliviertel bis hinaus zur Via Tasso war sie frühzeitig aufgebrochen. Sie hätte einen Bus nehmen können, zumindest bis zur Stazione Termini. Aber nach unruhiger Nacht und schwerem Erwachen am Morgen mußte sie zusehen, den Kopf klar zu bekommen, bevor sie die Via Tasso erreichte. Vergeblich versuchte sie, Ordnung in ihre Gedanken zu bringen. Über allem stand der Name ›Kappler‹, eine

Schreckvorstellung schon allein vom Phonetischen her, Assoziation von ›klar‹ und ›knapp‹, ›kappen‹ auch, was soviel heißt wie verkürzen, abschneiden. Als einen Roboter hatte Rolf ihn bezeichnet, als Mann von verheerender Korrektheit, was das Ausführen von Befehlen seiner Vorgesetzten im Berliner Sicherheitshauptamt anbelangte. Ein Führergläubiger, einer, der Denken durch blinden Gehorsam ersetzte. Es fehlte Ruth an Vorstellungskraft, wie man sich einem Menschen gegenüber zu verhalten hat, der emotional nicht ansprechbar ist. Es verstärkte ihre Angst. Was für logische Argumente könnte sie zu ihrer Verteidigung anführen, wenn er sie der illegalen Ausreise nach Italien, der Paßfälschung oder der Zugehörigkeit zu deutschen und italienischen Widerstandsgruppen bezichtigte?

Es waren nur wenig Menschen unterwegs. Um diese Uhrzeit beherrschte deutsches Militär das Straßenbild. Wagenkolonnen, jeder LKW vollgestopft mit Soldaten, setzten sich in Richtung Norden in Bewegung; der planmäßige Absatz des deutschen Militärs in nördlicher Richtung hatte bereits begonnen. Offiziere der niederen Ränge hasteten zwischen Bürgersteig und Fahrbahn hin und her, überwachten das Aufladen von Gepäck. Die Römer, sofern sie nicht arbeiteten, blieben in ihren Häusern. Sie vermieden nach Möglichkeit, mit Deutschen zusammenzutreffen, die erst gegen elf Uhr aus den Straßen verschwanden. Bei einem Maroniverkäufer, der verfroren und übernächtigt bei seinem Öfchen an der Ecke Via XX Settembre/Orlando lehnte, kaufte Ruth eine Tüte frisch gerösteter Kastanien. Nicht, um sie zu essen, ihr war der Magen wie zugeschnürt; sie verteilte sie in die Taschen ihres Zottelmantels, Toscanalamm, um ihre blutleeren Finger an ihnen zu wärmen.

Vielleicht war es der Anblick des langgestreckten Bahnhofs, der ihren angstbetonten Gedanken die Fluchtmöglichkeit nahelegte. Als sie in die Via Giolitti einbog, die die Bahnschienen ein langes Stück begleitet, verlangsamte sie zum ersten Mal ihre Schritte: Was war sie im Begriff zu tun? War der Kindergehorsam, den ihr einst ein autoritärer Vater abverlangt hatte, noch so lebendig in ihr, daß sie der Aufforderung auf einem Wisch Papier blind folgte, ohne auch nur einen Augenblick lang die Möglichkeit zur Flucht zu erwägen? Waren es die alten Ängste aus der Kinderzeit, die sie dazu trieben, lieber die Schläge hinzunehmen und es damit hinter sich zu haben, als durch Ausweichen oder Flucht den unvorstellbaren Zorn und die Rache des ihr Überlegenen auf sich zu ziehen? Nach ein paar weiteren, zögernden Schritten blieb sie stehen. Taumel der Gedanken: Sie war doch in Rom. Noch war sie in Rom. Sie war im Begriff, Rom zu verlassen, das Land Italien zu verlassen. Die Deutsche Botschaft war deutsches Territorium, dort würde man sie nicht mehr freigeben, war sie erst einmal durch die Tür. Bin ich wahnsinnig? Ich begebe mich freiwillig in die Gewalt der Gestapo – frei und willig. Meine Beine gehören mir, ich kann meinen Schritten befehlen. Ich muß umkehren, sofort. In wenigen Wochen werden die Amerikaner in Rom sein. Sich verstecken. Aber wo? Nicht in die Wohnung zurück; zu gefährlich. Im Bahnhof, von einer der Telefonzellen aus Mello anrufen; er würde Rat wissen. Zur gleichen Sekunde fiel mir ein: Mello war wieder einmal in Nizza, käme nicht vor nächster Woche zurück. Lotte dann oder auch Max mit seinen guten Verbindungen zu den Kesselring-Deutschen, die Anti-Hitlerianer waren und sich immer offener gegen die Willkür der Bonzen von Himmlers Reichssicherheitshauptamt stellten. Er würde ihr sicher einen Tip geben, wo sie für die nächsten Wochen Unterschlupf finden könnte. Und gerade, als sie sich wandte, um zum Bahnhof zurückzugehen, fiel ihr ein, wie unmöglich es für sie war, in ihrer jetzigen Lage Verbindung zu den Freunden aufzunehmen, ohne sie ebenfalls in Gefahr zu bringen. Vermutlich hatte man sie schon längere Zeit beschattet und wußte um ihre Kontakte. Von ihnen konnte und durfte sie gerade in einem Augenblick wie diesem keine Hilfe verlangen. Ohne Hilfe jedoch käme sie nicht weit, das war ihr klar. Eine Illusion, eine kurze vergebliche Hoffnung.

Ruth setzte ihren Weg fort. Sie hatte eingesehen, daß Umkehr sinnlos war. Ich laufe nicht davon wie ein Dieb in der Nacht. Ich bin nicht allein, ich bin verantwortlich für andere. Außerdem blieb immer noch die Möglichkeit, armseliges Fünkchen Hoffnung, daß es sich um etwas ganz anderes handelte, als sie vermutete. Falls es darum ging, sie zu verhaften, war die Form ungewöhnlich. Weshalb hatte man sie nicht abgeholt, wie es in Fällen geschah, wo sich Personen verdächtig gemacht hatten? Es könnte doch sein, versuchte sie sich den Rücken zu stärken, daß man ihr etwas Behördliches zu übermitteln hätte, zum Beispiel von ihrem Vater. Vielleicht, fiel ihr dazu ein, hatte er sich endlich dazu durchgerungen, ihr das so dringend erbetene Geld zu überweisen. Es würde zu seinem Mißtrauen gegen sie und seiner pedantischen Art passen, wenn er dazu den offiziellen Weg über die deutschen Behörden in Rom gewählt hätte. Zum Aushändigen des Geldes brauchten sie ihren Ausweis und ihre Unterschrift. – Während des ganzen restlichen Weges versuchte sie sich einzureden, daß es bestimmt so und nicht anders sein würde. Den kleinen Mahner im Hinterkopf mit seiner penetranten Frage, weshalb dann Kappler, der Polizeichef und nicht irgendein Sekretär der Botschaft die Vorladung unterschrieben habe, verdrängte sie ins Unterbewußtsein.

Letzte Minuten auf römischem Boden. Es war nicht schwer zu erraten, wohin sie sich, in der Via Tasso angekommen, zu wenden hatte. Ein Dienstwagen mit deutscher Standarte parkte vor dem Gebäude, zwei Soldaten mit geschultertem Gewehr standen zu beiden Seiten des Eingangs. Kein Lid zuckte in ihren sturen Mienen, als Ruth zwischen ihnen die Stufen hinaufstieg. Drinnen dunkle Korridore, muffiger Geruch nach Leder und Akten. Ruth machte sich auf den Weg zum zweiten Stock, die Treppen hinauf, obwohl es einen Fahrstuhl gab. Letzter, schon lächerlicher Versuch, eine Begegnung hinauszuzögern, bevor sie endgültig wurde. Auf der Treppe herrschte Betrieb. Ob in Uniform oder Zivil, alle, die Ruth entgegenkamen oder sie überholten, trugen weithin sichtbar den Stempel ›Diensttuende‹ zeichneten sich ausnahmslos durch konzentrierte Geschäftigkeit aus, Zielstrebigkeit in den Mienen, in jeder Bewegung. Und falls kein unmittelbares Ziel in Sicht war, hielt man sich bereit für ein kommendes. Ruth hatte eine flüchtige Vision von einem Roboterstaat mit vorprogrammierten Menschen. Rolf hatte einmal gesagt: Die Deutschen können nicht entspannen.

Nun war sie wieder da, die Angst, steigerte sich zum Entsetzen: Ich habe ihren Boden betreten, ich bin in ihrer Gewalt. Von denen hier habe ich nichts Gutes zu erwarten. Es war ein Augenblick, in dem sich die Gedanken in ihrem Hirn verwirrten und zum Stillstand gelangten. Übrig blieb eine Art Zahlenautomatik. Dreiundfünfzig, Zimmer dreiundfünfzig, ein Pfeil über den Nummern neununddreißig bis zweiundfünfzig, dort entlang, wo das Korridorfenster offenstand, das keine Helligkeit einließ, weil ihm gegenüber, jenseits des Hofs, die Hausmauer des rechten Trakts das Sonnenlicht abfing. Siebenundvierzig, achtundvierzig – weshalb verdrehen wir in Deutschland die Zahlen? Das gibt's wohl in keiner anderen Sprache, daß man, anstatt die laufenden Zahlen zur Grundzahl hinzuzuzählen, wie es allgemein üblich ist – fünfzigunddrei, *cinquantatre, cinquantetrois, fifty-three* –, den Prozeß umkehrt. Mehrzahl beherrscht Einzahl, ein politisches Omen? Gedankenspielerei am Rande traumatischen Erlebens.

Zimmer dreiundfünfzig, separat gelegen, hatte zwei Eingänge. Der Mann im Vorzimmer forderte ihren Paß, blätterte in ihm, verglich Eintragungen mit einer Liste, die er einem blauen Aktendeckel entnahm. Auch er einer der Roboter. Falls er eine Unregelmäßigkeit entdeckt haben sollte, verriet kein Zug in seiner Miene, daß er fündig geworden war. Sie sehen alle aus wie mit Kunststoff erhärtet, dachte Ruth. Auf einmal überkam sie eine große Gelassenheit, Reaktion auf die vorausgegangene Anspannung der Nerven, trügerisches Gefühl von Unverletzbarkeit, was immer mit ihr geschehen mochte. Der Vorzimmermann bedeutete ihr mit knapper Kopfbewegung, ins Nebenzimmer zu gehen; Ruth folgte seiner Aufforderung ohne jedes Zeichen von Angst. Nun endlich war ihr Kopf wieder klar.

Polizeichef SS-Obersturmbannführer Herbert Kappler, in hellgrauem Zivil, saß hinter einem Monstrum von Schreibtisch, das um so ausladender wirkte, als der Raum verhältnismäßig eng war. Die Fenster gingen auf die Straße hinaus. Ruth registrierte diese Dinge, als ginge es nicht um sie, sondern um jemand ganz Fremdes. Warum verschanzt der Mann sich hinter dem unförmigen Möbel, er mit seinem gefürchteten Namen, mit seinem Hintergrund täglicher Ergebenheitsbekundungen seiner Umwelt, seinen Machtbefugnissen? Hatte er das nötig? Als Kappler aufstand, sah sie: Er hatte es nötig. Er war ein kleiner Mann, den sie um einen halben Kopf überragte. Eine gefährliche Ausgangsposition. Schnell setzte sie sich auf den Stuhl, den er ihr zuwies. Sie beobachtete, wie er das, was ihre Akte zu sein schien, unter mehreren bereitliegenden Mappen hervorzog, sie aufschlug, sich hineinvertiefte. Er hatte noch kein Wort gesprochen. Der Mann vom Vorzimmer kam herein und legte Ruths Paß auf den Schreibtisch, entfernte sich wieder.

Die Stille bietet Ruth Gelegenheit, sich den Mann näher zu betrachten, der als so gefürchtet gilt und nun ihre Unterlagen mit größter Aufmerksamkeit durchgeht, als wüßte er nicht längst, was sie enthalten. Wie alt wird er sein? Sie schätzt ihn auf Mitte Dreißig, Typ des Deutschen mit Bildung. Denn Bildung in Deutschland, das hat sie schon früh gelernt, ist ein Schmuck, der so sichtbar wie möglich zu tragen ist, damit er auch gebührend imponiert. Kapplers linke Wange ziert die stolze Trophäe Corps-studentischer Jugend: ein Mensurschmiß. Er macht das austauschbare Gesicht unverwechselbar. Ruth kennt diese seltsamen Entstellungen von ihrem Vater her; sie sollen, ähnlich wie Kratzer von Tigerpranken bei gewissen Urwaldstämmen, männlichen Schneid symbolisieren. Dem Vater hatte ein solcher Säbelhieb die Oberlippe gespalten, zur halbseitigen Schnute verformt. Der Mann *da* vor ihr erscheint ihr, solange er wie jetzt die Augen niedergeschlagen hält, erstaunlich unbedeutend, ein braver Beamter, korrekt vom sorgfältig gezogenen Scheitel bis hinunter zur imaginären Stiefelspitze. Ein kleiner Jurist. Ein Testamentsvollstrecker. Oder Steuerbeamter. Früher, stellt sie sich vor, saßen solche Typen an hohen Pulten und trugen Ärmelschoner. Aber da ist irgend etwas, das diesen Eindruck verdirbt. Außer dem Querschläger hat er keinerlei besondere Merkmale, rätselt sie, findet dann den Haken eben darin: Kappler besitzt keine Ausstrahlung. Er wirkt sonderbar neutral. Dabei hat doch eigentlich jeder Mensch so etwas wie ein persönliches Fluidum, sei es abstoßend oder anziehend. Das Fehlen dieser Ausstrahlung sollte Ruth eigentlich ermutigen. Daß es sie im Gegenteil doppelt auf der Hut sein läßt, hat sie nicht zuletzt Rolfs guter Schulung zu verdanken.

Wie recht sie daran tun, dem ersten Eindruck zu mißtrauen, wird ihr in dem Augenblick bewußt, als Kappler von den Unterlagen aufblickt. Noch nie hat Ruth in solche Augen gesehen. Sehr blaue Augen, völlig starr. Enge Pupillen, wie mit spitzem Bleistift hineingestoßen. Aeskulap, geht es ihr scheinbar zusammenhanglos durch den Kopf. Aber da ist ein Bezug:

Fünf Jahre alt war sie gewesen, als sie der steinernen Statue im väterlichen Garten, der mit dem Schlangenstab, die Augen wiedergeben wollte; Kreise hatte sie auf das blinde Weiß gemalt mit Punkten in der Mitte, hatte sich ihr Werk besehen und war erschrocken davongelaufen. Und die Statue hatte ihr mit fürchterlichem Blick nachgestarrt. Jetzt ist sie ganz Aufmerksamkeit, während Kappler ihr mit heller Stimme zusammenfassend vorträgt, was er während des Lesens ihren Unterlagen entnommen hat. Es ist eine lange Anklage, sie reicht von defätistischer Gesinnung gegenüber der nationalsozialistischen Regierung bis zur Landflucht in vaterlandverräterischer Absicht. Mit an Euphorie grenzender Erleichterung entnimmt sie seinen Formulierungen, die er mit gleichmäßig leiser Stimme vorträgt, daß er unter ›landesverräterischer Absicht‹ lediglich die einfache Tatsache versteht, daß sie, wie er sagt, Deutschland in seiner schweren Zeit den Rücken gekehrt habe, anstatt in kriegswichtigem Einsatz ihrer vaterländischen Pflicht zu genügen. Weiß er denn nichts von meiner nichtarischen Abstammung? Wieso nicht?

Mein Paß. Der Paß könnte ihn getäuscht haben. Mischlinge zwischen Ariern und Juden erhalten keine Ausreisebewilligung, auch nicht in befreundete Länder. Schon gar nicht im Krieg. Auffallend auch: In dem ganzen Gelaber ist nirgendwo die Rede von Verbindung zu antifaschistischen Kreisen, weder in Berlin noch in Rom. Wenn er mich nur nicht so anstarren wollte. Der Mensch benutzt seine Augen als Lügendetektor. Sie wendet den Blick ab, schaut durch das Fenster neben ihr zum Dach des Hauses gegenüber. Viel hübscher eigentlich, diese nur sanft angehobenen Dächer der Südländer, als unsere Spitzgiebel. Wenn man aufmerksam in das braungelbrote Ziegelgemisch hineinblickt, erkennt man, daß es zu intarsischen Mustern geordnet ist: braune und sienagebrannte Platten in Streifen; breit an den Außenkanten, verjüngen sie sich nach innen, und zwischen ihnen terrakottarote Reliefbänder aus aneinandergesetzten Tonröhrenhälften. Fangen die Sonne auf und halten das übrige Dach im Schatten. Praktisch. Und wenn es regnet –

»Wir hätten also genügend Gründe, Sie festzunehmen.«

»Ja«, sagt Ruth zugleich mit der Überlegung: Sie haben es nicht getan, weil sie meinen Paß nicht anzweifeln, anscheinend nichts von meiner Abstammung wissen und nicht genügend Ausgangsmaterial besitzen, um eine Volksgenossin zu verhaften und heim ins Reich zu deportieren. Er wird mich wieder gehen lassen müssen. Der Gedanke sollte sie freuen. Doch alle Sinne sind außer Funktion, nur ihr Kopf arbeitet.

»Aber ich möchte mich mit Ihnen erst einmal unterhalten.«

Ruth nickt, wartet ab.

»Um es Ihnen gleich zu sagen: Sie interessieren uns weniger. Was uns dagegen sehr interessiert, ist Ihr Freund. Wir möchten da von Ihnen ein paar Auskünfte.« Immer noch starrt er sie an und Ruth beginnt sich zu fragen, ob Kappler Augenlider besitzt; sie sieht ihn nicht einmal blinken.

»Mein Freund?« wiederholt sie überrascht. Sie hat keinen Freund, jedenfalls nicht das, was die hier darunter verstehen. Vielleicht ist das Ganze überhaupt eine Verwechslung? Das ließe sich leicht aufklären. Allerdings gefährlich: Merkte Kappler erst, daß er die falsche Person vor sich hatte, würde er sich, nun erst recht, für sie interessieren.

»Jean Claudel«, sagt Kappler. »Wir sind über Ihre Beziehungen zu ihm unterrichtet.«

»Ich kenne keinen Jean Claudel«, sagt sie.

»Erstaunlich. Immerhin haben Sie sich bisher von ihm aushalten und sich eine Wohnung in Parioli einrichten lassen. Erzählen Sie keine Märchen.«

»Ich kenne keinen Jean Claudel«, wiederholt sie.

»Dann frischt vielleicht der Name Forestier Ihr Gedächtnis auf? Claude Forestier?«

Sie nickt. Zwecklos, sich schon jetzt aufs Leugnen zu verlegen, bevor sie überhaupt weiß, worauf das Ganze hinausläuft. »Aber er hat mich nicht ausgehalten. Ich habe selbst verdient«, sagt sie. Endlich entläßt Kappler sie aus seinem entsetzlichen Starrblick, senkt die Augen, greift sich einen flachen, runden Radiergummi, läßt ihn auf der Schreibtischplatte kreiseln. Es will nicht recht gelingen. Nach wenigen Halbdrehungen fällt der Gummi um. Wieder und wieder versucht der Herr über Leben und Tod in Rom, ihn herumzuspinnen, es soll wohl, denkt Ruth, so etwas wie eine kleine Demonstration sein, daß er fähig ist, allem seinen Willen aufzuzwingen, auch leblosen Objekten. Der Gummi aber, dieses sympathische Objekt, widersetzt sich hartnäckig. Was sie anfänglich nur für ein harmloses Spielchen hält, dem sie geistesabwesend zuschaut, bekommt in der Stille zwischen ihnen plötzlich etwas Bedrohliches: Zeuge zu sein, wenn ein hoher SS-Funktionär versagt. Und wenn es nur um ein Spiel mit einem Radiergummi geht. Da ist sein Blick von zwei Übeln noch das kleinere. »Ich arbeite in Cinecittà«, sagt sie.

»Sie haben gearbeitet. Zur Zeit arbeiten Sie nicht, wenn ich recht informiert bin.« Er schaut wieder hoch. Pupillen wie Punkte in eisblauer Iris.

»Das kann sich täglich ändern.«

»Es wird sich nicht ändern, denn man hat keine Verwendung mehr für Statisterie. Der Filmstadt ist das Geld ausgegangen. Und Ihnen ebenfalls, seitdem Forestier Rom verlassen hat. Wo ist er jetzt?«

»Ich habe keine Ahnung.«

»Sie wissen, wo er ist. Sie müssen es wissen. Sie hatten doch vor, ihn zu heiraten.«

Das also weiß er. Wie ist das möglich? Sie hat mit niemandem außer mit Rolf je darüber gesprochen. Dann fällt ihr ein, daß Rolf von Claude als einem Doppelagenten gesprochen hatte. Sie haben es demnach von ihm selbst. Und was hat Forestier ihnen sonst noch über sie erzählt? Zu spät erkennt sie, welch ein unglaublicher Leichtsinn es von ihr gewesen war, sich diesem Mann anzuvertrauen. »Claude Forestier war verheiratet«, sagt sie.

Der Blick dringt durch ihre Augen hindurch bis in die hintersten Gehirnzellen. Es gelingt ihr, ihm standzuhalten. »Sie haben Frau Forestier kennengelernt?«

»Flüchtig«, sagt sie und sieht zu, wie er sich eine Notiz macht. Habe diese ihr die Version mit dem Schweizer Roten Kreuz bestätigt? »Sagen Sie die Wahrheit. Wir können das nachprüfen.«

»Das hat sie.«

Wieder beginnt er das Spiel mit dem Radiergummi, und sie wünscht sich nichts sehnlicher, als daß er es lassen würde. Das Scheibchen will sich nicht drehen, die Blechfassung in seiner Mitte zieht es stets in die Flachlage. Ihre Gelassenheit bekommt einen Riß, es macht ihr Angst. Sie sollte fortschauen. Statt dessen hält sie die Augen wie hypnotisiert auf den flach rotierenden Gummi gerichtet.

»Sie lernten also seine Frau kennen. Trotzdem hatten Sie vor, Forestier zu heiraten?« Ihren Protest nimmt er nicht zur Kenntnis, er hält sich an Informationen, die ihm jemand aus Ruths unmittelbarer Umgebung geliefert haben muß. Diese Viviane? Oder war es Claude selbst? Wieder kommt sie auf diesen Gedanken zurück. Eigentlich kann es gar niemand anderes als er selbst gewesen sein, falls nicht eine böswillige Verleumdung vorliegt, eine aus der Luft gegriffene Vermutung. »Ich wollte ihn nicht heiraten«, sagt sie, »aber selbst wenn –«

Sein Kopf schnellt hoch, seine Augen stechen in die ihren. »So«, sagt er immer noch mit leiser Stimme, die keine

Gefühlsregung erkennen läßt, »einen Staatsfeind wollten Sie heiraten, einen Franzosen? Sie, eine Reichsdeutsche?«

»Nach dem Krieg –« werden solche Gesetze nicht mehr gelten, will sie fortfahren. Er unterbricht sie: »... der sowieso verloren ist, meinen Sie?«

»Aber ich wollte Forestier nicht heiraten. Und außerdem ist er kein Franzose, sondern Schweizer. Ein Neutraler. Delegierter des IRK in Genf.«

»Ach wirklich? Das Märchen können Sie Ihrer Großmutter erzählen.«

»So kannte ich ihn. Anderes weiß ich nicht. Und warum sollte ich ihm nicht glauben? Das CD am Wagen – Schweizer Paß ...«

»Sind Sie so naiv oder tun Sie nur so? Und Sie haben sich nie Gedanken darüber gemacht, woher er als Angestellter einer Schweizer Behörde die Mittel hatte, sein recht aufwendiges Leben zu bestreiten? Oder glauben Sie, das Rote Kreuz statte seine Beamten mit solch fürstlichen Gehältern aus, daß sie sich so nebenbei den Luxus kostspieliger Freundinnen leisten können?« Er ist daraus auf, mich zu beleidigen, ich darf mich nicht provozieren lassen. Eine Methode, um Dinge aus mir herauszulocken, die ich sonst nicht sagen würde. Da steckt noch etwas anderes dahinter, denkt sie, auf den purzelnden Radiergummi starrend, er will meine Reaktionen, meine Intelligenz prüfen. Sie ist ihm dankbar für das Stichwort ›naiv‹. Ich muß mich naiv geben. Naivität bietet die wenigsten Angriffspunkte. »Weiß nicht«, sagt sie, zwingt ihren Blick auf Kapplers schauerlich akkuraten Scheitel, »Diplomaten werden hoch bezahlt, nicht wahr?« Wie dünn sein Haar schon ist. Noch ein paar Jahre und er wird eine Stirnglatze haben.

Der Mann vor ihr schweigt. Auf die Erläuterung, daß es auch unter Diplomaten eine Rangordnung gebe, verzichtet er. Für ganz so naiv hält er sie nun doch nicht. Der Radiergummi rotiert, fällt auf seine Breitseite, wieder und wieder. Irgendwo im Haus klappert eine Schreibmaschine. Ruth versucht zu erraten, ob das Tippen aus dem Stockwerk über oder unter ihr kommt. Natürlich weiß Kappler um die verunsichernde Wirkung solcher Kunstpausen. Ungesagtes steht im Raum, lastet zwischen ihnen. Sie friert, obwohl der Raum gut geheizt ist, die Kälte kommt von innen, zieht das Blut aus Fingern und Zehen. Sie zuckt zusammen, als Kappler sich unvermittelt erhebt, im kargen Zimmer auf und ab zu gehen beginnt. Schließlich bleibt er neben einem Abreißkalender an der Stirnwand des Raums stehen. Das Januarblatt zeigt Halbwüchsige mit Sammelbüchsen in der Winterkluft der Hitlerjugend, wie sie, strahlend, Spenden der sich um sie drängenden Volksgenossen entgegennehmen. Auch die Volksgenossen lachen, des Glücks teilhaftig, Adolf Hitler Opfer bringen zu dürfen. ›Spendet für die Winterhilfe!‹ Nur wenige Zentimeter rechts vom Jubelbild des NS-Staats sind Kapplers Augen, die den Gegenblick erzwingen wollen. »Also kommen wir zur Sache«, sagt er von der Wand her. »Wo ist er?« – »Ich weiß es nicht.« – »Sie wissen es!« – »Nein, ich weiß es wirklich nicht.« – »Sie wollen es nicht sagen.« – »Er ist schon lange fort aus Rom.« – »Das wissen wir. Wann haben Sie ihn das letzte Mal gesehen?« – »Vor über einem Jahr.« – »Wo?« – »Im Hotel Flora hier in Rom.« – »Und seither nicht mehr?« – »Seither nicht mehr.« – »Er schreibt Ihnen?« – »Nein.« – »Wieso nicht? Sie sind doch mit ihm befreundet?« – »Ich war es. Das ist vorbei.« – »Wieso?« – »Wir haben uns im Streit getrennt.« – »Streit worüber? Politische Meinungsverschiedenheit?« – »Eine andere Frau.« – »Name?« – »Weiß ich nicht mehr. Jedenfalls keine Deutsche.« … Ein Kreuzfeuer von Fragen und Antworten; er prüft ihr Reaktionsvermögen. Seine Fragen, gezielt, hageln auf sie herab, fordern heraus zum unüberlegten Antworten. Ruth ist froh, hier nicht überlegen zu brauchen; was sie sagt, entspricht der Wahrheit. »Sie haben ihn öfter im Hotel Flora besucht?« – »Ja.« – »Sie waren auf seinem Zimmer?« – Sie nickt. – »Und Sie haben nicht gesehen, daß er Papiere verbrannte?« – »Was für Papiere?« Ihr Erstaunen ist nicht gespielt. »Antworten Sie.« – »Ich hab' nichts gesehen.« – »Haben Sie nie Brandgeruch bemerkt? Das Zimmermädchen hat ausgesagt, der Raum sei oft voller Qualm gewesen.« – »Forestier«, sagt Ruth, »war ein starker Raucher.«

Sie bietet all ihre Kräfte auf, um sich der hypnotischen Kraft seiner verengten Pupillen zu entziehen, um deren Wirkung er offensichtlich weiß. Kindererlebnisse ziehen im Bruchteil von Sekunden an ihr vorüber, ihre eigene Winzigkeit auf einem Eßzimmerstuhl und vor ihr die zornige Autorität des gewaltigen Vaters, die ihr Verteidigung abfordert, obwohl sie sich keiner Schuld bewußt ist, eine Autorität auch, die von vornherein nicht gewillt ist, ihr zu glauben, und mögen die Argumente noch so einleuchtend sein. Schlimm genug, daß die Starken über die Schwächeren so viel Macht besitzen, schlimmer noch, wenn sie sie mißbrauchen. Verzweifelt wehrt sich Ruth gegen die Ohnmacht des Ausgeliefertseins. Sie ist verwirrt, weiß nicht, was Kappler eigentlich von ihr will: Hatte Forestier denn nicht für ihn und das RSHA gearbeitet? Dann müßten sie auch wissen, wo sie ihn nun zu suchen haben, falls er ausgestiegen war. Und ebenso, daß sie, Ruth, die letzte ist, die ihnen da weiterhelfen kann. Es sei denn, er gebrauchte Forestier nur als Vorwand, um etwas anderes aus ihr herauszulocken. Aber was? Die segensreiche Gefühlsstarre, mit der sie vor einer halben Stunde das Zimmer betreten hatte, weicht angstvoller Nervosität. Sie müht sich, ihre Hände ruhig zu halten, die zuckenden Finger, den auf und ab wippenden Fuß am übergeschlagenen Bein. Er würde solche Anzeichen als Eingeständnis deuten, daß sie etwas zu verbergen hat. Nach strenger, stummer Prüfung ihrer Miene entschließt sich Kappler endlich, seinen Blick von ihrem Gesicht abzuziehen und sich wieder seinem Schreibtisch zuzuwenden. Noch im Niedersetzen greift er nach ihrem Paß, den ihm vorhin sein Adjutant neben den Aktenstoß gelegt hat.

»Also gut. Kommen wir zu Ihnen!« sagt er mit unbeteiligter Stimme. »Sie sind am achtundzwanzigsten April fünfundzwanzig geboren, haben am –« er blättert vor- und rückwärts – »zwölften März zweiundvierzig Berlin verlassen mit dem Ziel Rom. Oder?« »Bitte?« »Oder sollte Rom gar nicht das endgültige Reiseziel gewesen sein? Hatten Sie vielleicht von hier aus eine Weiterreise geplant? Zum Beispiel zu den Feinden in Übersee mit Hilfe des Herrn Forestier?« »Natürlich nicht. Italien ist ein mit Deutschland verbündetes Land, ich meine, das war es zu der Zeit gewesen, als ich herkam.« »Ganz richtig. Und Sie sind Deutsche. Reichsdeutsche. Kein pflichtbewußter Volksgenosse verläßt in einer Zeit, in der ihn sein Vaterland braucht, seinen ihm zugewiesenen Arbeitsplatz, um sich untätig im Ausland herumzutreiben!«

Sich untätig im Ausland herumtreiben. Wo hatte sie diese Worte erst kürzlich gehört? Das nächtliche Telefongespräch mit dem Vater fällt ihr ein. War eine Fangschaltung dazwischen gewesen, hatten sie es abgehört? Angestrengt überlegt sie, um sich möglichst genau an den Wortlaut dessen zu erinnern, was sie in der Hektik der gedrängten Minuten ihrem Vater gesagt hat, um ihn zu bewegen, ihr das Geld zu überweisen. Von ihren Schulden hatte sie gesprochen, die beglichen werden müßten, weil sonst die Gestapo auf sie aufmerksam werden könnte. Ich Idiotin. Niemandem darf man trauen in dieser Zeit, niemandem, nicht den Freunden, nicht ihren Kontakten und selbst dem eigenen Vater nicht. »Ich habe mich hier nicht herumgetrieben«, sagt sie und will fortfahren, »ich habe offizielle Einreiseerlaubnis, dort steht sie, im Paß«, besinnt sich gerade noch rechtzeitig. Es gibt angenehmere Arten, Selbstmord zu begehen. Die Genehmigung zur Einreise nach Italien ist ebenso gefälscht wie der Paß, in den sie eingestempelt wurde. Kappler braucht nur dem Mann im Vorzimmer Anweisung zu geben, eine Rückfrage an die entsprechende Behörde in Berlin zu veranlassen, und innerhalb der nächsten Viertelstunde weiß er, daß das Dokument falsch ist. Damit ist ihr jede Möglichkeit einer Verteidigung genommen; man wird sie strengstem Verhör unterziehen, um herauszubekommen, wer die Aussteller solcher Papiere in Deutschland sind. Und sie anschließend als Hochverräterin, Kollaborateurin mit dem Feind und dazu Halbjüdin hinrichten. Statt dessen sagt sie nun:

»Ich habe in Rom gearbeitet.«

»So was nennen Sie Arbeit, gelegentliche Filmstatisterie?«

»Als Dolmetscherin.«

»In Cinecittà!«

»Bei verschiedenen militärischen Dienststellen«, lügt sie. Das werden sie kaum nachprüfen können, bei der starken, ständigen Truppenverschiebung in letzter Zeit wechseln die Einheiten oft innerhalb von Tagen ihren Standort. Was sie wundert, ist, daß er von ihren Pflichten gegenüber der Heimat gesprochen hat. Ist ihm ihre Abstammung nicht bekannt? Dann scheinen sie nur oberflächlich recherchiert zu haben, was bedeuten könnte, daß die Sache harmloser ist, als sie befürchtet. Menschen mit einem jüdischen Elternteil galten in Deutschland nicht als einsatzfähig im Kriegsdienst, im Gegenteil: Sie waren seit den Nürnberger Gesetzen aus der Gemeinschaft der Deutschen weitgehend ausgeschlossen, wenn nicht bereits interniert.

Die Schreibmaschine aus dem Stockwerk über oder unter ihnen ist verstummt. Es ist sehr still im Haus. So still, daß die Winterfliege, die im aussichtslosen Versuch, der überheizten Büroluft zu entkommen, immer von neuem hart gegen das Fensterglas prallt, mit ihrem Gesumm das ganze Zimmer erfüllt. Seltsam, denkt Ruth mit schmerzhaft gespannten Nerven, dabei war vorhin im Treppenhaus doch solch reger Betrieb. Die Unwirklichkeit der Atmosphäre um sie – unwirklich gerade wegen der bürokratisch neutralen Methode, mit der hier zwischen heiteren Kalenderbildern und gemusterten Gardinen über Leben und Tod entschieden wird – erregt ihre Fantasie. Vielleicht, stellt sie sich vor, sitzt da irgendwo jemand an unsichtbarer Stelle, der auf einen Knopf drückt, und all die Robotermenschen aus dem Treppenhaus werden von einem weiten Tor aufgeschluckt und außer Funktion gesetzt. Danach die große, die tödliche Stille. Warum sagt Kappler nichts? Woran denkt er? Er hat ihr sein Profil zugewandt, blickt gegen das Fenster. Die fleischige, starke Nase wirft einen Schatten quer über Lippen und Kinn, unter dem er zerrinnt.

Er läßt sich Zeit, bevor er sich ihr von neuem zuwendet. »Dolmetscher waren Sie? Dann sprechen Sie fließend Italienisch. Woher?« »Ich habe es hier gelernt.« »In den paar Jahren?« »Latein in der Schule«, sagt sie, »ist eine Hilfe gewesen.« »Sprachbegabung?« »Glaub' schon.« »Welche Sprachen sprechen Sie noch außer Italienisch?« »Französisch«, sagt Ruth, »Englisch, etwas Holländisch.«

Seine harten Augen bohren sich in die ihren und einen schreckhaften Augenblick lang hat sie das Gefühl, mit dem Eingeständnis ihrer Sprachkenntnisse einen gefährlichen Fehler begangen zu haben. War heutzutage nicht jeder verdächtig, der mehr als seine Heimatsprache sprach? Französisch, Englisch, Holländisch – alles Feindsprachen, weitaus verdächtiger als wenn sie Japanisch gesagt hätte. Aber so schnell Kappler das Thema aufgegriffen hatte, so übergangslos läßt er es wieder fallen. »Wie erklären Sie sich«, sagt er und lehnt sich, die Fingerspitzen gegeneinandergelegt, im Stuhl zurück, »daß mehrere Geschäftsleute in dieser Stadt Zahlungsbefehle gegen Sie bereithalten?«

Das weiß er also. Von wem? Unwahrscheinlich, daß sie von selbst darauf gestoßen sind. Also doch der Abhördienst, das Gespräch nach Köln, und anschließend vermutlich ein bißchen Nachforschung. Reine Routine. »Ich verdiene nicht mehr so regelmäßig«, sagt sie. »Und Einschränkung liegt Ihnen nicht, ich verstehe. Sie haben da Ihre Ansprüche an einen bestimmten Lebensstandard, den Sie nicht missen möchten.« Jetzt ist es Ruth, die ihn verständnislos anstarrt. »Lebensstandard?« »Die Wohnung in Parioli, nicht gerade billig eingerichtet; habe ich mir sagen lassen, die Art, wie Sie gekleidet sind – die meisten unserer Mädels in der Heimat können davon nur träumen, nicht wahr?« Kein Vorwurf in der Stimme. Eher ein Unterton von Anerkennung. Er hält mich für eine Edelnutte, die sich im Ausland sanieren will. Soll er. Je weniger er Bescheid weiß, desto besser.

So unerwartet fährt sein ausgestreckter Arm auf sie zu, daß sie zusammenzuckt, als hielte er einen geladenen Revolver auf sie gerichtet. Aber die Hand hält keine Waffe, sondern ein offenes Zigarettenetui. »Rauchen Sie?« Sie schüttelt den Kopf, beobachtet in einer Mischung von Angst und Mißtrauen, wie Kappler sich, ohne den Kopf zu neigen, über hoch gehaltenem Streichholz eine Zigarette anzündet, die wohl signalisieren soll, daß er zu einem friedlicheren Gesprächston überzugehen gewillt ist. Was er allerdings nun äußert, ist alles andere als friedlich. »Sie wissen«, sagt er nach ein paar Zügen an der Zigarette, »daß ich Sie heute noch nach Deutschland deportieren lassen kann?« Ruth wartet ab.

»Wir haben in der hiesigen Questura Ihre Aufenthaltserlaubnis nachprüfen lassen. Am dreiundzwanzigsten Oktober abgelaufen. Sie haben keine Erneuerung beantragt. Ihr Aufenthalt in Rom ist spätestens seit diesem Termin illegal.«

Vergessen. Glattweg vergessen. Unverzeihliche Schußligkeit. Wie konnte mir das passieren? Zu spät wird Ruth klar, wie es geschehen konnte. Wenn man seit Wochen keine Briefe mehr öffnen mag, die nach Geldforderung oder Gericht aussehen, landet auch das eine oder andere Schreiben im Papierkorb, das dafür nicht vorgesehen war. Kappler nimmt ihr Erschrecken aufmerksam zur Kenntnis, bevor er fortfährt: »Ich brauche Ihnen wohl nicht zu sagen, daß man mit Leuten wie Ihnen unter diesen Umständen kurzen Prozeß machen wird. Sie sind ein asoziales Element. Dafür gibt es Arbeitslager.«

»Ich hatte übersehen, daß die römische Aufenthaltsgenehmigung schon wieder abgelaufen war«, sagt Ruth, »sonst hätte ich sie selbstverständlich prolongieren lassen.«

»Und dabei erfahren, daß sie nicht verlängert wird. Der römischen Polizei liegen mittlerweile Berichte über Ihre Schulden in dieser Stadt vor. Das hätten Sie sich eher überlegen müssen.« Und wieder läßt er den Radiergummi rotieren.

Sie schweigt. Was gibt es auch noch zu sagen? Er hat alle Trümpfe in der Hand, sie keine. So also sieht das Ende aus. Deutsches Arbeitslager, nein schlimmer: Konzentrationslager als Mischling ersten Grades, wie sie in Deutschland heißt. Nicht zu fassen: Kappler weiß nichts, aber auch gar nichts über sie, ihren Hintergrund, ihre politischen Aktivitäten, da hat er offenbar nicht das geringste gegen sie in der Hand, und über solch eine Bagatelle wie eine versäumte Aufenthaltsverlängerung, reine Routinesache, stolpert sie und fällt der Gestapo direkt vor die Füße. Daß die Questura Rom ihr den weiteren Aufenthalt wegen ihrer Schulden verweigert hätte, glaubt sie ihm nicht. Seit dem Achsenbruch Rom-Berlin ist die einstige Kollaborationsbereitschaft der römischen Behörden mit der deutschen Polizei auf ein Minimum gesunken; man weiß, daß die Tage der Besatzer in der Ewigen Stadt gezählt sind. Außerdem ist Mello mit dem römischen Polizeipräfekten befreundet. Das allerdings nützt ihr jetzt nichts; sie ahnt, daß sie hoffnungslos in der Falle sitzt.

Der Obersturmbannführer beobachtet sie aufmerksam. Als errate er ihre Gedanken, sagt er: »Sie sehen, von hier aus führt Ihr Weg nur noch in deutsche Internierung. Es sei denn …« Er macht eine bedeutungsvolle Pause, in der der Radiergummi mit einem Pfeifton auskollert.

Ruth schweigt. Zu offensichtlich, denkt sie, daß er von mir jetzt eine Reaktion erwartet, ich soll nach dem Strohhalm greifen, den er mir hinhält. Einem Mann wie ihm ist es doch völlig gleichgültig, was mit mir geschieht. In seinen Augen bin ich allein durch meinen Aufenthalt in Rom, während, wie er es ausdrücken würde, unsere Volksgenossen im Vaterland ihre Pflicht tun, eine Asoziale. Ein Parasit am deutschen Volkskörper. Die Phrasen kenne ich zur Genüge. Kappler ist kein Gestapo-Typ, jedenfalls nicht das, was die Öffentlichkeit im Ausland darunter versteht. Aber doch ist er ein Klischee, das Klischee des deutschen Polizisten. Unbedingter Gehorsam. Glaubenstreue. Befehlsempfänger, wie Rolf ihn mir geschildert hatte. Und er hat Bildung. Das macht ihn noch gefährlicher.

»Es sei denn«, sagt Kappler, »Sie helfen uns.«

Das überrascht sie. Sie wagt es, ihm in die Augen zu sehen. »Helfen?«

Zum zweitenmal lehnt sich Kappler in seinen Stuhl zurück und legt die Finger aneinander. Es soll entspannt aussehen, tut es jedoch nicht, da ein Mann wie der deutsche Polizeichef von Rom ein Entspannen nicht kennt; Schultern und Oberarme bleiben verkrampft. »Es ist Ihnen«, fährt er fort, »trotz Ihres unbekümmerten Lebenswandels vermutlich nicht entgangen, daß unsere Truppen in dieser Stadt zunehmend auf Widerstand stoßen. Kein offener Widerstand; feige, hinterlistige Anschläge einer kleinen Gruppe von verbrecherischen Elementen, die sich ständig mehren, wie erst kürzlich wieder die Sprengung des Soldatenkinos. Und die Handgranaten aus einem Fenster auf eine vorbeimarschierende deutsche Militäreinheit. Man hat dem Führer Bericht erstattet; er ist außer sich.«

Ja, gewiß seien ihr diese Tatsachen bekannt, sagt Ruth, bemüht, ihr Gesicht unter Kontrolle zu halten, damit er ihm nicht die aufspringende neuerliche Angst ansieht, die sie überfällt. Weiß er also doch Bescheid und hat sich den wichtigsten Punkt bis zuletzt aufgehoben? Was bezweckt er mit diesem langen Katz-und-Maus-Spiel?

»Selbst in Ihnen muß das doch so etwas wie Empörung auslösen«, sagt Kappler. »Der sinnlose Mord aus dem Hinterhalt an Ihren Volksgenossen.«

»Ja natürlich«, antwortet sie mechanisch.

»Es handelt sich bei den Tätern offenbar um eine kleine Gruppe verschwörerischer Elemente; ihr Anführer, vermuten wir, sitzt hier in der Stadt.«

»Sind Sie sicher?«

Schneller, harter Blick: Weiß sie vielleicht etwas?

Aber nein, dieses Mädchen hier sieht nicht danach aus, als kümmere sie sich um derartige Dinge; Kappler, erzogen im nationalsozialistischen Glauben an die Unfehlbarkeit der Typenlehre hat seine ganz bestimmten Vorstellungen vom Aussehen einer Spionin. »Was meinen Sie?«

»Daß es nur eine kleine Gruppe ist. Es könnte doch auch eine ganze Organisation sein? Eine, die sich durch ganz Italien zieht?«

»Kaum. Die Handschrift der Täter ist immer die gleiche: Abwurf von Sprengkörpern vom oberen Stockwerk eines Wohnhauses oder von der Straße aus. Meist spontan, selten geplant. Jedenfalls scheint es so. Aus irgendeinem Grund«, fährt er fort, »ist es uns bisher nicht gelungen, an die eigentlich Verantwortlichen heranzukommen, obwohl wir eine Reihe Hinweise aus der Bevölkerung erhalten haben.«

Welche Bevölkerung? denkt Ruth. Das ist doch nur eine hohle Phrase, um zu vertuschen, daß sie noch keine Spur haben und nicht einmal den geringsten Ansatzpunkt. Jetzt ist ihr schon leichter. »Das wird schwer sein«, sagt sie.

Er drückt den Rest seiner Zigarette so nachdrücklich im Aschenbecher aus, daß Tabakkrümel an seiner Fingerkuppe hängenbleiben. Zum ersten Mal zeigt er Anzeichen von Erregung. »Wir müssen sie erwischen. Und zwar schnell. Ich möchte ein Blutbad vermeiden.«

»Sie meinen ...«

»Ja. Der Führer hat Geiselnahme angeordnet im Fall diese Überfälle andauern. Für jeden getöteten Deutschen fünfzig Italiener.«

»Und Sie sind dagegen?«

»Ich bin Polizist, kein Mörder. Die Täter müssen zur Verantwortung gezogen werden. Das ist nur gerecht und wird weitere Attentate verhindern. Entsprechend habe ich meinen Bericht an das Reichssicherheitshauptamt abgefaßt. Zum augenblicklichen Zeitpunkt würde eine derart umfangreiche Geiselnahme unsere Situation nur verschlechtern, zumal vor den Toren des Vatikans.«

Es fällt ihr ein, daß Kappler katholisch sein könnte. Sie ist verblüfft über die Zwiespältigkeit, die er ihr offenbart. »Aber was kann ich dabei tun?« sagt sie. Ahnt er von ihren Verbindungen? Nach alldem wohl kaum.

»Sie können einmal in Ihrem Leben etwas Nützliches tun«, sagt er, »indem Sie für uns arbeiten. Sie sprechen fließend Italienisch, haben, wie ich annehme, Kontakt zur italienischen Bevölkerung und kennen Rom. Wir brauchen Informationen, die zur Auffindung der Attentäter dienen können. Je rascher, desto besser. Es erspart Ihnen die Überstellung an die deutschen Behörden. Überlegen Sie es sich.«

Dann steht die Stille wie eine dick gepolsterte Wand zwischen ihnen. Sie sitzen einander gegenüber, sehen sich nicht an. Nur das verdammte Radiergummiplättchen beginnt, von Kapplers Fingern in Bewegung gesetzt, wieder zu rotieren.

Ruth ist unfähig, sich zu rühren. In was für eine Lage bin ich da hineingeraten? Deportation oder Gestapospitzel zur Wahl, das darf doch nicht wahr sein.

Die Fliege, auf das Fensterbrett gefallen, ist umgekippt, dreht sich mit heftig surrenden Flügeln auf dem Rücken im Kreis, immer rund und rund. Ich müßte etwas sagen. Irgend etwas. Glaubt er wirklich, ich weiß nicht, was mit denen geschieht, die für die Gestapo arbeiten? Sie werden für die miesesten Aufgaben eingesetzt, solche, an denen sich nicht einmal die Geheime Staatspolizei die Finger schmutzig machen will. Und wenn sie dann genug wissen, legt man sie um, kein Zeuge darf überleben. Sie spürt den Strick um den Hals. Nun braucht er nur noch zuzuziehen. Die Ausweglosigkeit ihrer Situation nimmt ihr jeden klaren Gedanken.

Kappler scheint ihr Schweigen anders zu deuten, er hält es für eine Art stummen Einverständnisses. »Ich vergaß Ihnen zu sagen, daß wir Ihre Dienste großzügig zu lohnen gedenken. Sie erhalten ein monatliches Fixum, darüber hinaus ein Spesenkonto. Auch Ihre monatlichen Mietzahlungen übernehmen wir. Nun?« In diesem ›Nun‹, das andeuten soll, welch glückliche Umstände Ruths Errettung vom deutschen Arbeitslager begleiten, liegt ein Unterton von Triumph, so sicher ist sich Kappler seiner Sache. Er weiß, eine Delinquentin, mit der Möglichkeit konfrontiert, den Kopf aus der Schlinge zu ziehen, wird schon allein aus Angst, durch Ablehnung seinen Zorn auf sich zu lenken, einwilligen. Dann braucht er nur noch ihre Unterschrift auf bereits ausgetipptem Formular, denn alles muß seine Ordnung haben, auch die Unterzeichnung des eigenen Todesurteils.

»O ja«, sagt Ruth, »ich verstehe.«

»Sie werden uns helfen.« Feststellung, nicht Frage.

»Ja«, sagt sie wieder und fühlt, wie nach dem Schock das Blut in Schüben in ihr Gehirn zurückkehrt. »Aber trauen Sie mir das zu? Ich kenne hier nur sehr wenig Italiener. All meine

Freunde sind Deutsche.« Es ist nicht einmal gelogen, doch das eingleisige Nazidenken des Obersturmbannführers, errechnet sie sich, versteht unter ›Deutsche‹ selbstverständlich nur die als solche von Führer und Volk Anerkannten.

»Sie sind doch intelligent. Wenn Sie Augen und Ohren offenhalten, werden Sie uns schon berichten können. Genauere Anweisungen erhalten Sie nach Unterzeichnung unseres Abkommens.«

»Aber wie soll ich hier weiterleben, wenn, wie Sie sagen, die römische Questura mir meine Aufenthaltsgenehmigung nicht verlängern will?« Sie greift zurück auf den naiven Tonfall, der bei ihm ankommt.

»Lassen Sie das unsere Sorgen sein«, sagt er. »Wir werden uns darum kümmern.«

»Und die Schulden?«

»Stellen Sie uns eine Liste auf. Sie werden beglichen werden.« So also geht das hier vor sich: eine Einkaufsstelle, die Ware zum Kauf: Menschen. Ängstliche Menschen haben kleine Preise.

»Ich verstehe«, sagt sie. »Habe ich noch etwas Bedenkzeit?«

Er nickt, entlassende Kopfbewegung. »Sie können gehen«, sagt er. »Ein guter Rat aber: Überlegen Sie nicht zu lange. Bis zum Augenblick Ihres Entscheids bleibt die Ausweisung der Questura in Kraft. Von dort aus wird man Sie sowieso in Kürze an uns überstellen. Sollten Sie aber an Flucht denken: Den Gedanken können Sie fallenlassen. Jeder Ihrer Schritte ist von nun an überwacht. Ich brauche Ihnen nicht zu sagen, daß Sie sich damit der letzten Chance begeben, einer Deportation zu entgehen.«

In ihrem Kopf überschlagen sich die Gedanken. Ich kann gehen. Er hat wirklich gesagt, ich kann gehen. Aufstehen und weggehen. Zurück auf römischen Boden. Wieso aber, wo er mich doch schon im Griff hatte? Es kann, überlegt sie, nur bedeuten, daß ich ihm im Grunde nebensächlich bin, zu unwichtig, um mich zu sofortigem Entscheid zu zwingen. Ich kann ihm nicht weglaufen, solange die Sache mit den römischen Behörden nicht in Ordnung gebracht ist. Er ist nur darauf aus, den Verantwortlichen für die Aktionen gegen seine Leute zu finden, da ist ihm jedes Mittel recht, selbst solch kleine Fische, wie ich es wohl für ihn bin. Jeder meiner Schritte von nun an überwacht? Ach Unsinn, eine Drohung, um mich einzuschüchtern. Wenn er bisher nichts herausgefunden hat – der Gedankenfluß kommt ins Stocken: Und wenn doch? Wenn nur die Beweise noch nicht ausreichen, er mich jetzt freiläßt, um an die Freunde heranzukommen? Ich werde von nun an äußerst vorsichtig sein müssen …

Die Verabschiedung ist knapp. Weder sie noch Kappler wünschen dem Führer Heil, sie beschränken sich auf ein schlichtes »Guten Tag«. Die Fliege auf dem Fensterbrett ist tot.

Schwerer als bei allen bisherigen Erinnerungen finde ich diesmal in die Gegenwart zurück. Ja doch, ich bin in Rom, im gleichen Rom, das Ruth Hellmann nach dem Verlassen des Via-Tasso-Gebäudes vor dreiundzwanzig Jahren mit solch überwältigender Freude wiederbegrüßt hatte, daß sie sich am liebsten niedergeworfen und den Boden unter ihren Füßen geküßt hätte. Aber das war gestern. Ich lebe in der Jetztzeit. Und gleich die Frage meines inneren Opponenten: Tue ich das wirklich? Ist meine gesamte Wahrnehmung nicht zutiefst verankert im noch so gegenwärtig erscheinenden Erleben der vergangenen Epoche? Ist das überhaupt eine Zeit, das Jetzt? Oder handelt es sich bei diesem zunehmenden Gedränge nach Besitz und Komfort der Massen nicht vielmehr um den schon zähflüssig werdenden Brei aus Bequemlichkeit, Habgier und allgemeinem Vergessen, nachdem der Krater fünfundvierzig erlosch? Wenn es so ist, dann könnte es über kurz oder lang ein böses Erwachen geben, es rumpelt noch unter unseren Füßen; Ignoranz ist kein Zaubermittel gegen eine Wiederholung. Aber, korrigiere ich mich, ich bin ungerecht. Der Kampf um das Leben und die Existenz in einer solch extremen Zeit, wie es die dreißiger und vierziger Jahre in Deutschland waren, machen leicht blind für die Probleme der jungen Menschen heute. Sie besitzen ja das, was uns so groß, so kostbar erschien, daß wir ohne Zögern bereit waren, dafür unser Leben in die Waagschale zu werfen: Freiheit. Westdeutsche und Italiener leben unter friedlichen Systemen. Daß sie dennoch ihre Probleme haben, die ihnen nicht weniger schwerwiegend scheinen wie uns seinerzeit die unsrigen, darf ich nicht vergessen. Vielleicht, überlege ich, ist es sogar weitaus schwerer, sich in Zeiten des Friedens zu orientieren als unter Umständen, die uns durch ihren Zwang die Wahl erleichtern. Es hängt ja nicht nur vom Äußeren ab. Haben wir keine, schaffen wir uns Probleme, dafür sind wir Menschen.

Meine Gedanken kehren zu Kappler zurück. Vor einiger Zeit fand ich in einem deutschen Nachrichtenmagazin einen Bericht über ihn und den Geiselmord in den ardeatinischen Höhlen. Demzufolge hatte Kappler sich nach dem Krieg freiwillig den Amerikanern gestellt und war zu lebenslanger Haft auf die italienische Festung Gaeta verbannt worden. Typisch für einen Mann wie ihn, den buchstabengetreuen Gefolgsmann hochgespielter Deutschenmoral von Ehre, Geradlinigkeit und mannhaftem Mut, seine eigene Auslieferung an den Feind ›feiger‹ Flucht vorzuziehen. Gerechtigkeit muß siegen, sein Motto; darum war er wohl Jurist geworden, um die Gerechtigkeit, an die er bedingungslos glaubte, um jeden Preis durchzusetzen: »Ich bin Polizist, kein Mörder.« Die Urteilsbegründung, mit der sie Kappler auf die Festung schickten, war mir, als ich sie las, wie ein Treppenwitz vorgekommen: Nicht um der dreihundertdreißig Geiselopfer willen wurde er verurteilt, hatte der Richter ausdrücklich betont, dies sei eine allgemeinen Kriegsgepflogenheiten nicht widersprechende Maßnahme gewesen, sondern wegen jener überschüssigen fünf, die der italienische Polizeipräfekt Caruso aus dem römischen Regina-Coeli-Gefängnis zusammen mit weiteren fünfzig politischen Häftlingen an die Via Tasso überstellen ließ, weil er sich – in der Eile, seinem deutschen Kollegen gefällig zu sein – verzählt hatte. Und Kappler hatte offenbar nicht nachgezählt. Das gleiche Magazin berichtete dann in großer Anschaulichkeit mit einer Anzahl von Einzelheiten über die eigentliche Erschießung am Morgen des vierundzwanzigsten März vierundvierzig. Kappler soll nicht nur dabeigewesen sein, sondern schreiend seine Soldaten angefeuert haben, soll, ungeduldig über die zögernde Vollstreckung des Massenmords, einem Nebenstehenden die Waffe entrissen und ›im Blutrausch‹, wie das Nachrichtenmagazin schrieb, eigenhändig exekutiert haben. Als ich diesen Bericht seinerzeit las, waren mir einige Ungereimtheiten aufgefallen. Der leise, korrekte Kappler, vom gesamten Typus her ein Schreibtischtäter, gefühlsarm, zurückhaltend, verstandesbetont, als tobender Gestapobonze, die staubtrockene Stimme zu Gebrüll erhoben – unvorstellbar, das paßt einfach nicht. »Ich bin Polizist, kein Mörder.« Davon war er überzeugt, stellte sich damit sogar bewußt in Gegensatz zu gewissen Anordnungen mit verbrecherischen Zielen, die seiner Meinung nach Unschuldige wie Juden oder willkürlich herausgegriffene Geiseln betrafen. Hielt er aber jemanden für schuldig, schuldig nach den herrschenden Gesetzen gegen das geheiligte Vaterland, kannte er keine Gnade. Sein Dienstzimmer verließ er nur selten; in den unterirdischen Verliesen seines Amtssitzes bekam ihn niemand zu Gesicht. Ich hatte ihn seinerzeit noch sprechen wollen, kurz bevor sie uns fortschafften. Vergeblich. – Nein, Kappler war bestimmt kein Triebtäter, wie die Zeitung ihn hinstellte. Woher mag sie den detaillierten

Bericht über den Exekutionsvollzug haben? Doch wohl, falls er überhaupt echt und nicht Erfindung ist, von einem, der dabeigewesen war. Von einem jener also, die schossen, einem Italiener oder einem Deutschen, Augenzeugen hatte es mit Sicherheit keine gegeben. Verständlich, daß der Informant, der Kappler sicher hinter Festungsmauern weiß, seine Mitschuld am Geiselmord auf den Befehlsgeber abzuwälzen versucht; haben das nach dem Krieg nicht Tausende getan?

Ich weiß selbst nicht, weshalb mir daran gelegen ist, die Wahrheit aufzudecken. Vielleicht, weil es so leicht, so unverantwortlich leicht ist, dem Feind a priori alles nur erdenkbar Schlechte und Grausame anzulasten, und so viel schwerer, angesichts dessen, was er uns zugefügt hat, den Abstand zu wahren. Um so notwendiger scheint es mir gerade jetzt und hier, am Ort der untergegangenen Richtstätte von einst, die Vergangenheit nicht mit Ressentiments zu belasten.

Nun bricht doch noch die Sonne durch: ein paar einzelne, gebündelte Strahlen aus einem Himmel wie geronnene Milch. Einer von ihnen zielt auf die Blätter am Ast der Platane direkt vor mir. Wenn der Wind sie bewegt, gleißen sie, blenden das Auge wie Spiegel, in denen das Licht sich fängt. Ich schaue zur Brücke hinüber. Die Szene hat sich wieder belebt, Mittag ist vorüber. Nun kommen die einheimischen Provinzler, Landleute aus den umliegenden Ortschaften mit der ganzen Sippschaft. Die Oma muß mit, der gichtgeplagte Opa, Brüder, Schwestern, Schwäger und, natürlich, der Stolz des Landes: die *bambini*. Diese da brauchen keinen Cicerone, der ihnen die Sehenswürdigkeiten erklärt; zumindest einer von ihnen kennt Rom und hat sich für diesen Familienausflug auf sein Thema vorbereitet. Es ist lustig zu sehen, mit welchem Stolz er nun sein Wissen vor der staunenden Familie an den Mann bringt. Nur die Kinder schenken ihm keine Beachtung; sie wollen ihre eigenen Entdeckungen machen.

Ich stehe auf, unschlüssig noch, wohin von hier aus, spüre plötzlich Hunger. Gott sei Dank kennt man hierzulande keine strikte Einteilung in Zeiten für Mittag- und Abendessen, irgendwo bekommt man immer etwas. So mache ich mich auf die Suche nach einer halbwegs sauberen Trattoria. Es gibt sie ja überall in den Straßen, diese einfachen Lokale hinter den Perlschnürvorhängen, an denen man ablesen kann, wie luftig es im Innern ist: Bewegen sich die Schnüre, ist ein Ventilator vorhanden.

Mit der Trattoria in der stillen Nebenstraße stadteinwärts habe ich eine gute Wahl getroffen. Die *tagliatelle verde*, grüne, flache Spinatnudeln, schmecken wirklich hausgemacht, kernig und sonnengetrocknet. Das Steak, in siedendem Öl angebraten, ist zart, das Obst frisch und reif. Wie in den meisten Speiselokalen des Landes, in denen sich mangels Abzugs die Gerüche unter der Decke fangen, riecht es durchdringend nach Bratöl, Zwiebeln und Thymian. Nur zwei Tische sind besetzt; Arbeiter in Overalls, die zwischen den Weingläsern die Würfel rollen lassen. Der Wirt grinst mir zu, lachen kann er nicht, wie ich kurz danach sehe. Er hat offenbar erst vor kurzem die Vorderzähne eingebüßt und sich noch nicht daran gewöhnt; in Abständen tastet seine Zunge über die Oberlippe, findet sie nachgebend, zieht sich erschrocken zurück.

*»Turista, la Signora?«*

»Ja. Oder eigentlich nein. Wie man's nimmt. Früher hab ich ein paar Jahre in Rom gelebt. Heute komme ich als Tourist her.«

»*Ho capito*, ich verstehe. Die Signora kennt Rom von früher. Aber unser *bella* Roma hat viele Gesichter, nicht wahr? Immer andere, immer neue, kein Jahr das gleiche.«

»Und woran liegt das?«

»Rom«, sagt der Mann ernsthaft, »ist keine Stadt, *Signora*. Rom ist ein Gefühl. Es ist, was man in es hineinlegt, verstehen Sie? Manche mögen es, manche nicht, das ist ohne Belang. Faszinierend ist sie immer, die Stadt.«

»Sie sind Römer?«

»Ich möchte nirgendwo anders geboren sein!«

Seine Worte lösen ein Gefühl plötzlichen Bedauerns aus, diese einzigartige Stadt schon übermorgen früh wieder verlassen zu müssen. Aber die Alternative hierzu wäre, meinen bisherigen Wohnort aus der Bundesrepublik nach Italien zu verlegen, was die Aufgabe all meiner bisherigen Lebensgewohnheiten bedeutete. Nein, undenkbar doch, allein der Umzug, der Gedanke an die Unzahl von Büchern, die alle verpackt, auf den Weg gebracht und später wieder in gleicher Reihenfolge eingeordnet werden müßten. Die Jahre machen bequem.

»Übermorgen«, sage ich, »muß ich zurück. Leider.«

Das aufgeschwemmte Gesicht des Wirts über dem offenen Karohemd drückt Mitgefühl aus. »Aber Sie werden wiederkommen, *Signora*«, versichert er tröstend, »alle kommen sie wieder, *i stranieri*, die Besucher. Schimpfen zwar über unseren Lärm und die Abgase in der Luft, fluchen über die Autoknacker und die Hotelpreise, aber wiederkommen tun sie alle, so wahr ich Carlo Beluzzi heiße.«

Während meines verspäteten Mittagessens hat sich die Sonne wieder verkrochen. Was mache ich mit den nächsten drei Stunden bei diesem trübseligen Himmel, der sich zu nichts entschließen kann? Nun drängt sich wohl alles um die Läden in der Innenstadt; es gibt mehrere, die sonnabends geöffnet sind. Ich fühle kein Bedürfnis, mich unter die schaulustigen Wochenendler zu mischen. Also gehe ich einfach, gehe, um meine Glieder zu bewegen, ohne bestimmtes Ziel. Oder vielleicht doch: Es liegt ja auch Sinn darin, sich planlos treiben zu lassen. Bedeutet der Verlust an Neugier auf das Äußere der Stadt nicht, daß man nun erst richtig wieder in ihr zu Hause ist? Ich brauche die besondere Farbgebung der Häuser, die für Rom so typischen Geräusche und Gerüche nicht mehr, um mich zu vergewissern, wo ich bin; ich habe sie wieder im Blut, die Stadt, wie einst, als ich hier *in nascosto,* wie es im Italienischen heißt, als Illegale, lebte. Verwinkelte Straßen, Gäßchen, angefüllt bis zum Bersten mit Leben. An Wochenenden spielt sich das römische Leben vorwiegend auf der Straße ab, offener Markt ringsum; die Landbevölkerung bietet an schnell aufgeschlagenen Ständen oder, wo die Enge der Häuser dazu keinen Platz läßt, auf Karren ihre Wochenprodukte an. Das schreit und feilscht und schimpft und lacht in einem heftigen Durcheinander von Farben und Gerüchen, rot-weiße Nelken und schillernder Fisch, und zwischen Artischocken und Orangen Wirkware, Schals, Pullover im Sonderangebot: *lana pura* und die Preise *ridotti,* herabgesetzt, verlockend billig für Touristen, die sich von den Pastellfarben der Wolle zum Kauf verleiten lassen, zu teuer für Kenner, die wissen, daß die so reizvoll zarten Farben schon bei der ersten Wäsche im Spülwasser zurückbleiben. Und die vielen Halsketten an Haken gebündelt: Billigware auch sie, Draht und gefärbtes Glas und doch allesamt kleine Kunstwerke, denn zur mechanischen Fertigung kommt die unnachahmliche Fantasie der Italiener, ihr Einfallsreichtum, ihre Freude an Entwurf und Gestaltung auch im kleinsten Detail. Sie rufen mich an, während ich mich an ihren Ständen vorbeischlängele, drängen mir hier ein Stück Mortadella, dort eine Birne auf, erwarten nicht, daß ich bei ihnen stehenbleibe und die Probe verzehre, um anschließend zu kaufen. Sie sind stolz auf ihre Waren, freuen sich über sie und wollen diese Freude mit anderen teilen; es genügt ihnen, wenn man lächelnd annimmt, es ist ja genug da. Nicht nur um des einfachen Verkaufs willen sind sie hergekommen; ein wichtiger Bestandteil hierbei, wenn nicht der wichtigste, ist das Aushandeln des Endpreises. Lustig zu beobachten, mit welcher Enttäuschung sie dem in solchen

Riten nicht bewanderten Käufer nachblicken. Es sind zumeist Touristen aus Übersee, die, ohne zu feilschen, den hohen Startpreis akzeptieren und zahlen. Auch wenn sie auf diese Weise das Doppelte für ihre Ware erzielt haben, es macht keinen Spaß, die Marktleute fühlen sich um etwas Wichtiges betrogen. Ich glaube, einer der Gründe, weshalb ich diese Südländer so sehr mag, ist ihre schlichte Natürlichkeit. Verstand und Herz, sie klammern keines von beiden aus, in allem, was sie tun, steckt sowohl das eine wie das andere. Andererseits macht sie das auch in besonderer Weise verführbar. Ihre Emotionen sind leicht geweckt. Der Gedanke kommt mir, als ich mich auf Umwegen allmählich wieder der Innenstadt nähere und den Andrang um einen Zeitungsstand sehe. Es sind auffallend viele Kinder zwischen den Käufern. Neugierig, etwas beunruhigt auch, ob sich, während ich hier herumbummle, Weltbewegendes zugetragen haben könnte, gehe ich näher heran. Nein, der Ansturm gilt nicht den Tageszeitungen, auch nicht ›Oggi‹, ›Epoca‹ und wie sonst die italienischen Illustrierten heißen mögen. Es geht einzig und allein um die *fumetti*, die hier reißenden Absatz finden. Es ist mir schon aufgefallen, daß diese Comichefte mit den Sprechblasen offenbar zur Lieblingslektüre der Römer gehören. Überall an Bretterzäunen und Straßenecken lehnen sie, meist Jugendliche, doch auch Kinder sind darunter, und verschlingen ihre *fumetti.* Bei den Halbwüchsigen kommt es mir ziemlich kindisch vor, merkwürdig auch, denn ansonsten sind die Italiener ein aufgewecktes Volk, zu dem die Welt der gezeichneten Märchen so wenig paßt wie *stars-and-stripes*-Hemden made in U.S.A. Von einem der hohen Stapel, die der Verkäufer immer wieder auffüllt, nehme ich mir eines der Hefte, beginne zu blättern, stutze, schlage die Seite eins auf, lese vier Seiten chronologisch. Nun weiß ich, weshalb diese Dinger den jugendlichen so viel Lesereiz bieten, daß sie alles andere um sich herum vergessen. Diese *fumetti* haben keinerlei Ähnlichkeit mehr mit den ursprünglichen Comic-Heften, nicht mit ›Supermann‹ und ›Traumfrau‹. Sie sind das Produkt perverser Hirne, Schauergeschichten voller Sex und Gewalt. Lust in ihrer undifferenziertesten Form, Verherrlichung der Gewalt, zum Prinzip erhoben. Wenn in diesen krankhaften Elaboraten überhaupt so etwas wie eine Aussage steckt, dann die, daß höchster Lustgewinn im Leben nur durch Unterwerfung alles Schwachen und radikale Zerstörung zu erreichen ist. Die Zeichnungen sind von abstoßender Häßlichkeit, können es im übrigen, was sexuelle Einzelheiten anbelangt, mit der härtesten Pornoserie aufnehmen. Aber dies hier, dieser Ramsch, ist jedem Kind zugänglich, das dafür seine paar Lire zu opfern bereit ist. Was mag im Kopf eines Kindes vorgehen, das sich diese Bild gewordene Aggressionswut betrachtet? Und wie werden die heutigen Teenager die neue Lehre der *fumetti* verkraften? Erzieht man hier nicht die Jugend zu unverantwortlicher Gewalttätigkeit? Hat die Millionenverbreitung dieser Hefte – ihre erschreckende Auflageziffer ist im Impressum angegeben –, mit dem von vielen älteren Italienern lauthals beklagten Abfall der jugendlichen von der Kirche zu tun? Ich teile meine Überlegungen dem Zeitungshändler mit. Er zuckt die Schultern, lacht: »Alle mögen sie, die *fumetti*, Sie sehen ja selbst, sie sind ganz scharf drauf.«

»Aber das ist doch nichts für Kinder.«

»Nichts für Kinder?« sagt der Mann. »Sie kaufen dreimal so viel von dem Zeug wie die Erwachsenen!«

Eine dickliche Frau neben mir, die schon eine Zeitlang vergeblich nach einer Wochenzeitschrift verlangt, wendet sich zu mir um. Sie hat die leicht vorstehenden, feuchtdunklen Augen der Frauen aus dem Süden des Landes. »Ist schon *un' guaio*, eine Schande, mit diesen Heften«, sagt sie. »Aber was wollen Sie, Signora? Es ist diese Zeit, diese Zeit mit ihrer Technik. Sie können heute von den Kindern nichts mehr fernhalten. Die Kraftprotzerei und die Schweinereien, das lehrt einer den anderen, die älteren die jüngeren auf der Straße, wo sie die Hefte tauschen.«

»Haben Sie nicht Angst, daß sich eine solche Entwicklung einmal gegen Sie, die Generation der Eltern, wenden könnte?«

»Da hat die Kirche mit ihrer jahrhundertelangen Unterdrückung all unserer natürlichen Instinkte mehr Unheil angerichtet, Signora, glauben Sie mir«, sagt sie und bekreuzigt sich gleichzeitig, damit, falls Gott sie gehört haben sollte, er an ihren frevelhaften Gedanken keinen Anstoß nehmen möchte. »Aber sehen Sie doch hier«, sage ich und halte ihr das aufgeschlagene Heft hin, »das ist ein ganz unverhüllter Aufruf zur Zerstörung bestehender Ordnungen, ganz gleich welcher. Als wären die Redakteure *mafiosi*.«

»Weiß nicht«, sagt sie gleichgültig. »Vielleicht sind welche dabei.«

»Und das laßt ihr die Kinder lesen?«

»Wie es verhindern? Die Dinger sind nun mal im Handel.«

»Durch ein Gesetz, das den Händlern verbietet, sie öffentlich anzubieten.« Die Frau lacht ein glucksendes Lachen. »*Dio mio*, das gäbe *una revoluzione in Italia!* Wissen Sie, wer die neuen Millionäre im Lande sind? Die Fumettiverkäufer. Krumm und schief verdienen sie sich mit dem Schund, fahren dicke Autos und haben eine Sommervilla am Meer. So viel zu Ihrem Gesetz, Signora.«

Es erschüttert mich, daß sie die potentielle Gefahr, die sich da ganz offen zeigt, nicht erkennt. »Haben Sie Kinder?«

»Zwei«, sagt sie, »Emilio und Mario. Emilio ist siebzehn, Mario wird vierzehn Anfang Dezember. Warten Sie, ich habe Fotos.« Wie alle italienischen Mütter trägt sie die Bilder ihrer Kinder mit sich herum. Während ich sie betrachte, mache ich einen letzten Versuch: »Und Ihre Kinder lesen auch diese *fumetti*?«

»*Senz'altro*, gewiß. Mario ist ganz wild darauf.«

Ich wende mich zum Gehen. Die Saat der Gewalt, geht mir durch den Kopf. »Hoffen wir, daß ich unrecht habe mit meinen Bedenken und es nicht in einigen Jahren, wenn aus den Jungen Männer geworden sind, zu offenen Gewalttätigkeiten kommt«, sage ich. Aber sie hört mich schon nicht mehr.

Noch ein paar düstere Gassen mit Kellerwohnungen, Kopfsteinpflaster und Menschen, scheu wie streunende Katzen, eng an die Wände gedrückt, voller Mißtrauen gegenüber dem Eindringling in die armselige Welt ihrer Schattenexistenz, und ich bin wieder auf dem Corso Vittorio Emanuele. Was das Zentrum Roms betrifft, so ist es eigentlich eine Kleinstadt mit seinen drei oder vier Hauptverkehrsstraßen, dem steigenden Bogen der Via Veneto und den sattsam bekannten Brunnenplätzen. Egal, aus welcher Richtung man kommt, unweigerlich findet man sich binnen kurzer Zeit im Zentrum der Stadt wieder. Hinter dem Vittorio-Emanuele-Monument am Ende des Corso bietet der Himmel, bisher bedeckt, ein großartiges Schauspiel, während er sich anschickt, in den Abend überzugehen. Die dunstige Wolkenschicht, die den ganzen Tag über die Sonne verbarg, ist aufgerissen, enthüllt einen breiten Streifen flammend roten Scheins, der alles in seiner Umgebung in ein unwirkliches Licht taucht. Ich gehe auf ihn zu. Das Forum Romanum, Trümmerfeld der Antike, bekommt in dieser Beleuchtung etwas Theatralisches, fast Surrealistisches, rote gestürzte Säulenreste vor dem verschatteten Hintergrund wild wachsenden Gestrüpps. Verblüfft sehe ich, daß hier freier Zugang verwehrt ist; eine Sperre haben sie errichtet mit einem Eingang und einer Kasse, an der man neben dem Eintrittsbillett auch einen Führer durch das Trümmerfeld und natürlich die obligaten Postkarten bekommen kann, Säulenreste gegen Nachthimmel oder wahlweise im nachretuschierten Farbglanz eines Sonnenuntergangs. Besichtigung von neun bis neunzehn Uhr. Dienstags geschlossen. Kinder die Hälfte. Auf mich, die ich früher oft zwischen den Tempelresten umherbummelte, wirkt die verspätete Vermarktung der Antike irgendwie obszön. Mit meinem Eintrittsbillett in der Hand durchwandere ich das Forum Romanum wie einst, als schreiende Kinder um die Säulen Versteck spielten und die Katzen sich balgten. Beides ist verschwunden, dafür ziehen kleine Gruppen von Touristen mit jeweils einem Erklärer von Stein zu Stein, schießen Fotos, die sie besser und billiger am Postkartenstand kaufen könnten.

Für die Eintrittsgebühr hat die Stadt Rom das Forum Romanum ein bißchen aufgeräumt, das allzu dicht wuchernde Unkraut zwischen den antiken Pflastersteinen weggeharkt, verstreut Liegendes zusammengeschichtet. Jetzt, finde ich, sieht es noch langweiliger aus, sie haben die Atmosphäre mit fortgeharkt. Wäre nicht dieses besondere Licht, das einen Wetterwechsel ankündigt und das Kulissenhafte des Geländes durch starke Kontraste betont, es sähe, von den paar noch stehenden Tempelresten abgesehen, aus wie ein x-beliebiges Stück bombardierter Stadt bei Kriegsende. Ich suche nach dem Stein mit der Kuhle, auf dem man wie in einem Sessel mit dem Rücken gegen einen Mauerbrocken sitzen kann. Haben sie auch ihn fortgetragen im Zuge der Aufräumungsarbeiten? Ich brauche fast eine Viertelstunde, ehe ich ihn entdecke. Grauer noch ist er geworden, scheint mir so, als wolle er zurück in die Erde, aus der man ihn zu Ende des vorigen Jahrhunderts herausgebuddelt hatte. Ich begrüße ihn wie einen alten Bekannten, mache es mir in meiner Ecke gemütlich, strecke die Beine aus. Sie sind vom vielen Laufen schwer geworden. Ab und zu kommt ein Grüppchen Touristen an mir vorbei. Sie halten die Hälse gereckt, bestarren, was ihnen ihr *cicerone* zu erklären sucht. Diese hier sind Deutsche, ich erkenne sie an ihrer Beflissenheit, mit der sie sich für ihr Eintrittsgeld zehn Minuten lang Bildung aneignen, sie jede Erklärung sorgfältig mitlesen, den Zeigefinger von Zeile zu Zeile des Prospekts wandern lassen, bevor sie aufblicken und den Triumphbogen des Septimius Severus, die Phokassäule oder die hochragenden Reste des Saturntempels in Augenschein nehmen. Allmählich wird es ruhiger, die Fremden kehren in ihre Hotels zurück, um sich den Schweiß vom Körper zu waschen und sich frisch zu machen, bevor sie zum Abendessen gehen, römische Stadtbesichtigungen sind anstrengend.

Hier, auf ebendiesem Stein, hatte Ruth Hellmann mehrmals gesessen und darüber nachgedacht, wie ihr Leben weitergehen sollte, nachdem Kappler sie ›auf Verdacht‹ entlassen hatte. Es war eine schlimme Zeit für sie gewesen. Es mochte Einbildung sein, doch sie fühlte sich auf Schritt und Tritt überwacht; in jedem Fußgänger, der ihren Weg ging, jedem Mann, der sie mit mehr als höflichem Interesse ansah, witterte sie Schergen der Gestapo. Das Schlimmste war das Gefühl verzweifelter Einsamkeit durch den Abbruch aller ihrer bisherigen Kontakte, eine notwendige Vorsichtsmaßnahme, um die anderen nicht unnötig zu gefährden.

Gleich nach dem Verhör auf der Via Tasso war Ruth zur Post am Bahnhof gegangen. Dort hatte sie von einer der Telefonzellen aus Lotte angerufen und ihr alles erzählt. Sie waren übereingekommen, daß Ruth sich in den kommenden Monaten verstecken und so ruhig wie möglich verhalten müsse, um Kappler nicht weiter zu provozieren.

»Was meinst du mit verstecken? Sie kennen meine Adresse. Würde es nicht wie ein Eingeständnis aussehen, daß ich etwas zu verbergen habe, wenn ich jetzt aus der Wohnung verschwände?«

Dem hatte Lotte nach kurzer Überlegung zugestimmt. »Hat er dir ein Ultimatum gesetzt, bis wann du dich entscheiden mußt?«

»Nein. Aber lange wird er nicht warten.«

»Er wird in der nächsten Zeit alle Hände voll zu tun haben, verlaß dich darauf.«

»Vergessen wird er es aber bestimmt nicht. Und wenn er mich ein zweites Mal hinbestellt, um meine Antwort zu erfahren? Wie soll ich mich verhalten?«

Es war eine schwierige Frage, auch Lotte wußte darauf keine Antwort. »Ich kann dir nur raten«, sagte sie, »von nun an alles zu tun, um nicht weiter aufzufallen. Bleib so weit als möglich im Haus, spiel krank, falls er dich noch einmal hinkommandieren sollte, damit er sich überzeugt, daß er nichts mit dir anfangen kann, obwohl du guten Willens bist. Häng dein Telefon aus, es wäre ja möglich, daß sie deine Leitung überwachen, und Vorsicht auch bei Gesprächen mit Italienern, ob beim Einkaufen oder auf der Straße. Die Gestapo hat ihre Spitzel überall. Daß du von nun an keinen von uns mehr kontaktieren darfst bis auf weiteres, brauche ich dir nicht zu sagen.«

»Ich weiß nicht, wie ich das aushalten soll«, sagte Ruth.

»Tausende von Menschen leben derzeit in Verstecken vor der Gestapo, es gibt Schlimmeres.«

»Aber wir sind Freunde. Verstehst du nicht, daß es mir weh tut, euch nicht mehr sehen und sprechen zu dürfen?«

»Hör zu, Ruth, du darfst jetzt nicht durchdrehen. So, wie die Dinge stehen, können die Alliierten jeden Augenblick in Rom einmarschieren, das weißt du so gut wie ich. Dann ist der ganze Spuk ausgestanden. Bis dahin müssen wir äußerste Vorsicht walten lassen, das ist dir doch klar, oder willst du im letzten Augenblick uns alle noch gefährden?«

Ruth hatte ihr recht geben müssen. Sie hatte sich in ihrer Wohnung verschanzt, die sie nur verließ, um die notwendigsten Einkäufe zu erledigen, und ihr Telefon abgestellt. Verbindung zur Außenwelt und ihren Geschehnissen hielt sie durch ihr Radio, mit dem sie abends durch Kopfhörer BBC

London hörte. So erfuhr sie unter anderem von den heftigen Gefechten der U.S. Army mit Einheiten der Kesselringarmee im Raum zwischen Monte Cassino und Rom. Die Deutschen, meldete London, hätten sich in den Albanerbergen festgesetzt und leisteten erbitterten Widerstand. Die Alliierten schienen nur schrittweise und unter starken Verlusten voranzukommen.

Und dann war der Morgen angebrochen, ein Morgen nur drei Wochen nach ihrem Verhör bei Kappler, an dem Ruth ein neuerliches deutsches Amtsschreiben in ihrer Morgenpost fand. Es lautete ähnlich wie das erste:

»Sie werden gebeten, sich am Montag, dem einunddreißigsten Januar, vormittags um 10 Uhr 30 mit Ihrem Paß auf der Via dei Pettinari 8 einzufinden.« Die Unterschrift hieß Weber, das Wort davor, Vorname oder Rangbezeichnung, war unleserlich.

Nun war es also soweit. Lotte und ihre Hoffnung, Kappler würde über Wichtigerem seine Unterredung mit Ruth vergessen. Sie hat ihn nie gesehen, dachte Ruth. Sie kennt nicht seine Augen. Sie las den kargen Text zwei-, dreimal durch, gleichmütig, fast ohne Anteilnahme. Dieser zweite Schlag traf sie nicht mehr unvorbereitet, sie hatte ihn erwartet, wie man erwartet, daß einer Drohung, so oder so, die Tat folgen wird. Es war wohl nur eine Frage der Zeit, wann Kappler sie wahrmachen würde. Ruth überlegte, wie sie sich diesmal verhalten sollte. Lottes Rat, sich krank zu stellen, hielt sie jetzt nach der neuerlichen Vorladung für zwecklos. Ginge sie nicht, würde man sie holen kommen. Und das könnte noch prekärer werden. In ihrer seltsamen Augenblicksstimmung, die an Fatalismus grenzte, dachte sie: Wozu überhaupt daran denken, sich eine Taktik zurechtzulegen? Sie würde alles dem Zufall des Moments überlassen, vielleicht gelang es ihr, noch einen weiteren Zeitgewinn zu erwirken. Dann erst fiel ihr auf, daß nicht Kappler selbst unterschrieben hatte. Weber? Vermutlich der

Name seines Adjutanten aus dem Vorzimmer. Aber dieses Vorzimmer befand sich auf der Via Tasso, und sie sollte sich auf der Via dei Pettinari melden. Eine Zweigstelle also. Das könnte bedeuten, daß Kappler sie als nicht geeignet für seine Pläne abgeschrieben und sie nun seinen Beamten zur weiteren Bearbeitung ihres Falles überstellt hatte. Die sichere Deportation zurück nach Deutschland. Gefängnis, vielleicht Lager. Oder sogar, sollten sie dort Spuren ihrer früheren Verbindungen zur studentischen Widerstandsgruppe gefunden haben, das Todesurteil.

Ruth befand sich in einer seltsam entrückten Stimmung, als sie sich am Morgen des einunddreißigsten Januar vierundvierzig zur angegebenen Adresse aufmachte. Ihr war zumute, als stünde sie neben sich selbst und beobachtete den Ablauf des Geschehens, das sie gar nicht mehr unmittelbar betraf. So, als habe sich ihr Bewußtsein gespalten. Die äußere Wahrnehmung, auf wenige Impulse reduziert, hatte einer inneren Gespanntheit Platz gemacht, die bereit war, auch das Schlimmste mit Gleichmut hinzunehmen. Sie hatte sich anhand der Karte über die Lage der Via dei Pettinari informiert, fand sie in entgegengesetzter Richtung der Via Tasso nahe beim Fluß.

Ihr seltsamer Zustand hielt auch an, als sie das ihr angegebene Haus beim Tiber erreicht und die altmodische Glocke geläutet hatte, ja, er verstärkte sich noch. Den, der ihr die Tür öffnete, nahm sie nur am Rande, als eine Bewegungskette von Gliedern in dunklem Stoff wahr, die sie in einen Raum dirigierten, der voll mit Menschen war. Sie saßen entlang den Wänden oder lehnten an dem einzigen Fenster und blockierten das Licht.

Ruths Augen brauchten einige Zeit, bis sie sich so weit an das herrschende Dämmer gewöhnt hatten, um Einzelheiten auszumachen. Sie sah, was sie befürchtet hatte: wartende Menschen, Menschen in Angst. Allen stand die Angst in verschiedenen Stadien im Gesicht geschrieben, in Gesichtern, die über alle Verschiedenheiten hinweg ein Merkmal einte: Sie widersprachen den nationalsozialistischen Vorstellungen germanischer Rasse, was, falls sein Träger zum Staatenlosen erklärt worden war, einem Todesurteil gleichkam. Sie unterhielten sich leise, fast im Flüsterton. Ruth hörte das weiche Deutsch der Emigranten aus dem Reich, das dieser so eckigen, konsonantenreichen Sprache noch eine liebenswerte Note zu geben vermochte. Juden, dachte sie, das Vorzimmer zur Deportation. Kappler hat mich zu ihnen überstellt, da er mir politisch nichts nachweisen konnte. Sie betrachtete die beunruhigten Mienen, die ängstlichen Augen, die Münder, um die es nervös zuckte, und empfand ein heftiges, spontanes Verlangen, sie zu trösten, ihnen, den Ratlosen, etwas zu sagen, das die Angst aus ihren Augen bannte, obwohl sie nun selbst zu ihnen gehörte. Sie alle hatten die gleiche Vorladung erhalten, hatten sich im Bewußtsein, den Termin zur Flucht endgültig verpaßt zu haben, zur vorgeschriebenen Stunde eingefunden. »Ohne Paß«, sagte der alte Herr mit der goldgerandeten Brille, »ohne Papiere finden sie einen überall.« Die Frau neben ihm – sie häte sich nicht schminken sollen, dachte Ruth, es akzentuiert ihren Typ – lachte, und es klang wie Schluchzen: »So knapp vor dem Ende. Sie fahren doch schon ab aus Rom, die Deutschen. Warum jetzt noch? Es ist ein Witz!« Einige sahen zu ihnen hinüber, nickten oder zuckten die Achseln. Ruth empfand ihre Resignation fast körperlich. Das waren Menschen, die nicht zum erstenmal auf der Flucht waren. Das Fliehen vor einer Übermacht, gegen die sie nichts ausrichten konnten, prägte ihre gesamte Haltung. Es war das erste Mal, daß sie ihr Mischlingsein als Zwiespalt empfand; ihr jüdisches Erbe fühlte sich mit diesen Menschen hier zutiefst verbunden, während die nichtjüdische Seite gegen diese Art der Schicksalsergebenheit rebellierte. Wieder fiel ihr die Zeitungskarikatur des deutschen

Hauptmanns ein, der seine Truppen geradeaus ins Meer befahl. Was bei den Deutschen blinder Gehorsam war, schien, so paradox es war, in der Form eines blinden Fatalismus auch auf die Juden zuzutreffen. Beide, Deutsche wie Juden, hatten sich unter diesen Umständen ihrer eigenen Entscheidungskraft entledigt, gehorchten einem fremden Automatismus, der sie ins Verderben trieb. Das eine war so wahnsinnig wie das andere.

»Sie sind auch vorgeladen?« fragte sie ein schmächtiger Mann neben ihr, Typ des Intellektuellen, nervöse Hände, die nach Halt suchten und ihn nur für Augenblicke in den Taschen seiner abgenutzten Jacke fanden. Ruth bejahte.

»Wissen Sie, was für eine Stelle das hier ist? Was werden sie hier von uns wollen?«

»Hören Sie auf, Herr Guttmann. Was werden sie hier schon von uns wollen? Ein Diplom wird man uns geben, daß wir so lange ausgehalten haben«, sagte ein jüngerer Mann. Niemand lachte.

Sie scheinen sich untereinander zu kennen, dachte Ruth. Vielleicht leben sie gemeinsam in irgendeinem Versteck. Seltsam, daß ich keinen von ihnen bisher gesehen habe. Sie hätten sich bei uns doch Pässe holen können, wir hätten ihnen geholfen. Dann korrigiert sie sich: Damals hätten wir ihnen helfen können. Kann sein, daß diese Leute hier erst kürzlich nach Rom gekommen sind und weiter wollten. In letzter Zeit ist so viel schiefgelaufen.

Nach etwa einer halben Stunde wird ihr Name aufgerufen. Sie geht durch die Tür, hinter der schon mehrere verschwunden sind, ohne zurückzukommen.

Wie vor drei Wochen der SS-Obersturmbannführer Kappler ist auch der Mann, der sie in diesem Zimmer empfängt, in Zivil. Er ist blond, mittelgroß, stämmig, sein Deutsch hat einen schwäbischen Anklang. »Weber«, sagt er nur, reicht ihr eine feste Hand und weist auf den Besucherstuhl, der nicht, wie in Kapplers Raum, dem Schreibtisch gegenübersteht, sondern rechts von ihm mit dem Rücken zum Fenster. Sie setzen sich beide. »Ich habe Sie hergebeten«, hört Ruth ihn sagen, »um Sie darauf aufmerksam zu machen, daß Sie in Gefahr sind.«

Eine Drohung? Der Mann Weber sieht nicht aus, als wolle er sie einzuschüchtern versuchen. Andererseits ist es wohl kaum als Warnung aufzufassen. Ruth schweigt, wartet ab. Sie habe, sagt Herr Weber, sich unnötig exponiert. Wie? Durch unbeglichene Rechnungen, die – Unbedachtsamkeit von ihr – bereits die Aufmerksamkeit der deutschen Sicherheitspolizei auf sich gelenkt hätten, er brauche ihr wohl nicht zu sagen, welch schwerwiegende Folgen das für sie haben könne. Ruth hört ihm mit wachsendem Erstaunen zu. Hat Kappler Feinde in den eigenen Reihen, die gegen ihn arbeiten? Ebensogut aber kann es auch eine Falle sein, man will ihre Wachsamkeit, ihre Eignung zum Spitzeldienst für die Gestapo erproben. »Die Schulden, ja, ich weiß«, sagt sie. Die hatte sie auch Kappler zugegeben. Er sieht sie direkt an. Autorität geht von ihm aus, doch keine, die zwingt, er macht einen ruhigen, gefestigten Eindruck so wie jemand, der sich einer guten Sache gewiß ist. »Kennen Sie die genaue Höhe Ihrer Außenstände?« sagt er.

»Nur ungefähr.«

Er reicht ihr Block und Bleistift: »Notieren Sie die einzelnen Posten und zählen Sie sie zusammen, versuchen Sie, nichts auszulassen.«

Was immer das alles bedeuten mag, denkt Ruth, es ist Zeitgewinn. Sie beginnt mit der Addition. So viele Posten sind es gar nicht und eigentlich läppische Beträge. Aber wenn man sie zusammenrechnet, kommt doch eine ziemlich beträchtliche Summe heraus. Als sie fertig ist, schiebt sie den Block Herrn Weber hin. Er wirft nur einen kurzen Blick darauf, nickt, öffnet die Schreibtischschublade. Ruth sieht verblüfft zu, wie er ihr einige Packen gebündelter Tausend-Lire-Scheine entnimmt, abzählt, sie ihr reicht. »Bitte, erledigen Sie das gleich, am besten noch heute vormittag.«

Ruth rührt sich nicht. »Und was habe ich dafür zu tun?« sagt sie. Jetzt sieht sie ihn lächeln, ein kurzes, beruhigendes Lächeln. »Was glauben Sie, wo Sie hier sind?« sagt er.

Es klopft. Ein Mann streckt den Kopf zur Tür herein, in dem Ruth mit freudigem Erschrecken Herrn Schneider wiedererkennt, den Rolf einst zu ihnen mitbrachte. Er sieht Ruth, nickt ihr freundlich zu. »Obergruppenführer Wolff ist soeben gekommen, Padre.«

»Noch zwei Minuten, Padre Schneider? Ich komme gleich hinüber.« Der andere nickt, schließt die Tür.

Padres? »Wo bin ich hier?« sagt Ruth, seine letzte Frage variierend.

»Im Haus der Pallottiner«, sagt Padre Weber gleichmütig. »Nun wieder zur Sache.«

»Nein nein, warten Sie noch«, sagt Ruth erregt, »ich muß erst noch wissen – ich verstehe noch nicht …«

»Ist das so schwer zu verstehen?« sagt er. »Ihre Freunde sind auch unsere Freunde.«

Rolf fällt ihr ein, wie er ihr über den Aufbau der Widerstandsorganisation berichtet und Andeutungen darüber gemacht hatte, daß auch vatikanische Stellen sie unterstützten. Genaueres hatte er nicht sagen wollen, er hatte es mit dem Prinzip gehalten, der Gruppe so wenig Hintergrundinformationen wie möglich zukommen zu lassen, um im Fall von Verhaftungen und anschließenden Gestapoverhören erzwungenen Verrat auszuschließen.

»Dann haben wir zum gleichen Ziel zusammengearbeitet?« sagt sie.

Nur, wenn sie das Ziel dahingehend verstände, in Not geratenen Menschen Hilfe zu leisten, sagt Padre Weber. Das sei ihre christliche Pflicht. Sie möchte ihm antworten, daß es viele kirchliche Stellen gebe, die diesen Mut zur aktiven Menschenrettung in feindbesetztem Gebiet nicht aufbrächten, aber noch bevor sie dazu kommt, sagt er: »Die Kirche hilft, wo sie kann, glauben Sie mir. Die Klöster sind voll mit Flüchtlingen. Aber wir müssen uns tarnen.«

»Und die Menschen da draußen im Vorzimmer?« will sie wissen. »Sie glauben, von einer deutschen Amtsstelle erfaßt zu sein. Sie haben Angst. Ich sah es an ihren Gesichtern.«

»Tarnung«, wiederholt er. »Die Aufforderung, zu uns zu kommen, ist streng neutral. Sie könnte ja einem Unbefugten in die Hände fallen.« »Das hätte ich mir nicht träumen lassen«, sagt Ruth in einem Tumult einander widersprechender Empfindungen. »Ich bin doch nicht katholisch. Und die da draußen Juden.« Zum erstenmal zeigt Padre Weber Anzeichen leiser Ungeduld. »Sie brauchen Hilfe«, sagt er, »und damit kommen wir nun wieder zum Thema. Hören Sie mir gut zu. Ich sage Ihnen nun eine Telefonnummer, die Sie bitte memorieren wollen. Sollten Sie sich verfolgt fühlen, rufen Sie sofort diese Nummer an. Von ihr erhalten Sie weitere Anweisungen.« Die Zahlen, die er ihr nennt, sind leicht im Kopf zu behalten und Ruth verfügt über ein gutes Nummerngedächtnis. Anschließend berichtet sie Padre Weber von ihrem Verhör bei Kappler, auf dessen Nachspiel sie jederzeit gefaßt sein muß. Er hört ihr mit großem Ernst zu.

»So weit ist es also schon«, sagt er, nachdem sie geendet hat.

»Was soll ich tun? Wie mich verhalten?«

Der Padre schweigt eine Zeitlang. Dann sagt er etwas Ungeheuerliches, so jedenfalls empfindet es Ruth, die ohne Religion aufwuchs, ihr bisher nie die geringste Bedeutung beimaß: »Im Fall akuter Gefahr habe ich für Sie die Zusicherung der Aufnahme im Vatikan erwirkt.«

Sie bringt kein Wort heraus. In ihrem bisherigen Leben gab es bei einem autoritären Vater und einer verängstigten Mutter viel Kommando, Angst und Auflehnung, Zurückstecken auch von Hoffnungen und Träumen. Liebe und Güte hat sie nicht kennengelernt, sieht man von den zaghaften Versuchen ihrer verhemmten Mutter ab, der Tochter ihre Zuneigung zu beweisen. Außerdem, hatte man ihr in früher Jugend beigebracht, muß man sich in einer grundsätzlich feindlich gesonnenen Welt jede noch so geringe Freundlichkeit erst einmal verdienen, umsonst tut keiner etwas für den anderen. Und nun auf einmal tut sich angesichts ihrer schwierigen Lage ein großes, geheimnisvolles Tor vor ihr auf, das ihr Schutz bietet. Wieso mir? Womit habe ich das verdient? Schon wird das Mißtrauen in ihr wieder wach: Vielleicht wollen sie mich auf diese Art zwingen, zum Katholizismus zu konvertieren? So gern sie es möchte, sie ist nicht fähig, Gutes schlicht um des Guten willen zu akzeptieren. Der Padre übersieht das Mißtrauen in ihrem Gesicht: »Haben Sie die Nummer memoriert? Gut. Vergessen Sie sie keinen Augenblick. Und wenn Sie mehr Geld brauchen, wählen Sie ebenfalls diese Nummer, wir sagen Ihnen dann, wo Sie es jeweils abholen können. Genieren Sie sich nicht, es ist für uns alle wichtig, so weit wie möglich für die kommenden Monate äußerste Zurückhaltung zu üben, um nicht aufzufallen. Haben Sie noch irgendwelche Fragen?«

Nebenan, erinnert sich Ruth, wartet Herr Schneider, der ebenfalls ein Padre ist. Sie muß sich kurz fassen: »Danke«, sagt sie, »danke für die Hilfe, auch wenn ich nicht verstehe, warum Sie das für mich tun.« Sie sind aufgestanden. Er gibt ihr wieder die Hand: »Haben Sie nicht bisher das gleiche für andere getan?« sagt er. »Also fühlen auch Sie sich Ihrem Nächsten gegenüber verantwortlich. Es sollte eine Selbstverständlichkeit in Zeiten wie der unsrigen sein. Und nun entschuldigen Sie mich, draußen warten noch eine Menge Leute.« Sie geht zur Tür, durch die sie hereinkam. »Nicht hier, dort hinaus«, sagt er, öffnet ihr eine Nebentür. »Eine Vorsichtsmaßnahme. Gehen Sie durch den Garten.«

Jetzt erst sieht Ruth das schlichte Kreuz an der Wand. Es hätte ihr schon vor dem Gespräch einen Hinweis geben können, wo sie sich befand. Sie hatte es nicht gesehen, es hing hinter dem Stuhl, auf dem sie gesessen hatte.

So vertieft bin ich in meine Erinnerungen, daß ich nicht bemerkt habe, wie es um mich herum Abend wird. Die Touristengruppen sind von ihren Bussen aufgeschluckt worden, die sie in ihre Hotels zurückbringen. Soweit ich feststellen kann, bin ich allein auf dem einstigen römischen Marktplatz, auf dem es so lebhaft zugegangen sein soll. Vielleicht ist der Stein, auf dem ich sitze, der Überrest eines antiken Bordells. Der Geschichte nach soll es hier mehrere gegeben haben. Nun liegt das Säulenfeld im tiefen Schatten, verwandelt sich, geheimnisvolle Dimensionen, unbehelligt von der Gegenwart zurück in ein Rom vor Jahrtausenden. Nicht für lange, fürchte ich. Zu Füßen des Titusbogens und der Castor-und-Pollux-Säulen habe ich versteckte Rampen gesehen. Sie werden, sobald es noch dunkler ist, den alten Stein beleuchten, nicht mit dem magischen Schein des Feuers, nicht mit lebendigem, beweglichem Licht, das Schattenmuster und tanzendes Rot auf die altersrauhen Flächen zaubert, sondern mit der toten Helle elektrischer Richtstrahler.

Doch noch ein Mensch außer mir auf dem Gelände: Ein Mann kommt auf mich zu. Es ist einer der Uniformierten, die am Eingang Wache stehen.

*»Signora«,* sagt er, »wir schließen. Es ist gleich sieben.«

Adieu, antikes Rom, das zum umgerechneten Preis von zehn DM Eintrittsgeld plus Broschüre von der Gegenwart schamlos vermarktet wird. Hinter mir kurbelt der Beamte die

Sperrkette herunter. Davor, auf der Kaiserstraße, die auf italienisch Via dei Fori Imperiali heißt und Vittorio Emanueles Monument mit dem Kolosseum verbindet, sind die Lichter bereits angegangen, jedem römischen Imperator, der auf seinem Sockel zwischen Pinien die Straße zur Linken säumt, sein eigener Scheinwerfer. Gestreckte Arme grüßen *salve*, was peinlich an Italiens nun nicht jüngste Vergangenheit erinnert und an die seines treuesten Verbündeten. Gab es nicht hier ganz in der Nähe einen Keller, in dem man gut und nicht teuer zu Abend aß? Man hatte ihn mit all den übrigen Steinmassen im vorigen Jahrhundert ausgegraben und ihm keinen besonderen historischen Wert beigemessen. Ein findiger Neapolitaner hatte den Keller ausgeschachtet und eine Taverne daraus gemacht. Hier, bei der Piazza Venezia, muß es gewesen sein.

Und ich finde ihn wieder. Allerdings: Sein bescheidenes Gesicht von einst hat er eingebüßt. Ein mit bunten Elektrobirnen gerahmter Pfeil mit der klotzigen Aufschrift ›Cave Napoletana‹ deutet auf die Stelle, wo in meiner Erinnerung einst ein schlichtes Mauerloch ohne nähere Bezeichnung als Eingang diente. Die Eingeweihten, nicht mehr als eine gute Handvoll Stammgäste aus dem Süden des Landes, wußten, wohin die antiken Steinstufen im Halbdunkel führten. Deutsche verirrten sich hierher so gut wie nie. Ihre Stammkneipe war das Löwenbräu bei der Piazza di Spagna. Und wollten sie einmal zur Abwechslung die italienische Küche probieren, hielten sie sich an die offiziellen *ristoranti*, in denen man ihnen nebst international zubereiteten Speisen das garantierte, was ihnen von entscheidender Wichtigkeit schien: makellose Sauberkeit, aufmerksame Bedienung und anständiges Bier zu den *cannelloni*. Je nördlicher sich ein Speiselokal gab, vorzugsweise von rustikalem Südtiroler Gepräge, desto größer die Möglichkeit, die Aufmerksamkeit der Wehrmacht auf sich zu ziehen. Diesem Schicksal war Enzo, der neapolitanische Kellerwirt, ohne Mühe entgangen. Südländer galten den Führertreuen als schmutzig, hinterlistig und betrügerisch, und zwar durch die Bank weg; im Pauschalieren waren sie groß. Jetzt, während ich dem Pfeil nachgehe, fällt mir wieder ein, wie lustig es seinerzeit unten zugegangen war, wenn ich ab und zu dort meine Pizza aß: Enzo, in Hemdsärmeln, setzte sich gern unter seine Gäste, spendierte großzügig Wein, erzählte Geschichten aus seiner Kindheit als eines von acht Kindern im Armenviertel am Hafen. Und wenn er in Laune geriet, begann er zu singen, seine mächtige Stimme, um die ihn mancher Opernbariton hätte beneiden können, hallte von den Kellerwänden wider. Dabei war er unmusikalisch, es gab viele falsche Töne. Enzo störte es nicht, und ebensowenig seine Gäste, die auf den hölzernen Tischplatten dazu den Takt schlugen. Ich muß lächeln, als ich daran zurückdenke, an die Spontaneität, die unbefangene, kindliche Lebensfreude der Menschen aus dem Süden des Landes.

Statt des Mauerlochs sehe ich nun eine protzige Tür voller Goldbeschläge, die die Treppe zum Keller verbirgt. Ich klinke sie auf, finde die Stufen hell beleuchtet. Nicht genug damit: Weinrote schwere Seidenkordeln, mit Goldklammern zu Bögen gerafft, begleiten sie abwärts. Weiß der Himmel, wo Enzo, falls es ihn noch gibt und er sein Lokal nicht längst an einen anderen abgetreten hat, so etwas gesehen und es sich zum Vorbild für seine antikrömische Treppe gewählt hat. Sie erinnern an die Absperrschnüre der Fürstengemächer in zur Besichtigung freigegebenen Schlössern. Der Versuch allerdings, die Seitenwände zu verputzen, ist fehlgeschlagen. Das alte Mauerwerk hat sich zur Wehr gesetzt, hat den modernen Aufstrich abgestoßen, wie sich ein gewachsener Körper gegen die Verpflanzung eines fremden Organs wehrt. Überall kommt unter Splittern und Rissen der antike Rauhstein wieder hervor, das Neonlicht enthüllt es erbarmungslos.

Dann stehe ich am Fuß der Treppe, versuche vergeblich, mich zurechtzufinden. Bin ich hier überhaupt richtig? Doch, ja, ich erkenne, wenn auch nach anfänglichen Schwierigkeiten, die Wandmalereien wieder, ich hatte sie mir seinerzeit genau betrachtet, weil sie mir so gut gefielen. Die Figurinen aus der Commedia dell'arte: Pantalone und Columbine, die tanzenden Bajazzi, naive Malerei in der Art der Bilder auf alten Thespiskarren, viel Landschaftshintergrund und natürlich der rauchende Vesuv. Das Auftragen der Farben auf die altrömische Mauer mit ihren vielen Unebenheiten hatte bewirkt, daß eine Art Reliefeffekt entstanden war, der die Bilder auf reizvolle Weise belebte. Elektrische Deckenlampen anstelle der einstigen Petroleumleuchten – Strom war knapp gewesen in den letzten Kriegsjahren – flachen sie ab, verwaschen die Farben zu kaum mehr wahrnehmbarem Pastell. Weißgestärkte Tischdecken, Porzellan- und Glasgedeck, in dem sich störend das Deckenlicht spiegelt, tragen weiter zur Verfremdung bei. Entweder ist Enzo zu Geld gekommen und verleugnet, wie so mancher Neureiche, seine Herkunft, oder aber ein anderer Besitzer hat den Keller übernommen, was näherliegend ist: Trotz des Türpfeils ›Neapolitanischer Keller‹ hat dies hier, diese Touristenkrippe, so viel mit Neapel zu tun wie ein Süditaliener mit dem Mailänder Dom. Die einstige Atmosphäre, unbeschwert, artspezifisch, ist zerstört. Was erwarte ich eigentlich? Immerhin liegen zwischen einst und jetzt gut und gerne vierundzwanzig Jahre. Ich sollte mir das öfter ins Gedächtnis rufen, in den letzten Tagen, in denen Erinnerungen wieder lebendig wurden, sind sich Vergangenheit und Gegenwart gefährlich nahe gekommen, ich kann sie fast nicht mehr unterscheiden.

Ich wähle mir einen der nah aneinandergerückten Tische, die eine durchgehende Sitzbank entlang der Wand miteinander verbindet. Damals hatte man sich im rundgehobelten

Holz bequem zurücklehnen können. Nun gibt es Sitzkissen und Rückenpolster, die zur Aufrechthaltung zwingen. Aus den maschinengetippten Handzetteln mit den Tagesgerichten und Getränken, da blau zerlaufen, wo der fettige Daumen von Enzos Lokalgehilfen seinen Stempel hinterlassen hatte, sind ehrfurchtgebietende Pergamentkarten geworden, fast ein Foliant. Seiten, geordnet nach *antipasti*, Vorspeisen, Hauptgerichten mit, Hauptgerichten ohne Fleisch, Spezialitäten des Landes, Desserts; Getränkekarte extra, mit gedruckten Ranken verziert. Ich sitze so, daß ich eine der bemalten Wandflächen voll im Blickfeld habe; vielleicht, wenn ich die einst vertrauten Figuren lang genug anblicke, kann ich diese fremden Leute um mich wieder in Enzos einstige Gäste verwandeln, elektrisches Licht und Gedecke wegzaubern, bis alles wieder ist wie damals; von neuem, wie so oft in den letzten Tagen, die Zeit rückläufig werden lassen. Vergebliches Mühen aber; das Getriebe um mich herum ist viel zu gegenwärtig, als daß ich es allein durch Wunschdenken verschwinden machen könnte.

Der Kellner an meiner Seite wartet auf meine Bestellung. Sein berufliches Gehabe entmutigt mich, eine schlichte Sardellenpizza zu bestellen, wie ich es vorhatte. Sie war eine von Enzos Spezialitäten gewesen. Auf der Speisekarte gibt es sie zwar noch, jedoch weit hinten, als Nahrung des armen Mannes ins Abseits gedrängt, eine weitere, traurige Veränderung. Dann also Makkaroni mit Basilikum und Auberginenscheibchen, käseüberbacken. Dazu meinen einstigen Lieblingswein mit dem seltsamen Namen Christustränen, *Lacrimae christi*. Der Mann mit der Serviette über dem Arm belehrt mich, ohne eine Miene zu verziehen, es gebe ihn nicht in Vierteln. Auch nicht als halbe Flasche. Eingeschüchtert bestelle ich eine ganze. Dann werde ich mich heute abend eben betrinken, es paßt zu meiner augenblicklichen inneren Verfassung. Da ist tief innen in mir etwas, das schmerzt, obwohl es nicht schmerzen sollte. Ich werde doch in meinem Alter nicht noch sentimental werden?

Ein paar Tische weiter rechts sitzen vier Deutsche. Ich erkenne in ihnen die beiden Ehepaare wieder, die vorhin im Forum Romanum inmitten der Reisegruppe so andächtig die Reste des Saturntempels betrachtet hatten. Ihre Stimmen gehen mir unbeschreiblich auf die Nerven: Italiener sind weiß Gott nicht gerade leise, doch wenn Deutsche auf Reisen etwas getrunken haben, und diese dort trinken offenbar nicht die erste Flasche, übertönt ihr Gelächter selbst noch zehn heftig streitende Sizilianer. Es mag auch an der Sprache liegen. Die harten Konsonanten hacken wie ein Küchenbeil in das klangvolle Trommelfeuer von Vokalen. Es ist nicht zu überhören, wovon sie reden, so liebend gern ich es täte. Um eine neugekaufte Jacht geht es, über ihre Vorzüge und Nachteile und darum, wohin man mit ihr im kommenden Jahr reisen wird. Sie überschreien einander mit Einfällen, scheinen sich endlich, nach langem Palaver, auf Tunesien geeinigt zu haben. Am Leben vorbeileben, denke ich. Da sitzen sie nun in Rom, einer Stadt, zu der man ein Leben braucht, um sie ganz auszuloten, und sind mit ihren Gedanken schon wieder beim nächsten Ziel, wo sie garantiert die meiste Zeit damit zubringen werden, sich das übernächste auszumalen. Überflußgesellschaft, Überdrußgesellschaft.

Manchmal beneide ich die, die abseits von den Segnungen eines immer krasser sich äußernden Materialismus auf irgendeinem einsamen Fleck dieser Erde ihr einfaches Leben leben, ohne die Belastung überflüssiger Konsumgüter. Ich verstehe ja, daß man seit der großen Hitlerpleite in Deutschland Gefühlswerten zutiefst mißtraut und sich nun lieber auf Haben statt auf Sein verläßt. Aber muß es gleich wieder ins Extrem gehen? Es gibt doch auch so etwas wie ein Mittelmaß. Irgendwann, denke ich, habe ich den Wiederanschluß an meine einstigen Landsleute verpaßt. Wir haben uns geistig auseinandergelebt. Heute sind wir uns im Grund unseres Wesens fremd, als sprächen wir verschiedene Sprachen. Nach einer weiteren halben Stunde bricht die Runde drüben auf. Ich empfinde Erleichterung.

Gekelterte Christustränen, Jahrgang vierundsechzig. Sie sind süß und schwer, seltsam, daß ich sie früher köstlich fand. Aber da schmeckten mir auch Liköre. Zu den Basilikumnudeln paßt der Wein jedenfalls nicht. Er ist ein Nachtischersatz, das zweite Glas trinkt sich leichter als das erste, das dritte wesentlich leichter als das zweite. Es wird friedlich in mir. Bei neuerlichem Studieren der Malereien auf der gegenüberliegenden Wand entdecke ich Interessantes. Da verschwimmen alle Konturen zu ganz neuen Kompositionen reizvoller Art, die Farben beginnen ein Eigenleben, lösen sich von ihrem Hintergrund, mischen sich, fließen ineinander über. Fasziniert schaue ich zu, wie ungestaltetes Gelb, Ocker und Karmin zu Millionen von winzigen Farbtupfern zerplatzen, immer neue bunte Blasen, die abwechselnd näher kommen und zurückweichen. Mein Kopf ist sehr leicht. Alle Geräusche, die mich umgeben, haben Transparenz gewonnen; ich bilde mir ein, durch sie hindurch Vögel zwitschern zu hören. Überlegung: Ich bin hier in Rom. Ich fühle mich wohl. Wo man sich wohl fühlt, ist man zu Hause. Was zwingt mich, übermorgen Stadt und Land zu verlassen? Nichts. Kann ich in Rom nicht ebensogut leben und arbeiten wie im trübsinnigen Frankfurt? Ich kann. Natürlich kann ich. Also bleibe ich. Weinphilosophie. Ich werde mir ein Zimmer suchen und später eine Wohnung. Alles andere wird sich finden, als Kind des Ahasver bin ich überall zu Hause, wo man mich zu Hause sein läßt. *La vie en rose. Dolce vita.* Alles scheint ebenso einleuchtend wie unkompliziert. Ich trinke mein viertes Glas Tränen. Die Flasche beginnt durchsichtig zu werden.

Tief in Gedanken habe ich nicht darauf geachtet, wie die fünf Mann starke Musikergruppe hereingekommen ist, bemerke sie erst, als sie um meinen Tisch herum Aufstellung nimmt. Mit dem Gespür für solche Gäste, die sich unter der Wirkung von Wein als musikalisch leicht zugänglich und damit spendenfreudig erweisen könnten, haben sie mich angesteuert, zwei Mandolinen, Gitarren, Akkordeon. Und sie haben richtig spekuliert, ihre neapolitanischen und sizilianischen Lieder, gesungen im weichen Südakzent, der alle offenen o's in u's verwandelt, greifen mir unmittelbar ans weinselige Gemüt. Ich kämpfe gegen eine ungeheure Welle von Selbstbemitleidung an, schwimme ziemlich hilflos in einem Riesenbottich von Rührseligkeit. Natürlich, jetzt kommen sie auch noch mit ›Catarí‹, das geht ja dem Stärksten an die Nieren, genauer, den am stärksten Verkrampften. Hierzulande ist Sentimentalität etwas ganz Ursprüngliches, da schämt man sich nicht seiner Gefühle wie bei uns. Gibt es in der italienischen Sprache überhaupt Worte wie Kitsch und Klischee in dem Sinn, in dem wir sie verwenden? Ich glaube nicht. Der Gefühlsaufruhr in meinem Innern beruhigt sich schnell nach den letzten Tönen. Einen Augenblick lang starren sich der Sänger und ich stumm an. Er will seinen Lohn, ich habe vergessen, wo ich meine Geldbörse habe. Als es mir einfällt, tastet meine Hand erst die Bank ab, bevor sie zur Tasche gelangt. Ihr Geld zu entnehmen, erweist sich als umständlicher Prozeß. Die Musiker warten verständnisvoll lächelnd ab. *»Italiana?«* fragt der Sänger.

»So gut wie«, behaupte ich mit spontanem Zugehörigkeitsgefühl, drücke ihm ein paar Scheine in die schnell vorschießende Hand. »Mir ist Italien wie eine zweite Heimat.«

»*L'ho visto subito*, das habe ich gleich gesehen«, sagt der mit dem Akkordeon.

»Woran?« will ich wissen.

*»Come dire?«* sagt er, »wie soll ich sagen? Das kann man nicht beschreiben, es ist da oder es ist nicht da. Die Sympathie, Signora, für das Land und für uns, die spürt man.«

»Haben die nicht alle, die herkommen?«

»Nein«, sagt er, »die *turisti* sind nur neugierig, sie finden heute dies, morgen das am schönsten. Aber die Signora ist doch keine Touristin?«

»Stimmt«, sage ich, verblüfft über seinen Scharfblick, »ich bin keine Touristin. Ich war nie eine.«

Beim Bezahlen der Rechnung erkundige ich mich beim Kellner, ob es Enzo noch gäbe, der diesen Keller in den dreißiger und vierziger Jahren gehabt hätte. Er ist ein älterer Mann, kann sich jedoch nicht erinnern, weiß nur, daß das Lokal, als im Jahr vierundvierzig die Amerikaner kamen, in einen Nachtclub umgewandelt worden sei, der kurz danach von der *military police* wegen Glückspiels geschlossen wurde. Der heutige Besitzer des Kellers aber sei wieder Italiener.

»Neapolitaner?« sage ich.

»No, Signora. Genueser. Ein ehemaliger Bühnendekorateur.« »Verstehe«, sage ich und denke an die roten Seidenkordeln rechts und links der alten Treppe, an denen ich mich Minuten später ins Freie hangle. Eines der auf der Piazza Venezia geduldig wartenden gelben Taxis bringt mich sicher zur Wohnung auf der Via Margutta zurück.

## 22. Oktober

Mein letzter Tag in Rom. Wie wir uns doch selbst um unsere Zeit betrügen: Ist sie da, belasten wir sie mit einer Vorwegnahme der Zukunft und später dann, im Wiedererinnern, suchen wir sie zu zerdehnen, um nachzuerleben, was unserer Aufmerksamkeit seinerzeit möglicherweise entging. Meine Gedanken sind schon in Frankfurt. Banales, das wenig zum strahlenden Wetter vor den Fenstern paßt:

War nicht mittlerweile die Telefonrechnung fällig geworden? Ärgerlich und lästig, wenn sie meinen Apparat abgeschaltet hätten. In den nächsten Tagen müßte mein Lektor anrufen, ich erwarte ihn in Frankfurt; die Korrektur der ersten Manuskripthälfte ist zu besprechen und Vorschläge zur zweiten. Hoffentlich war es nicht zu leichtsinnig von mir, der Hausmeisterin die Schlüssel anzuvertrauen, um die Wohnung durchzulüften und während meiner Abwesenheit nach dem Rechten zu sehen. Sie ist erst vor kurzem von der Wohnungsbaugesellschaft eingestellt worden; die Hausbewohner wissen nur wenig von ihr. Die Vorstellung bereitet mir Unbehagen; nach zwölftägiger Pause haben meine Gedanken das Frankfurter Zwei-Zimmer-Nest im Hochhaus wieder bezogen und wünschen keine unangenehmen Überraschungen zu erleben. Eigentlich hätte ich daran denken sollen, die kleine Tiefkühltruhe auszuräumen und zu entfrosten, ein paar Wochen Abwesenheit von zu Hause bieten dazu die beste Gelegenheit. Von einem zum andern, von der Küche zu herumliegender Wäsche im Schlafzimmer, vom Schlafzimmersessel zum Ärgernis, daß sich der Badezimmerschrank mit den Kosmetika mangels Schlüssel nicht verschließen läßt. Und damit zurück zur Hausmeisterin und meinem Mißtrauen gegenüber Menschen, die ich nicht genau kenne. Ein Kind, das ein geliebtes Spielzeug abgeben soll, kann Schmerz und Trost zwingen, es selbst zu zerstören, um den Moment der Trennung nicht weiter hinauszuzögern. Ich ertappe mich dabei, daß ich Gedankenflucht begehe, bringe mir zu Bewußtsein, daß ich ja noch in Rom bin und das bei herrlicher Sonne. Und daß da etwas ist, was ich noch wiedersehen muß, bevor ich die Stadt und das Land verlasse: die Via Tasso. Das Haus, das viele Jahre lang über das Schicksal der römischen Einwohner und Emigranten aus deutschbesetzten Ländern verfügte. Ein schicksalträchtiges Gebäude, in meiner Vorstellung mächtiger als der Petersdom, finsterer als die Festung Sant'Angelo an den Ufern des Tiber. Vielleicht, wenn ich ihm als freier Mensch gegenübertrete, jetzt, wo es gewiß längst zu einem Bürohaus umfunktioniert worden ist, werde ich endlich meine tiefsitzenden Ängste loswerden, die bereits bei der Straßenbezeichnung aufspringen. Via Tasso – unter all denen, die die Gestapo fürchten mußten, war das einst ein Begriff des Schreckens gewesen; Via Tasso, das war ein einzelnes Haus. Alle anderen zählten nicht.

Nach dem Mittagessen, das ich mir aus Resten von allem, was sich in diesen Tagen im Kühlschrank angesammelt hat, zubereite, verlasse ich das Haus. Die Luft ist weich, satt von Wärme und den Herbstgerüchen des Südens. Der Sonntag hat die Autos von der Stadt abgezogen, es ist der Tag der Fußgänger, der Stadtbummler. Reger Betrieb auf der Piazza di Spagna. Schon wieder hat die barocke Treppe ihr Gesicht verändert, mal sind es Blumen, die ihr Aussehen bestimmen, mal jugendliche Schmuckverkäufer. Heute sieht sie aus wie eine fliegende Antiquitätenmesse. Die Stufen entlang haben Händler ihre Bilder aufgestellt, kleine Kostbarkeiten darunter, besonders unter den alten Stichen. Aber das meiste ist Kitsch, vordergründige Gegenständlichkeit, gerahmtes Rom, Blumen, die schon im Original wie billige Drucke wirken. Und selbst die Kitschklassiker fehlen nicht: Elfenreigen und Madonnen mit dem Herz in der Hand, und den ersterbenden Blick himmelwärts gerichtet. Zwischen mächtigen Ölschinken Gegenstände, die das Auge erst nach genauerem Hinsehen erfaßt: Tischchen mit geschweiften Beinen, Zinn- und Messingkrüge, Plastiken. Ich nehme mir Zeit, alles zu betrachten, obwohl ich nicht die Absicht habe, etwas davon zu kaufen. Dann, plötzlich, bleibt mein Blick an einem bescheidenen Ölbild hängen, einer Gebirgslandschaft mit blühender Löwenzahnwiese im Vordergrund. Es ist nicht einmal besonders gut gemalt, die Perspektiven stimmen nicht ganz, die Berge sind zu klar. An was erinnert es mich nur? Und dann fällt es mir ein:

Max war es gewesen, der mit einigen ungerahmten Ölbildern bei Lotte erschienen war. Sie hatten die gleichen Landschaftsmotive, die gleiche Maltechnik aufgewiesen wie dieses hier. Die Deutschen, hatte er berichtet, waren in eine bescheidene Villa draußen vor den Toren der Stadt eingedrungen und hatten sie beschlagnahmt, hatten ein Wehrmachtsquartier aus ihr gemacht. Zum Heizen der Kamine nahmen sie kleine Ölbilder, die sie auf dem Speicher entdeckt hatten. Der Besitzer der Villa, ein österreichischer Priester und Maler namens Reichberger, war geflohen. Max, der sich furchtlos unter seinen einstigen Landsleuten bewegte, hatte sich ein paar von den Gemälden zur Erinnerung erbeten mit der Absicht, sie dem Padre zu erhalten und zurückzuerstatten, wenn er wiederkäme. Nachforschungen durch unsere Verbindungsstellen hatten allerdings die Vermutung aufkommen lassen, daß Reichberger nicht geflohen, sondern bei der Requirierung seines Hauses gefangengenommen und an die Gestapo ausgeliefert worden war. Ich betrachte mir das Bild auf den Stufen genauer; es ist signiert, signiert wie die anderen seinerzeit mit den bescheidenen Initialen F. R. Also ist der Pater nicht zurückgekommen, auch ihn hatten die im August dreiundvierzig einmarschierten deutschen Truppen kassiert, wie sie es nannten. Ich kaufe das Bild, nachdem ich seinen Preis heruntergehandelt habe. Es ist leicht unter dem Arm mit seinem schlichten Holzrahmen, gibt mir das Gefühl, um fünfundzwanzig Jahre verspätet noch etwas für einen Menschen getan zu haben, der wie wir ein Versteckter in Rom gewesen und ein Opfer feindlicher Willkür geworden war. Friede seiner Seele. Mit Priestern sind sie nicht gerade schonend in den Konzentrationslägern umgegangen.

Wie komme ich von hier zur Via Tasso? Sie liegt weit draußen, und ich kenne die Autobusverbindungen nicht, die dorthin führen, da ich mich nicht mehr an den Namen des Viertels erinnern kann, in dem sie sich befindet. Ein Taxi? Schade, aber bei dieser Sonne, es wird vermutlich bis zum nächsten deutschen Frühjahr die letzte sein, die meine Haut wärmt. Ich könnte eine der offenen *carozelle* nehmen, sie stehen dort drüben auf der anderen Seite des Brunnens am Straßenrand, klapprige Gäule, den Futtersack um die Nasen gebunden, schweifschlagend, mistend. Ihre Kutscher starren geistesabwesend vor sich hin, alte Männer in abgetragenen Kleidern, warten ohne viel Hoffnung auf einen Touristen, der einfältig genug ist, eine holprige Schaukelei auf ungefederten Sitzen romantisch zu finden. Verrückte Idee, würdig aber, meinem kurzen Romaufenthalt den richtigen Abschluß zu geben. Bequem kann ich es zu Hause haben; Rom ist keine bequeme Stadt, ich will mir den Abschied von ihr nicht leichtmachen, in langsamer Fahrt noch einmal Eindrücke sammeln, die ich mitnehmen und daheim zu einer neuen Erinnerung ausbauen kann.

»Zur Via Tasso«, sage ich zu dem Alten auf dem Kutschbock. Die Karre bekommt Schlagseite, als ich den Fuß auf ihr Trittbrett setze. Der Mann nimmt die Zigarette aus dem Mund. *»Che numero, Signora,* welche Hausnummer?« will er wissen.

»Ich habe sie vergessen.«

»Via Tasso – Via Tasso …« Er schlägt in einem abgegriffenen Stadtplan nach, der Name sagt ihm nichts. Sucht lange, fährt mit nikotinverfärbtem Zeigefinger markierte Linien entlang. Es dauert eine ganze Weile, bis er sie gefunden hat. »Aber, *Signora,* sind Sie sicher, daß Sie dahin wollen?«

»Ganz sicher.«

»Eine bedeutungslose Seitenstraße. Da gibt es nichts zu sehen, rein gar nichts.«

»O doch«, sage ich, »für mich schon. Was kostet die Fahrt dorthin und hierher zurück?«

Im Rechnen ist er flink. »Zwölftausendfünfhundert, *Signora*«, sagt er, »weil Sie es sind.«

»Weil ich es bin«, sage ich, »achttausendfünfhundert.«

»Elftausend, ich habe eine große Familie zu ernähren, *Signora.*« – »Neun.« – »Zehnfünf, zwölf Kinder zu Hause und keiner rührt einen Finger.« – »Zehn, mein letztes Wort.« »Ich bin ruiniert, *Signora.*« Er ist es zufrieden, schmunzelt bei dem Hinweis darauf, daß sein Gaul, der arme Veteran, unterwegs bei solchem Selbstkostenpreis vor Hunger zusammenbrechen könnte. Das gehört dazu, jetzt erkennt er mich als eine an, die mit den Landesgebräuchen vertraut ist, es gefällt ihm.

Wir zockeln los, der offene Wagen mit den sonnenwarmen Überzügen holpert über das unebene römische Pflaster. Das Klappern der Hufe und der dichte Geruch nach Pferd und Stall, der mir mit dem Fahrtwind in die Nase weht, wirken unendlich besänftigend. Die Beklemmung angesichts meines Reiseziels legt sich, lächerlich doch, sich nach so vielen Jahren noch derart von einem Straßennamen gefangennehmen zu lassen, es kann mir doch nichts mehr geschehen. Ich werde gar nicht erst aussteigen, nur einen Blick auf das schreckliche Gebäude werfen und dann gleich zurück nach Hause, ich muß noch Koffer packen. Wir sind auf dem Korso, der heute, wenig belebt, breiter wirkt, bedeutender. Von den Auslagen der Läden ist kaum etwas zu sehen, Jalousien und Rolläden sind herabgelassen. Es wundert mich; schaulustige Sonntagsbummler werden hier nicht auf ihre Kosten kommen.

»Weshalb hat man über den Läden die Jalousien herabgelassen?« sage ich. Mit dem Peitschenstiel zeigt mein Kutscher auf ein Juweliergeschäft im Zentrum der Straße. Die Fenster sind diagonal mit Brettern vernagelt, dahinter fehlen die Scheiben. »Wieder ein Einbruch«, sagt er. »Die Leute haben Angst.«

»Ist viel geraubt worden?«

Wir halten vor einer Ampel. Er wendet sich zu mir um: »So gut wie nichts, *Signora*.«

»Aber wieso dann –«

Es seien keine Diebe, sagt er, sondern Banden von randalierenden Jugendlichen, die von Jahr zu Jahr aufsässiger würden und ihren Spaß daran fänden, Scheiben zu zerschlagen, die Einrichtung zu zertrümmern und Parolen an die Wände zu schmieren. »Und es wird ständig schlimmer, *Signora*«, sagt er, »gerade an Sonntagen. Da hängen sie in Cliquen schon frühmorgens in den Stehbars herum und betrinken sich, um sich Mut zu machen. Von denen geht keiner mehr in die Kirche. Alkohol am frühen Morgen, das bringt sie natürlich auf schlechte Gedanken.«

»Und was tun sie dann?«

»Dann ziehen sie los. Immer in Gruppen. Manchmal verprügeln sie auch Passanten, die sie am Scheibeneinschlagen hindern wollen. Sie zerstören um des Zerstörens willen, *questi mascalzoni*, diese Rowdies. Die Leute haben Angst vor ihnen. Einen von ihnen habe ich gerade noch erwischt, als er mit der Zigarette meinem Pferd die Augen ausbrennen wollte, *il maledetto*.«

Wir trotten weiter, die Karosse ruckelt und knarrt. Wir erreichen die Piazza Venezia mit dem unvermeidbaren Königsmonument, müssen auf das Zeichen des Polizisten warten, der uns mit ausgebreiteten Armen zu erneutem Halt zwingt. Der Alte auf dem Bock wendet sich zu mir um: »Das da drüben«, sagt er, »ist der Palazzo Venezia, und dort auf dem Balkon hat er gestanden, der Duce, und zum Volk geredet. War schon eine imposante Erscheinung gewesen, wenn er so dastand mit gerecktem Kinn und gestreckter Hand. Warum sonst hätten ihm die Römer so zugejubelt, nicht wahr?«

»Vermissen Sie ihn?« sage ich.

»Ah, *Signora,* was soll ich sagen? Ich war kein *fascista,* Gott behüte. Ich nicht. Mussolini hat manches getan, was nicht gut war. Gar nicht gut. Aber –« er dehnt das ›aber‹ zu bedeutungsvollem Atemholen, »man soll auch nicht alles in Bausch und Bogen verurteilen, *vero?* Zum Beispiel: einen Zustand, wie er heute auf unseren Straßen herrscht, hätte der Duce nie zugelassen. Einen solchen Verfall der Sitten auch nicht. Bei ihm herrschte Ordnung. Wenn da unsere Jugend versucht hätte, einfach nur so in den Tag hineinzuleben und in den Bars herumzulungern, die hätten sie schnell am Wickel gehabt und ihnen Zucht beigebracht, diesen Tagedieben. Und was die Straßen anbelangt, sehen Sie nur, wie verdreckt das hier alles ist. Das gab's seinerzeit nicht, da war alles sauber, Sie hätten vom Pflaster essen können. Und mit den *communisti maledetti –«* Gott sei Dank gibt uns der Verkehrspolizist in diesem Augenblick den Weg frei. Also auch in Italien, denke ich, die Melodie kenn' ich doch, immer öfter singt man sie auch bei uns: ›Ich war kein Nazi, beileibe nicht, habe sogar einen Juden versteckt‹, was klingt, als habe man vor lauter Abscheu vor dem Hitlerregime den leibhaftigen Satan bei sich bewirtet, ›aber wenn man die heutigen Zustände sieht, da wünschte man ja fast – die festere Hand – einen stärkeren Mann, der …‹ Alles wie gehabt. Bedrückend, daß die Menschen, wenn sie die Freiheit besitzen, für die in der Vergangenheit so viele ihr Leben einsetzten, offenbar so wenig damit anzufangen wissen. Ist Freiheit nur Sehnsucht? Triebfeder, die in dem Augenblick, in dem das Ziel erreicht ist, nachgibt?

Nun sind wir wieder auf der Viale dei Fori Imperiali, auf der ich mir gestern abend die grüßenden Cäsaren betrachtete. Zur Rechten die Tempelüberreste, vor uns das Kolosseum, das sich braun und häßlich wie ein ausgehöhlter Backenzahn vom hellen Oktoberhimmel abhebt. Im Tageslicht ist nichts mehr übrig von der Stimmung bei untergehender

Sonne, wie sie gestern abend über den alten Säulen lag. Jetzt ist das Feld nichts als ein verwahrloster Haufen von Trümmergestein. Noch im Mittelalter, habe ich gehört, sollen sich die Bildhauer Roms mit antikem Marmor vom Forum versorgt haben. Und was an Säulen noch heil geblieben war, wanderte aus den alten Tempeln in die christlichen Kirchen. Daß die Stadt heute den völlig ausgeplünderten Streifen Römerstraße mit einer Absperrung versieht und Eintrittsgeld verlangt – Eintrittsgeld für etwas, das noch nie bisher, da allen Spaziergängern zugänglich, einen Eintritt notwendig machte –, empfinde ich peinlich, so als verkaufe einer die Leiche seiner Ahnfrau in Portionen an gerichtsmedizinische Institute, jedes Organ gesondert. Schon will ich zum Kutscher darüber eine unwillige Bemerkung machen, als mir einfällt, daß ihm das willkommene Gelegenheit bieten könnte, wieder einmal darüber zu sinnieren, daß der Duce mit seinen Fascisti nie und nimmer auf solch ausbeuterische Ideen gekommen wäre, sie waren fürs Volk, würde er sagen, nicht für die *turisti* wie die geldgierigen Stadtmagistrate heutzutage. Seltsam, denke ich, wenn alte Anhänger der Diktatur im Vergleich zwischen heute und gestern das Gestern loben, heben sie immer die moralischen Aspekte hervor. Das scheint hier ebenso zu gelten wie jenseits des Brenners. Schiebt Neues das Alte allzu heftig von sich, gewinnt das Gestrige wieder an Gewicht. Eine Gefahr, die jene, welche zu durchgreifenden Reformen drängen, oft übersehen. Hinter dem Kolosseum biegen wir links in eine breite, sonnige Straße ein. Ist das der Weg zur Via Tasso? Kaum glaublich, hier liegt das Sonnenlicht in großzügigen Flächen auf Pflaster und Gesträuch. Die Via Tasso aber habe ich als finster in Erinnerung. Das Amtsgebäude, die umliegenden Häuser, die meine Angst in den Himmel wachsen ließen, alles grau in grau, ohne Licht, ohne Leben. Vielleicht macht mein pfiffiger Alter einen Umweg, handelt später unter Berufung auf die sichtlich verbrauchte Pferdekraft und Spekulation auf mein Mitleid mit dem erschöpften Gaul einen neuen Preis aus? Außergewöhnlich wäre das nicht. Und doch muß sie nah sein, die Straße mit dem schreckeinflößenden Namen; an die Tür der kleinen Kirche am Eck glaube ich mich erinnern zu können, an meinen Blick aus dem Wehrmachtsauto heraus, der sich an die gegossenen Figuren auf dem Portal klammerte, als könnten sie noch fünf Minuten nach zwölf das Unheil abwenden, das bereits seinen Lauf genommen hatte.

Für Ruth war es plötzlich gekommen, zu plötzlich, als daß sie von der ihr angegebenen Geheimnummer hätte Gebrauch machen können. Die Lage in Rom in jenen römischen Vorfrühlingstagen des Jahres vierundvierzig spitzte sich immer mehr zu, die Römer, erbittert über ihr Los, in der Endphase des Kriegs gegen die Deutschen sich selbst überlassen zu sein, während die in den Süden geflohene Übergangsregierung nichtssagende Parolen von Durchhalten und ›dem Feind die Zähne zeigen‹ ausgab, griffen zur Selbsthilfe. Gruppen junger Italiener überfielen marschierende Wehrmachtstrupps, es gab blutige Straßenschlachten, und in den Kellern der alten Häuser und Paläste bastelten findige Köpfe an Bomben, die sie an genau geplanten Stellen hochgehen ließen. Auch das Gebäude auf der Via Tasso war eingeplant gewesen; unglücklicherweise war die Lunte zu schnell abgebrannt, und der Sprengkörper hatte lediglich zwei Mülltonnen in die Luft gejagt. Immer häufiger erfolgten Anschläge auf die Besatzer, die noch immer nicht abziehen wollten. Kappler begann nervös zu werden, nachdem ihm das Führerhauptquartier unmißverständlich bedeutet hatte, man wolle nicht länger mit der Suche nach Verantwortlichen für die Anschläge warten, der Führer verlange Geiselnahmen.

Das Attentat auf das Polizeibataillon ›Bozen‹ auf der Via Rasella am dreiundzwanzigsten März, das dreiunddreißig deutschen Soldaten und zehn italienischen Passanten, darunter sechs Kindern, das Leben kosten sollte, löste eine hysterische Welle von Verhaftungen aus. Schon am nächsten Morgen wurden dreihundertfünfunddreißig italienische Gefangene vor die Tore der Stadt gekarrt und umgelegt, wie es in Gestaposprache hieß. Es hätten eigentlich nur dreihundertdreißig sein sollen. Doch auf ein paar mehr schien es Kappler und seinen Schergen nun nicht mehr anzukommen. Möglich auch, daß er, nachdem sich seine eigenen, noch relativ zivilisierten Methoden als unwirksam erwiesen hatten, die Flucht nach vorn angetreten hatte. Und die Verhaftungen in Rom gingen weiter, einen Tag nach dem anderen. Sie wollten kurzen Prozeß machen und machten doch einen langen daraus, in der Ewigen Stadt herrschte Panik, die Straßen waren menschenleer, vielfach auch die Häuser, ihre Bewohner aufs Land geflohen.

Ruth Hellmann ist gerade dabei, die Fenster im Wohnzimmer zu schließen, weil es zu nieseln begonnen hat, als es schellt, anhaltend. Gleich darauf Schläge gegen die Tür. Geschrei: »Aufmachen! Deutsche Polizei!« Sie erstarrt in der Bewegung: Die Geheimnummer anrufen, schnell, aber nein, es ist zu spät, sie sind ja schon da, wenn ich nicht aufmache, schlagen sie die Tür ein, die Hände frieren ihr, weil das Blut stockt. Nur einen Spaltbreit öffnet sie, aber da drängen sie schon an ihr vorbei in die Wohnung. Drei sind es, einer im Ledermantel mit einer Liste und zwei Uniformierte mit leeren Gesichtern, blicken sich suchend um, als vermuteten sie in der biederen Parioliwohnung ein Partisanennest. »Ziehen Sie sich an, Sie kommen mit«, sagt der im Ledermantel.

»Weshalb?« sagt Ruth und wundert sich, daß sie überhaupt ein Wort über die Lippen bringt. Sie fühlen sich trocken an wie Pergament.

Sie erhält keine Antwort. »Weshalb?« wiederholt sie. Nutzloser Versuch, mit Reden Zeit herauszuschinden, Zeit, die ihr schon nicht mehr gehört. Ob Padre Weber sich über die Unmöglichkeit im klaren war, als er ihr anriet, zu telefonieren, sollte sie in eine Notlage geraten? Dies jetzt war die Situation, von der er gesprochen hatte, und nichts anderes mehr konnte sie tun als gehorchen, sich anziehen, ein paar Dinge, gedankenlos zusammengerafft, in einen Handkoffer packen und sich abführen lassen.

Sie ist innerlich völlig starr. Etwas in ihr, das nichts mehr mit Denken zu tun hat, registriert Nebensächlichkeiten in peinlicher Überdeutlichkeit. Zum Beispiel, daß die Nase des Kommissars, der sich breitbeinig vor ihr aufgepflanzt hat, mit großen Poren verstippt ist. Er sollte etwas dagegen tun. Ist aber nicht der Typ, der überhaupt etwas gegen irgend etwas tut, der mit seinem ausgemergelten Gesicht, dem leeren Dutzendgesicht. Auch einer von denen, die, wenn es ihr Führer befiehlt, blind ins Meer marschieren, bis die Wellen über ihm zusammenschlagen. Fast hätte sie gelächelt, während er ihr aus einer Akte ihr Strafregister vorbetet. Sie hört den Klang seiner Stimme, was für eine eintönige Melodie, Punkt, Strich, Strich, Strich, Punkt; der Sinn dessen, was er sagt, entgeht ihr. Bis er schließt: »Sie sind verhaftet. Nun machen Sie schon, wir haben noch mehr zu tun!« Ruth nickt, sucht nach ihrer Zahnbürste, das scheint ihr ungeheuer wichtig, zu jeder Verhaftung gehört eine Zahnbürste. Im Nebenraum haben die beiden Feldgendarmen aus allen Kommoden die Schubladen herausgerissen, ihren Inhalt auf den Teppich gekippt. Belastendes finden sie nicht, das hatte Ruth nach ihrem Verhör bei Kappler entfernt. Schlafwandlerisch nimmt sie ihren Zottelmantel aus dem Schrank, will in die Ärmel fahren, bleibt im Futter hängen. Das Ganze noch einmal, merkwürdig, das taube Gefühl in den Armen, die Unsicherheit der Bewegungen. Ich kann nicht denken, es ist alles so unwirklich. Ich sollte jetzt verzweifelt sein, aber ich spüre gar nichts. Nur kalt ist mir. Vielleicht ist das alles gar nicht wahr, und ich träume einen jener Morgenträume, die Elemente aus dem Tageserleben zunehmend in die Traumwelt mit einfließen lassen. Ich werde aufwachen und über mich lachen, über mich und meine Ängste. Aber die Kälte, die von innen kommt, nimmt zu.

»Vorwärts jetzt!« befiehlt der im Ledermantel. Die beiden Soldaten werfen ein paar Bücher, die sie in der Hand halten, achtlos aufs Bett, machen sich aufbruchbereit. Die Wohnungseinrichtung ist ein Chaos. Ruth fühlt sich an den Armen gepackt, zur Tür gezerrt, in den vor dem Haus parkenden Dienstwagen gestoßen.

»Los jetzt, Beeilung!«

Immer stärker empfindet sie das Unwirkliche der Situation, während draußen vor den Wagenfenstern ihr Rom vorbeigleitet, ein Rom hinter Glas, so hautnah und doch, durch nichts als ein dünnes Blech von ihr getrennt, sternenweit entfernt, unerreichbar. Wenn der Wagen an der Ampel hält, kreuzen Menschen seinen Weg, schieben sich an ihm vorbei zur anderen Straßenseite hinüber, schauen auch wohl einmal flüchtig zum Fahrer hin. Keinem kommt der Gedanke, daß hier gerade ein Mädchen verschleppt und gerichtet wird in dem Chassis, das der eine oder andere mit der Hand berührt. Gewiß, auch wenn sie es wüßten, sie könnten nichts tun, nicht diese hier, die einfachen Passanten. Aber daß sie es nicht wissen, daß Menschen so nah beieinander und doch so hoffnungslos isoliert sein können, mutet Ruth wie ein Alptraum an. Die beiden Uniformierten sitzen ihr schweigend zur Seite. Der Gestapobeamte hat sich neben dem Fahrer in seinen Sitz zurückgelehnt. Sie sieht nur seinen breitrandigen Hut. Durch den leichten Regenschleier hindurch erkennt sie vertraute Straßen, Geschäfte, Baumgruppen. Sie lächelt, weil es ihr vorkommt, als sähe sie einen Film, in dem es um eine künstliche Grenzlinie geht, die, mutwillig gezogen, Zusammengehörendes verfremdend durchschneidet. Ruth als Zuschauerin. Als unbeteiligte Figur am Rande. Wenn es nur nicht so kalt wäre, unter dem Lammfell zittern ihr Arme und Knie. Nun hat die Kälte auch ihr Hirn erreicht, Stupor macht sich in ihm breit. Begriffsstutzigkeit. Gedankenlähmung.

Die Via Tasso im Regen, das paßt zu ihr und zu dem deutschen Hoheitszeichen über dem Eingang. Erdrückende Finsternis. Ihre Begleiter zerren Ruth vom Sitz hoch nach draußen, stoßen sie die Treppe hinauf in ein Zimmer mit Aktenwänden, wo man ihre Personalien aufnimmt. Sie hört sich nicht antworten, doch scheint ihr Mund zu reden, der Mann am Diensttisch notiert in kurzen Abständen, also muß sie ihm wohl auf seine Fragen Antwort erteilen. Danach heißt man sie aufstehen. Der Mann geht um den Tisch herum auf sie zu, packt ihre Gelenke und legt ihr Handschellen an. Die Verbindungskette zwischen den Klammern ist straff. Ruth spürt es nicht. Sie spürt überhaupt nichts mehr. Jemand stößt sie eine dunkle Kellertreppe hinab in ein dunkles Loch, schließt rasselnd hinter ihr ab. Ruth ist allein mit der Finsternis.

»*Senta, Signora*«, sagt der Alte auf dem Kutschbock schon zum zweiten Mal, besorgt, weil ich die Augen geschlossen halte, »*si sente male?* Fühlen Sie sich nicht gut?«

Ich schrecke zusammen, momentan von der Sonne wie geblendet. »Doch ja. Wo sind wir?«

»Via Tasso. Hier wollten Sie doch hin?«

Ich schaue mich um. Verwirrt. »Sind Sie sicher, daß es die richtige Straße ist?«

»*Ma si, naturalmente, Signora.* Sehen Sie die Spitztürme da vorn? Das ist San Giovanni in Laterano. Dahinter beginnt die Via Appia.«

Wir stehen an einer sonnenhellen Mauer. Da liegt sie, die schreckliche Straße, eine wie hundert andere in Rom, freundlich, nichtssagend, ein bißchen Vorstadt schon mit verwohnten Häusern, einer Wäscherei drüben auf der anderen Seite, spielenden Kindern, einem Laden mit frommen Andenken ein Stück weiter vorne. »Wo ist das Haus, das Sie suchen?«

Ja, wo ist es? »Fahren Sie langsam die Straße hinauf, dann wenden Sie und fahren auf der Seite drüben wieder herunter.«

Er tut, wie ich ihm sage. Ich sehe: verwaschene Mauern, grüne Fensterläden aus blättrigem Holz, da eine Topfpflanze, dort eine Katze auf dem Fenstersims, das Gestänge selbstgebastelter Zimmerantennen und drunten auf den Fußwegen Gemüsekörbe und ein paar Fahrräder an eines jener Straßenpissoirs gelehnt, wie es sie im Stadtbild Roms überall die Menge gibt. Eine ganz und gar italienische Straße. Vergeblich halte ich Ausschau nach meinem einstigen Kerker; keines der Häuser hier weist auch nur die entfernteste Ähnlichkeit mit dem Gebäude auf, wie ich es in Erinnerung habe. Allmählich, während wir die Straße zurücktrotten, wird mir klar, daß Gefühle keine verläßlichen Bildbewahrer sind; eines dieser unscheinbaren Häuser muß es gewesen sein. Seiner Embleme und seiner Wachsoldaten beraubt, ist es zurückgesunken in seine ursprüngliche Anonymität; die Vergangenheit ist tot, die Gegenwart hat sie eingeholt. Kleine Jungen laufen neben uns her, halten sich am gefalteten Verdeck fest: *»Signora, cento Lire prego, eh, Signora ...«*

»Fahren Sie zurück«, sage ich zum Kutscher, »ich habe gesehen, was ich sehen wollte.«

Und während er sein Pferd wieder der Stadt zutreibt, nehme ich Abschied von Rom. Von den Kirchen und antiken Trümmern am Wege. Von Pinien und Zypressen. Von den malerisch engen Gassen und den tausend Spuren Berninis auf Roms Brücken und Plätzen. Von der wärmenden Sonne, der Luft vom Mittelmeer, die das Atmen so leicht macht. Später dann, als wir zur Innenstadt gelangen, vom unvergleichlichen Lärm und Gedränge, Lärm um des Lärms, Gedränge um des Gedränges willen, weil es diesen sinnlichen, schwer zu erschütternden Einwohnern der Ewigen Stadt einfach Spaß macht, auf diese Art ihre Lebensfreude zu äußern. Daß das Leben schön sein kann, liegt hier auf der Hand. In Frankfurt weiß man davon wenig. Er schmerzt, der Abschied.

Den restlichen Tag verbringe ich damit, meine Sachen zusammenzupacken und die Wohnung herzurichten, damit Katja es nicht zu bereuen hat, mich hergebeten zu haben. Abschied auch vom Hamster, dem unermüdlichen Rundläufer, der, hätte er Spiegel an den Sprossen, Einstein beweisen und sich im Vorwärtslaufen von hinten sehen könnte. Zum Abend das kleine Nachtmahl so italienisch wie möglich; auch den Geschmack von *fritto alla romana,* in siedendem Öl gebratenen, panierten Artischockenscheiben, und der *ricotta* möchte ich in den Koffer packen. Bis Mitternacht dann noch einmal auf die Terrasse unter die immense Kuppel des römischen Nachthimmels, so mit Sternen bespickt, als biete er zu Ehren der Stadt ein Sonderreservoir an Himmelskörpern auf. Die Luft enthält noch Partikel der Sonnenwärme vom Tage; ist lau, sehr sanft, fächert über die nahen Baumwipfel, die sich glätten und wieder aufrichten, fast ohne Laut. Auf dem Stuhl neben dem zusammengeklappten Schirm ausgestreckt, lausche ich auf die fernen Straßengeräusche, empfinde, was vor nur zehn Tagen meine Ohren noch empfindlich störte, als den lebendigen Atem einer großen Stadt, die ich morgen verlassen werde.

Es war gut, denke ich entspannt, Ruth Hellmann wiederzutreffen, es war wichtig. Zusammen haben wir eine Vergangenheit aufgearbeitet, die noch in die Gegenwart hineinragte und sie belastete. Es war harte Arbeit, aber wir haben es geschafft. Nur ein kleiner Rest von heute nicht mehr Aufklärbarem ist geblieben: Was wurde aus Lotte, aus Wolfgang, Vera und Max? Und warum beging Mello Selbstmord? Nach kurzem Nachdenken glaube ich dafür die Erklärung gefunden zu haben. Politisch saß er zwar fest im Sattel, an ihn konnte die deutsche Polizei nicht heran. Sie hatte andere Methoden, diejenigen in die Knie zu zwingen, die sich ihrem Zugriff entzogen. Hatte Mello mir nicht davon erzählt, daß man seine Eltern und seine Familie nach Theresienstadt gebracht hatte? Alte Leute gab es da nicht mehr, als das Lager am zehnten Mai fünfundvierzig von alliierten Truppen befreit wurde; jemand könnte ihm die Botschaft von der Ermordung seiner Eltern überbracht haben. Mello war gläubiger Jude gewesen mit einem tiefwurzelnden Familiensinn, Grund genug für den sensiblen Mann, in einer Depression auch seinem Leben ein Ende zu setzen. Und da unten zwischen Straßenlichtern und Leuchtreklamen geht es weiter, das Leben. Laut, fröhlich, heftig. Sehr römisch, sehr genußfreudig. Weinen und Lachen sind eins wie Bejahung und Protest. Und alles zusammen ergibt die Fülle des Daseins. Rom lebt.

An diesem letzten Abend fühle ich, daß diese zehn Tage in Rom wichtiger für meine zukünftige Existenz waren als das Gros der vergangenen Jahre zwischen neunzehnhundertfünfundvierzig und heute. Und dafür bin ich Katja dankbarer, als sie je begreifen könnte. –

## 23. Oktober

Wenn ich insgeheim gehofft habe, es würde bei meiner Abfahrt regnen, so ein dichter Nieselregen, der die Farben aus dem Straßenbild und die Fröhlichkeit aus den Gesichtern der Menschen wäscht, sehe ich mich enttäuscht: Durch feinen Nebelschleier bahnt sich ein weiterer klarer Sonnentag an. Morgenrot überzieht die obere Hälfte der

Bauten mit leuchtendem Rosa, die Fundamente liegen noch im Schatten. Malerische Frühstunde. Und wieder Stazione Termini: Jetzt, im Tageslicht, zeigt sich die Halle in ihrer langgestreckten Symmetrie als moderner Superbau; bei meiner Ankunft hatte ich das nicht wahrgenommen, da war ich wohl von der langen Fahrt zu erschöpft gewesen. Um mich drängen sich Menschen in entgegengesetzten Richtungen: Die einen wollen zu den Bahnsteigen, die anderen kommen von dort und wollen hinaus. – Mein Zug wartet schon: D 415 über Basel nach Frankfurt, Abfahrt 9.47 Uhr. Endlos lange Wagenreihe, der eine Teil mit den Schlafwagen unter dem Dach der Halle, der übrige fern und übersonnt im Freien. Den Bahnsteig entlang gehe ich darauf zu, um mir einen Platz zu suchen; die Sonne mildert die Melancholie des Abschieds, der doch eigentlich schon vollzogen ist.

Ein weiter Weg. Aber er lohnt sich: Die Mitfahrenden scheuen ihn, sie steigen in der Halle ein. Ich finde ein Abteil für mich allein, beginne sogleich mit dem umständlichen Ritual aller Reisenden, wenn sie sich auf einem Platz einrichten, lauter wichtigtuerische Handhabungen wie Koffer verstauen, Zeitung auf den Sitz, Mantel aufhängen, Koffer wieder herunter, Kontrolle, ob alles da ist und zum zweitenmal hinauf, Zigaretten suchen und was dergleichen mehr ist, immer in der geheimen Hoffnung, der Zug möge inzwischen abfahren und den Gedanken keine Möglichkeit mehr geben, sich der Schmerzlichkeit des Abschieds zuzuwenden. Denn draußen vor dem Fenster warten Freunde oder Familien mit dem gleichen Wunsch, der Zug solle sich in Bewegung setzen, weil alles, was zu sagen war, längst in Wiederholung gesagt ist, eine Verzögerung der Abfahrt nur peinliche Verlegenheitspausen entstehen lassen würde. Mich hat niemand zum Zug gebracht. Wirklich nicht?

Ich trete an das offene Korridorfenster. Da stehen sie alle in einer Gruppe, abschiednehmend: die junge Ruth, als einzige traurig, denn sie weiß, daß wir uns von nun an nie wieder begegnen werden. Lotte in ihren verwaschenen Klamotten. Wolfgang, der sanfte, von Krankheit Gezeichnete. Eine neben Max mit seinen fast zwei Metern zerbrechlich klein wirkende Vera. Auch Rolf ist da und Mello. Ich nehme Abschied von ihnen, von jedem gesondert. Fünfundzwanzig Jahre lang begleiteten sie mein Leben, ohne sich zu erkennen zu geben. Heute lasse ich sie, bewußt gewordene Erinnerung, am Ort des Geschehens zurück. Hier gehören sie hin. Der Abschied, obwohl er nicht leichtfällt, ist Befreiung. Sie haben sich von mir gelöst, ich mich von ihnen.

Der Zug fährt an. Am Rand meines Blickfelds gleitet Gestänge vorbei, ein Durcheinander von Schienen, danach, zum Doppelrhythmus der Räder, sonnige Campagna, Felder, Piniengruppen, bräunlich schon vom Nahen der kälteren Jahreszeit. Rom liegt hinter mir. Und mit ihm ein Abschnitt meines Lebens, der nun endlich, nach über zwanzig Jahren, Vergangenheit geworden ist.

# Anja Lundholm
## *»Geordnete Verhältnisse«*

*Eine literarische Entdeckung*

Mit diesem Buch schrieb sich die preisgekrönte Autorin ihre traumatische Kindheit von der Seele: 1932 ist Ruth neun Jahre alt. Ihre Mutter ist eine hochgebildete Frau aus reicher jüdischer Familie, der Vater, konservativ und streng, wird oft gewalttätig gegenüber seiner Tochter. Liebe ist ein Fremdwort für ihn. Es belastet ihn, mit einer »Jüdin« verheiratet zu sein und eine »Halbjüdin« zur Tochter zu haben. Als Hitler an Macht gewinnt, spitzen sich die Konflikte zu...

»Ein bemerkenswertes Buch: Aufrichtig, klar, unbarmherzig, wo es sein muss, eine berührende Mischung aus Wahrheitssuche und unerfüllten Geborgenheitswünschen.«
*Neue Zürcher Zeitung*

304 Seiten, ISBN 3-7844-2811-8
Langen Müller

Lesetipp

BUCHVERLAGE
LANGEN MÜLLER HERBIG
WWW.HERBIG.NET

Anja Lundholm

***Halb und halb***

*Eine Jugend im Berlin der dreißiger Jahre*

Anja Lundholm setzt mit diesem zweiten Roman ihren biografischen Romanzyklus fort, in dem sie ihre eigene Vergangenheit literarisch verarbeitet. Sie erzählt von der Halbjüdin Helga, die vor ihrem jähzornigen Vater nach Berlin flieht, um Musik zu studieren. Neugierig erkundet Helga ihr neues Leben, schließt Freundschaften, wohnt mit Künstlern zusammen und erobert das Berliner Nachtleben – trotz aller politischen und privaten Bedrängnisse.

Mit ebenso viel Hingabe verfolgt Helga ihre Ausbildung zur Pianistin. Doch die Rassengesetze der Nazis machen es ihr unmöglich, die Musikhochschule abzuschließen. Sie wendet sich dem Film zu, arbeitet als Statistin in kleinen Rollen. Als die Nazis die Grenzen schließen, muss Helga aus Berlin fliehen...

496 Seiten, ISBN 3-7844-2858-4
Langen Müller

Lesetipp

BUCHVERLAGE
LANGEN MÜLLER HERBIG
WWW.HERBIG.NET

Stefanie Zweig

**_Owuors Heimkehr_**

*»Die Augen wanderten in die Unendlichkeit. Satt kehrten sie von ihrer Safari zurück. Noch nie hatten sie solche Schönheit gesehen.«*

Stefanie Zweig entführt uns in ihren Erzählungen in die flirrende Weite der Steppe Afrikas, hin zu Menschen, in deren Herzen Fröhlichkeit wohnt und deren Schicksale die Bestsellerautorin mit tiefem Verständnis schildert.

Die Geschichten spielen in der Kolonialzeit ebenso wie im heutigen Afrika. Sie zeigen eine Welt, in der schon der Besitz einer Uhr mehr wert ist als ein Menschenleben, in der das Eindringen der reichen Europäer neue Träume wachsen lässt und in der Afrikas faszinierende Landschaften den Menschen, der sie erlebt, auf immer zum Gefangenen seiner Sehnsucht machen.

224 Seiten, ISBN 3-7844-2913-0

Auch als Audio-Book

4 CDs, ca. 300 Min., ISBN 3-7844-4037-1

**Langen Müller**

Lesetipp

BUCHVERLAGE

LANGEN MÜLLER HERBIG

WWW.HERBIG.NET